魏光燾集

五

杜宏春　高彬彬　整理

岳麓書社·长沙

目　　录

奏议　东南卷一

光绪二十九年（1903）

光绪三十年（1904）

奏议　东南卷一

光绪二十九年（1903）

1343. 奏报抵任两江总督日期并谢恩折

光绪二十九年二月二十二日（1903年3月21日）

头品顶戴两江总督臣魏光焘跪奏，为恭报微臣到任日期，叩谢天恩，仰祈圣鉴事。

窃臣奉旨调任两江总督兼充南洋大臣，当电奏恳辞，未蒙俞允，遵即交卸云贵督篆及兼署云南抚篆，先后奏报在案。嗣于光绪二十八年十二月初三日由滇起程，二十九年二月十六日行抵江宁省城，二十二日准署两江督臣张之洞派委江宁府知府罗章①、署中军副将丁华容将两江总督关防、两淮盐政印信、钦差通商大臣关防并王命旗牌暨文卷等件赍送前来。当即恭设香案，望阙叩头谢恩，祇领任事。

伏念臣湘楚庸材，久膺边寄，涓埃未报，遽移大邦。溯维中兴以来，江表宴安无事，垂四十年。其在于今，时局稍异，匪但

①罗章（1842—?），四川华阳县人，初由监生报捐从九品，投效霆军。同治五年（1866），因军功经刘坤一奏保布经历，赏戴蓝翎，加盐提举衔。六年（1867），经浙江提督鲍超保同知直隶州知州留于广东补用，换花翎，赏给达春巴图鲁勇号。同年，经湖广总督李瀚章保知府，加盐运使衔，赏给三品封典。十二年（1873），请咨赴京，道经江宁。十三年（1874），经两江总督李宗羲奏留办理营务。光绪三年（1877），到部。遵例捐离原省，改指江苏补用。四年（1878），试用期满甄别，留省补用。十三年（1887），委署扬州府知府，嗣署江宁府知府。十八年（1892），因南洋海防出力，保升道员。二十四年（1898），加二品衔，署理淮安府知府。二十六年（1900），署徐州府知府。三十二年（1906），署江南巡盐道。

赓续前贤之绪，所能为功，抑宜恢张域外之规，务其远大。顾财赋宜裕，而元气不可不培，在奖廉抑贪，以饬吏治；民智宜开，而士习不可不正，在崇实黜浮，以振学校；邦交宜洽，而自强不可不图，在练兵制器，以修明武备。一张一弛，胥系安危。臣惟本此意，以广益集思，随时与北洋大臣，江苏、江西、安徽各抚臣暨漕臣和衷商办，认真整顿，庶殚驽钝，少答鸿慈！

所有微臣到任日期，理合缮折叩谢天恩。伏乞皇太后、皇上圣鉴。谨奏。光绪二十九年二月二十二日。

(朱批:) 知道了。①

光绪二十九年三月十二日，奉朱批：知道了。钦此。②

1344. 奏为赏赐福字一方谢恩折

光绪二十九年二月二十三日（1903 年 3 月 22 日）

头品顶戴两江总督臣魏光焘跪奏，为叩谢天恩，仰祈圣鉴事。

窃臣于湖南常德途次奉到恩赏“福”字一方，当即恭设香案，望阙叩头祗领讫。伏念臣重地量移，征骖载道，值条风之初启，仰景福之维新，乃蒙宠赉辰居，恩隆申锡，云笺焕彩，遥分春色于皇州；宝墨凝香，如挹炉烟于御座。瞻天志幸，伏地倾诚！臣惟有义懔自求，勉循厥职，愿衍畴图五福，俾富寿之齐膺；敢同华祝三多，颂嘉祥之叶运！

所有微臣感激荣幸下忱，谨缮折叩谢天恩。伏乞皇太后、皇上圣鉴。谨奏。光绪二十九年二月二十三日。

(朱批:) 知道了。③

光绪二十九年三月十三日，奉朱批：知道了。钦此。④

---

①台北故宫博物院藏:《军机及宫中档》，文献编号：408007217。

②台北故宫博物院藏:《军机及宫中档》，文献编号：154980。

③台北故宫博物院藏:《军机及宫中档》，文献编号：408007216。

④台北故宫博物院藏:《军机及宫中档》，文献编号：154986。

1345. 奏为御赏寿字一方谢恩折

光绪二十九年二月二十五日（1903年3月24日）

头品顶戴两江总督臣魏光焘跪奏，为叩谢天恩，仰祈圣鉴事。

窃臣于武昌途次，奉到皇太后颁赏御书“松寿”字一幅，另加赏“福”“寿”字各一方，当即恭设香案，望阙叩头祗领讫。伏念臣早历戎行，叠膺疆寄，三边供职，愧筹笔之无能；万里承恩，更名邦之晋莅。正值道经汉渚，欣逢宠锡云章，瑞启福畴，绎礼名于百顺；厘延寿寓，叶诗义于九如。奉扬天子之休，更邀慈眷；叨从大夫之后，忝荷荣封！一纸龙光，犹带上清之雨露；千年鹤舞，长依不老之乾坤！渥被恩施，莫名感悚！臣惟有倍加奋勉，益竭悃忱，从星瞻福曜之临，奏曲衍寿人之庆。自惭薄植十八公，梦想敢期；愿祝长春亿万年，根基永固！

所有微臣感激欣幸下忱，理合缮折叩谢天恩。伏乞皇太后、皇上圣鉴。谨奏。光绪二十九年二月二十五日。

（朱批：）知道了。①

光绪二十九年三月十四日，奉朱批：知道了。钦此。②

1346. 查明江苏上年下半年新旧交代折

光绪二十九年三月十二日（1903年4月9日）

头品顶戴两江总督臣魏光焘、头品顶戴江苏巡抚臣恩寿跪奏，为查明江宁、苏州两属各州厅县光绪二十八年下半年已结、未结新旧交代，开缮清单，恭折仰祈圣鉴事。

案准户部咨：会同吏部议奏，饬令将各州县交代限期定限半年汇奏一次，光绪元年八月初七日奉旨：依议。钦此。等因。历

---

①台北故宫博物院藏：《军机及宫中档》，文献编号：408007216。

②台北故宫博物院藏：《军机及宫中档》，文献编号：155029。

经查明江苏省各州厅县已、未结交代，按限开单奏报至光绪二十八年上半年止在案。兹据江宁布政使李有棻、苏州布政使陆元鼎查明江宁、苏州等属二十八年七月起至十二月止已结、未结各新案交代，并二十八年上半年交代续报清结各案，汇开清单，详请具奏前来。

臣等复核无异，除将已结者严催赶造册结咨部查核，未经结报有应缴款项者，勒限完缴，如逾限不完，即行照例参办外，相应汇缮清单，合词恭折会奏。伏乞皇太后、皇上圣鉴。谨奏。光绪二十九年三月十二日。

（朱批：）户部知道，单并发。①

光绪二十九年四月初九日，奉朱批：户部知道，单并发。钦此。②

1347. 呈江苏上年下半年新旧交代清单

光绪二十九年三月十二日（1903 年 4 月 9 日）

谨将光绪二十八年七月起至十二月止江宁、苏州两藩司所属已结、未结新案交代，并二十八年上半年交代续报清结各案，汇缮清单，恭呈御览。

计开

江宁藩司所属

初参限内算清结报一案

署兴化县卢运昌，光绪二十八年七月初二日到任，应接前署县刘重堪交代，扣至十一月初一日初参限满，前案交代已据算清，结报详咨。

初参限内尚未结报二案

署阜宁县季逢幸，光绪二十八年七月初一日到任，应接前署

①台北故宫博物院藏：《军机及宫中档》，文献编号：408007219。

②台北故宫博物院藏：《军机及宫中档》，文献编号：155744。

县王以寀交代，扣至十月三十日初参限满。

署甘泉县张景祐，光绪二十八年七月初二日到任，应接前署县谢元洪交代，扣至十一月初一日初参限满。

以上二案，已据于限内会算，现饬催解存库银两，结报详咨。

初参限内尚未算结一案

署江都县吴式晸，光绪二十八年七月初六日到任，应接前故县刘燡及代理县胡廷琛交代，扣至十一月二十日初参限满，前案现在严饬会算，结报详咨。

未满初参尚未算结四案

署句容县王树鼎，光绪二十八年十二月初四日到任，应接前代理县李雋及前故县黄傅祁交代，扣至二十九年四月初三日初参限满。

署泰州侯绍瀛，光绪二十八年十二月十七日到任，应接前州罗允猷交代，扣至二十九年四月十六日初参限满。

仪征县胡希林，光绪二十八年十二月十五日到任，应接前署县李普润交代，扣至二十九年四月十四日初参限满。

如皋县单儒绅，光绪二十八年十月初七日到任，应接前署县张存彝交代，扣至二十九年二月初六日初参限满。

以上四案，现饬依限算清结报。

奏报光绪二十八年上半年交代，续据算结十一案

江宁县卢维雝，光绪二十八年二月初八日到任，应接前署县孙镬龄交代，扣至二十八年六月初七日初参限满。

署江浦县王彦瀓，光绪二十八年六月十二日到任，应接前署县卢运昌交代，扣至二十八年十月十一日初参限满。

署山阳县孙镬龄，光绪二十八年三月初四日到任，应接前署县李明垣交代，扣至二十八年七月初三日初参限满。

署桃源县张镕万，光绪二十八年正月二十五日到任，应接前县武麟交代，扣至二十八年五月二十四日初参限满。

署安东县吴大照，光绪二十七年十月二十二日到任，应接前

县张庄彩交代，扣至二十八年二月二十一日初参限满。

署江都县刘燡，光绪二十七年十月二十二日到任，应接前县汤曜交代，扣至二十八年五月初六日二参限满。

署仪征县李普润，光绪二十八年三月十三日到任，应接前署县姚德钧及代理县凌浩交代，扣至二十八年九月十二日二参限满。

署萧县袁国钧，光绪二十八年三月初六日到任，应接前县刘本檍交代，扣至二十八年七月初五日初参限满。

署邳州刘本檍，光绪二十八年三月二十二日到任，应接前署州杨增芳交代，扣至二十八年九月二十一日二参限满。

署宿迁县罗治霖，光绪二十八年三月二十五日到任，应接前署县陈守晸及代理县常桂馥交代，扣至二十八年九月二十四日二参限满。

海门厅王宾，光绪二十八年五月二十七日回任，应接前署同知梁佩祥交代，扣至二十八年九月二十六日初参限满。

以上十一案，已据算清，结报详咨。

苏州藩司所属

初参限内算清结报二案

署奉贤县傅鑫，光绪二十八年八月初四日到任，应接前县王从宷及代理县许之珏交代，扣至十一月十八日初参限满。

署荆溪县金善，光绪二十八年八月十九日到任，应接前署县薛葆楹交代，扣至十二月初三日初参限满。

以上两案，已据算清，结报详咨。

未满初参尚未算结六案

吴县林丙修，光绪二十八年十一月初十日到任，应接前署县田宝荣交代，扣至二十九年二月二十四日初参限满。

署华亭县陈镐，光绪二十八年十月十七日到任，应接前署县林丙修交代，扣至二十九年二月初一日初参限满。

金山县蒋清瑞，光绪二十八年十一月初三日到任，应接前署县赵树楷交代，扣至二十九年二月初二日初参限满。

青浦县田宝荣，光绪二十八年十一月二十五日到任，应接前署县钱国选交代，扣至二十九年三月初九日初参限满。

署靖江县许之珏，光绪二十八年十一月初八日到任，应接前署县高继昌交代，扣至二十九年二月初七日初参限满。

署太仓州谢谦，光绪二十八年十二月十五日到任，应接前州蒋体梅交代，扣至二十九年三月十四日初参限满。

以上六案，现饬依限算清，结报详咨。

奏报二十八年上半年交代，已据算结八案

署元和县金元烺，光绪二十八年六月初二日到任，应接前署县王得庚及兼理县苏品仁交代，扣至二十八年九月十六日初参限满。

署吴江县刘怡，光绪二十八年五月二十四日到任，应接前署县宗能述交代，扣至二十八年九月初八日初参限满。

署常熟县郭重光，光绪二十八年六月十一日到任，应接前署县杨炳震交代，扣至二十八年九月二十五日初参限满。

署无锡县李超琼，光绪二十八年五月二十四日到任，应接前县孙赞元交代，扣至二十八年十一月初八日二参限满。

署金匮县张宝璩，光绪二十八年五月二十五日到任，应接前县方臻峻交代，扣至二十八年九月初九日初参限满。

署丹阳县施沛霖，光绪二十八年六月初二日到任，应接前县刘炳青交代，扣至二十八年九月十六日初参限满。

署溧阳县胡保联，光绪二十八年五月二十四日到任，应接前县曹宗周交代，扣至二十八年十一月初八日二参限满。

署宝山县王得庚，光绪二十八年五月二十四日到任，应接前县金元烺交代，扣至二十八年九月初八日初参限满。

以上八案，已据算清，结报详咨。

（朱批：）览。[①]

---

①台北故宫博物院藏：《军机及宫中档》，文献编号：155744-0-A。

1348. 奏报各省欠解款目请旨饬催折

光绪二十九年三月二十七日（1903 年 4 月 24 日）

头品顶戴两江总督臣魏光焘跪奏，为江苏奉部拨补货、盐厘金各省欠解数目，请旨饬催照数拨解，以应要需而免贻误，恭折具奏，仰祈圣鉴事。

窃查江苏省苏州松沪货厘，鄂、皖两岸盐厘等局自光绪二十四年闰三月十一日起改为征解税司，抵还英德借款，本省所短充饷厘金，递经户部按年拨补。惟指拨外省各款，如河南、广东当二十五年分已有蒂欠，迨二十六年军事起后，报解甚微，近以派筹偿款为词，更鲜拨解。而四川、山西、云南等省则始终未解丝毫，亟应逐款清厘，经饬办理金陵支应、筹防等局江宁布政使李有棻等，会同两淮盐运使程仪洛[1]逐一查明去后。

兹据详称：前项货、盐厘金本系各有待支要款，自改解税司后，来源顿涸，举凡京饷、协饷、本省应还四国及瑞记各项洋款，固须照常拨放，未敢愆期。即宁、苏防军月饷，善后经费，南洋防费，湖北盐道及鄂岸缉费等项，均为军食、公用攸关，亦不容稍有欠缺。拨补款既无着，应付悉赖腾挪，竭蹶情形，日甚一日。且查续借英德商款，以七处厘金作抵银五百万两，内系江西派银二十万两，浙江派银一百万两，湖北原派银一百万两，续减为七十五万两，江南则苏、沪货厘，鄂、皖盐厘，宜昌一半加课及万户沱加厘，共派银三百五万两。是三省共摊不及十之四，江南独

[1]程仪洛（1841—?），字雨亭，浙江山阴县人，增生。光绪二年（1876），中举。三年（1877），中式进士，充吏部学习主事。四年（1878），捐江苏试用知府。七年（1881），署江苏扬州府知府。十二年（1886），捐道员，署理扬州府知府。二十六年（1900），升两淮盐运使。二十八年（1902），迁广东按察使，留署两淮盐运使。二十九年（1903），署理广东藩司。三十一年（1905），补安徽按察使（未到任）。同年，补授山西按察使。三十二年（1906），加四品京堂，帮办各省土药统税事宜。三十四年（1908），请假回籍修墓。

任竟逾十之六，其困惫难支，较他省为尤甚。又如和约偿款，虽各省同奉派筹，而江南派银二百五十万两，为数最巨，艰窘益深，似各省不得以偿款之故，掣动应解抵厘，愈令江南无从措手。经前督臣刘坤一于二十七年正月二十七日开单奏咨催解及由部改拨，曾奉朱批着户部严催各省赶紧拨解，并准户部咨以指拨各款多系近年新增及向来报部候拨之款，无论何省，均不应径行截留，置拨补各款于不问，飞咨各省务将欠款赶紧补解。倘或所指何款业经本省挪动，即由本省另行筹拨足数，不准率请改拨等因。近来，复又分咨各省，电牍交催，率谓别经截留，款系无着，现截至二十八年底止，综计各省欠款共银二百五万余两，分年开单，详请具奏前来。

臣覆核无异，相应缮具清单，恭呈御览。合无仰恳天恩俯准饬下户部，严催各省督抚臣督饬司道赶紧照解，勿再延宕。如有款系无着，即查照部议，仍由原省另行筹拨解足，以免悬欠而济要需。理合会同江苏巡抚臣恩寿，恭折具奏。伏乞皇太后、皇上圣鉴训示。谨奏。光绪二十九年三月二十七日。

（朱批：）户部知道，单并发。①

光绪二十八年四月初十日，奉朱批：户部知道，单并发。钦此。②

1349. 呈各省欠款数目请旨饬催清单

光绪二十九年三月二十七日（1903 年 4 月 24 日）

谨将奉部拨补苏沪货厘，鄂、皖盐厘，宜昌一半加课，万户沱加厘各省欠数，缮具清单，恭呈御览。

计开

安徽省：光绪二十五年分漕项银二万两。

①台北故宫博物院藏：《军机及宫中档》，文献编号：408007220。

②台北故宫博物院藏：《军机及宫中档》，文献编号：155778。

二十六年分漕项银二万两，二十六年分厘金银四万两，二十六年分裁兵节饷银三万六千十两九钱五分七厘，二十六年分丁漕平余银一万一千九百十二两六钱五分七厘。

二十七年分漕项银二万两，二十七年分厘金银二万两，二十七年分裁兵节饷银四万两，二十七年分丁漕平余银二万两。

二十八年分漕项银二万两，二十八年分厘金银四万两，二十八年分漕折银四万两，二十八年分减平银三万两，二十八年分裁减兵勇节饷银十万两，二十八年分丁漕平余银五万两，二十八年分清赋多征银二万两，二十八年分凤阳关税银六千两。

河南省：光绪二十五年分丁漕平余银二万两。

二十六年分丁漕平余银二万两，二十六年分漕折正项加复银三万五千两。二十六年分裁兵节饷、盐斤加价银十万两。

二十七年分丁漕平余银二万两，二十七年分漕折正项加复银四万两，二十七年分裁兵节饷、盐斤加价银十六万两。

二十八年分丁漕平余银二万两，二十八年分漕折正项加复银四万两，二十八年分裁兵节饷、盐斤加价银十六万两，二十八年分当税银四千一百两。

广东省：光绪二十五年分减平当税银三万九千三百两。

二十六年分减平当税银七万两。

二十七年分减平当税银十万两。

二十八年分减平当税银十六万两。

广西省：光绪二十八年分梧州关洋税银八万两。

湖南省：光绪二十八年分当税银三千四百两。

湖北省：光绪二十六年分宜昌关洋税银三万一千两。

二十七年分前款银三万一千两。

二十八年分前款银三万一千两。

四川省：光绪二十五年分盐课银四万两，二十五年分重庆关税银二万两，二十五年分当税银七千五百两，二十五年分续收烟、酒、茶、糖加厘及新案减平银二万七千八百两。

二十六年分裁兵节饷银六万两，二十六年分盐斤加价银四万两，二十六年分盐课银四万两，二十六年分重庆关税银八万两，二十六年分当税银七千五百两。

二十七年分各前款银二十二万七千五百两。

二十八年分各前款银二十二万七千五百两。

山西省：光绪二十五年分河东盐课银三万两，二十五年分当税银四万二千两。

二十六年分烟酒加税银四万两，二十六年分减平银一万两，二十六年分减兵节饷银二万两，二十六年分河东盐课银一万两，二十六年分当税银四万二千两。

二十七年分各前款银十二万二千两。

二十八年分各前款银十二万二千两。

云南省：光绪二十六年分裁兵节饷银四万两。

二十七年分前款银四万两。

二十八年分前款银四万两。

陕西省：光绪二十六年分减平银二万两。

以上各省二十五年分欠解银二十四万六千六百两，二十六年分欠解银七十七万三千四百八十三两六钱一分四厘，二十七年分欠解银八十四万五百两，二十八年分欠解银一百十九万四千两。通共欠解银三百五万四千五百八十三两六钱一分四厘。理合登明。

（朱批：）览。①

1350. 奏报查明粮道罗嘉杰被参各款折

光绪二十九年三月二十七日（1903 年 4 月 24 日）

头品顶戴两江总督臣魏光焘跪奏，为遵旨查明江苏粮道罗嘉杰被参各款，据实覆陈，恭折仰祈圣鉴事。

①台北故宫博物院藏：《军机及宫中档》，文献编号：155778-0-A。

窃查接管卷内承准军机大臣字寄：光绪二十八年七月二十四日奉上谕：有人奏，江苏粮道罗嘉杰擅将粮米运至太古洋行，轮船装载，付过定银十二万两。嗣经觉察，勒令退悔，事虽未成，迹已昭著❶，着刘坤一按照所参各节，确查具奏等因。钦此。当经原任督臣刘坤一札饬苏松太道袁树勋①逐细确查去后。旋据该道查明禀复，又经前护督臣李有棻、前署督臣张之洞一再批饬确查，未及核办，移交前来。

臣到任后，查核禀复案据，如原奏内称，南漕海运向归招商局装载，粮道罗嘉杰擅由太古装运，付定水脚银十二万两一节。查江苏海运漕、白二粮，向归招商局装运四成，沙船分装六成，于光绪二十五六年因京津运路梗阻，沙船不能径达，暂归招商局并运。无如旧漕尚未运竣，新漕又复接踵，屯储维艰，转输不及。该粮道有督运之责，深恐延误，遂援照光绪十年太古怡和协运之案，议将沙船承装之六成暂交太古轮船分运，订立合同，先付水脚规银二万两，当经抚臣恩寿附片会奏在案。是其禀请办理，并非擅为之事，亦无付过定银十二万两之多。

又，原奏十二万两之中扣付贿赂五万两一节。查该粮道接奉军机大臣电饬，以恐碍商约，令即退议。其时合同已订，西律毁议必须重罚，磋磨至再，始允偿银七万两退约，由会办商务大臣盛宣怀垫银四万两归招商局，在应收余米变价盈余项下陆续扣还归款。其余三万两由该粮道向号商挪付，自行清理，实无贿赂之事。况太古原议包定脚费等项，每石规银三钱二分，较之招商局

---

①袁树勋（1847—1915），字海观，号抑戒老人，湖南湘潭人。初由文童投效湘军，保举蓝翎，捐纳府经历。同治八年（1869），投效陕甘老湘营，以军功保知县。同年，捐纳同知衔。光绪三年（1877），署江苏高淳县知县。八年（1882），署铜山县知县。十二年（1886），署南汇县知县，加四品衔，戴花翎。十五年（1889），晋三品衔，署上海县知县。同年，丁忧回籍。二十一年（1895），报捐直隶州。三十一年（1905），升江苏按察使。三十二年（1906），迁顺天府府尹。三十四年（1908）擢民政部左侍郎。同年，补授山东巡抚。宣统元年（1909），署两广总督。二年（1910），辞官。民国四年（1915），卒于沪。

每石规银四钱一分零，约可省银九分有奇。此项节省余款，当经奏明备抵厅仓茶果并承修太平仓廒等用，并非取入私橐。

又，原奏浦东原屯招商局粮米，以五元一石买进，截留平粜，以七八元一石卖出，即以赢余为该道弥补了事一节。查苏属二十七年秋收歉薄，次年春、夏米粮缺乏，通商各口以及内地州县同时涨价，穷民糊口维艰，深虞滋事，经上海道袁树勋与地方绅董筹借漕粮，举办平粜，议定俟新谷登场，买米补运，亦经奏准在案。所有办理平粜出入一切，悉由上海商业公所绅董一手经理，与该粮道绝不相关。

又，原奏谓系洋行买办出身一节。查该粮道由贡生于咸丰七年供职中书科，俸满截取同知，分发到省。光绪五年，补授江宁府海防同知员缺。嗣经出使日本大臣黎庶昌奏调出洋，洊保道员。其非出身微贱可知。

臣覆查该粮道罗嘉杰始因图省经费，分运漕粮；继因议毁合同，认赔巨款。核其情节，实属受累因公，业经前任督臣按照被参各款逐一详查，并无实在劣迹，自应由臣奏请仰恳天恩俯准免予置议。

所有查明道员参款移交议覆缘由，理合恭折据实覆陈。伏祈皇太后、皇上圣鉴训示。谨奏。光绪二十九年三月二十七日。

（朱批：）知道了。①

光绪二十八年四月初十日，奉朱批：知道了。钦此。②

❶【案】光绪二十八年七月二十四日，刑科给事中吴鸿甲具折弹劾罗嘉杰，曰：

刑科给事中臣吴鸿甲跪奏，为监司大员不知政体，据实纠参，恭折仰祈圣鉴事。

窃南漕海运来京，由招商局轮船装载，为国家力保利权，行之已

---

①台北故宫博物院藏：《军机及宫中档》，文献编号：408007221。

②台北故宫博物院藏：《军机及宫中档》，文献编号：155764。

久。今岁粮道罗嘉杰擅将粮米搬运至太古洋行栈房，由太古公司轮船装载，业经讲明脚费，一切较招商为便宜，付定银十二万两，订立合同，并未禀明江苏巡抚及商务大臣。嗣经商务大臣觉察，立即咨外务部勒令退悔，责以不知大局。该道始惶汗无地，然脚费已经付出，粮米已入洋栈，事非儿戏，如何得了，幸十二万中扣付该道贿赂五万，实只付出七万；其余应找脚费，极力磋磨，太古尚以粮米入栈不能退悔，万分为难。似此情形，三、四月间，已南、北关传一片。

至洋报所称浦东原屯招商局粮米数十万石，上年以五元一石买进，今截留作平粜米，以七八元一石卖出，即以此项赢余为该道弥缝了事，当事者苦心孤诣，为此调停之局，以免外人訾议，言出报纸，未敢遽信。惟查该道系洋行买办出身，官至监司大员，乃贪五万金之贿，胆大妄为，不顾利权外溢，事虽未成，迹已昭著。傥仍令安然在位，从容弥此赔累，则以后之百般贪黩，固可逆料，而借此之乞怜当道，为将来固位之谋，其巧计更何可思议？

抚臣不为参处，因避失察之嫌。臣籍隶江苏，见闻较近，职司弹劾，未敢讳言。如罗嘉杰者实为道员中不学无术之尤，应否予以黜退，伏乞皇太后、皇上圣鉴施行。谨奏。光绪二十八年七月二十四日。①

1351. 奏报拣补安徽陆路参将等缺折

光绪二十九年三月二十七日（1903年4月24日）

头品顶戴两江总督臣魏光焘跪奏，为拣员递补安徽陆路参将等员缺，恭折具陈，仰祈圣鉴事。

窃查接管卷内，安徽抚标中军参（缺）〔将〕王凤祥病故，遗缺接准部咨系陆路题调之缺，行令按照例章拣员升调，经前督臣刘坤一于安徽省实缺参将各员内详加拣选，或缺居紧要，或人地未宜，均未便迁就调补。惟查有合例应升人员颍州营游击尹嗣兴，

①台北故宫博物院藏：《军机及宫中档》，文献编号：148271-0-A。

年力强健，营务勤明，堪以奏请升补；递遗底缺查有皖南镇标右营都司颉鹏飞，年力强健，营务慎勤；龙山营右军守备秦德荣，年力正强，操防勤谨；寿春镇标中营叶家集汛千总邵汝泉，年力正盛，巡缉认真，堪以递升各缺，饬令各该员开具履历呈送，未及奏咨，由署督臣张之洞移交前来。

臣查尹嗣兴年五十五岁，江南仪征县人，由武生递保都司，于光绪十七年奏补安徽颍州营游击，十八年九月初二日引见，领札到任。二十三年军政案内，经前督臣刘坤一题准保荐卓异。该员历俸早满，资格最深，以之升补安徽抚标中军参将，洵堪胜任。

颉鹏飞，年四十三岁，陕西三原县人，由武进士蓝翎侍卫当差期满，以都司用。光绪十三年，选补安徽广德营都司。十四年二月二十七日引见，领札赴任。二十三年，调补皖南镇标右营都司。二十七年，于拿获逆匪田化陇等案内出力，经前安徽抚臣王之春奏保以游击尽先补用。该都司历俸已满，以之升补颍州营游击，亦堪胜任。

秦德荣，年五十九岁，安徽和州人，由承袭云骑尉，学习期满。光绪十一年，赴部引见，发回本省，照例委用。十八年，奏补龙山营右军守备，领札到任。该守备历俸已满，以之升补皖南镇标右营都司，人地亦属相宜。

邵汝泉，年六十岁，安徽寿州人，由军功洊保守备。同治十年，借补寿春镇标中营霍邱汛千总。嗣经移驻叶家集汛，复经前直隶督臣李鸿章于续查剿平西捻各军案内保升都司，光绪十年，请咨赴部。八月初五日，经钦派王大臣验放，发给验票，祗领回任。该千总历俸已满，以之升补龙山营右军守备，亦称得力。

以上升补各员，核与定章均属相符，合无仰恳天恩俯准以尹嗣兴升补安徽抚标中军参将，颉鹏飞递升颍州营游击，秦德荣递升皖南镇标右营都司，邵汝泉递升龙山营右军守备各员缺，实于营伍、地方均有裨益。如蒙俞允，俟部覆至日，即行分起给咨送部引见，以符定制。

除将该员等履历咨部查核外，理合会同护理安徽巡抚臣联魁[①]，恭折具陈。伏祈皇太后、皇上圣鉴训示。谨奏。光绪二十九年三月二十七日。

（朱批：）兵部议奏。[②]

光绪二十八年四月初十日，奉朱批：兵部议奏。钦此。[③]

1352. 请以郭道直署理常镇通海道片

光绪二十九年三月二十七日（1903年4月24日）

再，据镇江府知府祥福详称：常镇通海兵备道长恒复发痰喘病症，于本年三月十六日因病出缺等情。前来。臣查该道驻扎镇江，兼管扬由等关，迩来交涉事务益繁，应先委员署理，以专责成。查有江苏候补道郭道直，资深才练，熟悉情形，堪以前往接署。

除檄饬遵照外，所有常镇通海道一缺，相应请旨简放，以重职守。理合会同江苏抚臣恩寿，附片陈请。伏乞圣鉴。谨奏。

（朱批：）另有旨。[④]

---

①联魁（1849—?），字星樵、星乔，镶红旗满洲人，贡生。同治三年（1864），充神机营文案委员。光绪元年（1875），保即选笔帖式。三年（1877），选礼部笔帖式。同年，保兵部候补主事，加四品衔。五年（1879），保兵部候补员外郎、兵部候补郎中。六年（1880），赴科布多差遣。八年（1882），充职方司帮掌印。十一年（1885），补海军衙门章京，历充水操内学堂提调、兵部捷报处章京、饭银处监督、则例馆提调、会典馆纂修。十三年（1887），升兵部郎中，掌职方司印钥。十六年（1890），掌武选司印钥。十八年（1892），授总理海军事务衙门帮总办。是年，放甘肃甘凉道，晋三品衔。二十一年（1895），署甘肃布政使。同年，调补甘肃西宁道。二十三年（1897），署西宁办事大臣。是年，调安徽安庐和滁道。二十四年（1898），迁安徽按察使。二十八年（1902），署安徽藩司。翌年，实授安徽布政使。二十九年（1903），护理安徽巡抚。三十一年（1905），擢甘肃新疆巡抚。宣统元年（1909），授会办盐政大臣。

②台北故宫博物院藏：《军机及宫中档》，文献编号：408007222。

③台北故宫博物院藏：《军机及宫中档》，文献编号：155768。

④台北故宫博物院藏：《军机及宫中档》，文献编号：408007221-0-A。

光绪二十八年四月初十日，奉朱批：另有旨❶。钦此。①

❶【案】此案旋于是年四月十一日得旨允行，《上谕档》载曰：

光绪二十九年四月十一日，内阁奉上谕：江苏常镇通海道员缺，着郭道直补授。钦此。江苏常镇通海道员缺，请旨简放。②

1353. 奏陈筹办两江学务情形片

光绪二十九年三月二十七日（1903年4月24日）

再，查接管卷内，前署督臣张之洞以近年屡奉谕旨饬令各省建设学堂，亟应钦遵切实筹办。江南地大物博，人才渊薮，应设学堂，若不详考东、西各国学校制度、规模，不能完备。现当筹办之初，必须设一总汇之所，以资经画考察，应即于江宁省城设立两江学务处，所有省城及各府、厅、州、县高等、中、小学堂暨民间私设学堂以及出洋游学各生，统归经理，稽察考核。凡各学堂课程门目、毕业年限、管理人员职守，异等者应分立章程，同等者应会通画一。又延订华、洋教习，核阅、编译教科书本，均责成学务处公同筹商妥办；札委江宁布政使李有棻、江安督粮

①台北故宫博物院藏：《军机及宫中档》，文献编号：155769。

②《光绪朝上谕档》，第29册，第84页。

道胡延①、江南盐巡道徐树钧②为总办，江苏候补道志钧、江苏试用道俞明震、江苏候补道刘世珩为会办，江苏候补知府张预为总提调；并刊发两江学务处关防一颗，饬即筹拨款项，在于江宁省城设立开办，遇事会同筹商，督饬提调张预认真办理。

兹据江宁布政使李有棻等会详：已由司筹备款项，于光绪二十九年正月初五日设局，于二十四日启用关防，遇事公同会议经理，切实讲求，悉心筹办，次第举行。详请奏咨移交前来。臣覆核无异，除分咨礼部、政务处、管学大臣查照外，谨会同江苏抚臣恩寿，附片陈明。伏乞圣鉴。谨奏。

（朱批：）着即督饬认真办理，务收实效。③

光绪二十八年四月初十日，奉朱批：着即督饬认真办理，务收实效。钦此。④

---

①胡延（1861—?），字木父，号长木，四川成都人，廪生。光绪十一年（1885），拔贡，以知县用。十二年（1886），报捐同知。十四年（1888），补山西知县。十八年（1892），报捐花翎，调补平遥县知县。十九年（1893），补授绛县知县。二十三年（1897），调补平遥县知县，二十四年（1898），补授永济县知县。同年，充武卫中军文案处总办。二十六年（1900），升陕西西安府知府。同年，署理陕西督粮道。二十七年（1901），迁陕西盐法道。二十八年（1902），调补江安粮储道。同年，署理江宁布政使。

②徐树钧（1842—1910），字衡士，号淑鸿，湖南长沙人，附生出身。咸丰四年（1854），捐纳户部候补主事。七年（1857），中式举人。光绪四年（1878），保军机章京。六年（1880），补户部河南司主事。八年（1882），升户部浙江司员外郎，转户部福建司员外郎。十年（1884），补军机章京。十一年（1885），授户部福建司郎中。十四年（1888），调户部云南司郎中。十五年（1889），补江南道监察御史。同年，授掌山西道监察御史。十六年（1890），充巡城御史。十七年（1891），协理京畿道事务。十九年（1893），补吏科给事中，加三品衔。二十年（1894），任刑科掌印给事中、巡城给事中。同年，放广西桂平梧盐法道。二十一年（1895），署广西按察使、布政使。二十五年（1899），调补江苏分巡盐法江宁道。二十七年（1901），署江宁布政使。三十一年（1905），开缺回籍修墓。宣统二年（1910），卒。著有《续访碑录》《宝鸭斋诗集》《诗余》《宝鸭斋题跋》《宝鸭斋法帖》《宝鸭斋金石拓存》《淮海咏归》《长郡题名录》等行世。

③台北故宫博物院藏：《军机及宫中档》，文献编号：408007221-0-B。

④台北故宫博物院藏：《军机及宫中档》，文献编号：155771。

1354. 奏请奖叙俄国船主易罗方甫片

光绪二十九年三月二十七日（1903 年 4 月 24 日）

再，据苏松太道详：俄国满洲轮船主易罗方甫上年十一月间自旅顺开行来沪，途见新长庆华船遭风，悬旗求救，经该船主竭力救出难民三十余人，由俄领事将该难民等送道，资遣回籍，请核奖前来，并准外务部咨会该船主应奏给宝星、大副等应给功牌等因。

臣查俄国商船在洋救援遭风华民至三十余人之多，实属不分畛域，见义勇为，迥非寻常劳绩可比；大副人等已饬分给功牌，所有该船主易罗方甫合无仰恳天恩从优赏给三等第三宝星，以示奖励之处，出自逾格鸿施。除咨外务部查照外，理合附片具陈。伏乞圣鉴训示。谨奏。

（朱批：）着照所请，外务部知道。①

光绪二十八年四月初十日，奉朱批：着照所请，外务部知道。钦此。②

1355. 请准王孝贵留于两江补用片

光绪二十九年三月二十七日（1903 年 4 月 24 日）

再，投标学习人员历经奏留两江补用，均奉朱批允准在案。兹查有花翎尽先补用都司王孝贵，历在江南等处剿匪出力，洊保今职，投效臣标，差委无误。经前督臣刘坤一核案批准，留交前署督臣张之洞，未及奏留，移交到臣。覆查无异，合无仰恳天恩俯准将该都司王孝贵以原官留于两江补用，以资得力。除履历咨移部、科查核外，理合附片陈请。伏祈圣鉴训示。谨奏。

---

①台北故宫博物院藏：《军机及宫中档》，文献编号：408007221-0-C。

②台北故宫博物院藏：《军机及宫中档》，文献编号：155762。

（朱批：）着照所请，兵部知道。①

光绪二十八年四月初十日，奉朱批：着照所请，兵部知道。钦此。②

1356. 请准王华清留于两江补用片

光绪二十九年三月二十七日（1903年4月24日）

再，投标学习人员叠经前督臣等奏请留江补用，钦奉谕旨允准在案。兹查接管卷内，分发安徽升用都司王华清，前由山东临清卫守备三次俸满开缺送部引见，奉朱笔圈出，着发往安徽省，以都司升用。钦此。现据禀请改留两江候补，就近养亲等情。前督臣未及核办，移交前来。

臣查两江正值整顿营伍需材之际，合无仰恳天恩俯准将分发安徽升用都司王华清以原官改留两江补用，以资得力。谨附片陈请。伏乞圣鉴训示。谨奏。

（朱批：）着照所请，兵部知道。③

光绪二十八年四月初十日，奉朱批：着照所请，兵部知道。钦此。④

1357. 请准水师严福臣留用片

光绪二十九年三月二十七日（1903年4月24日）

再，查接管卷内，前准部咨，凡由水师出身曾在水师营立功保奖武职人员，应归入水师候补等因，经前督臣刘坤一查有保留安徽尽先补用都司严福臣，系由原制京口内河水师兵丁，复投江苏抚标亲兵水师营，随剿出力，荐保今职。该员系内河水师出身，

---

①台北故宫博物院藏：《军机及宫中档》，文献编号：408007222-0-A。

②台北故宫博物院藏：《军机及宫中档》，文献编号：155774。

③台北故宫博物院藏：《军机及宫中档》，文献编号：408007222-0-B。

④台北故宫博物院藏：《军机及宫中档》，文献编号：155773。

于江南内河水师情形极为熟习。惟原保安徽省并无水师营分，拟将该员留于江南内河水师补用，未及具奏，由署督臣张之洞移交前来。

合无仰恳天恩俯准将保留安徽尽先都司严福臣以原官改留江南内河水师补用，以收人地相宜之效。除将该员履历、印结咨部外，谨附片陈请。伏乞圣鉴训示。谨奏。

（朱批：）着照所请，兵部知道。①

光绪二十八年四月初十日，奉朱批：着照所请，兵部知道。钦此。②

1358. 奏报采办头二批棕毛动用银款折

光绪二十九年三月二十八日（1903年4月25日）

头品顶戴两江总督臣魏光焘跪奏，为采办头二批棕毛动用银款，恭折具陈，仰祈圣鉴事。

窃准工部咨，行令采办棕毛三十万斤，分批解部等因，当经札饬安徽布政使迅速筹办去后。兹据护理安徽巡抚联魁在布政使任内详称：奉取棕毛三十万斤，议请仍以五万斤为一批，分作六批办解，应将头、二批十万斤委员前赴江西、湖北一带，赶速采办。所有每斤例价银三分，每批共该正银一千五百两，在于光绪二十八年各属解司正项银内动给；又于耗羡项下拨给每批协贴价值银二千六百余两，又每批部饭银一千二百两，水脚银一千八百余两。详请奏咨前来。

臣覆核无异，除饬令赶紧办解外，所有采办头、二批棕毛动用银款缘由，理合会同护理安徽巡抚臣联魁，恭折具陈。伏乞皇太后、皇上圣鉴。谨奏。光绪二十九年三月二十八日。

---

①台北故宫博物院藏：《军机及宫中档》，文献编号：408007222-0-C。

②台北故宫博物院藏：《军机及宫中档》，文献编号：155770。

（朱批：）该部知道。[①]

光绪二十八年四月初十一日，奉朱批：该部知道。钦此。[②]

1359. 奏报去冬今春改题为咨各案折

光绪二十九年三月二十八日（1903年4月25日）

头品顶戴两江总督臣魏光焘跪奏，为光绪二十八年冬季分及二十九年正、二月分改题为咨各案，摘由开单，恭折仰祈圣鉴事。

窃查光绪二十七年八月十五日奉上谕：嗣后循例具题之件，均着改题为奏，以归简易等因。钦此。当经前督臣刘坤一将例应具题各案酌拟，分别删改办法，开单具奏，声明改咨之案每月摘录简明案由，缮单汇奏一次，钦奉朱批：着照所请，该衙门知道，单并发。钦此。历经钦遵办理在案。

兹查接管卷内，安徽、江苏两臬司详参武职疏防职名各案，并据报武职因病出缺及江西布政使交代，盘查两淮、通泰分司各官换铸印信缘由，均经前署督臣张之洞随时分别咨部议覆，未及汇奏，移交到臣。谨将光绪二十八年十月、十一、十二月及二十九年正、二月分改题为咨各案摘录简明案由、缮单，恭呈御览。理合恭折具陈。伏乞皇太后、皇上圣鉴，敕部查照。谨奏。光绪二十九年三月二十八日。

（朱批：）该部知道，单并发。[③]

光绪二十九年四月十一日，奉朱批：该部知道，单并发。钦此。[④]

①台北故宫博物院藏：《军机及宫中档》，文献编号：408007223。
②台北故宫博物院藏：《军机及宫中档》，文献编号：155831。
③台北故宫博物院藏：《军机及宫中档》，文献编号：408007224。
④台北故宫博物院藏：《军机及宫中档》，文献编号：155823。

1360. 呈去冬今春改题为咨各案清单

光绪二十九年三月二十八日（1903年4月25日）

谨将光绪二十八年十月、十一、十二月及二十九年正、二月分改题为咨各案，汇缮清单，恭呈御览。

计开

特参合肥县事主徐氏被窃行强、拒伤平复一案武职疏防职名，专汛系庐州营把总何吉祥，协防署梁园汛外委沈贯一，兼辖都司长兴。

特参庐江县事主孙家仁被劫、拒伤伊妻徐氏平复一案武职疏防职名，专汛系六安营舒城汛把总丁先衡，协防系代防庐江汛外委马承恩，兼辖参将瑞恒。

特参当涂县事主尹世贵被劫、拒伤伊与弟世善、子永福等平复一案武职疏防职名，专汛系署芜采营当涂汛把总张锦标，协防系采石汛外委龚玉书，兼辖署守备洪椿，统辖参将杨大章。

特参广德州事主杨大才杂货布店被劫、拒伤平复一案武职疏防职名，专汛系广德营千总艾荣彪，兼辖都司颉鹏飞。

特参舒城县事主陈守贤杂货店被窃行强一案武职疏防职名，专汛系六安营把总丁先衡，协防外委张玉祥，兼辖参将瑞恒。

署苏州城守营左军守备正任江宁城守左营守备王永贵，染患伤寒，于光绪二十八年八月二十六日病故。

江南徐州镇标中军游击何迪华，感受风寒，旧伤复发，于光绪二十八年十二月初二日病故。

江西布政使柯逢时，任内经理收放正、杂钱粮交代清楚。

两淮、泰通分司及所属二十场大使、泰坝监掣等官所用印信，造册详请换铸。

特参江都县事主周广裕被劫一案武职疏防职名，专汛系瓜洲营把总赵佩洪，兼辖守备黄德兴，统辖不同城江宁城守副将蒋良眷。

特参江都县事主黄道鹏被劫、拒伤伊与子天鳌、兄道玉等平复一案武职疏防职名，专汛系三江营千总杨士杰，兼辖守备张文杰。

特参江都县事主陈志诚被劫一案武职疏防职名，专汛系瓜洲营把总赵佩洪，兼辖守备黄德兴，统辖不同城江宁城守副将蒋良眷。

特参金山县事主高煌被劫、拒伤伊侄高堪平复一案武职疏防职名，专汛系金山营把总吴正旺，协防外委朱广明，兼辖系署游击顾先达。

特参铜陵县事主汪嘉培被窃、拒伤平复一案武职疏防职名，专汛系池州营把总戴祖勋，协防外委张昌全，兼辖都司彭楚明。

特参铜陵县事主潘义彩被劫、拒伤园丁何清发平复一案武职疏防职名，专汛系池州营把总戴祖勋，协防外委张昌全，兼辖都司彭楚明。

特参当涂县事主印安凤被窃行强、拒伤伊妻陈氏平复一案武职疏防职名，专汛系署芜采营把总张锦标，协防额外聂殿魁，兼辖署守备洪椿，统辖参将杨大章。

特参英山县事主查幼兰被窃行强一案武职疏防职名，专汛系署六安营把总谈声聪，兼辖参将瑞恒。

特参宿州事主张颜氏被劫、拒伤伊子张敬桥身死、张明言平复一案武职疏防职名，专汛系署宿州营把总李修勤，兼辖系署游击李秀岭。

特参泗州事主张廷烈被劫、拒伤伊子张小三孜身死一案武职疏防职名，专汛系署泗州营千总冯长庆，兼辖都司朱天庆。

特参广德州事主江在筹被窃行强、拒伤平复一案武职疏防职名，专汛系广德营千总何海泉，兼辖都司颉鹏飞。

特参广德州事主李树堂杂货店被窃行强一案武职疏防职名，专汛系广德营把总何立椿，兼辖、署都司颉鹏飞。

特参歙县民人邵有铎被人杀害后落水身死、验有失物情形一案武职疏防职名，专汛系徽州营千总饶明奎，兼辖守备刘裕升，统辖参将吴玉昆。

特参太平县事主王朝秉杂货布店被劫一案武职疏防职名，专汛系皖南镇标右营把总莫一元，兼辖署守备王贞祥，统辖署都司杨正发。

特参太平县事主穆景修被劫一案武职疏防职名，专汛系皖南镇标右营把总莫一元，兼辖署守备王贞祥，统辖署都司杨正发。

特参泾县事主章锦宏杂货布店被劫获犯未半一案武职疏防职名，专汛系皖南镇标左营把总张先富，兼辖署游击尹嗣兴。

特参繁昌县事主何子芳被窃行强一案武职疏防职名，专汛系芜采营把总金有申，协防额外胡少林，兼辖署守备姜志，统辖参将王凤祥。

特参宣城县事主王炳南被劫拒伤平复一案武职疏防职名，专汛系皖南镇标左营千总罗应良，兼辖守备翁兆林，统辖系署游击尹嗣兴。

特参宣城县事主刘麐砻坊被劫、拒伤坊伙张家春、刘锡炳平复、获犯未半一案武职疏防职名，专汛系署皖南镇标左营千总潘凤池，兼辖守备翁兆林，统辖游击牛书琴。

特参全椒县事主陈涛之母缪氏厝棺被窃一案武职疏防职名，专汛系浦口营全椒汛把总朱国友。

特参凤台县事主陈有兰土店被劫、拒伤伊叔兆明平复一案武职疏防职名，专汛系署寿中营把总宋廷魁，协防署外委吴廷珍，兼辖游击李经纶。

特参贵池县事主金贤友停船被窃行强、拒伤平复一案武职疏防职名，专汛系池州营外委唐有元，协防额外王学文，兼辖系都司彭楚明。

特参贵池县事主王佩文被劫、拒伤伊母王章氏平复、获犯未半一案武职疏防职名，专汛系池州营外委唐有元，协防额外王学文，兼辖都司彭楚明。

特参贵池县事主吴步云被劫拒伤平复一案武职疏防职名，专汛系池州营外委唐有元，协防额外王学文，兼辖都司彭楚明。

特参广德州事主宁永绪被窃行强一案武职疏防职名，专汛系广德营千总何海泉，兼辖都司颉鹏飞。

特参泗州事主魏朝彦被劫、拒伤伊父魏道洪身死、堂兄魏朝班等平复、获犯未半一案武职疏防职名，专汛系泗州营千总吴可传，兼辖都司朱天庆。

特参泗州事主胡玉田被劫、拒伤伊女小翠孜身死、伊妹宗胡氏平复、获犯未半一案武职疏防职名，专汛系泗州营千总吴可传，兼辖都司朱天庆。

特参泗州事主朱梦聪被劫、拒伤伊弟朱梦连身死、获犯未半一案武职疏防职名，专汛系泗州营千总吴可传，兼辖都司朱天庆。

特参颍上县事主杨文钤被劫一案武职疏防职名，专汛系寿春中营把总梅文彩，兼辖游击李经纶。

特参青阳县事主王存仁被劫、拒伤邻人姜义之吕子善平复一案武职疏防职名，专汛系池州营千总徐殿魁，协防外委汪隆泰，兼辖都司彭楚明。

特参铜陵县事主杜德元被劫、拒伤伊母杜佘氏平复一案武职疏防职名，专汛系池州营把总戴祖勋，协防外委张昌全，兼辖都司彭楚明。

特参青阳县事主罗曹氏被劫、拒伤雇工杨义真、获犯未半一案武职疏防职名，专汛系池州营千总徐殿魁，协防外委汪隆泰，兼辖都司彭楚明。

特参贵池县事主周荣被劫一案武职疏防职名，专汛系池州营外委唐有元，协防额外王学文，兼辖都司彭楚明。

特参铜陵县事主张玉良被窃、拒伤伊兄张周全平复一案武职疏防职名，专汛系池州营把总戴祖勋，协防外委张昌全，兼辖都司彭楚明。

特参贵池县事主吴丙科被窃行强一案武职疏防职名，专汛系池州营外委唐有元，协防额外王学文，兼辖都司彭楚明。

实任江南镇江营参将郑国祥，伤病触发，于二十八年九月初六日病故。

实任江西袁州营都司英俊，得染伤寒、气喘病症，于二十八年六月十四日病故。

（朱批：）览。[①]

1361. 请以张熙借补外海水师游击折

光绪二十九年三月二十八日（1903年4月25日）

头品顶戴两江总督臣魏光焘跪奏，为拣员借补外海水师游击员缺，恭折仰祈圣鉴事。

窃查接管卷内，江苏外海水师掘港营游击韩元孔升补参将，遗缺接准部咨系新章第一轮第一缺，应用尽先人员，行令迅即照章拣员请补。经前督臣刘坤一于江苏外海、内洋水师尽先人员内详加遴选，查有总兵衔升用副将内洋水师尽先参将张熙，年六十三岁，江苏长洲县人，由武生投营随剿出力，洊保花翎游击，于铭军叠在山东曹县、湖北紫平铺、江苏赣榆等处战毙逆首案内出力，经前湖广督臣李鸿章保奏，于同治七年五月初四日奉上谕：着以参将留于江南提标尽先补用，并赏加副将衔等因。钦此。八年到标，复于查明剿平西捻案内出力，保俟补缺后，以副将用。光绪十二年，江苏海运漕粮出力，保加总兵衔。十九年，经前督臣奏改江苏内洋水师补用，奉旨允准，接准部覆注册序补。该员历署外海、内洋水师各缺，情形极称熟悉，以之借补掘港营游击员缺，洵堪胜任，核与定章亦属相符，未及具奏，由署督臣张之洞移交前来。

合无仰恳天恩俯准以内洋水师尽先参将张熙借补外海水师掘

---

①台北故宫博物院藏：《军机及宫中档》，文献编号：155823-0-A。

港营游击员缺，实于营伍、地方有裨。如蒙俞允，该员改归水师时经前督臣刘坤一奏准俟补缺后，并案给咨赴部，应俟接准部覆，即行并案给咨送部引见，以符定制。

除饬取该员履历及前在他省实无参革、朦保印结咨部查核外，谨会同江南提督臣李占椿①，恭折具陈。伏乞皇太后、皇上圣鉴训示。谨奏。光绪二十九年三月二十八日。

（朱批：）兵部议奏。②

光绪二十九年四月十一日，奉朱批：兵部议奏。钦此。③

1362. 请准缓办镇标军政考语片

光绪二十九年三月二十八日（1903 年 4 月 25 日）

再，查接管卷内，准长江提臣程文炳④将光绪二十八年分提标及湖口、瓜洲两镇标军政五花考语册咨送核办等因。署督臣张之

---

①李占椿（1839—1919），字寿庭，江西兴国县人，行伍出身。咸丰八年（1858），投效湘军。九年（1859），以军功历保把总、千总、守备、游击。同治五年（1866），保参将。六年（1867），加副将衔，赏绰勇巴图鲁勇号。七年（1868），保记名总兵，晋提督衔。同年，保以提督记名。光绪三年（1877），署广东阳江水师总兵。五年（1879），署广东陆路提督。七年（1881），署江西九江镇总兵。八年（1882），补授福建汀州镇总兵。十六年（1890），丁母忧。十九年（1893），补安徽皖南镇总兵。二十二年（1896），请假回籍修墓。二十四年（1898），擢江南提督。三十年（1904），因病开缺。三十三年（1907），办理赣南团防清乡事宜。民国八年（1919），卒于籍。

②台北故宫博物院藏：《军机及宫中档》，文献编号：408007225。

③台北故宫博物院藏：《军机及宫中档》，文献编号：155784。

④程文炳（1834—1910），字从周，安徽阜阳人。咸丰初，投袁甲三军营，领马队为选锋。九年（1859），因军功保把总，赏戴蓝翎。十年（1860），保千总、守备，换花翎。十一年（1861），保都司，晋游击衔。同年，保参将，加副将衔。同治元年（1862），保副将。同年，借补潜山营游击。三年（1864），晋总兵衔。四年（1865），迁提督衔。五年（1866），补贵州清江协副将。六年（1867），赏穿黄马褂，嗣总统强字马步各军十六营。十二年（1873），补授江西九江镇总兵。光绪六年（1880），署寿春镇总兵，兼统威靖马步全军。七年（1881），调补江西南赣镇总兵。九年（1883），擢湖北提督，统襄防马步各营。十九年（1893），丁本生继母忧。二十年（1894），补授福建陆路提督。二十五年（1899），入觐，假归。二十七年（1901），调补长江水师提督。宣统二年（1910），卒，谥壮勤。

洞因交卸在即，未及举办，移交前来。伏查军政大典，黜陟攸关，必须详加考核，方昭妥慎。现在臣甫经莅任，于所属各员贤否未能周知，拟请缓俟三月后再行照例办理。谨附片陈明。伏乞圣鉴。谨奏。

（朱批：）兵部知道。①

光绪二十九年四月十一日，奉朱批：兵部知道。钦此。②

1363. 请准李金彪注册更名片

光绪二十九年三月二十八日（1903 年 4 月 25 日）

再，查接管卷内，准兵部咨：准原任两江总督刘坤一咨报长江水师湖口镇总兵李全彪领札日期，惟札付内名字误为“李金彪”，咨部更正前来。查前于光绪二十六年五月十三日奉上谕：长江水师湖口镇总兵员缺，着李金彪补授。钦此。本部钦遵谕旨注册，今据咨请更正为李全彪。惟系专阃大员，未便据咨办理，应令奏明更正等因，移交到臣，相应请旨俯准将长江水师湖口镇总兵李金彪更正为“李全彪”，敕部查照注册，谨附片陈请。伏乞圣鉴。谨奏。

（朱批：）兵部知道。③

光绪二十九年四月十一日，奉朱批：兵部知道。钦此。④

①台北故宫博物院藏：《军机及宫中档》，文献编号：408007225-0-A。

②台北故宫博物院藏：《军机及宫中档》，文献编号：155793。

③台北故宫博物院藏：《军机及宫中档》，文献编号：408007225-0-B。

④台北故宫博物院藏：《军机及宫中档》，文献编号：155797。

1364. 奏报江宁应解银两汇沪片

光绪二十九年三月二十八日（1903 年 4 月 25 日）

再，江苏省筹解旗营加饷银两，经前督臣等奏明自光绪十二年起，每年解银三十万两，江宁、苏州两属各半分认，按春、夏、秋三季批解户部兑收。前年接准行在户部咨：江苏省旗兵加饷全数提留新案赔款，每年匀作十二次，解沪汇付。又准部电，关平百两应加补水库平银一两六钱四分三厘，各等因，当经先后转行遵照，业将二十八年上半年宁、苏两属应解前项银两分别筹解，经前督臣刘坤一附片奏明在案。所有江宁应解下半年银两，在于江安粮道库月提银壹万两，金陵厘捐局月提银二千五百两，解过六次共计银七万五千两，另筹补水库平银一千二百三十二两二钱五分；苏州仍由向派之司、关、道、局照案分筹，亦解过六次，共计银七万五千两，另筹补水库平银一千二百三十二两二钱五分，均交号商汇解江海关兑收转付，以清一年之款。据江宁、江苏两藩司按月详报，均经随时分咨外务部、户部查照。

除饬各该藩司嗣后仍按半年详奏一次外，理合会同江苏巡抚臣恩寿，附片陈明。伏乞圣鉴。谨奏。

（朱批：）该部知道。①

光绪二十八年四月初十一日，奉朱批：该部知道。钦此。②

1365. 奏报江西各营朋马银数片

光绪二十九年三月二十八日（1903 年 4 月 25 日）

再，江西省各镇协标营朋、马银数，例应按年题报。兹查接管卷内，据江西布政使详称：光绪二十六年分，朋扣买马动支、

---

①台北故宫博物院藏：《军机及宫中档》，文献编号：408007223-0-A。

②台北故宫博物院藏：《军机及宫中档》，文献编号：155829。

实存各数内，共扣过朋银四千二百九十二两九钱八厘，各营共倒限满马二百三十一匹，遵照部定价值，并续奉部行将分厘尾数一并裁整，每匹价银一十六两八钱，共应领马价银三千八百八十两八钱。又，广信营补复马兵十名，购买战马十匹，共该马价银一百六十八两。总共应领银四千四十八两八钱，内除减平银二百四十二两九钱二分八厘，实给银三千八百五两八钱七分二厘。买补新收马匹，又动未用朋扣银七两一钱九分二厘，解送兵部，以为光绪二十六年分朋、马奏销饭食之用，实存未用朋扣银二百三十六两九钱一分六厘。又，各营倒毙马匹皮脏变价银一百一十五两五钱，均造入光绪二十八年秋拨册内，分别拨用造册，详请核办等情。

经前署督臣张之洞核案批准，未及奏咨，移交到臣。覆核无异，除清册分送部、科查核外，理合附片具陈。伏乞圣鉴，敕部核覆施行。谨奏。

(朱批：) 该部知道。①

光绪二十八年四月初十一日，奉朱批：该部知道。钦此。②

1366. 奏报解清报效工程银两片

光绪二十九年三月二十八日（1903 年 4 月 25 日）

再，查接管卷内，钦奉谕旨饬修京城正阳门门楼工程，当经前署督臣张之洞电商抚臣恩寿，拟江苏全省共认筹工费银八万两，即经饬由江宁藩司筹银一万两，两淮运司筹银一万两，苏州藩司筹银一万两，苏省善后局筹银一万五千两，金陵关筹银五千两，镇江关筹银一万两，江海关筹银二万两，共凑足八万两之数，分

①台北故宫博物院藏：《军机及宫中档》，文献编号：408007223-0-B。

②台北故宫博物院藏：《军机及宫中档》，文献编号：155781。

别解交直隶督臣袁世凯[①]、顺天府尹臣陈璧[②]查收，以备工用在案。兹据各司、关、局先后详称，前项工费均已筹解清款等情。移交前来。

除分咨外务部、户部查照外，谨会同江苏巡抚臣恩寿，附片陈明。伏乞圣鉴。谨奏。

（朱批：）该部知道。[③]

光绪二十八年四月初十一日，奉朱批：该部知道。钦此。[④]

①袁世凯（1859—1916），字慰亭、慰廷，号容庵，河南项城县人。光绪五年（1879），捐纳中书科中书。七年（1881），帮办山东海防事宜。次年，总理前敌营务处，赏戴花翎，保知府。十一年（1885），办理朝鲜商务。旋保道员，加三品衔。十七年（1891），在籍丁忧。十九年（1893），补浙江温处道。同年，赴平壤办理抚辑事宜。二十一年（1895），总理前敌营务处。同年，督练新建陆军。二十三年（1897），授直隶按察使。二十五年（1899），升工部右侍郎。同年，署山东巡抚。二十六年（1900），迁山东巡抚。翌年，署直隶总督。二十八年（1902），擢直隶总督。三十三年（1907），授外务部尚书。宣统三年（1911），充总理大臣。民国元年（1912），任中华民国总统。五年（1916），称帝，旋被迫退位。同年，病逝。有《袁世凯奏议》存世。

②陈璧（1852—1928），字玉苍，号雨苍、苏斋，福建闽县人，廪生。光绪元年（1875），中举。三年（1877），中式进士，以内阁中书用。十四年（1888），补内阁中书，充方略馆详校官。十五年（1889），充湖北乡试正考官。十六年（1890），补宗人府汉堂主事。十八年（1892），升礼部铸印局员外郎。十九年（1893），补礼部铸印局掌印员外郎。同年，任贵州乡试副考官。二十一年（1895），迁礼部祠祭司郎中，兼署礼部精膳司掌印郎中，加三品衔。同年，授湖广道监察御史、会典馆详校官，兼署陕西道监察御史。二十六年（1900），充巡城御史。二十七年（1901），授太仆寺少卿。同年，补顺天府尹，会办五城事宜。二十八年（1902），会办承修惠陵工程，督修正阳门工程。二十九年（1903），补商部右侍郎、左侍郎，办理五城练勇局事宜。三十一年（1905），办理景陵隆恩殿工程，承修东西两陵岁修工程。同年，署理户部右侍郎。三十二年（1906），调户部右侍郎，兼署顺天府尹。同年，授度支部右侍郎，赴各省考察铜元事宜。三十三年（1907），擢邮传部尚书。宣统元年（1909），革职。民国四年（1915），任北洋政府参政院参政。十七年（1928），卒于津。著有《望岩堂奏稿》等行世。

③台北故宫博物院藏：《军机及宫中档》，文献编号：408007223-0-C。

④台北故宫博物院藏：《军机及宫中档》，文献编号：155792。

1367. 奏报江阴营守备各缺遴员请补折

光绪二十九年四月初一日（1903 年 4 月 27 日）

头品顶戴两江总督臣魏光焘、长江水师提督臣程文炳跪奏，为长江水师江阴营守备各缺遴员请补，恭折仰祈圣鉴事。

窃长江水师守备以上各缺，向系拣员开单会奏请补。兹查接管卷内，江阴营前哨守备李祖胜等所遗各缺，由臣文炳遴选历练营伍、熟谙水师之员咨商拟补。署督臣张之洞未及核办，移交到臣。计请升补守备各缺王明华等四员，核与定章均属相符，理合开列清单，恭呈御览。合无仰恳天恩俯赐照准。如蒙俞允，俟部覆至日，由臣光焘分别给咨送部引见，以符定制。

除将各该员履历咨部查核外，谨会同江苏巡抚臣恩寿、护理安徽巡抚臣联魁、护理江西巡抚臣柯逢时①，合词恭折具陈。伏乞皇太后、皇上圣鉴训示。谨奏。光绪二十九年四月初一日。

（朱批：）兵部议奏，单并发。②

光绪二十九年四月十二日，奉朱批：兵部议奏，单并发。钦此。③

---

①柯逢时（1845—1912），字懋，号逊庵、巽庵，湖北武昌人。同治九年（1870），中举。光绪九年（1883），中式进士，改庶吉士。十二年（1886），授翰林院编修。十四年（1888），简陕西学政。十八年（1892），补国史馆协修官、会典馆协修官。十九年（1893），升会典馆绘图处帮总纂官。同年，充山东乡试副考官。二十年（1894），任教习庶吉士，旋放两淮盐运使。二十六年（1900），晋江西按察使。二十七年（1901），迁湖南布政使。是年，调补江西布政使。次年，护理江西巡抚。二十九年（1903），擢广西巡抚。翌年，调补贵州巡抚。三十一年（1905），充统税大臣。翌年，授广西巡抚，兼督办土药统税大臣。三十四年（1908），调浙江巡抚（未赴任）。著有《武昌县志》《光绪十七年辛卯科陕西乡试题名碑记》《陕西乡试题名碑》，刻有《武昌医学馆丛书》等行世。

②台北故宫博物院藏：《军机及宫中档》，文献编号：408007226。

③台北故宫博物院藏：《军机及宫中档》，文献编号：155894。

1368. 呈遴员请补守备各缺清单

光绪二十九年四月初一日（1903 年 4 月 27 日）

谨将长江水师各营续因事故出缺，遴员请补，开列清单，恭呈御览。

计开

江阴营前哨守备李祖胜开缺，遗缺遴有江阴营右哨一队千总王明华，心细才明，讲求营务，堪以升补。

吴城营前哨守备刘自连参革，遗缺遴有簰洲营前哨一队千总秦得胜，干练有为，水师熟悉，堪以升补。

饶州营前哨守备潘先凤参革，遗缺遴有汉阳营前哨一队千总张敬德，稳练勤能，水师熟悉，堪以升补。

安庆营中哨守备黄太荣升补，遗缺遴有该营中哨二队千总龙书发，精强干练，熟谙水师，堪以升补。

（朱批：）览。[①]

1369. 奏报前年春夏淮南征收课厘折

光绪二十九年四月初一日（1903 年 4 月 27 日）

头品顶戴两江总督管理两淮盐政臣魏光焘跪奏，为恭报光绪二十七年上半年淮南征收课厘数目，仰祈圣鉴事。

窃淮南盐务于同治三年奏定新章，征收课银，按半年奏报一次，盐厘随课并报，历届循照办理。光绪八年，湖南、湖北、安徽三岸经前督臣左宗棠奏加新引，接准部咨自光绪九年起，将两淮新旧各商课厘数目、收支各款分款造报。又，光绪二十一年，署督臣张之洞奏准续加鄂、湘、皖三岸新引所收课厘，备还瑞记

---

①台北故宫博物院藏：《军机及宫中档》，文献编号：155894-0-A。

洋款各等因，遵经报至光绪二十六年十二月止在案。

兹查二十七年正月起至六月底止，收旧商课厘银一百十七万五千九十七两有奇，收新商课厘银七万八千五百二十九两有奇，又收续加新票厘银一万七千三百三十一两有奇，共收新旧各商暨续加新票课厘银一百二十七万九百五十八两有奇；又收湖北襄阳、郧阳等府试销淮盐厘税钱二万八千八十千文，万户沱抽收川厘钱八万三千二百二十四千有奇。比较二十六年上半年，连同预厘银钱各数，大致不相上下。据两淮盐运使程仪洛分造清册，详送前来。前署督臣未及具奏，移交到臣，覆核无异。

除将清册咨送部、科外，谨汇开清单，恭折具陈。伏乞皇太后、皇上圣鉴，敕部查核。谨奏。光绪二十九年四月初一日。

（朱批：）户部知道，单并发。[①]

光绪二十九年四月十二日，奉朱批：户部知道，单并发。钦此。[②]

1370. 呈前年春夏淮南征收课厘清单

光绪二十九年四月初一日（1903年4月27日）

谨将淮南光绪二十七年正月起至六月底止收解盐课、盐厘，分晰开单，恭呈御览。

银数入款

一、收淮南各岸盐课银三十八万七千四百四十七两一钱九分四厘，内新票课银八千一百一两八分。

一、由湖北督销局扣收盐厘银二十三万六千七百九十五两七钱六分，内新票厘银二万六千一百四十八两二分一厘五毫，又续加新票厘银四千五百六十三两一钱九分七厘一毫二丝五忽。

一、由湖南督销局扣收盐厘银二十四万七千二百七两四钱六

①台北故宫博物院藏：《军机及宫中档》，文献编号：408007227。

②台北故宫博物院藏：《军机及宫中档》，文献编号：155886。

分三厘二毫五丝，除海防需款案内先缴过银六百六十六两六钱六分七厘，实收银二十四万六千五百四十两七钱九分六厘二毫五丝，内新票厘银二万六千六百四十九两。

一、由江西督销局扣收厘银二十四万八千八十四两三钱四厘。

一、由安徽省督销局扣收盐厘银十二万六百四十三两八钱二分五厘，除海防需款案内先缴过银五千三百四十两，实收银十一万五千三百二两八钱二分五厘，内新票厘银一万六千四百十六两，又续加新票厘银一万二千七百六十八两。

一、收江宁等食岸盐厘银二万一千五百五两八钱二分五厘。

一、收外江盐厘银七千五百三十九两九钱二分，内新票厘银一千二百十五两七钱二分。

一、收湖南花畹冈川税银一千七百三十四两五钱二分七厘四毫。

以上半年共收课厘银一百二十七万九百五十八两八钱一分八厘六毫五丝，除海防需款案内先缴过银六千六两六钱六分七厘，实共收银一百二十六万四千九百五十二两一钱五分一厘六毫五丝，内新票课厘银七万八千五百二十九两八钱二分一厘五毫，又续加新票厘银一万七千三百三十一两一钱九分七厘一毫二丝五忽，又光绪二十六年下半运库盐课项下截存银二十四万五千八百五十九两八钱二分七厘，又外江盐厘项下截存银一万三千八百五十九两九钱三分八厘，又湖北督销局截存盐厘银十八万六千一百八十三两五钱七分五厘二毫三丝三忽三微。

银数出款

一、解户部饷银九万九千七百三十八两九钱六分六厘。

一、解福州船厂经费改解部库银二万两。

一、解内务府饷银一万两。

一、解步军统领衙门饷银一万两。

一、解固本京饷银七千二百两。

一、解两江督标亲兵前、中两营月饷动拨盐课银三万六千两。

一、解江宁兵饷动拨盐课银一万两。

一、解江宁兵饷划解旗营小甲兵饷动拨盐课银五千七百六十九两二钱三分一厘。

一、解淮军月饷动拨盐课银五万两。

一、解摊还英、法、俄、德四国借款动拨盐课银二万九千二百六十六两六钱七分。

一、解江南机器制造局三厂常费动拨盐课银一万两。

一、解本省俸饷动拨盐课银二万两。

一、解陕西协饷抵解陕省应还英、德二国洋款动拨盐课银六千两。

一、解南河工需动拨盐课银一万两。

一、解铁路经费抵还汇丰磅息动拨盐课银八千四百两。

一、解运河堤工春修理经费等项动拨盐课银六千两。

一、支两淮盐属各员养廉动拨盐课银一万八千三百十七两四钱二分二厘。

一、解湖北厘局归湖北收用军需动拨盐厘银五万二千四百一两二钱七分三厘七毫五丝。

一、解湖南厘局归湖南收用军需动拨盐厘银六万四千七百六十九两二钱七分六厘二毫五丝。

一、解九江关税动拨盐厘银一万六千一百六十二两五钱四分五厘。

一、支奉部提存候拨银七万九千二百四十四两一钱二分四厘四毫五丝，内解过湖南善后局拨解淮厘一半协湘银一万一千一百六十四两六钱八厘七毫二丝五忽，又解过金陵支应局拨解淮厘银一万四百九十七两九钱四分一厘七毫二丝五忽，又解过金陵支应局原协甘饷改归金陵充饷银五万七千五百八十一两五钱七分四厘。

以上共解过银七万九千二百四十四两一钱二分四厘四毫五丝，相应登注扣除。

一、解金陵北洋转运局转解淮军饷项动拨盐厘银八万六千七百五十五两八钱二分二厘。

一、解金陵防营支应局转发各营军需动拨盐厘银十七万七千二百五十二两八钱八分八厘四毫，内除拨补皖岸盐厘不敷银三万三千七百五十三两一钱七分五厘，实解金陵支应局充饷银十四万三千四百九十九两七钱一分三厘四毫，登明。

一、解甘肃新饷动拨盐厘银六万二千两。

一、解东北边防经费动拨盐厘银四万一千两。

一、解甘肃新饷划抵京赈动拨盐厘银四千两。

一、解上海机器局三厂常费动拨盐厘银四千两。

一、解奉省俸饷收入部拨抵补鄂、皖厘款动拨盐厘银一万二千两。

一、解摊还英、德、俄、法四国借款动拨盐厘银三万四千二百七十九两五钱二分二厘八毫。

一、解税司抵还洋款动拨盐厘银三十二万五千三百七十三两二钱六分九厘四毫九丝五忽八微。

一、支盐捕营缉私炮船勇粮动拨盐厘银七百三十二两。

以上共解支银一百三十四万六百六十三两一分一厘一毫四丝五忽八微，另行造册咨部。运库盐厘项下，计实存银二十九万一百八十一两八钱七分，又外江盐厘项下实存银七千一百七钱二分，又湖北督销局实存盐厘银七万二千九百九两八钱九分一厘八毫六丝二忽五微，统俟汇同续收银两拨解要饷登明。

钱数入款

一、收湖北襄阳、郧阳等府试销淮盐厘税钱二万八千八十千文。

一、收万户沱抽收川厘钱八万三千二百三十四千六百七十文。

以上共收钱十一万一千三百十四千六百七十文，又光绪二十六年下半截存万户沱川厘钱一万三千八百八十五千二百七十九文。

钱数出款

一、解湖北盐道衙门钱二万四千一百八十千文。

一、解金陵防营支应局钱三千九百千文。

一、解湖北督销局钱七万四千四百七十七千二百七十文。

以上共解钱十万二千五百五十七千二百七十文，实存万户沱川厘钱二万二千六百四十二千六百七十九文。

一、收旧存运库盐厘钱八千二百五十三千二百七十一文，自同治十年正月起，奏明停收。合并陈明。

（朱批：）览。①

1371. 请以姚文焕补授游兵营游击折

光绪二十九年四月初一日（1903年4月27日）

头品顶戴两江总督臣魏光焘跪奏，为拣员请补陆路游击员缺，恭折仰祈圣鉴事。

窃查接管卷内，安徽游兵营游击莫长青病故，遗缺驻扎安徽和州西梁山地方，有巡缉私枭、督率操防之责，非精明干练之员，难期胜任。上年接准部咨，系陆路部推第一轮第一缺，轮用尽先人员，行令拣员请补等因，当经前督臣刘坤一于两江候补各员内逐加遴选，查有副将衔两江尽先补用游击姚文焕，年力正强，营务熟习，堪以请补。旋因出缺，留交署督臣张之洞核办，未及奏咨，移交到臣。

伏查该员姚文焕，现年五十九岁，江南上元县人，由承袭云骑尉世职投营随剿，叠著战功，洊保游击衔尽先都司。嗣于剿办张总愚捻匪案内出力保奖，同治七年六月二十日奉上谕：都司姚文焕着以游击尽先补用，并赏加副将衔。钦此。新疆南北两路荡平案内出力奏保，光绪六年正月三十日奉上谕：姚文焕着赏戴花翎。钦此。十六年，经前督臣曾国荃奏请免予骑射，奉旨允准。二十五年，请以原官留于两江补用，光绪二十六年正月初十日奉

①台北故宫博物院藏：《军机及宫中档》，文献编号：155886-0-A。

朱批：着照所请，兵部知道。钦此。该员同治八年禀准到标，资格甚深，按照部章，名次尚在二十名之内。

覆核游击一班，在该员之前者虽有二十一员，而多有事故未能请补，如胡俊升、谭鉴臣、吴连陞、汪振川、朱公远、罗福春、马德龙、施占琦、刘玉泉、潘文质十员均已病故，沈廷兰、巫胜昌、陈光全三员均已勒休。刘吉荣一员，系亳州营都司，在任尚称得力；郝金明一员，久未在标，无从查悉。其他如何光福、韩长发、杨得义、黄胜福、江得龙、朱传富等六员，悉与是缺人地不宜，均未便迁就请补。惟查该员历署东海、溧阳等营都司，江西抚右营游击，均能办理裕如，以之补授是缺游击，洵堪胜任，核与例章亦属相符。合无仰恳天恩俯准以副将衔两江尽先补用游击姚文焕补授安徽游兵营游击员缺，实于营务、地方均有裨益。如蒙俞允，俟部覆至日，即行给咨送部引见，恭候钦定。

除饬取该员履历及前在他省实无参革、朦保印结咨部查核外，谨会同护理安徽巡抚臣联魁，恭折具陈。伏乞皇太后、皇上圣鉴训示。谨奏。光绪二十九年四月初一日。

（朱批：）兵部议奏。①

光绪二十九年四月十二日，奉朱批：兵部议奏。钦此。②

1372. 奏请议恤已故总兵倪开珩片

光绪二十九年四月初一日（1903年4月27日）

再，查接管卷内，已故奏留两江记名总兵前直隶宣化镇标中军游击倪开珩，湖南新宁县人，由武童于咸丰六年投效楚军，随剿发、捻各逆，转战湘、鄂、黔、粤、江、皖等省，屡擒首逆，叠克名城，腿腋均受枪矛重伤，先后积功洊擢以总兵留于直隶尽先补用，历经前大学士李鸿章派委统带防、练各军，署理副将、

①台北故宫博物院藏：《军机及宫中档》，文献编号：408007228。

②台北故宫博物院藏：《军机及宫中档》，文献编号：155855。

游击、都、守各缺。光绪十七年，借补直隶宣化镇标中军游击。二十四年，前直隶督臣王文韶奏派接带库防马队，于办理边防期满案内经库伦办事大臣奏保，仍以总兵交军机处记名简放。二十六年四月间，请假修墓，行抵江宁，适天津一带拳匪滋扰，防务戒严，南、北音信阻隔，前督臣刘坤一因该员系其旧部，于北方情形熟习，委派前往直隶、山东等处坐探军情。嗣因銮舆幸陕，回宁销差，复经前督臣刘坤一奏恳开去宣化镇标中军游击底缺，以总兵原官留于两江补用，钦奉俞允在案。讵意该总兵南北往来，感受暑湿，牵动从前左腿所受铅子伤并右腿、左腋、额角等处所受枪矛各伤，延医无效，旋于江宁寓所身故。据该故员家属禀恳奏恤，前督臣刘坤一批准后因病出缺；护理督臣李有棻、署督臣张之洞均未及具奏，移交到臣。

查该故总兵倪开珩，更十余年，转战数省，叠受伤创，奋不顾身，其生平战绩有足多者，卒因军事勤劳，感激驰驱，病伤交作，以致不起，殊堪惋惜！合无仰恳天恩俯准敕部将该故总兵倪开珩照军营立功后积劳病故例，从优议恤，以慰幽魂而彰忠荩，出自逾格鸿施。除将该故员履历咨部外，理合附片陈请。伏祈圣鉴。谨奏。

（朱批：）着照所请，该部知道。[①]

光绪二十九年四月十二日，奉朱批：着照所请，兵部知道。钦此。[②]

1373. 请准故游击邓业良附祀专祠片

光绪二十九年四月初一日（1903年4月27日）

再，已故江南狼山镇标中营游击邓业良，江西临川县人，由武童投效军营，历随前大学士曾国藩、李鸿章转战安徽、江苏、

---

①台北故宫博物院藏：《军机及宫中档》，文献编号：408007228-0-A。

②台北故宫博物院藏：《军机及宫中档》，文献编号：155867。

直隶等省。咸丰十年，攻克太湖县城。十一年，进复徽州府城。同治元年，会同水师，叠复沿江各城隘。三年六月，随同克复金陵省城。七年，调赴直隶剿办捻逆，历保花翎、游击加副将衔，补江南通州营千总，松江营守备，溧阳、拓林等营都司。光绪十五年，补授狼山镇标中营游击，并管带练兵、练勇。二十六年，经前安徽抚臣王之春奏调赴皖，委带武卫楚军正后营兼营务处。嗣因感冒风寒，触发旧伤，因病出缺。据通州绅士翰林院修撰张謇等以该故游击忠勇勤朴，自历行间，身经百战，其随攻徽州府城、金陵省城时，先后被贼弹伤左腿，矛戳左膀，仍复裹创血战，洵属奋不顾身。及在狼山中营游击任内实力巡防，地方深资保卫。甲午之役，沿江戒严，土匪乘机煽动，谣言四布。时该故游击护理狼山镇总兵篆务，督兵亲驻江口，分派弁勇保护教堂，弹压梭巡，不遗余力，内地得以安堵，士民至今感戴，联名禀恳奏请附祀前狼山镇总兵王吉[①]通州专祠，由地方官春秋致祭等情。前来。

前督臣未及具奏，移交到臣。覆核无异，合无仰恳天恩俯准将已故前狼山镇标中营游击邓业良附祀前狼山镇总兵王吉通州专祠，由地方官春秋致祭，以彰劳勚而顺舆情，出自逾格鸿慈。除咨部查照外，理合附片陈请。伏祈圣鉴训示。谨奏。

（朱批：）着照所请，该部知道。[②]

光绪二十九年四月十二日，奉朱批：着照所请，该部知道。钦此。[③]

---

①王吉（1825—1881），湖南衡阳县人，出身行伍。咸丰五年（1855），充江西水师向导战船哨官。六年（1856），保把总，赏戴蓝翎。七年（1857），保以守备尽先补用，赏换花翎。九年（1859），署水师向导营营官、定湘营守备。同年，保都司。十一年（1861），保游击，升参将，晋副将，迁总兵，并赏给猛勇巴图鲁勇号。同治二年（1863），补授江南狼山镇总兵，加提督衔。八年（1869），乞假修墓，乃赴狼山镇任。光绪七年（1881），卒于任。

②台北故宫博物院藏：《军机及宫中档》，文献编号：408007228-0-B。

③台北故宫博物院藏：《军机及宫中档》，文献编号：155871。

1374. 奏报接开淮北壬寅新纲日期片

光绪二十九年四月初一日（1903年4月27日）

再，淮北辛丑纲票盐经前督臣奏明仍照正额办运二十九万六千九百八十二引，于光绪二十八年二月二十七日开办，是纲引盐，经署海分司等督同各员认真疏销，不遗余力。截至十二月二十六日，将全纲一律售竣，核计十个月，并未逾限，即于十二月二十七日接开壬寅新纲。据两淮盐运使程仪洛详报前来。前署督臣未及具奏，移交到臣，覆核无异。

除饬将壬寅纲票盐循照旧案仍以正额为准，并将辛丑纲所收课厘赶紧造报外，所有接开淮北壬寅纲日期，谨附片奏明。伏乞圣鉴，敕部查核。谨奏。

（朱批：）户部知道。①

光绪二十九年四月十二日，奉朱批：户部知道。钦此。②

1375. 请奖江苏海运出力人员缘由折

光绪二十九年四月十二日（1903年5月8日）

头品顶戴两江总督臣魏光焘、头品顶戴江苏巡抚臣恩寿跪奏，为查明苏省光绪二十四年分漕、白二粮办理海运出力员弁、书吏，开具清单，恳恩分别给奖，恭折仰祈圣鉴事。

窃照苏省光绪二十四年应征冬漕，实计海运交仓漕、白正、耗米七十五万七千六百一十七石零，循案派拨沙、轮各船装运赴津，斛兑过剥，转运通州，于光绪二十五年三月二十七日开兑起至七月初六日止，将正漕、筹备等米一律交兑完竣；承办各员俱能奋勉从公，不辞劳瘁，得以早实天庾，办理尚臻周妥。据苏州

①台北故宫博物院藏：《军机及宫中档》，文献编号：408007226-0-A。

②台北故宫博物院藏：《军机及宫中档》，文献编号：155868。

布政使陆元鼎会同按察使效曾、苏松粮道罗嘉杰、苏松太道袁树勋，查明天津、通州、苏州、上海等处办事出力员弁、书吏暨轮船水师各营出洋巡护出力各员弁，开造履历清册，详请奏咨给奖前来。

臣等伏查光绪二十四年分，苏省冬漕海运米石，循案由沙、卫各船暨招商局轮船承装运津，派委粮道驰赴天津，督运抵通交兑。其筹画南北各局用款分司天津等处雇剥运交，任重事繁，所有在事各员弁，或办理转运，弹压稽查；或钩稽银米，兼筹运费；或银米首先全完，或出洋认真巡护，均属踊跃趋公，辛劳倍著。谨将办理出力员弁、书吏择尤酌拟奖励等差，开缮清单，恭呈御览。合无仰恳天恩俯准给奖，以昭激劝！

除将履历清册分咨吏、兵部查照外，理合恭折具陈。伏乞皇太后、皇上圣鉴训示。谨奏。光绪二十九年四月十二日。

（朱批：）该部议奏，单并发。

光绪二十九年五月初八日，奉朱批：该部议奏，单并发。钦此。①

1376. 呈请奖苏省海运出力各员清单

光绪二十九年四月十二日（1903年5月8日）

谨将苏省海运光绪二十四年分漕、白粮米天津通州、省、沪各局办事出力各员、书吏暨银米首先全完并出洋巡护各员弁，酌拟奖叙等差，开缮清单，恭呈御览。

计开

天津通州交米出力官员、书吏

试用同知王秉璋，拟请俟补缺后，以知府用。

新选四川什邡县知县前江苏试用通判钟寿康，拟请以直隶州

①台北故宫博物院藏：《军机及宫中档》，文献编号：156379。

在任补用。

提举衔试用通判德山，拟请俟补缺后，以直隶州用。

试用通判荣勋，拟请俟补缺后，以直隶州用。

同知衔直隶州用即用知县潘宜经，拟请俟补直隶州后，加四品衔。

同知衔候补知县张宝瑔，拟请俟补缺后，以直隶州用。

候补知县钱国选，拟请俟补缺后，以直隶州用。

直隶州用分缺间补用知县徐清镇，拟请俟补直隶州后，加知府衔。

直隶州用候补知县邵鼎，拟请俟补直隶州后，加四品衔。

同知直隶州用试用知县吴俊卿，拟请赏加四品衔。

直隶州用候补知县全善，拟请俟补直隶州后，加知府衔。

五品衔试用府经历董潭，拟请俟补缺后，以知县用。

试用府经历虞景崧，拟请俟补缺后，以知县用。

州同衔试用县丞许恩荣，拟请俟补缺后，以知县仍留原省补用。

试用知县孙光衍，拟请俟补缺后，以直隶州用。

尽先补用县丞何魁昌，拟请俟补缺后，以知县仍留原省补用。

理问衔议叙补用县丞冯汝璋，拟请俟补缺后，以知县用。

同知衔知县用试用县丞冯咏芝，拟请俟补知县后，以直隶州用。

试用知县瑞成，拟请俟补缺后，以直隶州仍留原省补用。

候补县主簿王树田，拟请俟补缺后，以县丞仍留原省补用。

试用巡检程炳奎，拟请俟补缺后，以县主簿仍留原省补用。

试用巡检吴敬师，拟请俟补缺后，以县主簿用。

试用从九品沈昭序，拟请俟补缺后，以县主簿用。

同知衔直隶州用拔贡知县夏书绅，拟请俟归直隶州班后，加四品衔。

候补知县吴善埴，拟请俟补缺后，以直隶州仍留原省补用。

试用从九品王定邦，拟请俟补缺后，以府知事用。

六品衔县主簿用荆溪县张渚司巡检徐宝源，拟请俟补县主簿后，以县丞用。

直隶州用遇缺先补用知县伊立勋，拟请赏加四品衔。

补用知县富光祖，拟请俟补缺后，以直隶州用。

二品衔道员用候补知府舒体元，拟请俟补道员后，给予二品封典。

补用直隶州候补知县马瑞熙，拟请俟补直隶州后，加四品衔。

试用府经历吴瓛，拟请俟补缺后，以知县仍留原省补用。

同知衔知县用试用县丞张彭年，拟请赏给四品封典。

三品衔尽先即补知府吴观乐，拟请俟补知府后，以道员用。

试用知县孙宝瑞，拟请俟补缺后，以直隶州知州用。

津局书吏盐大使职衔钟心箴，拟请以盐大使用。

通局书吏钟鼎琛，拟请以巡检不论双单月归部选用。

省局出力委员并各衙门书吏

三品衔在任候选道上海县知县前署长洲县汪懋琨，拟请离知县任选道员后，加二品衔。

三品衔候选道前署元和县正任武进县知县施沛霖，拟请俟离知县任选道员后，加二品顶戴。

在任候选知县苏州府知事戴尔恒，拟请俟选知县后，以直隶州用。

六品衔在任升缺升用长洲县主簿吴树楷，拟请俟得升缺后，以知县补用。

总督衙门书吏县丞职衔严寿镂，拟请以县丞不论双单月归部选用。

巡抚衙门书吏五品顶戴盐大使衔陈定勋，拟请以盐大使选用。

藩司衙门书吏周凤仪，拟请以从九品不论双单月归部选用。

粮道衙门书吏监生王耀祖，拟请以巡检不论双单月归部选用。

省局书吏许宇玉，拟请以从九品不论双单月选用。

港局出力委员、书吏

候补知府张预，拟请归道员班仍留原省补用。

候补知府孙葆珪，拟请俟补缺后，以道员用。

三品衔在任候补道松海防同知刘元楷，拟请开缺以道员仍留苏省候补。

试用从九品徐铭勋，拟请赏加六品衔。

试用县丞李锡年，拟请俟补缺后，以知县用。

候补班补用知县高士彬，拟请俟补缺后，以直隶州知州用。

试用巡检黄承祖，拟请赏加六品衔。

补用知县单希曾，拟请俟补缺后，以直隶州知州仍留原省补用。

宝山县县丞蔡镜莹，拟请以知县在任候补。

江苏试用道邓炬，拟请赏加盐运使衔。

试用布理问朱之荣，拟请赏加四品衔。

直隶州用试用知县金敏生，拟请俟补直隶州后，加四品衔。

试用县丞邵凤年，拟请俟补缺后，以知县仍留原省补用。

盐提举衔候补通判陈鸿材，拟请俟补缺后，以同知直隶州用。

沪局书吏县丞衔李荣魁，拟请以县丞不论双单月选用。

银米首先全完各员

知府用在任候补同知直隶州正任吴江县知县方道济，拟请俟补知府后，加三品衔。

三品衔道员用在任候补知府川沙厅同知陈家熊，拟请加一级。

同知衔在任候补直隶州金坛县知县郑钟祥，拟请俟补直隶州后，以知府用。

特用道前任桃源县调署宝山县知县沈佺，拟请赏加二品衔。

轮船巡护并漕标随办交米各营护漕出力各员弁

副将衔尽先补用游击徐振鹏，拟请赏加总兵衔。

都司用候补卫守备张世清，拟请赏加游击衔。

候补卫守备胡长胜，拟请赏加四品衔。

候补卫守备朱树侃，拟请俟补缺后，以都司用。

候补守备吴永福，拟请赏加都司衔。

卫守备用尽先补用卫千总蒋荣高，拟请赏加四品衔。

尽先补用都司福山左营守备萧定拔，拟请俟补都司后，以游击补用。

福山镇标内外洋水师候补守备龚先耀，拟请俟补缺后，以都司仍留内外洋水师补用。

福山左营千总徐云鹏，拟请以守备补用。

副将衔尽先补用游击借补福山右营都司曾广斌，拟请俟补游击后，以参将补用。

福山右营千总沈大年，拟请以守备补用。

五品顶戴记拔千总前署福山左营把总吴淞营把总孟国英，拟请赏加四品顶戴。

查卫守备、千总等官，业经裁撤改归营汛，现拟请奖之张世清等五员，均系卫所候补员弁，随同办漕出力，未便没其微劳，是以仍照原官声叙。理合登明。

（朱批：）览。①

1377. 奏报金陵关一百六十五结收支税厘折

光绪二十九年四月十六日（1903年5月12日）

头品顶戴南洋大臣两江总督臣魏光焘跪奏，为金陵关第一百六十五结期满经征税厘，缮具收支清单，恭折仰祈圣鉴事。

窃照江宁设关通商，业将一百六十四结以前收支数目开单奏报在案。兹据金陵关道徐树钧详称：自光绪二十七年八月十九日起至十一月二十一日止，系一百六十五结期满，所有征收各国商船及华商船只进出口正、半各税钞，并征收华、洋船洋药厘金暨

①台北故宫博物院藏：《军机及宫中档》，文献编号：156379-0-A。

照章提支倾镕、火耗及月需经费，并拨解各项银两，分别开造册折，详请奏咨前来。

臣覆核无异，谨分缮清单，恭呈御览。除将原册咨送外务部、户部、户科查照外，理合会同江苏抚臣恩寿，恭折具陈。伏乞皇太后、皇上圣鉴。谨奏。光绪二十九年四月十六日。

（朱批：）该部知道，单二件并发。[①]

光绪二十九年四月三十日，奉朱批：该部知道，单二件并发。钦此。[②]

1378. 呈金陵关一百六十五结收支洋厘清单

光绪二十九年四月十六日（1903年5月12日）

谨将金陵关自光绪二十七年八月十九日起至十一月二十一日止一百六十五结期满并征洋药厘金收支数目，分别缮具清单，恭呈御览

计开

旧管：一、上结册报存药厘银八万六千九百十四两五钱二分八厘。

新收：一、收洋商船只进口洋药厘金银八千四百八十两。

一、收华商船只进口洋药厘金银八千九百九十二两。

以上共收银一万七千四百七十二两。

开除：一、放留支六分倾耗银一百四两八钱三分二厘。

一、放一半倾耗提解东北防费改付赔款银一百四两八钱三分二厘。

以上共放银二百九两六钱六分四厘。

实在：一、存药厘银十万四千一百七十六两八钱六分四厘。

以上银两须凑解奉拨赔款之用，理合声明。

---

①台北故宫博物院藏：《军机及宫中档》，文献编号：408007230。

②台北故宫博物院藏：《军机及宫中档》，文献编号：156329。

（朱批：）览。[①]

1379. 呈金陵关一百六十五结收支税钞清单

光绪二十九年四月十六日（1903年5月12日）

谨将金陵关自光绪二十七年八月十九日起至十一月二十一日止一百六十五结期满经征各项税钞收支数目，分别缮具清单，恭呈御览。

计开

旧管：一、上结册报存正税银三万一百四十九两一钱七分七厘三毫八丝八忽。

一、上结册报存解部库土药税银三十二两九钱。

以上共存银三万一百八十二两七分七厘三毫八丝八忽。

新收：一、收洋商船只进出口正税银一万一千五百九十五两二钱一分七厘。

一、收洋商船只复进口半税除存票抵完外，计银一千二十七两三钱二分三厘。

一、收洋商船只洋药正税银三千一百八十两。

一、收华商船只进出口正税银一万四千六百七十两九钱二分一厘。

一、收华商船只复进口半税除存票抵完外，计银一千四百二十两八钱六分四厘。

一、收华商船只洋药正税银三千三百七十二两。

一、收土货出内地子口税银一百十一两。

以上共收各项税银三万五千三百七十七两三钱二分五厘。

开除：一、放奉拨修造京城正阳门楼工程银五千两。

一、解江海关奉提增收进口洋税凑作赔款银四百五十七两七钱九分。

①台北故宫博物院藏：《军机及宫中档》，文献编号：156229-0-A。

一、放留支减半倾耗银二百十二两二钱六分三厘九毫五丝。

一、放一半倾耗提解东北防费改付赔款银二百十二两二钱六分三厘九毫五丝。

一、放奉拨提解各款汇解银一百七十五两一钱七分三厘七毫二丝二忽。

一、放光绪二十七年八月二十二日起十一月二十一日止三个月关卡月用薪粮等项经费银四千四百四两。

以上共放银一万四百六十一两四钱九分一厘六毫二丝二忽。

实在：一、实存正税银五万五千六十五两一分七毫六丝六忽。

以上银两存备凑解各款之用。

一、存应解部库土药税银三十二两九钱。

以上银两积有成数，再行批解。理合登明。

（朱批：）览。[①]

1380. 奏报省城防营现拟整顿情形折

光绪二十九年四月十六日（1903年5月12日）

头品顶戴两江总督臣魏光焘跪奏，为调阅江宁省城内外防营，现拟整顿情形，恭折具陈，仰祈圣鉴事。

窃维国势之强弱，视夫武备之废兴。近年以来，叠奉谕旨饬各省军营一体改练新操，仰见朝廷整军经武至意。臣前在陕甘、云贵各任内，均经钦遵办理，颇著成效。此次奉调来宁，即以此为首先急务，于四月初四日调阅分防省城内外之护军新兵步队各营旗，演习新操阵式，号令严明，兵勇精壮，大致均有可观，枪炮亦多能命中。惟步伐尚不免参差，手眼亦稍欠灵便，以致分合进退未能十分合式，现已分别优劣赏罚，勒限学习。臣察其故，皆由平日防汛畸零、意见扞格所致，必思所以整齐画一之。

---

①台北故宫博物院藏：《军机及宫中档》，文献编号：156229-0-B。

查金陵为南北通衢，水陆要隘，不可无大枝劲旅，以备四出征调。原驻防、练各营，分布城关内外，营汛之地多至数十百处；驻防兵勇，散处零星，并责以差使、工作，劳役日多，操练时少。夫练兵之方宜聚而不宜散，用兵之道在精而不在多。此项兵勇不为之分别归并，岂惟不足以重操防，抑虑散漫无稽隐滋有名无实之弊。惟欲令其常操，必先专其责任。江宁省城辽阔，华洋杂处，教堂林立，亟应设立警察，分扎巡防，然后可抽调零防各队屯聚数处，专事训练。臣现已督饬司道赶紧妥议警察章程，并入原有之保甲局统筹办理，庶几分别名目，各有责成，可冀营务日有起色矣。

江南为湘、楚昔日建功之地，不独营哨将弁皆其旧部，即督标候补先锋坐食薪饷者，尚不乏人。历任疆臣仰体圣朝笃念旧勋之意，原不欲过为裁抑，而此辈汗马微劳，亦颇自矜负，攘臂顿足，争言卫霍之事，一旦遽从屏弃，势既有所不能。近年营中虽复参用西操教习，卒枘凿不能相入。学生之视将弁，则以为旧式难用于今时；将弁之视学生，则以为空谈未见诸实效。以故论风气，南洋宜先于北洋；论进步，江省且逊于鄂省。积重难返，势使然也。今欲化旧为新，由粗入精，尤应置随营练将学堂，由营自行挑选识字之将弁，更番训练，使之展转授受，俾兵与将一心，久之或可转移变化于无迹。若必谓将由学堂、兵皆士籍，其效尚非旦夕所能图成。

臣现拟聘定东洋正、副教习各一人，克期来宁，即行开办，并调现驻镇江之常备右军三千人移扎省城，即饬该军统领江苏候补道杜俞，督练新操，以为之倡，俟有成效，再行抽调各军，以渐推广。惟查此项学堂，暨设立警察以及新操各军，尚须添设炮、马、工程、辎重各队官弁勇丁住房，并行军队所需背包、操衣、锄铲、棚帐、桥梁、地雷各项器具亦应一律制办，需费浩繁。现饬司道等设法另筹，一面仍将通省续备、巡警各军酌量裁并，撙节变通办理，期收实效。至全省营制饷章，应俟政务处议复直隶、湖广两督臣会奏定后，始能遵照画一办理。

所有微臣现拟整顿营务情形，是否有当，理合缮折具陈。伏乞皇太后、皇上圣鉴训示。谨奏。光绪二十九年四月十六日。

（朱批：）着即裁并变通，认真整顿，务收实效。[①]

光绪二十九年四月三十日，奉朱批：着即裁并变通，认真整顿，务收实效。钦此。[②]

1381. 奏报壬寅纲各场未完折价银两折

光绪二十九年四月十六日（1903 年 5 月 12 日）

头品顶戴两江总督管理两淮盐政臣魏光焘跪奏，为恭报壬寅纲两淮各场节年未完折价银两，遵照部议改题为奏，恭折仰祈圣鉴事。

窃照两淮各场节年未完折价银两，例应按年随同当年奏销，分案册报，历经办理在案。兹据留署两淮盐运使程仪洛详：光绪二十九年二月奏销壬寅纲折价，除光绪十三年以前折价奉准豁免，现将各年未完灶欠折价银数一并剔除外，查前任余西场已革大使周锟欠解道光二十六七八等年折价银四千六十四两五钱九厘，又前任草偃场已故大使袁如霖欠解咸丰二、三、四、五等年折价银一千一百五十两六钱一分七厘，又前任东台场已故大使樊普欠解咸丰三年折价银一千两，又前任庙湾场已革大使蒋绍镛欠解同治三年折价银一千十二两八分九厘，又已故大使张立诚欠解前在丁溪场任内同治九年、十一年折价银二百六十四两二钱九厘，又欠解前在东台场任内同治十一年折价银三十五两九钱五分九厘，又前署庙湾场已故大使陈大年欠解同治十三年折价银一百七十三两三钱三分四厘，又前任余东场已革大使章文庆欠解光绪二年折价银五百两，又前任余西场已革大使施庚第欠解光绪二、三、四等

①台北故宫博物院藏：《军机及宫中档》，文献编号：408007229。

②台北故宫博物院藏：《军机及宫中档》，文献编号：156232。

年折价银一千四十八两二钱四分八厘，又前任余西场已故大使陈大谟欠解光绪三、四、五等年折价银八十六两一钱七分九厘，又前代理庙湾场大使已革候补经历张学醴欠解光绪十四五等年折价银一千九百四十五两三分九厘，均经叠次催追，未据完缴，一俟解到，另行报完。

又自咸丰四年起至光绪二十七年止，栟茶场未完坍折银九万二千四百四十六两三钱七分四厘，因改票后杂款停征，未经征收有银，无从拨补造报；又自光绪十三年起至光绪二十七年止，泰州、海州分司所属各场未完灶欠折价银三十九万一千九百四十七两八钱八分六厘，均因灾歉缓征。除俟届限征完另行补报外，所有壬寅纲两淮各场节年未完折价银数，开册详请具奏前来。

臣覆核无异，除清册咨送户部外，理合恭折具陈。伏乞皇太后、皇上圣鉴，敕部查核施行。谨奏。光绪二十九年四月十六日。

(朱批：) 户部知道。[①]

光绪二十九年四月三十日，奉朱批：户部知道。钦此。[②]

1382. 奏报壬寅纲各场已未完分数银数折

光绪二十九年四月十六日（1903 年 5 月 12 日）

头品顶戴两江总督管理两淮盐政臣魏光焘跪奏，为两淮壬寅纲奏销各场光绪二十七年分折价已、未完分数，银数，遵照部议改题为奏，开单恭折具陈，仰祈圣鉴事。

窃照两淮应办壬寅纲奏销各场光绪二十七年分折价钱粮，所有通州、泰州、海州三分司所属丰利等二十三场应征光绪二十八年、压征二十七年分额征折价银九万六千二百九十四两七分，内除光绪二十八年勘明等事案内海属板浦等三场荡地被风、被潮不致成灾，缓至癸卯年麦熟后征收银三千四百三十七两一钱六厘外，

---

①台北故宫博物院藏：《军机及宫中档》，文献编号：408007231。

②台北故宫博物院藏：《军机及宫中档》，文献编号：156231。

实该征银九万二千八百五十六两九钱六分四厘，内除通属栟茶场应征坍折银一千八百十二两六钱七分四厘，例由淮南运商列入外支杂项款内带完，载在“盐志”。

今淮南壬寅新纲尚未开办前项坍折银两，未经征收有银，无从拨补造报，应俟淮南壬寅开纲，另行带征补报外，实应征银九万一千四十四两二钱九分。自光绪二十八年三月起，扣至二十九年二月止，已据各场解完过银五万七千八百二十二两三钱八分六厘，未完银三万三千二百二十二两九钱四厘，逐一按则分晰声明已、未完银数，并将经征、督征、接征、督催各职名开列，听候部议。据留署两淮盐运使程仪洛造具清册，详请核奏，并据声明此案已完折价银五万七千八百二十二两三钱八分六厘，内除凑解部饷银一万四千五百二十五两九钱八分，实在存库银四万三千二百九十六两四钱六厘，留备凑解紧饷；又前奉部议嗣后未完不及一分各员，应令并入提前奏报，毋庸分为两案等情。前来。

臣覆核无异，除将全完各员剔除外，谨缮具未完分数各员清单，恭折具陈。伏乞皇太后、皇上圣鉴，敕部查核议覆施行。谨奏。光绪二十九年四月十六日。

(朱批:)该部议奏，单并发。①

光绪二十九年四月三十日，奉朱批：该部议奏，单并发。钦此。②

1383. 呈各场奏销已未完分数银数清单

光绪二十九年四月十六日（1903 年 5 月 12 日）

谨将两淮壬寅纲奏销各场光绪二十七年分折价未完分数、银数开单，恭呈御览。

未完分数考成各员

①台北故宫博物院藏：《军机及宫中档》，文献编号：408007232。

②台北故宫博物院藏：《军机及宫中档》，文献编号：156230。

督催正任运司程仪洛，自光绪二十八年三月起，扣至二十九年二月止，未完考成三分七厘银三万三千二百二十一两零。

通州分司督征署任运判蒋志沂，自光绪二十八年三月起至八月十九日卸事止，未完考成六厘银一千二百四十四两零。

通州分司接督征署任运判魏秉钺，自光绪二十八年八月二十日任事起，扣至二十九年二月止，未完考成七厘银一千四百三两零。

泰州分司督征正任运判宣兆熊，自光绪二十八年三月起，扣至二十九年二月止，未完考成五分银三万五百七十三两零。

通州分司所属

丰利场经征代理大使边承荣，自光绪二十八年三月起至八月二十五日卸事止，未完考成一分六厘银二百九十两零。

丰利场接征正任大使陈家惠，自光绪二十八年八月二十六日任事起，扣至二十九年二月止，未完考成一分四厘银二百四十二两零。

金沙场经征署任大使龚照琨，自光绪二十八年三月初一日起至三十日卸事止，未完考成九厘银三百三十四两零。

金沙场接征代理大使吴用中，自光绪二十八年四月初一日任事起，至九月二十一日卸事止，未完考成五厘银一百八十两零。

金沙场接征正任大使孙肇炘，自光绪二十八年九月二十二日任事起至二十九年正月十三病故前一日止，未完考成三分一厘银一千一百五十三两零。

金沙场接征代理大使凌沅，自光绪二十九年正月十七日任事起，扣至二月止，未完考成一分二厘银四百四十六两零。

泰州分司所属

富安场经征署任大使瞿世璟，自光绪二十八年三月起，扣至二十九年二月止，未完考成四分九厘银二千一百九十九两零。

安丰场经征正任大使章文杰，自光绪二十八年三月起，扣至二十九年二月止，未完考成四分银二千二百四十八两零。

梁垛场经征署任大使朱凯勋，自光绪二十八年三月初一日起至初五日卸事止，未完考成一厘银四十七两零。

梁垛场接征正任大使蒋敏，自光绪二十八年三月初六日任事起，扣至二十九年二月止，未完考成五分一厘银二千四百八十七两零。

东台场经征署任大使吴启泽，自光绪二十八年三月起至八月十四日卸事止，未完考成一分六厘银八百三十五两零。

东台场接征正任大使钱肇元，自光绪二十八年八月十五日任事起至二十六日卸事止，未完考成三厘银一百五十八两零。

东台场接征署任大使马长源，自光绪二十八年八月二十七日任事起，扣至二十九年二月止，未完考成一分九厘银一千五百两零。

何垛场经征署任大使朱士良，自光绪二十八年三月起，扣至二十九年二月止，未完考成五分银一千八百六十九两零。

丁溪场经征署任大使黄灿，自光绪二十八年三月起至四月初九日卸事止，未完考成一分一厘银八百八十六两零。

丁溪场接征代理大使王绍求，自光绪二十八年四月初十日任事起，扣至二十九年二月止，未完考成四分二厘银三千五百十四两零。

草堰场经征正任大使缪世德，自光绪二十八年三月起至七月十五病故前一日止，未完考成九厘银四百七十八两零。

草堰场接征代理大使蔡实瑄，自光绪二十八年七月十九日任事起至八月二十病故前一日止，未完考成五厘银二百十六两零。

草堰场接征署任大使钱肇元，自光绪二十八年八月二十一日任事起，扣至二十九年二月止，未完考成三分一厘银一千六百四十二两零。

刘庄场经征正任大使李绍基，自光绪二十八年三月起，扣至二十九年二月止，未完考成五分银二千八百四十九两零。

伍祐场经征署任大使龙纳言，自光绪二十八年三月起，扣至二十九年二月止，未完考成四分六厘银二千二百九十一两零。

新兴场经征署任大使顾懋烈，自光绪二十八年三月起至六月初六日卸事止，未完考成九厘银六百七十一两零。

新兴场接征代理大使黄灿，自光绪二十八年六月初七日任事起，扣至二十九年二月止，未完考成五分五厘银四千四百三十四两零。

庙湾场经征正任大使邓彝镜，自光绪二十八年三月初一日起至三十日卸事止，未完考成二厘银五十两零。

庙湾场接征代理大使王兴晋，自光绪二十八年四月初一日任事起至九月初一日卸事止，未完考成一分五厘银六百八十八两零。

庙湾场接征代理大使吴启泽，自光绪二十八年九月初二日任事起，扣至二十九年二月止，未完考成三分二厘银一千五百一两零。

（朱批：）览。[1]

1384. 奏报筹解恭备要差银两片

光绪二十九年四月十六日（1903 年 5 月 12 日）

再，臣接准内务府咨：本府具奏筹备要差急需，请饬在于积欠帑利内两淮筹解银七万两，直隶、山东各筹解银五万两，照案请由户部先为借拨，俾备各项差务，俟两淮等处解款到京，即行归还，以清款目等因。奉旨：依议。钦此。钞录原奏到臣，即经转饬，如数筹解。旋据留署运司程仪洛详称：两淮应解帑利久经停征，司库正款本极支绌，近又添拨各项洋款，期迫数繁，益形竭蹶。

惟事关恭备要差，应查照上年成案，勉筹银二万两，附同京饷便员，解部交纳，其余银两实难如数再解等情。详请具奏前来。

①台北故宫博物院藏：《军机及宫中档》，文献编号：156230-0-A。

除分咨户部、内务府查照外，理合附片陈明。伏乞圣鉴。谨奏。

（朱批：）该衙门知道。[①]

光绪二十九年四月三十日，奉朱批：该衙门知道。钦此。[②]

1385. 奏报拣员调署通判员缺片

光绪二十九年四月十六日（1903年5月12日）

再，江宁府北捕通判管辖地方为省城人烟稠密之所，缉捕非易，必须明练之员，方足以资治理。查有淮安府军捕通判姚纪衡，堪以调署；所遗淮安府军捕通判员缺，系管河务修防，亦关紧要，即以江宁府北捕通判吴瞻文署理，实于河工、地方两有裨益，人地均各相宜。据江宁布政使李有棻、江苏按察使效曾[③]会详请奏前来。

除批饬遵照外，理合会同漕运督臣陈夔龙[④]、江苏抚臣恩寿，附片陈明。伏乞圣鉴。谨奏。

---

①台北故宫博物院藏：《军机及宫中档》，文献编号：408007232-0-A。

②台北故宫博物院藏：《军机及宫中档》，文献编号：156233。

③效曾（1845—?），字述堂，蒙古正白旗人，出身监生。同治元年（1862），捐纳笔帖式。四年（1865），充户部笔帖式。六年（1867），捐纳主事。七年（1868），捐纳员外郎。十一年（1872），选掌仪司员外郎。光绪四年（1878），补广储司茶库员外郎。七年（1881），调钱粮衙门员外郎。十一年（1885），补广储司磁库员外郎。十四年（1888），授淮安关监督。十七年（1891），升会计司郎中，转广储司缎库郎中。二十三年（1897），调掌仪司郎中。二十六年（1900），补广储司银库郎中。同年，放江安粮储道。二十七年（1901），迁江苏按察使。二十九年（1903），擢江苏布政使。同年，护理江苏巡抚。

④陈夔龙（1857—1948），字小石、筱石，号庸庵、庸叟，贵州贵筑（今贵阳）人，原籍江西崇仁县。同治十一年（1872），取生员。光绪元年（1875），中举。光绪十二年（1886），中式进士，选兵部主事，历官兵部员外郎、内阁侍读学士。二十六年（1900），补授顺天府府丞，兼署顺天府府尹、太仆寺卿。同年，授留京办事大臣、顺天府府尹。二十七年（1901），补河南布政使，署漕运总督。同年，擢漕运总督。二十九年（1903），补授河南巡抚。三十二年（1906），调补江苏巡抚。三十三年（1907），授四川总督。三十四年（1908），调补湖广总督。宣统元年（1909），补授直隶总督，兼办理通商事务大臣。民国二十四年（1935），寓居上海。三十七年（1948），卒于沪。著有《梦蕉亭杂记》《庸庵尚书奏议》《花近楼诗存》等行世。

（朱批：）吏部知道。①

光绪二十九年四月三十日，奉朱批：吏部知道。钦此。②

1386. 奏报出省考察炮台日期片

光绪二十九年四月十六日（1903 年 5 月 12 日）

再，金陵城内外共有炮台四处，均经察看颇扼形胜；演放炮位，亦能命中及远。惟台基间有损裂及修理尚未如法者，已饬派员估勘工程，补葺完善。自此沿江而下，尚有镇江、江阴、吴淞各处炮台，均关紧要。年来海险尽失，今昔地势悬殊，非身历目睹，无由周知其利害。臣定于四月十六日带印出省，乘坐兵轮前往各台，细心考察，逐一试验，并先通饬经过各地方文武屏去一切供应。

所有臣署日行事件，札委江宁藩司李有棻代拆、代行；其紧要事务，仍包封送臣行次办理。谨附片陈明。伏乞圣鉴。谨奏。

（朱批：）知道了。③

光绪二十九年四月三十日，奉朱批：知道了。钦此。④

1387. 奏饬徐州知府齐兰即赴新任片

光绪二十九年四月十六日（1903 年 5 月 12 日）

再，调补徐州府知府齐兰⑤现已缴凭到省，应即饬赴新任，以

---

①台北故宫博物院藏：《军机及宫中档》，文献编号：408007229-0-A。

②台北故宫博物院藏：《军机及宫中档》，文献编号：156234。

③台北故宫博物院藏：《军机及宫中档》，文献编号：408007229-0-B。

④台北故宫博物院藏：《军机及宫中档》，文献编号：156235。

⑤齐兰（1857—?），字子佩，满洲正白旗人，监生。光绪元年（1875），捐纳吏部笔帖式。十四年（1888），补吏部主事，升吏部员外郎。十七年（1891），迁吏部郎中。十九年（1893），补山西道监察御史。翌年，充直年旗大臣、巡城御史。二十二年（1896），协理京畿道事务。二十七年（1901），放江西饶州府知府。二十九年（1903），调补徐州府知府。

专责成。据江宁布政使李有棻详请具奏前来。除批饬遵照外，理合会同漕运督臣陈夔龙、江苏抚臣恩寿，附片陈明。伏乞圣鉴。谨奏。

(朱批：) 知道了。①

光绪二十九年四月三十日，奉朱批：知道了。钦此。②

1388. 请准于知县成肇麐原籍建立专祠折

光绪二十九年五月初十日（1903年6月5日）

头品顶戴两江总督臣魏光焘、头品顶戴江苏巡抚臣恩寿跪奏，为籍绅前直隶殉难之知县孤忠亮节，据情恳恩准予原籍捐建专祠，恭折仰祈圣鉴事。

窃查案准前直隶督臣李鸿章咨：灵寿县知县成肇麐殉难请恤并建立专祠一折❶，光绪二十七年六月十九日，内阁奉上谕：李鸿章奏，知县殉节，恳恩优恤一折。直隶灵寿县知县成肇麐恪守官箴，夙怀忠愤。本年二月间，见大局阽危，地方蹂躏，深维守土力竭之义，势处万难，谨以一死报国，洵属从容就义，大节凛然，深堪嘉尚！着照知府例，从优赐恤，并加恩予谥，并于死事地方建立专祠，宣付国史馆立传，以彰忠节。该衙门知道。钦此。恭录移咨到前抚臣聂缉椝，即经转行钦遵在案。

兹据江宁布政使李有棻详：据宝应县知县朱士俊禀：据邑绅朱莲生等公禀：该故员成肇麐由举人大挑签发直隶，补灵寿县知县，善政贤声，夙腾人口。迨拳匪事起，洋兵纷纷西进，所至郡县残破，行抵灵寿地方，逼索供应。该故员见洋兵纷至，自系大局决裂，若再接待供应，是以臣子助攻君父，深怀忠愤，义不自安，乃缮具遗禀一扣，附绝命诗一首，遣人送府，潜即投井自尽，孤忠亮节，昭若日星，有裨于名教纲常者，实非浅鲜。嗣蒙加赠

①台北故宫博物院藏：《军机及宫中档》，文献编号：408007229-0-C。

②台北故宫博物院藏：《军机及宫中档》，文献编号：156236。

太仆寺卿衔，予谥恭恪，准在直隶省城及灵寿县任所建立专祠，荫一子入监，以知县候铨。仰蒙圣恩优渥，备极哀荣，率土臣民，莫不钦感！今都人士仰其忠节，企其芳徽，既沐朝廷褒忠，尤殷梓里崇尚，今拟请于该故员原籍宝应县建立专祠，春秋致祭，以风薄俗等情。详请具奏前来。

臣等覆查已故直隶灵寿县知县成肇麐，屈己全民，从容殉节，风传乡里，矜式来兹！仰荷圣代褒忠，允宜梓桑肸飨。合无仰恳天恩俯准将已故原任直隶灵寿县知县成肇麐于江苏宝应县原籍捐资建立专祠，春秋官为致祭，以昭激劝，出自鸿施！

除分咨礼部、直隶督臣查照外，谨合词恭折具奏。伏乞皇太后、皇上圣鉴训示。谨奏。光绪二十九年五月初十日。

（朱批：）着照所请，该部知道。[①]

光绪二十九年闰五月初一日，奉朱批：着照所请，该部知道。钦此。[②]

❶【案】光绪二十七年六月初十日，直隶总督李鸿章以成肇麐从容就义奏请优恤，曰：

奏为知县从容就义，大节凛然，吁请恩恤，并准建祠立传，以彰忠荩，恭折具陈，仰祈圣鉴事。

窃据布政司详：据署正定府知府江槐序禀：本年二月杪，德、法洋兵西进，行抵灵寿，逼勒刍藁牛羊。灵寿县知县成肇麐以外兵西行，中心叵测，疑系和局决裂，义不自安。乃缮县遗禀一扣并附绝命诗一首，遣人间道送府，即日投井自尽。并由典史赍缴印信呈报，由府钞录原禀转送察阅，请恤前来。臣详阅禀词，据称连日洋兵纷至，西向力攻，自系大局决裂，若再接待供应，是以臣子助攻君父，私心未安，守土之义，避无可避。势处万难，只有一死。其绝命词有“屈己全民命，捐躯表素怀”等语。

①台北故宫博物院藏：《军机及宫中档》，文献编号：408007233。

②台北故宫博物院藏：《军机及宫中档》，文献编号：157017。

臣披览之下，涕泗交颐。伏查洋兵入犯以来，所至残破，各郡县因先奉故藩司廷雍檄饬札待，并供支牛羊、食物、草料，冀免驿骚。臣不显有峻斥者，则以非我族类，所欲不遂，必致焚杀相仍，与其激怒之而肆彼凶残，不如优柔之而使归驯。抚然而官民畏祸，所至靡然，反颜事仇，四维垂尽，则固风俗人心之大可虑，而独居深念，愤郁难解者也。今同知衔已故灵寿县知县成肇麐独能伸此大义，精忠亮节，揭若日星，使天下后世知臣子效忠理当若此，则泰山之重与被迫戕生不可同年而语矣。况当晋军肇衅，各国联旆长驱，臣身在局中，尚不敢谓要盟之可信，故该员身居僻壤，既见势之不可止遏，乃以一死报我朝廷，苟非忠赤性生，安能从容若此？臣既伤良吏之云亡，复慨世风之日下，且钦且悯，悼叹奚穷！谨钞录原禀、原诗，恭呈御览。合无仰恳天恩俯念该故员临难捐躯，有裨纲常名教，特赐优恤，天语褒扬，准于死事地方建立专祠，并准宣付史馆特予立传，以彰大节而慰忠魂。

除饬取事迹履历到日分咨军机处，吏、礼二部查照外，理合缮折具陈。伏乞皇太后、皇上圣鉴训示。谨奏。

光绪二十七年六月十八日，奉朱批：另有旨。钦此。

附：光绪二十七年六月十九日奉上谕：李鸿章奏，知县殉节，恳恩优恤一折。直隶灵寿县知县成肇麐恪守官箴，夙怀忠愤，本年二月间，见大局阽危，地方蹂躏，深维守土效忠之义，势处万难，誓以一死报国，洵属从容就义，大节凛然，深堪褒尚！着照知府例，从优赐恤。并加恩予谥，准予死事地方建立专祠，宣付国史馆立传，以彰忠节。寻予谥恭恪。

1389. 奏报效曾署理藩司篆务片

光绪二十九年五月初十日（1903 年 6 月 5 日）

再，苏州布政使陆元鼎奉旨暂署漕运总督，所遗藩司篆务，兹查有江苏按察使效曾，通达和平，堪以署理；递遗臬司篆务，查有江苏候补道朱之榛[①]，谙练精详，堪以委署。除檄饬遵照外，谨合词附片具陈。伏乞圣鉴。谨奏。

(朱批：) 知道了。[②]

光绪二十九年闰五月初一日，奉朱批：知道了。钦此。[③]

1390. 奏报皖省请加淮北盐价折

光绪二十九年五月十六日（1903年6月11日）

头品顶戴两江总督臣魏光焘、头品顶戴调补浙江巡抚臣聂缉椝跪奏，为皖省请加淮北盐价，现已另筹变通办法，会商定案，恭折仰祈圣鉴事。

窃查皖省援照湖南办法，请将行销两淮、两浙、山东各盐一律每斤加价二文，凑偿赔款，经前署两江督臣张之洞查明淮南尚可暂加，惟经改由大通局代收，淮北窒碍殊多，奏请免加，奉部议准，咨行到皖。臣缉椝与各司道悉心筹度，淮北盐务疲弊，暨皖省偿款紧要，无从筹补，均系实情，势须兼顾。除南盐加价应遵部议由大通局代收，俟二年届满再行察办外，所有北盐加价未便竟行停止，致皖省偿款无着，函商臣光焘，拟照北盐减去一文，只加一文，以示体恤。又经臣光焘饬据淮运司覆称：行销皖境北盐，以每斤一文计之，为数亦属有限，今拟由五、正两卡及海分司每年公筹银四万两解交皖省，抵作北盐加价之款，照淮南加价之案，以两年为限，淮北淮皖之盐仍请免其加价，实为两益

---

①朱之榛（1840—1909），字仲蕃，号竹石，浙江平湖人。初以荫授官。咸丰四年（1854），捐盐提举衔，嗣选候选通判。同治三年（1864），捐同知。十年（1871），补苏州府总捕同知。光绪元年（1875），加盐运使。四年（1878），晋道员。十二年（1886），署江苏臬司。二十四年（1898），再署江苏臬司。三十二年（1906），署理督粮道，兼苏州关监督。三十三年（1907），署理淮扬道。三十四年（1908），补授淮扬道。同年，署江苏按察使、布政使。宣统元年（1909），卒于任。

②台北故宫博物院藏：《军机及宫中档》，文献编号：408007233-0-A。

③台北故宫博物院藏：《军机及宫中档》，文献编号：156995。

等情。臣复加查核，该运司所拟按年由司卡贴皖银四万，于淮北盐务毫无窒碍，皖省得此，亦可凑济，实系并顾兼筹之计。彼此相商，意见相同，札饬安徽筹议公所、布政使联魁等核议，亦请照办，应即照此定案，俟两年后，再行会同南盐加价一并察酌办理。

除咨部查照外，谨合词恭折具陈。伏乞皇太后、皇上圣鉴训示。再，此折系臣缉槼主稿。合并陈明。谨奏。五月十六日。

光绪二十九年闰五月初二日，奉朱批：户部知道。钦此。[①]

1391. 奏报总兵宋朝儒因病出缺折

光绪二十九年五月十七日（1903 年 6 月 12 日）

头品顶戴两江总督臣魏光焘跪奏，为总兵因病出缺，请旨简放，以重职守，恭折驰陈，仰祈圣鉴事。

窃据署寿春镇标中营游击杜春林呈称：统领皖北卓胜练军等营记名提督寿春镇总兵宋朝儒，于光绪二十九年四月二十三日因病出缺等情。前来。臣查该总兵宋朝儒于同治初年投效皖军，随剿捻匪，转战蒙、亳之间，大小数十百战，骁勇绝伦，身受鳞伤。迨淮北肃清，遂乃率军赴陕，追击张宗愚大股悍贼，于秦、晋、东、豫等省，累功至记名提督，赏换清字巴图鲁勇号；复由晋边入甘，攻击回逆马花瀌于金积堡，苦战二年，克蒇全功，请假回皖，调治伤病，嗣经皖抚奏统省城勇、练各营。甲午日本之役，统军北上，驻防秦王岛一带，旋蒙简擢江西九江镇总兵。二十六年十月，调补安徽寿春镇总兵员缺。该总兵以百战之余膺专阃之寄，到任以来，训练士卒，整顿操防，实力实心，始终如一，方冀报国有日，乃因伤病举发，遽尔不起，皖北军民同深悼惜！至其宣力有年，战功卓著，久在圣明洞鉴之中，拟恳天恩俯照军营

---

①台北故宫博物院藏：《军机及宫中档》，文献编号：157052。

积劳病故例，从优赐恤，以彰忠荩。

除委员接署另行附片具奏外，所有安徽寿春镇总兵员缺紧要，相应请旨迅赐简放，以重职守。谨会同安徽巡抚臣聂缉椝，恭折由驿驰陈。伏乞皇太后、皇上圣鉴训示。谨奏。光绪二十九年五月十七日。

（朱批：）着照所请，该部知道。[①]

光绪二十九年五月二十五日，奉朱批：着照所请，该部知道。钦此。[②]

1392. 奏报王幼山调署寿春镇篆片

光绪二十九年五月十七日（1903年6月12日）

再，安徽寿春镇总兵宋朝儒因病出缺，业已另折请旨简放。寿春为皖北重镇，该处民情素称强悍，巡缉操防，在在均关紧要。查有现署福山镇总兵督标中军副将王幼山[③]，堪以调署寿春镇总兵员缺，仍兼统皖北卓胜练军等营；所遗福山镇篆务，查有现署臣标中军副将海门营副将丁华容，堪委升署；递遗臣标中军副将员缺，查有留宁差委前陕西延榆绥镇总兵蒋云龙，堪以署理，并统带巡警，新兵中、前、后三营，以一事权而资得力。

除分檄饬遵外，谨会同安徽巡抚臣聂缉椝、江南提督臣李占椿，附片陈明。伏乞圣鉴。谨奏。

（朱批：）兵部知道。[④]

---

①台北故宫博物院藏：《军机及宫中档》，文献编号：408007234。

②台北故宫博物院藏：《军机及宫中档》，文献编号：156872。

③王幼山（1835—？），湖南湘乡县人，咸丰七年（1857），投效军营，转战安徽、江南等省，洊保参将。同治三年（1864），因军功经曾国藩奏报副将，加识勇巴图鲁勇号，借补江南提标后营游击。六年（1867），加总兵衔。十年（1871），借补江南提标中军参将。光绪元年（1875），赴部引见。十二年（1886），补授两江督标中军副将。十七年（1891），署理寿春镇总兵。二十五年（1899），统带新军前左营。二十六年（1900），署理江南福山镇篆。二十九年（1903），擢寿春镇总兵。

④台北故宫博物院藏：《军机及宫中档》，文献编号：408007234-0-A。

光绪二十九年五月二十五日，奉朱批：兵部知道。钦此。①

1393. 奏报游击李天元革审缘由片

光绪二十九年五月十七日（1903年6月12日）

再，据代理江西上饶县知县张鼎铭禀称：署广信营参将赣州左营游击李天元，捏造休书，占娶民人蒋体贵之妻蒋陈氏为妾。该氏已适蒋体贵有年，又系部民陈庆堂之女。李天元始则诱奸，继则串买。据蒋陈氏之姑蒋汪氏控经该县察访属实，传集审讯，虽李天元已将蒋陈氏退出，而应讯人证避匿不到，禀请批府提讯等情。前来。

臣查李天元以现任武职大员被控占娶部民之女有夫之妇，实属有玷官箴，经臣先将该参将撤任，批府提讯，该员犹具禀饰辩，察其平日在营亦多不洽舆论，未便姑容，相应请旨将该署参将赣州左营游击李天元即行革职，归案审办。

除遴员接署广信营参将，一面批饬江西臬司行提全案人证到省研讯确情照例详办外，理合会同护理江西巡抚臣柯逢时，附片陈请。伏乞圣鉴训示。再，所遗赣州左营游击员缺，按照部定新章轮用尽先人员，两江现有尽先应补之员，应请扣留由外拣补，合并陈明。谨奏。

（朱批：）着照所请，该部知道。②

光绪二十九年五月二十五日，奉朱批：着照所请，该部知道。钦此。③

---

①台北故宫博物院藏：《军机及宫中档》，文献编号：156878。

②台北故宫博物院藏：《军机及宫中档》，文献编号：408007234-0-B。

③台北故宫博物院藏：《军机及宫中档》，文献编号：156887。

1394. 奏报考察炮台回省日期片

光绪二十九年五月十七日（1903 年 6 月 12 日）

再，臣因镇江、江阴、吴淞各处炮台均关紧要，于四月十六日带印出省，前往考察，业经附片具奏在案。兹于二十六日乘坐兵轮回抵江宁，除各炮台应需布置事宜另行办理外，所有微臣回省日期，理合附片陈明。伏乞圣鉴。谨奏。

（朱批：）知道了。[①]

光绪二十九年五月二十五日，奉朱批：知道了。钦此。[②]

1395. 奏报金陵洋火药局动拨经费折

光绪二十九年五月二十四日（1903 年 6 月 19 日）

头品顶戴两江总督臣魏光焘跪奏，为金陵洋火药局添备、修理各项动拨经费，恭折具陈，仰祈圣鉴事。

窃照金陵洋火药局除额定常年经费之外，如须添购机器、修理厂屋，一切用款均经随时酌定饬拨，历经奏明在案。兹据该局道员杨慕璿详称：洋火药局自光绪二十四年春间修理之后，迄今已阅五年，锅炉、机器在在均关紧要。自开办以来，洋人保固年限早已届满，虽经三次修理，而火力煎铄，铁质易浇，轮轴磨荡，机缄渐弛，势难迁就。其墙砖之剥蚀，屋瓦之震动，椽檩之蒸郁，篷布之破漏，桥路之倾圮，引河之淤塞，年久失修，均于要工大有关系。兹督同员匠等核实勘估，计拆修机器，配用各料及更换锅炉、汽管等件，需银七千三百余两；配换各厂器具应用料物，需银三千四百余两；修葺墙屋、锅灶，撤换篷布，补治桥路，挑挖引河等项，需银四千六百余两。共计需银一万五千三百余两，

---

①台北故宫博物院藏：《军机及宫中档》，文献编号：408007234-0-C。

②台北故宫博物院藏：《军机及宫中档》，文献编号：156893。

应请照案仍由金陵防营支应局拨给应用等情。详请具奏前来。

臣覆核无异，应准其照案动拨，以资应用。除饬将动用细数造册报销，并咨户部、兵部、工部查照外，谨会同江苏巡抚臣恩寿，恭折具陈。伏祈皇太后、皇上圣鉴，敕部查照施行。谨奏。光绪二十九年五月二十四日。

（朱批：）该部知道。①

光绪二十九年闰五月十六日，奉朱批：该部知道。钦此。②

1396. 奏报察看沿江各路炮台情形折

光绪二十九年五月二十四日（1903年6月19日）

头品顶戴两江总督臣魏光焘跪奏，为微臣察看沿江各路炮台情形，并略陈管见，恭折仰祈圣鉴事。

窃臣巡视沿江炮台，已将出省、回省日期奏报在案。臣维东南形势，恃长江为天险。沿岸建置炮台，实遏敌守险之至计。吴淞口之南石塘、狮子林两炮台，雄峙江面，为长江第一门户；江阴之黄山顶及大小石湾各炮台为第二重门户。以上如象山、焦山、圌山关等处，则镇江之锁钥也。乌龙山下关口等处则金陵之保障也。臣逐台履勘，或依山设守，或近水扼防，要皆凭借险阻，为形势必争之地，但台式新旧各殊，台形明暗各别，即炮位之前膛、后膛亦多错杂不齐，未能配搭一律。惟狮子林一处炮位台基悉合新法，其余各台虽屡经改修，尚不无因陋就简之处。

臣博采众议，或谓当一律改造，尽仿新式；或谓当撤去旧台，归并炮位；未始非讲求新法，先事预防之善策，特事繁工巨，非一蹴所能几，且帑藏支绌，筹款维艰。臣熟察地形，审度时势，窃以为有宜随时酌改者，有宜相地添置者，有宜急图整顿者，虚实洞见，兵家所忌，况以有定之炮台，击无定之战舰，非设法隐

①台北故宫博物院藏：《军机及宫中档》，文献编号：408007235。

②台北故宫博物院藏：《军机及宫中档》，文献编号：157358。

处，断难因应得宜。查乌龙山之头台，圌山关之明台，黄山顶之台垒，非不控扼形胜，然台则耸立山坡，高环墙垒；炮则露列山顶，略无遮蔽，敌人一望而知，得以并力注击。应仿新式，将明显墙垒悉行撤去，就山覆土，筑成斜势，使敌人无从窥测，设钢甲于炮前，以为保护；筑往来隧道，改建兵房、药库，俾免意外之虞。敌之耳目难及，而我之施放较灵。此炮台之宜酌改者也。

崇明口系长江最要之区，南、北二路必须一律完整，始无畸轻畸重之虑。旧制南石塘、狮子林两炮台均设南岸，炮弹之力势难远及北岸，而北岸之无险可扼者，仅以水雷、鱼雷分布水中，以之御敌，不甚十分可恃。察看其地，有崇宝、石头二沙适当两洪之中，倘仿西人新式另建一浮炮台，使应敌舰之来，四面环击，庶南北两岸之防可以兼顾。惟事经创始，需款必巨，容臣再行查酌办理。此炮台之宜添置者也。

炮台为西人专门之学，往往随火器为改变。其测量之精、工程之密，非深究其学者，必不能胜任而愉快，故欲储有用之人材，则炮法学堂似不可少。查上海制造局原设有炮法学堂，嗣后改为炮队营，专供差使，此项人才遂不敷用，未免可惜。亟宜规复旧制，造就将弁，以为绸缪牖户之图，况炮台尤须力顾后路，从前旅顺、威海及大沽之失，敌皆乘虚袭我，是其前车之鉴。无事之时，应饬驻防将弁逐细履勘，何处可以登岸，何处可以来攻，何处可以抄击，何处可以堵截，俾蹊径险阻了然于心，庶临时设备，不至疏失。此炮台之宜整顿者也

臣忝膺疆寄，职守攸关，不敢喜事而务纷更，亦不敢蹈常而昧远计。除随时酌度办理具奏外，所有微臣察看沿江各路炮台情形并略陈管见，谨缮折恭陈。伏乞皇太后、皇上圣鉴训示。谨奏。光绪二十九年五月二十四日。

（朱批：）着该督妥筹办理。①

---

①台北故宫博物院藏：《军机及宫中档》，文献编号：408007236。

光绪二十九年闰五月十六日，奉朱批：着该督妥筹办理。钦此。[①]

1397. 查明徐州仓未完职名及分数折

光绪二十九年五月二十四日（1903年6月19日）

头品顶戴两江总督臣魏光焘跪奏，为查明光绪二十八年分徐州仓奏销案内未完一分以上职名及已、未完银数分数，遵章开单恭折奏报，仰祈圣鉴事。

窃准户部咨：条陈筹备饷需折内，严核各项奏销一条，自此次奏准后，所有钱粮奏销，各依定限，令各该督抚一面具题，一面先将未完一分以上各员开具简明清单，专折奏报，由部核定处分，先行覆奏，仍各于题本内将业经具奏各员声明备核。其有具奏后续完者，准其续行奏请归本案开复。续准部咨，嗣后奏报未完职名，开单注明各该员已、未完分数及实征已、未完各银数，以凭考核，各等因。兹据江安粮道胡延详称：光绪二十八年分徐州仓钱粮奏销，遵章将未完一分以上员名及已、未完银数分数开单，详请具奏前来。

臣覆核无异，除各县、卫完欠细数照例造册报部核办外，理合先行缮具清单，恭呈御览。会同署漕运总督臣陆元鼎、江苏巡抚臣恩寿，恭折具陈。伏乞皇太后、皇上圣鉴，饬部查核施行。再，此案该粮道系于五月十四日出详，臣亦于五月内拜发，均未逾限。合并陈明。谨奏。光绪二十九年五月二十四日。

（朱批：）该部议奏，单并发。[②]

光绪二十九年闰五月十六日，奉朱批：该部议奏，单并发。钦此。[③]

---

①台北故宫博物院藏：《军机及宫中档》，文献编号：157354。

②台北故宫博物院藏：《军机及宫中档》，文献编号：408007237。

③台北故宫博物院藏：《军机及宫中档》，文献编号：157376。

1398. 呈明徐州仓未完职名及分数清单

光绪二十九年五月二十四日（1903年6月19日）

谨将光绪二十八年分徐州仓奏销案内未完一分以上员名已、未完分数及实征已、未完银数，开具清单，恭呈御览。

计开

砀山县初参经征署事候补知县邵承灏，实征熟田正耗银六百九十一两三钱四分七厘，内已完六分五厘四毫银五百一十两八钱八分九厘，未完三分四厘六毫银二百三十九两四钱五分八厘。

（朱批：）览。[1]

1399. 奏陈动用经费加造军火片

光绪二十九年五月二十四日（1903年6月19日）

再，据金陵机器制造局江苏候补道吴学廉等详称：前于光绪二十六年因防务严紧，加造军火，以资拨济，先后禀经前督臣刘坤一饬由江南海关于制造二成洋税内匀拨银三万两，江南筹防局拨银二万两，金陵防营支应局拨银一万两，共计拨库平银六万两，以作加造军火之需。除常年额造军火仍照数造解外，所有陆续加造炮位、抬枪、子弹等项动用经费银六万两，系在常年额领经费之外，应截清附列光绪二十六年分销册汇报，照章详请奏咨立案。等情。前来。

臣覆核无异，除分咨外务部、户部、兵部、工部查照外，谨附片具奏。伏乞圣鉴。谨奏。

（朱批：）该部知道。[2]

---

①台北故宫博物院藏：《军机及宫中档》，文献编号：157376-0-A。

②台北故宫博物院藏：《军机及宫中档》，文献编号：408007235-0-A。

光绪二十九年闰五月十六日，奉朱批：该部知道。钦此。[①]

1400. 奏报购补枪弹机器缘由片

光绪二十九年五月二十四日（1903 年 6 月 19 日）

再，陕省前购制造枪弹、机器，因道远费绌，建厂购料，诸多不便，商经前督臣刘坤一改归江南留用，委查尚短子夹机器一副。陕省因限于经费，未曾订购，当令购补，就金陵制造局原有厂屋修改安配。前项机价除由陕付过三分之二库平银三万四百八十五两有奇，又关税规折库平银一千六百六十一两有奇，商明以后拨用子弹作价抵算外，江南实计付给末批价值库平银一万五千二百四十二两有奇，又利息库平银六百七十两有奇，又添购子夹机器库平银三千二百八十四两有奇，又修改厂屋、添盖汽炉及装配子药、厂房、安放机器等项用库平银九千五百六十二两有奇，共用库平银二万八千七百六十两有奇，即在江海关制造二成洋税项下动拨库平银二万八千一百三两有奇。其余不敷银两，在于该局额领经费项下匀用。据金陵机器局道员吴学廉等详请具奏前来。

臣查核各款，均系核实支用。除饬令汇案造报外，谨会同北洋大臣直隶督臣袁世凯，附片陈明。伏乞圣鉴训示。谨奏。

（朱批：）该部知道。[②]

光绪二十九年闰五月十六日，奉朱批：该部知道。钦此。[③]

1401. 奏报两淮通泰各场正带折价解完折

光绪二十九年五月二十八日（1903 年 6 月 23 日）

头品顶戴两江总督臣管理两淮盐政臣魏光焘跪奏，为两淮通

①台北故宫博物院藏：《军机及宫中档》，文献编号：157357。

②台北故宫博物院藏：《军机及宫中档》，文献编号：408007235-0-B。

③台北故宫博物院藏：《军机及宫中档》，文献编号：157356。

州、泰州分司所属各场辛丑纲正带折价解完开复，遵照部议改题为奏，恭折仰祈圣鉴事。

窃查案准户部咨：会议两淮辛丑纲奏销各场光绪二十六年分折价钱粮，所有未完银两，应令催征完报；其单开未完分数，除一分以上各员另案核议外，应将未完不及一分之通州分司运判宣兆熊、署通州分司运判蒋志沂、泰州分司运判凌树模、署丰利场大使刘锡纶、代理丰利场大使边承荣代理富安场大使武同辰，均照例停其升转，罚俸六个月，带罪督催。未完三分以上之盐运使程仪洛，照例降职二级，带罪督催。

又，准吏部议覆两淮各场光绪二十七年辛丑纲应征正带推价未完一分以上各官职名，应将未完一分以上之丰利场大使陈家惠、署富安场大使瞿世璟、署东台场大使赵春元、署新兴场大使顾懋烈，均照例罚俸一年，带罪督催。赵春元系署事官，限内卸事，应照离任官例，罚俸一年完结。

伍祐场接征调署大使龙纳言，自光绪二十七年十一月二十二日任事起，扣至二十八年二月止，未完二分，应请将未完二分之署伍祐场大使龙纳言，照例降职一级，带罪督催。梁垛场经征署任大使马长源，自光绪二十七年三月起至十一月二十一日卸事止；梁垛场接征署任大使朱凯勋，自光绪二十七年十一月二十二日任事起，扣至二十八年二月止；丁溪场经征署大使尹融，自光绪二十七年三月起至十一月二十一日卸事止；丁溪场接征调署大使黄灿，自光绪二十七年十一月二十二日任事起，扣至二十八年二月止；伍祐场接征代理大使吴赐真，自光绪二十七年三月初六日任事起至十一月二十一日卸事止。以上未完二分以上，应请将未完二分以上之署梁垛场大使马长源、朱凯勋、署丁溪场大使尹融、黄灿、代理伍祐场大使吴赐真，均照例降职一级，带罪督催。马长源、尹融、吴赐真均系署事官，限内卸事，应照离任官例，罚俸一年完结。

金沙场接征正任大使龚照琨，自光绪二十七年四月一十一日任事起，扣至二十八年二月止；富安场经征正任大使黄灿，自光绪二十七年三月起至十一月十七日卸事止；东台场接征署任大使吴启泽，自光绪二十七年五月二十七日任事起，扣至二十八年二月止；草堰场经征正任大使缪世德，自光绪二十七年三月起，扣至二十八年二月止；新兴场经征正任大使瞿世璟，自光绪二十七年三月起至十一月二十一日卸事止。以上未完三分以上，应请将未完三分以上之金沙场大使龚照琨、富安场大使黄灿、署东台场大使吴启泽、草堰场大使缪世德、新兴场大使瞿世璟，均照例降职二级，带罪督催。

安丰场经征正任大使章文杰，自光绪二十七年三月起，扣至二十八年二月止，未完四分，应请将未完四分之安丰场大使章文杰，照例降职三级，带罪督催。

泰州分司接督征正任运判宣兆熊，自光绪二十七年三月二十五日任事起，扣至二十八年二月止；何垛场经征署任大使朱士良，自光绪二十七年三月起，扣至二十八年二月止；刘庄场经征正任大使李绍基，自光绪二十七年三月起，扣至二十八年二月止；庙湾场经征正任大使邓彝镜，自光绪二十七年三月起，扣至二十八年二月止。以上未完四分以上，应请将未完四分以上之泰州分司运判宣兆熊、署何垛场大使朱士良、刘庄场大使李绍基、庙湾场大使邓彝镜，均照例降职三级，带罪督催各等因，均经分别转行遵照在案。

兹查辛丑纲奏销光绪二十七年压征二十六年分折价案内开报通州分司所属丰利、金沙二场，原参未完银一千五百五十两一钱六分；泰州分司所属富安、安丰、梁垛、东台、何垛、丁溪、草堰、刘庄、伍祐、新兴、庙湾十一场，原参未完银二万八千八十二两二钱七分三厘，内除光绪二十八年被风、被潮勘不成灾案内缓至丙辰年秋成后带征银二万四千五百十八两八钱六分三厘外，实该缓征以前征完银三千五百六十三两四钱一分，二共应完银五千一百十三两五钱七分，已据各该场照数完解到司。

除奉议未完一分以上之前署东台场大使赵春元，未完二分以上之前署梁垛场大使马长源、前署丁溪场大使尹融、前代理伍祐场大使吴赐真，系署事代理之员，均于限内卸事，应照离任官例，各议以罚俸一年完结，毋庸再议外，所有未完不及一分之前署通州分司运判宣兆熊、蒋志沂、前署泰州分司运判凌树模、前署丰利场大使刘锡纶、前代理丰利场大使边承荣、前代理富安场大使武同辰，未完一分以上之丰利场大使陈家惠、前署富安场大使瞿世璟、前署新兴场大使顾懋烈，未完二分之署伍祐场大使龙纳言，未完二分以上之前署梁垛场大使朱凯勋、前署丁溪场大使黄灿，未完三分以上之两淮盐运使程仪洛、前署金沙场大使龚照琨、前任富安场大使黄灿、前署东台场大使吴启泽、前任草堰场大使缪世德、前任新兴场大使瞿世璟，未完四分之安丰场大使章文杰，未完四分以上之泰州分司运判宣兆熊、前署何垛场大使朱士良、刘庄场大使李绍基、前任庙湾场大使邓彝镜，各奉议停升、罚俸、降职、带罪督催之案，据留署两淮盐运使程仪洛开具清册，详请具奏开复，并据声明此案续完银五千一百十三两五钱七分，内除凑解过部饷银一千八百九十四两七钱五分，实在存库银三千二百十八两八钱二分，留备凑解紧饷之用等情。前来。

臣覆核无异，除将清册咨送户部、吏部外，理合恭折具陈。伏乞皇太后、皇上圣鉴，敕部查核施行。谨奏。光绪二十九年五月二十八日。

（朱批：）该部知道。①

光绪二十九年闰五月十七日，奉朱批：该部知道。钦此。②

1402. 请以叶芸补授山阳县知县折

光绪二十九年五月二十八日（1903年6月23日）

头品顶戴两江总督臣魏光焘、江苏巡抚臣恩寿跪奏，为拣员

①台北故宫博物院藏：《军机及宫中档》，文献编号：408007238。

②台北故宫博物院藏：《军机及宫中档》，文献编号：157404。

请补沿河要缺知县，恭折仰祈圣鉴事。

窃江苏山阳县知县马光勋勒休，于光绪二十八年十月十五日奉旨后第五日行文，按江苏省照限五十日减半计算，扣至十一月十五作为开缺日期，归十一月分截缺。所遗山阳县知县系冲、繁、疲、难四项兼全沿河要缺，例应在外拣员调补。该县地当孔道，南北冲衢，且系淮安府附郭首邑，政务殷繁，巡缉抚绥，均关紧要，非精明干练、熟习河务之员，不足以资治理。兹于通省现任知县内逐加遴选，非现居要缺，即人地未宜，实无合例堪调之员。

惟查有即用知县叶芸，年四十一岁，系山东历城县人，祖籍浙江山阴县，由附生中式光绪十五年己丑恩科本省乡试举人。十八年壬辰科会试，中式贡士。二十年，甲午恩科覆试二等，殿试三甲，朝考三等。五月初八日引见，奉旨：以知县即用。钦此。遵例捐指江苏，领照于二十年十一月初一日到省。二十二年十二月初八日，丁父忧。二十五年三月初八日，服满起复。二十六年三月初一日，缴咨回省，奉文覆准，先于二十五年十二月在淮徐海赈捐案内报捐同知衔，并戴花翎。覆查该员才具练达，熟习河工，以之请补山阳县知县，洵堪胜任。虽调缺请补与例稍有未符，而人地实在相需，例得声明奏请。据江宁布政使李有棻等会详请奏前来。

臣等往返函商，意见相同，合无仰恳天恩俯念员缺紧要，准以即用知县叶芸补授山阳县知县，实于河工、地方均有裨益。如蒙俞允，该员系即用知县请补知县，衔缺相当，毋庸送部引见，亦毋庸查造参罚。谨会同署漕运总督臣陆元鼎，合词恭折具陈。伏乞皇太后、皇上圣鉴训示。谨奏。光绪二十九年五月二十八日。

（朱批：）吏部议奏。①

光绪二十九年闰五月十七日，奉朱批：吏部议奏。钦此。②

---

①台北故宫博物院藏：《军机及宫中档》，文献编号：408007239。

②台北故宫博物院藏：《军机及宫中档》，文献编号：157406。

1403. 请以张淦补授泰州知州缘由折

光绪二十九年五月二十八日（1903年6月23日）

头品顶戴两江总督臣魏光焘、江苏巡抚臣恩寿跪奏，为拣员请补沿海要缺知州，恭折仰祈圣鉴事。

窃江苏泰州知州罗允猷于光绪二十八年十月十五日奉旨开缺另补，应以奉旨后第五日行文，按江苏省照限减半计算，应扣至十一月十五日作为开缺日期。所遗员缺系冲、繁、难沿海要缺，例应在外拣员调补。该州政务殷繁，必须精明干练之员，方能胜任。臣等查江苏省并无简缺知州堪调之员，应于正途出身人员内先尽补用。

查有正途候补班补用知州张淦，年四十岁，湖北武昌县人，寄籍顺天大兴县，由附生中式光绪十四年戊子科举人，改归原籍。二十一年六月，经出使日本国大臣裕庚[①]奏调出洋，派充使署随员。二十二年，遵例在陕西藩库报捐直隶州州同，指分陕西试用。二十四年六月，在洋三年期满，奏保请免补本班，以知州仍留原省归候补班补用，并加四品衔，七月三十日奉旨：着照所请。钦此。二十五年，因陕西停止分发，呈请改指江苏。五月十四日，经吏部带领引见，奉旨：着照例发往。钦此。七月初六日，领照到省，期满甄别，奏明堪以繁缺留省补用在案。复查该员才识明练，办事精详，以之请补泰州知州，洵堪胜任，与例亦符。据江宁布政使李有棻等会详请奏前来。

臣等往返函商，意见相同，合无仰恳天恩俯念员缺紧要，人地相宜，准以正途候补班补用知州张淦补授泰州知州员缺，实于

---

①裕庚（？—1905），字朗西，汉军正白旗人，廪生出身。咸丰八年（1858），拔贡。咸丰间，报捐州同，历保知州、知府、道员。光绪元年（1875），加布政使衔。二十年（1894），充督办军务处翼长，旋补广东惠潮嘉道。二十一年（1895），授出使日本大臣，嗣补太仆寺少卿。二十四年（1898），充总理各国事务衙门行走。二十五年（1899），任出使法国大臣。二十七年（1901），授通政使司副使。二十九年（1903），迁太仆寺卿。三十一年（1905），卒于任。

地方有裨。如蒙俞允，该员系候补知州请补知州，衔缺相当，无庸送部引见，亦无须查造参罚。谨合词恭折具陈。伏乞皇太后、皇上圣鉴训示。谨奏。光绪二十九年五月二十八日。

（朱批：）吏部议奏。①

光绪二十九年闰五月十七日，奉朱批：吏部议奏。钦此。②

1404. 请以韩元孔补授里河水师副将折

光绪二十九年五月二十八日（1903 年 6 月 23 日）

头品顶戴两江总督臣魏光焘跪奏，为拣员请补水师副将员缺，恭折仰祈圣鉴事。

窃江南里河水师太湖左营副将欧阳成祥参劾，遗缺接准部咨系题补新章第一轮第一缺，轮用尽先人员，行令拣员请补等因。伏查是缺副将驻扎太湖东山，毗连浙江，汛地广阔，汊港纷歧，向为私枭出没之区，督率巡防，在在均关紧要，非精明强干之员，难期胜任。江南各项水师尽先副将班内，如向玉隆、徐耀廷、彭福连三员，业经病故咨报在案。陈金福一员已降补都司，曾松其一员久未在标，易英和一员虽经奏留水师候补，向仍在省差遣，于水师情形不甚谙习，未便迁就请补。

惟查有花翎总兵衔内洋水师尽先副将川沙营参将韩元孔，年五十八岁，湖北黄陂县人，由武童投效外江水师，随剿出力，洊保花翎尽先参将，借补海门营中哨守备，于任、赖捻股肃清案内奏保以副将尽先补用，并加总兵衔。嗣调补内洋水师通州营前哨守备，递升掘港营游击，旋奏补川沙营参将，经部复准在案。该员娴熟营伍，缉捕勤能，虽系外海水师川沙营参将，曾经管带太湖师船，于该处地方情形熟悉，以之请补是缺，洵堪胜任，核与定例“太湖副将缺出，准于川沙、吴淞两营水师参将内拣补”亦

①台北故宫博物院藏：《军机及宫中档》，文献编号：408007240。

②台北故宫博物院藏：《军机及宫中档》，文献编号：157408。

属相符，合无仰恳天恩俯准以内洋水师尽先副将川沙营参将韩元孔补授里河水师太湖左营副将员缺，实于营伍、地方均有裨益。如蒙俞允，俟部复至日再行给咨送部引见，以符定制。

除将该员履历送部查核外，谨会同江南提督臣李占椿，恭折具陈。伏乞皇太后、皇上圣鉴训示。再，所遗川沙营参将员缺，江苏省现有合例人员，容臣另行拣员请补。合并声明。谨奏。光绪二十九年五月二十八日。

（朱批：）兵部议奏。①

光绪二十九年闰五月十七日，奉朱批：兵部议奏。钦此。②

1405. 请准建坊旌表捐助赈银片

光绪二十九年五月二十八日（1903年6月23日）

再，江苏开办淮徐海赈捐，援照顺直等省章程请奖，奉旨允准在案。兹据清理捐输文照处司道详称：江苏沭阳县人光禄寺署正职衔鲍静安，遵其故父布理问职衔鲍来宾、母鲍周氏命，捐助淮徐海赈银一千两等情。详请奏奖前来。臣查历办赈捐章程，凡士民捐银一千两者，例准建坊。该职鲍静安捐银一千两，洵属善承先志，有裨灾黎，核与建坊定例相符。

除将所捐银两业经解赴灾区助赈外，相应请旨俯准该员在原籍自行建坊，给予“乐善好施”字样，以示旌奖而昭激劝。理合附片陈请。伏乞圣鉴训示。谨奏。

（朱批：）着照所请，礼部知道。③

光绪二十九年闰五月十七日，奉朱批：着照所请，礼部知道。钦此。④

---

①台北故宫博物院藏：《军机及宫中档》，文献编号：408007241。

②台北故宫博物院藏：《军机及宫中档》，文献编号：157405。

③台北故宫博物院藏：《军机及宫中档》，文献编号：408007241-0-A。

④台北故宫博物院藏：《军机及宫中档》，文献编号：157409。

1406. 请将游击张和兴即行革职片

光绪二十九年五月二十八日（1903 年 6 月 23 日）

再，管带续备南字右旗副将衔游击张和兴，纵庇媳妾贪利放债，徇隐差弁贩私。据该管统领副将陈东旸禀经江南提督李占椿咨经前署督臣张之洞将其撤差，遴员接管，责令该统领澈查具复在案。兹准提督李占椿饬查咨复前来。

臣查该游击张和兴身为管带，宜如何将营务力为整顿，以图报称，乃竟任令媳妾、营弁妄为，实属咎无可辞。当此整饬营伍之际，未便稍事姑容，相应请旨将管带南字右旗副将衔游击张和兴即行革职，以示惩儆而肃营伍。理合附片陈请。伏祈圣鉴训示。谨奏。

（朱批：）着照所请，兵部知道。①

光绪二十九年闰五月十七日，奉朱批：着照所请，兵部知道。钦此。②

1407. 奏报甄别试用期满盐大使片

光绪二十九年五月二十八日（1903 年 6 月 23 日）

再，准部咨：劳绩保举盐大使补缺，有关具题，按照章程试用期满，应由该督详细甄别具奏等因，历经循办在案。兹查劳绩保举候补班补用盐大使刘以楫，到淮试用业已期满。据留署两淮盐运使程仪洛造具履历清册，详送甄别前来。经臣于光绪二十九年三月十五日甄别得该大使刘以楫，年富力强，持论通达，并照章考试取列二等，堪以留淮补用。除将履历清册咨移部、科查核外，谨附片具陈。伏乞圣鉴。谨奏。

（朱批：）该部知道。③

---

①台北故宫博物院藏：《军机及宫中档》，文献编号：408007241-0-B。

②台北故宫博物院藏：《军机及宫中档》，文献编号：157407。

③台北故宫博物院藏：《军机及宫中档》，文献编号：408007238-0-A。

光绪二十九年闰五月十七日，奉朱批：该部知道。钦此。[①]

1408. 请将分防通判请改设厅治缘由折

光绪二十九年闰五月初二日（1903年6月26日）

头品顶戴两江总督臣魏光焘、署理江西巡抚布政使臣柯逢时跪奏，为分防通判请改设厅治，准理民事，以资治理而固边防，恭折仰祈圣鉴事。

窃查道光二十八年前督臣李星沅[②]、抚臣吴文镕[③]奏请将赣州府分防通判移驻观音阁地方，兼辖龙南县之大龙、新兴、太平三

①台北故宫博物院藏：《军机及宫中档》，文献编号：157408。

②李星沅（1797—1851），字子湘，号石梧，湖南湘阴人。道光十二年（1832），中式进士，改庶吉士。次年，授翰林院编修。十四年（1834），选汉办事翰林官。同年，充四川乡试正考官。十五年（1835），授会试同考官。同年，简广东学政。十八年（1838），放陕西汉中府知府。同年，升河南粮盐道。十九年（1839），署河南按察使。二十年（1840），迁陕西按察使。是年，调四川按察使。二十一年（1841），补江苏按察使，旋调江西布政使。同年，转江苏布政使。二十二年（1842），擢陕西巡抚。二十五年（1845），调补江苏巡抚。同年，署陕甘总督。二十六年（1846），授云贵总督，兼署云南巡抚。次年，补两江总督，加太子太保。二十八年（1848），兼署河道总督。三十年（1850），授钦差大臣。咸丰元年（1851），卒于军。谥文恭。有《梧笙馆联吟初辑》《芋香山馆集》《李文恭公奏议》《李文恭公文集》《诗集》等行世。

③吴文镕（1792—1854），字甄甫、号樵云、云巢、竹孙，江苏仪征人。嘉庆十八年（1813），中举。二十四年（1819），中式进士，选庶吉士。翌年，授翰林院编修。道光二年（1822），充山西乡试副考官。三年（1823），补国史馆协修。四年（1824），丁父忧。五年（1825），丁母忧。八年（1828），充湖北乡试正考官。同年，授河南学政。十一年（1831），补文渊阁校理。次年，选教习庶吉士，升武英殿纂修。十三年（1833），充会试同考官，补詹事府右春坊右赞善、左春坊左赞善，充翰林院侍讲、侍读。同年，授日讲起居注官、侍讲学士、咸安宫总裁。十四年（1834），补翰林院侍读学士。同年，授顺天学政。十六年（1836），迁詹事府詹事。同年，授内阁学士兼礼部侍郎衔。十七年（1837），署礼部左侍郎、玉牒馆副总裁、国史馆副总裁、礼部右侍郎，兼署刑部右侍郎。是年，简顺天武乡试正考官。十八年（1838），署理经筵讲官，调刑部右侍郎、左侍郎，署户部左侍郎。十九年（1839），授福建巡抚。同年，兼署闽浙总督。二十年（1840），调补湖北巡抚。二十一年（1841），补授江西巡抚。二十八年（1848），补浙江巡抚，兼理两浙盐政。三十年（1850），擢云贵总督。咸丰二年（1852），调补闽浙总督。三年（1853），补湖广总督。四年（1854），兵败自尽。谥文节。著有《大清一统志》《吴文节公遗集》80卷《奏疏诗文集》等行世。

堡，信丰县之杨溪、镇南、步口、回戈四堡，并筑城以为之卫❶。自是以来，颇形安辑。臣等伏维江西险要，率在赣南，观音阁地居极边，为省南门户。明王守仁之平三浰、吴百朋①之灭三巢，当即其地。其城在龙南县之西，东距县治五十五里，东北距信丰县治二百里而遥。其兼辖信丰之杨溪等四堡，纵约三十里，横约四十余里；龙南之大龙等三堡，纵约百十里，横约百六十里，计辖境纵横约一百数十里，由西而南，与广东之南雄、始兴、翁源、连平、和平等州县接壤，自六十里至九十里不等，形势袤延，山谷丛杂，民贫俗悍，执械横行。近年，又时有粤东会匪阑八互相煽诱，出没无常，劫掠成风。此拿彼窜，以致强者流为盗贼，弱者无以为生。区区一隅，几同化外。县令幅员太广，防范难周；通判虽有听断、缉捕之责，而命盗重案仍须由县审办，事权不属，呼应不灵，敷衍因循，治理益坏，教养兼失，隐患实深！自应因地制宜，以期安良除暴。饬据吉南赣宁道亲诣周巡，臣等复详加考察，拟请将观音阁通判改为虔南厅抚民通判，即以原辖龙南县属大龙等三堡、信丰县属杨溪等四堡之地拨归管理，以专责成。所有刑名、命盗、抢窃案件，统归该通判审办参缉，由赣州府审转；七堡原有田地、山塘，应征正、杂钱粮各款，令龙南、信丰二县查明额征银数，造册呈报，拨归该通判催征，由府考核。

该通判本系要缺，今改设厅治，仍定为繁、疲、难兼三要缺，由外拣员升调；移龙南县教谕一员，以为学官；不设训导，即于龙南县减文童进额八名，信丰县减进额四名，拨归厅学。至信丰原设杨溪堡巡检，本在兼辖境内，应改隶该通判统辖；又移赣州

①吴百朋（1519—1578），字惟锡，号尧山，浙江义乌人。明嘉靖二十六年（1547），中式进士，二十七年（1548），补江西永丰知县。二十九年（1550），升山西道监察御史，兼管长芦盐政。四十二年（1563），授右佥都御史，巡抚郧阳，灭三巢。隆庆二年（1568），擢刑部右侍郎，旋丁父忧，回籍守制。万历元年（1573），赐飞鱼服，巡阅宣化、大同、山西三镇。三年（1575），补南京右都御史，兼署参赞刑部事务。五年（1577），迁南京刑部尚书。六年（1578），卒于任。谥襄毅。著有《吴百朋奏疏》3卷，《南赣督抚奏议》及部分诗稿等。其《抚虔志》《用兵纪实》等均佚。

府照磨于厅治，兼管监狱。旧城东西相距四十丈，南北仅十余丈，略加修葺，借资防守，应设坛庙秩祀及衙门、监狱，酌量改造。所有巡防边界，弹压地方，守护仓库、监狱，缉拿命盗案犯，酌拨防营驻扎，并令开垦荒地，以兴利源；多设学堂，以开风气；编查保甲，以重诘奸。所费无多，而于地方实大有裨益。据司道会详请奏前来。

臣等往返函商，意见相同，可否仰恳天恩俯准饬部核覆。如蒙俞允，臣等即遵照妥筹办理。其余未尽事宜，容再体察情形，随时具奏请旨。所有分防通判请改设厅治缘由，谨合词恭折具陈。伏乞皇太后、皇上圣鉴训示。遵行。再，此折系臣柯逢时主稿，合并声明。谨奏。光绪二十九年闰五月初一日。

（朱批：）该部议奏。[①]

光绪二十九年闰五月二十日，奉朱批：该部议奏。钦此。[②]

❶【案】道光二十八年三月十七日，两江总督陆建瀛等奏请将赣州府通判改驻龙南县观音阁并大龙司巡检移驻大湖江等处，曰：

两江总督臣李星沅、江西巡抚臣吴文镕跪奏，为移驻通判等缺以资整顿，并酌请改繁改简以符定制，恭折仰祈圣鉴事。

窃维除暴诘奸，为安民之要务；设官分职，必因地以制宜。臣等查得江西赣州府所属之龙南县民俗犷悍，近年以来，抢劫、斗殴、掳禁、勒赎之案，层见叠出，推原其故，因该县南乡有太平、新兴、大龙三堡，界连广东连平、和平、南雄、始兴、翁源及本省信丰等州县，四通八达，匪类最易潜踪，而龙南县城僻处东北一隅，相距该三堡自八九十里至一百八九十里不等。该匪类明知县官下乡不能久住，每每此拿彼窜，散而复聚。前于扼要之大龙堡观音阁地方添设大龙司巡检一员，查拿稽察，奈因官职微小，额设弓兵无多，巡防仍难得力。

①台北故宫博物院藏：《军机及宫中档》，文献编号：408007242。

②台北故宫博物院藏：《军机及宫中档》，文献编号：157439。

查赣州府通判本在郡城，后经移驻赣县，所属之大湖江，今大湖江一带河道平静，毋须大员弹压，应请将该通判改驻龙南县观音阁地方，分防龙南、信丰两县，并请于赣标后营派拨千总一员、兵丁八十名，与该通判一同防守。凡龙南县属之太平等堡暨信丰县属距城远而距该处近之镇南等堡，遇有命盗、抢夺案件，该县等不克分身，准该通判会营勘验，缉拿送县究办，一切词讼亦准就近审理，俾小民得以随时控究，匪类不致横行。如遇太平、镇南等堡有疏防、失察等事，即将该通判作为捕官开参，其余概照不同城捕盗厅员例参处，移驻千总即作为该处专防，以本汛武弁为协防。至观音阁既有通判并千总驻扎，所有大龙司巡检应即移至该通判原驻之大湖江地方，巡防河匪，分别换给赣州府分防观音阁等处督捕通判关防及赣县大湖司巡检印信，以昭信守。大湖江本有通判旧署可即改为巡检衙署，凡巡检廉俸、弓兵工食等项，俱仍旧贯，毋庸另议。观音阁应建通判、千总衙署并增筑城堡及搭盖兵房、公廨，约估需银八九千两，请由臣吴文镕督饬该道府等捐廉兴办，毋庸请动国帑。该通判廉俸、书役工食等项，照原额由坐编之县支给，相验命案，需用仵作、刑书，即由龙南、信丰二县拨给应役，亦毋庸另议添设。惟是赣州府通判系属简缺，今议移驻要地，必须干练有为、熟悉情形之员，方足以资治理，应请改为繁、疲、难兼三要缺，由外拣员调补，以重职守。而简缺改繁，例应于繁缺中酌改一缺为简，以资抵补。查有南康府属之都昌县原定繁、疲、难兼三要缺，近来狱讼稀少，可以改为疲、难二字中缺，以符定制。

抑臣等更有请者，龙南、长宁二县汛兵系赣镇标后营、中营所属，相距汛地或三百余里，或四百余里，间有会营调兵之事，往返非十余日不可，易失机宜。查龙南县离横冈营八十里，请将该县额兵，并现议移驻弁兵统归横冈营都司管辖。长宁县离羊角营八十里，请将该县额兵拨归羊角营都司管辖。如此一转移间，缓急更为足恃，而弁兵并不增额，于营制亦无窒碍。

臣等为整顿地方起见，往返函商，意见相同。兹据藩、臬两司转据该管道、府具详请奏前来。谨合词恭折具奏。伏乞皇上圣鉴训示，敕部核覆施行。谨奏。道光二十八年三月十七日。①

1409. 请以朱廷相升补内洋水师守备折

光绪二十九年闰五月十二日（1903年7月6日）

头品顶戴两江总督臣魏光焘跪奏，为拣员请补内洋水师守备员缺，恭折仰祈圣鉴事。

窃江南狼山镇标内洋水师右营领哨守备刘镇标病故，遗缺按照轮补定章，系第二轮第四缺，应用尽先人员请补。惟查水师各营尽先守备一项只有二员，内朱昇柱一员久未在标，苏怀岳一员已经病故，咨报在案。此外亦无预保、拣发、应补各班人员，应照案过班以应升人员请补。

臣查是缺守备，有分巡洋面、经管钱粮之责，非熟悉驾驶、精明干练之员，难期胜任。兹于水师各营实缺千总内逐加遴选，查有狼右营右哨千总朱廷相，年五十七岁，湖南衡阳县人，由武童投效外江水师随剿出力，历保蓝翎守备衔尽先千总，拔补通州、狼右两营外委、把总各缺，嗣升右营右哨千总。光绪十八年十二月内，经部发给札付。该员熟悉驾驶，巡防得力，若以之升补是缺守备，洵堪胜任，且历俸早满，亦与例章相符。合无仰恳天恩俯准狼山镇标内洋水师右营领哨守备员缺，以该右营右哨千总朱廷相升补，实于营伍、地方均有裨益。如蒙俞允，俟部复至日，即行给咨送部引见，以符定制。

除饬取履历送部查核外，谨会同江南提督臣李占椿，恭折具奏。伏乞皇太后、皇上圣鉴训示。谨奏。光绪二十九年闰五月十二日。

（朱批：）兵部议奏。②

---

①中国第一历史档案馆藏：《朱批奏折》，档号：04-01-12-0466-113。

②台北故宫博物院藏：《军机及宫中档》，文献编号：408007245。

光绪二十九年闰五月二十六日，奉朱批：兵部议奏。钦此。[①]

1410. 奏报二十八年两淮各场产盐考成折

光绪二十九年闰五月十二日（1903年7月6日）

头品顶戴两江总督管理两淮盐政臣魏光焘跪奏，为光绪二十八年分两淮各场产盐缺溢考成分数，遵照部议改题为奏，开单恭折具陈，仰祈圣鉴事。

窃查嘉庆九年部议两淮通州、泰州、海州三分司所属二十三场产盐定额以十分计算，收盐溢缺按年分别核议，如各该场员等不能实力奉行，以致缺额不及一分者，罚俸六个月；一分以上者，罚俸一年；二分、三分者，降一级留任；四分、五分者，降一级调用；六分以上者，降二级调用；七分者，降三级调用；七分以上者，革职。如场员实力奉行，于正额之外溢额一分以上者，纪录一次；二分以上者，纪录二次；三分以上者，纪录三次；四分以上者，加一级；五分以上者，加二级。遇有数多者，以次递加，历经循办。

又，咸丰八年，清理场盐埩鏾，请暂停场员督煎考核，经部议令自咸丰八年正月为始，仍以一年计算，即照现在清查实存煎鏾一万一百十四口，核明某场应煎盐若干，将缺额、溢额各职名于年底题报考核，以循旧制；并将续增鏾口若干，随时咨部备核等因，即经分别转饬遵照。据庙湾场具报修复煎鏾八口，伍祐场两次具报修复煎鏾四百九十四口，丰利场具报添购新鏾八十口、卤鏾二十口，亦经分别核明盐数，汇造册揭详咨。嗣于同治三年据运司详淮南、通、泰各场咸丰十年分产盐考核，拟请免议等情。当经前督臣曾国藩批饬淮南各场盘鏾自咸丰七年清查，迄今又逾数载，据称旧鏾破损系属实情。即淮北运道通塞靡常，板浦曾经匪扰，历年两淮各场产盐缺额均尚有因，循例具题事件，前经奏

①台北故宫博物院藏：《军机及宫中档》，文献编号：157620。

明暂行展缓。所有同治二年以前考核，应一律免办造报。自同治三年正月初一日起，淮南照咸丰七年清查额产，淮北仍照旧定额产，严定考核。

又，前奉部议同治六年分产盐考核内开：两淮产盐额数，例应以十分计算，今溢额在十三四分及二十六分之多，核与定例不符，未便遽行议叙，饬令另行核实分数，报部再办等因。饬据运司转饬通、泰分司查议，嗣后各场如能督产溢额，无论分数多寡，总以十分为率，照章议叙。其十分以外所溢之额，概不并计，详咨户部。接准部覆，业已据文移咨吏部查照。所有两淮各场产盐，前已奏报至光绪二十七年年底在案。

兹据留署两淮盐运使程仪洛详：通州、泰州、海州三分司所属角斜等二十三场，自光绪二十八年正月初一日起至十二月底止一年限满，该产盐九十五万七千三百八十引五分，今实产盐一百三十九万一千九百十四引一分二厘五毫，内除角斜等场溢产盐五十万八千七百七十三引三分六厘，计缺产盐七万四千二百三十九引七分三厘五毫，遵照部咨比拟湖北省各属压征芦课已、未完数目考成，开具简明清单，详请具奏。其清单内开安丰等场经管正任大使章文杰等系属一年一官溢额，应予议叙。其余溢额各员，或不及一分及非一年一官，应毋庸议等情。前来。

臣覆核无异，谨缮具缺、溢分数各员清单，恭折具陈。伏乞皇太后、皇上圣鉴，敕部查核施行。谨奏。光绪二十九年闰五月十二日。

（朱批：）该部知道，单并发。①

光绪二十九年闰五月二十六日，奉朱批：该部知道，单并发。钦此。②

---

①台北故宫博物院藏：《军机及宫中档》，文献编号：408007246。

②台北故宫博物院藏：《军机及宫中档》，文献编号：157619。

1411. 呈二十八年两淮各场产盐考成清单

光绪二十九年闰五月十二日（1903年7月6日）

谨将光绪二十八年分两淮各场产盐缺、溢分数考成，分晰开单，恭呈御览。

缺产考成分数各员

通州分司所属

角斜场经管调署大使广盈库大使许凤文，自光绪二十八年正月初一日起至八月初一日卸事前一日止，计缺额考成一厘，缺盐三百二十五引五分五毫。

栟茶场经管署任大使候补大使吴元惠，自光绪二十八年正月初一日起至二月十六日卸事前一日止，计缺额考成六厘，缺盐二千六百六引五分二厘五毫。

栟茶场接管署任大使角斜场大使仁辅，自光绪二十八年二月十六日任事起至七月二十四日卸事前一日止，计缺额考成一分八厘，缺盐七千九百三引二厘。

丰利场经管署任大使候补大使刘锡纶，自光绪二十八年正月初一日起至二月十七日卸事前一日止，计缺额考成六厘，缺盐四百八十引九分二厘五毫。

丰利场接管代理大使候补知事边承荣，自光绪二十八年二月十七日任事起至八月二十六日卸事前一日止，计缺额考成二厘，缺盐一百九十八引。

掘港场经管调署大使丰利场大使陈家惠，自光绪二十八年正月初一日起至八月二十一日卸事前一日止，计缺额考成三分四厘，缺盐二万四千三百五十三引九分五厘。

掘港场接管正任大使娄赐书，自光绪二十八年八月二十一日任事起至十二月底止，计缺额考成一分五厘，缺盐一万一千一百三十引一分七厘五毫。

石港场接管正任大使安钟憬，自光绪二十八年七月二十四日任事起至十二月底止，计缺额考成八厘，缺盐九十二引五分六厘五毫。

金沙场经管署任大使龚照琨，自光绪二十八年正月初一日起至四月初一日卸事前一日止，计缺额考成五厘，缺盐一百九引四分。

金沙场接管代理大使候补经历吴用中，自光绪二十八年四月初一日任事起至九月二十二日卸事前一日止，计缺额考成二分八厘，缺盐五百三十二引四分三厘。

吕四场经管调署大使掘港场大使娄赐书，自光绪二十八年正月初一日起至八月十二日卸事前一日至，计缺额考成二分五厘，缺盐六千三百五十一引五厘。

吕四场接管调署大使广盈库大使许凤文，自光绪二十八年八月十二日任事起至十二月底止，计缺额考成一分四厘，缺盐三千五百六十六引八厘。

泰州分司所属

富安场经管调署大使新兴场大使瞿世璟，自光绪二十八年正月初一日起至十二月底止，计缺额考成二分五厘，缺盐五千二十四引六分八厘五毫。

梁垛场经管署任大使候补知事朱凯勋，自光绪二十八年正月初一日起至三月初六日卸事前一日止，计缺额考成三厘，缺盐四百十六引五分二厘五毫。

梁垛场接管正任大使蒋敏，自光绪二十八年三月初六日任事起至十二月底止，计缺额考成一厘，缺盐二百二十七引。

刘庄场经管正任大使李绍基，自光绪二十八年正月初一日起至十二月底止，计缺额考成一分六厘，缺盐一千四百三十五引九分。

海州分司所属

临兴场经管正任大使朱作霖，自光绪二十八年正月初一日起至四月十三日卸事前一日止，计缺额考成四厘，缺盐四千二百八十二引二分。

临兴场接管调署大使淮北批验所大使袁国藩，自光绪二十八年四月十三日任事起至九月二十二日卸事前一日止，计缺额考成五厘，缺盐四千七百九十九引三分。

临兴场接管正任大使朱作霖，自光绪二十八年九月二十二日回任起至十二月底止，计缺额考成不及一厘，缺盐四百四引五分。

溢产考成分数各员

泰州分司所属

安丰场经管正任大使章文杰，自光绪二十八年正月初一日起至十二月底止，计溢额考成七分四厘，溢盐六万二千五百六十六引七分。

伍祐场经管调署大使经历龙纳言，自光绪二十八年正月初一日起至十二月底止，计溢额考成七分，溢盐六万八千四百十三引五分。

海州分司所属

板浦场经管正任大使祖文斌，自光绪二十八年正月初一日起至十二月底止，计溢额考成四分，溢盐七万一百三十引。

中正场经管正任大使王濬生，自光绪二十八年正月初一日起至十二月底止，计溢额考成六分四厘，溢盐三万一千一百九十六引。

（朱批：）览。①

1412. 奏明江宁筹饷捐输收支数目折

光绪二十九年闰五月十二日（1903年7月6日）

头品顶戴两江总督臣魏光焘跪奏，为江宁筹饷捐输办竣，查明收支数目，恭折具陈，仰祈圣鉴事。

---

①台北故宫博物院藏：《军机及宫中档》，文献编号：157619-0-A。

窃查江宁省于光绪二十六年遵旨开办筹饷捐输，经前督臣刘坤一奏明，所收捐款以一半解部，一半留为本省添军办防之需。嗣因江苏猝被水灾，奏请截留解部一半之款，以济赈抚，先后奉旨允准遵办在案。兹据清理筹饷捐输江宁布政使李有棻等详称：前项捐输一十六年甫议开办，尚无成数，其时北事需饷紧要，本省亦须设防，不得已挪款动支，拟俟收捐归补。乃二十七年夏间，江苏猝遭水患，灾区甚广，同时湖南、江西等省又被水灾，穷民待赈尤众，刻不容缓，当饬各该地方官先放急赈，并在省城附郭地方于年例设厂之外，添设大厂，俾上江灾民纷来就食。自春徂冬，留养三月之久。其被灾各州县则酌发巨款，工赈兼施。办防之后，继之以灾，幸荷天恩准将一半解部之款截留办赈，穷民不致失所，地方始得相安。

兹查全案共收捐款库平银一百二十万七千四百四十两六钱七分，共放饷需及赈抚各款，计库平银一百十四万九千四十六两八钱九分七厘六毫五丝，尚存银五万八千三百九十三两七钱七分二厘三毫五丝。据各处呈报均系实用实销，毫无浮冒，余存银两业已解交司库，拨作兴建三江师范学堂之用等情。开折详请具奏前来。

臣覆核无异，除将清折咨送户部查核外，理合会同江苏巡抚臣恩寿，恭折具陈。伏祈皇太后、皇上圣鉴。谨奏。光绪二十九年闰五月十二日。

(朱批：) 户部知道。[①]

光绪二十九年闰五月二十六日，奉朱批：户部知道。钦此。[②]

---

①台北故宫博物院藏：《军机及宫中档》，文献编号：408007247。

②台北故宫博物院藏：《军机及宫中档》，文献编号：157612。

1413. 请准李有棻暂缓卸事缘由片

光绪二十九年闰五月十二日（1903年7月6日）

再，臣恭阅邸钞：光绪二十九年五月十二日奉上谕：江宁布政使李有棻着开缺，另候简用。钦此。当即转行钦遵。惟查本年举行癸卯恩科文闱乡试，所有科场事宜向由藩司总办，自三月起即须陆续料理，新任藩司黄建筦[①]到任尚需时日，而科场事务业经开办，合无仰恳天恩俯准李有棻暂缓卸事，俟黄建筦到宁，再令交接，以免贻误。谨附片陈请。伏乞圣鉴训示。谨奏。

（朱批：）知道了。[②]

光绪二十九年闰五月二十六日，奉朱批：知道了。钦此。[③]

1414. 奏请筹拨师范学堂经费片

光绪二十九年闰五月十二日（1903年7月6日）

再，江南创建三江师范学堂，以备江苏、安徽、江西三省士子入堂受学，于江宁省城北极阁前勘定基址，酌定学额。所需购地建堂经费，由江宁藩库筹拨应用，经前署督臣张之洞具奏在案。兹据江宁布政使李有棻详称：该堂原拟建造各项房屋须能容学生九百人，物料、装饰悉仿洋式，委员按式绘图饬匠，估计需费银三十余万两。若照洋房间数改造华式，约需银十八万两左右。值此度支奇绌，不独造屋无此巨款，即将来常年经费需款浩繁，亦恐难以为继。现经会商学务处，以原定三省学额九百名，可分三班招集入堂，则建造房屋亦可次第增添，拟先就分班学生人数，

---

①黄建筦，生卒年未详，字花农，广东顺德人，监生。光绪二十六年（1900），补津海关道。二十八年（1902），升湖南按察使。二十九年（1903），迁江宁布政使。三十年（1904），调补山东布政使。著有《寄榆庵诗钞》等行世。

②台北故宫博物院藏：《军机及宫中档》，文献编号：408007247-0-A。

③台北故宫博物院藏：《军机及宫中档》，文献编号：157610。

择必不可少房屋，分别起造，酌用洋式，核实估计，共需工料漕平银九万八千五百余两，拟于江宁筹饷捐输款内解存司库银五万八千余两，尽数动拨。其不敷银两，由司设法另筹，请先奏明立案等情。前来。

臣查原奏议建三江师范学堂，规模较宏，需费数十万两，民间无此财力，即公家亦无此巨款可供挪凑，令该藩司力求减节，拟分班次，择其必不可少之屋，先行建造，督同员匠勘估，共需工料漕平银九万八千五百余两，尚属核实。既为造就三省通才，综握学务全局纲领而设，似不能不筹拨公款，俾资兴建，期早落成，所请在于江宁筹饷捐输款内尽数动拨银五万八千余两，自应准予拨用。

除饬司督令工员认真监造，不敷银两另再设法妥筹，陆续拨济，一俟工竣，将房屋式样、用过工料、银数汇册报销外，谨会同江苏巡抚臣恩寿，附片具陈。伏乞圣鉴。谨奏。

（朱批：）该部知道。①

光绪二十九年闰五月二十六日，奉朱批：该部知道。钦此。②

1415. 奏陈周传义请袭世职缘由片

光绪二十九年闰五月十二日（1903年7月6日）

再，吴县籍记名道周夔在署贵州安顺府知府任内督兵剿贼，于咸丰十年五月二十日在归化厅城之连升关阵亡，经部议给骑都尉世职，袭次完时，给予恩骑尉，世袭罔替等因。查该故员嫡长子周名骏出继胞伯为嗣，嫡次子周名骥请以湖南候补库大使兼袭，经部调取赴引，未及请咨病故。周名骥嫡长子周传义系浙江候补县丞，请兼袭骑都尉世职。据吴县详请核办前来。

查定例：七品以下微员可否准其兼袭，恭候钦定等语。该员

①台北故宫博物院藏：《军机及宫中档》，文献编号：408007247-0-B。

②台北故宫博物院藏：《军机及宫中档》，文献编号：157617。

自应照例办理。除给咨送部引见并将宗图、各结咨送吏、户、兵三部查照外，谨附片陈明。伏乞圣鉴。谨奏。

（朱批：）该部议奏。①

光绪二十九年闰五月二十六日，奉朱批：该部议奏。钦此。②

1416. 查明候补令宗能述被参各节折

光绪二十九年闰五月十三日（1903 年 7 月 7 日）

头品顶戴两江总督臣魏光焘、头品顶戴江苏巡抚臣恩寿跪奏，为查明被参知县，据实覆陈，恭折仰祈圣鉴事。

窃照光绪二十九年四月二十三日承准军机大臣字寄：本年四月十四日奉上谕：有人奏，知县骫法殃民，请饬查明惩处一折❶。据称署江苏吴江县知县宗能述，先充盛泽镇厘捐委员，有滥罚入己之事。及署吴江县，又借清丈为名，罚捐经费并勒缴田租，擅改部章，丁忧并不回籍，仍批案牍等语。着魏光焘、恩寿确切查明，据实具奏，毋稍徇隐。原折着钞给阅看。将此谕令各知之。钦此。遵旨寄信前来等因。承准此，当即钦遵檄饬苏藩司暨牙厘总局会同委员驰往该县地方，密查确访，据实禀办去后。兹据委员查明覆称：遵赴盛泽、吴江等处，改装易服，详细访查，并调阅卷宗，逐一印证，廉得真情。

如原参宗能述先充盛泽镇厘捐委员，滥罚绸货入己一节。查宗能述前在盛泽厘局先后查获漏捐之案，照章加倍捐罚者两起，变价充公者两起，均系积惯走私，实犯到案，禀经司局详院批准分别捐罚充公，并非滥罚入己，系照定章办理，逐月有报册可稽。

又，原参宗能述在吴江县任内词讼非行贿不得直，否则罚捐公款，名之曰清丈经费或学堂经费，其款皆入私囊，及丁忧之日皆于卷尾手批拨赈，并无领纸粘卷，亦无何时何地助赈明文一节。

①台北故宫博物院藏：《军机及宫中档》，文献编号：408007247-0-C。

②台北故宫博物院藏：《军机及宫中档》，文献编号：157618。

调集县卷，查阅宗能述审断词讼，皆随到随审，随审随结，按月册报；批判案情，亦均公允。一再密确访查，实无因案得贿情事。至于词讼案内宗能述在任二年有余，充公之案计四起，一为王榜第盗卖绝产，断令捐田价钱七十五千文。又，吴阿大因姑身故乏嗣，冀得遗资，捏款向存银之蒋寿坤滋扰，断令捐洋二百元。又，沈兆埙贱价谋买孀妇田亩，匿税未割，断令捐洋一百元。又，徐文豹藐觎绝产，私议瓜分，断饬亲族议定拨充学堂公田一百亩。以上各案，酌理准情，尚无屈抑，或例准入官，或出于自愿，此外并无另有科罚案件。款存在公，均于交卸时移交后任刘怡收明，先后照送学堂经董吴燕绍等领讫，具有收条附卷。至各项赈捐，均有奉发册折，捐户自填姓名、捐数，随收随解，各有批照粘卷，无从收入私囊，尚属可信。

又，原参搜括当铺捐及课桑等公款以为清丈、学堂经费一节。查江震学堂，宗能述在任时尚未开办。其清丈经费，原议暂借积谷息钱及存典公款拨用，嗣在漕羡项下分年摊还，丈量给单，不取民间分文。后因借领之款不敷，会商绅董提借旧存典捐钱六百四十千文、课桑经费息钱四百八十七千九百四十七文，曾列印簿归入地方借款，一并按年列摊，通报有案。款乃批准借用，并非搜括肥己。

又，原参宗能述有以丈增之地，勒令业户缴费，每亩三千文者；有以旧单遗失，勒缴每亩五百文者；有以领单稍迟，罚捐每亩一千文至二千文者；有以无着户粮出卖每亩千文者；有勒缴田租每亩千余或二千余文者，并有令丈手报效每名二十元，收其报效，岂非准其作弊一节。查宗能述在任所用丈手，于二十七年夏间丈量事毕，给资遣散，无可传讯。如其果收报效，丈手必向业佃需索，明查谙访，询之田父野老，咸称并无丈手索费情事，况定章每丈一路，均有委员、图董、圩董、圩甲人等督率监察，则丈手固无从作弊。且查随丈牌示，中有“辛工饭食皆由县中筹发，傥有需索，身家不保”之谕。若是责取报效，焉肯出此严示？且时阅两载，无一告发之人，可见传闻之误。至业户之报换新单也，概以旧单为凭。如无旧单，即凭粮串。承平四十年来，成熟田地早应领单升科，既无串单可验，即系隐匿。宗能述原禀章程，此项漏粮田地与新垦每亩议缴钱三千文，准其取结归户，经各绅董议减每亩钱一千五百文至五百文不等，大致视隐匿情节轻重与新垦年分远近，官董会商刊照收缴一秉大公，而一般隐匿之户无从遁饰，既不能无据请归，复又吝于缴价。上年秋间，即有以烦苛联名具控者，因案系禀定，款有可稽，照例批驳，此外查无遗失旧单并领单稍迟罚缴、勒捐及出卖无着户粮情事。况无着户粮或已无人，或系重户，当其开丈之初，通颁示谕，准其将重户虚粮报明开除。综计两年中垫完无着民欠地漕银二千五百余两、漕米二千石，俱有版串可考。其有绝户粮额佃户顶认完纳者，出于自愿，县局凭串换单，并非出卖。所称勒缴田租，查明并无其事。

又，原参擅改部章，以二百十六弓及二百六十弓为亩，以下则强改上则，以致紊如乱丝，业户控府有案一节。查清丈步弓，于开办时禀明仿照同治初年奏定原案，以营造尺五尺二寸八分，置备样弓，经城镇各绅公议校准，遵例以二百四十弓为亩，乃吴江田荡沿前明旧册，有宽圩、窄圩之分，参差不一，绅董吴鸣皋等议请统圩攒算积步，比较原额，照朱子均纽摊算之法，衡其宽窄，分别增减。当时舆论如此，宗能述引例声叙，通禀定案。至于田荡科则，因兵燹后，旧册荡然。同治四年办理清粮，悉凭业户自报，间有湖滨低洼之处则列上上，亦有腹里膏腴之田转列下则，改重为轻，业户视为应得；改轻为重，不免啧有烦言，其实均系会绅秉公酌定，毫无成心。其杨述祖等具控司府各案，均经明晰禀复。此次详加复核，委非无故增改。

又，原参充公田亩委邱典史下乡召卖一节。卷查禀定清丈章程，请委员，选经董，立内外分任之法，声明丈田、绘图、造册、给单为内事，由县委主之；查户、收单为外事，由经董任之。告成之日，有经界模糊，图册舛谬，县委之咎；张冠李戴，覆辙是循，归户迟延，经董之咎。初禀以二十八年四月底为限，限满不归，发卖充公。嗣因未归甚多，据各绅董禀请展至五月。迨刘怡到任，复请展至七月底止，两限届满，归户仍属寥寥，始拟章程禀明试办充公，札委典史随同办理。乃未归之户群起阻挠，不便遽拂众情，一再请展，迄未归清。所订充公田价，自二三千至五千不等，领户缴价，均有印收帐册存县。冬春之间，续归之田不下万亩，未始非试办充公之力。本年四月，官绅会商，复请展限补归，允将未归之田报明照领。是于认真公事之中，屡示委曲求全之意。经手非只一人，安得有数千金借充官囊之事？

又，原参由账房曹少耕作中，置买田房甚多，如苏城元妙观前现开中英药房之屋，通省官民无不知之一节。查宗能述账房系吴姓，并非曹少耕，亦未闻其置有田房。年来开办房捐，租户、业户均有姓名可稽。其元妙观前所开中英药房，查系常熟殷姓之产，有捐局底册、照根可查。

又，原参宗能述交卸后并不回籍守制，县中稿件仍由手批，有“心镜”两字图章及笔迹可凭，年月可证一节。调查该县案卷，宗能述在任，判牍之章的是“心镜”二字。自光绪二十八年五月初四日丁忧以后、刘怡接印以前，日行公牍系由典史代行。刘怡到任，即日交卸。因守候钱粮交代，并将经手事件依限清结具报回籍。当两官交替之际，卷中间有一二粘条乃系查问登答之件，并未见有“心镜”图章，亦无手批稿件等情。开折禀覆到司局。

据此，查宗能述先充盛泽厘差，适值收数短绌，该员遇事整顿，其查获偷漏绸货，罚捐充公，均系照章禀准办理，则非滥罚可知。迨署吴江县事，值上年清赋之后，该县田粮兵燹以后未造归户鱼鳞册籍，丘号错乱，以致重户虚粮，隐匿飞洒，百弊丛生，催征为难。宗能述会商绅董，禀办清丈，所议办法皆系因地制宜。二十八年夏间，归户吃紧，该员丁忧，前司檄委刘怡接署，遵例守候钱粮，交代算结，即据禀明回籍守制，并未逗遛在江。原奏各节，再三访查，证以案卷，并无实据，应请毋庸置议。兹据署苏藩司效曾、督办牙厘总局署江苏臬司候补道朱之榛会详请奏前来。

臣等覆查前署吴江县候补知县宗能述被参各节，现经饬由司局委员一再确切访查，证诸舆情、案卷，均经查无实据，或系传闻之误，应请毋庸置议，出自鸿施。所有查明知县被参各节缘由，谨合词恭折覆陈。伏乞皇太后、皇上圣鉴训示。谨奏。光绪二十九年闰五月十三日。

（朱批：）知道了。[1]

光绪二十九年六月初一日，奉朱批：知道了。钦此。[2]

❶【案】光绪二十九年四月十四日，给事中徐士佳以江苏吴江县知县宗能述骫法殃民等情具折奏参曰：

兵科给事中臣徐士佳跪奏，为知县骫法殃民，贪婪谬妄，请饬查明惩处，以儆官邪，恭折仰祈圣鉴事。

窃臣风闻前署江苏吴江县候补知县宗能述贪虐性成，先充吴江盛泽镇厘捐委员，即有滥罚民人绸货入己之事。二十六年，署吴江县，又借清丈为名，得连署两载，凡词讼非行贿不得直，否则罚捐公款，名之曰清丈经费，或学堂经费，其款则皆入私囊。及丁忧之日，皆于卷尾手批拨赈讫，然并无领纸粘卷，亦无何时何地助赈明文也。至清丈与学堂经费，均已筹有定款通禀在案。宗令特借此为名，以取利耳，然犹穷加搜刮，有拨当铺捐及课桑等公款者，有以丈增之地勒令业户缴丈费每亩三千文者；有以旧单遗失勒缴每亩五百文者，有以领单稍迟罚捐每亩一千至二千文者，有以无着户粮出卖每亩千文者，有勒缴田租每亩千余或二千余文者，并有令丈手报效每名洋银二十元者，意盖谓丈手必作弊也。然收其报效，岂非准其作弊乎？以上所得不下数千金，托名归公，实并无丝毫入公也。

江苏定章平田以部颁二百四十弓为亩，伸缩部弓，例有明禁。宗

①台北故宫博物院藏：《军机及宫中档》，文献编号：408007248。

②台北故宫博物院藏：《军机及宫中档》，文献编号：157744。

能述擅改部章，有以二百十六弓为亩者，有二百二十七弓者，有二百六十四弓者，亦有二百十五弓以内者，并部颁之定率为五率，公然标在丈册，且有以下则之赋强改为上则者，因之田赋并增，棼如乱丝，致业户纷纷上控，府属有案可稽。其有以丈增之数过多，业户观望未领新单者，宗能述即将其田充公发卖，委典史下乡召卖，每亩五十文，所得又数千金。因此宦囊充裕，由其帐房曹少耕作中，置买田房甚多，如苏城元妙观前现开中英药房之屋，通省官民无不知之。由于积财太多，不暇计及违例耳。尤可骇者，宗令丁忧交卸后并不回籍守制，欺后任刘怡老实，一切稿件仍由宗令手批，有“心镜”字图章及笔迹可凭，年月可证，案牍具在，岂能遁饰？

似此骩法殃民，贪婪谬妄，若不加以惩处，风气伊于胡底？相应请旨饬下两江总督、江苏巡抚遴派公正委员前往查明，立予参办，庶贪吏知儆而小民得见天日矣。为敢恭折具陈。伏乞皇太后、皇上圣鉴，施行。谨奏。光绪二十九年四月十四日。①

1417. 请将宗能述毋庸置议片

光绪二十九年闰五月十三日（1903年7月7日）

再，查丁粮为财赋正供。苏省自经兵燹，田畴大半荒芜。承平以后，粮册不齐，查报诸多隐匿。自光绪二十五年查办清赋以来，亦未能一律复额，而分别熟荒，归户认粮，在在不容或缓。宗能述即系前派查丈委员，因勾稽认真，办有成效，即委署理吴江县事。该员到任后，禀请清丈，议拟章程，井井有条，秩然弗紊，分段绘图，挨图挤查，实属挈领提纲，深得清丈肯綮。向之隐匿不报及以熟为荒者皆无所隐遁矣。惟是田广户繁，尾数不易归结，屡请展限，适该员以礼去官，未及竟事。臣寿与藩司陆元鼎深爱其才，因格于例章，未与留办。

臣等查丁忧知县宗能述，才具明敏，算学精良，办事不避嫌

①台北故宫博物院藏：《军机及宫中档》，文献编号：155923。

怨，前于清赋案内禀揭粮户候选教职庞庆麟及其子内阁中书庞元启包揽抗粮，奉旨斥革有案，实为州县中办事认真之员。此次被参各节业经查无其事，应请毋庸置议。臣等为区别是非、劝勉人才起见，是否有当，谨合词附片陈明。伏乞圣鉴训示。谨奏。

（朱批：）览。[①]

光绪二十九年六月初一日，奉朱批：览。钦此。[②]

1418. 请以萧定拔补授苏松镇标都司折

光绪二十九年闰五月二十八日（1903年7月22日）

头品顶戴两江总督臣魏光焘跪奏，为拣员请补内洋水师都司员缺，恭折仰祈圣鉴事。

窃查接管卷内，苏松镇标右营中哨都司谢克明升补，遗缺接准部咨系内洋水师题补新章第一轮第一缺，应轮用尽先人员请补，经前督臣刘坤一饬据苏松镇总兵陈龙查有尽先都司内洋水师福山镇标左营守备萧定拔，营务练达，巡缉认真，堪以请补，由署督臣张之洞查核相符，未及具奏，移交前来。

臣查是缺都司驻扎崇明南、北岸，有管驾师船巡缉洋面之责，非精明强干、熟悉风涛沙线之员，难期胜任。该员萧定拔，年五十八岁，湖南湘潭县人，由行伍于咸丰十一年投效淮扬水师正前营，随剿出力，洊保尽先补用守备。光绪十七年，前督臣刘坤一奏留江苏内洋里河水师候补，旋经前直隶督臣李鸿章奏保历年办理海军出力员弁案内，请将该守备俟补缺后，以都司尽先补用。二十三年，请补内洋水师福山镇标左营守备，经部复准，应以补守备奉旨之日归入江南内洋里河尽先都司班内遇缺请补等因，各在案。以之请补是缺都司，洵堪胜任，与例亦属相符，合无仰恳天恩俯准以尽先都司福山镇标左营守备萧定拔补授苏松镇标右营

①台北故宫博物院藏：《军机及宫中档》，文献编号：408007248-0-A。

②台北故宫博物院藏：《军机及宫中档》，文献编号：157716。

中哨都司员缺，实于营伍、地方均有裨益。如蒙俞允，俟部覆至日，即行给咨送部引见，以符定制。

除将履历送部查核外，谨会同江南提督臣李占椿，恭折具陈。伏乞皇太后、皇上圣鉴训示。再，所遗福山左营守备员缺，江南水师现有合例人员，应请扣留，容臣另行拣员请补。合并声明。谨奏。光绪二十九年闰五月二十八日。

（朱批：）兵部议奏。[①]

光绪二十九年六月二十日，奉朱批：兵部议奏。钦此。[②]

1419. 奏报二十八年徐州仓奏销银粮折

光绪二十九年闰五月二十八日（1903 年 7 月 22 日）

头品顶戴两江总督臣魏光焘跪奏，为光绪二十八年分徐州仓奏销钱粮随奏册籍，改题为奏，恭折仰祈圣鉴事。

窃据江安粮道胡延详称：今届光绪二十八年分江省仓项奏销，所有徐州仓项下自同治十一年起至光绪二十七年止奏销，随奏原报共未完灾缓熟田银二十万一千一百一两二钱二分三厘，内续完解道造入光绪二十八年分奏销四柱册内归结银三千四百二十一两三钱三分七厘，实未完银一十九万七千六百七十九两八钱八分六厘，内系因灾递缓缓征银一十九万六千二百四十七两一钱三分二厘，存属未解银八十二两一钱，仍未完银三千三百五十两六钱五分四厘，系熟田之项，共未完灾缓熟田加一耗羡银二万一百一十两四钱六分四厘，内续完解道应入光绪二十八年分漕仓耗羡奏销案内汇报归结银三百四十二两一钱三分三厘，实未完银一万九千七百六十八两三钱三分一厘，内系因灾递缓缓征银一万九千六百二十四两七钱二分七厘，存属未解银八两五钱四分，仍未完银一百三十五两六分四厘，系熟田之项。查未完熟田及存属未解正耗

①台北故宫博物院藏：《军机及宫中档》，文献编号：408007263。

②台北故宫博物院藏：《军机及宫中档》，文献编号：158146。

银两，现已分别严催完解另报。其未完灾熟原缓、递缓银两，业于光绪二十八年分秋灾情形案内奏明分别缓征，准部咨覆在案。理合造具随奏清册，详候题咨等情。前来。

臣覆核无异，除将各册分送部、科查核外，谨会同署漕运督臣陆元鼎、江苏抚臣恩寿，恭折具奏。伏乞皇太后、皇上圣鉴，敕部核覆施行。再，此案遵照户部通行新章，改题为奏。合并陈明。谨奏。光绪二十九年闰五月二十八日。

(朱批：) 户部知道。①

光绪二十九年六月二十日，奉朱批：户部知道。钦此。②

1420. 奏报筹防局二十一案收支各款折

光绪二十九年闰五月二十八日（1903 年 7 月 22 日）

头品顶戴两江总督臣魏光焘、江苏巡抚臣恩寿跪奏，为江南筹防局第二十一案收支各款，分别造报，恭折具陈，仰祈圣鉴事。

窃江苏省筹办江海防务，前经设立筹防总局，派委司道各员公同经理，业将光绪二十六年十二月以前收支款目遵照部章造册奏销在案。兹据筹防局司道详称：自光绪二十七年正月起筹防案内正、杂各款，截至是年十二月底止收支款目，列为筹防第二十一案报销。计旧管银六十一万九千三百十七两有奇，新收江海关税项及制造二成洋税内按月额拨各款，江苏省厘金、湖北万户沱补解未奉改拨以前欠款，浙海关税，江海、杨由等关加解陆师学堂经费，江苏防营支应局协拨毕业学生薪水，并划解安徽减平银两，金陵厘局拨补苏、沪两局欠厘，江南银元局拨还铸本，共收银七十三万五千三百六十九两有奇。

总计旧管、新收二项共银一百三十五万四千六百八十七两有奇，内除金陵、江南两机器局额拨制造工料银两，水陆师两学堂

①台北故宫博物院藏：《军机及宫中档》，文献编号：408007262。

②台北故宫博物院藏：《军机及宫中档》，文献编号：158142。

额支、活支用款，江南银元局铸本银两，办理吴淞开埠用款，江宁藩司购办积谷银两，旗营月饷及修理兵房经费，凑拨武卫、先锋军饷项，汇丰镑款息银，金陵官电局薪粮及修换电杆价银，陕省军装运费，江苏防营支应局因营饷不敷借拨银两，共计登除银六十三万一千六十五两有奇。实计收用银七十二万三千六百二十二两有奇，内开除各炮台修整、改造各项工程及例换旗帜、炮篷、炮衣等件，各兵轮艇炮差运等船薪费，并添购修理用款，守台扎营民田租价，炮台炮费，中外员弁、教习、匠工人等薪水、辛工、口粮、津贴、公费，因公船价，电报费用，鱼雷营、水雷局薪粮，各台局所员弁、司事、学生、兵夫、工匠人等薪费，渡载驳运船只工食，运煤脚价，水雷哨队、鱼雷营采办料物，各煤厂添置修理油舱船只，修整洋枪等项经费，计由筹防案内放给银两，均遵部议报销章程，各归各部核销。

计应归户部核销银九万七百七十九两有奇，兵部核销银三十二万二千三百七两有奇，工部核销银十六万二千二百九十二两有奇，共请销银五十七万五千三百八十两有奇。又，水师学堂用款奏明归筹防案内附销，陆师学堂仿照办理，令各另立专册，附案请销。总计所支各项，均系循照成案暨奏咨奉准数目核实支给，并无丝毫浮冒。计实存银十四万八千二百四十二两有奇。又，水师、陆师两学堂册报结存银两，均于下届各归各案，滚接造报。将收支款目造册开单，详请奏咨前来。

臣等覆核无异，除将清册分别咨送外务部、户部、兵部、工部查照外，谨合词恭折具陈，并缮列清单，恭呈御览。伏乞皇太后、皇上圣鉴，饬部查照施行。谨奏。光绪二十九年闰五月二十八日。

（朱批：）该部知道，单并发。[①]

---

①台北故宫博物院藏：《军机及宫中档》，文献编号：408007260。

光绪二十九年六月二十日，奉朱批：该部知道，单并发。钦此。[1]

1421. 呈筹防局二十一案收支各款清单

光绪二十九年闰五月二十八日（1903年7月22日）

谨将江南筹防第二十一案报销自光绪二十七年正月起至十二月底止收支款目，缮具清单，恭呈御览。

计开

旧管：一、上届截至光绪二十六年年底止，筹防第二十案册报实存库平银六十一万九千三百十七两七钱五分九毫一丝七忽九微。

新收：一、收江海关自第一百六十结起至一百六十三结止税款内分拨银三十一万四千八百二两二钱九分四厘九毫。

一、收江苏省厘金项下奉拨协济光绪二十七年分南洋防费银十万五千九百两。

一、收浙海关奉拨华、洋两税，今二十七年分共解到银二万七千七百十四两三钱四分。

一、收湖北加抽川盐厘金局拨解前欠防费银四千七百四两一钱九分八厘。

一、收江海关道光绪二十七年分在于制造二成洋税款内分拨银八万一千二百八十一两五钱一分一厘六毫七丝八忽八微。

一、附收江海关道衙门光绪二十七年分照章在制造二成洋税项下分拨银六万六千两。

一、附收江海关道加拨陆师学堂经费，今光绪二十七年分共准解到银二万五千六十五两三钱七分二厘九忽三微。

一、附收镇江扬由关加拨陆师学堂用款光绪二十七年分共准拨解银一万四千两。

---

①台北故宫博物院藏：《军机及宫中档》，文献编号：158158。

一、收江苏防营支应局协拨陆师学堂毕业学生薪费，今光绪二十七年分拨解到银四千八百二十四两八钱五分七厘六毫六丝六忽六微。

一、收吴淞开埠工程局折存废台铁木料物变价，今截至二十七年底止，共准解到湘折库平银二千二百八十八两六钱三分四厘一毫二忽。

一、收回江南铸造银元局光绪二十七年分批解大小龙元扣合库平银八万八千五百六十九两九钱一分二厘一毫八丝七忽五微。

一、收回金陵官电局筹防第二十案登除款内应仍由筹防局造销计库平银二百十八两七钱一分一厘七毫六丝三忽。

以上新收共库平银七十三万五千三百六十九两八钱三分二厘三毫七忽二微。管、收二项共计库平银一百三十五万四千六百八十七两五钱八分三厘二毫二丝五忽一微。

登除项下：一、拨解金陵机器局制造经费库平银三万五千两。

一、拨放江南水师学堂并练船等处薪费，光绪二十七年分共拨过库平银四万二千九百八十六两三分七厘九毫四丝三忽四微。

一、拨解江南陆师学堂光绪二十七年分应用额支、活支经费共计库平银五万六百三十八两三分一厘六毫六丝五忽五微。

一、拨放江南机器局应用常年经费，计本届拨发库平银一万两。

一、拨放江南铸造银元制钱局历次批解龙元铸本，今光绪二十七年分计拨发库平银八万八千五百六十九两九钱一分二厘一毫八丝七忽五微。

一、拨解江宁藩司购办积谷，今光绪二十七年分拨用库平银一万九千二百九十九两四钱三分六毫六丝六忽七微。

一、拨解江宁藩司支发旗营修理兵房经费库平银一万两。

一、拨解江宁藩司凑放旗营饷项，今光绪二十七年分库平银三千两。

一、拨解江宁藩司凑放武卫、先锋军饷，嗣奉改拨要需，光绪二十七年分库平银四千三百十九两二钱一分二厘五毫八丝三忽二微。

一、拨放吴淞开埠工程局应用经费，今光绪二十七年分库平银三千六百四十九两六钱三分五厘三丝六忽一微。

一、拨解金陵官电局薪费，今光绪二十七年分计库平银一万三千八百四十九两二分二厘六毫七丝六忽八微。

一、拨放陕省转运枪炮等项运费，计库平银一万八百五十二两六分九厘八毫六丝三忽九微。

一、拨放江海关道划抵汇丰镑款息银，计光绪二十七年分库平银八千三百两。

一、拨解江苏防营支应局支给各营饷项，光绪二十七年分借拨库平银三十二万两。

一、拨放江苏防营支应局修造火药库经费，今光绪二十七年分计库平银一万六百一两九钱七分八厘六毫七丝四忽。

以上共计登除库平银六十三万一千六十五两三钱三分一厘二毫九丝七忽一微。实计收用库平银七十二万三千六百二十二两二钱五分一厘九毫二丝八忽。

开除

户部核销项下：一、第一册请销守台扎营并煤厂等处租用民田、基地租价及筑库购用民地价值银六百七两七钱五分六厘四毫二丝三微。

一、第二册请销各炮台炮费及华洋员弁、执事人等薪粮及水雷局、鱼雷营薪费等项银六万二千六百六十二两六钱六分五厘二毫五丝一忽三微。

一、第三册请销各局所文武员弁、司事、兵役人等及工程处薪费，又操练轮船局月饷等款银一万六千二百九十八两六钱一分四厘八毫三丝二忽七微。

一、第四册请销各台、局、所并各轮船修造工程雇用匠夫支给工食银一万一千四两三钱四分八厘二毫四丝三忽三微。

一、第五册请销各兵轮、艇、炮等船弁勇人等操练打靶放给赏犒银二百六两五钱五分一厘一毫九忽七微。

以上应归户部核销五册，共计库平银九万七百七十九两九钱三分五厘八毫五丝七忽三微。

兵部核销项下：一、第一册请销各兵轮、艇、炮、差、运等船薪粮、公费、药费、恤赏等项银三十一万五百六十六两一分九厘八毫七丝六忽四微。

一、第二册请销渡载驳运船只支给舵水工食及运脚、报费、夫力等项银七千七百八十四两二钱一分九厘三毫四丝三忽八微。

一、第三册请销各台、局、所及厂库等处雇用长短人夫支给工食银三千九百五十七两七分八厘六丝六忽一微。

以上应归兵部核销三册，共计库平银三十二万二千三百七两三钱一分七厘二毫八丝六忽三微。

工部核销项下：一、第一册请销四路炮台修理添造及照章例换炮篷、杂件等款银一万九千四百五十九两五钱七厘一毫四丝四忽五微。

一、第二册请销各兵轮、艇、炮、差、运等船购备煤油、军火、添置器具、杂件支给购备价银十二万六千一百十六两九钱一厘七毫二丝二忽八微。

一、第三册请销兵轮、蚊、炮、差、运等船修理、配换、购用各项料物支给价值等款银七千六十三两三钱五分五厘六毫五丝。

一、第四册请销吴淞至金陵等处水雷、鱼雷需用款并各台厂采备料物、修理、添置暨舢船、修枪等项银九千六百五十三两一钱七分九毫三丝三忽八微。

以上应归工部核销四册，共计库平银十六万二千二百九十二两九钱三分五厘四毫五丝一忽一微。

以上总计筹防第二十一案，内造具报销十二册，共请销库平银五十七万五千三百八十两一钱八分八厘五毫九丝四忽七微。

又附造江南水师学堂用款请销库平银四万二千九百四两四钱

一分八毫四丝八忽。

又附造江南陆师学堂用款请销库平银五万一千一百三十九两三钱七分三厘九毫四丝三忽二微。

查前两项银两系由登除内划出之数，其管、收、除、存各数，各归各堂核结，因附本案请销，理合声明销数备考登明。

实在：存库平银十四万八千二百四十二两六分三厘三毫三丝三忽三微，应归下届第二十二案内滚接造报。理合登明。

（朱批：）览。[①]

1422. 奏销二十八年徐州仓钱粮情形折

光绪二十九年闰五月二十八日（1903年7月22日）

头品顶戴两江总督臣魏光焘跪奏，为光绪二十八年徐州仓钱粮奏销改题为奏，恭折仰祈圣鉴事。

窃据江安督粮道胡延详称：应造徐州仓奏销册籍，自同治十年起至光绪二十七年止，均经详题在案。兹查光绪二十八年奏销例限已届，应即遵照办理。催据各属陆续造册送道，并准江宁藩司将灾熟各数核明开送前来。复经逐一确核，徐州府属铜山县、萧县、沛县、砀山县、丰县及徐州卫光绪二十八年分额征徐州仓正银三万一千三百五十五两五钱二分六厘，内除前徐海道高梯捐施义冢豁除银三分二厘，又前徐州道谭钧培等捐置义冢豁除银三钱四分七厘，仍实征正银三万一千三百五十五两一钱四分七厘，随征加一耗羡银三千一百三十五两五钱五分四厘，内除捐置义冢先后豁除银三分八厘外，乃该耗银三千一百三十五两五钱一分六厘，二共银三万四千四百九十两六钱六分三厘。今催据各属已完解道并征完另报正耗银一万九千二百三十两一钱九厘，灾缓正耗银一万四千四百四十四两三钱七分七厘，仍有砀山县及徐州卫未

---

①台北故宫博物院藏：《军机及宫中档》，文献编号：158158-0-A。

完熟田正耗银八百一十六两一钱七分七厘。除严催赶紧完解再行分晰造报外，理合循例造具督催，经催，经征，接征正、署各官职名，接卸日期，考成分数四柱总、散各册，详请分别题咨等情。前来。

臣覆核无异，所有光绪二十八年徐州仓钱粮简明总数，缮具清单，恭呈御览。除将各册咨送部、科外，谨会同署漕运督臣陆元鼎、江苏抚臣恩寿，恭折具奏。伏乞皇太后、皇上圣鉴，敕部核覆施行。再，此案遵照户部通行新章，改题为奏。合并陈明。谨奏。光绪二十九年闰五月二十八日。

（朱批：）户部知道，单并发。①

光绪二十九年六月二十日，奉朱批：户部知道，单并发。钦此。②

1423. 奏销二十八年徐州仓钱粮清单

光绪二十九年闰五月二十八日（1903年7月22日）

谨将光绪二十八年分徐州仓钱粮简明总数，缮具清单，恭呈御览。

计开

徐州仓项下光绪二十八年分

额催徐州仓麦一万五千二百六石五斗一升七勺，每石五钱，折银七千六百三两二钱五分六厘。

额催徐州仓豆四千二十八石一斗九升六合二勺，每石七钱五分，折银三千二十一两一钱四分七厘。

额催徐州仓折色并课程银二万七百三十一两一钱二分三厘。

以上共徐州仓正银三万一千三百五十五两五钱二分六厘，内除前徐海道高梯捐施义冢豁除银三分二厘，又前除徐州道谭钧培

---

①台北故宫博物院藏：《军机及宫中档》，文献编号：408007261。

②台北故宫博物院藏：《军机及宫中档》，文献编号：158159。

等捐置义冢豁除银三钱四分七厘外，仍该银三万一千三百五十五两一钱四分七厘，内已完并据通州等解道银一万七千四百四十四两三分八厘，灾缓银一万三千一百三十一两二钱五分二厘，征完另报银三十七两八钱七分八厘，未完熟田银七百四十一两九钱七分九厘。

额催加一耗羡银三千一百三十五两五钱五分四厘，内除捐置义冢先后豁除银三分八厘，仍该银三千一百三十五两五钱一分六厘，内已完并据通州等解道银一千七百四十四两四钱五厘，灾缓银一千三百一十三两一钱二分五厘，征完另报银三两七钱八分八厘，未完熟田银七十四两一钱九分八厘。

以上十分计算，共应督催熟田正耗银二万四十六两二钱八分六厘，内已完并征完另报银一万九千二百三十两一钱九厘，未完银八百一十六两一钱七分七厘。

经督催江安督粮道胡延，自光绪二十八年正月初一日起至十二月底计一年，计已完九分五厘九毫，未完四厘一毫。

查前项灾缓银两，缘各属秋禾勘不成灾，已于光绪二十八年十二月十九日内阁奉上谕，铜山、丰县、沛县、萧县、砀山等州县同徐州卫勘不成灾民屯田地应征光绪二十八年地丁等项钱粮，着缓至光绪二十九年秋后，分作二年带征等因。钦此。转行钦遵在案。应俟启征限满另报。理合登明。

（朱批：）览。①

1424. 奏请扣留拣补副将员缺片

光绪二十九年闰五月二十八日（1903年7月22日）

再，两江督标中军副将王幼山现已奉旨补授寿春镇总兵，所遗员缺系陆路部推之缺，该缺驻扎江宁省城，乃臣标之中军，为

①台北故宫博物院藏：《军机及宫中档》，文献编号：158159-0-A。

各营领袖，责成綦重，事务殷繁，较之他缺，尤为紧要，必须熟习情形之员，方克胜任。按照新章轮用尽先人员，江省现有合例之员，应恳天恩俯准由臣扣留拣员请补，以期得力。谨附片陈请。伏乞圣鉴，敕部查照。谨奏。

（朱批：）兵部知道。[①]

光绪二十九年六月二十日，奉朱批：兵部知道。钦此。[②]

【案】此奏片之具奏日期，原片目录署“光绪二十九年闰五月二十九日”，而据录副朱批日期“光绪二十九年六月二十日”查《随手档》[③]“朱批魏光焘、恩寿折”，内即有此片。据同批折件，此奏片具奏时间当为“光绪二十九年闰五月二十八日”无疑。兹据校正。

1425. 奏报前年秋冬淮南征收课厘折

光绪二十九年闰五月二十九日（1903年7月23日）

头品顶戴两江总督管理两淮盐政臣魏光焘跪奏，为恭报光绪二十七年下半年淮南征收课厘数目，仰祈圣鉴事。

窃淮南盐务于同治三年奏定新章，征收课银，按半年奏报一次，盐厘随课并报，历届循照办理。光绪八年，湖南、湖北、安徽三岸经前督臣左宗棠奏加新引，接准部咨，自光绪九年起将两淮新旧各商课厘数目、收支各款，分款造报。又，光绪二十一年，署督臣张之洞奏准续加鄂、湘、皖三岸新引，所收课厘，备还瑞记洋款各等因，遵经报至光绪二十七年六月止在案。

兹查二十七年七月起至十二月底止，收旧商课厘银一百三十四万五千五百六十四两有奇，收新商课厘银十一万八千七百八十

①台北故宫博物院藏：《军机及宫中档》，文献编号：408007265-0-A。

②台北故宫博物院藏：《军机及宫中档》，文献编号：158143。

③中国第一历史档案馆藏：《军机处随手登记档》，档案编号：03-0316-2-1229-194。

二两有奇，又收续加新票厘银五万四百五十六两有奇，共收新旧各商暨续加新票课厘银一百五十一万四千八百三两有奇。又收湖北襄阳、郧阳等府试销淮盐厘税钱四万八千九百四十五千有奇，万户沱抽收川厘钱十万一千四百九十五千有奇。比较二十六年下半连同预厘银、钱各数，银数虽形短绌，而钱数略有加增。据留署两淮盐运使程仪洛分造清册，详请具奏前来。

臣覆核无异，除将清册咨送部、科外，谨汇开清单，恭折奏陈。伏乞皇太后、皇上圣鉴，敕部查核施行。谨奏。光绪二十九年闰五月二十九日。

（朱批：）户部知道，单并发。①

光绪二十九年六月二十一日，奉朱批：户部知道，单并发。钦此。②

1426. 呈前年秋冬淮南征收课厘清单

光绪二十九年闰五月二十九日（1903年7月23日）

谨将淮南光绪二十七年七月起至十二月底止收解盐课、盐厘，分晰开单，恭呈御览。

银数入款

一、收淮南各岸盐课银四十一万二千七百三两七钱九分一厘，内新票课银二万三千九百四十六两九钱六分。

一、由湖北督销局扣收盐厘银四十三万九千七百七十四两四钱一分九厘五毫六丝二忽五微，内新票厘银四万五千六百三两二厘七毫五丝，又续加新票厘银三万五千八百六十四两三钱一分九厘七毫五丝。

一、由湖南督销局扣收盐厘银三十一万二千四百八十二两六钱九分八厘二毫五丝，除海防需款案内先后缴过银一千两，实收

①台北故宫博物院藏：《军机及宫中档》，文献编号：408007264。

②台北故宫博物院藏：《军机及宫中档》，文献编号：158196。

银三十一万一千四百八十二两六钱九分八厘二毫五丝，内新票厘银二万八千八百四十二两。

一、由江西督销局扣收盐厘银十七万二千七百二十五两八钱三分九厘。

一、由安徽督销局扣收盐厘银十四万一千二百七十四两五钱。除海防需款案内先缴过银七千九百八十两，实收银十三万三千二百九十四两五钱，内新票厘银一万八千六百九十六两，又续加新票厘银一万四千五百九十二两。

一、收江宁等食岸盐厘银一万八千四百四十九两二钱。

一、收外江盐厘银一万五千七两六钱九分五厘，内新票厘银一千六百九十四两六钱四分。

一、收湖南花畹冈川税银二千三百八十五两二钱四分六厘二毫。

以上下半年共收课厘银一百五十一万四千八百三两三钱八分九厘一丝二忽五微，除海防需款案内先缴过银八千九百八十两，实共收银一百五十万五千八百二十三两三钱八分九厘一丝二忽五微，内新票课厘银十一万八千七百八十二两六钱二厘七毫五丝，又续加新票厘银五万四百五十六两三钱一分九厘七毫五丝。又，光绪二十七年上半运库盐课项下截存银二十九万一百八十一两八钱七分，又外江盐厘项下截存银七千一百两七钱二分，又湖北督销局截存盐厘银七万二千九百九两八钱九分一厘八毫六丝二忽五微。

银数出款

一、解户部饷银十五万两。

一、解内务府饷银一万两。

一、解江宁藩司分筹内务府经费银二千二十两。

一、解步军统领衙门饷银一万两。

一、解圆明园饷银二千两。

一、解固本京饷银七千二百两。

一、解两江督标亲兵前、中两营月饷动拨盐课银三万六千两。

一、解江宁兵饷动拨盐课银一万两。

一、解江宁兵饷划解旗营小甲兵饷动拨盐课银六千两。

一、解淮军月饷动拨盐课银四万两。

一、解摊还英、德、俄、法四国借款动拨盐课银二万五千一百十四两二钱八分九厘。

一、解加认瑞记本息动拨盐课银二万两。

一、解江南机器制造局三厂常费动拨盐课银一万两。

一、解运河堤工、防汛、购料等项经费动拨盐课银二千七百七十四两七分九厘。

一、支两淮盐属各员养廉动拨盐课银一万七千四十七两六钱二分八厘。

一、解湖北盐道衙门楚厘动拨盐厘银九万三千五百六十四两四钱五分七厘八毫。

一、解金陵船厂采办木植动拨盐厘银一万三千四百四十八两六钱七厘。

一、解湖北厘局归湖北收用军需动拨盐厘银六万五千七百六十八两二钱九分八厘七毫五丝。

一、解湖南厘局归湖南收用军需动拨盐厘银八万一千二百九十一两二钱五分一厘二毫五丝。

一、解九江关税动拨盐厘银一万六千三百四十五两九钱四分五厘。

一、支奉部提存候拨银十三万三千六百七十一两七钱一厘二毫五丝，内解过湖南善后局拨解淮厘一半协湘银三万八千五百四十五两六分三厘六毫二丝五忽，又解过金陵支应局拨解淮厘银三万七千五百四十五两六分三厘六毫二丝五忽，又解过金陵支应局原协甘饷改归金陵充饷银五万七千五百八十一两五钱七分四厘。以上共解过银十三万三千六百七十一两七钱一厘二毫五丝，相应登注扣除。

一、解金陵北洋转运局转解淮军饷项动拨盐厘银六万七千九百八十七两九钱六分九厘。

一、解金陵防营支应局转发各营军需动拨盐厘银二万八千七百五十两五分二毫。

一、解东北边防经费动拨盐厘银九千四百两。

一、解甘肃新饷动拨盐厘银四万二千两。

一、解奉省俸饷动拨盐厘银六千两。

一、解甘肃新饷划拨新疆洋火价脚动拨盐厘银一千两。

一、解新增边防经费改拨偿款连加平动拨盐厘银七百四十五两三钱八分二厘四毫。

一、解甘肃新饷划拨新疆偿款连加平动拨盐厘银三千三百八十八两一钱。

一、解上海机器局三厂常费动拨盐厘银一万两。

一、解摊还英、德、俄、法四国借款动拨盐厘银三万八千六百九十四两二钱八分五厘六毫。

一、解税司抵还洋款动拨盐厘银四十二万四千九百六十一两一钱六分六厘九毫。

一、支盐捕营缉私炮船勇粮动拨盐厘银一千二十四两八钱。

以上共解支银一百三十八万六千一百九十八两一分一厘一毫五丝，另行造册咨部。运库盐课项下，计实存银三十五万四千七百二十九两六钱六分五厘，又外江盐厘项下实存银二万一千八十三两六钱一分五厘，又湖北督销局实存盐厘银十一万四千四两五钱七分九厘七毫二丝五忽，统俟汇同续收银两，拨解要饷登明。

钱数入款

一、收湖北襄阳、郧阳等府试销准盐厘税钱四万八千九百四十五千六百文。

一、收万户沱抽收川厘钱十万一千四百九十五千一百五十六文。

以上共收钱十五万四百四十千七百五十六文。又，光绪二十七年上半年截存万户沱川厘钱二万二千六百四十二千六百七十九文。

银数出款

一、解湖北盐道衙门钱四万二千一百四十七千六百文。

一、解金陵防营支应局钱六千七百九十八千文。

一、解湖北督销局钱十一万二千八百二十五千六十七文。

以上共解钱十六万一千七百七十千六百六十七文，实存万户沱川厘钱一万一千三百十二千七百六十八文。

一、旧存运库盐厘钱八千二百五十三千二百七十一文，自同治十年正月起奏明停收。合并陈明。

（朱批：）览。①

1427. 奏报上年下半年金陵厘局收数折

光绪二十九年闰五月二十九日（1903年7月23日）

头品顶戴两江总督臣魏光焘跪奏，为光绪二十八年下半年金陵厘捐局收解数目，循案开具清单，恭折仰祈圣鉴事。

窃查金陵厘局抽收厘金，历系遵章按半年奏报一次，业经开报至光绪二十八年上半年止，其局用经部核准即照向章开支各在案。兹据办理金陵厘捐局司道详称：金陵厘局所辖地方只有江宁、扬州二府及通州、海门二属，本非商贾荟萃之区，所恃以收捐者，仅过往货物，而大宗杂货每借洋旗运送，经过各卡，无从抽厘。惟米捐一项为收数大宗，必须年成丰稔，商贩流通，捐数尚可畅旺。近来水旱偏灾，粮食昂贵，又兼禁米出口，以致厘金减色。自二十五年间奉饬每岁增筹银二十万两，以七十万两为比较定额，叠经剔除积习，杜绝中饱，核计二十八年下半年收银四十七万三千四百余两，连同上半年收银三十七万七千九百余两，统计是年

①台北故宫博物院藏：《军机及宫中档》，文献编号：158196-0-A。

共收银八十五万一千余两。不特已足增筹之定额，仍计多收银十五万一千余两。无如奉拨各要饷逐年加增，收数虽旺，仍属不敷周转。惟有严督各卡员实力稽征，多收一分，即获一分之益。所有光绪二十八年下半年厘金收解各数及茶、土两项捐厘数目，开单详请具奏前来。

臣覆核无异，谨循照旧章，开具简明清单，恭呈御览。其局用照章开支，仍邀免造报细数，以归简易。除饬严督各局员认真整顿，实力稽征，以裕饷项，并将本届所送清册咨送户部查核，以后仍按半年开报一次，以符定限外，谨会同江苏巡抚臣恩寿，恭折具陈。伏乞皇太后、皇上圣鉴，饬部查照施行。谨奏。光绪二十九年闰五月二十九日。

（朱批：）户部知道，单并发。[①]

光绪二十九年六月二十一日，奉朱批：户部知道，单并发。钦此。[②]

1428. 呈上年下半年金陵厘局收数清单

光绪二十九年闰五月二十九日（1903 年 7 月 23 日）

谨将光绪二十八年下半年金陵厘捐局厘金收解数目，缮具清单，恭呈御览。

计开

光绪二十八年下半年

旧管：一、上届光绪二十八年六月底止，截存货厘库平银四万六千八百两九钱一分二厘六毫一丝八忽。

一、另存候拨土药厘金库平银九千五百二十四两三钱九分三厘八毫七丝。

新收：一、收各分局卡解到货厘库平银二十五万九千三百四

①台北故宫博物院藏：《军机及宫中档》，文献编号：408007265。

②台北故宫博物院藏：《军机及宫中档》，文献编号：158198。

十七两八钱五分二厘五毫二丝一忽。

一、收米厘库平银二十一万三千九百三十七两六钱二分二厘。

一、收茶捐库平银一百二十八两九钱一厘七毫一丝。

统共收货、米、茶、捐库平银四十七万三千四百四十四两三钱七分六厘二毫三丝一忽。

一、收土药库平银三千二百六十四两七分九厘九毫五丝。

查前项土药厘金，历系另款收存，听候部拨。理合登明。

开除：一、解光绪二十八年分黑龙江镇边军练饷库平银七万两。

一、解光绪二十八年分南洋海防经费库平银五万两。

一、解光绪二十八年分原、续拨京饷库平银二万二千五百两。

一、解江宁织造津贴库平银六千两。

一、解江宁织造续奉加拨褡裢朝衣料工库平银五千一百五十一两一钱七分。

一、解江宁旗营练兵加饷库平银二千三百二十三两九钱一分九厘。

一、解江宁驻防捷胜营练饷库平银一千五百两。

一、解光绪二十八年分汇还俄、法、英、德借款库平银三万五千两。

一、解江海关付还瑞记洋款第十五期本息库平银九万两。

一、解光绪二十八年分东、北两路边防经费库平银一万两。

一、解光绪二十八年分内务经费库平银二千二十两。

一、解光绪二十八年分拨补苏州货厘库平银六万两。

一、解光绪二十八年分宁厘局节省盈余库平银五万两。

一、解金陵防营支应局洋操薪饷库平银八万两。

一、解金陵防营支应局拨济军饷库平银四千七百九两九钱七分。

一、解新定赔款案内库平银一万九千八百二十两三钱八分五厘。

以上六个月，共放解库平银五十万九千七百六十五两四钱四分四厘。

土厘项下：一、解部库库平银九千五百二十四两三钱九分三厘八毫七丝。

实在

货厘项下：连上届截存抵放外，仍计实存库平银一万四百四十九两八钱四分四厘八毫四丝九忽。

土药项下：连上届截存拨解外，仍计实存库平银三千二百六十四两七分九厘九毫五丝。

（朱批：）览。[①]

1429. 请以周九思补授淞南营守备折

光绪二十九年闰五月二十九日（1903年7月23日）

头品顶戴两江总督臣魏光焘跪奏，为拣员请补里河水师守备员缺，恭折仰祈圣鉴事。

窃准部咨：淞南营守备谢鸿恩病故，遗缺系里河水师新章题补第一轮第一缺，应用尽先人员，行令拣员请补等因。查是缺守备驻扎周庄白蚬江地方，有管驾巡缉之责，非精明强干、熟悉水师情形之员，难期得力。兹查有里河水师尽先补用守备周九思，年五十二岁，湖南长沙县人，由武童于同治二年投入淮扬水师右营，随剿出力，洊保以把总尽先拔补，于同治九年水陆各军剿平西捻并后路筹饷、制造、采运出力案内经前湖广督臣李鸿章奏保，是年四月初二日奉上谕：周九思着以守备尽先补用等因。钦此。嗣于光绪十九年经前督臣刘坤一奏留江南里河水师候补，奉准部复遇缺照章请补在案。

该员年力强盛，熟悉水师营伍，现署是缺守备，巡缉尚属认

①台北故宫博物院藏：《军机及宫中档》，文献编号：158198-0-A。

真，以之请补，洵堪胜任。惟该员尽先名次稍后，其在前各员除勒休、病故及已请补本班之缺不计外，尚有熊必刚一员，系太湖左营左哨一队千总，查与是缺人地不甚相宜，未便迁就请补。合无仰恳天恩俯念水师员缺紧要，准以里河水师尽先补用守备周九思补授淞南营守备员缺，实于营伍、地方均有裨益。如蒙俞允，俟部复至日，再行给咨送部引见，以符定制。

除将该员履历、印结咨部查核外，谨会同江南提督臣李占椿，恭折具陈。伏乞皇太后、皇上圣鉴训示。谨奏。光绪二十九年闰五月二十九日。

（朱批：）兵部议奏。[①]

光绪二十九年六月二十一日，奉朱批：兵部议奏。钦此。[②]

1430. 请以吴登红补授太湖水师守备折

光绪二十九年闰五月二十九日（1903年7月23日）

头品顶戴两江总督臣魏光焘跪奏，为拣员请补水师守备员缺，恭折仰祈圣鉴事。

窃里河水师太湖左营中军守备吴得胜病故，遗缺接准部咨系题补第一轮第四缺，应用尽先人员，经前督臣刘坤一奏以太湖右营千总尽先守备叶长胜请补，旋准部咨以名次在叶长胜之前者，尚有刘光照、吴登红、刘永标三员漏未声叙，行令查复核办等因。当查该弁叶长胜请补是缺，于未经查复之先业已病故；其刘光照、刘永标二员，亦经行查，均已病故，先后咨部开除在案。所有太湖左营中军守备员缺，自应另行拣员请补。

兹查有尽先守备吴登红，年五十五岁，江南江宁县人，由京口水师行伍随剿，洊保蓝翎尽先把总，于苏军分援浙、皖、闽三省案内在事出力，经前署两江督臣李鸿章奏保，同治五年八月二

①台北故宫博物院藏：《军机及宫中档》，文献编号：408007266。

②台北故宫博物院藏：《军机及宫中档》，文献编号：158191。

十九日内阁奉上谕：吴登红着以守备尽先补用。光绪十二年到标，咨准部复，归入里河水师注册序补。二十一年，饬发太湖右营候补。该员熟谙营伍，办公勤奋，以之请补是缺守备，洵堪胜任，与例亦属相符。合无仰恳天恩俯准以尽先守备吴登红补授太湖水师左营中军守备员缺，实于营伍、地方均有裨益。如蒙俞允，俟部覆至日，即行给咨送部引见，以符定制。

除将该员履历咨部查核外，谨会同江南提督臣李占椿，恭折具陈。伏乞皇太后、皇上圣鉴训示。谨奏。光绪二十九年闰五月二十九日。

（朱批：）兵部议奏。[①]

光绪二十九年六月二十一日，奉朱批：兵部议奏。钦此。[②]

1431. 请将水师营饷由赣放给片

光绪二十九年闰五月二十九日（1903年7月23日）

再，据江南盐巡道徐树钧禀称：经放长江水师营饷，前因江西历年欠解银二十余万两，难以支持，详蒙奏请将湖标五营自本年春季起改归江西藩司放给，奉部议覆，以发饷归江西、造销归江宁，殊多周折，应令江西自本年春季始，陆续筹解，年清年款，前欠亦设法筹补等因，遵经叠移江西藩司并电催速筹解济，至今仅解到银三万两，不足一季解数。本年春饷又代垫四万，现届支发夏饷，各营不日来领，库空如洗，挪垫乏术，无款开放，必致哗溃，万不得已，请将湖标五营饷项仍归江西就近放给，并请将放饷造销各事均归江西一手经理，以符部议等情。前来。

臣查湖口水师营饷，前署督臣奏请改归江西藩司放给一案，经部议覆，改章周折，仍令严催照解，年清年款。臣即函电交催，不遗余力。乃旧欠未补丝毫，今春新饷又复短解。现在夏饷待放

①台北故宫博物院藏：《军机及宫中档》，文献编号：408007267。
②台北故宫博物院藏：《军机及宫中档》，文献编号：158182。

孔急，江巡道已代垫二十三万余两，无银再垫，若不将放饷旧章量为变通，深虞哗溃，且部拨皆有着之款，而江西视为可缓之端，既不妥筹抵补，又不设法解济，前署督臣张之洞体察情形，是有改归江西放给之请。臣到任数月，与司道熟筹，江南自顾不暇，何能代江西垫饷？除由江西自行放饷外，别无善策。非敢擅改旧章，实恐贻误要饷，且以江西常年额解之饷放给湖标五营，于江西并无增损。

合无仰恳天恩俯准将湖口水师营饷自本年夏季起，仍照前奏改归江西藩司就近放给，并归该省造销，以省周折而免贻误。理合附片沥陈。伏乞圣鉴。谨奏。

（朱批：）户部知道。[①]

光绪二十九年六月二十一日，奉朱批：户部知道。钦此。[②]

1432. 奏报金陵火药局加拨银数片

光绪二十九年闰五月二十九日（1903 年 7 月 23 日）

再，金陵洋火药局闰月加工，前经奏明酌加经费，以资应用，历经循办在案。兹据该局道员杨慕璿详称：光绪二十九年闰五月，全年计十三个月，制造火药加多，所需料价、工资、薪粮等项，自应比照常年加拨一月经费。查前届请加闰月经费，系照裁减银数请领湘平银四千一百九十五两有奇。本届应仍按照裁减银数核计，请加拨湘平银四千一百九十五两有奇，循案饬由金陵防营支应局如期拨解，以资制造。详请具奏前来。

臣覆核无异，除饬将动用加拨银两年底汇案据实造报并咨部外，谨会同江苏巡抚臣恩寿，附片具陈。伏乞圣鉴，敕部查照。谨奏。

---

①台北故宫博物院藏：《军机及宫中档》，文献编号：408007267-0-A。

②台北故宫博物院藏：《军机及宫中档》，文献编号：158183。

（朱批：）户部知道。①

光绪二十九年六月二十一日，奉朱批：户部知道。钦此。②

1433. 奏报拣员署理徐州道篆片

光绪二十九年闰五月二十九日（1903年7月23日）

再，接准部咨：光绪二十九年五月十二日奉上谕：江苏徐州道桂嵩庆③，着开缺送部引见等因。钦此。所遗篆务应行遴员接署，以资治理。查有军机处存记试用道穆克登布④，才识练达，办事精详，堪以派委署理。

除檄饬遵照外，谨会同署理漕运总督臣陆元鼎、江苏巡抚臣恩寿，附片陈明。伏乞圣鉴。谨奏。

（朱批：）吏部知道。⑤

光绪二十九年六月二十一日，奉朱批：吏部知道。钦此。⑥

---

①台北故宫博物院藏：《军机及宫中档》，文献编号：408007267-0-B。

②台北故宫博物院藏：《军机及宫中档》，文献编号：158186。

③桂嵩庆（1830—?），字芗亭、香亭，江西抚州临川人。初由贡生报捐同知，投效军营。同治元年（1862），以军功保同知。二年（1863），加知府衔，并戴花翎。三年（1864），保知府，晋道衔。同年，保道员。四年（1865），加盐运使衔。五年（1866），加按察使衔。七年（1868），升布政使衔。光绪五年（1879），代理江宁藩司，办理江苏武闱乡试。六年（1880），署理淮阳海道。十六年（1890），署理徐州道。十八年（1892），调补江南巡盐道。二十二年（1896），署理江宁布政使。二十三年（1897），补授徐州道。

④穆克登布（1847—?），湖北荆州驻防镶黄旗满洲人，二品荫附生。同治十一年（1872），报捐员外郎。十二年（1873），中式举人。光绪元年（1875），以功保戴花翎。十一年（1885），报捐知府。十六年（1890），捐升道员，分发江苏试用。二十九年（1903），署江苏徐州道。

⑤台北故宫博物院藏：《军机及宫中档》，文献编号：408007266-0-A。

⑥台北故宫博物院藏：《军机及宫中档》，文献编号：158190。

1434. 奏报饬令盐运使恩铭赴任片

光绪二十九年闰五月二十九日（1903 年 7 月 23 日）

再，接准部咨：奉上谕：两淮盐运使着恩铭调补等因。钦此。查该司现已抵省，应即饬赴新任，以重职守。除檄饬遵照外，谨会同江苏巡抚臣恩寿，附片陈明。伏乞圣鉴。谨奏。

（朱批：）知道了。①

光绪二十九年六月二十一日，奉朱批：知道了。钦此。②

1435. 奏为赏赐牡丹折扇等物谢恩折

光绪二十九年六月初二日（1903 年 7 月 25 日）

头品顶戴两江总督臣魏光焘跪奏，为恭谢天恩，仰祈圣鉴事。

窃臣于本年闰五月二十八日恭奉到皇太后恩赏御笔牡丹折扇一柄、纱袍褂料一袭，当即恭设香案，望阙叩头谢恩祗领。伏念臣兼圻调绾，节序频更，奉扬皇仁，徒欲竭其愚钝；组织圣化，愧无补于涓埃！乃当溽暑之初临，犹荷深宫之轸念，恩承折叠，宠锡丝纶。一曲薰风，为群黎阜财解愠；三章絺绤，知天下率织兴蚕。惟圣人能以暑雨为心，斯微臣亦蒙被服之德。彩笔润天家富贵，春满皇都；袖中带御座炉烟，光垂云汉！何期朽质，邀此荣施！惟有勉竭指挥，勤襄黼黻，从此治昭风动，合大江南北共迓祥和；道著衣铭，萃万国冠裳尽归覆帱！

所有微臣感激荣幸下忱，理合缮折叩谢天恩。伏乞皇太后、皇上圣鉴。谨奏。光绪二十九年六月初二日。

（朱批：）知道了。③

---

①台北故宫博物院藏：《军机及宫中档》，文献编号：408007266-0-B。

②台北故宫博物院藏：《军机及宫中档》，文献编号：158189。

③台北故宫博物院藏：《军机及宫中档》，文献编号：408007243。

光绪二十九年六月二十二日，奉朱批：知道了。钦此。[①]

1436. 奏报总兵班广盛因病出缺折

光绪二十九年六月初六日（1903年7月29日）

头品顶戴两江总督臣魏光焘跪奏，为总兵在防因病出缺，请旨简放，以重职守，并拟恳恩赐恤，恭折驰陈，仰祈圣鉴事。

窃准江南提督臣李占椿转据南洋续备军盛字营旗管带都司江宗德等禀称：统领盛字营旗浙江处州镇总兵班广盛，乘轮巡防，感受风寒，牵动旧伤举发，于光绪二十九年闰五月初三日在防因病出缺，并胪列该故镇生平战功事迹，咨请具奏前来。

臣查该总兵班广盛，于同治元年随前直隶督臣李鸿章叠克苏、常、嘉兴各城，攻剿发、捻，历著战功，洊保副将留于两江补用，加总兵衔。光绪十八年，南洋海防出力，复保以总兵升用，加提督衔，委充营官，借补江西袁州协副将。二十六年九月，蒙恩简授浙江处州镇总兵。其时防务紧要，经前督臣刘坤一奏准缓赴新任，仍留吴淞统带防营，兼管炮台事务。该故镇平时治军严整，捕匪勤奋，一切海防事宜，留意讲求；驻守炮台，教练洋操，均属不辞劳瘁。二十六年，沿江一带防务戒严，各国纷调兵舰，欲借吴淞屯驻。该故镇坚辞拒阻，设法防护，尤能力顾大局，地方绅民至今爱戴。兹因积劳致疾，遽尔在防身故，实深悼惜！可否仰恳天恩俯准饬部将该故镇班广盛照总兵军营立功后在防积劳病故例，从优议恤，以彰劳勚，出自鸿施！

所有浙江处州镇总兵员缺，相应请旨迅赐简放，以重职守。理合恭折由驿驰陈。伏乞皇太后、皇上圣鉴训示。谨奏。光绪二十九年六月初六日。

（朱批：）着照所请，该部知道。[②]

---

①台北故宫博物院藏：《军机及宫中档》，文献编号：158218。

②台北故宫博物院藏：《军机及宫中档》，文献编号：408007244。

光绪二十九年六月十四日，奉朱批：着照所请，该部知道。钦此。①

1437. 奏报本年上半年改题为咨各案折

光绪二十九年六月二十日（1903年8月12日）

头品顶戴两江总督臣魏光焘跪奏，为光绪二十九年三、四、五、闰五等月分改题为咨各案，摘由开单，恭折具陈，仰祈圣鉴事。

窃查光绪二十七年八月十五日奉上谕：嗣后循例具题之件，均着改题为奏，以归简易等因。钦此。当经前督臣刘坤一将例应具题各案酌拟分别删改办法，开单具奏，声明改咨之案每月摘录简明案由，缮单汇奏一次，钦奉朱批：着照所请，该衙门知道，单并发。钦此。历经遵办在案。

兹据江苏、安徽两臬司详参武职疏防职名，并据报武职因病出缺各案，前来。均经臣随时分别咨部议覆，谨将光绪二十九年三、四、五、闰五等月分改题为咨各案摘录简明案由缮单，恭呈御览。理合恭折具陈。伏乞皇太后、皇上圣鉴，饬部查照施行。谨奏。光绪二十九年六月二十日。

（朱批：）该部知道，单并发。②

光绪二十九年七月十三日，奉朱批：该部知道，单并发。钦此。③

1438. 呈本年上半年改题为咨各案清单

光绪二十九年六月二十日（1903年8月12日）

谨将光绪二十九年三、四、五、闰五等月分改题为咨各案，

①台北故宫博物院藏：《军机及宫中档》，文献编号：158034。
②台北故宫博物院藏：《军机及宫中档》，文献编号：408007250。
③中国第一历史档案馆藏：《录副奏折》，档号：03-5419-118。

汇缮清单，恭呈御览。

计开

咨参江都县事主张文清公和米行被劫、拒伤平复、获犯未半一案武职疏防职名，专汛系扬州营把总张云彪，兼辖参将袁大升。

咨参甘泉县事主曹继乐被劫、拒伤平复一案武职疏防职名，专汛系扬州营把总张云彪，兼辖参将袁大升。

咨参兴化县事主王祖培鼎泰兴货船被劫一案武职疏防职名，专汛系泰州营把总杨昌元，兼辖都司胡胜福。

咨参高邮州事主商人公鼎丰船户张长福被抢、拒伤平复一案武职疏防职名，专汛系扬州营把总赵得魁，兼辖参将袁大升。

咨参元和县事主僧文星被劫一案武职疏防职名，专汛系苏州城守营把总陆兆熊，协防外委刘得标，兼辖参将曾毓术。

咨参奉贤县地保王月亭报无名男子受伤身死、验有失物情形一案武职疏防职名，专汛系署青村营把总张逢达，协防外委徐定元，兼辖都司刘化彪。

咨参靖江县事主范秋被劫、拒伤平复一案武职疏防职名，专汛系靖江营外委陈光廷，协防额外周文庆，兼辖守备晏化雨。

咨参和州事主安利仁店被劫一案武职疏防职名，专汛系署游兵营守备陈三锡，兼辖署游击武廷谦，统辖安庆营副将傅永贵。

咨参广德州事主李安康被劫一案武职疏防职名，专汛系广德营千总何海泉，兼辖都司颉鹏飞。

咨参广德州事主刘家春被窃、拒伤平复一案武职疏防职名，专汛系署广德营把总何立椿，兼辖都司颉鹏飞。

咨参广德州事主汪津被窃行强、拒伤平复一案武职疏防职名，专汛系广德营千总何海泉，兼辖都司颉鹏飞。

咨参广德州事主陈道鑫被劫、拒伤平复一案武职疏防职名，专汛系广德营把总何立椿，兼辖署都司颉鹏飞。

咨参宿州事主同丰泰杂货店被劫、拒伤店徒李长清身死、获犯未半一案武职疏防职名，专汛系署宿州营把总郭广山，兼辖游击毕化成。

咨参宿州地保丁继业报无名男子二人受伤身死、验有失物情形一案武职疏防职名，专汛系署宿州营把总李秀格，兼辖游击毕化成。

咨参寿州事主杨从礼被窃、轰伤伊娃杨牛孜身死一案武职疏防职名，专汛系署寿中营把总傅守宽，协防外委周殿邦，兼辖游击李经纶。

咨参绩溪县事主胡汪氏被劫一案武职疏防职名，专汛系徽州营把总杨春福，兼辖守备刘裕升，统辖参将吴玉昆。

咨参望江县事主史超然被窃、拒伤平复一案武职疏防职名，专汛系潜山营千总薛润成，兼辖游击陆鸿庆，统辖安庆营副将傅永贵。

咨参望江县事主曹道兴店被劫、拒伤平复一案武职疏防职名，专汛系潜山营千总薛润成，兼辖游击陆鸿庆，统辖系安庆营副将傅永贵。

咨参怀宁县事主郝品炉染坊被窃行强、拒伤平复一案武职疏防职名，专汛系安庆营把总胡光耀，兼辖兼护副将徐华鼎。

咨参怀宁县事主聂恒泰布店被劫一案武职疏防职名，专汛系安庆营把总胡光耀。

咨参婺源县项村巡检李文焘寓所被窃行强一案武职疏防职名，专汛系徽州营守备刘裕升，统辖参将吴玉昆。

咨参巢县事主谢恩波被劫、拒伤平复一案武职疏防职名，专汛系庐州营千总薛鸿焘，协防外委康怀清，兼辖都司长兴。

咨参怀宁县事主裴镇楼被劫、拒伤平复一案武职疏防职名，专汛系署安庆营千总焦占鳌，统辖副将傅永贵。

咨参凤台县地保王金报无名男子受伤身死、验有失物情形一案武职疏防职名，专汛系署寿中营把总宋廷魁，协防署外委吴廷珍，兼辖署游击杜春林。

咨参贵池县事主林志伊店被窃行强、拒伤平复一案武职疏防职名，专汛系池州营外委唐有元，协防额外王学文，兼辖都司彭楚明。

咨参青阳县事主董承偃饭店被窃行强一案武职疏防职名，专汛系池州营千总徐殿魁，协防外委汪隆泰，兼辖都司彭楚明。

咨参青阳县事主宁李氏被窃行强一案武职疏防职名，专汛系池州营千总徐殿魁，协防外委江隆泰，兼辖都司彭楚明。

咨参铜陵县事主郭安兆染坊被劫一案武职疏防职名，专汛系池州营把总戴祖勋，协防外委张昌全，兼辖都司彭楚明。

咨参霍邱县事主何元志被窃、拒伤平复一案武职疏防职名，专汛系寿中营把总方秉仁，协防署外委贾福威，兼辖署游击杜春林。

咨参太平县事主王永祥杂货店被劫一案武职疏防职名，专汛系皖右营把总莫一元，兼辖署守备王贞祥，统辖署都司杨正发。

正任江南提标中军参将升署江宁城守副将张郁林，得患膈食，兼发劳伤，于光绪二十九年五月初十日因病出缺。

江南提标营游击周英桂，起患癫症，于光绪二十九年二月十二日因病出缺。

署理安徽游击兵营游击督标中营都司武廷谦，劳疾复发，兼染时症，于光绪二十九年三月十四日因病出缺。

署长江水师田镇营中哨守备准补芜湖营左哨都司邵有升，感冒风寒，于光绪二十九年三月初三日因病出缺。

江南里河水师淞南营守备谢鸿恩，偶患气急痰喘，于光绪二十八年十月初六日因病出缺。

（朱批：）览。[①]

①中国第一历史档案馆藏：《单》，档号：03-5419-119。

1439. 奏报长江水师举办军政荐举卓异折

光绪二十九年六月二十日（1903年8月12日）

头品顶戴两江总督臣魏光焘跪奏，为本届长江水师举办军政，荐举卓异人员，遵章改题为奏，恭折仰祈圣鉴事。

窃案准兵部咨，光绪二十八年，轮应举行军政，行令按照定例考核办理等因，当经前督臣刘坤一奏准展限三年，并声明长江水师各员向习枪炮，不在展限之列，仍应照例举办。嗣准长江提臣程文炳将应入军政员弁详加考核，造册咨送前来。前署督臣张之洞及臣到任，以所属各员贤否未能周知，先后附片奏请缓俟三月后，再行照例办理，以昭详慎，钦奉朱批允准钦遵在案。

伏查武职军政，黜陟攸关，必须矢慎矢公，以副激扬巨典。臣到任以来，悉心考察，详加采访，江南、江西所辖之提标及湖口、瓜洲两镇标各营员弁，均能恪供职守，间有庸劣不职者，业经随时参办。此次应入军政实任各员弁，并无有干六法者，应请免其参劾。其不入举劾平等人员，除照例造册、填注考语咨送兵部、都察院、兵科、京畿道查核外，查有金陵营左哨都司现署裕溪营右哨都司钱四和、湖口营右哨都司王兴明、吴城营前哨二队千总胡志福，均皆年壮技优，整饬营伍，居官勤慎，办事干练，历俸已满，并无违碍参罚事故，与卓荐之例相符，谨按名出具切实考语，并胪列该管提督、总兵上司考语，开具清单，恭呈御览。仰恳敕部查照议覆施行。

理合会同江苏巡抚臣恩寿、安徽巡抚臣聂缉椝、护理江西巡抚臣柯逢时、长江水师提督臣程文炳，合词恭折具陈。伏乞皇太后、皇上圣鉴训示。再，长江水师例准荐举守备以上三员、千总二员。此次谨荐守备以上二员、千总一员。此外虽有出色之员，因不合例，是以未足五员定额。合并陈明。谨奏。光绪二十九年六月二十日。

（朱批：）兵部知道，单并发。[1]

光绪二十九年七月十三日，奉朱批：兵部知道，单并发。钦此。[2]

1440. 呈长江水师军政卓异人员考语清单

光绪二十九年六月二十日（1903年8月12日）

谨将本届长江水师举办军政荐举卓异人员，出具考语，开列清单，恭呈御览。

计开

荐举卓异官三员

长江水师金陵营左哨都司调署裕溪营右哨都司钱四和。以上一员，经该管官署裕溪营参将胡忠胜考验得才具稳练，办事慎行；送由长江水师提督臣程文炳考验得干练有为，营务整肃；经臣考验得营务谙练，自励廉勤，堪以荐举卓异。

长江水师湖口营右哨都司王兴明。以上一员，经该管湖口镇总兵李金彪考验得英干有为，持躬廉正，兵民交悦；送由长江水师提督臣程文炳考验得精详练达，久历戎行；复经臣考验得熟谙营伍，干练有为，堪以荐举卓异。

长江水师吴城营前哨二队千总胡志福。以上一员，经该管湖口镇总兵李金彪考验得精强练达，勤慎巡防，历久不懈；送由长江水师提督臣程文炳考验得诚朴廉洁，操防认真；复经臣考验得廉朴耐劳，操防得力，堪以荐举卓异。

（朱批：）览。[3]

---

①台北故宫博物院藏：《军机及宫中档》，文献编号：408007252。

②中国第一历史档案馆藏：《录副奏折》，档号：03-5957-082。

③中国第一历史档案馆藏藏：《单》，档号：03-5957-083。

1441. 恭报两淮各场麦收分数情形折

光绪二十九年六月二十日（1903年8月12日）

头品顶戴两江总督管理两淮盐政臣魏光焘跪奏，为恭报两淮各场麦收分数，仰祈圣鉴事。

窃盐属各场古熟地亩种植二麦约收分数，例应查明详奏。兹据两淮盐运使恩铭①详称：通州分司所属丰利等九场坐落通州、如皋、东台三州县境内，地势高下不同，上冬雪泽稀少，本年入春以来，雨水过多，长发未能畅茂，阖属牵算，约计六分有奇。泰州分司所属富安等十一场坐落东台、兴化、盐城、阜宁四县境内，地势肥瘠不等，上冬雨雪稀少，本年自春徂夏，阴雨频仍，以致收成减色，阖属牵算，约计五分有余。海州分司所属板浦等三场坐落海州、赣榆州县境内，其间荡地种植二麦，因上冬雨雪稀少，本年交春后阴雨连绵，迨扬花吐穗之时，被风摇撼，颗粒未能饱绽，阖属牵算，约计收成不足六分等情。前来。

臣覆核无异，理合循例恭折奏报。伏祈皇太后、皇上圣鉴。谨奏。光绪二十九年六月二十日。

---

①恩铭（1846—1907），字新甫，于库里氏，盛京锦州驻防满洲镶白旗人。同治四年（1865），拔贡。十二年（1873），中式举人。光绪四年（1878），捐纳候选知县。九年（1883），委办山东河工总局。十二年（1886），保同知，捐山东试用同知。同年，办理皖省宿州督销事务。十六年（1890），保升知府。十七年（1891），加三品衔。同年，充山东乡试内帘监试官。十八年（1892），署兖州府知府。同年，保道员。十九年（1893），充山东乡试文闱提调官。同年，会办山东河防局务，总办山东厘金局务。二十一年（1895），捐山西补用道员。二十三年（1897），署山西河东道，嗣署冀宁道。二十六年（1900），署山西按察使，兼署山西布政使，护理山西巡抚。同年，补授山西归绥道。二十八年（1902），补直隶口北道。同年，升补浙江盐运使。二十九年（1903），调补两淮盐运使。同年，升江苏按察使。三十年（1904），署两淮盐运使。三十一年（1905），迁江宁布政使。三十二年（1906），擢安徽巡抚。三十三年（1907），遇刺身亡。赠太子少保衔，谥忠愍。

（朱批：）知道了。[①]

光绪二十九年七月十三日，奉朱批：知道了。钦此。[②]

1442. 奏报订购新式快船覆核妥办折

光绪二十九年六月二十日（1903年8月12日）

头品顶戴南洋大臣两江总督臣魏光焘跪奏，为订购长江浅水新式快船，遵旨覆核妥办，恭折仰祈圣鉴事。

窃查前署督臣张之洞具奏订购长江浅水新式快船筹议办法，钦奉朱批：着魏光焘覆核妥办。钦此。伏查南洋滨海临江，口岸林立，巡防弹压，非有兵轮不足以资镇摄。张之洞因南洋原有兵轮多机老钢薄，式旧行迟，蚊船一项又短笨濡滞，不适于用，分别裁停，节存薪费，另购新式浅水快船，以资分巡而壮观瞻。复向东、西两洋船厂多方考较，又以日本川崎船厂开价较廉，遂与该洋厂分别订议，详加考核，所筹办法实于江防、饷需两有裨益。

惟事关订购军舰，考究不厌精详，当饬筹防局司道将原订合同、清单，督同熟谙制船之员，逐细查核。其中有声明增改各节及应添备各件，会同日本驻宁商务总办及日本川崎厂委员详加商定，于合同及清单内逐一添载，分缮汉、英文合同各三分，署名盖印，各执为据。应提局厂存款一百万两，原奏系兑换金镑存放上海汇丰等银行，因镑价涨落不时，故从无存镑生息，如欲存镑，必高抬镑价，倘镑价低落，仍须将款退还，当以存镑既不合算，自应变通存银，每届付期，购金兑给，随市作价，可免高抬之亏。

饬据筹防局派员将提集各款先后交存汇丰，原议存一年者，以四厘计息；不足一年者，以三厘五毫计息，且按年计息，每年只作十个月付息。今与该银行商定，照十二个月行息，按月五厘，

---

①台北故宫博物院藏：《军机及宫中档》，文献编号：408007249。

②中国第一历史档案馆藏：《录副奏折》，档号：03-6732-004。

亦较原议增多。惟须一年届期，方能提用，是以订定时应兑第一期船价，先由筹防局垫付，俟存款一年期满，再行提取归垫，以后应付船价，亦即照此办理，于筹防之款毫无出入，于购船存款可多获息银，实于公款有裨。兹据该局详请核办前来。

除按照合同遴委熟悉船务之员赴厂监造，俟第一船竣工试验坚固，与合同无讹，再行照议续造三船，并咨外务部、户部、兵部、工部查照外，理合恭折覆陈。伏祈皇太后、皇上圣鉴训示。谨奏。光绪二十九年六月二十日。

（朱批：）该部知道。①

光绪二十九年七月十三日，奉朱批：该部知道。钦此。②

1443. 奏销金陵电报局支银数片

光绪二十九年六月二十日（1903年8月12日）

再，金陵电报局委员司事、报生人等月支薪粮等项，业将光绪二十六年五月以前动用银数奏销在案。兹据前办电报局务现任常镇通海道郭道直详称：自光绪二十六年六月起至二十八年五月止，连闰计二十五个月，所有督署及江阴、无锡、吴淞、崇明、福山、狮子林、象山、镇江、浒浦、圌山关等处报房委员、司事，报生、工头、巡役、薪粮等项及添设浏河报房薪费暨购办杆线、电汽、料物、修整机器，内圌山关、浏河两处报房于二十七年九月底裁撤，住支薪费共支湘平银二万三千二百二十三两有奇。

又，二十六年秋间，因防务戒严，省垣辽阔，遇事传商，深虑稽误，于省城各衙、署、局、所安设德律风传语机器，经前任督臣刘坤一奏明在案。所有督署及总汇处传语司事、学生、巡丁人等薪费，自光绪二十六年九月初一日起至二十八年五月底止，共支湘平银一千九百七十四两，均在南洋防费项下拨发，详请奏

---

①台北故宫博物院藏：《军机及宫中档》，文献编号：408007251。

②中国第一历史档案馆藏：《录副奏折》，档号：03-6166-011。

咨前来。

臣覆核无异，除将清册分咨外务部、户部、工部查照外，谨会同北洋大臣直隶督臣袁世凯、江苏抚臣恩寿，附片具陈。伏乞圣鉴，敕部查照施行。谨奏。

（朱批：）该部知道。①

光绪二十九年七月十三日，奉朱批：该部知道。钦此。②

1444. 奏报请袭世职照章汇案缘由折

光绪二十九年六月二十二日（1903 年 8 月 14 日）

头品顶戴两江总督臣魏光焘跪奏，为请袭世职照章汇案具陈，仰祈圣鉴事。

窃查阵亡殉难各员子孙承袭世职，迭经汇案奏办在案。嗣准部咨：嗣后议给世职，应自阵亡之日起，统限二十年内请袭。其已逾二十年者，展限二年，报部请袭。扣至光绪二十五年十二月限期已满，续又准咨部中案卷，现已散失不全。凡二十六年以前各案，无凭查核，拟自此次奏准之日起，再行展限二年，行令将逾限请袭之案统行查明报部。如逾此次限期，一概驳斥等因。以光绪二十八年七月二十七兵部行文之日起，按江苏程限五十日减半计算，应以光绪二十八年八月二十二日作为接到部文日期，扣至三十年八月二十二日展限二年期满，当经通饬各属一体出示晓谕遵照办理去后。

兹续查有请承袭、接袭云骑尉世职发标学习者，从九品王纯曾之嫡长孙王宜义等五十五员；请以文生兼袭骑都尉及云骑尉世

①台北故宫博物院藏：《军机及宫中档》，文献编号：408007251-0-A。

②中国第一历史档案馆藏：《录副奏片》，档号：03-6657-030。

职者，前任安徽学政孙铭恩①之嗣曾孙鸿籅等七员；请承袭、接袭云骑尉世职顶戴荣身在籍终养者，议叙八品吴显承长子吴茂先等四员；请承袭、接袭云骑尉世职，作为文生应试者，守备衔尽先补用千总卢恩胜嗣子卢家成等十一员；请先行承袭、接袭云骑尉世职者，前任常州营宜兴汛外委郑文谟嫡长孙郑荣庆等二十员；请接袭恩骑尉世职发标学习者，原任陕西西安府白水县典史赵焕文七世嫡孙赵声雷等三员；请以文生兼袭恩骑尉世职者，前任湖北副将陈锜十世孙陈绍宗一员；请接袭恩骑尉世职顶戴荣身者，原任福建归化县主簿陈梓九世孙陈嵩龄一员；请先行接袭恩骑尉世职者，拔补安徽抚标左哨外委沈占魁嫡长曾孙沈炳发等七员；请承荫八品监生发标学习者，长江提标补用游击黄世春嫡长子黄树先等三员。以上共一百十二员，均由原籍、寄籍地方官取具宗图、册结，详送具奏前来。

臣查王宜义、徐国柱、马春生、郑宜霖、袁荫祖、汤筠孙、李士秀、贺万程、杨兴源、张清瑞、杨万铭、姜海楼、张恩泽、邹铸鑫、周兆海、汪鸿、伍正林、顾传毂、马华茂、杨世忠、郑作舟、钱照栋、傅鑫、包宗彬、徐进贤、翁长森、许定、左道骅、姚位卿、陈忠桂、熊孝亲、韩经泰、钱本照、萧志刚、许友芳、张德庆、耿献廷、赵均之、韦联藻、李福驹、乔叔奎、曹锡侯、童隆寿、刘世勋、宋祖雨、曹宝树、吴玉麟、吴之增、马师超、

①孙铭恩（1810—1854），字书常，号兰检，江苏通州（今江苏南通市）人。道光十四年（1834），中举。十五年（1835），中式进士，选庶吉士。十六年（1836），授翰林院编修。十八年（1838），充会试同考官。翌年，选山西乡试副考官。二十年（1840），授顺天乡试同考官。二十二年（1842），历国子监司业、詹事府右春坊右中允、文渊阁校理。二十三年（1843），授汉日讲起居注官，詹事府左春坊左中允、右春坊右庶子、左春坊左庶子。二十四年（1844），充顺天乡试正考官。二十五年（1845），授翰林院侍讲学士、侍读学士，兼咸安宫总裁。二十六年（1846），任河南乡试正考官。三十年（1850），升实录馆汉纂修官。同年，充会试同考官。咸丰元年（1851），署国子监祭酒。二年（1852），授广东乡试正考官。同年，补詹事府詹事。三年（1853），升内阁学士兼礼部侍郎，署工部左侍郎，迁兵部右侍郎。同年，放安徽学政。四年（1854），卒。谥文节。

周孝谱、季云鹏、马厚镛、李堃华、朱献瑚、宋良翰等五十五员，均年已及岁，请承袭、接袭云骑尉世职，发标学习。孙鸿煛、陆蕃衍、唐庆升、钟文瑞、曾培荫、吴涛、吴子骏等七员，均请以文生兼袭骑都尉、云骑尉世职。吴茂先、赵景侨、蔡周善、程立庸等四员，均请承袭、接袭云骑尉世职顶戴荣身，在籍终养。卢家成、陆积勋、潘毓文、赵启疆、沈世家、吴之熯、郑宝森、俞凤书、黄祖培、许建章、裴景钧等十一员，均请承袭、接袭云骑尉世职，作为文生应试。郑荣庆、宋安福、姚永祜、陈郑恩、王维贤、张德壎、张发甲、周国华、易世鋆、李应森、程宝祥、殷家骥、严晋藩、诸福衡、陈钦熊、陆荫、丁祖恩、庞鸿灿、许蕴辛、徐累幸等二十员，均请先行承袭、接袭云骑尉世职。赵声雷、成加丰、秦锡五等三员，均年已及岁，请接袭恩骑尉世职发标学习。陈绍宗一员请以文生兼袭恩骑尉世职。陈嵩龄一员，请接袭恩骑尉世职顶戴荣身。沈炳发、林中凤、周必成、俞懋勋、刘耀中、徐云禄、秦承宗等七员，均请先行接袭恩骑尉世职。黄树先、魏长骅、吴寿松等三员，均年已及岁，请承荫八品监生，发标学习。核与例章均属相符，亦在展限之内。除将宗图、册结咨部查核外，相应汇录原案，缮具清单，恭呈御览，仰恳敕部查照，议覆施行。

所有遵章汇案请袭世职缘由，谨会同江苏巡抚臣恩寿、安徽巡抚臣聂缉椝，恭折具奏。伏乞皇太后、皇上圣鉴训示。谨奏。光绪二十九年六月二十二日。

（朱批：）兵部议奏，单并发。①

光绪二十九年七月十四日，奉朱批：兵部议奏，单并发。钦此。②

---

①台北故宫博物院藏：《军机及宫中档》，文献编号：408007253。

②中国第一历史档案馆藏：《录副奏折》，档号：03-5419-127。

1445. 呈承袭兼袭世职各员汇案清单

光绪二十九年六月二十二日（1903年8月14日）

谨将承袭、兼袭世职一百十二员汇案，缮具清单，恭呈御览。

一、上元县从九品王纯曾，于咸丰三年在籍带勇，城陷被戕，奏蒙赐恤，经部议给云骑尉世职，袭次完时，给予恩骑尉，世袭罔替等因。该故员嫡长子未婚早故无嗣，今以次子之子王宜义立为长孙，年二十四岁，应请承袭云骑尉世职，饬发督标中营学习。

一、上元县候选从九品徐鉴，于咸丰三年金陵城陷，巷战阵亡，奏蒙赐恤，经部议给云骑尉世职，袭次完时，给予恩骑尉，世袭罔替等因。该故员嫡长子残废，未能承袭。今嫡长孙徐国柱，年十八岁，应请承袭云骑尉世职，饬发督标中营学习。

一、上元县蓝翎尽先拔补外委马宝元，于同治五年在德安府新家闸地方与贼接战阵亡，奏蒙赐恤，经部议给云骑尉世袭，袭次完时，给予恩骑尉，世职罔替等因。该故员嫡长子残废，未能承袭。今嫡长孙马春生，年三十五岁，应请承袭云骑尉世职，饬发督标中营学习。

一、江宁县从九品郑嘉兆，于咸丰十年在营率兵御敌阵亡，奏蒙赐恤，经部议给云骑尉世职，袭次完时，给予恩骑尉，世袭罔替等因。该故员嫡长子未经承袭病故，今嫡长孙郑宜霖，年二十九岁，应请承袭云骑尉世职，饬发督标中营学习。

一、宝山县拔补吴淞营外委袁增，于咸丰三年在镇江府城防堵，力战阵亡，奏蒙赐恤，经部议给云骑尉世职，袭次完时，给予恩骑尉，世袭罔替等因。该故员嫡长子、孙均未承袭病故，今嫡长曾孙袁荫祖，年二十五岁，应请承袭云骑尉世职，饬发吴淞营学习。

一、华亭县议叙从九品汤承恩，于同治元年在籍御贼伤亡，奏蒙赐恤，经部议给云骑尉世袭，袭次完时，毋庸给予恩骑尉等因。该故员嫡长子汤筠孙，年四十七岁，应请承袭云骑尉世职，饬发江苏抚标学习。

一、沭阳县从九品职衔李惇，于咸丰十一年在籍遇匪阵亡，奏蒙赐恤，经部议给云骑尉世职，袭次完时，给予恩骑尉，世袭罔替等因。该故员无子，嫡侄残废不能承袭，以再从侄李士秀立继为嗣，年四十二岁，应请承袭云骑尉世职，饬发淮扬镇标学习。

一、桐城县议叙八品衔从九品贺映綦，于咸丰三年在籍御贼阵亡，奏蒙赐恤，经部议给云骑尉世职，袭次完时，给予恩骑尉，世袭罔替等因。该故员嫡长子未经承袭病故，今嫡长孙贺万程，年四十五岁，应请承袭云骑尉世职，饬发安徽抚标学习。

一、上元县尽先千总杨春，于光绪二十五年在四川靖远齿格山地方与匪力战阵亡，奏蒙赐恤，经部议给云骑尉世职，袭次完时，给予恩骑尉，世袭罔替等因。该故员嫡长子杨兴源，年十九岁，应请承袭云骑尉世职，饬发督标中营学习。

一、丹徒县尽先千总张祥胜，于同治四年随军在漳浦御贼阵亡，奏蒙赐恤，经部议给云骑尉世职，袭次完时，给予恩骑尉，世袭罔替等因。该故员无子，以嫡堂侄张清瑞立继为嗣，年二十八岁，应请承袭云骑尉世职，饬发督标中营学习。

一、盱眙县从九品杨永怀，于咸丰九年在籍御贼阵亡，奏蒙赐恤，经部议给云骑尉世职，袭次完时，给予恩骑尉，世袭罔替等因。该故员嫡长次未经承袭病故，今嫡长孙杨万铭，年二十五岁，应请承袭云骑尉世职，饬发督标中营学习。

一、安东县从九品职衔姜延康，于同治元年在籍御匪阵亡，奏蒙赐恤，经部议给云骑尉世职，袭次完时，给予恩骑尉，世袭罔替等因。该故员嫡长子未经承袭病故，今嫡长孙姜海楼，年三十三岁，应请承袭云骑尉世职，饬发督标中营学习。

一、清和县生员张弼堂，于咸丰十年在籍御匪阵亡，奏蒙赐恤，经部议给云骑尉世职，袭次完时，给予恩骑尉，世袭罔替等因。该故生嫡长子未经承袭病故，今嫡长孙张恩泽，年二十九岁，应请承袭云骑尉世职，饬发督标中营学习。

一、江宁县文生邹廷甲，于咸丰五年在马鞍山地方御敌阵亡，奏蒙赐恤，经部议给云骑尉世职，袭次完时，毋庸给予恩骑尉等因。该故生嫡长子未经承袭病故，今嫡长孙邹铸鑫，年三十二岁，应请承袭云骑尉世职，饬发督标中营学习。

一、江宁县议叙从九品周永锡，于咸丰三年在孝陵卫地方御敌阵亡，奏蒙赐恤，经部议给云骑尉世职，袭次完时，给予恩骑尉，世袭罔替等因。该故员嫡长子周旭升承袭后病故，嫡长孙未及接袭亦故。今嫡长曾孙周兆海，年二十七岁，应请接袭云骑尉世职，饬发督标中营学习。

一、泾县议叙八品监生汪廷槐，于咸丰十年在籍御匪阵亡，奏蒙赐恤，经部议给云骑尉世职，袭次完时，给予恩骑尉，世袭罔替等因。该故员嫡长子未经承袭早故无嗣，并无应继之人，今以嫡堂侄孙汪鸿承继廷槐为孙，年三十二岁，应请以武生兼袭云骑尉世职，饬发督标中营学习。

一、上元县籍候选府经历伍承风，于同治三年十月在山东蓬莱县地方力战阵亡，奏蒙赐恤，经部议给云骑尉世职，袭次完时，给予恩骑尉，世袭罔替等因。该故员嫡长子未经承袭病故，今嫡长孙伍正林，年十八岁，应请承袭云骑尉世职，饬发督标中营学习。

一、吴县分发浙江补用府经历顾元生，于咸丰十一年十二月杭城失陷殉难，奏蒙赐恤，经部议给云骑尉世职，袭次完时，给予恩骑尉，世袭罔替等因。该故员嫡长子未经承袭病故，嫡长孙顾传縠，年十九岁，应请承袭云骑尉世职，饬发江苏抚标学习。

一、上元县候选县丞马士兰，于同治九年在绍兴府包村御贼阵亡，奏蒙赐恤，经部议给云骑尉世职，袭次完时，给予恩骑尉，世袭罔替等因。该故员嫡长子未经承袭病故，今嫡长孙马华茂，年三十三岁，应请承袭云骑尉世职，饬发督标中营学习。

一、上元县文生杨俊贤，于咸丰三年在苏州带勇御贼阵亡，奏蒙赐恤，经部议给云骑尉世职，袭次完时，毋庸给予恩骑尉世袭罔替等因。该故生嫡长子未经承袭早故无嗣。今以嫡堂侄孙杨世忠承继俊贤为嗣孙，年二十六岁，应请承袭云骑尉世职，饬发狼山镇标内洋水师通州营学习。

一、上元县督标中营千总郑天麒，于咸丰十年在常州御贼阵亡，奏蒙赐恤，经部议给云骑尉世职，袭次完时，给予恩骑尉，世袭罔替等因。该故员嫡长子郑廷森承袭后病故，今嫡长孙郑作舟，年二十岁，应请承袭云骑尉世职，饬发督标中营学习。

一、江宁县廪生钱万青，于咸丰三年城陷巷战阵亡，奏蒙赐恤，经部议给云骑尉世职，袭次完时，毋庸给予恩骑尉世袭罔替等因。该故生嫡长子钱廷琛承袭后病故，今嫡长孙钱照栋，年二十岁，应请接袭云骑尉世职，饬发督标中营学习。

一、上元县从九品职衔傅和，于咸丰三年城陷巷战阵亡，奏蒙赐恤，经部议给云骑尉世职，袭次完时，给予恩骑尉，世袭罔替等因。该故员嫡长子孙均未承袭病故，嫡长曾孙傅振声承袭后亦故，今嫡长元孙傅鑫，年十九岁，应请接袭云骑尉世职，饬发督标中营学习。

一、上元县升补安徽潜山营守备包廷芳，咸丰三年在籍办团，城陷阵亡，奏蒙赐恤，经部议给云骑尉世职，袭次完时，给予恩骑尉，世袭罔替等因。该故员之子未经承袭病故，嫡长孙包桂林承袭后亦故；今嫡长曾孙包宗彬，年二十六岁，应请接袭云骑尉世职，饬发督标中营学习。

一、上元县文生徐湘，于咸丰三年城陷巷战阵亡，奏蒙赐恤，经部议给云骑尉世职，袭次完时，毋庸给予恩骑尉世袭罔替等因。该故生阵亡无子，胞弟徐沅承袭后病故。今以胞侄徐进贤承继为嗣，年二十九岁，应请接袭云骑尉世职，饬发福山镇标左营学习。

一、江宁县增生翁鲲，于咸丰三年金陵城陷阵亡，奏蒙赐恤，经部议给云骑尉世职，袭次完时，毋庸给予恩骑尉世袭罔替等因。该故生嫡长子翁大梁承袭后病故，今嫡长孙翁长森，年三十三岁，应请接袭云骑尉世职，饬发督标中营学习。

一、江宁县议叙从九品许宝然，于咸丰十年常州失陷，骂贼不屈被戕，奏蒙赐恤，经部议给云骑尉世职，袭次完时，给予恩骑尉，世袭罔替等因。该故员嫡长子许其荣承袭后病故，今嫡长孙许定，年十九岁，应请接袭云骑尉世职，饬发督标中营学习。

一、江浦县拟保千总安徽抚标尽先把总左标，于同治六年在宿迁剿捻阵亡，奏蒙赐恤，经部议给云骑尉世职，袭次完时，给予恩骑尉，世袭罔替等因。该故员嫡长子左连骅承袭后病故无嗣，次子出继胞叔为嗣。今嫡三子左道骅，年三十九岁，应请接袭云骑尉世职，饬发督标中营学习。

一、江浦县记名外委姚德林，于同治三年在嘉兴府城力战阵亡，奏蒙赐恤，经部议给云骑尉世职，袭次完时，给予恩骑尉，世袭罔替等因。该故员阵亡无子，胞弟姚德荣承袭后病故，今以胞侄姚位卿立继为嗣，现年二十二岁，应请接袭云骑尉世职，饬发督标中营学习。

一、江浦县廪生陈学濂，于咸丰三年在籍御贼被戕，奏蒙赐恤，经部议给云骑尉世职，袭次完时，毋庸给予恩骑尉世袭罔替等因。该故生嫡长子陈志宗未经承袭早故，嫡长孙陈国安承袭后亦故。今嫡长曾孙陈忠桂，年二十五岁，应请接袭云骑尉世职，饬发督标中营学习。

一、江浦县六品军功熊国安，于同治六年在山东胶州力战阵亡，奏蒙赐恤，经部议给云骑尉世职，袭次完时，给予恩骑尉，世袭罔替等因。该故员无后，嗣子熊思鉴承袭后病故。今嗣长孙熊孝亲，年二十八岁，应请接袭云骑尉世职，饬发督标中营学习。

一、元和县候选把总韩文熊，于咸丰十年城陷阵亡，奏蒙赐恤，经部议给云骑尉世职，袭次完时，给予恩骑尉，世袭罔替等因。该故员阵亡无子，嗣子韩章璜承袭后病故今嗣长孙韩经泰，年二十三岁，应请接袭云骑尉世职，饬发江苏抚标学习。

一、吴县从九品职衔钱鉴，于同治元年贼股溃窜长泾乡间受伤殒命，奏蒙赐恤，经部议给云骑尉世职，袭次完时，毋庸给予恩骑尉世袭罔替等因。该故员嫡长子钱嘉麟承袭后病故，今嫡长孙钱本照，年二十一岁，应请接袭云骑尉世职，饬发江苏抚标学习。

一、吴县广东候补典史萧焜，于咸丰十五年在籍巷战被戕，奏蒙赐恤，经部议给云骑尉世职，袭次完时，给予恩骑尉，世袭罔替等因。该故员嫡长子萧丕烈承袭后病故无子，今以胞侄萧志刚立继为嗣，年三十岁，应请接袭云骑尉世职，饬发江苏抚标学习。

一、江阴县江阴营外委许鹏远，于咸丰三年在湖北老鼠峡御贼阵亡，奏蒙赐恤，经部议给云骑尉世职，袭次完时，给予恩骑尉，世袭罔替等因。该故员嫡长子许绍忠承袭后病故，今嫡长孙许友芳，年三十七岁，应请接袭云骑尉世职，饬发福山镇标右营学习。

一、仪征县拣选知县举人张光辉，于同治七年在直隶清苑县大激店地方御贼被戕，奏蒙赐恤，经部议给云骑尉世职，袭次完时，毋庸给予恩骑尉世袭罔替等因。该故员嫡长子张瑞麟承袭在籍应试，现因双目失明，不能攻书。今嫡长孙张德庆，年十九岁，应请接袭云骑尉世职，饬发督标中营学习。

一、铜山县原任海州营千总耿超，咸丰八年在睢溪口地方御贼阵亡，奏蒙赐恤，经部议给云骑尉世职，袭次完时，给予恩骑尉，世袭罔替等因。该故员阵亡无子，嗣子耿智山承袭后病故，今嫡长孙耿献廷，年三十岁，应请接袭云骑尉世职，饬发徐州镇标学习。

一、桃源县桃南营外委赵克昌，于咸丰十年在汛御匪被戕，奏蒙赐恤，经部议给云骑尉世职，袭次完时，给予恩骑尉，世袭罔替等因。该故员嫡长子赵鸿远承袭后病故，今嫡长孙赵均之，年二十三岁，应请接袭云骑尉世职，饬发督标中营学习。

一、山阳县候选同知韦福英，于同治三年因公赴沪，船泊长安沙新开港，遭风溺殁，奏蒙赐恤，经部议给云骑尉世职，袭次完时，给予恩骑尉，世袭罔替等因。该故员嫡长子韦恩湛承袭后病故，今嫡长孙韦联藻，年二十二岁，应请接袭云骑尉世职，饬发督标中营学习。

一、山阳县六品顶戴记名外委李培之，于咸丰十年在清江小桥地方剿贼阵亡，奏蒙赐恤，经部议给云骑尉世职，袭次完时，给予恩骑尉，世袭罔替等因。该故员嫡长子李凤仪承袭后病故无子，今以堂侄李福驹立继凤仪为嗣，年三十四岁，应请接袭云骑尉世职，饬发督标中营学习。

一、安东县从九品乔镇沣，于同治元年在籍御匪阵亡，奏蒙赐恤，经部议给云骑尉世职，袭次完时，给予恩骑尉，世袭罔替等因。该故员嫡长子乔田珀承袭后病故，嫡长孙乔杰先行接袭，未及发标亦故。今嗣孙乔叔奎，年十九岁，应请接袭云骑尉世职，饬发督标中营学习。

一、盱眙县文生曹□，于咸丰十一年在籍御捻阵亡，奏蒙赐恤，经部议给云骑尉世职，袭次完时，给予恩骑尉，世袭罔替等因。该故生嫡长子曹殿奎承袭后病故，今嫡长孙曹锡侯，年二十五岁，应请接袭云骑尉世职，饬发督标中营学习。

一、丹徒县前署泗州营把总童德魁，于咸丰十年在宁国剿贼阵亡，奏蒙赐恤，经部议给云骑尉世职，袭次完时，给予恩骑尉，世袭罔替等因。该故员之子童家亮承袭后病故，今嫡长孙童隆寿，年二十三岁，应请接袭云骑尉世职，饬发督标中营学习。

一、六安州候补知县刘春霆，于咸丰三年金陵城陷阵亡，奏蒙赐恤，经部议给云骑尉世职，袭次完时，给予恩骑尉，世袭罔替等因。该故员之子刘翼美承袭后病故，今嫡长孙刘世勋，年三十岁，应请接袭云骑尉世职，饬发督标中营学习。

一、宿州文生宋量三，于咸丰六年在滩河岸御捻阵亡，奏蒙赐恤，经部议给云骑尉世职，袭次完时，毋庸给予恩骑尉世袭罔替等因。该故生嫡长子宋光洙承袭后病故，今嫡长孙宋祖雨，年二十三岁，应请接袭云骑尉世职，饬发督标中营学习。

一、休宁县六品顶戴曹元振，于咸丰六年在籍御贼阵亡，奏蒙赐恤，经部议给云骑尉世职，袭次完时，给予恩骑尉，世袭罔替等因。该故员嫡长子曹瑜承袭后病故，今嫡长孙曹宝树，年三十三岁，应请接袭云骑尉世职，饬发督标中营学习。

一、泾县候选按察司经历吴履端，于咸丰八年在籍力战阵亡，奏蒙赐恤，经部议给云骑尉世职，袭次完时，给予恩骑尉，世袭罔替等因。该故员无后，嗣子吴福长承袭后病故，嗣孙未经接袭亦故。今嗣曾孙吴玉麟，年二十二岁，应请接袭云骑尉世职，饬发督标中营学习。

一、泾县候选从九品吴彦，于同治元年在籍御匪阵亡，奏蒙赐恤，经部议给云骑尉世职，袭次完时，给予恩骑尉，世袭罔替等因。该故员无子，胞弟吴守怡承袭后病故。今以胞侄吴之增兼祧为嗣，年二十一岁，应请接袭云骑尉世职，饬发督标中营学习。

一、桐城县温宿马登瀛，于咸丰三年在籍御贼阵亡，奏蒙赐恤，经部议给云骑尉世职，袭次完时，给予恩骑尉，世袭罔替等因。该故生嫡长子马宜禄承袭后病故，今嫡长孙马师超，年二十八岁，应请接袭云骑尉世职，饬发督标中营学习。

一、合肥县尽先拔补把总周家祥，于同治三年在常州府城力战阵亡，奏蒙赐恤，经部议给云骑尉世职，袭次完时，给予恩骑尉，世袭罔替等因。该故员嫡长子周行恕承袭后病故，今嫡长孙周孝谱，年二十岁，应请接袭云骑尉世职，饬发督标中营学习。

一、清河县候选州同季奎先，于咸丰十年在籍御贼阵亡，奏蒙赐恤，经部议给云骑尉世职，袭次完时，给予恩骑尉，世袭罔替等因。该故员之子季允培承袭后病故，嫡孙未及接袭亦故。今嫡长曾孙季云鹏，年二十二岁，应请接袭云骑尉世职，饬发淮扬镇标中营学习。

一、江宁县武举马步原，于咸丰三年在籍御贼阵亡，奏蒙赐恤，经部议给云骑尉世职，袭次完时，给予恩骑尉，世袭罔替等因。该故员无子，嗣子马裕麒承袭后病故。今嗣长孙马厚镛，年三十二岁，应请接袭云骑尉世职，饬发督标中营学习。

一、上元县前任平望营千总李天麒，于咸丰三年正月在湖北老鼠峡剿贼阵亡，奏蒙赐恤，经部议给云骑尉世职，袭次完时，给予恩骑尉，世袭罔替等因。该故员无子，胞弟李国泰承袭后病故。今胞侄李堃华承嗣，年四十一岁，应请接袭云骑尉世职，饬发督标中营学习。

一、安东县武举朱祥符，于同治元年正月在清江击匪阵亡，奏蒙赐恤，经部议给云骑尉世职，袭次完时，给予恩骑尉，世袭罔替等因。该故员无嗣，继子朱名正承袭后病故。今嗣长孙朱献瑚，年十九岁，应请接袭云骑尉世职，饬发淮扬镇标学习。

一、华亭县议叙八品职宋汝梅，于咸丰十年匪窜松城被害，奏蒙赐恤，经部议给云骑尉世职，袭次完时，给予恩骑尉，世袭罔替等因。该故员无嗣，继子宋鸣盛承袭后病故，仍无子嗣，以从堂侄宋良翰立继鸣盛为嗣，年二十五岁，应请接袭云骑尉世职，饬发提标中营学习。

一、通州前任安徽学政孙铭恩，于咸丰四年在太平府城骂贼被戕，奏蒙赐恤，经部议给云骑尉世职，袭次完时，给云骑尉，世袭罔替等因。该故员之子孙登瀛及嗣孙孙绍祖承袭、接袭后均故。今嗣曾孙孙鸿煚，年十九岁，系文生，应请兼袭骑都尉世职。

一、江宁县拟保训导增生陆炎，于咸丰十年贼陷苏城力战阵亡，奏蒙赐恤，经部议给云骑尉世职，袭次完时，给予恩骑尉，世袭罔替等因。该故员嫡长子陆家龙承袭后病故，今嫡长孙陆蕃衍，年三十二岁，系文生，应请兼袭云骑尉世职。

一、句容县原任祁门县知县唐治，于咸丰四年在任御贼阵亡，奏蒙赐恤，经部议给云骑尉世职，袭次完时，给予恩骑尉，世袭罔替等因。该故员无后，嗣子唐之植承袭后病故。今嗣长孙唐庆升，年三十岁，系文生，应请兼袭云骑尉世职。

一、庐江县蓝翎都司钟家梓，于同治七年在直隶东光县地方力战阵亡，奏蒙赐恤，经部议给云骑尉世职，袭次完时，给予恩骑尉，世袭罔替等因。该故员无子，以胞侄钟文瑞立继为嗣，年三十一岁，系文生，应请兼袭云骑尉世职。

一、昭文县候选国子监助教曾彬文，于咸丰十年在籍防堵被戕，奏蒙赐恤，经部议给云骑尉世职，袭次完时，给予恩骑尉，世袭罔替等因。该故员嫡长子承袭后病故，嫡长孙未及接袭亦故。今嫡长曾孙曾培荫，年三十五岁，系文生，应请兼袭云骑尉世职。

一、泾县议叙八品吴企曾，于同治元年在籍御贼阵亡，奏蒙赐恤，经部议给云骑尉世职，袭次完时，给予恩骑尉，世袭罔替等因。该故员嫡长子未经承袭病故，今嫡长孙吴涛，年四十二岁，系文生，应请兼袭云骑尉世职。

一、泾县议叙八品吴翰藻，于咸丰十年在籍堵剿阵亡，奏蒙赐恤，经部议给云骑尉世职，袭次完时，给予恩骑尉，世袭罔替等因。该故员无子，并无嫡庶子孙。今胞弟吴子骏，年三十六岁，系文生，应请兼袭云骑尉世职。

一、泾县议叙八品吴显承，于咸丰六年在籍御贼阵亡，奏蒙赐恤，经部议给云骑尉世职，袭次完时，给予恩骑尉，世袭罔替等因。该故员长子吴茂先，年六十五岁，应请承袭云骑尉世职顶戴荣身。

一、武进县内阁中书衔候选知县赵起，于咸丰十年在籍殉难，奏蒙赐恤，经部议给云骑尉世职，袭次完时，给恩骑尉，世袭罔替等因。该故员嫡长子未经承袭病故，嫡长孙赵寿仁承袭后亦故。今曾孙赵景侨，年二十一岁，应请承袭云骑尉世职顶戴荣身。

一、昭文县国子监典籍衔蔡炯，于咸丰十年在常熟西南乡长泾地方御贼阵亡，奏蒙赐恤，经部议给云骑尉世职，袭次完时，给予恩骑尉，世袭罔替等因。该故员嫡长子蔡恩霖承袭后病故，嫡长孙出嗣堂伯为后，今嫡次孙蔡周善，年二十四岁，应请接袭云骑尉世职顶戴荣身，在籍终养。

一、歙县兵马司正指挥程定生，于咸丰十年在籍御贼殉难，奏蒙赐恤，经部议给云骑尉世职，袭次完时，给予恩骑尉，世袭罔替等因。该故员嫡长子程树敏承袭后病故，今嫡长孙程立庸，年五十一岁，应请接袭云骑尉世职顶戴荣身。

一、桐城县守备衔尽先千总卢恩胜，于咸丰十一年在武汉与逆接战阵亡，奏蒙赐恤，经部议给云骑尉世职，袭次完时，给予恩骑尉，世袭罔替等因。该故员无子，以胞侄卢家成承祧为嗣，年三十八岁，应请承袭云骑尉世职，作为文生应试。

一、宝山县安徽候补从九品陆兆麟，于咸丰八年在卢郡督勇力战阵亡，奏蒙赐恤，经部议给云骑尉世职，袭次完时，给予恩骑尉，世袭罔替等因。该故员嫡长子陆积勋，年五十四岁，请承袭云骑尉世职，作为文生应试。

一、泾县五品衔候选从九潘景彰，于咸丰十一年在籍御贼阵亡，奏蒙赐恤，经部议给云骑尉世职，袭次完时，给予恩骑尉，世袭罔替等因。该故员嫡长子孙均未承袭病故，今嫡长曾孙潘毓文，年三十九岁，应请承袭云骑尉世职，作为文生应试。

一、泾县从九品衔赵竣生，于咸丰十年在籍追贼被戕，奏蒙赐恤，经部议给云骑尉世职，袭次完时，给予恩骑尉，世袭罔替等因。该故员嫡子未经承袭病故，今嫡长孙赵启疆，年二十九岁，应请承袭云骑尉世职，作为文生应试。

一、泾县贡生沈百朋，于咸丰六年在丁溪地方御贼阵亡，奏蒙赐恤，经部议给云骑尉世职，袭次完时，毋庸给予恩骑尉，世袭罔替等因。该故生无子，今以胞侄沈世家承继为嗣，年三十三岁，应请承袭云骑尉世职，作为文生应试。

一、泾县议叙九品吴政，于咸丰十年在籍御寇阵亡，奏蒙赐恤，经部议给云骑尉世职，袭次完时，给予恩骑尉，世袭罔替等因。该故员无子，并无嫡庶子孙，亦无同胞兄弟。今以堂侄孙吴之烘继立为嗣长孙，年三十四岁，应请承袭云骑尉世职，作为文生应试。

一、泾县文生郑寅曙，于咸丰十年在籍练团，城陷殉难，奏蒙赐恤，经部议给云骑尉世职，袭次完时，毋庸给予恩骑尉，世袭罔替等因。该故员无后，嗣子郑之骥承袭后病故。今嗣长孙郑宝森，年三十岁，应请接袭云骑尉世职，作为文生应试。

一、昭文县附监生俞钟进，于咸丰十年在籍殉难，奏蒙赐恤，经部议给云骑尉世职，袭次完时，毋庸给予恩骑尉世袭罔替等因。该故员之子俞企英承袭后病故无子，今以侄俞凤书承继企英为嗣，年三十岁，应请接袭云骑尉世职，作为文生应试。

一、盱眙县文生黄则忠，于咸丰十年在籍御贼阵亡，奏蒙赐恤，经部议给云骑尉世职，袭次完时，毋庸给予恩骑尉世袭罔替等因。该故生之子黄佩金承袭后病故，今嫡长孙黄祖培，年二十二岁，应请接袭云骑尉世职，作为文生应试。

一、歙县从九品许定安，于同治二年在籍剿贼阵亡，奏蒙赐恤，经部议给云骑尉世职，袭次完时，给予恩骑尉。世袭罔替等因。该故员嫡长子许立诚承袭后病故，今嫡长孙许建章，年十六岁，应请接袭云骑尉世职，作为文生应试。

一、霍邱县六品顶戴监生裴锡之，于咸丰七年在籍剿贼阵亡，奏蒙赐恤，经部议给云骑尉世职，袭次完时，给予恩骑尉，世袭罔替等因。该故员嫡长子先经阵亡无嗣，嫡次子裴克方遵例承袭，尚未议准亦故。今该故员嫡次孙裴景钧，年三十一岁，应仍请承袭云骑尉世职，作为文生应试。

一、上元县拔补常州营宜兴汛外委郑文谟，于咸丰三年在九江东门外力战阵亡，奏蒙赐恤，经部议给云骑尉世职，袭次完时，给予恩骑尉，世袭罔替等因。该故员嫡长子残废，不能承袭病故。今嫡长孙郑荣庆，年十三岁，应请先行承袭云骑尉世职。

一、上元县守备衔尽先拔补千总宋永寿，同治七年在山东德平县剿捻阵亡，奏蒙赐恤，经部议给云骑尉世职，袭次完时，给予恩骑尉，世袭罔替等因。该故员无后，又无同胞弟侄，以堂侄镇坤兼祧为嗣，已请承荫本生父州判。今嗣长孙宋安福，年十二岁，应请先行承袭云骑尉世职。

一、桐城县生员姚连曾，于咸丰十年在籍御贼阵亡，奏蒙赐恤，经部议给云骑尉世职，袭次完时，毋庸给予恩骑尉世袭罔替等因。该故生之子姚箕畴未经承袭病故无后，今以亲侄姚永祜立继箕畴为嗣，年十四岁，应请先行承袭云骑尉世职。

一、桐城县候选从九品陈名远，于咸丰十一年在庐江罗昌河地方御贼阵亡，奏蒙赐恤，经部议给云骑尉世职，袭次完时，给予恩骑尉，世袭罔替等因。该故员之子残废，不能承袭。今嫡长孙陈郑恩，年八岁，应请先行承袭云骑尉世职。

一、泾县议叙八品王鸣阶，于咸丰七年在南陵承清桥地方剿贼阵亡，奏蒙赐恤，经部议给云骑尉世职，袭次完时，给予恩骑尉，世袭罔替等因。该故员嫡长子未经承袭早故无后，并无嫡庶子孙，亦无胞弟、胞侄。今以从堂侄孙王维贤兼祧鸣阶为嗣孙，年七岁，应请先行承袭云骑尉世职。

一、寄籍江宁县原籍浙江会稽县议叙八品张涛，于咸丰三年在金陵带团巷战阵亡，奏蒙赐恤，经部议给云骑尉世职，袭次完时，给予恩骑尉，世袭罔替等因。该故员嫡长子张焯承袭后病故，今嫡长孙张德壎，年十一岁，应请先行接袭云骑尉世职。

一、上元县候选从九品张云翔，于同治二年在上海城外剿贼阵亡，奏蒙赐恤，经部议给云骑尉世职，袭次完时，给予恩骑尉，世袭罔替等因。该故员嫡长子张汝和承袭后病故，今嫡长孙张发甲，年九岁，应请先行接袭云骑尉世职。

一、上元县原任直隶天津镇右营游击周得双，于同治三年在丹阳剿贼阵亡，奏蒙赐恤，经部议给云骑尉世职，袭次完时，给予恩骑尉，世袭罔替等因。该故员无嗣，继子周嗣堂承袭后病故。今长孙周国华，年四岁，应请先行接袭云骑尉世职。

一、上元县从九品易湍采，于咸丰三年在籍御贼阵亡，奏蒙赐恤，经部议给云骑尉世职，袭次完时，给予恩骑尉，世袭罔替等因。该故员无嗣，继子易泰瑜承袭后病故。今长孙易世鋆，年八岁，应请先行接袭云骑尉世职。

一、甘泉县从九品李昌，于咸丰三年在籍御匪被戕，奏蒙赐恤，经部议给云骑尉世职，袭次完时，给予恩骑尉，世袭罔替等因。该故员无嗣，继子李士栋承袭后病故。今长孙李应森，年十六岁，应请先行接袭云骑尉世职。

一、仪征县都司衔尽先守备程余熊，于咸丰六年在三汊河地方拒贼阵亡，奏蒙赐恤，经部议给云骑尉世职，袭次完时，给予恩骑尉，世袭罔替等因。该故员之子未经承袭病故，嫡长孙程德剑承袭后旋故，曾孙未及接袭亦故。今嫡长元孙程宝祥，年七岁，应请先行接袭云骑尉世职。

一、武进县议叙八品衔殷澍，于咸丰十年城陷巷战被戕，奏蒙赐恤，经部议给云骑尉世职，袭次完时，给予恩骑尉，世袭罔替等因。该故员嫡长子殷锡畴承袭后病故，今嫡长孙殷家骥，年八岁，应请先行接袭云骑尉世职。

一、江阴县蓝翎都司用严廉保，于咸丰十年在籍御贼阵亡，奏蒙赐恤，经部议给云骑尉世职，袭次完时，给予恩骑尉，世袭罔替等因。该故员嫡长子严振威承袭后病故，今嫡长孙严晋藩，年十四岁，应请先行接袭云骑尉世职。

一、吴县从九品衔褚兆祺，于咸丰十年城陷骂贼被害，奏蒙赐恤，经部议给云骑尉世职，袭次完时，给予恩骑尉，世袭罔替等因。该故员之子未经承袭病故，嫡长孙褚达柏承袭后亦故。今嫡长曾孙诸福衡，年七岁，应请先行接袭云骑尉世职。

一、吴县生员陈杉，于咸丰十年在籍殉难，奏蒙赐恤，经部议给云骑尉世职，袭次完时，毋庸给予恩骑尉世袭罔替等因。该故生无嗣，继子陈亦寿承袭后病故。今长孙陈钦熊，年九岁，应请先行接袭云骑尉世职。

一、吴县从九品职衔陆寿柱，于咸丰十年城陷殉难，奏蒙赐恤，经部议给云骑尉世职，袭次完时，给予恩骑尉，世袭罔替等因。该故员无嗣，继子陆廷澍承袭后病故。今嗣孙陆荫，年七岁，应请先行接袭云骑尉世职。

一、吴县前署江苏抚标左营千总实缺把总丁钦寿，于咸丰十年城陷阵亡，奏蒙赐恤，经部议给云骑尉世职，袭次完时，给予恩骑尉，世袭罔替等因。该故员之子丁善治承袭后病故，嫡孙素有疯疾，今以次子之子丁祖恩立继善治为嗣，年七岁，应请先行接袭云骑尉世职。

一、常熟县议叙从九品庞祖安，于咸丰十年在籍御贼阵亡，奏蒙赐恤，经部议给云骑尉世职，袭次完时，给予恩骑尉，世袭罔替等因。该故员之子庞钟焕承袭后病故，今嫡长孙庞鸿灿，年十六岁，应请先行接袭云骑尉世职。

一、昭文县千总职衔武生许国昌，于咸丰十年在籍御贼阵亡，奏蒙赐恤，经部议给云骑尉世职，袭次完时，给予恩骑尉，世袭罔替等因。该故员嫡长子许德鸿承袭后病故无嗣，今以堂侄许蕴辛立继德鸿为嗣，年十三岁，应请先行接袭云骑尉世职。

一、潜山县州同衔徐贵馨，于咸丰九年在籍御贼阵亡，奏蒙赐恤，经部议给云骑尉世职，袭次完时，给予恩骑尉，世袭罔替等因。该故员之子同时阵亡，嫡长孙徐积超承袭后病故。今嫡长曾孙徐累幸，年十八岁，应请先行接袭云骑尉世职。

一、上元县原任陕西西安府白水县典史赵焕文，于康熙十一年兴安贼叛，奉檄召安，贼胁不屈被害，钦奉赐祭旌恤，并加恩骑尉，世袭罔替等因。该故员五世嫡孙赵世忠承袭故后，递以长子贤久、次子贤科及长孙声兰先后接袭病故。今声兰故后无嗣，胞弟赵声雷即故员焕文七世嫡孙，年二十五岁，应请接袭恩骑尉世职，饬发督标中营学习。

一、六合县花翎游击成宝亭，于同治七年在河南渭县地方力战阵亡，奏蒙赐恤，经部议给云骑尉世职，袭次完时，给予恩骑尉，世袭罔替等因。该故员嫡长子成兆龄、次子成兆云先后承袭、接袭病故，今嫡长孙成加丰，年十九岁，应请接袭恩骑尉世职，饬发督标中营学习。

一、宿州外委秦攀元，于嘉庆七年御贼力战阵亡，奏蒙赐恤，经部议给云骑尉世职，袭次完时，给予恩骑尉，世袭罔替等因。

该故员长子秦广安、次子秦广化、三子秦广育，均先后承袭、接袭病故，嫡孙未及接袭亦故。今嫡长曾孙秦锡五，年二十七岁，应请接袭恩骑尉世职，饬发督标中营学习。

一、高邮州前任湖北副将陈铸，于康熙三年剿贼力竭自刎，奉旨赏给恩骑尉，世袭罔替等因。该故员复嗣先后承袭、接袭病故，今十世孙陈绍宗，年三十九岁，系文生，应请兼袭恩骑尉世职。

一、丹徒县原任福建归化县主簿陈梓，于顺治二年广贼犯境，力战殉难，奉旨赏给恩骑尉，世袭罔替等因。该故员嫡派子孙先后承袭，替至八世孙陈克谐四次接袭后病故。今九世孙陈嵩龄，年五十三岁，应请接袭恩骑尉世职顶戴荣身。

一、上元县拔补安徽抚标左哨外委沈占魁，于咸丰三年在庐州剿贼阵亡，奏蒙赐恤，经部议给云骑尉世职，袭次完时，给予恩骑尉，世袭罔替等因。该故员嫡长子沈得胜、嫡长孙沈大顺先后承袭、接袭病故，今嫡长曾孙沈炳发，年三岁，应请先行接袭恩骑尉世职。

一、江宁县蓝翎尽先外委林光明，于同治三年在浙江湖州御贼阵亡，奏蒙赐恤，经部议给云骑尉世职，世袭完时，给予恩骑尉，世袭罔替等因。该故员嫡长子林恩禄、嫡长孙林承基先后承袭、接袭病故，今嫡长曾孙林中凤，年六岁，应请先行接袭恩骑尉世职。

一、江宁县议叙八品周泗，于咸丰三年金陵城陷阵亡，奏蒙赐恤，经部议给云骑尉世职，袭次完时，给予恩骑尉，世袭罔替等因。该故员嫡长子周昌隆、嫡长孙周宗寿先后承袭、接袭病故，今嫡长曾孙周必成，年三岁，应请先行接袭恩骑尉世职。

一、江阴县从九品职衔俞汝霖，于咸丰十年城陷阵亡，奏蒙赐恤，经部议给云骑尉世职，袭次完时，给予恩骑尉，世袭罔替等因。该故员之子俞允若、嫡长孙俞兰芬先后承袭、接袭病故，今嫡长曾孙俞懋勋，年十岁，应请先行接袭恩骑尉世职。

一、仪征县原任广西富川县知县刘钦邻，康熙十三年城陷阵亡，奉旨赏给恩骑尉，世袭罔替等因。该故员九世孙刘恩泰，以千总兼袭，于军政案内参劾，嫡长子未及接袭病故。今恩泰嫡长子孙刘耀中，年八岁，应请先行接袭恩骑尉世职。

一、长洲县原任四川新繁县知县徐瓒，随剿金川，在营殉难，蒙恩赏给恩骑尉，世袭罔替等因。该故员后嗣先后承袭、接袭，替至元孙徐万□接袭后病故。今万□嫡长子徐云禄，年九岁，应请先行接袭恩骑尉世职。

一、上元县候选从九品秦锡麟，于咸丰十年在安德门力战阵亡，奏蒙赐恤，经部议给云骑尉世职，袭次完时，给予恩骑尉，世袭罔替等因。该故员嫡长子秦启勋、嫡长孙秦振铎承袭、接袭后均故，今嫡长曾孙秦承宗，年八岁，应请先行接袭恩骑尉世职。

一、寄籍上元县祖籍全椒县长江提标遇缺补用游击黄世春，于光绪十六年驻扬淮军后路收支运局管带炮船，积劳病故，奏蒙赐恤，经部议给伊子八品监生等因。该故员嫡长子黄树先，年三十岁，应请承荫监生，饬发督标忠营学习。

一、寄籍江宁县祖籍邳州两江尽先副将魏广有，于光绪五年办理江浦捕蝗、浚河，在防积劳病故，奏蒙赐恤，经部议给伊子八品监生等因。该故员嫡长子魏长骅，年二十六岁，应请承荫监生，饬发督标中营学习。

一、寄籍上元县原籍湖南长沙县副将衔长江水师提标遇缺尽先即补游击吴献廷，历充水师营舢板哨官，于光绪二十年在营积劳病故，奏蒙赐恤，经部议给伊子八品监生等因。该故员嫡长子吴寿松，年三十三岁，应请承荫监生，饬发督标中营学习。

（朱批：）览。①

①中国第一历史档案馆藏：《单》，档号：03-5419-121。

1446. 奏报二十四年八旗朋扣马匹报销折

光绪二十九年六月二十二日（1903年8月14日）

头品顶戴两江总督臣魏光焘跪奏，为光绪二十四年分江宁八旗官兵朋扣马匹报销，恭折具陈，仰祈圣鉴事。

窃查江宁驻防八旗官兵朋马报销，自光绪十年起至二十三年止，均由江宁藩司按年造册详经奏销在案。今光绪二十四年分八旗朋马照案由江宁藩司造册，详请具奏前来。臣查光绪二十四年正月起至十二月止，江宁八旗驻防旧管官额马四百五十六匹，内实拴马二百四十匹；兵额马五千三百三十四匹，内实拴马一千七百七十八匹。新收官额马三十四匹，内实拴马十八匹；兵额马四百二十六匹，内实拴马一百四十二匹。开除官额马二十六匹，内实拴马十四匹；兵额马四百十四匹，内实拴马一百三十八匹。实在官额马四百六十四匹，内实拴马二百四十四匹；兵额马五千三百四十六匹，内实拴马一千七百八十二匹。册报均属相符，覆核无异。

除将册籍送部、科查核外，理合会同江宁京口将军臣信恪、江苏巡抚臣恩寿，恭折具陈。伏乞皇太后、皇上圣鉴。再，江宁驻防马匹尚未复额，向系改题为奏。合并声明。谨奏。光绪二十九年六月二十二日。

（朱批：）该部知道。①

光绪二十九年七月十四日，奉朱批：该部知道。钦此。②

---

①台北故宫博物院藏：《军机及宫中档》，文献编号：408007254。

②中国第一历史档案馆藏：《录副奏折》，档号：03-6166-012。

1447. 请以陈士林补授海州营守备折

光绪二十九年六月二十二日（1903 年 8 月 14 日）

头品顶戴两江总督臣魏光焘跪奏，为拣员请补陆路守备员缺，恭折仰祈圣鉴事。

窃海州营守备陈治尚勒休，遗缺接准部咨系新章题补第一轮第一缺，应用尽先人员请补等因。又，按照定章，守备一项，以十二缺为一轮，周而复始；卫、所裁缺人员，俱归裁缺即用班尽数补选，不入轮缺计算，各等语。臣查是缺守备驻扎海州，有城守、仓狱之责，大汐期内，应往青口巡查，责任綦重，非精明干练之员，难期胜任，自应遵章在于卫所裁缺改归营用守备班内拣补。

查有裁缺卫守备改归两江督标候补即用守备陈士林，年五十八岁，顺天府大兴县人，由文童投效军营，随剿出力，荐保以卫守备尽先补用，加都司衔，光绪十五年五月到标。二十年七月，准补安徽滁州卫守备。二十七年三月，调补江南大河卫守备。二十八年，奉旨裁缺交卸，在任并无未完钱粮及有关降调处分，嗣经改归臣标中营候补。造具履历，咨准部复以守备归即用班注册，遇缺照章请补，各在案。

该员营伍谙练，操防勤奋，以之请补是缺守备，洵堪胜任，核与部章亦属相符，合无仰恳天恩俯念员缺紧要，准以裁缺即用守备陈士林补授海州营陆路守备员缺，实于营伍、地方两有裨益。如蒙俞允，俟部覆至日，即行给咨送部引见，以符定制。

除将履历咨部外，谨会同署漕运督臣陆元鼎，恭折具陈。伏乞皇太后、皇上圣鉴训示。谨奏。光绪二十九年六月二十二日。

（朱批：）兵部议奏。[1]

---

①台北故宫博物院藏：《军机及宫中档》，文献编号：408007255。

光绪二十九年七月十四日，奉朱批：兵部议奏。钦此。[①]

1448. 请以卢维雝调署江都县片

光绪二十九年六月二十二日（1903 年 8 月 14 日）

再，署江都县知县吴式叚署事期满，所遗员缺系冲、繁、疲、难沿河要缺，非精明干练之员，不足以资治理。查有江宁县知县卢维雝，堪以调署；递遗江宁县知县员缺，查有候补知县袁国钧，堪以署理。据藩、臬两司会详前来。

除批饬遵照外，谨会同署漕运总督臣陆元鼎、江苏巡抚臣恩寿，附片陈明。伏乞圣鉴。谨奏。

（朱批：）吏部知道。[②]

光绪二十九年七月十四日，奉朱批：吏部知道。钦此。[③]

1449. 请以王仁东署理淮安知府片

光绪二十九年六月二十二日（1903 年 8 月 14 日）

再，淮安府知府张庆勋[④]调省，所遗员缺应行委员接署。查有候补知府现署通州直隶州知州王仁东，堪以署理；递遗通州直隶州知州员缺，即以正任通州直隶州知州汪树堂饬回本任，各专责成。据藩、臬两司会详前来。

除批饬遵照外，理合会同署理漕运总督臣陆元鼎、江苏巡抚

①中国第一历史档案馆藏：《录副奏折》，档号：03-5957-085。

②台北故宫博物院藏：《军机及宫中档》，文献编号：408007255-0-A。

③中国第一历史档案馆藏：《录副奏片》，档号：03-5419-122。

④张庆勋（1853—?），湖南善化县（今湖南长沙）人，监生。报捐分部郎中，改捐知府指分云南试用。光绪十三年（1887），捐免保举，嗣于云南克复富民、禄劝两城出力，保知府，升道员。二十年（1894），经刘坤一奏报交吏部带领引见。二十一年（1895），进京赴引，以知府发往江苏补用。二十三年（1897），奖叙花翎。二十七年（1901），补授淮安府知府。二十九年（1903），署理徐州府知府。三十一年（1905），署理扬州府知府。

臣恩寿，附片陈明。伏乞圣鉴。谨奏。

（朱批：）吏部知道。[①]

光绪二十九年七月十四日，奉朱批：吏部知道。钦此。[②]

1450. 请准总兵何明亮仍回本任片

光绪二十九年六月二十二日（1903 年 8 月 14 日）

再，本任江西赣南镇总兵何明亮前因赣县教堂被毁，弹压不力，奉旨撤任。该总兵自奉撤后，经前督臣刘坤一调赴江南差遣，深知愧奋。赣南地当冲要，该总兵熟悉情形，足资震摄，可否仰恳天恩饬令何明亮仍回江西赣南镇总兵本任供职，以重地方，出自逾格鸿施。

谨会同江西护抚臣柯逢时，附片具奏。伏乞圣鉴训示。谨奏。[③]

1451. 奏报整顿土药厘捐情形片

光绪二十九年六月二十二日（1903 年 8 月 14 日）

再，江苏徐州府属抽收土药厘捐，业将光绪二十八年九月底以前所收捐款照章奏报在案。兹据办理徐州土药统捐局江宁布政使李有棻、徐州道桂嵩庆详称：新土上市之时，南客因川、浙各省失收，纷纷来徐收买，自十月旺市过后，本处土药稀少，价值更形昂贵，复经严饬各局员多方劝谕，乡民乘价出售，而南路客商亦接续放价收买，并委员弁四出巡缉，认真防范，以保正捐。计自光绪二十八年十月初一日起至本年三月底止，各局共收银十一万三千六百九十三两一钱八分一厘，连同上半年三月至九月所

①台北故宫博物院藏：《军机及宫中档》，文献编号：408007255-0-B。

②中国第一历史档案馆藏：《录副奏片》，档号：03-5419-123。

③中国第一历史档案馆藏：《录副奏片》，档号：03-5957-045。

收银两，统共自二十八年四月初一日起至二十九年三月底一年截数之日止，计收银二十九万二千四百十八两七钱五分一厘。除先后解赴户部兑收银二十万两及照案开支各项经费、汇费外，余存未解银两，即当照数扫解清款。至出省加捐一项，本系听商自便，只因各省捐数均轻，是以报捐寥寥等情。详请具奏前来。

臣覆加查核，该司道所详委系实情，除饬严督各卡员竭力整顿、核实征解外，理合会同江苏巡抚臣恩寿，附片陈明。伏乞圣鉴。谨奏。

(朱批：) 户部知道。[①]

光绪二十九年七月十四日，奉朱批：户部知道。钦此。[②]

1452. 奏报徐属罂粟收成歉薄片

光绪二十九年六月二十二日（1903 年 8 月 14 日）

再，据办理徐州土药统捐局务江宁布政使李有棻、徐州道桂嵩庆详称：本年徐属罂粟去冬为冰雪冻伤，早种者均未出土，今春得雨滋培，甫有发生之象，而二月初旬以后，天气异常寒冷，科苗遂多黄萎。及至四月，气候调和，稍见长发，乃扬花结苞之时，忽被连日阴雾浸损，苞粒瘦小，刮浆无多，收成歉薄，通境牵计，约有三四分收成。据印委各员先后禀报，履勘相同。现值新土上市，商民交易无多。沪镇一带，市面壅滞，价值低廉，无利可沾，是以来徐收买者较之上年大减。其已来贩货之客，又多意存观望，交易寥寥。惟有督饬局员设法招徕，核实征解，并随时派委干员前往稽查，以杜弊窦而重饷需等情。详请具奏前来。

臣覆核无异，理合会同江苏抚臣恩寿，附片陈明。伏乞圣鉴。谨奏。

---

①台北故宫博物院藏：《军机及宫中档》，文献编号：408007254-0-A。

②中国第一历史档案馆藏：《录副奏片》，档号：03-6514-013。

（朱批：）户部知道。[①]

光绪二十九年七月十四日，奉朱批：户部知道。钦此。[②]

1453. 奏报查办山阳因捐罢市缘由片

光绪二十九年六月二十二日（1903年8月14日）

再，据淮扬海道沈瑜庆[③]禀称：山阳县河下地方，因县差催收铺捐迫切，与人口角，适有谣传免办各捐之说，愚民信以为真，借口鼓众先在河下罢市，旋即结队入城，迫令城内铺户一律闭歇。该署县孙籛龄时值患病请假，经淮安府知府张庆勋饬委府署发审委员知县陆景澄劝解。陆景澄不将实情禀府，以致群情汹汹，拥入府署喧闹，并赴该员寓所抄毁，城守各营坐视不理，乡民愈聚愈众。该道闻报驰往，出示晓谕，督同各绅开导，众即解散，城厢各铺户亦即照常开市，民心安定。由道查明前情禀报，当经臣批饬严提县差解道讯办，一面查拿滋事首要，分别究惩。其余附和之徒，概予免究，以定人心。并将县委及同城武职各员先行撤省。所有各属铺捐饬由该道移会司局，量为区别，妥议详覆核办，以示体恤。兹据开缺藩司李有棻查明滋事情形，详请参办前来。

伏查创设各捐，事非得已，而捐及市廛，尤属易滋弊窦。开缺藩司李有棻上年到任后，即已熟筹及此，以赔款固当兼顾，捐数必须从宽，于护理督篆时请将江、淮、扬、徐、海、通六府州

①台北故宫博物院藏：《军机及宫中档》，文献编号：408007254-0-B。

②中国第一历史档案馆藏：《录副奏片》，档号：03-7402-058。

③沈瑜庆（1858—1918），字爱苍、志雨，号涛园，谥敬裕，福建侯官县（今福建福州）人。光绪十一年（1885），中式举人。十五年（1889），充刑部广西司行走。二十七年（1901），补授江苏淮扬道。同年，护理漕运总督。二十九年（1903），兼理淮安关监督，旋迁湖南按察使。同年，升顺天府尹。三十一年（1905），补山西按察使。同年，调补广东按察使。三十二年（1906），升江西布政使。三十三年（1907），署江西巡抚。宣统元年（1909），补授贵州布政使。三年（1911），补河南布政使，未到任。同年，擢贵州巡抚。辛亥后，避居上海，以遗老自命。民国四年（1915），回籍，总纂《福建通志》。七年（1918），卒于沪。有《涛园集》传世。

属住房一律免捐。其州县各乡小镇，无论铺捐、房捐，概行停止。至城市、大镇铺捐，其有小本贸易及手艺营生各小户亦均剔除，会同江苏抚臣恩寿奏明在案。

该司此举实欲为国家固结人心，为地方培养元气，故各州县民心悦服，收缴已及一年，相安无事。此次山阳县民聚众罢市，虽因县差收捐迫切，亦由误听谣传所致。该署县孙钱龄抱病在署，不及查究，尚非知情故纵，业已撤任，应请免议。试用知县陆景澄系原查该县捐户之员，办理苛刻，民怨已深，及其奉委劝解，又复徇情朦蔽，实属荒谬。漕标中军副将吴炳辰、右营游击阎兆祥，坐视乡民麇聚入城滋闹，始终不出弹压，几酿事端，均属营务废弛，不知振作，相应请旨将知县陆景澄、副将吴炳辰、游击阎兆祥一并革职，以示惩儆。

除再饬该道府密访滋事首要，按名务获惩办以儆刁顽外，所有山阳县民因捐罢市查办情形，谨会同署理漕督臣陆元鼎、江苏抚臣恩寿，附片具陈。伏乞圣鉴训示。再，漕标中军副将、右营游击各员缺，江省现有应补人员，应请扣留外补。合并陈明。谨奏。

(朱批：) 着照所请，该部知道。①

光绪二十九年七月十四日，奉朱批：着照所请，该部知道。钦此。②

1454. 奏报江海关经理四国还款等情折

光绪二十九年六月二十四日（1903 年 8 月 16 日）

头品顶戴南洋大臣两江总督臣魏光焘跪奏，为光绪二十八年分江海关经理四国还款，并垫放续借英德款不敷各数，恭折具陈

①台北故宫博物院藏：《军机及宫中档》，文献编号：408007254-0-C。

②此朱批日期与内容，据《军机处随手登记档》（档案编号：03-0317-1229-218）校补。

仰祈圣鉴事。

窃前准户部咨：各省关认还俄法、英德两款，每年匀作两次、四次，分别于九月、十一月一律解清，均赴江海关道交纳，按年造册奏咨报部等因。业经前督臣将该关光绪二十二三四五六七等年经收各省司、道、关、局解到银数，付还俄法、英德两款本息以及实存数目，分造清册奏咨。嗣准部咨：俄法、英德借款镑价昂贵，原拨共银一千二百万两，内除盐斤加价、加放俸饷、闱姓捐输三款，仍以银二百万两划拨还款，免其再行加拨。此外，各省关原拨尚应解银一千万两，按二成五加拨，计银二百五十万两，均令该省关自光绪二十六年起，随同原拨银数及原定限期，分别汇解江海关道兑收等因，又经转饬遵照各在案。

兹据江海关道袁树勋详称：光绪二十八年分，应还俄法、英德两项本息，均经由关按期购镑分付。所有各省司、道、关、局解到二十八年分俄法还款，共计库平银五百八十七万九千六百六十六两有奇，英德还款共计库平银七百九十九万四千一百四十两有奇，按照原拨、加拨之数，除两淮运司及江海关加拨银两短解未筹之数仍请邀免核计外，尚有闽海关欠解加拨项下俄法款银四万两、英德款银六万两，并旧欠二十六七两年俄法、英德原加拨银三十二万四千两；福建藩司欠解加拨项下俄法款银二万五千两、英德款银三万五千两，及旧欠二十六七两年俄法、英德加拨银十二万两；九江关欠解二十八年原加拨俄法款银七万七千两、英德款银十三万两，暨旧欠二十六七两年俄法、英德原加拨银三十一万三千七百五十两；山东运司欠解二十八年二月分英德款内短平银二十六两有奇。余均一律照数解清，并无蒂欠。至福建藩司及闽海、九江两关积欠银两，均未解清。

现在俄法还款不敷甚巨，英德还剩余银无几，应俟各省关如数补解，以清欠款，遵照部咨详造清册两分，计俄法一册，连旧管共收规平银六百五十二万二千六百九十二两有奇，共放规平银七百六十八万九千四百二十九两有奇，以收抵支，尚不敷规平银一百十六万六千七百三十六两有奇。此项还款逐年加增，前数年各省关解到银两尚可抵支，乃因佛郎价值渐涨，以二十八年分较二十七年分还数多至百十余万，关库既属异常支绌，前项不敷银两无从挪垫，而英德还剩余银又仅敷下届一期之用，亦难借拨。惟有新案赔款项下奉提各关常、洋两税增收银两以及全漕改折等项，如数存储，尚未动用，先经电禀外务部、户部准将前项增税银两留抵续借英德、俄法洋款镑价不敷之需，业将俄法还款不敷之数在于各关解到增税内提用，以应急需。英德一册，连旧管共收规平银一千一百三十四万五千三百九两有奇，共放规平银八百四十一万九千三百五十二两有奇，并垫放续借英德还款不敷规银二百十一万四千五百八十两有奇，共合规银一千五十三万三千九百三十二两有奇，以收抵放，应存规银八十一万一千三百七十六两有奇，内除长芦运司二十二年解款短交未归规银五十七两有奇，净存规平银八十一万一千三百十八两有奇等情。详请奏咨前来。

臣覆核无异，除将册、折咨送外务部、户部查照并分别催解外，理合会同江苏巡抚臣恩寿，恭折具陈。伏祈皇太后、皇上圣鉴。谨奏。光绪二十九年六月二十四日。

（朱批：）该部知道。①

光绪二十九年七月十五日，奉朱批：该部知道。钦此。②

1455. 请以陶在铭升补邳州知州折

光绪二十九年六月二十四日（1903年8月16日）

头品顶戴两江总督臣魏光焘、江苏巡抚臣恩寿跪奏，为拣员升补沿河要缺知州，恭折仰祈圣鉴事。

窃江苏邳州知州孔祥霖于光绪二十八年十月十四日丁母忧，归十月分截缺。所遗邳州知州系冲、难沿河要缺，例应在外拣选

①台北故宫博物院藏：《军机及宫中档》，文献编号：408007258。

②中国第一历史档案馆藏：《录副奏折》，档号：03-6698-020。

调补。该州地方辽阔，民情强悍，政务殷繁，非精明干练之员，不足以资治理。查江苏省并无简缺知州可调，即候补人员内亦难其选。惟查有在任卓异候升之现任铜山县知县陶在铭，年五十五岁，浙江会稽县举人。光绪四年，报捐知县，指分江苏试用。是年十一月，蒙钦派王大臣验放，照例发往，五年闰三月到省。四月，丁父忧回籍。八年三月，服满回省。九年八月，丁继母忧回籍。十一年，遵海防例，加捐新班即用，并免试用。十二年，服满回省。十四年，准补高淳县知县，十五年二月到任。先于十二年分海运案内出力，保以直隶州知州在任补用。十七年六月初五日奉旨：依议。钦此。十八年大计案内保荐卓异。十九年，调补铜山县知县，经部议准，是年六月到任。因苏、浙赈捐案内出力，保准俟补直隶州知州后以知府用。旋于拿获巨匪巩立德案内，保俟离直隶州任过知府班后，加盐运使衔。二十二年十一月二十六日奉旨：依议。钦此。二十六年二月，以卓异俸满请咨赴部，四月十二日引见，奉旨：着回任，准其卓异加一级，仍注册候升。钦此。五月初六日回省缴照，闰八月初六日回任。二十七年，于报效昭信股票案内加捐道员不论双单月选用，并免离任。该员系卓异回任候升人员，例得先尽升用。查该员才具优长，办事稳练，以之升补邳州要缺知州，洵堪胜任，与例相符。据藩、臬两司会详请奏前来。

臣等往返函商，意见相同，合无仰恳天恩俯念员缺紧要，人地实在相需，准以铜山县知县陶在铭升补邳州知州，于河工、地方均有裨益。如蒙俞允，该员系卓异回任候升人员请补知州，衔缺相当，毋庸送部引见。其铜山县本任内并无积案未清及欠解钱粮、承审案件，亦无承缉盗案已起降调、革职、参限情事。谨会同署理漕运总督臣陆元鼎，合词恭折具陈。伏乞皇太后、皇上圣鉴训示。再，所遗铜山县要缺知县，应俟奉部截缺后，另行拣员请补。合并陈明。谨奏。光绪二十九年六月二十四日。

（朱批：）吏部议奏。①

光绪二十九年七月十五日，奉朱批：吏部议奏。钦此。②

1456. 请以宋学亮补授水师都司折

光绪二十九年六月二十四日（1903 年 8 月 16 日）

头品顶戴两江总督臣魏光焘跪奏，为拣员请补水师都司员缺，恭折仰祈圣鉴事。

窃内河水师东海营都司陈吉顺降补，遗缺接准部咨系题补第一轮第一缺，轮用尽先人员，行令拣补等因。伏查是缺都司系内河水师要缺，有查看海口、巡缉洋面之责，非熟悉情形之员，难期胜任。江苏水师现在虽有尽先都司胡明德、聂春泉二员，均年逾甄别之年，未便迁就请补，此外并无保有尽先游击一项及军政卓异堪补人员，应照例过班用第四缺，拣发班补用人员内拣补。

查有内河水师补用都司庙湾营守备宋学亮，年五十一岁，江南上元县人。由行伍随剿出力，洊保蓝翎尽先守备，光绪十二年到标，咨部复准应归江南内河水师序补。二十一年，准补庙湾营守备员缺。二十四年，江北漕粮河运出力案内，前督臣刘坤一奏保以都司在任补用，经部议准。该员年力富强，操防得力，于东海地方亦称熟悉，以之请补是缺，洵堪胜任，核与例章相符，合无仰恳天恩俯准以补用都司庙湾营守备宋学亮补授内河水师东海营都司员缺，实于营伍、地方均有裨益。如蒙俞允，俟部覆至日，即行给咨送部引见，以符定制。

除该员履历送部查核外，谨会同署漕运督臣陆元鼎，恭折具陈。伏乞皇太后、皇上圣鉴训示。再，所遗庙湾营守备员缺，应请扣留，容臣另行拣员请补。合并陈明。谨奏。光绪二十九年六月二十四日。

---

①台北故宫博物院藏：《军机及宫中档》，文献编号：408007259。

②中国第一历史档案馆藏：《录副奏折》，档号：03-5419-138。

（朱批：）兵部议奏。[1]

光绪二十九年七月十五日，奉朱批：兵部议奏。钦此。[2]

1457. 奏报金陵关一百六十六结税厘折

光绪二十九年六月二十四日（1903年8月16日）

头品顶戴南洋大臣两江总督臣魏光焘跪奏，为金陵关第一百六十六结期满经征税厘，缮具收支清单，恭折仰祈圣鉴事。

窃照江宁设关通商，业将一百六十五结以前收支数目开单奏报在案。兹据金陵关道徐树钧详称：自光绪二十七年十一月二十二日起至二十八年二月二十二日止，系一百六十六结期满，所有征收各国商船及华商船只进出口正、半各税钞，并征收华、洋船、洋药厘金，暨照章提支倾镕火耗及月需经费，并拨解各项银两，分别开造册折，详请奏咨前来。

臣覆核无异，谨分缮清单，恭呈御览。除将原册咨送外务部、户部、户科查照外，理合会同江苏抚臣恩寿，恭折具陈。伏乞皇太后、皇上圣鉴。谨奏。光绪二十九年六月二十四日。

（朱批：）该部知道，单二件并发。[3]

光绪二十九年七月十五日，奉朱批：该部知道，单二件并发。钦此。[4]

1458. 呈一百六十六结收支药厘清单

光绪二十九年六月二十四日（1903年8月16日）

谨将金陵关自光绪二十七年十一月二十二日起至二十八年二月二十二日止一百六十六结期满并征洋药厘金收支数目，分别缮

①台北故宫博物院藏：《军机及宫中档》，文献编号：408007256。

②中国第一历史档案馆藏：《录副奏折》，档号：03-5957-086。

③台北故宫博物院藏：《军机及宫中档》，文献编号：408007257。

④中国第一历史档案馆藏：《录副奏折》，档号：03-6421-006。

具清单，恭呈御览。

计开

旧管：一、上结册报存药厘银十万四千一百七十六两八钱六分四厘。

新收：一、收洋商船只进口洋药厘金银九千七百四十四两。

一、收华商船只进口洋药厘金银七千二百六十四两。

以上共收银一万七千八两。

开除：一、放留支减半倾耗银一百二两四分八厘。

一、放倾耗项下六分防费改付赔款银一百二两四分八厘。

一、放汇解防费至沪汇费银九钱一分八厘四毫三丝二忽。

以上共放银二百五两一分四厘四毫三丝二忽。

实在：一、存药厘银十二万九百七十九两八钱四分九厘五毫六丝八忽。

以上银两须凑解奉拨赔款之用，理合声明。

(朱批：) 览。[①]

1459. 呈一百六十六结税银收支清单

光绪二十九年六月二十四日 (1903 年 8 月 16 日)

谨将金陵关自光绪二十七年十一月二十二日起至二十八年二月二十二日止一百六十六结期满经征各项税钞收支数目，分别缮具清单，恭呈御览。

计开

旧管：一、上结册报存正税银五万五千六十五两一分七毫六丝六忽。

一、上结册报存应解部土药税银三十二两九钱。

以上共存银五万五千九十七两九钱一分七毫六丝六忽。

①中国第一历史档案馆藏：《单》，档号：03-6421-007。

新收：一、收洋商船只进出口正税银一万三千二百五十三两六钱八分六厘。

一、收洋商船只复进口半税银六百五十七两三钱七分三厘。

一、收洋商船只洋药正税银三千六百五十四两。

一、收洋商船钞银四百九十六两。

一、收华商船只进出口正税除存票抵完外，计银一万二千九百三十五两二钱五分二厘。

一、收华商船只复进口半税除存票抵完外，计银一千五百九十二两一分九厘。

一、收华商船只洋药正税银二千七百二十四两。

一、收华商船只土药复进口税银三两六钱四分。

一、收华商船钞银七十八两一钱。

一、收洋货入内地子口税银五两二厘。

一、收土货出内地子口税银七十一两三钱。

以上共收各项税钞银三万五千四百七十两三钱七分二厘。

开除：一、解江海关奉拨美国赛会经费银一万两。

一、解江海关奉拨各国赔款银二万四千九百九十九两九钱九分一厘二毫。

一、解江海关奉提增收进口洋税凑作赔款银二百四十两六钱二分四厘。

一、放金陵关税司转解总税司七成船钞银四百一两八钱七分。

一、解外务部三成船钞银一百七十二两二钱三分。

一、提存应解户部土药税银三两六钱四分。

一、放留支减半倾耗银二百九两三钱七分七厘六毫三丝二忽。

一、放倾耗项下六分防费改解赔款银二百九两三钱七分七厘六毫三丝二忽。

一、放奉拨提解各款汇费银三百十九两四分九厘九毫三丝五忽。

一、放光绪二十七年十一月二十二日起至二十八年二月二十一日止三个月关卡月用薪粮等项经费银四千四百四两。

以上共放银四万九百六十两一钱六分三毫九丝九忽。

实在：一、实存正税银四万九千五百七十五两二钱二分二厘三毫六丝七忽。

以上银两存备凑解各款之用。

一、存应解部库土药税银三十六两五钱四分。

以上银两积有成数，再行批解。理合登明。

(朱批：) 览。[1]

1460. 奏报盐枭吴华斋自尽缘由片

光绪二十九年六月二十四日（1903 年 8 月 16 日）

再，据皖岸督销总局委员江苏候补道程和祥禀称：近来私盐侵灌，官引滞销，非清其私源，去其巨蠹，难期整理。查有盱眙县劣绅吴华斋即吴增荣，向在五河开设吴永厚盐行，借官售私，于该县属之马家冈地方盘踞，屯私包运，恳请密拿重惩，并先据前任两淮运司程仪洛电禀，吴华斋，皖北著名巨枭，贩私蚀课，为害甚大，各等情。当查吴华斋即吴增荣，借开盐行，售私侵灌，久为盐务之蠹，经前督臣刘坤一、署督臣张之洞饬县查封驱逐，如敢潜回，即行拿究在案。吴华斋怙恶不悛，仍敢复回盘踞，屯私如故。其平日广布财贿，声息灵捷，往往闻拿远扬，经臣密委会县往拿获解到省，发交上元县讯供详办。乃该犯吴华斋情虚畏罪，于未审讯之先遽行服毒自尽。饬据上元、江宁二县会同验讯明确，该犯向吸洋烟，委系私将随带烟膏潜服毙命，看役人等并无凌虐情弊等情。具报前来。

臣查私枭充斥，必有屯积之所。该犯吴华斋屯私有年，恶迹昭著，就获之后，本待讯明严惩，以肃鹾纲而戢枭焰。今既畏罪

---

①中国第一历史档案馆藏：《单》，档号：03-6421-008。

自尽，应毋庸议。除将盐务督饬运司暨各局员认真整理外，理合会同安徽巡抚臣聂缉槼，附片陈明。伏乞圣鉴。谨奏。

(朱批：) 知道了。[①]

光绪二十九年七月十五日，奉朱批：知道了。钦此。[②]

1461. 请将都司赵楚材开缺勒休片

光绪二十九年六月二十四日 (1903 年 8 月 16 日)

再，定例查办武职军政之年，如有告病乞休，应即勒令休致等语。臣查徐州镇标城守营都司赵楚材，请假多年，迄未销假到任。现当举办军政之期，未便姑容，相应请旨将该都司赵楚材即行开缺，勒令休致，以肃军政。

谨会同署漕运督臣陆元鼎，附片陈请。伏乞圣鉴训示。再，所遗都司员缺，江省现有应补人员，应请扣留，容臣另行拣员请补。合并声明。谨奏。

(朱批：) 着照所请，兵部知道。[③]

光绪二十九年七月十五日，奉朱批：着照所请，兵部知道。钦此。[④]

1462. 请以李维翰署理淮扬海道片

光绪二十九年六月二十四日 (1903 年 8 月 16 日)

再，接准部咨：光绪二十九年闰五月十五日奉上谕：湖南按察使着沈瑜庆补授。钦此。所遗淮扬海道员缺，应行遴员接署，以资治理。查有江苏候补道李维翰，老成练达，堪以派委署理。

①台北故宫博物院藏：《军机及宫中档》，文献编号：408007256-0-A。

②中国第一历史档案馆藏：《录副奏片》，档号：03-6476-013。

③台北故宫博物院藏：《军机及宫中档》，文献编号：408007256-0-B。

④中国第一历史档案馆藏：《录副奏片》，档号：03-5957-087。

除檄饬遵照外，谨会同署理漕运总督臣陆元鼎、江苏巡抚臣恩寿，附片陈明。伏祈圣鉴。谨奏。

(朱批:) 吏部知道。[①]

光绪二十九年七月十五日，奉朱批：吏部知道。钦此。[②]

1463. 奏报檄饬黄建筦即赴新任片

光绪二十九年六月二十四日（1903年8月16日）

再，新授江宁布政使黄建筦，现已抵省，应即饬赴新任，以专责成。除檄饬遵照外，谨会同江苏巡抚臣恩寿，附片陈明。伏乞圣鉴。谨奏。

(朱批:) 知道了。[③]

光绪二十九年七月十五日，奉朱批：知道了。钦此。[④]

1464. 奏明二十五年冬漕海运项经费折

光绪二十九年七月初三日（1903年8月25日）

头品顶戴两江总督臣魏光焘、头品顶戴江苏巡抚臣恩寿跪奏，为查明苏省光绪二十五年冬漕海运项下例支增给各项经费，开单恭折仰祈圣鉴事。

窃照苏省同治二年起至光绪二十四年分止，历届起运漕白粮米征收、动支各款，业经先后开单奏准核销各在案。兹据署苏州布政使效曾、苏松督粮道罗嘉杰[⑤]会详称：苏省海运经费自同治四年奏准每石支销库平银七钱，以后各年叠经奏准加给沙船修费、

---

①台北故宫博物院藏：《军机及宫中档》，文献编号：408007259-0-A。

②中国第一历史档案馆藏：《录副奏片》，档号：03-5419-130。

③台北故宫博物院藏：《军机及宫中档》，文献编号：408007259-0-B。

④中国第一历史档案馆藏：《录副奏片》，档号：03-5419-137。

⑤罗嘉杰，生卒年未详。光绪十七年（1891），保道员。二十四年（1898），代理苏松粮储道。二十五年（1899），兼理苏州馆监督。

天津官剥耗米等款，均于漕项内动支，经费已形支绌。迨同治十二年冬漕起，改办径运赴通州交纳，用款益多，奏经户部复准每石加增银五分，将苏属应解江安粮道库一半节省银两，饬属全行征解苏松粮道库，拨抵此项加增运费。设有不敷，于漕项未提款内拨足等因，历经循办。嗣于光绪二十五年正月间准户部咨，整顿剥船欠米办法案内，议准运通漕粮，每起每船于例给水脚之外，由南省筹备津贴银二两，剥船到通交米有亏耗米不敷抵补，即将此项扣除买米抵交等因，当经转行遵办在案。

兹查光绪二十六年海运，二十五年分交仓漕白正耗，并经耗、剥食等款，共米七十九万三千六百四十五石零，内除提办陕运漕粮五万石，又除存储津栈遭兵被失，并在津办理平粜及存储沪栈折耗请豁，共米一十九万三千三百六十石零。实在由津运通交仓米四十一万一千二十五石零。又兵燹以后，改用火车运京米一十三万九千二百五十九石零，所需商船水脚、神福、天津、通州解支各款，均由苏松粮道督饬在事各员按款支用，核计共用库平银四十一万一千九百七十二两零，内除增给每石五分运费应银二万七千五百一十四两零，遵于江安粮道归苏一半仓项银内动支外，尚该银三十八万四千四百五十七两零，内商船水脚、神福等款，照案以行月等米粜价抵支。其天津、通州用款，则以道库漕项银两抵支。通融核算，尚不逾每石七钱五分之数。今届由津运通漕粮等米共三十一万石，每船装米二百石，共支加给津贴银三千一百两，遵照部咨于道库漕项内动支。此外增给各款，内除民船守候口粮业经裁除外，其余尽于道库漕项内动用，分别列入漕项奏销及季拨各册造报达部，均核与以漕办漕定章相符。所有运陕漕粮开支水脚、运费等款，另行造册详办外，相应造具用过经费各款细册，送部查核等情。详请具奏前来。

臣等复查光绪二十五年分冬漕办运支给各项用款，均系撙节开支，实用实销，尚无逾每石七钱五分之数；增给各款银米，内除民船守候口粮业经奏裁，余照核准之数分别解给，亦无浮滥。

除细册咨送户部，并饬将运陕漕粮另行造册详办外，理合会同署漕运总督臣陆元鼎，恭折具陈，并将用过经费款目总数开列清单，恭呈御览。伏乞皇太后、皇上圣鉴，敕部核销施行。谨奏。光绪二十九年七月初三日。

（朱批：）户部知道，单并发。[1]

光绪二十九年七月二十三日，奉朱批：户部知道，单并发。钦此。[2]

1465. 呈二十五年冬漕海运经费清单

光绪二十九年七月初三日（1903年8月25日）

谨将苏省光绪二十五年分冬漕海运项下解支各款，查照部行，分晰例支、增给各款，开缮清单，恭呈御览。

计开

例支经费项下：每石准销库平银七钱。

光绪二十六年，实在起运二十五年分漕白正耗并经耗、剥食等款，共米五十五万二百八十五石零。

共支商船水脚、神福、天津、通州解支各款库平银三十八万四十四百五十七两零。

增给运费项下：每石准销库平银五分。

光绪二十六年，实在起运二十五年分漕白正耗并经耗、剥食等款，共米五十五万二百八十五石零。

共支增给运费库平银二万七千五百一十四两零。

沙船修费项下：部议核减每石准给银五分。

光绪二十五年，加给沙船修费库平银六千八百八十九两零。

谨查前项沙船运米，按派拨漕粮正耗并经、剥等米数，每石五分计算，实给漕平折库平，共该前数，理合登明。

---

①台北故宫博物院藏：《军机及宫中档》，文献编号：408007268。

②中国第一历史档案馆藏：《录副奏折》，档号：03-6322-001。

新增剥船耗米项下：每石增给米五斗七升五合。

光绪二十五年分，交仓正供漕粮，兵燹前实运米三十万三千六百一十六石零，每石应支剥船耗米五合七勺五抄。该米一千七百四十五石零，按津局收买米价并运费，每石库平银一两三钱零，该银二千四百四十一两零。

谨查前项剥船耗米，奏准无论正供、筹备，一律增给，现仍查照正供漕粮，核算请销。其筹备项下增给耗米，为数无多，毋庸另行开销。理合登明。

新增官剥脚价项下：光绪二十五年分，实送正供交仓漕白正耗并经耗等米，共四十七万四百八十四石零，新合洪斛米三十七万六千三百八十七石零。新增剥价京平银五分，实支京平折合库平银一万七千六百九十两零。新增剥船加给津贴项下，每船准销库平银二两。

光绪二十五年实运交仓漕粮、正耗等米三十一万石，每船装米二百石，新增每起每船加给津贴银二两，共支库平银三千一百两。

（朱批：）览。[①]

1466. 请以许祐身调补苏州府知府折

光绪二十九年七月初三日（1903年8月25日）

头品顶戴两江总督臣魏光焘、头品顶戴江苏巡抚臣恩寿跪奏，为拣员调补省会要缺知府，恭折仰祈圣鉴事。

窃准部咨：光绪二十九年四月初二日奉上谕：江苏苏州府知

①中国第一历史档案馆藏：《单》，档号：03-6322-002。

府员缺紧要，着该督抚于通省知府内拣员调补，所遗员缺着丁之栻[①]补授。钦此。钦遵在案。查苏州府系省会首郡，管辖一厅九县，政务殷烦，兴利除弊，治理不易，且时有发审案件，必须精明练达、为守兼优之员，方足以资表率。

臣等督同藩、臬两司，在于通省现任正途知府内逐加遴选，查有松江府知府许祐身[②]，年五十四岁，浙江仁和县附贡生，遵例报捐主事，签分刑部行走。同治癸酉科顺天乡试，中式举人。嗣因回避堂兄，改掣工部。光绪十五年，恭办大婚典礼，保以本部主事无论题、选、咨、留，遇缺即补，并加四品衔。十七年，奏补屯田司主事。十九年，充会典馆纂修官。二十一年，题升都水司员外郎。二十三年，京察一等，奉旨记名以御史用。钦此。十月，恭办万寿庆辰典礼，保加三品衔，并戴花翎，随带加二级，充宝源局监督。二十四年，因恭修会典全书过半，保俟补御史后，作为历俸期满。二十五年，补授山东道监察御史。二十六年十二

---

①丁之栻（1838—?），字次轩，号筱川，直隶武清县（天津市武清区）人。咸丰十一年（1861），拔贡，以七品小京官用。同治元年（1862），到户部学习。四年（1865），选七品小京官。七年（1868），充户部额外主事。十年（1871），保主事。十二年（1873），丁母忧。光绪元年（1875），以主事候补。九年（1883），补户部云南司主事。十年（1884），升户部江西司员外郎。十一年（1885），迁户部陕西司郎中。同年，丁父忧，回籍终制。十四年（1888），补授户部浙江司郎中。十五年（1889），保御史。十六年（1890），补授江南道监察御史。同年，保繁缺知府。二十一年（1895），授礼科给事中。二十三年（1897），保道员。同年，补吏科掌印给事中。二十九年（1903），放江苏苏州府知府，嗣补江苏松江府知府。

②许祐身（1849—?），浙江仁和县（浙江省杭州）人，初由贡生报捐主事，签分刑部行走。同治十二年（1873），中式举人。光绪十五年（1889），保主事，并加四品衔。十七年（1891），补屯田司主事。十九年（1893），充会典馆纂修官。二十一年（1895），题升都水司员外郎。二十三年（1897），京察一等，记名以御史用，加三品衔，并戴花翎，随带加二级，充宝源局监督。二十四年（1898），因恭修会典全书过半，保俟补御史后，作为历俸期满。二十五年（1899），补授山东道监察御史。二十六年（1900），巡视南城。二十七年（1901），转掌江南道监察御史，署礼科给事中，协理京畿道事务。同年，转掌京畿道监察御史，署户科掌印给事中。二十八年（1902），补授江苏扬州府知府。二十九年（1903），调补苏州府知府。三十二年（1906），署理广信府知府。三十四年（1908），署饶州府知府。宣统元年（1909），调署江西梧州府知府。二年（1910），署建昌府知府。

月，奉旨巡视南城。二十七年，转掌江南道监察御史，署礼科给事中，协理京畿道事务。九月，转掌京畿道监察御史，署户科掌印给事中。二十八年三月初一日奉上谕：江苏扬州府知府员缺，着许祐身补授。钦此。领凭起程，因前留京办事，保加一级纪录二次。五月十五日，到宁缴凭，因与漕运总督臣陈夔龙系属姻亲，奏明回避，请旨简调。六月初十日奉朱批：许祐身着调补松江府知府。钦此。二十八年八月初一日到任。该员稳练精明，办事切实，以之调补苏州府知府，洵堪胜任。虽本任历俸未满三年，惟系请调省会首府，向不计扣年限，且地实在相需，例得专折奏请。据署苏州布政使效曾、署江苏按察使朱之榛会详请奏前来。

合无仰恳天恩俯念员缺紧要，准以松江府知府许祐身调补苏州府知府，实于省会要缺有裨。该员系现任知府请调知府，衔缺相当，毋庸送部引见。一切因公处分，例免核计。所遗松江府知府员缺，应遵谕旨即以丁之栻补授。

除咨吏部查照外，谨合词恭折具奏。伏乞皇太后、皇上圣鉴训示。谨奏。光绪二十九年七月初三日。

（朱批：）吏部议奏。①

光绪二十九年七月二十三日，奉朱批：吏部议奏。钦此。②

1467. 请以沈曾植调补南昌府知府折

光绪二十九年七月初八日（1903 年 8 月 30 日）

两江总督臣魏光焘、新授广西巡抚护理江西巡抚臣柯逢时跪奏，为首府要缺需员，遵旨拣员调补，恭折仰祈圣鉴事。

窃臣接准部咨：钦奉上谕：江西南昌府知府员缺紧要，着该督抚于通省知府内拣员调补，所遗员缺着关以镛补授。钦此。查南昌府为附省首郡，管辖一州七县，政务殷繁，且时有发审案件。

①台北故宫博物院藏：《军机及宫中档》，文献编号：408007269。

②中国第一历史档案馆藏：《录副奏折》，档号：03-5420-052。

现在办理新政，必得精明练达、为守兼优之员，方足以资治理，遵于通省实任繁、简知府内逐加遴选，非现居要缺，即人地不宜，并无堪调人员。

查例载：调补首府之员，无论缺项是否相同及历俸已、未满年限，俱准调补等因。自应通融请调。查有新授广信府知府沈曾植①，年五十一岁，浙江嘉兴县人，由监生中式同治十二年癸酉科顺天乡试举人。光绪六年，庚辰科进士，奉旨以部属用，签分刑部贵州司行走，学习期满奏留，历奉派充稽察上谕处差、贵州司正主稿，会典馆画图处总纂，由部保送总理衙门章京引见记名，补授刑部贵州司主事，传补总理各国事务衙门章京，题升刑部安徽司员外郎、江苏司郎中，由总理各国事务衙门保奏作为历俸期满，并俟截取知府得缺后，在任以道员补用，派充同文馆帮提调，截取引见，奉旨记名以繁缺知府用。二十三年，京察一等。八月丁母忧。会典全书过半出力，保加三品衔。服满起复，充外务部庶务司额外掌印，兼署主稿，借补和会司员外郎，充庶务司主稿。二十九年正月二十一日奉上谕补授江西广信府知府，领凭到省，委署南昌府知府印务。该员学问渊深，讲求刑律，熟悉交涉事务，

①沈曾植（1850—1922），字子培，号乙庵，浙江嘉兴人，监生出身。同治十二年（1873），中顺天乡试举人。光绪六年（1880），中式进士，签分刑部贵州司行走，学习期满奏留，历奉派充稽察上谕处差、贵州司正主稿，会典馆画图处总纂，由部保送总理衙门章京引见。十八年（1892），补授刑部贵州司主事。十九年（1893），补总理各国事务衙门章京。同年，升刑部安徽司员外郎。二十一年（1895），迁刑部江苏司郎中。二十三年（1897），丁母忧。二十四年（1898），保加三品衔。服满起复，充外务部庶务司额外掌印，兼署主稿。二十七年（1901），调补外务部和会司员外郎。二十九年（1903），放江西广信府知府。同年，调补江西南昌府知府。三十年（1904），署理督粮道。三十二年（1906），署理盐法道，迁安徽提学使，署理江西按察使，简安徽布政使。同年，护理安徽巡抚。民国六年（1917），授学部尚书。十一年（1922），卒于沪。著有《汉律辑补》《晋书刑法志补》《辽金元三史》《海日楼诗集》《海日楼文集》《海日楼札丛》《海日楼题跋》《海日楼藏书目》《茵阁琐谈》《札记》等行世。

以之调补南昌府知府，实堪胜任。据署藩司陈庆滋[①]、署臬司周学铭[②]会详前来。

合无仰恳圣恩俯准以沈曾植调补南昌府知府。如蒙俞允，该员系奉旨简放人员，于南昌府知府人地实在相宜，应免扣历俸，通融调补，衔缺相当，毋庸送部引见。所遗广信府知府员缺，遵旨即以关以镛补授。臣等谨合词恭折具陈。伏乞皇太后、皇上圣鉴训示。谨奏。光绪二十九年七月初八日。

（朱批：）吏部议奏。[③]

光绪二十九年七月二十五日，奉朱批：吏部议奏。钦此。[④]

1468. 奏明苏省上年征收漕白二粮折

光绪二十九年七月十六日（1903年9月7日）

头品顶戴两江总督臣魏光焘、头品顶戴江苏巡抚臣恩寿跪奏，为查明苏省光绪二十八年分征收漕、白二粮本折实数及折漕运费等银，陆续解交江海关兑收候拨办理情形，恭折驰陈仰祈圣鉴事。

窃查案准户部咨，妥筹南漕运京，议令江、浙两省于所征本色共留京斛漕粮一百万石，白粮在内，由海运京，余仍全数改折

---

①陈庆滋（1833—?），湖北江夏县（武汉市）人。初由监生报捐主事。咸丰六年（1856），经湖北巡抚胡林翼调赴军营差委。七年（1857），以军功保同知。同治元年（1862），指捐分发江西。五年（1866），报捐知府。七年（1868），经左宗棠札调赴营差委，以功奏留直隶补用，署定州知州、冀州知州、永平府知府。光绪三年（1877），加盐运使衔。十三年（1887），补正定府知府。二十一年（1895），补授永定河道，加二品顶戴。二十五年（1899），补授贵州按察使。二十八年（1902），调补江西按察使。二十九年（1903），署江西藩司。

②周学铭（1859—1911），字味西，安徽建德人。同治三年（1864），补县学生员。光绪十四年（1888），中举。十八年（1892）中式进士，改庶吉士，散馆以知县用。二十四年（1898），署四川江津县知县，调补四川省蓬溪县知县。嗣加二品衔，改江西候补道。二十七年（1901），署理江西按察使。三十年（1904），因父周馥时任两江总督，循例回避，改湖南候补道。宣统三年（1911），卒于芜湖。编有《建德县志》存世。

③台北故宫博物院藏：《军机及宫中档》，文献编号：408007270。

④中国第一历史档案馆藏：《录副奏折》，档号：03-5420-086。

南米，现在较前奇涨，所折之价亦须较前为优，增价若干，奏明立案等因，即经转饬司道议请仍照上年成案，苏省认运六成本色米六十万石，白粮在内，其余漕粮改征折色，连同运费银两，一并存储司库候拨，业经核明该年起运交仓本折银米各数专折奏报，并声明容俟核有确数，另行详办。嗣准部咨折漕米价及水脚运费等银，应令如数提解沪关，专款存储备拨等因，复经转饬遵办各在案。

兹据署苏州布政使效曾详称：苏省改折漕粮项下交仓正耗并津剥食、余米、船耗等款，共米二十二万一千六百三十二石零，按照该年漕价每石以二两九钱折价，共库平银六十四万二千七百三十四两零，加以水脚、运费库平银一十四万七千二百四十四两零，共可得银七十八万九千九百七十九两零，遵饬由司分批解交江海关兑收，存候拨用。其本色项下实运漕、白交仓正耗米六十万石，又津通经剥、食、耗三款米一万六千二百二十二石零，筹备二升余米一万二千石，商船耗米四万九千四百四十石零，开具改折漕米数目清折，详请奏咨前来。

臣等复查无异，除咨户部查照并饬将改折漕米银两陆续解交江海关兑收候拨，其本色米石交商轮承运北上无误正供外，谨会同署漕运总督臣陆元鼎，恭折由驿驰陈。伏乞皇太后、皇上圣鉴训示。谨奏。光绪二十九年七月十六日。

（朱批：）户部知道。[①]

光绪二十九年七月二十五日，奉朱批：户部知道。钦此。[②]

1469. 查明二十六年冬漕海运经费折

光绪二十九年七月十八日（1903年9月9日）

头品顶戴两江总督臣魏光焘、头品顶戴江苏巡抚臣恩寿跪奏，

---

①台北故宫博物院藏：《军机及宫中档》，文献编号：408007271。

②中国第一历史档案馆藏：《录副奏折》，档号：03-6275-037。

为查明苏省光绪二十六年冬漕海运项下例支、增给各项经费，开单恭折仰祈圣鉴事。

窃照苏省同治二年起至光绪二十五年分止，历届起运漕、白粮米征收、动支各款，业经先后开单奏准核销各在案。兹据署苏州布政使效曾、苏松督粮道罗嘉杰会详称：苏省海运经费自同治四年奏准每石支销库平银七钱，以后各年叠经奏准加给沙船修费、天津官剥、耗米等款，均于漕项内动支，经费已形支绌。迨同治十二年冬漕起改办径运赴通州交纳，用款益多，奏经户部复准每石加增银五分，将苏属应解江安粮道库一半节省银两，饬属全行征解苏松粮道库，拨抵此项加增运费。设有不敷，于漕项未提款内拨足等因，历经循办。嗣于光绪二十七年津京兵燹之后，奉部奏准海运米石运抵塘沽，改由铁路火车径运京仓交兑，所有增给剥船户耗米价银及加给剥船户津贴银两等款停止开销。其余例支各款，仍照旧章核给等因，奉经遵照办理。

兹查光绪二十七年海运二十六年分漕、白正耗并经耗剥食等款，共米七十八万八百九十石零，内除二十六年提前预办陕运白粮一万二百九十七石零，又先后两次奉饬改折漕粮米三十八万七千七百五十石零，又截拨苏省济赈漕粮正耗米四万一千六十六石零；其陕运白粮及改折拨赈等漕粮应支经费，另行分别造报，并不开支经费外，实在起运漕、白正供并经耗、剥食等款共米三十四万一千七百七十六石零，全归轮船装运。所需商船水脚、神福、犒赏并津京解给各款，共用库平银二十五万五千九百八十一两零，内除增给每石五分运费应银一万七千八十八两零，遵于江安粮道归苏一半仓项银内动支外，尚该银二十三万八千八百九十二两零，内商船水脚、神福等款照案以行、月等米粜价抵支。其津京交米用款，则以道库漕项银两抵支。通融核算，尚不逾每石七钱五分之数。今届实运京漕粮正、耗等米共二十七万七千九百二十七石零，共支新增剥价银一万四百五十两零，遵照部咨于道库漕项内动支。此外增给各款，内除民船守候口粮业经裁除外，其余尽于道库漕项内动用，分别列入漕项奏销及季拨各册造报达部，均核与以漕办漕定章相符。所有本届支销细数，遵照部行造具分款细册，送部查核等情。详请具奏前来。

臣等复查光绪二十六年分冬漕办运支给各项用款，均系撙节开支，实用实销，尚无逾每石七钱五分之数；增给各款银米，内除民船守候口粮业经奏裁，余照核准之数分别解给，亦无浮滥。

除细册咨送户部外，理合会同署漕运总督臣陆元鼎，恭折具陈，并将用过经费款目总数开列清单，恭呈御览。伏乞皇太后、皇上圣鉴，敕部核销施行。谨奏。光绪二十九年七月十八日。

（朱批：）户部知道，单并发。①

光绪二十九年八月初十日，奉朱批：户部知道，单并发。钦此。②

1470. 呈二十六年冬漕海运经费清单

光绪二十九年七月十八日（1903年9月9日）

谨将苏省光绪二十六年分冬漕海运项下解支各款，查照部行分晰例支、增给各款，开缮清单，恭呈御览。

计开

例支经费项下：每石准销库平银七钱。

光绪二十七年起运二十六年分漕粮正、耗并经耗剥食等款，共米三十四万一千七百七十六石零。

共支商船水脚、神福、犒赏并津京解支各款库平银二十三万八千八百九十二两零。

增给运费项下：每石准销库平银五分。

光绪二十七年起运二十六年分漕粮正、耗并经耗剥食等款，共米三十四万一千七百七十六石零。

①台北故宫博物院藏：《军机及宫中档》，文献编号：408007272。

②中国第一历史档案馆藏：《录副奏折》，档号：03-6322-004。

共支增给运费库平银一万七千八十八两零。

新增官剥、脚价项下：

光绪二十六年分实运京漕粮正、耗并一升车耗米二十七万七千九百二十七石零，折洪斛米二十二万二千三百四十一石零，每石加给京平银五分，实支京平折合库平银一万四百五十两零。

（朱批：）览。①

1471. 奏销江苏留防军需第二十九案折

光绪二十九年七月二十六日（1903 年 9 月 17 日）

头品顶戴两江总督臣魏光焘、江苏巡抚臣恩寿跪奏，为江苏留防军需第二十九案造册报销，恭折具陈，仰祈圣鉴事。

窃照江苏省裁改留防、海防湘、淮马步、水师七十三营旗并哨队，分布扼扎，以备缓急。所有各该营旗应支粮饷正、杂各款，均照楚军营制及历届准销成案，分别核实支给，业将光绪二十五年分用款列为江苏留防第二十八案造册报销，经前督臣刘坤一专折会奏，所有光绪二十六年分前项各营旗仍照案接支。嗣因北路军情紧急，江海防务戒严，并经前督臣先后奏明将裁改之盛字等三十旗，每旗添足五百人，改旗为营。督、提、镇标新兵练军等十三营，各照从前旧额暂行募补足数；复饬自强军马步、炮队各营加添哨队，沿江各炮台添招专勇，暨抚标苏防太湖水陆等营增募勇夫加给薪饷，并添招权字等十九营二哨，以及奉调赴北、赴晋等军应需粮饷正、杂各款，均照楚军营制准销成案，分别核实支给；遵照部咨将原存、新募各营饷项有无增减，开具季报清册，咨部查核各在案。

兹据金陵防营支应局兼办报销事务江宁布政使李有棻等详称：自光绪二十六年正月起，截至是年十二月底止，支过正、杂各款，

①中国第一历史档案馆藏：《单》，档号：03-6322-005。

现经督同委员逐款清厘，综计旧管上届江苏留防第二十八案报销，光绪二十五年底止，实存银二十四万八千八百四十九两有奇；新收江苏藩库、海关道库、两淮盐课、盐厘、厘捐、茶税及淮部拨补盐货厘金并本案扣存、制造、平余等项，共计银三百二十二万四千三百一两有奇、钱二十一万一千四百五十八千一百七十文，内登除拨解镇边军饷、内务府、金陵机器制造、洋火药等局、外海水师船厂、江南陆师学堂、堤工等经费，抚标练军津贴，江宁、京口驻防、捷胜营练饷、清淮协饷，并巡阅长江前四川总督李秉衡①北上公费，又采购军米经费，拨还江安粮道借款，共计银四十四万四千三百三十九两有奇；又附列专册请销两江督、提、镇标新兵各营薪费、津贴银七万九千七百六十六两有奇、钱二十万一百二十四千五百三十文，又附列专册请销沿江炮台专勇饷银十四万七千六百七十七两有奇，又附列专册请销洋操自强军正、杂饷项银二十七万六千八百十五两有奇，又附列专册请销募补各营哨官弁勇夫、轮船水脚并北上各营车辆雇价等项银五万一千二十两有奇，又附请专案奏销江苏留防水师各营修造船只工料等项银二万五千四百四十九两有奇，实计收用银二百四十四万八千八十二两有奇、钱一万一千三百三十三千六百四十文。

开除正、杂各款，遵照部议酌定军需报销章程，各归各部核销。计应归户部核销银二百十三万五千四百八十七两有奇、钱一万一千二百六十八千六百四十文，兵部核销银一万一千八百五十

---

①李秉衡（1830—1900），字鉴堂，辽宁海城人，监生。同治元年（1862），署直隶完县知县，加运同衔。历任直隶冀州枣强县、大名县知县。三年（1864），赏戴蓝翎，旋晋知州。五年（1866），赏戴花翎。后补蔚州知州。光绪二年（1876），选宁津县、清丰县知县。三年（1877），升冀州知州。六年（1880），迁直隶永平府知府。八年（1882），调补山东平阳府知府。九年（1883），补广东高廉道。同年，升浙江按察使，转广西按察使。十一年（1885），授广西布政使。是年，充广西乡试监临官、拔贡会考官。同年，护理广西巡抚，旋因病去职。二十年（1894），擢安徽巡抚。同年，调补山东巡抚。是年，充山东乡试监临官、武乡试主考官。二十三年（1897），补授四川总督。二十六年（1900），授巡阅长江水师大臣，嗣以庚子战败饮金死。谥忠节。

五两有奇、钱六十五千文，工部核销银二十四万五千六百四十六两有奇。统共请销银二百三十九万二千九百八十九两有奇、钱一万一千三百三十三千六百四十文；实存银五万五千九十三两有奇，已于后案旧管项下接续造报等情。详请具奏前来。

臣等伏查此次江苏造报留防、海防水陆各军，遵照部咨开报花名清册，一切正、杂各款，概发湘平并扣一分平余，均系按照楚军营制及历届准销成案，实用实销，并无浮冒。

除饬将以后用款照章按年接报外，所有江苏留防军需第二十九案收支款目造册报销缘由，理合恭折具陈，并缮具清单，恭呈御览。伏乞皇太后、皇上圣鉴，敕部核覆施行。谨奏。光绪二十九年七月二十六日。

（朱批：）该部知道，单、片并发。①

光绪二十九年八月十六日，奉朱批：该部知道，单、片并发。钦此。②

1472. 呈江苏留防军需二十九案清单

光绪二十九年七月二十六日（1903年9月17日）

谨将江苏留防军需第二十九案收支正、杂各款，缮具清单，恭呈御览。

计开

旧管：一、上届江苏留防第二十八案报销，截至光绪二十五年底止，实存银二十四万八千八百四十九两八钱四分八厘二毫三丝八忽一微。

新收：一、收苏州藩司共解老湘、新湘营饷项银七万八千两。

一、收苏州藩司共解苏省水陆各防营饷项银二十八万六千两。

一、收苏州藩司共解武卫先锋左军饷项银十一万二千七百八

①台北故宫博物院藏：《军机及宫中档》，文献编号：408007274。

②中国第一历史档案馆藏：《录副奏折》，档号：03-6166-031。

十八两。

一、收江宁藩司共解武卫先锋右军饷项银五万一千九百五十两八钱四厘三毫三丝七忽五微。

一、收安徽藩司共解老湘、新湘营饷项银七万八千两。

一、收江西藩司共解南洋海防经费抵作江苏新饷银五万二千一百六十三两五钱五分九厘。

一、收江海关共解军饷银二十七万二千两。

一、收江海关共解教练改编等营饷项银十三万八千一百四十两九钱五厘五毫。

一、收江海关共解沪军等营饷项银三万八千七百七十八两三分二厘三毫。

一、收两淮运司共解督标亲兵营饷项银七万八千两。

一、收海州分司共解军饷营二十万八千两。

一、收江宁、湖北、湖南、江西等岸督销局并正阳、五河盐厘局共解盐厘银四十四万四千二百七十三两七钱八分四厘六毫九丝五忽九微。

一、收金陵厘捐局共解军饷银十三万三百五十四两四钱三分三厘。

一、收皖南茶厘局共解军饷银九万一千两。

一、收徐州府属湖田地租共解钱一万三千一百六十五千一百二十三文。

一、收借拨湖南督销局原协甘饷银十三万二千一百五十三两九钱三分五厘。

一、收江南盐巡道解还长江水师各营拨用洋火药价银一万三千一百六十七两三分六厘五毫七丝二忽四微。

一、收安徽省解还拨用抬枪药弹等价银六千二百六十二两二钱。

一、收江西省解运拨用铜火价银三千四百五十两。

一、收总统武卫先锋左军云南提督张春发解还拨用洋药、铜火等价银六千九百九十四两六钱九分二厘六毫五丝六忽五微。

一、收总统武卫先锋左军云南提督张春发拨解造销余存并扣回平余银一万四千八百二十五两二钱四分七厘二毫八丝五忽一微。

一、收江西藩司解部拨昭信股票抵补光绪二十四年分皖岸盐厘银二万二千六百两。

一、收安徽藩司解部拨裁兵节饷抵补光绪二十四年分皖岸盐厘银六千三百二十五两一钱。

一、收苏州藩司解部拨减平当税抵补光绪二十五年分淞沪货厘银十万两。

一、收河南省解部拨裁兵节饷抵补光绪二十五年分淞沪货厘银五万两。

一、收广西梧州关监督解部拨新关洋税抵补光绪二十六年分淞沪货厘银五万六千两。

一、收广东藩司解部拨减平当税抵补光绪二十六年分淞沪货厘银六万两。

一、收安徽藩司解部拨减平及积存漕折抵补光绪二十六年分皖岸盐厘银五万八千九百两。

一、收江宁昭信局借拨昭信股票银五十万两。

一、收两淮盐斤加价借拨银二十万两。

一、核收修造江苏留防水师各营船只钉铁变价银二百四十七两四钱四分八毫三丝三忽七微。

一、核收本案制造扣存平余银一千三百二十二两一钱六分九厘二毫六丝八忽一微。

一、核收各营旗擦洗枪炮料物价值银五千三百八十五两七钱四分二厘五毫四丝五忽五微。

管、收两项共银三百六十二万三千九百三十二两九钱三分一厘二毫三丝二忽八微，内除银十五万七百八十一两五钱五分七毫四丝三忽九微，申湘平银十五万六千二百五十四两九钱二分一厘三丝六忽，每湘平银七钱八分八厘合钱一千文，共合钱十九万八千二百九十三千四十七文，归钱款入收计算外，实计管、收两项共银三百四十七万三千一百五十一两三钱八分四毫八丝八忽九微，又钱二十一万一千四百五十八千一百七十文。

登除项下：一、拨解镇边军饷银十六万两。

一、拨解内务府经费银一千九百二十两。

一、拨解金陵制造洋火药局经费应归该局入收造报银五万三千二百七十七两三钱六分四厘九毫五丝二忽二微。

一、拨解金陵制造洋火药局储备洋料银一万九千二百九十九两四钱三分六毫六丝六忽七微。

一、拨解金陵制造洋火药局添建卡房工料银五百七十两五钱五分二厘八毫二丝二忽五微。

一、拨解金陵机器制造经费应归该局入收造报银九千两。

一、拨解金陵机器局制造局添购料物应归该局入收造报银一万两。

一、拨解运河堤工经费应归堤工总局入收造报银七千一百两。

一、拨解抚标练军二营津贴应归苏州藩司入收造报银八百八十六两九钱五厘三毫三丝六忽二微。

一、拨解外海水师船厂经费应归该厂入收造报银五万二千一百三十八两四钱八分八厘二毫七丝六忽四微。

一、拨解江南陆师学堂经费应归筹防案内入收汇报银四千八百二十四两八钱五分七厘六毫六丝六忽六微。

一、拨解江宁驻防捷胜营练饷应归江宁藩司入收汇报银二千九百六十一两五钱三分六厘。

一、拨解江宁京口驻防捷胜练军修筑营垒经费应归旗营造报银五千两。

一、拨解清淮协饷应归清淮善后局入收造报银四万两。

一、拨解采购军米经费应归江宁藩司入收造报银六万两。

一、拨解巡阅长江前四川总督李秉衡北上公费实用银七千四两八分二厘一毫一丝一忽三微。

一、拨还江安督粮道银一万三百五十五两九钱六分五厘。

一、附列专册请销两江督标、提标并淮扬、徐州、狼山、苏松、福山镇标新兵各营薪费、津贴等项银七万九千七百六十六两五钱四分四厘五丝九微，又钱二十万一百二十四千五百三十文。

一、附列专册请销沿江四路炮台设立专勇饷银十四万七千六百七十七两三钱一分三厘五毫一丝九忽二微。

一、附列专册请销洋操自强军薪费正、杂饷项银二十七万六千八百十五两一钱八厘五毫五忽。

一、附列专册请销修造江苏留防水师各营船只工料等项银二万五千四百四十九两九钱八分四厘九毫四丝四忽三微。

一、附列专册请销募补各营哨官弁、勇夫轮船水脚并北上各营车辆雇价等项银五万一千二十两二钱七分五厘九毫八丝一忽八微。

以上登除并附列请销各款，共计银一百二万五千六十八两四钱九厘八毫三丝三忽一微，又钱二十万一百二十四千五百三十文。

实计收用银二百四十四万八千八十二两九钱七分六毫五丝五忽八微，又钱一万一千三百三十三千六百四十文。

开除：一、第一册请销留防江苏老湘合字等营、旗、哨薪粮等项，系归户部核销银十一万八千四百九十四两四钱四分八厘九毫四忽七微。

一、第二册请销留防江苏徐防马步各营薪粮等项，系归户部核销银十四万七千六十五两五钱四厘三毫三丝九忽四微，又钱一万一千二百六十八千六百四十文。

一、第三册请销留防江苏合字、盛字等旗薪粮等项，系归户部核销银十九万一千二百六十七两一钱八分九厘四毫二丝三忽九微。

一、第四册请销留防江苏督标太湖水师各营、哨薪粮等项，系归户部核销银十六万六千六百八两四钱六分二厘八毫三微。

一、第五册请销留防江苏抚标水陆等营薪粮等项，系归户部核销银十四万二千五百八十两五分九厘三毫一丝二忽九微。

一、第六册请销留防江苏教练改编等营旗薪粮等项，系归户部核销银十万九百二十四两四分六厘二毫二丝一忽一微。

一、第七册请销留防江苏淮军马步、水师等营旗薪粮等项，系归户部核销银二十万六十二两九钱五分八厘二毫一丝六忽七微。

一、第八册请销留防江苏新湘等旗薪粮等项，系归户部核销银十八万二千一百十五两五钱六分六厘一毫四丝八忽七微。

一、第九册请销筹办海防裁存添募各营旗薪粮等项，系归户部核销银三十八万四千八百八两二钱一厘四毫八丝六忽。

一、第十册请销留防江苏督标亲军等营旗薪粮等项，系归户部核销银二十四万六千九两四钱六分二厘七毫三忽八微。

一、第十一册请销江苏招募栋字等营、哨薪粮等项，系归户部核销银二万九千一百十六两一钱五厘三毫七丝四忽八微。

一、第十二册请销江苏新募威靖权字新胜水陆等营薪粮等项，系归户部核销银九万七千四百二十一两六钱四分七厘三毫九丝九忽四微。

一、第十三册请销武卫先锋左、右两军改编各营旗薪粮等项，系归户部核销银十一万四千三百二十七两九钱九分三厘八毫二丝四忽一微。

一、第十四册请销留防随营办事支应等差文武官弁薪粮等项，系归户部核销银七千五百二十六两七钱七分七厘九毫六丝。

一、第十五册请销两江营务处并随员差官、文武官弁薪粮等项，系归户部核销银七千一百五十八两九钱八分八厘七毫九忽八微。

一、第十六册请销留防江苏马步各营平船、勇粮、马价、车价、夫工等项，系归兵部核销银八千四百五十三两七钱二分九厘六毫一丝四忽九微。

一、第十七册请销留防江苏马步、水师各营、旗、哨官弁勇夫病故恤赏，系归兵部核销银三千四百一两五钱二分四厘六毫五丝五忽，又钱六十五千文。

一、第十八册请销制造、账房、军火、器械、工料、制换旗帜、号衣、油舱、船只经费，系归工部核销银二十四万五千六百四十六两五钱七分六厘八毫五丝一忽九微。

以上第一册至第十八册止，共归户部核销银二百十三万五千四百八十七两四钱一分二厘八毫二丝五忽六微，又钱一万一千二百六十八千六百四十文；兵部核销银一万一千八百五十五两二钱五分四厘二毫六丝九忽九微，又钱六十五千文；工部核销银二十四万五千六百四十六两五钱七分六厘八毫五丝一忽九微。

统计十八册，共请销银二百三十九万二千九百八十九两二钱四分三厘九毫四丝七忽四微，又钱一万一千三百三十三千六百四十文。

实在：存银五万五千九十三两七钱二分六厘七毫八忽四微。

查前项实存银两，已接支光绪二十七年正月起江苏留防马步、水师各营正、杂饷项及购制军火等用，归于后案滚接造报。理合登明。

一、光绪二十六年分，共欠发湘淮陆军各营饷银二十三万一千八百二十九两五钱七分九毫，又附销专册欠发洋操自强军各营饷银一千三百十一两三钱六分七厘四毫。

（朱批：）览。[1]

1473. 奏报运司程仪洛交盘情形折

光绪二十九年七月二十六日（1903年9月17日）

头品顶戴两江总督管理两淮盐政臣魏光焘跪奏，为两淮运司交盘，遵旨改题为奏，恭折仰祈圣鉴事。

窃据两淮盐运使恩铭详称：案奉户部扎开：各省地丁总归藩

①中国第一历史档案馆藏：《单》，档号：03-6166-032。

司，各处盐课统归运司，责任相同。凡藩司交代，必将任内收放钱粮交盘，出结呈送巡抚具题，分送部、科查核。嗣后运司交代，亦令照藩司交代之例，将旧官任内收放钱粮新官交盘出结，造具四柱清册，呈送巡盐御史具题，分送部、科稽查等因。伏查升任运司程仪洛自光绪二十六年十一月初九日到任起，至二十九年闰五月二十日卸事前一日止，征收、支放正项钱粮暨新票课厘备还瑞记洋款，分别管、收、除、在，造具四柱交代册结，遵照新章改题为奏等情。详请具奏前来。

臣覆核无异，除册结分送部、科外，理合恭折具陈。伏乞皇太后、皇上圣鉴，敕部查核施行。谨奏。光绪二十九年七月二十六日。

（朱批：）户部知道。①

光绪二十九年八月十六日，奉朱批：户部知道。钦此。②

1474. 请以吴继培补授江宁城守营将折

光绪二十九年七月二十六日（1903 年 9 月 17 日）

头品顶戴两江总督臣魏光焘跪奏，为拣员请补陆路副将员缺，恭折仰祈圣鉴事。

窃照江宁城守营副将章宗瀚参劾，遗缺接准部咨系题补新章第一轮第一缺，轮用尽先人员，行令照章拣员请补等因。伏查是缺副将驻扎江宁省城，统辖七营，分防十四县，汛地极广，有考察营员、督率操防、巡缉之责，弹压抚绥，极关紧要，非精明强干、资劳夙著之员，不足以资表率。

臣于通省实缺、候补各员内逐加遴选，查有记名总兵两江尽先补用副将吴继培，年六十一岁，安徽合肥县人，由行伍投效军营，随剿出力，洊保以副将留于两江尽先补用，并加总兵衔。借

①台北故宫博物院藏：《军机及宫中档》，文献编号：408007275。

②中国第一历史档案馆藏：《录副奏折》，档号：03-5421-100。

补江西抚标右营游击，升补广信营参将。嗣于筹办南洋海防事务案内经前督臣刘坤一咨呈总理衙门汇保，请以总兵记名简放，奉旨：依议。钦此。造具过班履历咨部注册各在案。该员勇略兼优，营务谙练，于江宁地方情形亦甚熟悉，以之借补是缺副将，实堪胜任，核与例章相符，合无仰恳天恩俯准以记名总兵两江尽先补用副将吴继培借补江宁城守营副将员缺，实于营伍、地方两有裨益。如蒙俞允，俟部覆至日，即行给咨送部引见，以符定制。

除将该员履历咨部查核外，谨会同江南提督臣李占椿，恭折具陈。伏乞皇太后、皇上圣鉴训示。再，所遗广信营参将员缺，江省现有应补人员，容臣另行拣员请补。合并陈明。谨奏。光绪二十九年七月二十六日。

（朱批：）兵部议奏。①

光绪二十九年八月十六日，奉朱批：兵部议奏。钦此。②

1475. 请以谢陶补授太仓直隶知州折

光绪二十九年七月二十六日（1903 年 9 月 17 日）

头品顶戴两江总督臣魏光焘、江苏巡抚臣恩寿跪奏，为拣员请补海疆要缺直隶州知州，恭折仰祈圣鉴事。

窃太仓直隶州知州蒋体梅于光绪二十八年十一月十八日丁忧开缺，应归十一月分截缺。所遗太仓直隶州知州系繁、疲、难沿海兼三要缺，例应在外拣选调补。查例载：州县应调缺出，俱令于现任人员拣选调补。如无合例堪调之员，准以应补人员请补。如再无人，始准以应升人员请升。又定例：题调要缺道、府、同知、直隶州知州，酌量以候补人员请补。该省如有截取记名分发人员，应先尽酌量请补。如果实系人地不宜，始准声叙以各项候补人员请补。又如系奉旨命往或督抚题明留于该省候补者，酌量

①台北故宫博物院藏：《军机及宫中档》，文献编号：408007276。

②中国第一历史档案馆藏：《录副奏折》，档号：03-5421-101。

先尽补用，各等语。

该州地处海滨，政务殷繁，必须精明练达之员，方足以资治理。江苏省直隶州知州一项均系要缺，无员可调，亦无奉旨命往及题明留于该省候补人员。虽有截取正途记名分发之员，实于该州人地不宜。其余曾任应升人员内，亦难其选。惟于应补人员中，查有候补班前先即补直隶州知州谢陶，年五十七岁，湖南湘乡县人，承袭云骑尉。同治十二年，遵例报捐监生，加捐县丞选用，于浙江塘工捐局加捐指分浙江试用。光绪二年，验看到省。四年，在晋赈捐局报捐通判双月选用；于新疆南路剿平边寇案内出力保奏，七年五月二十日奉上谕：选用通判兼袭云骑尉谢陶，着免选本班，以直隶州知州留甘前先即补，并赏戴花翎。钦此。是年十二月，经前督臣左宗棠咨调江宁差委。十二年六月，前督臣曾国荃奏请以原官改留江苏补用，遵例呈缴离省银两，奉旨：着照所请，吏部知道。钦此。十三年四月，遵闽省茶捐例报捐知府衔，给咨赴部，经吏部带领引见，奉旨：着照例发往。钦此。是年六月十六日到省，期满甄别留省补用。新章考试，取列一等。覆查该员才具精明，能耐劳苦，以之请补太仓直隶州要缺知州，洵堪胜任，与例亦属相符。据署苏州布政使效曾等会详请奏前来。

臣等往返函商，意见相同，合无仰恳天恩俯念员缺紧要，人地实在相需，准以候补班前先即补直隶州知州谢陶补授太仓直隶州知州，实于海疆要缺有裨。如蒙俞允，该员系候补班前先即补直隶州知州请补直隶州知州，衔缺相当，毋庸送部引见，亦毋须查造参罚。谨合词恭折具陈。伏乞皇太后、皇上圣鉴训示。谨奏。光绪二十九年七月二十六日。

(朱批:) 吏部议奏。①

光绪二十九年八月十六日，奉朱批：吏部议奏。钦此。②

---

①台北故宫博物院藏：《军机及宫中档》，文献编号：408007277。

②中国第一历史档案馆藏：《录副奏折》，档号：03-5421-098。

1476. 奏销修造船只动用经费片

光绪二十九年七月二十六日（1903年9月17日）

再，江苏省留防水师各营修造船只动用经费，业经截至光绪二十五年十二月底止汇入江苏留防第二十八案内奏销在案。兹据船厂委员将二十六年分修造留防水师勇营船只等项用过工料银数分别开报，由江苏防营支应报销处核明造册，归入江苏留防第二十九案内专案，详请附奏请销前来。

臣覆加查核，共请销银二万五千四百四十九两有奇，均系按照长江水师船工准销成案，核实支给，并无浮冒。除将清册分别咨送户部、工部核销外，谨会同江苏抚臣恩寿，附片陈明。伏乞圣鉴，敕部查照施行。谨奏。

（朱批：）览。①

光绪二十九年八月十六日，奉朱批：览。钦此。②

1477. 奏报藩司李有棻请假就医片

光绪二十九年七月二十六日（1903年9月17日）

再，据江宁布政使李有棻详称：前奉上谕：江宁布政使李有棻着开缺另候简用。钦此。等因。兹于六月二十四日新任藩司黄建筦赴任，遵于是日交卸篆务，既奉另简恩命，自应趋赴阙廷，力图报称，何敢稍耽安逸，自外生成！近因举发肝郁，手足时形拘挛，拟暂行请假赴浙就医，一俟调理就痊，即当销假北上，泥首宫门，求赏差使等情。请奏前来。谨附片陈明。伏乞圣鉴。谨奏。

---

①台北故宫博物院藏：《军机及宫中档》，文献编号：408007277-0-A。

②中国第一历史档案馆藏：《录副奏片》，档号：03-6188-088。

（朱批：）知道了。[1]

光绪二十九年八月十六日，奉朱批：知道了。钦此。[2]

1478. 奏报药库失火请旨查处片

光绪二十九年七月二十六日（1903 年 9 月 17 日）

再，据办理金陵军械所江苏候补道周家驹禀称：江宁省城华严岗药库为该所委员候选从九吴天福兼管，另派把总陈从谦专管。本年闰五月二十五日亥刻，该药库朝西屋内所储各项无烟火药忽然自燃，轰毁库房三间、无烟等药三万六千余磅，幸看守兵役及南北药库附近居民均未伤损等情。正在查办间，又据统领驻防江阴合字营兼管炮台副将章其俊电禀：江阴黄山后新火药库于六月十六日夜丑刻，从无烟药库房起火，烧去炮台各种火药二十万磅之谱、库房二十间，余无伤毁等语。当经先后饬查起火之由，并以药库接连失慎，将周家驹、章其俊撤差，听候查办。兹据查明该两处药库起火之由，皆因无烟药性郁热勃发自燃所致。勘验被毁情形，当时药力上轰，墙屋类多震塌，幸无伤毙人口。查讯看守兵役，并无别项情弊等情。禀复前来。

伏查无烟棉花等药，质性猛烈，热力过度，往往无故自燃。今江宁、江阴药库轰毁，适值天气酷热之时，其回性自燃，实为防范所不及。惟所毁药数较巨，虽无轰毙人口，该管员弁究属疏忽，咎无可辞。所有江宁华严岗药库兼统官江苏候补道周家驹、兼管官候选从九吴天福、专管把总陈从谦、江阴黄山后药库兼统官候补副将章其俊、经管官候选从九林振镛，相应请旨交部分别照例议处，以示儆戒。

除通饬将此外药库力筹保险之法妥慎收储外，谨会同江苏巡抚臣恩寿，附片具陈。伏乞圣鉴训示。谨奏。

---

①台北故宫博物院藏：《军机及宫中档》，文献编号：408007276-0-A。

②中国第一历史档案馆藏：《录副奏片》，档号：03-5421-099。

（朱批：）周家驹等均着交部，分别照例议处。[1]

光绪二十九年八月十六日，奉朱批：周家驹等均着交部，分别照例议处。钦此。[2]

1479. 请将守备刘如金革职讯办片

光绪二十九年七月二十六日（1903年9月17日）

再，署安徽寿春镇标右营都司龙山营左军守备刘如金，屡次聚赌，因廪生郭方德向索赌输欠款，争闹被殴，复敢捏饰多端，借图抵制。据署该管寿春镇总兵王幼山揭报前来。臣查该署都司刘如金，以现任武职人员聚赌滋事，实属不知自爱，有玷官箴。现当整顿营伍之际，未便稍事姑容，除将该署都司撤任批饬臬司提讯详办外，相应请旨将前署寿春右营都司龙山营左军守备刘如金即行革职，以便归案讯办，而肃营伍。谨会同安徽巡抚臣聂缉椝，附片具陈。伏乞圣鉴训示。谨奏。

（朱批：）着照所请，该部知道。[3]

光绪二十九年八月十六日，奉朱批：着照所请，该部知道。钦此。[4]

1480. 请以彭春尔借补盐捕营都司折

光绪二十九年七月二十八日（1903年9月19日）

头品顶戴两江总督管理两淮盐政臣魏光焘跪奏，为拣员借补陆路都司员缺，恭折仰祈圣鉴事。

窃盐捕营都司刘玉泉病故，遗缺按照旧轮系题补第四轮第四缺，应用尽先人员请补。伏查是缺都司驻扎扬州府城，专管缉私

---

①台北故宫博物院藏：《军机及宫中档》，文献编号：408007276-0-B。

②中国第一历史档案馆藏：《录副奏片》，档号：03-6166-030。

③台北故宫博物院藏：《军机及宫中档》，文献编号：408007276-0-C。

④中国第一历史档案馆藏：《录副奏片》，档号：03-5421-102。

事务。该处为盐务总汇，私枭出没其间，巡缉极关紧要，非精明干练之员，难期胜任。臣于尽先班内逐加遴选，查有两江尽先补用游击彭春尔，年五十六岁，湖南长沙县人，于同治元年投营随剿出力，积功洊保花翎尽先补用游击。光绪十四年，经前督臣曾国荃奏准留于两江以原官尽先补用，旋因办运郑工秸料出力，经前河道总督臣许振祎[①]奏保奉准补缺后，以参将仍留两江补用。十九年，委署泰兴营守备。该员年力富强，缉捕认真，以之借补盐捕营都司员缺，洵堪胜任，亦与例章相符。合无仰恳天恩俯准以两江尽先补用游击彭春尔借补盐捕营都司员缺，实于营伍、鹾政均有裨益。如蒙俞允，俟部覆至日，即行给咨送部引见，以符定制。

除将该员履历送部查核外，谨会同江南提督臣李占椿，恭折具陈。伏乞皇太后、皇上圣鉴训示。谨奏。光绪二十九年七月二十八日。

（朱批：）兵部议奏。[②]

光绪二十九年八月十七日，奉朱批：兵部议奏。钦此。[③]

---

①许振祎（1827—1899），字仙屏，号玉芝园、号大泽村人。江西奉新县人。道光二十九年（1849），拔贡。咸丰三年（1853），充内阁中书。九年（1859），中举。同治二年（1863），中式进士，改翰林院庶吉士。四年（1865），补国史馆协修。八年（1869），充贵州乡试副考官。十年（1871），简陕甘学政。光绪二年（1876），选教习庶吉士。是年，历国史馆纂修、武英殿纂修、起居注协修、功臣馆纂修、本衙门撰文、文渊阁校理。八年（1882），放河南彰卫怀道。十年（1884），署河南按察使。十一年（1885），迁河南臬司，署河南布政使。十二年（1886），调补江宁布政使。十六年（1890），擢河东河道总督。二十一年（1895），调补广东巡抚。二十三年（1897），充广东武乡试正考官。二十五年（1899），卒于任。谥文敏。

②台北故宫博物院藏：《军机及宫中档》，文献编号：408007279。

③中国第一历史档案馆藏：《录副奏折》，档号：03-5958-024。

1481. 请以夏敏功补授海州分司折

光绪二十九年七月二十八日（1903 年 9 月 19 日）

头品顶戴两江总督管理两淮盐政臣魏光焘跪奏，为拣员请补分司要缺，恭折仰祈圣鉴事。

窃照两淮海州分司运判徐绍垣参革遗缺，于光绪二十六年二月二十七日奉上谕，开缺应以第五日行文，按照限减半计算，归三月截缺，业经详咨在案。所遗员缺应即拣员请补，查例载：运副、运判缺出，俱系在外题补之缺，各按各班，均分为两班，以一缺先尽着有劳绩即用、先用人员补用，如无人，将部发人员按一应补、一委用、一捐纳三班，轮流补用；以一缺照筹饷例，补用捐纳人员。其应补、委用、捐纳到班之前，应先用各本班前一人，不积各本班之缺。至轮用捐纳正班时，先插用银捐分缺先前一人。用过捐纳正班以后，插用银捐分缺间前一人。各班无人，过班以次递推。又，郑工新例内开：轮用捐纳正班到班，第一次先用郑工捐纳一人，第二次用海防捐纳一人，第三次用郑工捐纳一人，第四次用海防捐纳一人，第五次用筹饷旧例捐纳一人，各等语。

两淮盐运判员缺，上次通州分司缺出，用劳绩候补班前先金兆棨；嗣泰州分司员缺，用劳绩保归捐纳本班先宣兆熊；续出之通州分司员缺，用劳绩候补正班之凌树模止，均按分班轮补班次新章，用劳绩候补正班止。今此一缺，按照定例，应照筹饷补用。其在前班次已用过捐纳班先之员，此次应插用分缺先前人员，两淮无人，其次分缺先亦无人，即应过班，轮应郑工捐纳正班试用人员到班。该班内仅只夏敏功一员，当经前督臣刘坤一饬调该员来省察看，以该员未经考试两次扣补，请于试用各班内拣员酌补，均经部议按照定例并无未经考试人员扣补明文，且在省各项候补人员，应由该督抚平日察看，亦不准轮补到班时始行声叙人地不宜，以名次在后人员请补。今海州分司运判一缺，既轮应试用到班，自应照例按班奏署等因。

伏查郑工试用运判夏敏功，系湖北蕲州贡监生，由候选中书科中书分发行走，并免保举。光绪十四年，在安徽苏皖赈捐局遵筹饷例报捐花翎四品衔。十月，复遵郑工例在部库报捐盐运判，指分两淮试用。十一月，赴部验到。二十八日，蒙钦派大臣验看，堪以发省试用。十二月十一日，经吏部带领引见，奉旨：运判夏敏功照例发往。钦此。二十一日，吏部给发执照，十五年三月初一日到淮。是年十一月初五日，闻讣丁父忧，遵例请咨回籍守制，服满起复，十九年八月十三日回淮，经部核准。二十一年七月，前署督臣张之洞甄别得该员年壮才明，堪以留淮补用，咨部在案。该员请补海州分司运判，与例相符。据江宁布政使李有棻、两淮盐运使恩铭，详请具奏前来。

臣查该员年力富强，办事勤谨，合无仰恳天恩俯准以郑工试用运判夏敏功请补海州分司要缺，与例相符。如蒙俞允，该员系捐纳之员请补运判，衔缺相当，毋庸送部引见。再，该员试用捐纳人员，照例试署一年，期满另请实授。

除将履历清册咨移部、科查核外，谨会同江苏巡抚臣恩寿，恭折具奏。伏乞皇太后、皇上圣鉴训示。再，此缺向系拣员题补，兹遵部定新章改题为奏，合并陈明。谨奏。光绪二十九年七月二十八日。

（朱批：）吏部议奏。①

光绪二十九年八月十七日，奉朱批：吏部议奏。钦此。②

1482. 请以王才民补授赣州左营游击折

光绪二十九年七月二十八日（1903 年 9 月 19 日）

头品顶戴两江总督臣魏光焘跪奏，为拣员请补陆路游击员缺，恭折仰祈圣鉴事。

窃署江西广信营参将赣州左营游击李天元，因案经臣奏参革

①台北故宫博物院藏：《军机及宫中档》，文献编号：408007280。

②中国第一历史档案馆藏：《录副奏折》，档号：03-5421-107。

职，归案审办，声明所遗赣州左营游击员缺系陆路部推之缺，按照部定新章，轮用尽先人员。两江现有尽先应补之员，请扣留由外拣补，钦奉朱批：着照所请，兵部知道。钦此。伏查该营游击驻扎赣州府城，操防紧要，非精明强干之员，难期胜任。

臣于尽先各员内逐加遴选，查有两江尽先补用游击王才民，年五十七岁，湖南湘乡县人，由军功递保尽先都司，嗣于攻克贵州安顺、镇宁、安南、普安等城并分剿牛角坡、香炉山等处贼巢在事出力，经前贵州抚臣曾璧光①奏保，奉准免补都司，以游击留于贵州尽先补用，续经前督臣刘坤一奏准改归两江补用。

该员王才民才具明练，营务勤奋，以之请补是缺游击，洵堪胜任。惟前准部咨奏留两江人员请补江西本班之缺，应与江西尽先各员核计名次先后等因。兹查江西尽先游击名次在该员之前各员，非别有事故，即人地不宜，均未便迁就请补，照章按名声叙，缮具清单，恭呈御览。合无仰恳天恩俯准以两江尽先补用游击王才民补授江西赣州左营游击员缺，实于营伍、地方均有裨益，核与例章亦属相符。如蒙俞允，俟部覆至日，给咨送部引见，恭候钦定。

除取造该员履历册结咨移部、科查核外，谨会同署理江西巡抚臣夏时②，恭折奏陈。伏乞皇太后、皇上圣鉴训示。谨奏。光绪

---

①曾璧光（1795—1875），字枢桓，四川洪雅县人。道光三十年（1850），中式进士，选庶吉士。咸丰二年（1852），授翰林院编修。六年（1856），任教习庶吉士。次年，充上书房行走。九年（1859），补贵州镇远府知府。同治元年（1862），署贵东道。次年，赏戴花翎。三年（1864），署贵州粮储道。四年（1865），擢贵州按察使。六年（1867），署贵州布政使。同年，署贵州巡抚，加二品顶戴。七年（1868），擢贵州巡抚。十二年（1873），加太子少保，晋头品顶戴，封云骑尉世职。光绪元年（1875），卒于任，追赠太子太保，谥文诚。

②夏时（1837—1906），字佑简、书命，号菽轩，湖南桂阳县人。咸丰十一年（1861），中式举人。同治四年（1865），选知县，改主事签分工部，嗣以道员分发四川候补，委机器总办。十二年（1873），授五品衔。光绪九年（1883），办理川滇黔边盐务。十二年（1886），署理川东兵备道。十五年（1889），署理永宁道。二十五年（1899），再署川东道。二十六年（1900），署四川按察使。二十七年（1901），调陕西布政使。二十九年（1903），调署江西巡抚。三十年（1904），擢陕西巡抚。三十一年（1905），告病回湘。三十二年（1906），卒于籍。

二十九年七月二十八日。

（朱批：）兵部议奏，单并发。①

光绪二十九年八月十七日，奉朱批：兵部议奏，单并发。钦此。②

1483. 呈江西尽先名次在前各员清单

光绪二十九年七月二十八日（1903年9月19日）

谨将江西尽先游击名次在王才民之前各员分别查明，照章按名声叙，缮具清单，恭呈御览。

计开

陈云亭、陈焯、卢世环、颜乐生、钟官福、左秀照、张正太、袁学祥、郝顺保。以上九员，均尚未到标。

李玉兴、蒋必莹、胡月明、张万葵、刘福松、应起凤、蔡简宸。以上七员，均年逾六十三岁，例应甄别，难期得力。

万尚益、袁锡霖、颜先金、郭国扬、刘双曜。以上五员，均已病故。

江良元、曹任、郭洪喜、黄寿山、王起麟、高同科、马宝山。以上七员，内曹任系赣标中营守备，郭洪喜系裁缺广昌营都司，黄寿山系吉安营守备，王起麟系建昌营守备，高同科系简缺南康营都司，马宝山系南昌城守备都司。该员等均与此缺人地不甚相宜，未便迁就请补江西赣标左营游击员缺。所有江西尽先游击名次在王才民之前各员，除去各项事故声叙人地不宜，仅止七员，系在二十员以内，并未逾限，核与例章相符。理合登明。

（朱批：）览。③

---

①台北故宫博物院藏：《军机及宫中档》，文献编号：408007278。

②中国第一历史档案馆藏：《录副奏折》，档号：03-5958-019。

③中国第一历史档案馆藏：《单》，档号：03-5958-020。

1484. 请以彭寿长补授镇江营参将折

光绪二十九年七月二十九日（1903 年 9 月 20 日）

头品顶戴两江总督臣魏光焘跪奏，为拣员请补陆路参将员缺，恭折仰祈圣鉴事。

窃江南镇江营参将郑国祥病故，遗缺接准部咨系第一轮第一缺，轮用尽先人员，行令拣员请补等因。伏查是缺参将驻扎镇江府城，滨临大江，华洋杂处，弹压抚绥，极关紧要，非精明谙练之员，不足以资镇抚。臣于尽先各员内逐加遴选，查有两江尽先补用参将彭寿长，年五十九岁，江西赣县人，于同治三年投营随剿出力，洊保花翎尽先补用都司，补缺后以游击归两江尽先补用，并加参将衔，续经奏留两江归班序补。嗣于剿平涡阳土匪在事尤为出力案内，经前督臣刘坤一奏保，请免补游击，以参将仍留原标尽先补用。光绪二十五年九月二十九日奉旨：依议。钦此。造具过班履历咨部注册，各在案。

该员勇敢勤慎，办事结实，现在管带防营，分扎徐属利国驿一带，巡防得力，以之请补是缺参将，洵堪胜任。虽所保名次稍后，惟在前各员除病故、参革、年老及久未在标、籍隶本省各员例应开除不计外，核计该员名次尚在二十名之内，与例尚属相符，谨将尽先参将名次在该员之前各员未便迁就请补缘由，缮具清单，恭呈御览。合无仰恳天恩俯准以两江尽先补用参将彭寿长补授江南镇江营参将员缺，实于营伍有裨。如蒙俞允，俟部覆至日，即行给咨送部引见，恭候钦定。

除将该员履历、印结送部查核外，谨会同江南提督臣李占椿，恭折具奏。伏乞皇太后、皇上圣鉴训示。谨奏。光绪二十九年七月二十九日。

（朱批：）兵部议奏，单并发。[1]

光绪二十九年八月十八日，奉朱批：兵部议奏，单并发。钦此。[2]

1485. 呈尽先名次在彭寿长前各员清单

光绪二十九年七月二十九日（1903年9月20日）

谨将尽先参将名次在彭寿长之前各员未便迁就请补缘由，缮具清单，恭呈御览。

计开

喻志业、张铭庆、李仁镜、陈寿元、李松如、胥宇、莫长青、吴霭臣、周虎臣、戴学铨、萧正伦、王华春、邹玉祥、李义信、王文蛟、傅文彩。以上十六员，均已病故。

金承护、张绍康、李邦富、陈益盛、彭怡盛、周得胜、罗三阳、李根标、段高翔、唐祥盛、黄江元、张文汉、李志舟。以上十三员，久未在标，无从拣补。

陶凌云、余思敏、雷世恺、程福、符玉元、袁福胜、梁嘉乐、杨春和。以上八员，均已年逾六十三岁，未便迁就请补。

王金标、唐高斗、赵长富、李胜、马云龙、刘恩霖、李秀岭。以上七员，均系籍隶本省，例应回避。

朱辑瑞、张崇武、李天元、胡兆有、赵云龙。以上五员，朱辑瑞系常州营中军守备，业已勒休；张崇武系徐州镇标西路汛守备，开缺后不知下落；李天元系江西九江镇标后营游击，业经因案参革；胡兆有系九江镇标前营游击，现已另案撤任；赵云龙系提标左营游击，请假回籍，尚未回省销假，无从拣补。

张熙、徐锦堂。以上二员，均已改留江苏水师候补。

李东武。以上一员，已于另案请补淮扬镇标左营参将。

---

①台北故宫博物院藏：《军机及宫中档》，文献编号：408007281。

②中国第一历史档案馆藏：《录副奏折》，档号：03-5958-032。

曾恒德、彭仁寿、牛书琴。以上三员，曾恒德系松江城守营游击，彭仁寿系奇兵营游击；牛书琴系皖南镇标左营游击，各在本任，虽称得力，惟年均六十三岁以上，已逾甄别之年，未便迁就请补。

刘永兴、朱启咏、戴鹤松。以上三员，内刘永兴系淮扬右营游击，朱启咏系狼山中营游击，戴鹤松已另案奏补徐州中营游击，在任尚称得力，查与是缺人地不宜，未便迁就请补。

孙成福、周廷干、王立清、刘德辉、凤山恒、贺胜嵩、江镜堂、凌国贤、丁其祥、陈有元。以上十员，均系在标候补，查与是缺人地不宜，未便迁就请补。

（朱批：）览。[①]

1486. 请以周有明补授泗州营都司折

光绪二十九年七月二十九日（1903年9月20日）

头品顶戴两江总督臣魏光焘跪奏，为拣员请补陆路都司员缺，恭折仰祈圣鉴事。

窃安徽泗州营都司朱天庆开缺，所遗员缺接准部咨系题补第一轮第一缺，轮用尽先人员，行令拣员请补等因。查是缺都司驻扎安徽盱眙县地方，辖境辽阔，向为枭匪出没之区，抚绥巡防，在在均关紧要，非精明强干之员，难期胜任。

臣于通标候补尽先都司人员内逐加遴选，查有花翎尽先补用都司周有明，年五十六岁，江南江宁县人，由行伍随剿出力，积功洊保花翎尽先补用都司，于光绪二十二年到标。该员勤奋明干，以之请补是缺都司，洵堪胜任。惟该员所保名次稍后，核计尚在二十名之内，与例章均属相符，谨将尽先都司名次在该员之前各员分别按名声叙，缮具清单，恭呈御览。合无仰恳天恩俯准以尽

①中国第一历史档案馆藏：《单》，档号：03-5958-033。

先都司周有明补授安徽泗州营都司员缺，实于营伍、地方均有裨益。如蒙俞允，俟部覆至日，即行给咨送部引见，以符定制。

除饬取出身履历咨部查核外，谨会同安徽巡抚臣聂缉椝，恭折具陈。伏乞皇太后、皇上圣鉴训示。谨奏。光绪二十九年七月二十九日。

（朱批：）兵部议奏，单并发。[①]

光绪二十九年八月十八日，奉朱批：兵部议奏，单并发。钦此。[②]

1487. 呈尽先名次在周有明前各员清单

光绪二十九年七月二十九日（1903年9月20日）

谨将尽先都司名次在周有明之前各员，未便迁就请补安徽泗州营都司员缺缘由，理合缮具清单，恭呈御览。

计开

陈履端、陆万兴、张国康、李道明、贾长龙、武书贤。以上六员，均已病故，咨部开除。

杜连标，该员系泗州营千总，已奉勒休。

吴春祥，该员年已六十五岁，例应甄别。

沙翻、刘政兴。该二员久未在标，无从拣补。

黄继柏、周玉坤。该二员查无下落，无从拣补。

黄德兴、余占江、孙得泰、李桂芳、苏云祥、俞守清、马升、孙如明、王有章、陈继宗、张行福、徐发祥、潘如林。以上十三员，内黄德兴已补瓜州营守备，余占江已补安庆营守备，孙得泰已补漕左营守备，李桂芳已补常州营守备，苏云祥、俞守清、马升、孙如明、王有章、陈继宗、张行福、徐发祥、潘如林，均在臣标候补，查与是缺人地不甚相宜，未便迁就请补。

---

①台北故宫博物院藏：《军机及宫中档》，文献编号：408007284。

②中国第一历史档案馆藏：《录副奏折》，档号：03-5958-030。

(朱批:) 览。[①]

1488. 奏报驻防八旗廿六年用过赏银折

光绪二十九年七月二十九日（1903 年 9 月 20 日）

头品顶戴两江总督臣魏光焘跪奏，为江宁驻防八旗官兵光绪二十六年分用过白赏银两，恭折具陈，仰祈圣鉴事。

窃查江宁驻防八旗官兵白赏恤银，前准部咨自光绪九年为始，照例题报，其八年以前按年补报等因，业经造报至二十五年分止，先后请销在案。兹据江宁布政使李有棻详称：光绪二十六年正月起至十二月底止，江宁八旗兵丁共白事一百五件，给过赏恤银八百五十四两，内扣饷平银五十一两二钱四分，实放银八百二两七钱六分。又给办理赏恤事务纸张银三十九两，内扣核减二成银七两八钱饷平银一两八钱七分二厘，实放银二十九两三钱二分八厘。以上共银八百九十三两，均于地丁款内动放，内扣饷平银五十三两一钱一分二厘，又扣减成银七两八钱，实放银八百三十二两八分八厘，造具司印清册，详请题销等情。前来。

臣覆核无异，除清册分送户、兵部、科查核外，谨会同江苏巡抚臣恩寿，恭折具奏。伏乞皇太后、皇上圣鉴，敕部核销施行。再，此案遵照奏定新章改题为奏。合并陈明。谨奏。光绪二十九年七月二十九日。

(朱批:) 该部知道。[②]

光绪二十九年八月十八日，奉朱批：该部知道。钦此。[③]

---

①中国第一历史档案馆藏：《单》，档号：03-5958-031。

②台北故宫博物院藏：《军机及宫中档》，文献编号：408007282。

③中国第一历史档案馆藏：《录副奏折》，档号：03-6166-034。

1489. 奏销廿五年八旗朋扣马匹折

光绪二十九年七月二十九日（1903年9月20日）

头品顶戴两江总督臣魏光焘跪奏，为光绪二十五年分江宁八旗官兵朋扣马匹报销，恭折具陈，仰祈圣鉴事。

窃查江宁驻防八旗官兵朋马报销，自光绪十年起至二十四年止，均由江宁藩司按年造册详经奏销在案。今光绪二十五年分八旗朋马，照案由江宁藩司造册详请具奏前来。臣查光绪二十五年正月起至十二月止，江宁八旗驻防旧管官额马四百六十四匹，内实拴马二百四十四匹；兵额马五千三百四十六匹，内实拴马一千七百八十二匹。新收官额马四十八匹，内实拴马二十六匹；兵额马二百九十七匹，内实拴马九十九匹。开除官额马七十二匹，内实拴马三十八匹；兵额马二百九十四匹，内实拴马九十八匹。实在官额马四百四十匹，内实拴马二百三十二匹；兵额马五千三百四十九匹，内实拴马一千七百八十三匹。册报均属相符，覆核无异。

除将册籍咨送部、科查核外，理合会同江宁京口将军臣信恪[①]、江苏巡抚臣恩寿，恭折具陈。伏乞皇太后、皇上圣鉴。再，江宁驻防马匹尚未复额，向系改题为奏。合并声明。谨奏。光绪二十九年七月二十九日。

（朱批：）兵部知道。[②]

光绪二十九年八月十八日，奉朱批：兵部知道。钦此。[③]

---

①信恪（1862—?），字立民，镶黄旗满洲人，钮祜禄氏。光绪十四年（1888），封一等承恩侯。二十一年（1895），委充散秩大臣。二十二年（1896），补镶白旗汉军副都统。二十四年（1898），调补密云副都统。二十六年（1900），擢江宁将军。二十七年（1901），授绥远城将军。

②台北故宫博物院藏：《军机及宫中档》，文献编号：408007283。

③中国第一历史档案馆藏：《录副奏折》，档号：03-6053-055。

1490. 奏销修造船只动用经费片

光绪二十九年七月二十九日（1903 年 9 月 20 日）

再，江苏改设外海、内洋、里河经制水师标营，修造战船经费，截至光绪二十四年十二月底止，所有收支各款，按照长江水师修船成案，列为第十一案报销，分晰造册奏销在案。

兹据江苏防营报销处江宁布政使李有棻等详称：各营修造船只用过工料银两，照案核实支给，饬据船厂委员造报，自光绪二十五年正月起，截至是年十二月底止，旧管实存银一万九千六百六十五两有奇，新收金陵防营支应局拨解经费及修船拆出钉铁变价等项银五万一千四百十五两有奇，开除修整船只、钉造炮架、修理厂棚、油舱经费、口粮、薪费等项，共请销银五万二百九十六两有奇。按照准销成案，核实支给，并无浮冒。实存银二万七百八十四两有奇，为购备料物等用，归于下届滚接造报等情。详请具奏前来。

臣覆核无异，除将清册咨送户部、工部外，谨会同江苏抚臣恩寿，恭折具陈。伏乞圣鉴，敕部核销施行。谨奏。

（朱批：）该部知道。[①]

光绪二十九年八月十八日，奉朱批：该部知道。钦此。[②]

1491. 请以李经楚补授徐州道缘由折

光绪二十九年八月二十六日（1903 年 10 月 16 日）

头品顶戴两江总督臣魏光焘、署理漕运总督臣陆元鼎、江苏巡抚臣恩寿跪奏，为拣员请补徐州道要缺，恭折仰祈圣鉴事。

窃徐州河务兵备道桂嵩庆开缺送部引见，接准部咨于光绪二

---

①台北故宫博物院藏：《军机及宫中档》，文献编号：408007283-0-A。

②中国第一历史档案馆藏：《录副奏片》，档号：03-6166-035。

十九年五月十二日奉上谕：应以第五日行文，按限减半计算，扣至二十九年闰五月十二日作为开缺日期，归闰五月分截缺，所遗员缺例应由外拣员请补。查定例：徐州河务兵备道应行拣选谙练河务者补授，是缺道员驻扎徐州府城，该处界连三省，为南北冲衢，控驭地方，整饬吏治，在在均关紧要，非明干有为、熟谙河务之员，不足以资治理。

臣等于通省各项道员内详加遴选，查有江苏特旨遇缺即补道李经楚，年三十五岁，安徽合肥县廪贡生，于光绪十六年在广东新海防捐输案内报捐道员选用，嗣于顺直赈捐案内捐戴花翎二品顶戴。十九年，在福建捐输案内以道员报捐不论双单月指分江苏试用，经前督臣刘坤一以该员器宇清华，志趣远大，奏请送部引见，奉朱批：李经楚等均着交吏部带领引见。钦此。四月二十四日，赴部验到。五月十三日，由吏部带领引见，奉旨：着照例发往。钦此。九月十六日到省，一年期满甄别，堪以繁缺留省补用。二十五年三月，请假回籍省亲。八月初七日，丁父忧。九月初五日奉上谕：江苏候补道李经楚，俟服阕到省后，着以道员遇缺即补等因。钦此。二十六年，调京随办议约。二十七年，委充会办京畿营务处差使。十一月初七日，服满起复，吏部核准给照销差。二十八年三月十一日回省，经钦差头等专使大臣固山贝子衔镇国将军臣载振①奏调赴英，派充参赞，随同出洋，于善后营务案内奏保，仍以道员请交军机处记名简放，奉旨：依议。钦此。十月初二日，经镇国将军臣载振于出洋案内奏保以海关道记名简放，并仍归江苏遇缺即补，奉旨：着照所请。钦此。二十九年六月回省。

---

①载振（1876—1947），字育周，满洲镶黄旗人，爱新觉罗氏，初充乾清门行走。光绪九年（1883），赏头品顶戴。二十年（1894），封二等镇国将军。二十六年（1900），补镶白旗汉军副都统。二十七年（1901），授头等专使大臣，加贝子衔。二十九年（1903），擢镶蓝旗汉军都统，授正白旗领侍卫内大臣。同年，授商部尚书、御前大臣。三十二年（1906），调农工商部尚书。宣统元年（1909），充专使日本大臣。同年，署正红旗满洲都统，补授镶红旗蒙古都统，兼管理新旧营房城内官房事务大臣。三年（1911），任弼德院顾问大臣。辛亥后，投资工商。民国三十六年（1947），卒于津。

该道才猷练达，器识宏深，于河务情形亦甚熟习，以之请补是缺，人地实在相宜。

臣等往返函商，意见相同，合无仰恳天恩俯念员缺紧要，准以李经楚补授徐州河务兵备道员缺，实于河工、地方均有裨益。如蒙俞允，仍照河工道员例，试署一年期满再请实授。谨合词恭折具陈。伏乞皇太后、皇上圣鉴训示。谨奏。光绪二十九年八月二十六日。

（朱批：）吏部议奏。[①]

光绪二十九年九月十二日，奉朱批：吏部议奏。钦此。[②]

1492. 请以杨鸿度补授淮扬海道员折

光绪二十九年八月二十六日（1903 年 10 月 16 日）

头品顶戴两江总督臣魏光焘、署理漕运总督臣陆元鼎、江苏巡抚臣恩寿跪奏，为江苏淮扬海道要缺拣员请补，以重职守，恭折仰祈圣鉴事。

窃准部咨：光绪二十九年闰五月十五日奉上谕：湖南按察使着沈瑜庆补授。钦此。应以奉旨后第五日行文，按江苏省程限减半计算，扣至六月十五日作为开缺日期，归六月分截缺，所遗员缺例应由外拣员请补。查淮扬海河务兵备道一缺，经管河湖工程及分巡淮安、扬州、海州等处地方，最为繁剧，必须精明干练、熟谙河务之员，方足以资治理。

臣等于通省各项候补道员内逐加遴选，查有江苏遇缺尽先题奏道杨鸿度，现年四十九岁，湖南湘乡县附贡生。光绪五年，报捐同知不论双单月选用，嗣在甘肃老湘营襄办营务，于五次剿平边寇案内出力，保准免选本班，以知府分省归候补班即补，赴部验看，签掣云南到省，经前伊犁将军臣金顺于历年剿匪防戍案内

①台北故宫博物院藏：《军机及宫中档》，文献编号：408007286。

②中国第一历史档案馆藏：《录副奏折》，档号：03-5423-051。

保准免补本班，以道员遇缺尽先题奏，并戴花翎，于越南攻克宣光、临洮后路筹饷在事出力案内奏保，加二品顶戴；旋在浙江海防捐输、捐离原省，改指江苏补用。十四年五月十六日，由吏部带领引见，奉旨：着照例发往。钦此。缴照到省，期满甄别堪以繁缺留省补用在案。

该员才识稳练，朴实笃诚，到省十五年，历当要差，于吏治、河务情形，均能考求至熟，以之请补是缺，洵堪胜任，核与例章亦属相符。

臣等往返函商，意见相同，合无仰恳天恩俯念员缺紧要，准以江苏遇缺尽先题奏道杨鸿度补授淮扬海河务兵备道员缺，实于地方、河工均有裨益。如蒙俞允，仍照河工道员例试署一年期满，再请实授。谨合词恭折具陈。伏乞皇太后、皇上圣鉴训示。谨奏。光绪二十九年八月二十六日。

（朱批：）吏部议奏。①

光绪二十九年九月十二日，奉朱批：吏部议奏。钦此。②

1493. 奏报江宁筹饷捐输出力各员折

光绪二十九年八月二十六日（1903年10月16日）

头品顶戴两江总督臣魏光焘跪奏，为江宁筹饷捐输办竣在事出力各员，拟恳天恩准予分别保奖，遵章先请立案，恭折仰祈圣鉴事。

窃查光绪二十六年北军需饷孔殷，江苏同时筹办防务，添募勇营，亦需款浩繁，无可罗掘，经前督臣刘坤一奏明遵旨开办江宁筹饷捐输，所收捐款一半留备部拨，〔一〕半留作本省添军办防之需。旋因捐数无多，江苏猝被水灾，赈抚需资，请将应行解部一半捐银截留济用，并请展办一年，借裨饷需、灾赈，先后奏蒙

---

①台北故宫博物院藏：《军机及宫中档》，文献编号：408007287。

②中国第一历史档案馆藏：《录副奏折》，档号：03-5423-050。

恩允钦遵办理在案。计自开办起，经司道等设局督饬筹劝，遴派妥员分途设法，广为劝募，至展限期满止，共收捐输库平银一百二十万余两，分别解拨凑济，业将收支各数奏咨核销。

伏查此项捐输，当开办之初，时值防务戒严，人情惶惑，邻省饷源同匮，各办各捐，减成招徕，几有喧宾夺主之势，旋奉停止实官，仅捐虚衔、贡、监等项，劝募尤属为难。今幸展办期满，各该员不遗余力，劝集巨款，俾饷力、灾区赖以接济，不无微劳足录。查部章，劝办赈捐人员，准照寻常劳绩请奖。江宁前办饷赈各捐，均奉准给奖有案，可否仰恳天恩俯准将江宁劝办筹饷捐输在事出力各人员，由臣分别保奖，以示鼓励，出自鸿慈。理合会同江苏巡抚臣恩寿，恭折陈请。伏乞皇太后、皇上圣鉴训示。谨奏。光绪二十九年八月二十六日。

（朱批：）着照所请，该部知道。[①]

光绪二十九年九月十二日，奉朱批：着照所请，该部知道。钦此。[②]

1494. 奏销金陵制造局支用经费十八案折

光绪二十九年八月二十六日（1903年10月16日）

头品顶戴两江总督臣魏光焘跪奏，为金陵制造洋火药局支用经费第十八案造册报销，恭折具陈，仰祈圣鉴事。

窃据办理金陵制造洋火药局道员杨慕璿详称：金陵设局制造洋火药，截至光绪二十六年十二月底止支用经费，业经列为第十七案，分晰造册详请奏销在案。兹自光绪二十七年正月起，截至是年十二月底止，旧管上届实存库平银二百五两有奇，新收金陵防营支应局湘平折合库平银四万八千五百八十两有奇。开除各款，遵照部议报销章程，各归各部核销，计应归户部核销库平银一万

①台北故宫博物院藏：《军机及宫中档》，文献编号：408007288。

②中国第一历史档案馆藏：《录副奏折》，档号：03-6539-057。

一千五百二十八两零，兵部核销库平银二千七百三十四两零，工部核销库平银三万四千三百四十一两零，统共请销库平银四万八千六百四两零。实存库平银一百八十一两零，归于下届滚接造报，详请奏咨等情。前来。

臣覆核无异，除将细数清册咨送外务部暨户部、兵部、工部核销外，理合会同江苏抚臣恩寿，恭折具陈。伏乞皇太后、皇上圣鉴，饬部查照施行。谨奏。光绪二十九年八月二十六日。

（朱批：）该部知道。①

光绪二十九年九月十二日，奉朱批：该部知道。钦此。②

1495. 奏报汇解旗兵加饷银数片

光绪二十九年八月二十六日（1903年10月16日）

再，江苏省筹解旗营加饷银两，经前督臣等奏明自光绪十二年起，每年解银三十万两，江宁、苏州两属各半分认，按春、夏、秋三季批解户部兑收。前年接准行在户部咨：江苏省旗兵加饷，全数提留新案赔款，每年匀作十二次解沪汇付。又准部电：关平百两，应加补水库平银一两六钱四分三厘，各等因，当经先后转行遵照，业将二十八年下半年宁、苏两属应解前项银两分别筹解，附片奏明在案。

所有江宁应解光绪二十九年上半年银两，在于江安粮道库月提银一万两，金陵厘捐局月提银二千五百两，解过六次共计银七万五千两，另筹补水库平银一千二百三十二两二钱五分；苏州仍由向派之司、关、道、局照案分筹，亦解过六次，共计银七万五千两，另筹补水库平银一千二百三十二两二钱五分，均交号商汇解江海关兑收转付。据江宁、江苏两藩司按月详报，均经随时分咨外务部、户部查照。

---

①台北故宫博物院藏：《军机及宫中档》，文献编号：408007285。

②中国第一历史档案馆藏：《录副奏折》，档号：03-6657-118。

除饬各该藩司嗣后仍按半年详奏一次外，理合会同江苏巡抚臣恩寿，附片陈明。伏乞圣鉴。谨奏。

(朱批:) 该部知道。[①]

光绪二十九年九月十二日，奉朱批：该部知道。钦此。[②]

1496. 奏报委员采购米粮缘由片

光绪二十九年八月二十六日（1903年10月16日）

再，光绪二十七年分江北节省米价运费存银十余万两，先拟采购籼米十万石，由海运京。嗣因米价太昂，存银不敷采买，请暂从缓办，经前督臣刘坤一、张之洞先后奏明在案。兹据江安粮道胡延详称：本年秋成尚称中稔，米价虽未大平，当此新谷登场，若不派员前赴产米之区及早购办，诚恐洋商及广宁各帮广为收买，米价必又飞腾，且近年钱、洋各银俱贵，米价亦因之递涨。现经该道督饬廉洁委员分投采购，核实给价等情。详请具奏前来。

臣覆核无异，除咨户部查照外，理合会同署漕运总督臣陆元鼎、江苏巡抚臣恩寿，附片陈明。伏乞圣鉴。谨奏。

(朱批:) 户部知道。[③]

光绪二十九年九月十二日，奉朱批：户部知道。钦此。[④]

1497. 请将张学绪等分别给奖缘由片

光绪二十九年八月二十六日（1903年10月16日）

再，查前准部咨：核覆光绪二十五年分江北河运漕粮在事出力各员请奖案内，江苏试用知县张学绪，在任候选布政司经历江

①台北故宫博物院藏：《军机及宫中档》，文献编号：408007285-0-A。

②中国第一历史档案馆藏：《录副奏片》，档号：03-6657-123。

③台北故宫博物院藏：《军机及宫中档》，文献编号：408007285-0-B。

④中国第一历史档案馆藏：《录副奏片》，档号：03-6275-074。

安粮道库大使王锡珍，不论双单月候选按察司经历李兆凤，江苏试用巡检诸坦，或因捐册无名，或因预保加衔，或因并非江苏候补人员，或因到省在后，行令查复各等因，当经转行去后。兹据江宁布政使黄建笎、江安粮道胡延详称：饬据各该员先后查明声复，仍照原奖改奖等情。分别开折详请具奏前来。

臣覆核无异，除将清折咨部查核外，合无仰恳天恩饬部分别核议给奖，以昭激劝。理合会同署漕运总督臣陆元鼎、江苏巡抚臣恩寿，附片具陈。伏乞圣鉴训示。谨奏。

（朱批：）该部议奏。[①]

光绪二十九年九月十二日，奉朱批：该部议奏。钦此。[②]

【案】此奏片之具奏日期，原件目录署“光绪二十九年八月二十八日”，而录副则署为“光绪二十九年八月二十六日”，两相悬殊。随据朱批日期查光绪二十九年九月十二日《随手档》[③]，即有此片。据同批折件可知，此片具奏日期当为“光绪二十九年八月二十六日”无疑。录副缺，兹据校正。

1498. 奏报查明所属各员分别举劾折

光绪二十九年八月二十八日（1903年10月18日）

头品顶戴两江总督臣魏光焘跪奏，为查明所属各员，分别举劾，恭折仰祈圣鉴事。

窃维自强之道，必推本于吏治，诚以吏治清则内政兴，吏治窳则内政坏，未有不讲内政而能言御外侮者，此旌别淑慝所以为当务之急也。臣到任以来，于接见僚属，细心考核，稽诸政迹，

---

①台北故宫博物院藏：《军机及宫中档》，文献编号：408007290-0-A。

②中国第一历史档案馆藏：《录副奏片》，档号：03-6275-073。

③中国第一历史档案馆藏：《军机处随手登记档》，档案编号：03-0317-1-1229-274。

察以舆论，并证之各该管密考，既有所知，不敢不据实胪陈，以仰副朝廷激浊扬清、澄叙官方之至意！

查有江宁府知府罗章，才优识卓，所至有声，现任首郡，理繁治剧，游刃有余，并提调派办处事务，条理井然，深资得力。前徐州府知府候补知府张预，学优才裕，立品端方，勤政爱民，循声卓著，现筹办学务处，苦心维持，深得大体。前署江宁府事候补知府朱其昌，才具优长，性情朴实，前于首府任内正值创办各项新政，该员条理详明，现经理官银钱局，筹画妥洽。候补知府署通州直隶州知州王仁东，志虑清纯，通达治理。通州直隶州知州汪树堂，勤朴耐劳，诚直任怨，在通十年，商民爱戴。署泰州事清河县知县侯绍瀛，学问优长，循声懋著，在清河任内，清理积讼，舆论翕然。署江宁县事候补知县袁国钧，精明勤慎，见义勇为，前署萧县时，缉捕极为得力，民赖以安。署六合县事候补知县张镕万，精力过人，能任劳怨，在署桃源任内，爱民息讼，捕盗安良，舆情悦服。铜山县知县陶在铭，学识并裕，稳练精详，在任有年，兴利除弊，甚得民心。以上各员，拟恳天恩传旨嘉奖，以示鼓励。

又查有候补直隶州知州周煦山，捏叙履历，意图欺朦。候补知州署江都县知县吴式聂，不恤民隐，贻误地方。东台县知县孙宝毂，居心狡诈，贪利忘公。候补知县陈亮恭，办厘肆虐，罔恤民艰。候补巡检甘逊，性成贪鄙，办事糊涂。两淮泰州分司运判宣兆熊，滥用无度，擅挪公款。两淮候补盐大使单金绶，事理不明，工于营私。两淮候补盐经历汪登瀛，胆大妄为，利心太重。两淮候补盐知事王绍求，营私植党，锢习甚深。以上各员，皆属庸劣不职，未便姑容，相应请旨一并革职。

海州直隶州知州傅昀章，办事竭蹶，人地不宜，请开缺另补。署山阳县事候补知县孙箓龄，才识迂拘，难膺民社，惟系正途出身，文理尚优，应请以教职归部铨选。桃源县训导吴用宾，士论不孚，难任司铎，应请勒令休致，以肃官常。

臣为整顿吏治起见，理合恭折具陈。伏乞皇太后、皇上圣鉴训示。再，此次参劾文职实任各缺，江苏省现有应补人员，应请扣留外补。合并陈明。谨奏。光绪二十九年八月二十八日。

（朱批：）另有旨。①

光绪二十九年九月十三日，奉朱批：另有旨❶。钦此。②

【案】此案旋于是年九月十三日得旨允准，《光绪朝上谕档》载曰：

光绪二十九年九月十三日，内阁奉上谕：魏光焘奏，举劾属员一折。江苏江宁府知府罗章，前署徐州府知府候补知府张预，候补知府朱其昌、王仁东，通州直隶州知州汪树堂，清河县知县侯绍瀛，署江宁县知县候补知县袁国钧，署六合县事候补知县张镕万，铜山县知县陶在铭，既据该督胪陈政绩，均着传旨嘉奖。候补直隶州知州周煦山，捏叙履历，意图欺蒙；署江都县知县候补吴式聂，不恤民隐，贻误地方；东台县知县孙宝穀，居心狡诈，贪利忘公；候补知县陈亮恭，办厘肆虐，罔恤民艰；候补巡检甘逊，性成贪鄙，办事糊涂；两淮泰州分司运判宣兆熊，滥用无度，擅挪公款；候补盐大使单金绶，事理不明，工于营私；候补盐经历汪登瀛，胆大妄为，利心太重；候补盐知事王绍求，营私植党，锢习甚深；着一并革职。海州直隶州知州傅昀章，办事竭蹶，人地不宜，着开缺另补。署山阳县知县候补知县孙钱龄，才识迂拘，难膺民社，惟文理尚优，着以教职归部铨选。桃源县训导吴用宾，士论不孚，难任司铎，着勒令休致。余着照所议办理，该部知道。钦此。③

1499. 请以丁华容补授两江督标副将折

光绪二十九年八月二十八日（1903年10月18日）

头品顶戴两江总督臣魏光焘跪奏，为拣员调补副将员缺，恭

---

①台北故宫博物院藏：《军机及宫中档》，文献编号：408007290。

②中国第一历史档案馆藏：《录副奏折》，档号：03-5423-064。

③《光绪朝上谕档》，第29册，第275页；又，《德宗景皇帝实录（七）》，卷五百二十一，光绪二十九年九月，第883—884页。

折仰祈圣鉴事。

窃两江督标中军副将王幼山升补，遗缺业经臣附片陈请扣留由外拣员请补，奉旨允准并准部咨饬令拣补等因在案。臣查是缺副将驻扎江宁省城，系臣标中军，为各营领袖，公务殷繁，责成綦重，必须精明干练之员，方足以资表率。是缺系部推之缺，按照推补新章第一轮第一缺，应用尽先人员。

臣于通省实任、候补各员内详加遴选，查有提督衔记名总兵江南内洋水师海门营副将丁华容，年六十二岁，湖南湘乡县人，于咸丰七年投营随剿，转战安徽、江南等省，并随同出使外洋，洊保提督衔记名总兵。光绪十八年，经前督臣刘坤一奏补海门营副将。十九年正月二十三日，经部议准，七月内到任。二十年三月内请咨，经部带领引见，奉朱笔圈出，着准其补授，照例用。钦此。五月内，领札回任。二十二年，奏保副将，等第密列二等。二十三年军政案内保荐卓异。二十八年二月，前督臣刘坤一深知其能，调署是缺中军副将，兼统新兵三营，训练兵丁，整顿营伍，日起有功，深资倚赖。本年五月内，臣委署江南福山镇总兵员缺，巡洋缉匪，办理裕如。

该员廉朴耐劳，饶有胆识，为将领中不可多得之才，以之调补是缺副将，洵堪胜任。虽水师改调陆路与定例稍有未符，惟查中军有全省营务之责，水陆并重，究与专属陆路之缺不同。该员本湘军立功之将，水陆兼长，又与向由水师出身有别。现值时局多艰，明诏屡颁，其有才能出众者，原可不拘常格。臣标中军副将关系紧要，似未便稍涉拘泥，合无仰恳天恩俯念为缺择人，准以提督衔记名总兵实缺海门营副将丁华容调补两江督标中军副将，实于营务、地方均有裨益。如蒙俞允，该员系对品调补，毋庸送部引见，应请敕部颁给札付，以昭信守。

除饬取履历咨部查核外，谨会同江南提督臣李占椿，恭折具陈。伏乞皇太后、皇上圣鉴训示。再，该员系补过实缺副将之员，与初次补缺者有间。所有保案印册，此次邀免遵章重造。至该员如蒙准调，所遗海门副将一缺，江南内洋水师现有合例人员，应请照章扣留由外拣补。合并声明。谨奏。光绪二十九年八月二十八日。

（朱批：）兵部议奏。[①]

光绪二十九年九月十三日，奉朱批：兵部议奏。钦此。[②]

1500. 代奏蒋云龙补授总兵谢恩折

光绪二十九年八月二十八日（1903年10月18日）

头品顶戴两江总督臣魏光焘跪奏，为据情代奏，恭折仰祈圣鉴事。

窃准兵部咨：光绪二十九年六月十四日奉上谕：浙江处州镇总兵员缺，着蒋云龙[③]补授。钦此。当即转行钦遵去后。兹据该总兵禀称：伏念起家行伍，渥荷恩荣，愧戎略之未娴，幸中衡之忝领。兹蒙恩简，补授是缺，自天闻命，伏地增惭！查处州地处偏隅，总兵职司阃寄，自维梼昧，深惧勿胜，惟有仰恳据情代奏叩谢天恩，请旨陛见，俾得亲聆训诲，庶有遵循等情。前来。

理合据情代奏。伏乞皇太后、皇上圣鉴训示。谨奏。光绪二十九年八月二十八日。

（朱批：）毋庸来见。[④]

光绪二十九年九月十三日，奉朱批：毋庸来见。钦此。[⑤]

---

①台北故宫博物院藏：《军机及宫中档》，文献编号：408007289。

②中国第一历史档案馆藏：《录副奏折》，档号：03-5423-058。

③蒋云龙，生卒年未详，湖南人，武童出身。光绪十六年（1890），以功补陕西延榆绥镇总兵。二十三年（1897），奉旨开缺赴引。二十四年（1898），补副将。二十九年（1903），补授浙江处州镇总兵。三十年（1904），署理江西南赣镇总兵。三十一年（1905），除南赣镇篆。三十四年（1908），因弹压不力酿成巨案，被参革职。

④台北故宫博物院藏：《军机及宫中档》，文献编号：408007291。

⑤中国第一历史档案馆藏：《录副奏折》，档号：03-5423-062。

1501. 请以张绍武补授抚州营都司折

光绪二十九年八月二十八日（1903年10月18日）

头品顶戴两江总督臣魏光焘跪奏，为拣员借补陆路都司员缺，恭折仰祈圣鉴事。

窃准部咨，江西抚州营都司奚鸿文升补建昌营游击，所遗抚州营都司员缺系现定新章后所出第一轮第一推缺，轮用尽先人员，应令照章拣员请补等因。伏查是缺都司驻扎抚州府城，汛地辽阔，弹压巡防，均关紧要，经前督臣刘坤一查有两江尽先补用游击张绍武堪以借补，因奚鸿文升补游击之案尚未接准部覆，是以未经具奏，留交到臣。

今查该员张绍武，年五十八岁，湖南沅陵县人，寄籍长沙县，由武童投效军营，随剿出力洊保蓝翎尽先都司。光绪七年，投归湖南辰州城守营，收标差遣。二十五年，奏留两江尽先补用。嗣因随同扑灭安徽南陵县戴家会村票匪出力，经前督臣刘坤一奏准免补都司，以游击仍留两江尽先补用，并换花翎。旋因该员前在军营打仗受伤，不便弓马，奏请免予骑射，照章改习枪炮，各在案。该员张绍武谙练营伍，操防得力，以之借补抚州营都司，洵堪胜任，核与定章亦属相符。合无仰恳天恩俯准以两江尽先游击张绍武借补江西抚州营都司员缺，实于营伍、地方均有裨益。如蒙俞允，俟接准部覆，给咨送部引见，以符定制。

除取造该员履历册结咨移部、科查核外，谨会同署理江西巡抚臣夏时，恭折具奏。伏乞皇太后、皇上圣鉴训示。谨奏。光绪二十九年八月二十八日。

（朱批：）兵部议奏。①

光绪二十九年九月十三日，奉朱批：兵部议奏。钦此。②

---

①台北故宫博物院藏：《军机及宫中档》，文献编号：408007292。

②中国第一历史档案馆藏：《录副奏折》，档号：03-5423-060。

1502. 请准魏荣斌留于两江候补片

光绪二十九年八月二十八日（1903 年 10 月 18 日）

再，查分统云南武威各营补用参将魏荣斌，臣前在云贵总督任内曾经奏明留滇，并派赴罗平、广南一带剿办游匪，现查该处沿边已就肃清，该营已早撤防回省。目下南洋水陆各防营改练新操，需才孔亟，该参将勇略兼优，办事结实，前经臣咨准署云贵督臣丁振铎檄饬将营务交代清楚，咨送来宁，借供差遣。

合无仰恳天恩俯准将留滇补用参将魏荣斌留于两江归候补班尽先补用。除饬取履历咨部查核外，理合附片陈明。伏乞圣鉴训示。谨奏。

（朱批：）着照所请，兵部知道。①

光绪二十九年九月十三日，奉朱批：着照所请，兵部知道。钦此。②

1503. 请饬郑业敩等来宁差委片

光绪二十九年八月二十八日（1903 年 10 月 18 日）

再，求治之道，首重得人。南洋筦江海之毂，事任綦重，非广求明通之才，不足以资助理。兹查有直隶候补道郑业敩、湖南在籍候选道黄忠浩、广东候补知府孙志焄、贵州候补知府贺弼，以上各员，臣或委任有素，或采访甚真，量能授事，必能得力，相应吁恳天恩俯念南洋需才甚殷，饬下直隶、广东、湖南、贵州各督抚臣，檄令该员等迅来金陵，听候差委，俾微臣得收指臂之助，出自逾格鸿施。理合附片具陈。伏乞圣鉴训示。谨奏。

---

①台北故宫博物院藏：《军机及宫中档》，文献编号：408007292-0-A。

②中国第一历史档案馆藏：《录副奏片》，档号：03-5958-084。

（朱批：）着照所请，吏部知道。[①]

光绪二十九年九月十三日，奉朱批：着照所请，吏部知道。钦此。[②]

1504. 奏报保荐鹿浔理等请旨引见片

光绪二十九年八月二十八日（1903年10月18日）

再，查有存记河南候补道鹿浔理，才气恢张，办事明干，臣前在陕西巡抚任内，委令办理营务，深资得力，而于时务、吏治尤能细心讲求；又记名海关道外务部郎中朱有基，器宇端凝，才识宏达，臣前在云贵总督任内委令办理洋务，于教案、铁路、矿务各交涉事宜，悉臻妥协，均为监司中不可多得之员，倘量予实任，庶令该员等益得展其怀抱，勉效驰驱。

合无仰恳天恩俯准敕下吏部将该二员带领引见，其应如何录用之处，出自逾格鸿施。谨附片具陈。伏乞圣鉴训示。谨奏。

（朱批：）鹿浔理、朱有基均着交部带领引见。[③]

光绪二十九年九月十三日，奉朱批：鹿浔理、朱有基均着交部带领引见。钦此。[④]

1505. 奏报黄建笎总办洋务缘由片

光绪二十九年八月二十八日（1903年10月18日）

再，江宁省城向设有洋务专局，历派道员坐办经理，尚无贻误。惟近来交涉事务日益繁难，亟应广益集思，以资因应。兹查有江宁布政使黄建笎，器识闳远，曾随前直隶督臣李鸿章历练洋务有年，臣与讲求讨论，多合机宜，拟特派该司为洋务局总办，

①台北故宫博物院藏：《军机及宫中档》，文献编号：408007292-0-B。
②中国第一历史档案馆藏：《录副奏片》，档号：03-5423-061。
③台北故宫博物院藏：《军机及宫中档》，文献编号：408007289-0-A。
④中国第一历史档案馆藏：《录副奏片》，档号：03-5423-054。

遇有交涉、接待、会议等事，责令先事绸缪，会同坐办悉心规画，另选通晓时务道员委充会办，俾资襄助，并拟于候补、投效中留心物色才堪造就者，派赴洋务局差遣学习，借储人才而重交涉，均由臣随时督率，遇事筹商，妥慎办理。除分檄知照外，理合附片陈明。伏乞圣鉴。谨奏。

（朱批：）知道了。[①]

光绪二十九年九月十三日，奉朱批：知道了。钦此。[②]

1506. 奏报江浙漕粮改用车运亏耗折

光绪二十九年九月初一日（1903年10月20日）

头品顶戴两江总督臣魏光焘、头品顶戴浙江巡抚臣聂缉椝、头品顶戴江苏巡抚臣恩寿跪奏，为江、浙两省交仓漕粮改用车运，亏耗过巨，拟请将津剥食耗等米免予随正起运，以资弥补，恭折具陈，仰祈圣鉴事。

窃据浙江粮道陆襄钺[③]、苏松粮道罗嘉杰会详称：江、浙两省征办漕、白二粮，历届由海运津，向用剥船运至通仓，每石例支耗米一升一合五勺，名曰津剥食耗，原以津贴南省运米折耗之用，数十年率由旧章，船户如有亏短，即以此项米石抵补。自光绪二十六年南漕改用火车运京，复用骡车运仓，前由苏松粮道拟请将随运经剥食耗等米全数留抵，弥补火车、骡车各项亏耗等情。当

---

①台北故宫博物院藏：《军机及宫中档》，文献编号：408007289-0-B。

②中国第一历史档案馆藏：《录副奏折》，档号：03-5423-059。

③陆襄钺（1836—1905），陕西孝义人，原籍江苏，附生出身。咸丰八年（1858），中式举人，选州判，分发直隶。同治三年（1864），以军功经穆图善奏保知县。五年（1866），经河南巡抚李鹤年奏调赴豫差委。同年，保知州。七年（1868），保直隶州知州，加知府衔。八年（1869），保知府。光绪六年（1880），署河南府知府。九年（1883），署开封府知府。十六年（1890），署理河陕汝道。二十一年（1895），补授开归陈许道。二十三年（1897），丁忧回籍。二十七年（1901），调补浙江督粮道。二十九年（1903），署理湖北按察使。三十年（1904），因病开缺。三十一年（1905），卒于籍。著有《有不为斋诗存》等行世。

经臣恩寿据情咨准户部、仓场督臣核复，前项耗米应令随正交仓，另行援照由通运抵大通桥、由桥运仓，经纪车户每石准给一升骡车耗米。江、浙一律火车不另给耗者，盖以合同订明保险应无短少故也。

至光绪二十七年，京仓接修铁路，经仓场督臣檄行京沽办运漕粮局委员江苏候补知府邓心茂、浙江委员候补知府喻兆蕃，以今届漕米由火车径运太平仓验收，计程较近道路，与在通验收由剥船到坝情事相同。从前通坝并不开支耗米，所有一升骡车耗米，应令随正交仓，未便准其拨给等因，自应遵办，以益公家。乃试办车运已历三届，虽经由道督率京沽局委员认真经理，以冀无亏正供，无如每届运米事竣，截数核计，亏耗竟不能免，每石或亏一升至三四升不等。推原其故，米自塘沽上栈，装载火车，一经颠播，便有压碎洒漏之虞。此火车之耗也。

铁路合同订明保险，仅保意外之险。如果米包不少，即系米无亏短。其米色中之如何暗耗，并不过问。又，南漕到京后，初用人夫抗运继因验米场路远，兼用骡车拉运，计自卸火车入栈，次早出栈，抗上骡车，至验米场抗下，反复数次装卸，上下颠抗，袋绳难免松宽，米粒不无抛洒。此又人夫、骡车抗运之耗也。

间有米色不纯，风筛折耗更多。总之，陆运之米较之剥运一水可通者，劳逸悬殊，消耗尤甚。运费有限，车耗难筹，思维至再，拟请将例设津剥食耗米石免予随正起运，留抵车运亏耗，以资弥补正供。如再不敷，由道自行设措，不再续请，以示限制。联衔详请奏咨前来。

臣等复核无异，除咨户部、仓场督臣查照外，谨合词恭折具陈。伏乞皇太后、皇上圣鉴，敕部议复施行。再，此折系臣恩寿主稿。合并陈明。谨奏。光绪二十九年九月初一日。

（朱批：）户部议奏。①

---

①台北故宫博物院藏：《军机及宫中档》，文献编号：408007293。

光绪二十九年九月十一日，奉朱批：户部议奏。钦此。[①]

1507. 查明二十七年冬漕海运经费折

光绪二十九年九月初一日（1903年10月20日）

头品顶戴两江总督臣魏光焘、头品顶戴江苏巡抚臣恩寿跪奏，为查明苏省光绪二十七年冬漕海运项下例支、增给各项经费，开单恭折仰祈圣鉴事。

窃照苏省同治二年起至光绪二十六年分止，历届起运漕、白粮米征收、动支各款，业经先后开单奏准核销各在案。兹据署苏州布政使效曾、苏松督粮道罗嘉杰会详称：苏省海运经费自同治四年奏准每石支销库平银七钱，以后各年叠经奏准加给沙船修费、天津官剥耗米等款，均于漕项内动支，经费已形支绌。迨同治十二年冬漕起改办径运赴通州交纳，用款益多，奏经户部复准每石加增银五分，将苏属应解江安粮道库一半节省银两，饬属全行征解苏松粮道库，拨抵此项加增运费。设有不敷，于漕项未提款内拨足等因，历经循办。嗣于光绪二十七年津京兵燹之后，奉部奏准海运米石运抵塘沽，改由铁路火车径运京仓交兑，所有增给剥船户耗米价银及加给剥船户津贴银两等款停止开销。其余例支各款，仍照旧章核给等因，奉经遵照办理。

兹查光绪二十八年海运二十七年分漕、白正、耗并经剥食、耗等款，共米七十六万五千四百八十九石零，内除先后奉饬改折漕粮米二十五万一千九百三十五石零，应支经费另行分别造报外，实在起运漕、白正供并经耗、剥食等款共米五十一万三千五百五十四石零，全归轮船装运。所需商船水脚、神福、犒赏并津京解给各款，共用库平银三十八万四千五百七十三两零，内除增给五分运费应银二万五千六百七十七两零，遵于江安粮道库归苏一半仓项银内动支外，尚该银三十五万八千八百九十五两零，内商船

①中国第一历史档案馆藏：《录副奏折》，档号：03-6275-072。

水脚、神福等款照案以行、月等米粜变抵支。其津京交米用款，则以道库漕项银两抵支。通融核算，尚不逾每石七钱五分之数。今届实运京仓漕粮正、耗等米共四十三万九千四百八石零，共支新增剥价银一万六千五百二十一两零，遵照部咨于漕项内动支。此外增给各款，内除民船守候口粮业经裁除外，其余尽于道库漕项内动用，分别列入漕项奏销及季拨各册造报达部，均核与以漕办漕定章相符。所有本届支销细数，遵照部行造具分款细册，送部查核等情。详请具奏前来。

臣等复查光绪二十七年分冬漕办运支给各项用款，均系撙节开支，实用实销，尚无逾每石七钱五分之数；增给各款银米，内除民船守候口粮业经奏裁，余照核准之数分别解给，亦无浮滥。

除细册咨送户部外，理合会同署漕运总督臣陆元鼎，恭折具陈，并将用过经费款目总数开列清单，恭呈御览。伏乞皇太后、皇上圣鉴，敕部核销施行。谨奏。光绪二十九年九月初一日。

（朱批：）户部知道，单并发。①

光绪二十九年九月十一日，奉朱批：户部知道，单并发。钦此。②

1508. 呈二十七年冬漕海运经费清单

光绪二十九年九月初一日（1903年10月20日）

谨将苏省光绪二十七年分冬漕海运项下解支各款，查照部行分晰例支、增给各款，开缮清单，恭呈御览。

计开

例支经费项下：每石准销库平银七钱。

光绪二十八年起运二十七年分漕、白正、耗并经耗剥食等款，共米五十一万三千五百五十四石零。

---

①台北故宫博物院藏：《军机及宫中档》，文献编号：408007295。

②中国第一历史档案馆藏：《录副奏片》，档号：03-6275-069。

共支商船水脚、神福、犒赏并津京解支各款库平银三十五万八千八百九十五两零。

增给五分运费项下：每石准销库平银五分。

光绪二十八年起运二十七年分漕、白正、耗并经耗剥食等款，共米五十一万三千五百五十四石零。

共支增给运费库平银二万五千六百七十七两零。

新增官剥、脚价项下

光绪二十八年起运二十七年分实运京漕粮正、耗米四十三万九千四百八石零，折洪斛米三十五万一千五百二十七石零，每石加给京平银五分，实支京平折合库平银一万六千五百二十一两零。

（朱批：）览。①

1509. 查明江苏各属上半年新旧交代折

光绪二十九年九月初一日（1903年10月20日）

头品顶戴两江总督臣魏光焘、头品顶戴江苏巡抚臣恩寿跪奏，为查明江宁、苏州两属各州、厅、县光绪二十九年上半年已结、未结新旧交代，开缮清单，恭折仰祈圣鉴事。

案准户部咨：会同吏部议奏，饬令将各州县交代限期定限半年汇奏一次，光绪元年八月初七日奉旨：依议。钦此。等因，历经查明江苏省各州、厅、县已、未结交代，按限开单奏报至光绪二十八年下半年止在案。兹据江宁布政使黄建笎、署苏州布政使效曾查明江宁、苏州等属二十九年正月起至六月止已结、未结各新案交代，并二十八年下半年交代续报清结各案，汇开清单，详请具奏前来。

臣等覆核无异，除将已结者严催赶造册结咨部查核，未经结报有应缴款项者，勒限完缴，如逾限不完，即行照例参办外，相

①中国第一历史档案馆藏：《单》，档号：03-6275-070。

应汇缮清单，合词恭折会奏。伏乞皇太后、皇上圣鉴。谨奏。光绪二十九年九月初一日。

（朱批：）户部知道，单并发。[1]

光绪二十九年九月十一日，奉朱批：户部知道，单并发。钦此。[2]

1510. 呈江苏各属上半年新旧交代清单

光绪二十九年九月初一日（1903 年 10 月 20 日）

谨将光绪二十九年正月起至六月止江宁、苏州两藩司所属已、未结新案交代，并二十八年下半年交代续报清结各案，汇缮清单，恭呈御览。

计开

江宁藩司所属

初参限内算清结报一案

署清河县张壮彩，光绪二十九年二月十六日到任，应接前署县洪檠交代，扣至闰五月十五日初参限满，前案已据算清结报详咨。

初参限内尚未结报八案

署通州王仁东，光绪二十九年正月二十日到任，应接前州汪树堂交代，扣至五月十九日初参限满。

署沛县芳镇，光绪二十九年二月初六日到任，应接前县马光勋交代，扣至闰五月初五日初参限满。

署上元县陈澍涵，光绪二十九年二月十六日到任，应接前县戴光交代，扣至闰五月十五日初参限满。

署丰县许宝良，光绪二十九年二月二十二日到任，应接前署县赵兴霙交代，扣至闰五月二十一日初参限满。

---

①台北故宫博物院藏：《军机及宫中档》，文献编号：408007296。

②中国第一历史档案馆藏：《录副奏片》，档号：03-5742-042。

署盐城县戴光，光绪二十九年二月三十日到任，应接前代理县王以干及前署县陈澍涵交代，扣至闰五月二十九日初参限满。

署高邮州洪棨，光绪二十九年三月十七日到任，应接前州李孟康交代，连闰扣至六月十六日初参限满。

署沭阳县叶元鋆，光绪二十九年三月十八日到任，应接前县高振声交代，连闰扣至六月十七日初参限满。

署溧水县李儁，光绪二十九年四月初六日到任，应接前署县聂培新交代，连闰扣至六月初五日初参限满。

以上八案，已据于限内会算，现饬催解存库银两，结报详咨。

初参限内尚未算结二案

署江浦县俞熙，光绪二十九年三月初九日到任，应接前署县王彦澄交代，扣至六月初八日初参限满。

高淳县李普润，光绪二十九年四月初一日回任，应接病故前署知县姚德钧交代，扣至闰五月三十日初参限满。

以上二案交代，现在严饬会算，结报详咨。

未满初限尚未算结八案

署江宁县袁国钧，光绪二十九年六月十二日到任，应接前县卢维雝交代，扣至十月十一日初参限满。

署六合县张镕万，光绪二十九年闰五月十二日到任，应接前署县愃龄交代，扣至九月十一日初参限满。

代理山阳县汪咏沂，光绪二十九年闰五月二十五日到任，应接前署县孙钱龄交代，扣至九月二十四日初参限满。

署桃源县张景祐，光绪二十九年五月十一日到任，应接前署县张镕万交代，连闰扣至八月初十日初参限满。

署甘泉县沈兆禔，光绪二十九年四月十六日到任，应接前署县张景祐交代，连闰扣至七月十五日初参限满。

署萧县张绍棠，光绪二十九年五月初一日到任，应接前署县袁国钧交代，连闰扣至七月三十日初参限满。

署邳州王彦澂，光绪二十九年四月初四日到任，应接前署州刘本檍交代，连闰扣至七月初三日初参限满。

宿迁县林士箐，光绪二十九年四月初六日到任，应接前署县罗治霖交代，连闰扣至七月初五日初参限满。

以上八案，现饬依限算清结报。

奏报光绪二十八年下半年，续据算清结报六案

署阜宁县季逢辛，光绪二十八年七月初一日到任，应接前署县王以宷交代，扣至十月十三日初参限满。

署泰州侯绍瀛，光绪二十八年十二月十七日到任，应接前州罗允猷交代，扣至二十九年四月十六日初参限满。

署江都县吴式晸，光绪二十八年七月初六日到任，应接病故前署县刘燡及代理县胡廷琛交代，扣至二十九年正月二十日二参限满。

署甘泉县张景祜，光绪二十八年七月初二日到任，应接前署县谢元洪交代，扣至二十九年正月初一日二参限满。

仪征县胡希林，光绪二十八年十二月十五日到任，应接前署县李普润交代，扣至二十九年四月十四日初参限满。

如皋县单儒绅，光绪二十八年十月初七日到任，应接前署县张存彝交代，扣至二十九年二月初六日初参限满。

以上六案，已据算清结报详咨。

奏报光绪二十八年下半年交代，续据算清，尚未结报一案。

署句容县王树鼎，光绪二十八年十二月初四日到任，应接前代理县李雋及病故前任知县黄傅祁等交代，扣至二十九年四月初三日初参限满。前案已据会算清楚，现在严催赶造册结详咨。

苏州藩司所属

初参限内算清结报二案

署昆山县刘有光，光绪二十九年正月二十六日到任，应接病故前任知县诸可宝交代，扣至五月初十日初参限满。

崇明县李如松，光绪二十九年四月二十二日到任，应接前署县陶联琇交代，扣至六月初六日初参限满。

以上二案，已据算清结报详咨。

未满初限尚未算结九案

署吴县李超琼，光绪二十九年闰五月初三日到任，应接前县林丙修及兼理县苏品仁交代，扣至八月十七日初参限满。

署吴江县冯汝禧，光绪二十九年六月十八日到任，应接前署县刘怡交代，扣至十月初二日初参限满。

署南汇县戴运寅，光绪二十九年五月二十四日到任，应接前县汪以诚交代，扣至八月初八日初参限满。

署阳湖县孙友萼，光绪二十九年六月初七日到任，应接前县翁延年交代，扣至九月二十一日初参限满。

署无锡县许溎祥，光绪二十九年五月二十四日到任，应接前署县李超琼交代，扣至八月初八日初参限满。

署江阴县郭曾程，光绪二十九年五月初一日到任，应接前署县吴镜沆交代，扣至七月三十日初参限满。

署靖江县赖丰熙，光绪二十九年六月初二日到任，应接前署县许之珏交代，扣至九月初一日初参限满。

署金坛县翁有成，光绪二十九年六月十五日到任，应接前县郑钟祥交代，扣至九月二十九日初参限满。

署嘉定县吴镜沆，光绪二十九年五月十二日到任，应接前县章鸿森交代，扣至七月二十六日初参限满。

以上九案，现饬依限算清，结报详咨。

奏报二十八年下半年交代，已据算结六案。

吴县林丙修，光绪二十八年十一月初十日到任，应接前署县田宝荣交代，扣至二十九年二月二十四日初参限满。

署华亭县陈镐，光绪二十八年十月十七日到任，应接前署县林丙修交代，扣至二十九年二月初一日初参限满。

金山县蒋清瑞，光绪二十八年十一月初三日到任，应接前署县赵树楷交代，扣至二十九年二月初二日初参限满。

青浦县田宝荣，光绪二十八年十一月二十五日到任，应接前署县钱国选交代，扣至二十九年三月初九日初参限满。

署靖江县许之珏，光绪二十八年十一月初八日到任，应接前署县高继昌交代，扣至二十九年二月初七日初参限满。

署太仓州谢谦，光绪二十八年十二月十五日到任，应接前州蒋体梅交代，扣至二十九年五月十四日二参限满。

以上六案，已据算清结报详咨。

（朱批：）览。[①]

1511. 奏销陕运漕白粮米用过运费折

光绪二十九年九月初一日（1903年10月20日）

头品顶戴两江总督臣魏光焘、头品顶戴江苏巡抚臣恩寿跪奏，为查明陕运漕、白粮米用过运费，恳恩敕部核销，恭折仰祈圣鉴事。

窃照光绪二十六年天津兵事，两宫幸陕。苏省遵办陕运，计拨二十五年存沪漕粮五万石，商轮船耗米四千石，内兑交行在户部验收米七千六百一十一石，照章支给商轮船耗米四千石；又运存龙驹寨等处，复又遵饬退回汉口，运苏拨赈米四万一千九十石。各局交仓斛耗、添包、加秤、折回辗转蚀耗米一千二百九十九石。又提前预办二十六年分白粮米一万石，商轮船耗及经剥食耗等米一千二百九十七石七升，内兑交行在户部验收米五千六百一十九石，运汴兑交米五百石，照章支给商轮船耗米一千石。各局交仓斛耗、添包、加秤、折回辗转蚀耗米四百四十四石七斗九升，即就樊城粜变米三千三百九十五石五斗，赊旗店粜变米三百三十七石七斗八升。统计水陆两运水脚、车价及往返折回等项水脚，共支库平银一十六万一千四百六十九两零；又，委员薪水、盘费、杂支等项实支库平银七万二千一百六十二两零，二共支销库平银

①中国第一历史档案馆藏：《单》，档号：03-5423-049。

二十三万三千六百三十一两零，统于道库漕项项下动支。据苏松督粮道罗嘉杰会同署苏州藩司效曾，查明所支各款，均系撙节动用，实用实销，并无浮冒，并据声明樊城、赊旗店粜变白粮米价计樊平合库平银八千六百二十五两零，提存道库，听候拨用；其折耗漕、白共米一千七百四十三石七斗九升，应请援照招商局承运二十五年陈漕储栈亏蚀米石准豁之案，恳恩准予一体豁免等情。查造用款清册，会详请奏前来。

臣等复加确查，此项运陕漕、白二粮，水陆舟车，沿途盘剥，复又辗转折回，因之运费愈增，支用益巨。统计水脚、薪水等项，共用库平银二十三万三千余两。臣等按册考核，均系实用实销，并无浮冒。其折耗漕、白粮米一千七百余石，委因水陆盘运、因公亏蚀所致。合无仰恳天恩敕部将用过经费按款核销，并将折耗米石援案豁免，以示体恤。

除清册咨部查照外，谨合词恭折具奏。伏乞皇太后、皇上圣鉴训示。谨奏。光绪二十九年九月初一日。

（朱批：）户部知道。①

光绪二十九年九月十一日，奉朱批：户部知道。钦此。②

1512. 奏请旌奖故员周万里缘由片

光绪二十九年九月初一日（1903年10月20日）

再，据署苏州布政使效曾详称：光绪二十七年苏、常等属风潮为灾，节经奏请截漕赈恤，并劝捐解济。查有靖江县人盐提举衔候选县丞周士秀，以该县灾情较广，遵其故父盐提举衔候选布理问周万里遗命，捐助库平银一千两，又募捐洋五百元，先后拨济灾区，洵属善承先志，加惠梓乡。捐数已及千两，未便没其好善之忱，详请循案奏旌前来。

---

①台北故宫博物院藏：《军机及宫中档》，文献编号：408007294。

②中国第一历史档案馆藏：《录副奏折》，档号：03-6275-071。

臣等覆核无异，相应请旨将已故盐提举衔候选布理问周万里照例旌奖，给予“乐善好施”字样，以示激劝。理合附片具陈。伏乞圣鉴训示。谨奏。

（朱批：）着照所请，礼部知道。[①]

光绪二十九年九月十一日，奉朱批：着照所请，礼部知道。钦此。[②]

1513. 奏饬陆钟琦即赴粮储道任片

光绪二十九年九月初一日（1903年10月20日）

再，新授苏松粮储道陆钟琦现已抵省，应即饬赴新任，以重职守。除檄饬遵照外，谨合词附片陈明。伏乞圣鉴。谨奏。

（朱批：）知道了。[③]

光绪二十九年九月十一日，奉朱批：知道了。钦此。[④]

1514. 奏报拣员署理嘉定知县片

光绪二十九年九月初一日（1903年10月20日）

再，嘉定县知县章鸿森因病请假，所遗嘉定县员缺，查有准调元和县现署江阴县知县吴镜沆，堪以署理。据署苏州布政使效曾、署江苏按察使朱之榛会详前来。除批饬遵照外，谨合词附片具陈。伏乞圣鉴。谨奏。

（朱批：）吏部知道。[⑤]

光绪二十九年九月十一日，奉朱批：吏部知道。钦此。[⑥]

---

①台北故宫博物院藏：《军机及宫中档》，文献编号：408007294-0-A。

②中国第一历史档案馆藏：《录副奏片》，档号：03-5607-018。

③台北故宫博物院藏：《军机及宫中档》，文献编号：408007294-0-B。

④中国第一历史档案馆藏：《录副奏片》，档号：03-5423-042。

⑤台北故宫博物院藏：《军机及宫中档》，文献编号：408007294-0-C。

⑥中国第一历史档案馆藏：《录副奏片》，档号：03-5423-046。

1515. 奏闻遵旨查办枭匪情形折

光绪二十九年九月初二日（1903年10月21日）

头品顶戴两江总督臣魏光焘、头品顶戴江苏巡抚臣恩寿跪奏，为遵旨查办枭匪情形，恭折覆陈，仰祈圣鉴事。

窃臣等承准军机大臣字寄：光绪二十九年六月十二日奉上谕：有人奏，江苏松江府南汇县一带枭匪扰民，请饬查办一折[1]。枭匪出没，愍不畏法，不亟剿除，大为民害，着魏光焘、恩寿遴派干练之员前往密查，严捕首要，务获惩治。武弁刘一泉、杨凤标受贿袒庇，亟应查明严办，以靖闾阎等因。钦此。并钞原奏寄信前来。当经札委统领常备右军兼统盐捕等营江苏候补道杜俞前往南汇等处，按照原奏各节，严密查办，一面先行由电覆奏在案。嗣又钦奉上谕：有人奏，江苏盐枭、会匪充塞引岸，劫掠商民，但事招抚，恐滋后患等语[2]。着魏光焘、恩寿妥为筹办，毋任养痈贻患，原片着钞给阅看等因。钦此。又经分行钦遵去后，兹据该道杜俞查明禀覆。

如原奏所称，枭匪扰民，宜缉访渠魁，设法妥办一节。查南汇地方与上海对岸，滨临江海，时有匪徒窟穴其中，土枭既多。近来更分南、北帮名目，始仅贩私，继而聚赌，附从较众，彼此争利。本年五月间，帮匪在南汇所属之周浦交哄，即经臣等飞饬该道杜俞驰赴上海，相机调度，妥议进止。该道抵沪后，因浦东教堂林立，商栈云屯，既非用武之地，操纵稍疏，即酿交涉重案，而南、北两帮匪首闻风早已远扬，余匪散匿。体察情形，但可捕拿，不便攻剿，随即不动声色，多方设筹，将北帮客匪全数解散，并出示晓谕，宽免胁从，翦其羽翼。复密购线目，搜寻窝顿，匪踪立戢，民情安贴如常；一面将确实眼线密交飞划营管带徐参将锦堂收用，以备踩缉；饬令暂驻周浦以北之龙王庙一带，俾资镇摄；又经责成盐捕左营管带吴家正广布侦探。嗣据各该营员呈报：将北帮匪首邓海青在长洲、昆山两县交界之大驿地拿获提省，发交苏州府严行审讯，据供为北帮匪首不讳，业经批饬照章正法。惟南帮首匪凌德昇在逃未获，现复严饬上紧访缉，务获惩办。此先后查办南、北枭匪之实在情形也。

又，原奏前南汇县汪以诚于革职交卸时，将详定监禁十年之赵胆生开释，并贿放数人一节。查南汇县知县汪以诚，经臣恩寿于本年五月间以纵盗奏参革职。该道杜俞调查案卷，赵胆生一犯，系因其母赵吴氏控告忤逆，于光绪二十六年七月详定监禁十年。二十八年，赵吴氏念子情深，迭次禀求开释，经汪以诚详覆臬司，该犯尚未悔过，应仍监禁。本年二月，赵吴氏又禀求释放，汪以诚仍批斥不准。迨撤任时，仅只三月，且赵吴氏曾于二十六年吁请，详明立案，日后省释必由该氏呈请，虽至亲近族，概不准保。前者赵吴氏屡次禀求不允，此次并未具禀而竟行开释，其中难免疑窦。至其余释放数人是否贿纵，查无证据。汪以诚业已病故，无从深究。此查明已革知县妄释监犯之实在情形也。

又，原奏奉贤城守刘一泉、周浦汛弁杨凤标收受枭匪馈遗，阴为袒庇，杨凤标并与凌德昇结为兄弟一节。查刘一泉金山人，在奉贤城守把总任内有年，颇著能声，并无通匪劣迹。杨凤标南汇人，上年拔升周浦汛外委。凌德昇前在盐捕中营充当哨弁，又经汪以诚委令办案，往来周浦，与杨凤标结为兄弟，众口一词。第查凌德昇为匪系在撤差之后，杨凤标与之往还，尚在出营以前，此后有无受贿袒庇，并无控案。再三访查，亦无实证。惟杨凤标办事畏缩，应即撤革，以示惩儆。此查明武弁贿纵并无实据之实在情形也。

又，原奏枭匪去年在川沙厅之小湾镇聚赌抽头，该厅官陈家熊往拿，竟被率众拒捕，身受枪伤并毙民壮二名一节。查上年十一月二十六日，该厅陈家熊访闻厅属小湾镇有奚承先纠党聚赌，亲督壮役往拿。该匪畏捕，开枪轰吓，致伤民壮二名，并伤该厅右乳，立即督饬壮勇开枪还击，匪已奔逃。该厅受伤不重，医治平复；受伤民壮，越数日先后身死，已由该厅抚恤，续派营勇三棚驻扎黄渡，协捕逸匪，务获另结。此川沙同知陈家熊捕匪被伤并毙民壮之实在情形也。

所称乡民邱雪香被李秀卿杀毙一事，于该厅境内密访及查厅卷，并无案据。臣等覆查南汇一县，外控大海，内临浦江，土客杂处，俗号强悍，全在地方官尽心抚缉，庶足除暴安良。乃已革知县汪以诚志气衰颓，徇情纵庇，以致根株盘结，匪势日张，帮匪贩私赌博，号召党徒，各恃爪牙，寻仇报复。现虽驱除净尽，难保不余孽复萌。周浦龙王庙等处尤关紧要。臣等已调盛字营勇一旗扼要驻扎，以寒匪胆而定人心。

至另奏所称枭匪充塞，但事招抚，恐滋后患一节。查江南各营，惟有新胜营管带徐宝山系前两江总督臣刘坤一、调任长江提臣黄少春[①]设法招抚，责令立功自赎。该管带自投效以来，奋勉图功，迭获要犯。本年夏间，饬令巡江捕匪，颇为出力。此外并未另抚一匪，良以若辈野性难驯，羁縻不易，招抚之举，可一而不可再。原奏所云，或系传闻之误。惟是近年盐枭日炽，往往成群结伙，抗拒官军，情事殊为可虑。臣等自当妥筹布置，严密缉拿，总期匪戢民安，以弭隐患，仰副圣主廑念南服、绥靖闾阎之至意！

所有遵旨查办枭匪各缘由，谨合词恭折覆奏。伏乞皇太后、皇上圣鉴训示。谨奏。光绪二十九年九月初二日。

(朱批:) 知道了。[②]

光绪二十九年九月二十一日，奉朱批：知道了。钦此。[③]

---

①黄少春（1831—1911），字芍岩，湖南长沙人。咸丰间投效军营，以功保至提督。咸丰五年（1855），署浙江提督。同治四年（1865），署福建陆路提督。五年（1866），赏黄马褂。六年（1867），补放浙江提督。光绪六年（1880），丁父忧，回籍终制。九年（1883），开缺终养。十四年（1888），丁母忧。十九年（1893），授福建陆路提督。二十年（1894），调补长江水师提督，兼福建水路提督，加太子太保衔。二十七年（1901），补福建陆路提督。宣统三年（1911），卒。

②台北故宫博物院藏：《军机及宫中档》，文献编号：408007297。

③中国第一历史档案馆藏：《录副奏折》，档号：03-5518-064。

❶【案】光绪二十九年六月十二日，刑科给事中臣吴鸿甲以江苏松江枭匪扰民，奏请饬下江南督抚查办一折，曰：

刑科给事中臣吴鸿甲跪奏，为枭匪扰民，宜访缉渠魁，以资惩警，恭折仰祈圣鉴事。

窃江苏为江流入海之区，向多伏莽，而松江府属之南汇县尤为枭匪出没之地，从先县官得人，此辈尚能敛迹，近则文员讳饰以养奸，武弁贪贿以庇匪，致土匪、客匪、南帮、北帮引类呼朋，蔓延日广，其间开堂放飘之事，抢人勒赎之风，明目张胆，视为常事。莠民则趋之如骛，良善则被胁勒捐，量肥揣瘠，无幸免者，盖官不足以庇民，民反受庇于匪，名曰保护，实则但免扰害而已。心固不甘，力亦不继，然竟无可如何。其匪目之尤著者，曰凌德昇，曰李秀卿，横行乡里，暗无天日。

去年，在川沙之小湾镇聚赌抽头，厅官陈家熊往拿，竟被率众拒捕，身受枪伤，并毙民壮二名。本年四月二十二日，乡民邱雪香不知何故，为李秀卿杀毙，皆案悬未结。如知县汪以诚见经革职交卸之时，将详定监禁十年之赵胆生开释，余亦贿放数人。惟自汪以诚去任，居民大悦，若继之者得一贤员，则民气或可渐复。又奉贤城守刘一泉、周浦汛弁杨凤标，皆受枭匪馈遗，阴为袒庇，杨凤标并与凌德昇结为兄弟，故此辈更无忌惮。

窃思涓涓不息，将成江河。刻下羽翼已成，待时欲动，若不早为处治，后患何穷！

拟请饬下两江督臣魏光焘、江苏抚臣恩寿遴派干员，不动声色，亲往密查，设法妥办，庶几惩一警百，民间得以安枕。伏乞皇太后、皇上圣鉴，施行。谨奏。光绪二十九年六月十二日。①

❷【案】光绪二十九年八月初一日，御史高枏以江苏盐枭、会匪充塞引岸，劫掠商民，奏请饬下江南督抚设法办理一片，曰：

再，闻江苏盐枭、会匪充塞引岸，劫掠商民，时合时分，为害甚巨。其出则驾红单船，一船数十人，一出数十号，假充商舶，结帮而

①台北故宫博物院藏：《军机及宫中档》，文献编号：157960。

行，出入州县，毫无畏忌。船上置快枪、快炮，遇有关卡地方，则乘昏暮之间横冲而过。每到一处，则上岸抢劫当铺、富户，饱载归舟，积赃至盈千累万。或踞沙洲市镇，大开赌博。居民报官往捕，港汊纷歧，难于缉获。即令获其一二，逸者已多，且报复寻仇至再不已。

现在商富疾首痛心，移家迁避；州县仅恃快捕，防范难周，向有招入师船为羁縻计者，给发口粮，拔补哨弁，原望其化莠为良，而该匪等野心难辑，纠合愈众，一若犯案愈多，匪名愈著，则收抚而奖以哨弁之职亦愈优。是欲招抚而潜化之，反益鼓励之也。且未招抚时，其名为匪，营勇犹得驱除。既招抚后，挂名为兵，仍暗与匪通，官长更无从察觉。近闻南省有以枭匪滋多，无从办理，仍用招抚之策者。商民利害切身，心焉滋惧。窃以王之春招抚匪徒，前鉴不远，若拘守此计，利少害多。江南地方紧要百倍广西，且长江数省瞬息可通，伏莽不除，为患更难思议！

合无仰恳天恩饬下江南督抚设法办理，于得力道府州县许以便宜从事，纵不能尽绝根株，当易诛其首要，庶几匪风稍戢，可无大忧。臣为防患未然起见，是否有当，伏乞圣鉴训示。谨奏。①

1516. 奏请总兵孙金彪暂留苏片

光绪二十九年九月初二日（1903 年 10 月 21 日）

再，欲除外奸，先弭内患。苏省民风疲葸，振拔需人，求一严明持正之才以激励之，颇不易得，而将领中尤难其选。兹查有在籍湖南永州镇总兵孙金彪②，谋勇兼优，素孚乡望，办事亦极认

①中国第一历史档案馆藏：《录副奏片》，档号：03-6038-015。

②孙金彪（？—1905），江苏苏州府元和县人，武生。咸丰十年（1860），充枪船首领。同治元年（1862），以军功补千总。七年（1868），以出兵河南剿捻功升参将，加博奇巴图鲁名号。十年（1871），出兵甘肃，保以记名提督，赏穿黄马褂。光绪三年（1877），出兵新疆，统领嵩武军。次年，加头品顶戴。十三年（1887），调补陕西汉中镇总兵。同年，任山东烟台海口防营统领，归李鸿章节制调遣。二十五年（1899），赴京陛见。次年，任武毅右军先锋队右翼长。二十七年（1901），调湖南永州镇总兵。二十九年（1903），办理苏州营务。三十一年（1905）因病出缺。卒于任。

真，因籍隶元和，一切情形尤能深悉，若令办理营务，必能力除积习，裨益地方，可无隔阂因循之虑。臣寿此次在宁监临，与臣光焘筹商整顿之法，挽颓救弊，相需甚殷。惟该员系实缺总兵大员，在沪就医，将渐痊可。

臣等公同商酌，拟暂留在苏整顿营务，因有职任，未敢擅便。合无仰恳天恩俯念地方紧要，时事需人，可否将总兵孙金彪暂准留苏委办营务，俾臣等得收指臂之助，一俟匪戢枭除，即行奏请赴任，出自逾格鸿施。除咨部查照外，谨合词附片陈请。伏乞圣鉴训示。谨奏。

（朱批：）着照所请，该部知道。①

光绪二十九年九月二十一日，奉朱批：着照所请，该部知道。钦此。②

1517. 奏报拟添募苏捕一营缘由片

光绪二十九年九月初二日（1903 年 10 月 21 日）

再，苏省滨江临海，湖荡纷歧，向为匪徒出没之区。近年时有游勇、盐枭暗地勾结，乘间蹈虚，肆行剽劫，大为地方之害，叠经臣等严饬防营及各该州县协力拿办，尚难尽绝根株。推原其故，实因匪船迅疾，飘忽靡常，苏省仅有苏防五营及太湖水师，分布苏、松、常、镇、太五府州属，各有分防汛地、守卫局卡、保护教堂之责，兵力本极单薄，遇有股匪滋事，必须于各营酌量抽拨。及至调集队伍前往剿捕，而匪踪业已远扬，彼速我迟，往往缓不济急，尤恐涓涓不塞，将成江河，为患何堪设想！

臣等一再筹商，非另募一营专司缉捕，不足收因地制宜之效。查江宁本有督捕水陆营哨，颇资得力，苏省拟亦添募苏捕一营五百人，略如江宁规制，以二百四十人作水师，配设灵便快船三十

①台北故宫博物院藏：《军机及宫中档》，文献编号：408007297-0-A。

②中国第一历史档案馆藏：《录副奏片》，档号：03-5958-108。

艘；以二百六十人为陆师，分作三哨，遴选熟悉情形、朴诚勇敢之员为管带，认真训练，专备雕剿，遇匪即捕，庶足以弭枭风，于地方实有裨益。所需饷项，臣等当督同司局于无可设法之中，竭力筹备的款应用，仍俟枭匪敛迹，即行奏明裁撤，俾节饷需。除咨部查照外，是否有当？谨合词附片具陈。伏乞圣鉴训示。谨奏。

（朱批：）该部知道。①

光绪二十九年九月二十一日，奉朱批：该部知道。钦此。②

1518. 奏为赏赐江绸库缎谢恩折

光绪二十九年九月初八日（1903年10月27日）

头品顶戴两江总督臣魏光焘跪奏，为恭谢天恩，仰祈圣鉴事。

窃于光绪二十九年九月初六日赍折差弁回抵江宁，奉到恩赏江绸、库缎各一匹，当即恭设香案，望阙叩头祇领。伏念臣忝任兼圻，并权商政，衣冠万国，拜冕旒以咸来；襟带三江，本织贝以作贡。不称其服，常恐玷乎班联；岂曰无衣，曷敢怀乎安燠？乃值凉飙之倏届，仰荷温纻之遥颁。陈箕范以延鸿，重官礼三纁之典；锡奎车而翥凤，荣春秋一字之褒！惟圣人能以经纶天下为心，斯微臣亦蒙衣被终身之德。职愿修乎补衮，盛幸际乎垂裳。光藻火于重华，黼黻映元黄之色；沐醲膏于大赉，衿缨增彤旒之辉！

凡兹莫大荣施，实属非常际遇。臣惟有篆铭丹悃，节励素丝，懔圣训以书绅，合译鞮象狄之伦而群归覆帱；广皇仁于挟纩，协寒燠雨旸之候而共迓祥和！

所有微臣感激荣幸下忱，理合缮折恭谢天恩。伏乞皇太后、皇上圣鉴。谨奏。光绪二十九年九月初八日。

---

①台北故宫博物院藏：《军机及宫中档》，文献编号：408007297-0-B。

②中国第一历史档案馆藏：《录副奏片》，档号：03-5518-065。

（朱批：）知道了。[①]

光绪二十九年九月二十四日，奉朱批：知道了。钦此。[②]

1519. 请以孙得泰补授漕标守备折

光绪二十九年九月二十一日（1903年11月9日）

头品顶戴两江总督臣魏光焘跪奏，为拣员借补陆路守备员缺，恭折仰祈圣鉴事。

窃漕标左营守备黄甲勒休，遗缺接准部咨系陆路部推第一轮第一缺，应用尽先人员，行令拣员请补等因。伏查是缺守备驻扎淮安府城，有经管兵马、钱粮，督率操防之责，非精明干练之员，难期胜任。臣于尽先各员内逐加遴选，查有花翎尽先补用都司孙得泰，年五十八岁，江南六合县人，于咸丰十一年投营随剿出力，洊保以守备补用。嗣于克复苏州省城案内，经前江苏抚臣李鸿章保准以都司尽先补用，并换花翎。光绪十四年投标。二十年，经部复准归班序补，各在案。

该员熟悉营伍，办事勤奋，以之借补漕标左营守备员缺，洵堪胜任，核与定章亦属相符，合无仰恳天恩俯准以尽先补用都司孙得泰借补漕标左营守备员缺，实于营伍、地方均有裨益。如蒙俞允，俟部覆至日，即行给咨送部引见，以符定制。

除将该员履历及前在他省并无参革、朦保切结送部查核外，谨会同署漕运总督臣陆元鼎，恭折具陈。伏乞皇太后、皇上圣鉴训示。谨奏。光绪二十九年九月二十一日。

（朱批：）兵部议奏。[③]

光绪二十九年十月初四日，奉朱批：兵部议奏。钦此。[④]

---

①台北故宫博物院藏：《军机及宫中档》，文献编号：408007298。

②中国第一历史档案馆藏：《录副奏片》，档号：03-5569-068。

③台北故宫博物院藏：《军机及宫中档》，文献编号：408007299。

④中国第一历史档案馆藏：《录副奏折》，档号：03-5959-006。

1520. 保奖前办淮徐等属赈捐各员折

光绪二十九年九月二十一日（1903年11月9日）

头品顶戴两江总督臣魏光焘跪奏，为江苏前办淮徐海等属赈捐报销完竣，拟将在事出力各员绅援案恳恩准予分别保奖，遵章先请立案，恭折仰祈圣鉴事。

窃查光绪二十三四两年江苏淮安、徐州、海州等处叠被水灾，筹办赈抚，经前督臣刘坤一先后奏蒙恩允截留漕粮，饬拨各省昭信股票等银赈济，并照顺直等省章程，设局开办赈捐，遴派妥员分赴各省，广为设法筹劝，工赈并举，以济灾黎。续又奏准前项赈捐展办一年，所收捐款及支销各数业经分列三次，开单奏报，经部复准各在案。

伏查此次赈捐，款项繁多，其中官绅富商捐助、报效，各省捐助、协济及筹劝、解助，头绪不一；本省、外省筹垫之数尤巨，必待赈事竣后，始能截数归还，而当时灾区既广，为日又久，捐款所集，或分拨抚恤，或以工代赈，或接济平粜，以及采办米面、豆饼、薯芋、棉衣等项，兼拨济皖省赈款，截数清厘，拨还归垫，皆需时日。今核统收各捐，共支销库平银四百三十九万余两，除截留漕粮、昭信股票、彩票抽厘、各省协济及前已奏奖各员报效、官绅捐助等银共一百三十余万两外，计外省、本省各官绅劝集银三百余万两，此皆该员绅等不辞劳瘁，设法劝募，得以集成巨款，接济灾区，不无微劳足录。

查部章，劝赈人员，准按寻常劳绩给奖。又，江宁前办赈捐，均准保奖有案。合无仰恳天恩俯准江苏前办淮徐海等属赈捐在事出力各员绅，由臣分别保奖，以示鼓励。理合会同江苏巡抚臣恩寿，恭折陈请。伏乞皇太后、皇上圣鉴训示。谨奏。光绪二十九年九月二十一日。

（朱批：）着照所请，该部知道。①

光绪二十九年十月初四日，奉朱批：着照所请，该部知道。钦此。②

1521. 奏报江南陆师学堂期满请奖折

光绪二十九年九月二十一日（1903年11月9日）

头品顶戴两江总督臣魏光焘跪奏，为江南陆师学堂二班学生三年期满，择其优等各生及出力各员援案恳给奖叙，缮具清单，恭折仰祈圣鉴事。

窃照江宁省城经前署督臣张之洞奏明创设陆师学堂，以三年为期满，仿照总署同文馆章程，择尤保奖一次，于光绪二十二年二月初五日奉朱批：着照所请，该衙门知道。钦此。嗣因头班学生三年期满，经前督臣刘坤一择尤奏奖，钦奉俞允各在案。兹二班学生计自光绪二十六年正月入堂肄业起，扣至二十八年十二月止，已届三年之限，经前署督臣张之洞亲往校阅，分别发给毕业执照、考单，现据总办该堂道员俞明震③，照案详请分别奏奖前来。

臣查陆师学堂之设，原为造就将才。该学生于头班三年期满保奖，渥荷恩施，愈加感奋。臣抵任后，复经督饬总办、教习各员随时策励，现在风气渐开，肄业者以勤学为劝，闻风者以来学为荣，可见人才奋起，全赖奖劝有方。查该学生等于各项功课均属确有心得，成效昭著；各教习三年以来，任事实心，亦不无微

---

①台北故宫博物院藏：《军机及宫中档》，文献编号：408007300。

②中国第一历史档案馆藏：《录副奏折》，档号：03-5607-025。

③俞明震（1860—1918），字恪士、启东，号觚庵，祖籍浙江山阴（今绍兴），生于湖南。光绪十四年（1888年）中式举人。二十年（1894），补刑部主事。二十四年（1898），以道员发江苏候补，充陆师学堂总办。三十二年（1906），进京议政。三十四年（1908），署理江西吉南赣宁道。宣统二年（1910），署理甘肃提学使。辛亥后，充肃政史，后谢病归隐杭州西湖。民国七年（1918），卒。著有《觚庵诗存》传世。

劳足录。拟请一并择尤奖叙，以示鼓励。谨缮具清单，恭呈御览。合无仰恳天恩俯准照案给奖，出自逾格鸿施。

除将千总以下末职咨部给奖并饬取履历分咨外务部及吏、兵二部查照外，理合恭折具陈。伏乞皇太后、皇上圣鉴训示。谨奏。光绪二十九年九月二十一日。

（朱批：）该部议奏，单并发。①

光绪二十九年十月初四日，奉朱批：该部议奏，单并发。钦此。②

1522. 呈陆师学堂期满请奖各员清单

光绪二十九年九月二十一日（1903年11月9日）

请将江南陆师学堂二班肄业优等学生并在事出力各员，拟保升阶、官阶，缮具清单，恭呈御览。

计开

优等学生举人张脩祐，拟请以知县分省试用。

优等学生通判衔廪贡生刘泽沛，拟请以通判归部选用。

优等学生县丞衔监生谢良翰，附生戴仁寿、李溥、谢向荣、滕璧、吴祖裕、董懋脩，增生池涵光，均拟请以县丞不论双单月归部选用。

优等学生文童郑延枢、吴介璘、赵均腾、池文藻、叶文萃、罗祖筠，均请以县主簿不论双单月归部选用。

优等学生守备衔杜超，拟请以守备尽先补用。

翻译委员候选县丞刘维骙、杨锦堂、营垒教习候选县丞王继美，均拟请免选本班，以知县不论双单月选用。

武备教习县丞衔监生汪昆田，支应兼管各物库委员附贡生曹典彝，均拟请以县丞不论双单月归部选用。

---

①台北故宫博物院藏：《军机及宫中档》，文献编号：408007301。

②中国第一历史档案馆藏：《录副奏折》，档号：03-6000-014。

汉文教习候选知县黄昺隆，拟请免选本班，以知州不论双单月归部选用。

汉文教习湖北试用直隶州州同夏仁溥，拟请免补本班，以知州仍留原省补用。

汉文教习附生马晋义，拟请以训导归部尽先选用。

稽查督操兼管军械库委员分省试用县丞黄世溶，拟请免补本班，以知县分省补用。

书识文童萧世勋，拟请以从九品不论双单月选用。

（朱批：）览。①

1523. 请以何师程补授江南提标参将折

光绪二十九年九月二十一日（1903年11月9日）

头品顶戴两江总督臣魏光焘跪奏，为拣员请补陆路参将员缺，恭折仰祈圣鉴事。

窃江南提标中军参将张郁林病故，遗缺接准部咨系题补新章第一轮第二缺，应用卓异。该省卓异无人，应过班以第四缺拣发班人员抵补，行令拣选合例人员请补等因。伏查是缺参将驻扎松江府城，为提标各营领袖，事务殷繁，责成綦重，非精明干练、熟悉营伍之员，难期胜任。臣于通标实缺候补各员内逐加遴选，查有拣发补用参将淮扬镇标中营游击何师程，年三十八岁，厢红旗汉军佐领下人，由承袭骑都尉加一云骑尉，经钦派王大臣拣选拟正。光绪十五年十一月二十三日奉朱笔圈出：安徽寿春镇标右营都司员缺，着何师程补授。钦此。经部发给札付，祗领赴任。于剿办涡阳土匪肃清案内，经前督臣刘坤一奏保，二十五年二月初二日奉旨：着以参将用。钦此。嗣经兵部核复，归入江南省拣发参将班内候补。二十六年，经前督臣刘坤一奏准升补淮扬镇标

①中国第一历史档案馆藏：《单》，档号：03-6000-015。

中营游击员缺，各在案。

该员精明干练，办事认真，以之请补是缺参将，洵堪胜任，核与例章亦属相符，合无仰恳天恩俯准以拣发补用参将淮扬镇标中营游击何师程补授江南提标中军陆路参将员缺，实于营伍、地方均有裨益。如蒙俞允，俟部覆至日，即行给咨送部引见，以符定制。

除将该员履历送部查核外，谨会同江南提督臣李占椿，恭折具陈。伏乞皇太后、皇上圣鉴训示。再，所遗淮扬镇标中营游击员缺，江省现有合例人员，应请扣留由臣另行拣员请补。合并陈明。谨奏。光绪二十九年九月二十一日。

（朱批：）兵部议奏。[①]

光绪二十九年十月初四日，奉朱批：兵部议奏。钦此。[②]

1524. 请将俞明震交部引见缘由片

光绪二十九年九月二十一日（1903年11月9日）

再，查有江苏候补道俞明震，本由词曹散馆，学有根柢，于时务、兵事尤不厌求详，经前督臣刘坤一保送经济特科在案。该员才识通明，志趣远大，前赴日本考察武备及学校事宜，均能究其体要；委充陆师学堂总办，整理规模，尽心督率，教育多士，深资造就。现调办厘捐局务，尤能综核精密，裨补饷源。

际此需材孔亟，可否仰恳天恩饬下吏部带领引见，量予录用之处，出自逾格鸿施。谨附片陈请。伏乞圣鉴训示。谨奏。

（朱批：）俞明震着交部带领引见。[③]

光绪二十九年十月初四日，奉朱批：俞明震着交部带领引见。

---

①台北故宫博物院藏：《军机及宫中档》，文献编号：408007302。

②中国第一历史档案馆藏：《录副奏折》，档号：03-5959-010。

③台北故宫博物院藏：《军机及宫中档》，文献编号：408007301-0-A。

钦此。①

1525. 奏请鼓励周维藩等员片

光绪二十九年九月二十一日（1903 年 11 月 9 日）

再，查该堂二班肄业学生，内有安徽翰林院庶吉士周维藩②、举人宋芳宾。该二生以少年科甲投入学堂，不惮劳苦，讲求操练，所习各项功课均已毕业，洵属有志之士，且宗旨纯正，不染浮嚣习气，尤为难得。恭读二十八年十月间钦奉上谕，以后自鼎甲以及庶常，均须入学堂学习等因，钦遵在案。周维藩、宋芳宾入堂肄业在未奉上谕之前，识见尤为出众，若照毕业学生一例请奖，似不足以兴人才而昭激劝。据总办该堂道员俞明震详称，以编修、检讨六年俸满，例得截取知府外用。周维藩现已授职编修，拟请作为保送知府；拣选知县宋芳宾请以直隶州知州分省试用。详请奏奖前来。

臣查所拟系为科甲出身各员来学者劝，事关振兴学堂大局，合无仰恳天恩俯准将编修周维藩以知府外用，举人拣选知县宋芳宾以直隶州知州分省试用，出自逾格鸿施。理合附片陈请。伏乞圣鉴训示。谨奏。

（朱批：）着照所请，该部知道。③

光绪二十九年十月初四日，奉朱批：着照所请，该部知道。钦此。④

---

①中国第一历史档案馆藏：《录副奏片》，档号：03-5425-028。

②周维藩，生卒年未详，字介臣，安徽合肥人。光绪二十四年（1898）中式进士，历充商部会计司行走、翰林院编修。嗣以翰林游学日本。归国后，充驻吴淞统领。后补山西归绥道后路巡防统领。民国七年（1918），任安福国会众议院议员。著有《四书详说》行世。

③台北故宫博物院藏：《军机及宫中档》，文献编号：408007301-0-B。

④中国第一历史档案馆藏：《录副奏片》，档号：03-7213-027。

1526. 请准蒋云龙等留江委用片

光绪二十九年九月二十一日（1903年11月9日）

再，新授浙江处州镇总兵蒋云龙请旨陛见，前经据情代奏。兹于本年九月二十日奉到朱批：着毋庸来见。钦此。查该总兵蒋云龙现署臣标中军副将，兼统练军中、前、后三营，应即交卸饬赴新任。惟南洋水陆武备正在整理，将领需才。蒋云龙久历戎行，饶有胆略，所统防军，抚驭得宜，于营务、地方均称熟悉，尚资得力。

又，福建建宁镇总兵徐传隆①，韬钤夙裕，驾驶熟谙，历充南洋兵轮各管带，于沿海、沿江情形均能认真考察。该总兵前署里河水师淞北营副将，交卸后正拟驰赴福建新任，适闽厂新造建威、建安鱼雷快舰两艘，由福建船政大臣崇善②奏准拨归南洋应用，咨会派员验收。臣以徐传隆素娴兵轮机器管驾一切事宜，当经派委前往验收，将来驾驶回宁，即责成该总兵管带，借资熟手。

---

①徐传隆（1841—?），浙江宁波人，武童出身。咸丰七年（1857），充上海捕盗局内外洋水师差使。同治二年（1863），选铁皮轮船帮带。翌年，保千总。四年（1865），充湖州轮船管带。同年，保守备。五年（1866），升都司，加游击衔。七年（1868），保游击，晋参将衔。九年（1870），保参将。十三年（1874），升总兵衔。光绪五年（1879），委署都司。六年（1880），补江南南汇营游击。同年，保副将。十年（1884），充开济快船管带。同年，署吴淞营参将。十一年（1885），保记名总兵。十七年（1891），借补吴淞营参将，加提督衔。是年，保记名提督，授南洋兵轮右翼长。二十年（1894），补授川沙营参将。二十二年（1896），授南琛兵船管带。二十四年（1898），兼理南洋兵轮营务处。二十八年（1902），补授福建建宁镇总兵。二十九年（1903），署江南淞北营副将。三十年（1904），署江南福山镇总兵。翌年，调署江南苏松镇总兵。三十二年（1906），擢江南提督。

②崇善（1832—1908），又称宗室崇善，字佑庭，满洲镶红旗人，爱新觉罗氏。咸丰间，封奉恩将军。十年（1860），补副护军参领。同治五年（1866），加副都统衔。七年（1868），升护军参领。光绪元年（1875），授广宁城守尉。同年，调辽阳城守尉。十一年（1885），迁锦州副都统。二十五年（1899），擢江宁将军。次年，调补盛京将军。二十七年（1901），补授绥远城将军。二十八年（1902），调补福州将军兼管闽海关税务。二十九年（1903），兼署闽浙总督。三十四年（1908），卒于任。

合无仰恳天恩俯准将该总兵蒋云龙、徐传隆仍暂留于两江委用，缓赴新任，俾臣得收臂助之益。理合附片陈请。伏乞圣鉴训示。谨奏。

（朱批：）着照所请。①

光绪二十九年十月初四日，奉朱批：着照所请。钦此。②

1527. 请准易滏砺等员留江补用片

光绪二十九年九月二十一日（1903年11月9日）

再，投标学习人员叠经前督臣等奏请留省补用，钦奉谕旨允准在案。兹查有湖南尽先补用副将易滏砺、遇缺即补副将胡汝余、副将衔补用参将王化盛、尽先补用游击湖南抚标骑都尉世职李大厚、游击衔尽先补用都司王锡麟。该员等历在陕、甘、云、贵、江、皖、直隶等省随剿出力，叠著战功，洊保今职。嗣经先后来江分别差遣，于营务、地方均尚熟悉。

现在两江整顿营务，正值需才之际，合无仰恳天恩俯准将副将易滏砺，以原官改留两江补用；副将胡汝余、参将王化盛、游击李大厚、都司王锡麟，各以原官留于两江补用，以资得力。除饬取该员等履历、印结咨部查核外，理合附片陈请。伏乞圣鉴训示。谨奏。

（朱批：）着照所请，兵部知道。③

光绪二十九年十月初四日，奉朱批：着照所请，兵部知道。钦此。④

---

①台北故宫博物院藏：《军机及宫中档》，文献编号：408007302-0-A。

②中国第一历史档案馆藏：《录副奏片》，档号：03-6167-005。

③台北故宫博物院藏：《军机及宫中档》，文献编号：408007302-0-B。

④中国第一历史档案馆藏：《录副奏折》，档号：03-5959-007。

1528. 奏闻李定明署理狼山镇篆片

光绪二十九年九月二十一日（1903年11月9日）

再，江北狼山镇总兵蒋良眷[①]因病请假，所遗篆务应即委员接署，以重职守。查有现统安徽武卫楚军提督李定明[②]，严明勇敢，威声素著，堪以委署。除檄饬遵照外，理合会同江南提督臣李占椿，附片陈明。伏乞圣鉴。谨奏。

(朱批:) 知道了。[③]

光绪二十九年十月初四日，奉朱批：知道了。钦此。[④]

1529. 奏报军械所筹拨广西军火片

光绪二十九年九月二十一日（1903年11月9日）

再，光绪二十九年闰五月二十七日，钦奉电传谕旨：岑春煊电奏称，广西需械甚急，上海制造局尚存新毛瑟枪千余杆，请饬每杆配足子弹一千颗，尽数迅解，并添拨九响毛瑟子弹一百万颗，快枪二三千杆，配齐子弹等语。着迅速酌量筹拨等因。当查江南所存快枪无多，前督臣刘坤一先因粤西防务紧要，准前广西抚臣王之春电商，已拨给十二磅子快炮十二尊，配开花实心弹各一千二百个、铜壳六百个、药袋三千个、无烟药一千二百磅、炸药一

---

①蒋良眷（？—1904），湖南新宁县人，出身行伍。咸丰七年（1857），投效楚军，以军功历保至提镇。同治七年（1868），加噶尔萨巴图鲁勇号。嗣保记名简放提督。光绪二十五年（1899），借补江宁城守协副将。二十七年（1901），补授江南狼山镇总兵。同年，因病请假。三十年（1904），病卒。

②李定明，生卒年未详，湖南湘乡县人，出身行伍。咸丰七年（1857），投效楚军，以军功保至参将。光绪十年（1884），保记名提督，加依博德恩巴图鲁勇号。二十九年（1903），署江南狼山镇总兵。三十年（1904），补授江苏福山镇总兵。三十四年（1908），调补安徽寿春镇总兵。

③台北故宫博物院藏：《军机及宫中档》，文献编号：40800732-0-C。

④中国第一历史档案馆藏：《录副奏片》，档号：03-5959-009。

千磅、引药五十磅、开花弹铜引一千二百副、铜击火三千个。臣到任后，续准王之春电商拨济军火，又借拨新毛瑟枪五百杆、子二十万颗。

钦奉前因，即经电咨岑春煊将前借拨新毛瑟枪五百杆、子二十万颗作为协济，并饬江南制造局另拨新毛瑟枪五百杆、子弹二十万颗，暨粤购尚未缴价之无烟药五千磅，同湖北省拨付粤购鄂厂枪械，一并交南洋寰泰兵轮装运赴粤。旋因寰泰兵轮碰沉，军械尽失，经臣会同署湖广督臣端方电奏，声明广西军用关系甚大，再由臣设法酌拨，一面即遵续奉谕旨，分饬江南制造局、金陵军械所拨给新毛瑟枪一千枝、弹四十万颗，赫德奥枪二千枝、子八十万颗，交广东派来福安轮船装运回粤济用，各在案。兹据江南制造局、金陵军械所具详请奏前来。除咨部查照外，理合附片陈明。伏乞圣鉴。谨奏。

(朱批：) 该部知道。[1]

光绪二十九年十月初四日，奉朱批：该部知道。钦此。[2]

1530. 奏报拣员调署徐州知府片

光绪二十九年九月二十一日（1903 年 11 月 9 日）

再，徐州府知府齐兰在任丁母忧，业经奏报开缺在案，所遗员缺应行委员接署。查该府地当冲要，民情强悍，非精明干练之员，难期胜任。兹查有本任淮安府知府张庆勋，明达有为，堪以调署。所遗淮安府知府员缺，查有已饬回任之通州直隶州知州在任候补知府汪树堂，尽心民事，堪以委署。递遗通州直隶州知州员缺，即以委署淮安府未经到任之现署通州直隶州知州王仁东接署，以重地方而专责成。据藩、臬两司会详请奏前来。

除批饬遵照外，理合会同署理漕运督臣陆元鼎、江苏抚臣恩

①台北故宫博物院藏：《军机及宫中档》，文献编号：408007300-0-A。

②中国第一历史档案馆藏：《录副奏片》，档号：03-6167-006。

寿，附片陈明。伏乞圣鉴。谨奏。

(朱批：) 吏部知道。①

光绪二十九年十月初四日，奉朱批：吏部知道。钦此。②

1531. 奏报桂嵩庆禀请回籍修墓片

光绪二十九年九月二十一日（1903年11月9日）

再，据前徐州兵备道桂嵩庆禀称：前因恭奉上谕开缺送部引见，当蒙委员接署，交卸回省，业将任内交代清楚，并无经手未完事件，本应禀请给咨北上。惟服官宁省四十余年，原籍江西临川祖墓祭扫久疏，虽于光绪十三年丁艰回籍守制，曾经展视修筑，迄今又历十六寒暑，瞻望松楸，难安寝馈，拟暂回籍修墓，禀请给假具奏前来。除批准给假外，理合附片陈明。伏乞圣鉴。谨奏。

(朱批：) 吏部知道。③

光绪二十九年十月初四日，奉朱批：吏部知道。钦此。④

1532. 请准赵文冕承袭世职缘由片

光绪二十九年九月二十一日（1903年11月9日）

再，安徽泾县籍议叙从九赵季伦，于咸丰十年三月十九日贼攻泾县城陷阵亡，经部议给云骑尉世职，袭次完时，给予恩骑尉，世袭罔替，于光绪十九年三月二十七日具题，二十九日奉旨：依议。钦此。又，从九品赵欢祖，于咸丰十年带勇驻防柱坑地方御贼阵亡，经部议给云骑尉世职，袭次完时，给予恩骑尉，世袭罔替，光绪十四年十二月十三日具奏，本日奉旨：依议。钦此。转

①台北故宫博物院藏：《军机及宫中档》，文献编号：408007300-0-B。

②中国第一历史档案馆藏：《录副奏片》，档号：03-5425-027。

③台北故宫博物院藏：《军机及宫中档》，文献编号：408007300-0-C。

④中国第一历史档案馆藏：《录副奏片》，档号：03-5425-029。

行钦遵在案。

该故员赵欢祖系赵季伦嫡长孙，无子，以堂侄候选训导赵文冕兼祧赵欢祖为子，即兼祧赵季伦为曾孙。兹据泾县知县张廷权造具宗图、册结，请将赵季伦、赵欢祖各议给云骑尉，以该训导赵文冕合并改为兼袭骑都尉等情。前来。

核例尚属相符，除将宗图、册结咨部查照外，谨会同安徽巡抚臣诚勋①，附片陈请。伏乞圣鉴训示。谨奏。

（朱批：）该部议奏。②

光绪二十九年十月初四日，奉朱批：该部议奏。钦此。③

1533. 奏报搜捕枭会拿获首要各犯折

光绪二十九年九月二十二日（1903 年 11 月 10 日）

头品顶戴两江总督臣魏光焘跪奏，为搜捕私枭、会匪，拿获首要各犯，讯明分别拟办，恭折具陈，仰祈圣鉴事。

窃照江淮一带伏莽滋多，盐枭、会匪互相勾煽，往往乘间窃发，为害地方。臣到任后，屡饬各属认真拿办。本年五月间，访有匪首曾帼漳，潜匿常州、江阴等属内河，开堂立会，诱约多人，遣党分路肆行抢劫，意在纠集巨股，以图抗拒；同时并有匪目崔得沅、李金标、熊满堂等设会拜盟，与曾帼漳结为死党，各踞地

---

①诚勋（1848—1915），字果泉，满洲正红旗人，伊尔根觉罗氏，一品荫生。同治三年（1864），充六部郎中分部学习行走。光绪二年（1876），补兵部郎中。八年（1882），授坐粮厅监督。十年（1884），丁嫡祖母、丁本生父忧，回籍终制。十二年（1886），简授山东督粮道，补授直隶大顺广道。十三年（1887），调补奉锦山海道，加按察使衔。二十六年（1900），授浙江宁绍台道。是年，升江苏按察使。二十七年（1901），调补浙江布政使。二十八年（1902），护理浙江巡抚，同年，擢安徽巡抚。三十二年（1906），授江宁将军。同年，补授广州将军。三十三年（1907），补察哈尔都统。宣统元年（1909），调补热河都统。三年（1911），充弼德院顾问大臣。民国四年（1915），卒于籍。

②台北故宫博物院藏：《军机及宫中档》，文献编号：408007299-0-A。

③中国第一历史档案馆藏：《录副奏片》，档号：03-5959-008。

段。当经臣密派补用直隶州知州王世绶、候补都司徐宝山，带领水师炮队，并饬统领护军正任福山镇总兵杨金龙[①]调派管带护军副左旗副将纪步高、正右旗副将赵自新，各带勇队，乘登瀛洲兵轮，驰往掩捕；又调署福山镇总兵丁华容选带得力弁勇，乘坐策电小轮，督率水师溯流堵截，一面电饬各处文武一体协拿兜捕，先经徐宝山带队进港，拿获匪党四名、匪船六只，驻军于通州所属之芦泾港。适浙西缉私营候补都司张有基、苏松镇游击张占魁，各带营船相助，探悉匪首曾帼漳、熊满堂驾领多船，部勒凶党于白茅沙浅滩地方，踞险抵拒。徐宝山亲率师船前进。该匪等竟敢开放枪炮，列队拒敌。徐宝山激励各军奋勇环击，王世绶、纪步高亦各率步队分路夹攻，匪始败溃，曾帼漳受伤潜遁，当场格杀及溺毙数十名，擒获匪首熊满堂，匪目彭老三、张云山、吴朝栋、张得荣、阳宝春并伙党共二十八名，夺获匪船十六只，伪印、旗帜、枪械多件。官军勇丁伤毙二名，受伤五名。

又，据署通州直隶州知州王仁东会营拿获匪目罗少臣一名、匪党两名，随饬将先后拿获各犯押解来省，发交营务处候补道夏时济，会同江宁府知府罗章，切实研讯。熊满堂供认开立天目山聚义堂，纠众入会，旋与曾帼漳合股，曾在崇明县属强劫沈恒丰等典铺得赃，此次率带匪船为曾帼漳拒捕不讳。彭老三、张云山、吴朝栋、张得荣、阳宝春、罗少臣，或供认充当会中头目，受有扫江侯、副元帅各项伪职；或入会贩私行劫，拒捕杀人。均属罪大恶极。臣核明情罪，查照定章，将熊满堂等七犯批饬先行正法枭示，一面严饬各营密捕首匪曾帼漳及其余党去后。随据管带浙西缉私营补用副将周远明会同江阴县知县郭曾程，督率勇役，拿

①杨金龙（1844—1906），字镜全，湖南邵阳人。同治二年（1863），投效湘军，积功保千总、守备，加强勇巴图鲁勇号。五年（1866），加参将衔，换年常阿巴图鲁勇号。光绪十九年（1893），署江宁城守协镇。二十二年（1896），补授江宁城守协镇。二十五年（1899），迁江南福山镇总兵。三十年（1904），擢江南提督。三十二年（1906），卒于任。

获匪目崔得沅一名。

又，据如皋县知县单儒绅拿获匪目李金标一名，并饬解省发审。正在核案审办间，钦奉上谕：有人奏，江苏盐枭、会匪充塞引岸，劫掠商民，但事招抚，恐滋后患等语。着魏光焘、恩寿妥为筹办等因。钦此。当将办理大概情形先行电奏，声明匪目崔得沅等应与前获各犯分别轻重，再行拟办在案。兹据营务处候补道夏时济，江宁府知府罗章讯据崔得沅、李金标均供认充当头目，为曾帼漳经理山堂事务，接济会内军火，叠犯强劫得赃，并于前获各犯内讯明吴茂生、刘得发、张海涛、曾四、宗明富，俱系曾帼漳悍党，或伙众行劫，或窝藏首匪，并皆在场拒捕。又经臣批饬照章正法枭示，以昭炯戒。其余情节较轻，罪不至死各犯，亦经酌拟年限，分别监禁，免致遣戍脱逃，仍为民害。现在地方安谧，引岸销数亦尚畅旺。

伏查此次枭、会各匪结党甚多，蓄谋不轨。本年夏间，各属讹言时起，其势殊为猖獗，幸立时扑灭，不致蔓延贻患。虽首匪曾帼漳现尚在稽诛，而悍党多已就获，经此惩创，洵足以寒贼胆而安闾阎。所有在事出力文武员弁不无微劳足录，可否仰恳天恩准由臣择尤酌保数员，以资鼓励，出自鸿施。

除再分饬悬立重赏、严密查拿逸犯曾帼漳务获惩办不容松劲外，谨会同江苏抚臣恩寿，恭折具陈。伏乞皇太后、皇上圣鉴训示。谨奏。光绪二十九年九月二十二日。

（朱批：）着俟拿获首犯后，再行酌保数员，毋许冒滥。①

光绪二十九年十月初五日奉朱批：着俟拿获首犯后，再行酌保数员，毋许冒滥。钦此。②

---

①台北故宫博物院藏：《军机及宫中档》，文献编号：408007303。

②此朱批日期与内容，据《军机处随手登记档》（档案编号：03－0317－2－1229－297）校补。

1534. 奏销吴淞卡工程全案用款折

光绪二十九年九月二十二日（1903 年 11 月 10 日）

头品顶戴南洋大臣两江总督臣魏光焘跪奏，为吴淞自辟商埠作为江海关分卡，工程告竣，全案用款，核实报销，恭折仰祈圣鉴事。

窃查上海商务日盛，吴淞口门淤沙，商船出入阻滞，经前督臣刘坤一商准总理衙门将吴淞作为海关分卡，添建验货厂，附片奏明，并咨准总理衙门及户部议准，动拨经费银三十万两，作为开埠之用，各在案。旋即设立吴淞商埠工程局，于光绪二十四年八月开办起，截至二十八年六月止，全工告竣，连闰共四十八个月，计成横直马路十段、阴沟三处、木驳二道、小阻水坝三道、石驳三道、峦石斜坡二处、大小桥梁四道、大小马头二座、铁阑杆二处以及购地、拆屋、迁坟、填土、修理、添置零星杂款，局用各项，共支银三十万八百九十二两二钱六分八厘。除准拨银三十万两外，共透支银八百九十二两二钱六分八厘。

查吴淞开埠工程为中国首创之举，外人观听所系，自宜慎之于先，故于定议时即延定洋工师莫里斯美利先后到局，综理全工工程事务，凡应办各工，由该工师绘成图样，召估投标，择其价之最廉者，方与订立合同，并饬总办埠工道员督率提调各员司，日夕在工，认真考究，务使工坚料实，不准丝毫偷减。迨全工告竣后，经前督臣刘坤一派委浙江处州镇总兵班广盛①到工验收。据称均与原定合同相符，委系工坚料实，并无草率、偷减。第事属开创，各项工程均系仿照上海工部局办法，所用物料价值亦由洋

①班广盛（1837—1903），字复斋，安徽巢县人。咸丰初，以武童投效淮军，以功历保至参将。同治九年（1870），保副将，加总兵衔。光绪十八年（1892），保总兵，晋提督衔。二十二年（1896），补授江宁城守协副将。二十四年（1898），补江西袁州协副将。赏戴花翎，加毅勇巴图鲁勇号。旋统领清军盛字营驻防吴淞，兼辖海口各炮台。二十六年（1900），擢浙江处州总兵，仍留驻吴淞要塞。二十九年（1903），卒于军。

工师核实估办，支用各款委属实用实销，毫无浮冒。兹据江海关道袁树勋、江苏题奏道何福海造册绘图，详请奏销前来。

臣覆查无异，除将清册、图说分咨户部、工部核销暨外务部查照外，理合恭折奏陈。伏乞皇太后、皇上圣鉴，敕部核销施行。谨奏。光绪二十九年九月二十二日。

（朱批：）该部知道。[①]

光绪二十九年十月初五日，奉朱批：该部知道。钦此。[②]

1535. 请以张仁芬补授金沙场大使折

光绪二十九年九月二十二日（1903 年 11 月 10 日）

头品顶戴两江总督管理两淮盐政臣魏光焘跪奏，为拣员请补场大使员缺，恭折仰祈圣鉴事。

窃两淮通州分司所属金沙场大使孙肇炘于光绪二十九年正月十三日病故开缺，应归正月分截缺，按分积一选二补新章系丁故，应归外补第二留缺，业经声请扣留外补，并截缺咨部在案。应即照例拣员请补。查筹饷例载：佐杂等官，用候补一人、委用一人、捐纳一人、候补一人、委用一人、捐纳一人、捐输一人、候补一人、委用一人、议叙一人，以十缺为一轮。又，郑工例载：无论何项到班，先用郑工遇缺先二人、海防新班先□人；如无人，用郑工遇缺先抵补第四缺海防即、海防先，分班轮用一人；第一轮用海防即，第二轮用海防先；无人，仍用海防即；无人，用旧例银捐遇缺先；无人，用旧例银捐遇缺；均无人，过班即接用各项班次一人，以五缺为一周。又，新海防例载：新海防遇缺先等项人员，应仍按郑工例跟接铨补。又，定章：升调遗并杂项所开之缺与丁故所遗之缺，分为两轮，各积各缺，均按一咨二留，分别核计，各等语。

---

①台北故宫博物院藏：《军机及宫中档》，文献编号：408007304。

②中国第一历史档案馆藏：《录副奏折》，档号：03-7165-041。

查两淮盐大使一项，上次丁溪场缺，按五缺一周新例，用第一新海防遇缺先大使杜思锐；又，掘港场缺用至第二新海防遇缺先大使娄赐书。又，草堰场病故一缺，按丁故一选二补新章，已归部选补在案。续出吕四场大使黄镆丁忧，遗缺业经请以签掣名次在先之分缺间补用大使金上迪请补止。今金沙场大使孙肇炘病故一缺，按五缺一周新例，郑工遇缺先无人，应用第一新海防遇缺先人员，到班该班内有签掣名次在先之大使张仁芬一员，该员现年三十六岁，湖北汉阳县人，由监生报捐布经历衔，复遵新海防例，加捐盐大使，指分两淮归新海防遇缺先补用，免试用，并捐免保举，于光绪二十三年五月二十八日经钦派大臣验看。六月十六日，由吏部带领引见，奉旨：照例发往。钦此。二十日给照，七月初八日到淮。该员系捐免试用人员，照例毋庸甄别，经前督臣刘坤一于二十四年三月考试，该员取列三等，咨部在案。该员年力强盛，公事勤慎，以之请补金沙场大使员缺，洵堪胜任，与例亦属相符。据两淮盐运使恩铭，具详请奏前来。

臣覆核无异，合无仰恳天恩俯准以新海防遇缺先补用盐大使张仁芬补授金沙场大使员缺，实于盐务有裨。除将该员履历清册咨移吏部、科查核外，谨会同江苏巡抚臣恩寿，合词恭折具奏。伏乞皇太后、皇上圣鉴训示。再，此缺向系题补，今查照部咨改题为奏。合并陈明。谨奏。光绪二十九年九月二十二日。

(朱批：) 吏部议奏。①

光绪二十九年十月初五日，奉朱批：吏部议奏。钦此。②

1536. 请以金上迪补授吕四场大使折

光绪二十九年九月二十二日（1903年11月10日）

头品顶戴两江总督管理两淮盐政臣魏光焘跪奏，为拣员请补

①台北故宫博物院藏：《军机及宫中档》，文献编号：408007306。

②中国第一历史档案馆藏：《录副奏折》，档号：03-5425-036。

场大使员缺，恭折仰祈圣鉴事。

窃两淮通判分司所属吕四场大使黄锳于光绪二十八年九月二十日丁忧开缺，应归九月分截缺，按分积一选二补新章系丁故，应归外补第一留缺，业经声请扣留外补，并截缺咨部在案。应即照例拣员请补。查筹饷例载：佐杂等官，用候补一人、委用一人、捐纳一人、候补一人、委用一人、捐纳一人、捐输一人、候补一人、委用一人、议叙一人，以十缺为一轮。又，郑工例载：无论何项到班，先用郑工遇缺先二人、海防新班先一人；如无人，用郑工遇缺先抵补第四缺海防即、海防先，分班轮用一人；第一轮用海防即、第二轮用海防先；无人，仍用海防即；无人，用旧例银捐遇缺先；无人，用旧例银捐遇缺；均无人，过班即接用各项班次一人，以五缺为一周。又，新海防例载：新海防遇缺先等项人员，应仍按郑工例跟接铨补。又，议复抵补章程：第三缺海防新班先无人，用郑工遇缺先抵补；再无人，过班毋庸以新海防遇缺先抵补。又，定例：报捐分缺先用、分缺间用人员，应俟捐纳尽先及捐纳正班、到班时，均准先用、间用。又，轮用分缺先用、分缺间用时，第一次用郑工，第二次用海防；郑工无人用海防，海防无人用郑工；均无人，用旧例银捐分缺先、分缺间之人。又，定章：升调遗并杂项所开之缺与丁故所遗之缺，分为两轮，各积各缺，均按一咨二留，分别核计，各等语。

查两淮盐大使一项，上次丁溪场一缺，按五缺一周新例，用第一新海防遇缺先大使杜思锐。又，掘港场缺用至第二新海防遇缺先大使娄赐书止；又，草堰场病故一缺，按丁故一选二补新章，归部选补在案。今吕四场大使黄锳丁忧遗缺，按五缺一周新例，海防新班先及郑工遇缺先均无人，新海防遇缺先不准抵补外，应插用分缺间人员。到班该班内郑工无人，新海防分缺间大使有签掣名次在先之金上迪一员，该员现年四十八岁，系山东清平县人，由增监生遵新海防例报捐盐大使，指分两淮试用，并捐免保举。光绪十七年十月二十八日，经钦派王大臣验看，十一月二十日由吏部带领引见，奉旨：着照例发往。钦此。二十四日给照。十八年三月十三日到淮，试用期满，经前督臣刘坤一甄别咨部留淮补用。二十六年三月，在户部遵新海防例，加捐分缺间补用免试用，于六月十五日奉部核准知照过班部文，应以接到部文之日作为到省日期，因与候补大使舒士杰同日奉准过班知照部文，遵例签掣，名次在先，咨部在案。该员年富才明，办事勤慎，以之请补吕四场大使员缺，洵堪胜任，与例亦属相符。据两淮盐运使恩铭，具详请奏前来。

臣覆核无异，合无仰恳天恩俯准以新海防分缺间补用大使金上迪补授吕四场大使员缺，实于盐务有裨。除将该员履历清册咨移吏部、科查核外，谨会同江苏抚臣恩寿，合词恭折具陈。伏乞皇太后、皇上圣鉴训示。再，此缺向系题补，今查照部咨改题为奏。合并陈明。谨奏。光绪二十九年九月二十二日。

（朱批：）吏部议奏。①

光绪二十九年十月初五日，奉朱批：吏部议奏。钦此。②

1537. 奏报派员总办制造局事务片

光绪二十九年九月二十二日（1903 年 11 月 10 日）

再，上海制造局总办道员赵滨彦③，前由兼署湖广督臣端方奏

---

①台北故宫博物院藏：《军机及宫中档》，文献编号：408007305。

②中国第一历史档案馆藏：《录副奏折》，档号：03-5425-035。

③赵滨彦（1856—?），字渭渔，浙江归安县（湖州市）人，出身荫生。光绪元年（1875），充工部都水司行走。六年（1880），补户部山西司主事。十五年（1889），以道员发湖北试用。二十九年（1903），办理上海机器制造局局务。三十一年（1905），补授两淮盐运使。宣统元年（1909），署理江苏按察使。同年，迁广东按察使。二年（1910），擢湖南布政使。同年，兼清理财政局总办。三年（1911），调补山东布政使。同年，因病开缺。著有《湘藩案牍钞存》等行世。

调回鄂，经臣会同本任湖广总督张之洞，由电奏调道员毛庆蕃[①]接办该局事务，钦奉电旨允准在案。嗣准本任湖广督臣张之洞电开：毛庆蕃现有要差，万难赴调。查该局现值移设分厂之际，事务殷繁，亟应遴员接管，查有江苏候补道沈邦宪，守洁才长，办事精细，堪以派委总办该局事务，以专责成。

除札委前往接办，遵照奏案将应办各事宜妥筹布置并咨外务部查照外，理合附片陈明。伏祈圣鉴。谨奏。

（朱批：）知道了。[②]

光绪二十九年十月初五日，奉朱批：知道了。钦此。[③]

1538. 奏报甄别试用期满通判片

光绪二十九年九月二十二日（1903年11月10日）

再，准部咨，劳绩保举候补运同、运判等官，凡系补缺应行具题者，试用期满，应由督抚详加甄别，专折具奏等因在案。兹据两淮盐运使恩铭查有劳绩保举候补班前先补用运判朱德澍一员，试用期满，造具履历清册，详送甄别前来。经臣甄别得该运判朱德澍，年力富强，才具明敏，堪以留淮补用。

除该员履历册已咨移部、科查核外，谨会同江苏巡抚臣恩寿，附片具奏。伏乞圣鉴，敕部查核施行。谨奏。

---

①毛庆蕃（1846—1924），字实君，江西丰城县人，监生出身。同治十二年（1873），中举。光绪十五年（1889），中式进士，选庶吉士，历充户部山东司帮主稿北档房总办、户部云南司正主稿，升户部员外郎。二十一年（1895），赴天津办理陈宝箴粮台事务。二十二年（1896），奏留帮办北洋事务。二十九年（1903），调赴江南制造局，授提调。三十年（1904），补天津河间道。三十一年（1905），调补永定河道。旋补天津道。同年，署直隶布政使。三十二年（1906），署直隶按察使。三十三年（1907），迁苏州提学使。三十四年（1908），擢甘肃布政使。宣统元年（1909），护理陕甘总督。民国三年（1914），任北京政府参政院参政。十三年（1924），卒于苏州。著有《江苏学务公牍》《奏议》《书牍》《古文学余》等行世。

②台北故宫博物院藏：《军机及宫中档》，文献编号：408007304-0-A。

③中国第一历史档案馆藏：《录副奏片》，档号：03-5425-034。

（朱批：）吏部知道。[①]

光绪二十九年十月初五日，奉朱批：吏部知道。钦此。[②]

1539. 奏报筹办苏宁枭匪情形片

光绪二十九年九月二十二日（1903 年 11 月 10 日）

再，本年八月初九日钦奉寄谕：有人奏，江苏盐枭、会匪充塞引岸，劫掠商民，但事招抚，恐滋后患，着魏光焘、恩寿妥为筹办。原片着钞给阅看等因。钦此。当经电奏并将拿办详细情形另折具陈。伏查苏、宁各属汊港纷歧，匪类散布。然首恶要不过数人，不立即捕治，则纵恶养痈，何以伸国法？若必穷治其党，则附和之辈势必铤而走险，转致固其勾结。且本属被胁，自新无路，亦何以广皇仁？

臣等筹商办法，惟以严惩首要、解散胁从为务，遇有营县拿获匪犯，如系会中头目，或入会而行劫者，立饬该管道府提犯讯明，照章正法。其情有可原者，则酌予惩儆，或交其族保严加管束，俾归正业，不致再流为匪。

臣等仰荷圣恩，谬膺疆寄，断不敢因循姑息，贻患地方。谨合词附片覆陈。伏乞圣鉴。谨奏。

（朱批：）知道了。[③]

光绪二十九年十月初五日，奉朱批：知道了。钦此。[④]

---

①台北故宫博物院藏：《军机及宫中档》，文献编号：408007305-0-A。

②中国第一历史档案馆藏：《录副奏片》，档号：03-5425-033。

③台北故宫博物院藏：《军机及宫中档》，文献编号：408007303-0-A。

④此朱批日期与内容，据《军机处随手登记档》（档案编号：03-0317-2-1229-297）校补。

1540. 奏报查办匪徒严加管束等由片

光绪二十九年九月二十二日（1903 年 11 月 10 日）

再，今年八月初五日钦奉寄谕：有人奏，江苏盐枭、会匪充塞引岸，劫掠商民，生事招摇，恐滋后患，着魏光焘、恩寿妥为筹办，原片着钞给阅看等因。钦此。当经电奏并将拿办详细情形另折具陈。伏查苏、宁各属汉港纷歧，匪类散布，然首恶不过数人，不立即捕治，纵恶养痈，何以伸国法？若必穷治其党，即附和了事，势必铤而走险，转致固其勾结，且本属被胁，自新无路，何以广皇仁？

臣等筹商办法，惟以严惩首要、解散胁从为务。遇有营县拿获匪犯，如系会中头目，或入会而行劫者，立饬该管道府提犯讯明，照章正法；其情有可原者，即酌予惩儆，或交其族保严加管束，俾归正业，不致再流为匪。

臣等仰荷圣恩，谬膺疆寄，断不致因循姑息，贻患地方。谨合词附片具陈。伏乞圣鉴。谨奏。

光绪二十九年十月初五日，奉朱批：知道了。钦此。[①]

【案】此奏片之具奏日期，录副以朱批日期为之，未确。查光绪二十九年十月初五日《随手档》[②]“朱批魏光焘折”栏，即有此片。据同批折件，此奏片具奏时间当为“光绪二十九年九月二十二日”无疑。兹据校正。

---

①中国第一历史档案馆藏：《录副奏片》，档号：03-5518-066。

②中国第一历史档案馆藏：《军机处随手登记档》，档案编号：03-0317-2-1229-297。

1541. 奏报砀山及徐州卫续完正耗折

光绪二十九年十月初六日（1903 年 11 月 24 日）

头品顶戴两江总督臣魏光焘跪奏，为砀山县及徐州卫续完徐州仓正、耗银两，并经征、督催各职名，开单恭折具陈，仰祈圣鉴事。

窃光绪二十八年分徐州仓奏销案内未完一分以上职名及已、未完银数，分数，前经臣遵照新章开单奏奉朱批：该部议奏，单并发。钦此。恭录转行钦遵在案。兹据江安督粮道胡延详称：催据砀山县及徐州卫续完正、耗银七百五十四两三钱八分三厘，分别批解道库兑收。除正银造入光绪三十年春拨及奏销随奏各册，耗银归于漕仓耗羡案内分晰造报，计仍有砀山县未完熟田正、耗银六十一两七钱九分四厘，当再严催赶解，一俟续完之日，再行造报外，所有徐州卫参后全完、砀山县参后续完仍欠各分数并经征、督催各职名，应请扣除免议、减议，开单详请具奏前来。

臣覆核无异，理合缮具清单，恭呈御览。谨会同署漕运督臣陆元鼎、江苏抚臣恩寿，恭折具陈。伏乞皇太后、皇上圣鉴，敕部查核施行。谨奏。光绪二十九年十月初六日。

（朱批：）该部议奏，单并发。①

光绪二十九年十月二十七日，奉朱批：该部议奏，单并发②。钦此。③

---

①台北故宫博物院藏：《军机及宫中档》，文献编号：408007308。

②此清单查无下落，待考。

③中国第一历史档案馆藏：《录副奏折》，档号：03-6658-037。

1542. 请以李东武补授淮扬镇标参将折

光绪二十九年十月初六日（1903年11月24日）

头品顶戴两江总督臣魏光焘跪奏，为拣员请补陆路参将员缺，恭折仰祈圣鉴事。

窃淮扬镇标左营参将郎桂林开缺，所遗员缺接准部咨系陆路题补第一轮第五缺，轮用尽先人员，行令拣员请补等因。臣查是缺参将驻扎王营镇地方，为南北冲衢、盗匪出没之区，弹压巡防，极关紧要，非精明强干、熟悉该处情形之员，不足以资镇摄。

臣于通标实缺、候补尽先各员内逐加遴选，查有补用副将两江尽先参将署漕标中军副将宿迁营游击李东武，年五十八岁，湖南长沙县人，由武童投营随剿出力，洊保花翎尽先补用参将。光绪十四年，经前督臣曾国荃奏留两江补用。二十一年，借补宿迁营游击员缺。二十五年，请咨赴引，接受札付，到营任事；续于历年拿获著名土、幅各匪出力案内保加副将衔，又于二十六七八等年清淮标、防各营缉匪出力案内，保准俟补参将后，以副将补用。二十九年，委署漕标中军副将员缺。

该员朴诚勇敢，操防认真，先后补署各缺，均能讲求营务，绥靖地方，以之请补是缺参将，洵堪胜任。惟所保名次稍后，其在前各员除病故、参革、年老及久未在标，籍隶本省各员例应开除不计外，核计该员名次尚在二十名之内，与例尚属相符。谨将尽先参将名次在该员之前各员未便迁就请补缘由，缮具清单，恭呈御览，合无仰恳天恩俯念员缺紧要，准以补用副将两江尽先参将宿迁营游击李东武补授淮扬镇标左营参将员缺，实于营伍有裨。如蒙俞允，俟部复至日，即行给咨送部引见，恭候钦定。

除饬取该员出身履历咨部查核外，谨会同署漕运总督臣陆元鼎，恭折具陈。伏乞皇太后、皇上圣鉴训示。再，所遗宿迁营游击员缺，江省现有合例人员，应请扣留，容臣另行拣员请补。合并陈明。谨奏。光绪二十九年十月初六日。

（朱批：）兵部议奏，单并发。[①]

光绪二十九年十月二十七日，奉朱批：兵部议奏，单并发。钦此。[②]

1543. 呈尽先名次前于李东武各员清单

光绪二十九年十月初六日（1903年11月24日）

谨将尽先参将名次在李东武之前各员，未便迁就请补淮扬镇标左营参将员缺缘由，缮具清单，恭呈御览。

计开

喻志业、张绍庆、李仁镜、陈寿元、李松如、胥宇、莫长青、吴霭臣、周虎臣、戴学铨、萧正伦、邹玉祥、李义信、王文蛟、余思敏。以上十五员，均已病故开除在案。

金承护、张绍康、李邦富、陈益盛、彭怡威、周得胜、罗三阳。以上七员，久未在标，无从拣补。

陶凌云、雷世恺、程福、符玉元、袁福胜、梁家乐。以上六员，均年逾六十三岁，未便迁就请补。

王金标、唐高斗、赵长富、李胜、马云龙、刘恩霖。以上六员，均系籍隶本省，例应回避。

朱辑瑞、张崇武。以上二员，朱辑瑞系常州营中军守备，业已勒休；张崇武系徐州镇标西路汛守备，开缺后不知下落，均无从拣补。

张熙、徐锦堂。以上二员，均已改留江苏外海、内洋水师候补，陆路册档开除。

曾恒德、彭仁寿、牛书琴。以上三员，曾恒德系松江城守营游击，彭仁寿系奇兵营游击，牛书琴系皖南镇标左营游击，各在本任虽称得力，惟年均六十三岁以上，已逾甄别之年，未便迁就

---

①台北故宫博物院藏：《军机及宫中档》，文献编号：408007309。

②中国第一历史档案馆藏：《录副奏折》，档号：03-5959-065。

请补。

刘永兴、朱启咏、戴鹤松。以上三员，内刘永兴系淮扬镇标右营游击，朱启咏系狼山镇标中营游击，戴鹤松已另案奏补徐州镇标中营游击，与是缺人地均不甚相宜，未便迁就请补。

孙成福、周廷干、王立清、刘德辉、凤山恒、江镜堂、贺胜嵩。以上七员，在臣标候补，查与是缺人地不宜，未便迁就请补。

（朱批：）览。①

1544. 奏销兴挑扬州界首河道经费折

光绪二十九年十月初六日（1903年11月24日）

头品顶戴两江总督臣魏光焘、署理漕运总督臣陆元鼎跪奏，为兴挑扬州界首子婴闸一带河道用过经费，缮具清单，恭折具陈，仰祈圣鉴事。

窃查扬州府属界首子婴闸一带河道淤浅，商船阻滞，经前督臣刘坤一、前漕臣陈夔龙遵旨筹挑，先将动拨经费、委员兴办情形会同奏明在案。兹据前淮扬海道沈瑜庆、江苏候补道丁葆元详称：经办界首河道，计自汜水汛之七里闸起至永安汛之马棚湾止，共工长五千一百九丈九尺；又，七里闸外挑浚引渠一道，工长四百八十五丈二尺五寸，并正河两头各筑拦河柴土大坝一道，其通湖六安闸堵筑埽戗等工，亦已一律挑办完竣，共支用钱合银五万七千二百五十四两零，照例造具销册、清单，详请奏销前来。

臣等覆核无异，谨缮具清单，恭呈御览。除将送到清册咨送部、科查照外，谨会同江苏巡抚臣恩寿，恭折具陈。伏乞皇太后、皇上圣鉴，饬部核销施行。谨奏。光绪二十九年十月初六日。

（朱批：）该部知道，单并发。②

---

①中国第一历史档案馆藏：《单》，档号：03-5959-066。

②台北故宫博物院藏：《军机及宫中档》，文献编号：408007310。

光绪二十九年十月二十七日，奉朱批：该部议奏，单并发。钦此。①

1545. 呈兴挑扬州界首河道经费清单

光绪二十九年十月初六日（1903年11月24日）

谨将光绪二十八年挑浚扬州府界首子婴闸一带河道淤浅工程用过经费银两，缮具清单，工程御览。

计开

一、挑浚淮、扬二厅所属汜、永二汛界首子婴闸以至马棚湾止一带淤浅运河，共工五十七段，长五千一百九丈九尺，挑牵口宽六丈一尺至七丈六尺，底宽三丈，牵深六尺二寸至九尺二寸。又，七里闸外通湖引渠一道，共工十段，长四百八十五丈二尺五寸，挑牵口宽三丈三尺五寸至三丈六尺八寸，底宽二丈，牵深四尺五寸至五尺六寸。又，正河上、下柴土拦坝二道，共长三十八丈八尺，埽宽二丈，高深一丈六尺至一丈八尺，土戗顶宽一丈，底宽五丈八尺至六丈四尺，高深一丈六尺至一丈八尺。又，堵闸通湖六安闸一座金门，直长三丈，埽宽一丈二尺，高深一丈四尺四寸，土坝顶宽一丈、底宽六丈一尺，高深一丈七尺，共用过土方、料物、夫工共银五万七千二百五十四两二钱二分四厘八毫五丝。

（朱批：）览。②

1546. 请以董玉棻补授徐州镇标都司折

光绪二十九年十月初六日（1903年11月24日）

头品顶戴两江总督臣魏光焘跪奏，为拣员请补陆路都司员缺，

①中国第一历史档案馆藏：《录副奏折》，档号：03-7091-042。
②中国第一历史档案馆藏：《单》，档号：03-7091-043。

恭折仰祈圣鉴事。

窃徐州镇标城守营都司赵楚材勒休，遗缺接准部咨系新章第一轮第二缺，轮用卓异无人，应用第四缺拣发班内人员，行令拣员请补等因。臣查是缺都司驻扎徐州府城，有经管兵马、钱粮、城守、地方之责，且民情强悍，汛地绵长，缉捕巡防，均关紧要，必得精明干练之员，方足胜任。

臣于实缺、候补中逐加遴选，查有补用都司江宁城守右营守备董玉棻，年四十六岁，直隶顺天府通州人，由武生恭应光绪元年乙亥恩科本省乡试，中式武举。六年庚辰科，签掣兵部二等差官，效力三年期满，经部带领验看。十年四月十一日复奏，奉旨：以营守备用。钦此。留差一年，分发江南，以守备尽先补用。十一年七月，领票到标，于历届河运出力案内保奖俟补都司后以游击用，补游击后以参将用，补参将后以副将仍留两江补用。嗣经前督臣刘坤一奏补江宁城守右营守备，经部议准，颁给札付祗领赴任，各在案。

该员年力强盛，办事勤能，以之请补是缺都司，洵堪胜任，核与定章亦属相符。合无仰恳天恩俯准以补用都司江宁城守右营守备董玉棻补授徐州镇标城守营都司员缺，实于营伍、地方均有裨益。如蒙俞允，俟部覆至日，即行给咨送部引见，以符定制。

除将履历咨部查核外，谨会同署漕运督臣陆元鼎，恭折具陈。伏乞皇太后、皇上圣鉴训示。谨奏。光绪二十九年十月初六日。

（朱批：）兵部议奏。[①]

光绪二十九年十月二十七日，奉朱批：兵部议奏。钦此。[②]

---

①台北故宫博物院藏：《军机及宫中档》，文献编号：408007307。

②中国第一历史档案馆藏：《录副奏折》，档号：03-5959-067。

1547. 奏闻考试王耀焕等员情形片

光绪二十九年十月初六日（1903 年 11 月 24 日）

再，部定新章：凡由俊秀、监生出身各员，无论实缺、候补，均应一体考试等因。兹据江宁藩司将江宁实缺及候补各员，详送考试前来。经臣考试得新选江宁府江防同知王耀焕，试用同知白鹤年、吴廷桂，试用直隶州知州王曜，候补知州汪乔年，候补知县成希缙，试用知县洪遹声、梁继元，均取列二等。以上各员，应准照章补署差委。除咨部查照外，谨会同江苏巡抚臣恩寿，附片陈明。伏乞圣鉴。谨奏。

（朱批：）吏部知道。[①]

光绪二十九年十月二十七日，奉朱批：吏部知道。钦此。[②]

1548. 奏报甄别试用期满各员片

光绪二十九年十月初六日（1903 年 11 月 24 日）

再，捐纳分发人员，以到省之日起试用一年期满，应行察看才具，分别繁简，奏明留省补用等因。历经遵办在案。兹据江宁藩司将在江宁差委试用已满一年之道员等官，照章甄别，详请加考具奏前来。

臣察看得试用道王钰孙，才优识卓，办事精详；黎锦彝才识明练，究心时务；庆锡庚才识练达，办事精详；薛华培才具明练，办事勤慎；邓炬才长心细，端谨有为；杨觐圭才学兼优，办事明慎；俞启元才识明通，办事勤谨，均堪以繁缺留省补用。

试用知府王运嘉才具开展，办事精详；潘永龄年富才明，办事勤谨；汤孚允年强才裕，谨慎从公；徐乃斌明干有为，办事勤

---

①台北故宫博物院藏：《军机及宫中档》，文献编号：408007307-0-A。

②中国第一历史档案馆藏：《录副奏片》，档号：03-7205-111。

慎，均堪留省照例补用。

除咨部查照外，谨会同江苏巡抚臣恩寿，附片陈明。伏乞圣鉴。谨奏。

（朱批：）吏部知道。[①]

光绪二十九年十月二十七日，奉朱批：吏部知道。钦此。[②]

1549. 请准故镇班广盛附祀专祠片

光绪二十九年十月初六日（1903 年 11 月 24 日）

再，查奏留吴淞统带防营前浙江处州镇总兵班广盛，在防积劳病故，经臣奏恳恩施，敕部从优议恤，钦奉朱批：着照所请，该部知道。钦此。转行钦遵在案。兹准江南提督臣李占椿转据南洋续备盛军吴淞各炮台兼带前旗分统游击戴鹤松禀称：班广盛曾随前广东水师提督吴长庆[③]征剿粤、捻各匪，宣力有年，战功卓著，咨请奏恳附祀前广东水师提督吴长庆庐江、嘉兴专祠，以隆享祀等因。

臣查该故镇班广盛，统带防营，治军严整，一切海防事宜，留意讲求，深资得力，业于前折陈明。其壮岁从戎，历随淮军前大学士李鸿章及前广东水师提督臣吴长庆，攻剿粤、捻，叠著战功，尤以随剿嘉兴等处裹创血战，收复名城，论绩最伟，该处绅民至今爱戴，洵属有功于民。据请附祀专祠，核案相符。合无仰

---

①台北故宫博物院藏：《军机及宫中档》，文献编号：408007307-0-B。

②中国第一历史档案馆藏：《录副奏片》，档号：03-5425-176。

③吴长庆（1829—1884），字筱轩，号小轩，安徽庐江县人。咸丰五年（1855），袭云骑尉世职发标学习。六年（1856），办理庐州团练。七年（1857），戴蓝翎。八年（1858），保守备。同年，办理合肥东乡团练。九年（1859），统带舒、合练勇。十年（1860），加都司衔，换花翎。同治元年（1862），管带淮军驻扎上海。同年，保游击。二年（1863），保副将，加力勇巴图鲁勇号。三年（1864），保总兵。七年（1868），充亲兵马步统领，换瑚敦巴图鲁名号。光绪元年（1875），补授直隶正定镇总兵。六年（1880），帮办山东全省军务。同年，擢浙江提督，调补广东水师提督。八年（1882），统带淮军出兵朝鲜。同年，封三等轻车都尉世职。十年（1884），因病去世。谥武壮。

恳天恩俯准将已故浙江处州镇总兵班广盛附祀前广东水师提督臣吴长庆庐江、嘉兴专祠，由地方官春秋致祭，以彰劳勋而顺舆情，出自鸿施。

除咨部查核外，理合附片陈请。伏乞圣鉴训示。谨奏。

（朱批：）着照所请，礼部知道。①

光绪二十九年十月二十七日，奉朱批：着照所请，礼部知道。钦此。②

1550. 奏报总兵因病出缺请旨简放折

光绪二十九年十月十四日（1903年12月2日）

头品顶戴两江总督臣魏光焘、长江水师提督臣程文炳跪奏，为长江水师总兵因病出缺，遵章保举堪胜总兵人员，拟定正、陪，请旨迅赐简放，以重职守，恭折驰陈，仰祈圣鉴事。

窃据署长江水师湖口镇标中军游击李传藻呈报：湖口镇总兵李全彪于本年八月二十日因病出缺，当将总兵关防封固存储等情。前来。伏查湖口一镇为江西、湖广门户，总兵有专阃之责，员缺极关紧要，未便虚悬。除分别委员署理并暂行兼护另片陈明外，查长江水师总兵各缺，同治七年钦奉谕旨：遇有缺出，即由该省督抚保举堪胜总兵人员，拟定正、陪，请旨简放等因。钦此。钦遵在案。

今李全彪所遗长江水师湖口镇总兵员缺，臣等遵照定章，详加遴选。查有长江水师提标中军副将杨福田，朴诚毅勇，晓畅戎机，持己勤廉，办事结实，自长江设立水师，历任各缺，举凡训练弁兵，督率操演，靡不认真整顿。近年改习洋操，尤为实力讲求。上年于副将任内保列一等，极为长江出色之员，堪以拟正。又，查长江水师安庆营副将王鸿年，老成持重，训练严明，久历

---

①台北故宫博物院藏：《军机及宫中档》，文献编号：408007307-0-C。

②中国第一历史档案馆藏：《录副奏片》，档号：03-5959-068。

水师，实心办事，堪以拟陪。以上二员，均堪胜江西湖口镇总兵之任，相应请旨迅赐简放，以重职守。

所有长江水师总兵因病出缺，遵章保举堪胜总兵人员各缘由，谨合词恭折驰陈。伏乞皇太后、皇上圣鉴训示。谨奏。光绪二十九年十月十四日。

（朱批：）着拟正之杨福田补授。[①]

光绪二十九年十月二十一日，奉朱批：着拟正之杨福田补授。钦此。[②]

1551. 奏报李传藻暂护湖口镇篆片

光绪二十九年十月十四日（1903年12月2日）

再，湖口镇总兵李全彪因病出缺，所遗总兵篆务，现经臣等查有长江水师提标中军副将杨福田，朴诚勇敢，办事勤能，堪以委署。其未到任以前，查有该镇标中军游击李传藻，堪以委令暂行兼护。除分别饬遵外，谨附片具奏。伏乞圣鉴。谨奏。

（朱批：）知道了。[③]

光绪二十九年十月二十一日，奉朱批：知道了。钦此。[④]

1552. 请以梁孝熊补授海门同知折

光绪二十九年十月二十一日（1903年12月9日）

头品顶戴两江总督臣魏光焘、江苏巡抚臣恩寿跪奏，为拣员请补海疆要缺同知，恭折仰祈圣鉴事。

窃江苏海门厅同知王宾经臣恩寿奏参开缺，于光绪二十九年

①台北故宫博物院藏：《军机及宫中档》，文献编号：408007311。
②中国第一历史档案馆藏：《录副奏折》，档号：03-5959-040。
③台北故宫博物院藏：《军机及宫中档》，文献编号：408007311-0-A。
④中国第一历史档案馆藏：《录副奏片》，档号：03-5959-041。

六月初一日奉旨后第五日行文，按江苏省程限减半计算，扣至六月三十日作为开缺日期，归六月分截缺。所遗海门厅同知系沿海繁、难要缺，例应在外拣员调补。该厅地处海滨，民俗强悍，狱讼繁多，必须精明干练之员，方足以资治理。臣等于通省现任同知内逐加遴选，非现居要缺，即人地未宜，实无堪调之员，应于截取记名分发人员内拣补。

兹查有记名截取同知梁孝熊，年四十七岁，福建闽县附生，于光绪十六年经前船政大臣裴荫森①叠保以知县选用。十七年辛卯科，应本省乡试，中式举人。二十年，改捐国子监博士选用。是年十月，选缺到班，十八日引见，奉旨：国子监博士着梁孝熊补授。钦此。二十一日到任，遵例捐免试俸、历俸，截取保送记名外用同知。二十一年五月十四日引见，奉旨：着照例用。钦此。遵例呈请分发指省江苏，七月十四日引见，奉旨：照例发往。钦此。二十一日领照，八月十七日到省。该员系正途截取记名人员，照例无庸甄别考试。覆查该员识卓才明，实心任事，以之请补海门厅同知，实属人地相宜，洵堪胜任，与例亦属相符。据江宁布政使黄建筦等会详请奏前来。

臣等往返函商，意见相同。合无仰恳天恩俯念员缺紧要，准以截取记名同知梁孝熊补授海门厅要缺同知，实于海疆、地方有裨。如蒙俞允，该员系截取同知请补同知，衔缺相当，毋庸送部引见。至请补要缺一切因公处分，例免核计。谨合词恭折具陈。伏乞皇太后、皇上圣鉴训示。谨奏。光绪二十九年十月二十一日。

---

①裴荫森（1831—1895），字樾岑，江苏阜宁县人，附监生出身。咸丰八年（1858），中举。十年（1860），中式贡士。同治元年（1862），以军功赏戴蓝翎。二年（1863），补应殿试二甲进士，以主事签分工部。三年（1864），报捐道员，分发湖南。光绪六年（1880），署理湖南衡永郴桂道。九年（1883），补授福建按察使。十年（1884），署船政大臣。十四年（1888），实授船政大臣。十六年（1890），因病开缺。二十一年（1895），病卒。著有《船政奏议汇编》《书牍》《裴光禄集》《他山剩简》等行世。

（朱批：）吏部议奏。[①]

光绪二十九年十二月初一日，奉朱批：吏部议奏。钦此。[②]

1553. 请以陈其璟补授江都县知县折

光绪二十九年十月二十一日（1903年12月9日）

头品顶戴两江总督臣魏光焘、江苏巡抚臣恩寿跪奏，为拣员请补沿河要缺知县，恭折仰祈圣鉴事。

窃江苏江都县知县汤曜请假回籍修墓，于光绪二十九年四月二十九日奉旨后五日行文，按照限减半计算，扣至五月二十九日作为开缺日期，归五月分截缺。所遗江都县知县系冲、繁、疲、难四项兼全沿河要缺，例应在外拣补，且系附郭首邑，政务殷繁，必须精明干练之员，方足以资治理。兹于通省现任知县内逐加遴选，非现居要缺，即人地未宜，一时实无堪调之员。

惟查有曾任实缺候补班补用知县陈其璟，年四十九岁，浙江归安县附贡生，遵例报捐府经历，指分江苏尽先补用，免试用。光绪六年在部验看，七年九月到省。是年分海运案内出力，保俟补缺后以知县用。九年十二月二十日奉旨：依议。钦此。十年，请补松江府经历。七月二十三日经部覆准，八月到任。应以十年八月十八日作为知县到省日期，先于九年分海运出力保加同知衔，十二年六月十二日奉旨：依议。钦此。十四年正月，丁父忧开缺。十六年十月，起复回省。十七年十一月，丁母忧。二十年二月，服满起复，六月十九日引见，奉旨：着照例用。钦此。九月二十日回省，按照定章，曾任实缺人员，毋庸甄别，例得繁简统补。覆查该员才具稳练，熟悉河工，以之请补江都县要缺知县，洵堪胜任，与例亦属相符。据江宁布政使黄建筦等会详请奏前来。

臣等往返函商，意见相同，合无仰恳天恩俯念员缺紧要，准

①台北故宫博物院藏：《军机及宫中档》，文献编号：408007312。

②中国第一历史档案馆藏：《录副奏折》，档号：03-5961-001。

以候补班补用知县陈其璟补授江都县知县员缺，实于河工、地方均有裨益。如蒙俞允，该员系候补知县请补知县，衔缺相当，毋庸送部引见，亦毋须查造参罚。谨会同署漕运总督臣陆元鼎，合词恭折具陈。伏乞皇太后、皇上圣鉴训示。谨奏。光绪二十九年十月二十一日。

(朱批:) 吏部议奏。①

光绪二十九年十二月初一日，奉朱批：吏部议奏。钦此。②

1554. 请以李超琼补授南汇县知县折

光绪二十九年十月二十一日（1903年12月9日）

头品顶戴两江总督臣魏光焘、江苏巡抚臣恩寿跪奏，为拣员请补海疆要缺知县，恭折仰祈圣鉴事。

窃江苏南汇县知县汪以诚经臣恩寿奏参革职，于光绪二十九年六月初一日奉旨后第五日行文，按限减半计算，扣至六月三十日作为开缺日期，归六月分截缺。所遗南汇县知县系繁、疲、难沿海兼三要缺，例应在外拣员调补。该县地处海滨，政务殷繁，整顿地方一切事宜，在在均关紧要，非老成干练之员，不足以资治理。兹于通省现任知县内逐加遴选，非现居要缺，即人地未宜，一时实无堪调之员，应于进士即用及曾任实缺、候补知县各项班内拣员请补。

查有现署吴县知县候补知县李超琼，年五十六岁，四川合江县人，由优贡生朝考二等，以教职用，投效奉天军营，因剿平大东沟股匪边境肃清及办理通沟边务在事出力，保俟选训导后，以知县用。嗣于江苏协黔捐局报捐免选训导本班，以知县分发试用。光绪五年己卯科，应顺天乡试，中式举人。九年四月，在吏部呈请分发，签掣江苏，经钦派王大臣验看，奏请照例发往，奉旨：

①台北故宫博物院藏：《军机及宫中档》，文献编号：408007313。

②中国第一历史档案馆藏：《录副奏折》，档号：03-5961-002。

依议。钦此。九月到省。十一年三月，加捐新班即补用，免试用。十一月，请补溧阳县知县，十二年八月到任。十五年六月，调署元和县知县，七月到任，旋经调补斯缺。十八年大计案内，保荐卓异。二十年六月，调署阳湖县知县，七月到任。二十二年交卸，仍回元和县本任。二十四年，调署江阴县知县，四月到任。二十五年三月，在江阴署任内丁母忧，开缺回籍守制，服满就近在京起复。二十八年二月初二日，由吏部以卓异俸满并案带领引见，奉旨：着准其卓异加一级，注册候升等因。钦此。在部呈请分发江苏原省，归候补班补用；复于三月初二日引见，奉旨：照例发往。钦此。四月到省，委署无锡县事，五月到任。二十九年五月交卸，委署吴县知县，于闰五月初三日任事，各在案。该员系曾任实缺正途知县，按照例章，无庸甄别考试。覆查该员老成练达，为守兼优，以之请补南汇县知县，实堪胜任，虽调缺请补与例稍有未符。惟人地实在相需，例得声明奏请。据藩、臬两司会详请奏前来。

臣等往返函商，意见相同，合无仰恳天恩俯念员缺紧要，准以李超琼补授南汇县要缺知县，实于海疆、地方有裨。如蒙俞允，该员系候补知县请补知县，衔缺相当，毋庸送部引见，亦无须查造参罚。谨合词恭折具陈。伏乞皇太后、皇上圣鉴训示。谨奏。光绪二十九年十月二十一日。

（朱批：）吏部议奏。①

光绪二十九年十二月初一日，奉朱批：吏部议奏。钦此。②

---

①台北故宫博物院藏：《军机及宫中档》，文献编号：408007314。

②中国第一历史档案馆藏：《录副奏折》，档号：03-5427-002。

1555. 请准张树声专祠入祀片

光绪二十九年十月二十一日（1903年12月9日）

再，查前署两江总督原任两广总督张树声①，于光绪十年在广东办理海防，因病身故，经前直隶督臣李鸿章胪列事实，奏蒙恩准于江苏立功地方一体建立专祠等因。钦遵在案。兹据该故总督之子分省试用道张华斗禀称：江苏为故父张树声立功之地，经旧部前署广东水师提督王孝祺②等捐助银三千两，并由该员出资添补，在于江宁省城上元县地方建立专祠，现已落成，恳请奏明列入祀典，由地方官春秋致祭等情。前来。

臣覆核无异，合无仰恳天恩俯准将该故总督张树声专祠，敕部列入祀典，由地方官春秋致祭，以彰荩绩！除咨部查照外，谨会同江苏巡抚臣恩寿，附片具陈。伏乞圣鉴训示。谨奏。

---

①张树声（1824—1884），字振轩，安徽合肥人，廪生，卓勇巴图鲁。咸丰三年（1853），在籍办团。同治元年（1862），随李鸿章入沪，与刘铭传分领淮军。同治三年（1864），统六营驻镇江。四年（1865），署江苏徐海道。同年，升直隶按察使。八年（1869），署直隶布政使。是年，调山西按察使。九年（1870），迁山西布政使。同年，护理山西巡抚。十年（1871），擢漕运总督。十一年（1872），署江苏巡抚。同年，署两江总督兼办理通商事务大臣。十二年（1873），补江苏巡抚。光绪五年（1879），调贵州巡抚，转广西巡抚。是年，授两广总督。八年（1882），署理直隶总督，加太子少保衔。九年（1883），署北洋通商大臣。十年（1884），卒于广州。谥靖达。著有《张靖达公奏议》《庐阳三贤集》等行世。

②王孝祺（1835—1899），初名王得胜，安徽合肥人，初入淮军，以敢战名，积勋至守备。咸丰八年（1858），赏六品顶戴。同治元年（1862），赏戴蓝翎。二年（1863），充树字正营帮带。翌年，帮带树字左营，赏换花翎。四年（1865），加壮勇巴图鲁勇号。五年（1866），晋提督衔。八年（1869），换博奇巴图鲁名号。光绪元年（1875），接办晋军水陆营务。六年（1880），署理广西右江镇总兵、碣石镇总兵。九年（1883），署潮州镇总兵。同年，补授广西右江镇总兵。十一年（1885），署广东高州镇总兵。十二年（1886），补广东北海镇总兵，兼署广东高州镇总兵。十三年（1887），署理广东水师提督。十四年（1888），兼署广东潮州镇总兵。十七年（1891），署广东水师提督，兼署潮州镇总兵。二十年（1894），赏戴双眼花翎。二十二年（1896），因病开缺。二十五年（1899），卒于籍。

（朱批：）着照所请，礼部知道。[①]

光绪二十九年十二月初一日，奉朱批：着照所请，礼部知道。钦此。[②]

1556. 请准刘坤一专祠入祀片

光绪二十九年十月二十一日（1903年12月9日）

再，原任两江总督臣刘坤一于光绪二十八年九月初五日因病出缺，钦奉恩旨准于湖南原籍及江宁省城建立专祠等因。钦此。仰见圣朝眷念勋臣无微不至，凡在臣工同深钦感！兹据福山镇总兵杨金龙等禀称：该故督江宁应建专祠，现经湘军将士及文武各官公议在江宁省城四象桥地方筹建，业已工竣，呈请具奏前来。

臣复核无异，合无仰恳天恩俯准将已故两江督臣刘坤一江宁专祠敕部列入祀典，由地方官春秋致祭，以彰荩绩！谨会同江苏巡抚臣恩寿，附片陈请。伏乞圣鉴训示。谨奏。

（朱批：）着照所请，礼部知道。[③]

光绪二十九年十二月初一日，奉朱批：着照所请，礼部知道。钦此。[④]

1557. 奏报甄别到省期满各员片

光绪二十九年十月二十一日（1903年12月9日）

再，前准部咨：道、府、州、县无论何项劳绩，保归候补班人员，以到省之日起，予限一年，详加察看，出具切实考语，分别繁简，奏明留省补用等因。历经遵办在案。兹据江宁藩司将到省一年期满之道员、州县等官，照章甄别，详请加考具奏前来。

---

①台北故宫博物院藏：《军机及宫中档》，文献编号：408007312-0-A。

②中国第一历史档案馆藏：《录副奏片》，档号：03-7165-049。

③台北故宫博物院藏：《军机及宫中档》，文献编号：408007312-0-B。

④中国第一历史档案馆藏：《录副奏片》，档号：03-7165-048。

臣察看得尽先补用道张枢，才具干练，奋勉有为；补用道曾广祚，年壮才明，志趣向上；候补知县成希缙才具明白，张翼轸明干有为，均堪以繁缺留省补用。候补直隶州知州邵文炳才识明通，候补知州汪乔年才具明干，均堪留省补用。

除咨部查照外，谨会同江苏抚臣恩寿，附片陈明。伏乞圣鉴。谨奏。

（朱批：）吏部知道。①

光绪二十九年十二月初一日，奉朱批：吏部知道。钦此。②

1558. 请准赵上达改归江苏补用片

光绪二十九年十月二十一日（1903年12月9日）

再，查安徽候补道赵上达，湖南衡山县人，由优廪生于光绪七年在湖南江华县剿办瑶匪案内出力，保以训导选用。遵新海防例，报捐知县，指分湖北试用，二十一年十二月到省。二十六年，经前安徽抚臣王之春调赴安徽委办文案，兼营务事宜，旋加捐同知双月候选，因在盱眙县剿匪案内出力，汇保免选同知，以知府不论双单月选用。又因大通剿匪案内出力，保俟补缺后，以道员用；复在顺直赈捐案内加捐道员，指分安徽试用，经前安徽抚臣王之春奏保，以该员沈毅有为，自调赴安徽，襄办营务，悉协机宜，仍以道员分指安徽，归候补班补用，奉朱批：着照所请。钦此。二十八年六月初三日，赴部引见，奉旨：着照例发往。钦此。是月二十六日到省。旋经前广西抚臣王之春奏调广西差遣，七月驰抵梧州行营，委办前敌营务处及行营营务，因在贵县观音山等处剿匪出力案内保加二品顶戴，经部议准。二十九年闰五月，经前广西抚臣王之春奏明在营并无经手未完事件，应仍回安徽原省候补，即于六月初二日缴咨回省，经臣咨调来宁差遣。

---

①台北故宫博物院藏：《军机及宫中档》，文献编号：408007314-0-A。

②中国第一历史档案馆藏：《录副奏片》，档号：03-5427-007。

兹据该员禀称：安徽省额设道员皆系请旨简放，并无外补之缺，查前有安徽候补道吴修鼓、试用道王树荫、张锡寿等，均因本省无缺可补，禀请奏明改发总督兼辖省分补用，经部覆准有案。理合禀请援案奏明改发江苏，归原班补用，并声明曾在江西省办理南昌县刑钱事件，系属游幕省分等情。前来。

臣覆加查核，与历办成案尚属相符。合无仰恳天恩俯准将安徽候补道赵上达以原班改归江苏补用。除咨部外，谨会同安徽巡抚臣诚勋，附片陈明。伏乞圣鉴。谨奏。

（朱批：）吏部议奏。①

光绪二十九年十二月初一日，奉朱批：吏部议奏。钦此。②

1559. 奏为赏赐石青江绸谢恩折

光绪二十九年十月二十二日（1903 年 12 月 10 日）

头品顶戴两江总督臣魏光焘跪奏，为恭谢天恩，仰祈圣鉴事。

窃光绪二十九年十月二十日，折弁回宁，恭奉赍到皇太后万寿恩赏石青江绸一匹、绛色江绸一匹，臣当即恭设香案，望阙叩头谢恩祗领。伏念臣未裕经纶，忝叨朱紫，兼圻奉职，滋惭称服之难；寿寓延厘，幸际垂裳之治。乃祝嘏未遂天颜之觐，而推恩渥蒙云锦之颁。沐一人有庆之庥，宠荣华衮；焕五采彰施之色，香染御炉。

惟圣朝聿宏广被之仁，俾微臣亦与承筐之赐。钦承介福，逾齐官三服之荣，珍拜尚方，叶唐人七衣之吉！臣惟有服衷滋励，衮职勤修，乐爱日之舒长，戴慈云之布濩。幸值尘清，函夏三呼共王会冠裳；欣逢治洽，熙春亿年赞皇猷黼黻！

所有微臣感激荣幸下忱，理合缮折叩谢天恩。伏乞皇太后、皇上圣鉴。谨奏。光绪二十九年十月二十二日。

---

①台北故宫博物院藏：《军机及宫中档》，文献编号：408007314-0-B。

②中国第一历史档案馆藏：《录副奏片》，档号：03-6046-053。

（朱批：）知道了。[1]

光绪二十九年十二月初二日，奉朱批：知道了。钦此。[2]

1560. 奏报遴补长江水师都司各缺折

光绪二十九年十月二十三日（1903年12月11日）

头品顶戴两江总督臣魏光焘、长江水师提督臣程文炳跪奏，为长江水师提中等营都司各缺，遴员升补，恭折仰祈圣鉴事。

窃照长江水师守备以上各缺，向系照外海水师章程，先尽历俸一年以上者升补，开单具奏，历经办理在案。兹查有提标中营右哨都司王昌龄等所遗各缺，应行照章拣员升补。伏查长江水师俸满守备，仅有提标中营中哨守备金满一员，现在年逾六旬，仅堪留任供职，此外并无俸满应升人员。惟是水师防务紧要，员缺未便久悬，当经臣等往返咨商，不得不暂为变通办理，今于未经俸满守备各员内详加遴选，查有金陵营前哨守备周云亭等，均人材出众，干练精明，拟请变通升补，俾免各缺久旷。嗣后水师缺出，仍照向章办理，以符定制。

理合开列清单，恭呈御览，合无仰恳天恩俯念长江水师员缺紧要，准以守备周云亭等变通升补都司各缺，实于营伍、地方均有裨益。如蒙俞允，该员等前于升补守备案内均引见未满三年，照例无庸送部，应请敕部颁给札付，以昭信守。

除饬取履历咨部查核外，谨会同江苏巡抚臣恩寿、安徽巡抚臣诚勋、署理江西巡抚臣夏时，合词恭折具奏。伏乞皇太后、皇上圣鉴训示。谨奏。光绪二十九年十月二十三日。

（朱批：）兵部议奏，单并发。[3]

---

①台北故宫博物院藏：《军机及宫中档》，文献编号：408007315。

②中国第一历史档案馆藏：《录副奏折》，档号：03-5570-044。

③台北故宫博物院藏：《军机及宫中档》，文献编号：408007316。

光绪二十九年十二月初三日，奉朱批：兵部议奏，单并发。钦此。[①]

1561. 呈长江水师遴员请补都司清单

光绪二十九年十月二十三日（1903年12月11日）

谨将长江水师续因事故出缺，遴员请补，开列清单，恭呈御览。

计开

提中营右哨都司王昌龄升补，遗缺查有金陵营前哨守备周云亭，精明干练，为守兼优，堪以升补。

裕溪营左哨都司朱云祥撤参，遗缺查有提中营前哨守备谌楚善，才具开展，操守廉明，堪以升补。

瓜洲营右哨都司彭兆琳升补，遗缺查有尽先都司提中营后哨守备谢宗培，人材出众，久历戎行，堪以升补。

三江营左哨都司徐仕清开缺，遗缺查有该营前哨守备邢可录，才具稳练，熟谙水师，堪以升补。

三江营右哨都司张志胜开缺，遗缺查有华阳营前哨守备赵金实，练达老成，操防严密，堪以升补。

吴城营右哨都司刘取仁开缺，遗缺查有该营后哨守备陈胜德，精明练达，熟悉营伍，堪以升补。

江阴营右哨都司周有功开缺，遗缺查有芜湖营前哨守备王诗访，晓畅戎机，心地明白，堪以升补。

（朱批：）览。[②]

---

①中国第一历史档案馆藏：《录副奏折》，档号：03-5570-044。

②中国第一历史档案馆藏：《单》，档号：03-5742-087。

1562. 请以易英和补外海水师参将折

光绪二十九年十月二十三日（1903 年 12 月 11 日）

头品顶戴两江总督臣魏光焘跪奏，为拣员请补外海水师参将员缺，恭折仰祈圣鉴事。

窃江南外海水师川沙营参将韩元孔升补副将，遗缺接准部咨系题补新章第一轮第一缺，应用尽先人员，行令拣员请补等因。伏查是缺参将有管驾艇船督巡洋面之责，非精明干练、熟悉风涛沙线之员，难期胜任。

臣于外海、内洋实缺，候补各员内逐加遴选，查有总兵衔内洋水师尽先补用副将易英和，年六十二岁，湖南湘乡县人，于咸丰七年投效水师营，随剿出力，洊保总兵衔尽先补用副将。光绪二十四年，经前督臣刘坤一奏准留于江苏内洋水师补用。该员勇敢朴勤，水师娴熟，以之借补是缺参将，洵堪胜任，核与定章限制相符，合无仰恳天恩俯准以内洋水师尽先副将易英和借补外海水师川沙营参将，实于水师营伍有裨。如蒙俞允，俟部覆至日，即行给咨送部引见，恭候钦定，以符定制。

除饬取该员履历、切结咨部外，谨会同江南提督臣李占椿，恭折具陈。伏乞皇太后、皇上圣鉴训示。谨奏。光绪二十九年十月二十三日。

（朱批：）兵部议奏。①

光绪二十九年十二月初三日，奉朱批：兵部议奏。钦此。②

---

①台北故宫博物院藏：《军机及宫中档》，文献编号：408007317。

②中国第一历史档案馆藏：《录副奏折》，档号：03-5961-006。

1563. 奏报本年六七两月各案摘由折

光绪二十九年十月二十三日（1903 年 12 月 11 日）

头品顶戴两江总督臣魏光焘跪奏，为光绪二十九年六月、七月分改题为咨各案，摘由开单，恭折具陈，仰祈圣鉴事。

窃查光绪二十七年八月十五日奉上谕：嗣后循例具题之件，均着改题为奏，以归简易等因。钦此。当经前督臣刘坤一将例应具题各案酌拟分别删改办法，开单具奏，声明改咨之案每月摘录简明案由，缮单汇奏一次，历经遵办在案。兹据江苏、安徽两臬司详参武职疏防职名，并据报武职因病出缺各案前来，均经臣随时分别咨部议覆。谨将光绪二十九年六月、七月分改题为咨各案摘录简明案由，缮单恭呈御览。理合恭折具陈。伏乞皇太后、皇上圣鉴，敕部查照施行。谨奏。光绪二十九年十月二十三日。

（朱批：）该部知道，单并发。①

光绪二十九年十二月初三日，奉朱批：该部知道，单并发。钦此。②

1564. 呈本年六七两月各案摘由清单

光绪二十九年十月二十三日（1903 年 12 月 11 日）

谨将光绪二十九年六月、七月分改题为咨各案，缮具清单，恭呈御览。

计开

咨参靖江县事主黄恒廉被劫、拒伤平复一案疏防武职，专汛系靖江营外委陈光庭，兼辖署守备周明馨。

咨参靖江县事主陆西池被窃拒捕一案疏防武职，专汛系靖江

①台北故宫博物院藏：《军机及宫中档》，文献编号：408007318。

②中国第一历史档案馆藏：《录副奏折》，档号：03-5742-089。

营外委陈金华，兼辖署守备周明馨。

咨参江都县事主卞玉干被劫、拒伤平复一案疏防武职，专汛系瓜洲营把总赵佩洪，兼辖守备黄德兴，统辖江宁城守副将章宗瀚。

咨参甘泉县事主高秦氏被窃行强一案疏防武职，专汛系扬州营把总张云彪，兼辖参将袁大升。

咨参甘泉县事主张元聚被劫、拒伤平复一案疏防武职，专汛系扬州营把总张云彪，兼辖参将袁大升。

咨参东台县事主王杜氏被窃行强一案疏防武职，专汛系泰州营千总汪福林，兼辖都司胡胜福。

咨参怀宁县事主何学洪被劫拒伤一案疏防武职，专汛系署安庆营千总焦占鳌。

咨参桐城县事主史玉贵被窃行强一案疏防武职，兼辖系潜山营游击陆鸿庆。

咨参桐城县事主柯德之等店被劫一案疏防武职，专汛系潜山营把总方复胜，兼辖游击陆鸿庆。

咨参望江县事主李森染铺被劫一案疏防武职，专汛系潜山营千总薛润成，兼辖游击陆鸿庆，统辖安庆营副将傅永贵。

咨参望江县事主李如愿被窃行强一案疏防武职，专汛系潜山营千总薛润成，兼辖游击陆鸿庆，统辖安庆营副将傅永贵。

咨参望江县事主檀焰煌被劫、拒伤平复一案疏防武职，专汛系潜山营千总薛润成，兼辖游击陆鸿庆。

咨参庐江县事主宋昌远被窃、拒伤平复一案疏防武职，专汛系六安营把总丁先衡，协防外委张玉祥，兼辖参将蒋瑞恒。

咨参贵池县事主程沛雨被窃、拒伤平复一案疏防武职，专汛系池州营外委唐有元，协防额外王学文，兼辖都司彭楚明。

咨参铜陵县事主胡朝政等被劫、拒伤平复一案疏防武职，专汛系池州营把总戴祖勋，协防外委张昌全，兼辖都司彭楚明。

咨参铜陵县事主吴诚道被劫一案疏防武职，专汛系池州营把总戴祖勋，协防署外委丁振国，兼辖都司彭楚明。

咨参青阳县事主罗刘氏被劫一案疏防武职，专汛系池州营千总徐殿魁，协防外委汪隆泰，兼辖都司彭楚明。

咨参青阳县事主王裕源油坊被劫、拒伤平复一案疏防武职，专汛系池州营千总徐殿魁，协防外委汪隆泰，兼辖都司彭楚明。

咨参建德县事主朱盛荣被窃、拒伤平复一案疏防武职，专汛系池州营把总郝敬义，兼辖都司彭楚明。

咨参建德县事主江世楷被窃、拒伤平复一案疏防武职，专汛系池州营把总郝敬义，兼辖都司彭楚明。

咨参建德县事主王鸿钧等被窃、拒伤平复一案疏防武职，专汛系池州营把总郝敬义，兼辖都司彭楚明。

咨参当涂县事主王恒凤被窃行强一案疏防武职，专汛系署芜采营把总张锦标，协防额外聂殿魁，兼辖署守备洪椿，统辖系参将杨大章。

咨参泾县事主徐玉松被劫一案疏防武职，专汛系皖左营把总张先富，兼辖系署游击尹嗣兴。

咨参泾县事主桂寿福被窃、拒伤平复一案疏防武职，专汛系皖左营把总张先富，兼辖署游击尹嗣兴。

咨参天长县事主薛春生被劫、拒伤平复一案疏防武职，专汛系泗州营把总杜葆元，协防外委杜连科，兼辖都司朱天庆。

咨参和州事主张士兴被劫、拒伤平复一案疏防武职，专汛系游兵营守备王淑岱，兼辖署游击武延谦，统辖安庆营副将傅永贵。

咨参宿州孀妇陆余氏被匪架枪、拒伤身死一案疏防武职，专汛系署宿州营千总闵得元，兼辖游击毕化成。

咨参宿州事主张景棠被劫、拒伤张道宽身死一案疏防武职，专汛系署宿州营把总李秀格，兼辖游击毕化成。

漕标左营都司王安国，于光绪二十九年六月初二日因病出缺。

（朱批：）览。①

1565. 请以戴鹤松借补徐州镇游击折

光绪二十九年十月二十五日（1903年12月13日）

头品顶戴两江总督臣魏光焘跪奏，为拣员请补陆路游击员缺，恭折仰祈圣鉴事。

窃江南徐州镇标中营游击何迪华病故，遗缺接准部咨系新章题补第一轮第一缺，应用尽先人员，行令拣补等因。臣查是缺游击驻扎徐州府城，为镇标各营领袖，界连豫东，辖境辽阔，民情强悍，弹压抚绥，均关紧要，非精明干练、熟悉营伍之员，难期胜任。

臣于实缺、候补中逐加遴选，查有尽先补用参将戴鹤松，年五十七岁，安徽庐州府舒城县人，由武童投军随剿出力，洊保花翎尽先参将，并加副将衔。光绪十三年，经前督臣曾国荃奏留两江补用，续因南洋海防出力案内经前督臣刘坤一保准俟补参将后，以副将用。该员谙习戎伍，办事勤干，历带防营，操防得力，以之借补是缺游击，洵堪胜任，核与定章限制均属相符，合无仰恳天恩俯准以尽先参将戴鹤松借补徐州镇标中营游击员缺，实于营伍、地方均有裨益。如蒙俞允，俟部覆至日，即行给咨送部引见，以符定制。

除将履历、印结咨部查核外，谨会同署漕运督臣陆元鼎，恭折具陈。伏乞皇太后、皇上圣鉴训示。再，该参将原名“洪文”，于光绪十五年奏明改名“鹤松”。合并陈明。谨奏。光绪二十九年十月二十五日。

（朱批：）兵部议奏。②

①中国第一历史档案馆藏：《单》，档号：03-5742-086。

②台北故宫博物院藏：《军机及宫中档》，文献编号：408007319。

光绪二十九年十二月初四日，奉朱批：兵部议奏。钦此。①

1566. 奏报两淮各场秋收分数情形折

光绪二十九年十月二十五日（1903 年 12 月 13 日）

头品顶戴两江总督管理两淮盐政臣魏光焘跪奏，为恭报两淮各场秋收分数，仰祈圣鉴事。

窃两淮各场古熟地亩种植秋禾分数，例应奏报。兹查通州分司所属丰利等九场坐落通州、如皋、东台各州县境内，地势高下不同。本年入夏以来，雨泽愆期，迨至扬花结穗之际，被风摧折，收成不免减色，阖属牵算，约计六分有奇。泰州分司所属富安等十一场坐落东台、兴化、盐城、阜宁四县境内，地亩高低、肥瘠不等，所种秋禾因本年自春徂夏，阴雨较多，又遭风潮，收成减色，阖属牵算，约计五分有奇。海州分司所属板浦等三场坐落海州境内，各灶专事晒扫，所有荡地种植秋禾、杂粮，因雨水过多，收成减色，阖属牵算，约计六分。据两淮盐运使恩铭查明分数，详请具奏前来。

臣覆核无异，理合循例恭折具陈。伏乞皇太后、皇上圣鉴。谨奏。光绪二十九年十月二十五日。

（朱批：）知道了。②

光绪二十九年十二月初四日，奉朱批：知道了。钦此。③

1567. 奏报泰州等属灶地被灾情形折

光绪二十九年十月二十五日（1903 年 12 月 13 日）

头品顶戴两江总督管理两淮盐政臣魏光焘跪奏，为两淮泰州、

①中国第一历史档案馆藏：《录副奏折》，档号：03-5427-023。
②台北故宫博物院藏：《军机及宫中档》，文献编号：408007320。
③中国第一历史档案馆藏：《录副奏折》，档号：03-6732-067。

海州二属各场灶地被风、被潮，勘不成灾，拟请缓征折价钱粮，恭折仰祈圣鉴事。

窃泰州分司所属富安、安丰、梁垛、东台、何垛、丁溪、草堰、刘庄、伍祐、新兴、庙湾十一场，因本年入夏后阴雨较多，嗣被风、潮摧折淹浸，各项花息受伤，统计成五分有奇，尚属勘不成灾。惟积歉之区素鲜盖藏，应征钱粮若令新旧并完，力有未逮，拟请分别缓征，以舒灶力。除富安等十一场本年二月启征之光绪二十九年压征二十八年分折价及来年二月应征之光绪三十年压征二十九年分折价，均应照常征收外，应请将富安、安丰、梁垛、东台、何垛、丁溪、草堰、刘庄、伍祐、新兴、庙湾十一场上年二月间启征之光绪二十八年压征二十七年分折价及本年秋成后各应带征之光绪十三年分并未届带征之十四、十五、十六、十七、十八、十九、二十、二十一、二十二、二十三、二十四、二十五、二十六各年原缓折价一并缓至来年秋成后，由远而近，每年带征一年。

又，海州分司所属板浦、中正、临兴三场本年入夏后亦被风潮，荡地所种秋禾、杂粮不免受伤，统计收成六分，尚属勘不成灾。除随淹随复无误晒扫之盐池本年应征光绪二十九年压征二十八年分折价及来年二月应征之光绪三十年压征二十九年分折价均仍照常启征不计外，应请将板浦、中正、临兴三场光绪二十九年秋成后应带征之光绪二十八年分荡地折价缓至来年麦熟后征收；其来年二月应征之光绪三十年压征二十九年分荡地折价，缓至来年秋成后启征，俾资纾展。据各该分司禀经两淮盐运使恩铭等派员查勘明确，会详请奏前来。

臣覆加察核，均属实在情形，合无仰恳天恩俯准分别征缓折价钱粮，以纾灶力。除饬赶紧查造征缓折价年款银数及勘不成灾各册结咨送户部核覆外，谨会同江苏巡抚臣恩寿，恭折具陈。伏乞皇太后、皇上圣鉴。谨奏。光绪二十九年十月二十五日。

（朱批：）着照所请，户部知道。[1]

光绪二十九年十二月初四日，奉朱批：着照所请，户部知道。钦此。[2]

1568. 奏报舒建祥等亏短请旨革追片

光绪二十九年十月二十五日（1903年12月13日）

再，淮南引盐湖南、湖北、江西、安徽等省向各设有督销局，派委道员经理；其分销各局由各该道员派员分办。所收课厘，库项攸关，均应随收随解，不容亏短。兹查有已故江苏候补知县舒建祥，前办湖北广水驿分销，欠解盐价银一千六百余两。遇缺尽先即选知县许志清，前办湖北浙河分销，欠解盐价银二千四百余两。两淮候补盐知事彭长庆，前办湖北小河溪子店，欠解盐价银六千三百余两。江苏候补巡检罗镗，前办湖北黄陂河口分销，欠解盐价银三千三百余两。迭经严饬勒限催追，迄未解缴清楚，实属玩延。据两淮盐运司暨湖北督销局详请奏参前来。

相应请旨将江苏候补知县舒建祥、遇缺即选知县许志清、两淮候补盐知事彭长庆、江苏候补巡检罗镗等即行革职，分别押追，以儆效尤而重公项。理合附片具奏。伏乞圣鉴训示。谨奏。

（朱批：）着照所请，该部知道。[3]

光绪二十九年十二月初四日，奉朱批：着照所请，该部知道。钦此。[4]

①台北故宫博物院藏：《军机及宫中档》，文献编号：408007321。

②中国第一历史档案馆藏：《录副奏折》，档号：03-6276-037。

③台北故宫博物院藏：《军机及宫中档》，文献编号：408007321-0-A。

④中国第一历史档案馆藏：《录副奏片》，档号：03-5427-022。

1569. 奏报接开癸卯新纲日期片

光绪二十九年十月二十五日（1903 年 12 月 13 日）

再，淮北壬寅纲票盐前经奏明仍照正额办运二十九万六千九百八十二引，于光绪二十八年十二月二十七日开办是纲引盐，经署海分司等督同各员认真疏销，不遗余力。截至光绪二十九年九月初十日，将全纲一律售竣。核计十个月，定限提前半月，为近数纲所无，即于本年九月十一日接开癸卯新纲。据两淮盐运使恩铭详请具奏前来。

臣覆核无异，除饬将癸卯纲票盐循照旧案仍以正额为准，并将壬寅所收课厘赶紧造报外，所有接开淮北癸卯纲日期，理合附片陈明。伏乞圣鉴，敕部查核施行。谨奏。

（朱批：）户部知道。①

光绪二十九年十二月初四日，奉朱批：户部知道。钦此。②

1570. 奏为遵旨进呈书籍缘由折

光绪二十九年十月二十六日（1903 年 12 月 14 日）

头品顶戴两江总督臣魏光焘跪奏，为遵旨进呈书籍，缮单恭折仰祈圣鉴事。

窃臣于光绪二十九年闰五月二十一日准外务部电传军机大臣面奉谕旨：江宁、江苏、江西、浙江、湖北、广东、四川各省官书局刊刻书籍，着各该督抚择要刷印进呈。钦此。当经恭录转行钦遵去后。兹据江楚编译局兼江南官书局江宁布政使黄建筦、江苏候补道刘世珩、管理淮南书局两淮盐运使恩铭等将刊刻书籍择要刷印齐全，装箱呈送前来。

---

①台北故宫博物院藏：《军机及宫中档》，文献编号：408007321-0-B。

②中国第一历史档案馆藏：《录副奏片》，档号：03-6476-067。

除派员赍赴军机处外，理合缮具清单，恭呈御览。伏乞皇太后、皇上圣鉴。谨奏。光绪二十九年十月二十六日。

（朱批：）知道了，书留览。①

光绪二十九年十二月初四日，奉朱批：户知道了，书留览。钦此。②

1571. 奏报江苏安徽举办军政情形折

光绪二十九年十月二十八日（1903年12月16日）

头品顶戴两江总督臣魏光焘跪奏，为本届江苏、安徽两省举办军政，堪膺荐举各员，遵照新章改题为奏，恭折具陈，仰祈圣鉴事。

窃查前准部咨：光绪二十八年轮办军政，行令按照定例办理等因。当经前督臣刘坤一以两江各营将弁初改枪炮，阅时未久，诚恐未能谙熟，加之裁改营制未定，事务益繁，赶办不及，附片奏明展限一年，至本年十月具奏，期昭妥慎，钦奉朱批允准在案。伏查武职五年军政，黜陟攸关，必须矢慎矢公，以副激扬巨典。臣与江苏、安徽各抚臣，江南提臣将江、安两省所属各标员弁悉心考察，详加采访，兹当汇办之期，接准抚、提臣造册咨送核办前来。

除有干六法之员另折奏参，其不入举劾平等员弁照例造册填注考语咨部查核外，兹查有现署福山镇总兵请调督标中军副将丁华容、现署江西九江镇总兵江南提标里河水师淞北营副将刘长春、现署苏松镇标内洋水师右营游击海门营右哨都司吴景文、现署皖南镇标左营游击调补皖南右营都司颉鹏飞、提标镇江营中军守备王元、提标右营陆防城汛千总周思杰、提标江阴营中哨千总沈福庚、提标里河水师太湖右营左哨千总熊必刚。

---

①台北故宫博物院藏：《军机及宫中档》，文献编号：408007322。

②中国第一历史档案馆藏：《录副奏折》，档号：03-7175-041。

以上八员，均属才技优长，勤慎干练，驭兵有术，纪律严肃，历俸已满三年，堪以荐举卓异，谨胪列衔名、考语，缮具清单，恭呈御览，仰恳敕部核复施行。理合会同江苏巡抚臣恩寿、安徽巡抚臣诚勋、江南提督臣李占椿，恭折具陈。伏乞皇太后、皇上圣鉴训示。再，江南省例准荐举守备以上六员，此次仅荐五员，因无出色之员，是以未足六员定额。合并陈明。谨奏。光绪二十九年十月二十八日。

（朱批：）兵部知道，单并发。①

光绪二十九年十二月初九日，奉朱批：兵部议奏，单并发。钦此。②

1572. 呈江苏安徽军政荐举各员清单

光绪二十九年十月二十八日（1903 年 12 月 16 日）

谨将本届江苏、安徽两省举办军政堪膺荐举各员，胪列衔名、考语，缮具清单，恭呈御览。

计开

荐举卓异官八员

署福山镇总兵请调督标中军副将丁华容。该员经江南提臣李占椿考验得戎机晓畅，办事精详；复经臣考验得志趣正大，勇略兼优；又，该员前于光绪二十三年军政案内经前督臣刘坤一荐举卓异，尚未升用，应请仍留上次卓异。

署江西九江镇总兵江南提标里河水师淞北营副将刘长春。该员经江南提臣李占椿考验得纪律严明，军民爱戴；复经臣考验得治军严整，明练有为。

署苏松镇标内洋水师右营游击海门营右哨都司吴景文。该员经该管苏松镇总兵陈旭考验得精明勤干，督率有方，送由江南提

①台北故宫博物院藏：《军机及宫中档》，文献编号：408007323。

②中国第一历史档案馆藏：《录副奏折》，档号：03-5961-031。

臣李占椿考验得营规整饬，水师材长；复经臣考验得熟谙水师，勤能办事。

署皖南镇标左营游击调补皖南右营都司颉鹏飞。该员经该管皖南镇总兵黄本富考验得居官廉谨，办事认真，军民爱戴；安徽抚臣诚勋到任未及三月，送由臣考验得廉明勤奋，长于治军。

提标镇江营中军守备王元。该员经该管营官署镇江营参将吴继培考验得勇敢有为，操防得力，送由江南提臣李占椿考验得营务练达，局度安详；复经臣考验得熟谙营务，缉捕勤能。

提标右营陆防城汛千总周思杰。该员经管旧官署提右营参将周明清到任未及三月，送由江南提臣李占椿考验得操防勤谨，办事精详；复经臣考验得训练认真，办事勤慎。

提标江阴营中哨千总沈福庚。该员经该管营官署江阴营游击何师程考验得才艺俱优，熟习兵事，送由江南提臣李占椿考验得才技出众，任事实心；复经臣考验得朴诚勇敢，技艺擅长。

提标里河水师太湖右营左哨千总熊必刚。该员经管营官太湖右营都司朱凤祥到任未及三月，送由江南提臣李占椿考验得水师明畅，勇敢有为；复经臣考验得廉明奋勇，熟谙水师。

以上八员，均属勤干之材，堪膺卓越之选，相应据实举荐，以示鼓励。

（朱批：）览。[①]

1573. 奏报江安两省军政参劾各员折

光绪二十九年十月二十八日（1903年12月16日）

头品顶戴两江总督臣魏光焘跪奏，为本届江苏、安徽两省举办军政有干六法各员，遵照新章改题为奏，恭折具陈，仰祈圣鉴事。

---

①中国第一历史档案馆藏：《单》，档号：03-5961-032。

窃查前准部咨：光绪二十八年轮办军政，行令按照定例办理等因。当经前督臣刘坤一以两江各营将弁初改枪炮，阅时未久，诚恐未能谙熟，加之裁改营制未定，事务益繁，赶办不及，附片奏明展限一年，至本年十月具奏，期昭妥慎，钦奉朱批允准在案。伏查武职五年军政，黜陟攸关，必须矢慎矢公，以副激扬巨典。臣与江苏、安徽各抚臣，江南提臣将江、安两省所属各标营员弁悉心考察，详加采访，兹当汇办之期，接准抚、提臣造册咨送核办前来。

除应荐之员另折具奏，其不入举劾平等员弁照例造册填注考语咨部查核外，兹查有提标里河水师右营陆防守备程联堃、淮扬镇标中营中军守备金作鼎、提标金山营左哨千总周廷桂、福山镇标外海水师吴淞营轮船副哨千总钱文灿、督标中营中军千总蔡志祥、督标左营右哨千总施登宝、盐捕营右哨千总梅洤。以上七员，均属有干六法，未便姑容，自应照例据实纠参，以肃军政。

除勒令离任，委员接署外，谨胪列衔名、参语，缮具清单，恭呈御览，仰恳敕部议覆施行。理合会同江苏巡抚臣恩寿、安徽巡抚臣诚勋、江南提督臣李占椿，恭折具陈。伏乞皇太后、皇上圣鉴训示。再，所遗各缺江省现有应补人员，应请扣留，容臣另行拣员请补。合并陈明。谨奏。光绪二十九年十月二十八日。

（朱批：）兵部知道，单并发。①

光绪二十九年十二月初九日，奉朱批：兵部议奏，单并发。钦此。②

1574. 呈江安两省军政参劾各员清单

光绪二十九年十月二十八日（1903年12月16日）

谨将本届江苏、安徽两省举办军政有干六法各员，胪列衔名、

①台北故宫博物院藏：《军机及宫中档》，文献编号：408007324。

②中国第一历史档案馆藏：《录副奏折》，档号：03-5961-029。

参语，缮具清单，恭呈御览。

计开

不谨官二员

提标里河水师右营陆防守备程联堃，性情粗率，不洽兵心。

淮扬镇标中营中军守备金作鼎，居心巧猾，办事草率。

罢软官一员

提标金山营左哨千总周廷桂，精神殁朽，弛懈操防。

年老官四员

福山镇标外海水师吴淞营轮船副哨千总钱文灿，步履艰涩，不耐操防。

督标中营中军千总蔡志祥，气体衰颓，营务旷废。

督标左营右哨千总施登宝，老弱无能，枪法无准。

盐捕营右哨千总梅洤，年齿就衰，难期振作。

以上七员，或不守官箴，或不知振作，均属有干六法，难以姑容，相应据实纠参，以肃军政。

（朱批：）览。[1]

1575. 奏报江西举办军政荐举卓异折

光绪二十九年十月二十八日（1903年12月16日）

头品顶戴两江总督臣魏光焘跪奏，为本届江西省举办军政荐举卓异人员，遵章改题为奏，恭折仰祈圣鉴事。

窃案准兵部咨：光绪二十八年轮应举行军政，行令按照定例考核办理等因。当经前督臣刘坤一奏准展限一年，钦奉朱批允准钦遵在案。兹准署理江西巡抚臣夏时将应入军政各员弁造册咨送，声明到任未及三月，例不出考，咨请核办前来。伏查武职军政，黜陟攸关，必须矢慎矢公，以副激扬巨典。

①中国第一历史档案馆藏：《单》，档号：03-5961-030。

臣到任以来，将江西省各标营员弁悉心考察，详加采访，除有干六法之员另行具奏，其不入举、劾平等员弁照例造册填注考语送部外，查有江西广信营守备盛勋，年壮技优，办事勤谨，历俸已满三年，并无违碍事故，核与卓荐之例相符，谨出具切实考语，并胪列该管上司考语，开具清单，恭呈御览，仰恳敕部查照议覆施行。

谨会同署理江西巡抚臣夏时，合词恭折具陈。伏乞皇太后、皇上圣鉴训示。谨奏。光绪二十九年十月二十八日。

（朱批：）兵部知道，单并发。①

光绪二十九年十二月初九日，奉朱批：兵部议奏，单并发。钦此。②

1576. 呈江西举办军政荐举卓异清单

光绪二十九年十月二十八日（1903 年 12 月 16 日）

谨将本届江西省举办军政荐举卓异人员，出具考语，开列清单，恭呈御览。

计开

荐举卓异官一员

江西广信营守备盛勋，据署江西九江镇总兵刘长春出具年力强壮、才技优长考语，送由署江西抚臣夏时，到任未满三月，例不出考；复经臣考验年壮技优，办事勤谨。

以上一员，系属勤干之材，堪膺卓越之选，相应据实特荐，以示鼓励。

（朱批：）览。③

①台北故宫博物院藏：《军机及宫中档》，文献编号：408007325。

②中国第一历史档案馆藏：《录副奏折》，档号：03-5961-033。

③中国第一历史档案馆藏：《单》，档号：03-5961-034。

1577. 奏报江西举办军政参劾人员折

光绪二十九年十月二十八日（1903 年 12 月 16 日）

头品顶戴两江总督臣魏光焘跪奏，为本届江西省举办军政有干六法参劾人员，遵章改题为奏，恭折仰祈圣鉴事。

窃案准兵部咨：光绪二十八年轮应举行军政，行令按照定例考核办理等因。当经前督臣刘坤一奏准展限一年，钦奉朱批允准钦遵在案。兹准署理江西巡抚臣夏时将应入军政各员弁造册咨送，声明到任未及三月，例不出考，咨请核办前来。伏查武职军政，黜陟攸关，必须矢慎矢公，以副激扬巨典。

臣到任以来，将江西省各标营员弁悉心考察，详加采访，间有庸劣不职者，业经随时参办。此次应入军政实任各员弁，除应荐之员另行具奏，其不入举、劾平等员弁，照例造册填注考语送部外，兹查有江西抚标左营左哨千总饶鹤万、九江前营游击胡兆有、江西抚标左营守备陈鸿章、江西袁州营千总游国珍、江西抚标右营左哨千总徐兆熊、南昌城守营都司马宝山。以上六员，均属有干六法，难以姑容，准署理江西巡抚臣夏时转据各该镇营揭报前来。

谨按员胪列衔名、参语，开具清单，恭呈御览，仰恳敕部查照，议覆施行。谨会同署理江西巡抚臣夏时，合词恭折具陈。伏乞皇太后、皇上圣鉴训示。再，所遗各缺两江现有应补人员，应请扣留，容臣另行拣补。合并陈明。谨奏。光绪二十九年十月二十八日。

（朱批：）兵部知道，单并发。①

光绪二十九年十二月初九日，奉朱批：兵部议奏，单并发。钦此。②

---

①台北故宫博物院藏：《军机及宫中档》，文献编号：408007326。

②中国第一历史档案馆藏：《录副奏折》，档号：03-5961-035。

1578. 呈江西举办军政参劾人员清单

光绪二十九年十月二十八日（1903年12月16日）

谨将本届江西省举办军政有干六法参劾人员，出具考语，开列清单，恭呈御览。

计开

有疾官一员

江西抚标左营左哨千总饶鹤万，病躯孱弱，精力不支。

罢软官一员

江西九江前营游击胡兆有，性情疲玩，营务废弛。

不谨官二员

江西抚标左营守备陈鸿章，才具平庸，声名狼藉。

江西袁州营千总游国珍，操守平常，巡防疏懈。

年老官二员

江西抚标右营左哨千总徐兆熊，年力衰颓，营务旷废。

江西南昌城守营都司马宝山，气体就衰，难期振作。

以上六员，或不守官箴，或难期振作，均属有干六法，难以姑容，相应照例参劾，以肃军政。

（朱批：）览。①

1579. 请将已故提督龙恩思从优议恤折

光绪二十九年十月二十八日（1903年12月16日）

头品顶戴两江总督臣魏光焘、头品顶戴兼署湖广总督湖北巡抚臣端方跪奏，为已故提督战功卓著，恳恩优恤，以利戎行，恭折仰祈圣鉴事。

---

①中国第一历史档案馆藏：《单》，档号：03-5961-036。

窃照记名提督龙恩思，湖南湘乡县人。咸丰年间，投效湘军，随同前浙江布政使蒋益澧剿办发匪，克复杭州府、湖州府、武康县各城，攻坚陷阵，奋勇先登，为军锋之冠。同治五年，随已故大学士左宗棠大军入粤，克复嘉应州城，擒斩悍贼多名，嗣复随军入陕、入甘。七年，克复绥德州城。十年，攻克金积堡坚巢，身受刃伤十余处，捣穴擒渠，厥功最著，由把总递保副将，赏给额勇巴图鲁勇号。光绪二年，肃清关陇。四年，荡平新疆南北各城，奏保总兵。二十年，回籍，适驻湖湘劳田土匪滋事，督率本籍团练，平靖匪乱，蒙恩赏给正一品封典。二十一年，随同臣光焘剿办甘肃回匪，统领威前军，攻克苏家堡、哆巴逆巢，生擒逆首韩文秀、马秀山，诛之。奏保提督，赏换法丰阿巴图鲁勇号，统领陕西抚标永胜马步各军，纪律严整；督办苍陇河、龙洞渠两处河工，秦民颇资利赖。二十三年，奏署陕西汉中中镇总兵。该提督朴实精勤，识断骁果，怀忠敢战，称于一时。当剿办甘回时，哆巴为悍党精锐所聚，屡攻未下，该提督用间出奇，复以锐师击其要塞，多所斩馘。

臣光焘移师搜讨，用收荡定之功，资该提督力为多。其任汉中镇也，□□□匪之变，川陕愚民构煽邪说。汉中地处其冲，势尤岌岌。且各处教堂林立，危难之际，旦夕可以生事，虽时臣端方在护理陕西巡抚任内，羽檄纷驰，与该提督力守寄旨，坚明约束，卒能内慑奸宄，外靖谣言，使陕安一带桴鼓不鸣，闾阎安堵，至今军民称道该提督之功不衰。其宅以正众，驭军谨严，实为宿将中杰出之选。上年以伤病复发交卸署任，回籍就医。本年经臣光焘电调赴宁行次，至昌德，于本年八月十六日病故。时局多艰，将才难得，深堪悯惜！

合无仰恳天恩俯准将该提督龙恩思照提督军营立功后病故例，从优议恤，并准于浙江蒋益澧专祠、甘肃左宗棠专祠附祀，以励戎行，出自逾格鸿慈。除咨部外，谨合词恭折具陈。伏祈皇太后、皇上圣鉴。谨奏。十月二十八日。

光绪二十九年十一月二十一日，奉朱批：着照所请，该部知道。钦此。[①]

1580. 委令阎海明充任游德监学片

光绪二十九年十月二十八日（1903年12月16日）

再，江、鄂两省前经遵旨遴派学生出洋游学，计游学德国学生，江南派往八人，湖北原派七人，续派三人，江、鄂两省共派往德国游学生十八人。查德国勃兴数十年间，政、艺等学日新月异，较各国进步尤速。各学生万里游学，人数既多，必须派委专员监督，就学生性质之所近，分别门径，端正趋向，督催功课，始能严防流弊，成就通才，不致虚糜巨款。近准出使德国大臣荫昌[②]电称：使馆事繁，游学生监督必须另派专员。臣等往复函商，拟由江、鄂两省会筹经费，共派监督一员前往，由德国考察钤束，随时禀承出使大臣，妥慎经理。

查有奏调湖北差委户部候补员外郎阎海明，植品端严，宅心纯正，历在西洋充当出使大臣随员有年，兼通泰西语言文字，堪以派往。应支薪水，拟照奏定二等参赞章程，每月支给银四百两，

①中国第一历史档案馆藏：《录副奏折》，档号：03-5960-050。

②荫昌（1859—1928），字午楼，满洲正白旗人，官学生。同治十一年（1872），入同文馆内德文馆就读。光绪三年（1877），充驻柏林使馆三等翻译官。十年（1884），入德国军事学校学习军事。十一年（1885），任北洋武备学堂翻译。十二年（1886），充直隶候选知州，历道员、武备学堂监督。二十五年（1899），办理对德交涉路矿事宜。二十六年（1900），升补副都统。二十七年（1901），授正白旗汉军副都统，加侍郎衔。同年，授驻德国钦差大臣，兼驻荷兰钦差大臣。三十一年（1905），回国，以正白旗军副都统加兵部侍郎衔，署江北提督。三十二年（1906），署陆军部尚书，改陆军大臣。三十四年（1908），再充驻德国钦差大臣。宣统二年（1910），擢陆军部尚书。同年，授陆军大臣。三年（1911），授内阁陆军大臣，兼弼德院顾问大臣。民国元年（1912），任总统府侍从武官长、军事处总长。三年（1914），任陆海军大元帅统帅办事处办事员兼总统府侍从武官长军事处总长、外交部高等外交顾问。同年，授陆军上将。六年（1917），授参谋总长。八年（1919），任徐世昌侍从武官长。十二年（1923），授将军府庄威上将军。十七年（1928），病卒。

以资办公。其因公杂用、电费，应准其核实开报，作正开销。该员三年期满，办有成效，恳恩准照奖励出使大臣随员章程，一律给予保奖，以资鼓励。

除咨明外务部、大学堂外，谨合词附片具陈。伏祈圣鉴。谨奏。

光绪二十九年十一月二十一日，奉朱批：该衙门知道。钦此。[①]

【案】此奏片之具奏日期，录副以朱批日期为之，未确。查光绪二十九年十一月二十一日《随手档》[②]“朱批魏光焘折”栏，即有此片。据同批折件，此奏片具奏时间当为“光绪二十九年十月二十八日”无疑。兹据校正。

1581. 请以田庚补授徐州知府折

光绪二十九年十一月十六日（1904年1月3日）

头品顶戴两江总督臣魏光焘、江苏巡抚臣恩寿跪奏，为拣员请补沿河要缺知府，以裨地方，仰祈圣鉴事。

窃江苏徐州府知府齐兰于光绪二十九年六月初一日在任丁母忧开缺，应归六月分截缺。所遗徐州府知府系沿河冲、繁、难要缺，例应在外拣补。该府界连数省，民情犷悍，绥缉巡防，在在均关紧要，必须精明干练、为守兼优之员，方足以资治理。兹于通省现任知府内逐加遴选，非现居要缺，即人地未宜，一时实无堪调之员。

惟查有截取候补知府田庚，年四十七岁，安徽怀远县人，由附生应光绪八年壬午科江南乡试，中式举人。十七年庚寅恩科会

①中国第一历史档案馆藏：《录副奏片》，档号：03-7224-021。

②中国第一历史档案馆藏：《军机处随手登记档》，档案编号：03-0317-2-1229-342。

试，中式进士，改翰林院庶吉士。十八年，散馆授职编修。十九年，派充国史馆协修官。二十三年，京察二等。二十四年，派办大学堂教习。二十五年，历俸期满，经翰林院掌院学士臣昆冈①等以该员持躬励品，学问优长，保送截取。十一月初二日，由吏部带领引见，奉旨以知府分发省分补用。钦此。遵例捐指江苏，归候补班补用。十二月十五日，领照到省，系正途截取人员，照章毋庸甄别考试。覆查该员才识练达，熟悉河工，以之请补徐州府要缺知府，洵堪胜任，人地实属相宜。据江宁布政使黄建筦等会详请奏前来。

臣等往返函商，意见相同，合无仰恳天恩俯念员缺紧要，准以田庚补授徐州府知府，实于河工、地方两有裨益，与例亦符。如蒙俞允，该员系截取候补知府请补知府，衔缺相当，毋庸送部引见，亦毋须查造参罚。谨会同署漕运总督臣陆元鼎，合词恭折具陈。伏乞皇太后、皇上圣鉴训示。谨奏。光绪二十九年十一月

①昆冈（1836—1907），字子如，号筱峰，满洲正蓝旗人，爱新觉罗氏。咸丰八年（1858），中举人。同治元年（1862），中式进士，选庶吉士。二年（1863），授翰林院编修。三年（1864），补左春坊左赞善、国子监司业。同年，充河南乡试正考官。七年（1868），充会试同考官。十年（1871），补右春坊右庶子、文渊阁校理。十一年（1872），授日讲起居注官。十二年（1873），充云南乡试正考官。光绪元年（1875），补左春坊左庶子、侍讲学士。三年（1877），补詹事府詹事，升内阁学士兼礼部侍郎衔。同年，充会试副考官。四年（1878），补礼部右侍郎、兵部左侍郎、正白旗汉军副都统。同年，署刑部左侍郎。五年（1879），授户部右侍郎兼管钱法堂事务，转户部左侍郎兼管三库事务。同年，简福建学政。八年（1882），补正白旗满洲副都统。九年（1883），调吏部右侍郎，署户部右侍郎兼管钱法堂事务。同年，补吏部左侍郎、经筵讲官。十年（1884），擢左都御史，兼正蓝旗汉军都统。是年，补授理藩院尚书、崇文门副监督。十二年（1886），授工部尚书，署理藩院尚书。十三年（1887），兼署吏部尚书，管理光禄寺事务。同年，兼署户部尚书。十五年（1889），署正黄旗汉军都统、镶白旗满洲都统。十六年（1890），补授礼部尚书，管理太常寺鸿胪寺事务。十九年（1893），任教习庶吉士。二十年（1894），授会典馆总裁。二十一年（1895），升协办大学士。二十二年（1896），补国史馆副总裁，授大学士，迁体仁阁大学士、东阁大学士，管理藩院事务。二十四年（1898），授翰林院掌院学士，兼国史馆正总裁、会典馆正总裁，兼署正白旗汉军都统、镶蓝旗蒙古都统。二十七年（1901），授内大臣、督办政务大臣，管理兵部事务。同年，署步军统领。二十九年（1903），升文渊阁大学士。三十三年（1907），卒于任。赠太子少保，谥文达。

十六日。

(朱批:)吏部议奏。[1]

光绪二十九年十二月初十日，奉朱批：吏部议奏。钦此。[2]

1582. 奏报本年八九两月各案摘由折

光绪二十九年十一月十六日(1904年1月3日)

头品顶戴两江总督臣魏光焘跪奏，为光绪二十九年八月、九月分改题为咨各案，摘由开单，恭折具陈，仰祈圣鉴事。

窃查光绪二十七年八月十五日奉上谕：嗣后循例具题之件，均着改题为奏，以归简易等因。钦此。当经前督臣刘坤一将例应具题各案酌拟分别删改办法，开单具奏，声明改咨之案每月摘录简明案由，缮单汇奏一次，历经遵办在案。兹据江苏、安徽两臬司详参武职疏防职名，并据各属呈报武职因病出缺等案前来，均经臣随时分别咨部议覆。

谨将光绪二十九年八月、九月分改题为咨各案摘录简明案由，缮单恭呈御览。理合恭折具陈。伏乞皇太后、皇上圣鉴，敕部查照施行。谨奏。光绪二十九年十一月十六日。

(朱批:)该部知道，单并发。[3]

光绪二十九年十二月初十日，奉朱批：该部知道，单并发。钦此。[4]

①台北故宫博物院藏：《军机及宫中档》，文献编号：408007327。
②中国第一历史档案馆藏：《录副奏折》，档号：03-5427-102。
③台北故宫博物院藏：《军机及宫中档》，文献编号：408007328。
④中国第一历史档案馆藏：《录副奏折》，档号：03-5742-096。

1583. 呈本年八九两月各案摘由清单

光绪二十九年十一月十六日（1904年1月3日）

谨将光绪二十九年八月、九月分改题为咨各案，缮具清单，恭呈御览。

计开

咨参元和县事主顾小谷商货店被劫一案疏防武职，专汛系苏州城守营把总王成鳌，协防外委胡奎元，兼辖署参将章宗瀚。

咨参震泽县事主于懋芬被劫、拒伤平复一案疏防武职，专汛系提左营把总江择卿，协防外委曹洪胜，兼辖游击卢桐森。

咨参甘泉县事主公宝丰盐栈被劫一案疏防武职，专汛系扬州营把总张云彪，兼辖参将袁大升。

咨参桐城县事主方张氏被劫一案疏防武职，专汛系调署潜山营把总方复胜，兼辖游击陆鸿庆，统辖安庆营副将吴光忠。

咨参桐城县事主僧妙元被劫、拒伤平复一案疏防武职，专汛系兼理潜山营把总钱佐卿，兼辖游击陆鸿庆，统辖安庆营副将吴光忠。

咨参桐城县事主汪福九被劫、拒伤平复一案疏防武职，专汛系兼护潜山营把总胡春荣，兼辖游击陆鸿庆，统辖安庆营副将吴光忠。

咨参庐江县事主宛琫璋被劫一案疏防武职，专汛系六安营把总丁先衡，协防外委张玉祥，兼辖参将瑞恒。

咨参庐江县事主朱含宏被劫、拒伤平复一案疏防武职，专汛系六安营把总丁先衡，协防外委张玉祥，兼辖参将瑞恒。

咨参庐江县事主罗俊启店被劫一案疏防武职，专汛系六安营把总丁先衡，协防外委张玉祥，兼辖参将瑞恒。

咨参合肥县事主周家善被窃行强、拒伤平复一案疏防武职，专汛系庐州营把总何吉祥，协防外委段仁有，兼辖都司长兴。

咨参霍邱县事主王杨氏被劫、拒伤平复一案疏防武职，专汛系寿中营千总邵汝泉，协防署外委盛广恩，兼辖署游击杜春林。

咨参五河县事主王凤台被劫一案疏防武职，专汛系代防寿右营把总吕占元，兼辖署都司刘如金。

咨参贵池县事主汪学成被劫一案疏防武职，专汛系池州营外委唐有元，协防额外王学文，兼辖都司彭楚明。

咨参铜陵县事主朱仪被劫一案疏防武职，专汛系池州营把总戴祖勋，协防外委张昌全，兼辖都司彭楚明。

咨参铜陵县事主朱定翔被劫一案疏防武职，专汛系池州营把总戴祖勋，协防外委丁振国，兼辖都司彭楚明。

咨参盱眙县事主王朋如被劫、拒伤平复一案疏防武职，专汛系署泗州营把总杜连科，兼辖署都司汤玉和。

咨参和州城内事主禹万源店被劫、拒伤平复一案疏防武职，专汛系署游兵营守备康连镳，兼辖署游击武延谦，统辖不同城安庆营副将傅永贵。

咨参广德州事主朱文言被劫、拒伤平复一案疏防武职，专汛系广德营千总何海泉，兼辖都司颉鹏飞。

咨参无为州事主王良炳被窃行强、拒伤平复一案疏防武职，专汛系庐州营千总薛鸿泰，协防外委康怀清，兼辖都司长兴。

实任安庆营副将傅永贵触发劳伤，于光绪二十九年八月初五日因病出缺。

署长江水师金陵营右哨都司本任孟河营前哨守备吴大元偶得痧症，于光绪二十九年七月初七日因病出缺。

升补长江水师吴城营前哨守备秦得胜感发劳伤，于光绪二十九年四月二十日因病出缺。

（朱批：）览。[①]

---

①中国第一历史档案馆藏：《单》，档号：03-5742-097。

1584. 请以龚先耀补授福山镇标守备折

光绪二十九年十一月十六日（1904年1月3日）

头品顶戴两江总督臣魏光焘跪奏，为拣员请补水师守备员缺，恭折仰祈圣鉴事。

窃江南内洋水师福山镇标左营守备萧定拔升补都司，遗缺系内洋水师新章题补第一轮第一缺，轮用尽先。接准部咨尽先、预保均无人，行令以拣发班人员请补等因。臣查拣发班内现亦无人，自应照章过班用第六缺应补人员，是缺守备有管驾领江战船梭巡洋面之责，非精明强干、熟悉风涛沙线之员，难期胜任。

查有外海、内洋水师期满云骑尉世职龚先耀，年四十岁，湖南湘阴县人。光绪十九年，奏准承袭，饬发湖南长沙协标学习。二十三年，经前督臣刘坤一奏改江苏外海、内洋水师补用，是年六月到标。二十六年，试用期满，给咨赴都。三月二十八日，由兵部带领引见，奉旨：着发回原省，照例以守备补用。钦此。本年，经臣于二十四年分苏省海运护漕出力请奖案内会保，俟补缺后以都司仍留内、外洋水师补用，各在案。

该员熟谙水师，办事勤干，历委署理吴淞等营都司、守备各缺，均能得力，以之请补是缺守备，洵堪胜任，核与定章尚属相符。合无仰恳天恩俯准以外海、内洋水师期满云骑尉世职龚先耀补授内洋水师福山镇标左营守备员缺，实于营伍、水师均有裨益。如蒙俞允，该员系奉旨以守备补用人员，照章毋庸送部，应请敕部颁给札付，以昭信守。

除饬取履历、切结咨部查核外，谨会同江南提督臣李占椿，恭折具奏。伏乞皇太后、皇上圣鉴训示。谨奏。光绪二十九年十一月十六日。

（朱批：）兵部议奏。[①]

光绪二十九年十二月初十日，奉朱批：兵部议奏。钦此。[②]

1585. 奏报总兵马金叙即赴新任片

光绪二十九年十一月十六日（1904 年 1 月 3 日）

再，新授淮扬镇总兵马金叙[③]现准北洋大臣给咨到省，应即饬赴新任，以重职守。除分檄饬遵外，谨会同署漕运督臣陆元鼎，附片陈明。伏乞圣鉴。谨奏。

（朱批：）知道了。[④]

光绪二十九年十二月初十日，奉朱批：知道了。钦此。[⑤]

1586. 奏明皖抚诚勋被参各款缘由折

光绪二十九年十二月初一日（1904 年 1 月 17 日）

头品顶戴两江总督臣魏光焘跪奏，为遵旨查明抚臣被参各款实在情形，恭折覆陈，仰祈圣鉴事。

窃臣于本年十月初十日承准军机大臣字寄：光绪二十九年十月初一日奉上谕：有人奏，疆臣贪黩营私，请旨查办一折[❶]。据称安徽巡抚诚勋，人本庸猾，不谙吏事，在浙江护抚任内贿赂公行，交卸后沿途需索供张，现到皖任，未及匝月，纵容家丁婪索门包等语。着魏光焘按照所参各节，确切查明，据实具奏，毋稍徇隐。

---

①台北故宫博物院藏：《军机及宫中档》，文献编号：408007329。

②中国第一历史档案馆藏：《录副奏折》，档号：03-5961-039。

③马金叙（1848—1912），字丽生，初投效淮军刘铭传部，由棚目累迁总兵。光绪十六年（1890），补河标右营游击。二十年（1894），充四川提督宋庆先锋。二十六年（1900），被参革职，调赴天津差委。二十九年（1903），调补江苏淮扬镇总兵。三十一年（1905），补福建漳州镇总兵。同年，署福建江北提督。三十二年（1906），署福建水陆提督。民国元年（1912），任袁世凯总统府高等军事顾问。同年，卒于京。

④台北故宫博物院藏：《军机及宫中档》，文献编号：408007329-0-A。

⑤中国第一历史档案馆藏：《录副奏片》，档号：03-5427-103。

原折着钞给阅看，将此谕令知之。钦此。遵旨寄信前来。等因。当经密委明干之员，分别驰赴浙江、安徽等处，按照所参各节，分投密查去后。

兹据各委员查明先后禀覆，据称原参该抚在浙江任内贿赂公行，授意藩司每委差缺，各有价值一节。查该抚前在浙江任内，尚知讲求吏治，未闻有簠簋不饬之事。原参既未指明何差何缺，自无实据可查。至称各有价值悬的以市，虽下愚之人，亦不至出此。况如原参所称贪猾藏身既巧，又安肯悬的以示？此又必无之事，不待查而自明者矣。

又，原参明保五人黄祖络、宗培、钱溯时、杨葆铭、联豫，才均庸劣，以贿赂得之一节。查已故盐运使黄祖络[1]在该抚任内兼署藩司，业已另案查办，钦奉谕旨斥革，无庸再查。宗培由刑部司员简授嘉兴府知府，在任十八年，始调补杭州府，四经大计保荐卓异，一署杭嘉湖道，今复回任，久任知府，舆论翕然，其无躁进之心，概可想见。前署杭州府知府钱溯时，以军功保知府，到省已二十年，序补严州府，一署杭州府，现因回避请调福建建宁府知府。该员吏治明晰，舆论允孚。候补知府杨葆铭，以军功保加知府，到省后，一代理嘉兴府事，一署金华府篆，细访绅民，咸推勤慎。新授四川雅州府知府前浙江候补同知联豫[2]，前随使出

①黄祖络（1837—1903），字幼农，江西吉安人。咸丰六年（1856），捐户部主事，嗣补广东司兼浙江司行走员外郎。后改江南候补道，赏戴花翎。光绪十五年（1889），补授常镇通海道。二十年（1894），署江苏按察使。同年，调补苏松太道，署江苏布政使。二十二年（1896），丁忧回籍终制。二十六年（1900），补授福建兴泉永道。二十七年（1901），升浙江盐运使。同年，兼署浙江布政使。二十九年（1903），迁浙江按察使。同年，卒于任。

②联豫（1858—?），字建侯，内务府正白旗汉军人，景山官学生。同治九年（1870），捐纳监生，加捐主事双月选用，递捐员外郎。光绪十二年（1886），充掌仪司兼慎行司行走。十五年（1889），捐同知，指分浙江。同年，经薛福成奏调随使英、法、义、比国。十九年（1893），保知府，加盐运使衔。二十一年（1895），经张之洞奏调江南，差委交涉事务。二十三年（1897），充湖北武备学堂提调。翌年，补河南道监察御史。三十年（1904），放四川雅州府知府。三十一年（1905），授驻藏帮办大臣，兼副都统衔。三十二年（1906），升驻藏办事大臣，兼署驻藏帮办大臣。

洋溶保知府，到省已及十年，统带练军，颇得军心。以上四员，或以资格，或以才品，均系浙省明干勤谨之员，当无贿求之理。

又，原参前署杭嘉湖道李辅耀承修塘工，经费九万余两，侵蚀过半，工尚未竣，沿塘塌陷，该抚受贿八千两，为之弥缝了事一节。查前署杭嘉湖道李辅耀①承修之工，系在仁和县境十四堡老龙头地方，乃西防同知所辖翁汛界内。该塘坐当海潮顶冲之处，为全塘最险之工，全塘沙底冬涸，则沙壅堤根，就沙立桩，上压柴、土，每至春夏潮盛，则潮汐浸刷，水挟沙流，沙空木欹，工即塌陷。坐斯巨患，通工皆然，而老龙头为尤甚。前因中防、西防两同知互相推诿，不敢承修，改归道办。二十七年，风潮内卷，该工冲刷无遗，为数十年来未有之奇灾。前抚臣任道镕②知其难，乃解实缺道王祖光③之任，而以李辅耀承其乏，责令承办是工。盖因李辅耀在工年久、熟谙情形也。查该段工程计长四百七十八丈，闻原估银十二万两，减估九万两，李辅耀节而又节，仅用六万余

---

①李辅耀（1848—1916），字幼梅，湖南湘阴人。同治八年（1869）拔贡。光绪二年（1876）副贡。二十五年（1899），署浙江宁绍台道。三十二年（1906），署理浙江杭嘉湖道。辑有《读礼丛钞》行世。

②任道镕（1823—1906），字砺甫，号筱沅、寄鸥、寄翁，江苏宜兴县人。道光二十九年（1849）拔贡。咸丰四年（1854），补松江府奉贤县训导。九年（1859），升湖北当阳县知县。同治元年（1862），调补江夏县知县。二年（1863），迁直隶顺德府知府。五年（1866），加道衔。七年（1868），加盐运使衔。十年（1871），补授保定府知府。十一年（1872），升补河南开归陈许道。十二年（1873），晋布政使衔。光绪元年（1875），署河南按察使。同年，补授江西按察使。二年（1876），署江西布政使。四年（1878），补授浙江布政使。五年（1879），调补直隶布政使。七年（1881），擢山东巡抚。旋以保奖已革知府潘骏群被议，又以失察编修林国柱预报起复，被劾褫职，降道员，家居久之。二十二年（1896），授河东河道总督。二十七年（1901），调补浙江巡抚。二十八年（1902），乞病归。三十二年（1906），卒于籍。

③王祖光，生卒年未详，字心斋，号星斋，顺天大兴（北京）人。同治元年（1862），中举。十年（1871），中式进士，改庶吉士。十三年（1874），授翰林院编修，历国史馆协修、国史馆纂修、功臣馆纂修、功臣馆总纂、国子监司业。光绪十四年（1888），充广西乡试正考官。十六年（1890），补授浙江杭嘉湖道。十八年（1892），署浙江臬司。二十年（1894），署理两浙盐运使。二十一年（1895），署浙江按察使。二十三年（1897），署理浙江温处道。二十八年（1902），开缺回籍修墓。平生工书，善刻印，著有《韬养斋笔记》《广印人传补遗》《清秘述闻三种》等行世。

两，加以前任已作岁修之工，共销银七万二千余两，与原参九万余两数目已属不符，且当时节省既多，原备要工塌陷续修之用，其非侵蚀可知。现在全功，大段无伤。今年六月初旬，陡发飓风，顶冲最险之处稍有泼卸，已随时修完。惟中间裂有罅缝一道，计长七十余丈，已由现任道崔永安勘估一律修竣，约计尚需银三四万两。合前后统计，尚在前案原估银十二万两之内。是即李辅耀承办此工节省之明征。当时该抚在藩司任内奉委验收，甫报竣工，并无塌陷。今夏续被风潮，遂致堤身横裂，在该抚交卸之后，由前而论，无所用其弥缝；由后而论，则又未经蒇事。其所称得贿八千两之说，自无其事。

又，原参该抚交卸后各属派送程仪，多者三千金，少亦数百两，均由宗培汇送一节。查该抚久历外任，积累未清，尝向号商挪借，按月纳息，尽人知之。当时属吏共闻该抚艰窘情形，曾有凑集程仪之说，该抚闻之，传首府宗培至署严词峻斥，亦尽人知之。或者传闻异词，致生谤议。

又，原参该抚时时逗遛，处处需索，过嘉兴时，嘉防统领费金组邀集文武，设宴烟雨楼，演戏竟夕，致嘉兴府衙署失火，无人在城救援，尽付一炬一节。查该抚系本年四月初十日路过嘉兴，吏民攀留，于申刻在烟雨楼设席祖饯，并无演戏。席散时，天尚未暝，官绅已回，而府署后楼于是夜三更失慎，事偶相遭，传者或过甚其词。

又，原参费金组擅离防次，相随至沪，观剧冶游，无所不至，州县弃其职守，趋承追送者，如乌程李光益、归安朱懋清、丽水李宝枏等不下数十员，排日宴饮，面馈程仪。宗培、费金组于过嘉兴时，更以数千金拜为师弟一节。查费金组于同治二年由武童投效军营，转战江苏、浙江、河南等省，历保总兵，现带浙西水师七营，兼统中营常备军，该抚颇为倚任。现闻电调赴皖，而江浙士绅纷纷吁留，殆亦有足取者。前此该抚赴沪，该总兵沿途护送至沪。至与宗培共拜门生，查无实据。至乌程县李光益，在任声名尚好。前署归安县现署余杭县本任泰顺县知县朱懋清，所至得民。该两员卸事后，因赴沪清算漕粮尾数，时值该抚过沪，顺便晋谒，未为过情。惟准补丽水县知县李宝枏，历署诸暨、长兴等县，在长兴任内办事卤莽，几酿冤狱，其追送上官，犹为小过。

又，原参该抚到安徽任内尚未匝月，纵容家丁婪索门包一节。查皖省院署从前、现任属吏，初次谒见，率多致送阍人，谓之茶敬，一二十元或数十元不等。自前抚臣王之春莅任，禁革一切陋规，无敢违犯，迄今犹旧制焉。该抚甫经到任，虽驭下不免稍宽，而采访众论，未闻有纵容婪索情事，各等情。禀覆前来。

臣查安徽抚臣诚勋被参各节，或有其事而传闻异词，或迹相类而情事实异，均已委查明确。其于交卸浙江抚篆之后，不能尽绝属吏出境迎送，虽违功令，究与现任上司有所区别，可否免予置议，出自圣恩。总兵费金组擅离防次，随送出境，相应请旨交部照例议处。至准补丽水县知县李宝枏，办事草率，工于逢迎，应请革职，以肃官常。

所有遵旨查明抚臣被参各款实在情形，谨恭折覆陈。伏乞皇太后、皇上圣鉴训示。谨奏。光绪二十九年十二月初一日。

（朱批：）另有旨。①

光绪二十九年十二月十六日，奉朱批：另有旨❷。钦此。②

❶【案】光绪二十九年十月初一日，御史臣张元奇具奏弹劾安徽巡抚诚勋一折，曰：

江南道监察御史臣张元奇跪奏，为封疆大员贪黩昏庸，吏治日坏，请旨饬查严惩，以警贪风，恭折仰祈圣鉴事。

窃维吏治之坏，以贪为最，而近日以贪败者，率邀宽典，自缘敛财既多，藏身复巧，即有发觉，罪不至死，而盈千累万之私囊足以自娱，国势倾危，民生凋弊，于彼均无与也。臣闻新任安徽抚臣诚勋，

①台北故宫博物院藏：《军机及宫中档》，文献编号：408007330。

②中国第一历史档案馆藏：《录副奏折》，档号：03-5961-039。

人本庸滑，不谙吏事，在浙抚任内贿赂公行，授意藩司每委差缺，各有价值，悬的以市，趋之若鹜。其明保五人黄祖络、宗培、钱溯时、杨葆铭、联豫，才均庸劣，以贿得之，闻多由上海票号过付。前署杭嘉湖道李辅耀承修塘工，经费九万余两，侵蚀过半，工尚未竣，沿塘塌陷。该抚受贿八千两，为之弥缝了事。其尤无忌惮者，此次交卸浙抚篆务，声言安徽缺瘠，当设法调浙。署杭嘉湖道宗培为之发信，各属派送程仪，多者三千金，少亦数百两，均交宗培汇送。自杭至沪，小轮竟夕可达。该抚时时逗遛，处处需索，供张之盛，为向来所未有。

初十日，过嘉兴，嘉防统领总兵费金组邀集文武各员，设宴烟雨楼，演戏竟夕，致嘉兴府衙署失火，无人在城救援，尽付一炬。费金组擅离防次，相随至沪，观戏冶游，无所不至。而州县弃其职守趋承追送者，如乌程李光益、归安朱懋清、丽水李宝枏等不下数十员，排日宴饮，面馈程仪。宗培、费金组则于过嘉兴时，同以数千金拜该抚门下，结为师弟，道路观听谓该抚知有身家，不知有君国；谄奉该抚者，知有长吏，不知有朝廷。诚非过语。及今安徽新任尚未匝月，而纵容家丁婪索门包之名已腾于人耳，行将以败坏全浙者败坏全皖矣。

臣职司纠弹，既有所闻，不敢安于缄默，拟请钦派廉正大臣查明惩处，或冀为国去一蠹也。谨具折参劾。伏乞皇太后、皇上圣鉴。谨奏。光绪二十九年十月初一日。①

❷【案】此奏旋于是年十二月十六日得旨允行，《上谕档》载曰：

光绪二十九年十二月十六日，内阁奉上谕：前据御史张元奇奏参安徽巡抚诚勋贪黩各款，当经谕令魏光焘确查，兹据查明覆奏，均属传闻之误。诚勋着免其置议。总兵费金组擅离防次，出境迎送，着交部议处。准补丽水县知县李宝枏，办事草率，工于逢迎，着即行革职。余着照所议办理，该部知道。钦此。②

---

①中国第一历史档案馆藏：《录副奏折》，档号：03-7391-043。

②《光绪朝上谕档》，第29册，第375页；又，《德宗景皇帝实录（七）》，卷五百二十五，光绪二十九年十二月下，第944页。

1587. 奏明江宁江阴药库失慎缘由折

光绪二十九年十二月初一日（1904年1月17日）

头品顶戴两江总督臣魏光焘跪奏，为遵旨查明江宁、江阴两处药库先后失慎实在情形，恭折覆陈，仰祈圣鉴事。

窃准军机大臣字寄：光绪二十九年九月二十七日奉上谕：有人奏，江宁、江阴火药局先后失慎，难保无枭匪、会匪与营勇勾串盗卖、自焚灭迹情弊，请将该局员役密查严究，勒令赔补等语[1]。着魏光焘、恩寿查明实在情形，并将火药加意收储，随时防范，毋任再有疏虞！原片均着钞给阅看，将此各谕令知之。钦此。遵旨寄信前来。

伏查江宁、江阴药库于本年闰五月及六月间先后失慎，当经臣等查明起火之由，皆因无烟棉花等药回性自燃，看守兵役尚无别项情弊。惟该管员弁究属疏忽，将兼统官江苏候补道周家驹、候补副将章其俊等具奏请旨交部分别照例议处，并将火药收储保险之法酌拟条款，通饬认真经理，以弭后患在案。钦奉前因，遵经札委常镇通海道郭道直确查严究。

兹据该道复称：分委密查江宁华严冈药库平时关键严密，遇有收发火药，必须经管大小各员司事、亲兵齐集，公同验对封条，始行启封开锁，封库亦然，势难勾串盗卖。此次失慎实系药储年久，回性自燃，且无烟药多系长条方块，非装无烟药炮位不能合用，偷窃亦难销售，盗卖尤可保其必无。其江阴药库当时猝然起火，不及救护，向未闻有盗匪勾串买药情事。访之附近居民，均谓该药库平日重叠封锁，无人出入，遇操请领，防范甚严，实无盗卖灭迹之弊等情。前来。

臣等详加考核无烟药性，泰西格致家言之最详，谓制配成药，本含有炭养等气易燃之质，收藏甚难，往往热力过度，即虞回性自燃。江宁、江阴两库之药，储已多年，蕴久生热，适值夏间酷暑，触发轰烈，实为防范所不及。既据查明并无勾串盗卖、自焚灭迹情弊，应请毋庸置议。经管员弁业经吏部照例分别议处，并恳免予赔补。

除仍饬各局所将各火药按照新定保险之法妥慎收储、经管、防范外，理合会同江苏抚臣恩寿，恭折覆陈。伏乞皇太后、皇上圣鉴。谨奏。光绪二十九年十二月初一日。

（朱批：）知道了。[①]

光绪二十九年十二月十六日，奉朱批：知道了。钦此。[②]

❶【案】光绪二十九年九月二十七日，御史王凤池以江宁、江阴火药局先后失慎，奏请将该局员役密查严究，曰：

再，军储所在，防范宜周，而火药尤关紧要。乃江宁、江阴两局先后失慎，事有可疑。查大江南北，枭匪、会匪所在。所有该匪本多遣勇，与在营勇丁声息相通，难保无勾串盗卖、自焚灭迹情弊。而两江督臣奏报辄谓无烟火药，其性最烈，积久自能生火，明系巧滑员弁诿卸之词，而该督即据以定案，使各省局借为口实，竟可任意作奸，而军储将不可问矣。应请饬下两江督臣将该局员役密查严究，并勒令赔补，以儆其余。

其收储之法，应令悉心考究，务加精密，无任再有疏虞，以重军储而免虚耗。臣为防奸杜弊起见，是否有当，伏乞圣鉴。谨奏。[③]

1588. 奏为整顿盐务借资弥补库款折

光绪二十九年十二月初一日（1904年1月17日）

头品顶戴两江总督管理两淮盐政臣魏光焘跪奏，为整顿盐务较有起色，借资弥补库款，恭折具陈，仰祈圣鉴事。

窃维两淮盐利为江南大宗饷源，其引界绵长，邻盐占销，私

---

①台北故宫博物院藏：《军机及宫中档》，文献编号：408007331-1。

②中国第一历史档案馆藏：《录副奏折》，档号：03-6167-096。

③中国第一历史档案馆藏：《录副奏片》，档号：03-6166-069。

贩屯集，官商侵渔，亦为积重难返之弊薮，历经各前督臣多方经营，因时补救，于缉私、疏销两端，筹办尤不遗余力。而北盐额引未复，每纲仅销正额二十九万余引，南盐岁销四十万引，勉敷额数。臣稽考成法，博采众论，既未敢轻更鹾章，综核度支，以入抵出，不敷甚巨，赔款固罗掘已穷。其拨补厘金一项无着之款，各省积欠至三百数十万两之多，催提罔应，改拨未准，腾挪乏术，无米之炊，势不能不就本省盐务设法整理，借资弥补，当将各局、岸征收课厘，严立比较，核定功过，裁并冗卡，试拓废岸，邻私设法堵截，商本不许积压。凡枭贩巨魁，屯私积蠹，先后拿获，奏明惩办。亏短课项各员亦经奏参革追，并于通州、泰州、海州所属各场捆盐之所，五河、正阳、仪栈及金陵下关过盐之区，饬令各员认真经理，期收实效。

兹查南盐各岸多有溢销，西岸约四万引，皖岸约三万余引，鄂、湘两岸约各二万余引，计共增收课厘、加价等项，本省可得银七八十万两，现尚未能截数，若年内畅销如前，或可增至百万两内外。北盐就五河、正阳两卡厘钱比较，收数已逾正额，其课款自必有盈，拟于正额二十九万余引之外，试加五万引，以冀渐复旧额，业饬运司筹议，俟议复另行具奏。盐务积疲，官价屡增，已难减轻成本。淮南边界多为川盐、粤盐所占，质洁价廉，民间贪食有年，亦难骤言收复。惟利之所在，正项之外浮取暗加，官引之中混销私捆，若非稍清其源，必至课额日亏，比较虚设。

臣未谙鹾政，遵守成规，借资群力，各局员均能顾念时艰，改除锢习，尽心讲求疏缉，收此薄效。其西岸销数尤有起色，实为意料所不及。虽此后盛衰莫必，际兹财源告匮，盐课增收，于库款不无裨益，已令各司局将拨补厘金、积欠无着各款，即于此项盈收课厘内随时核收抵补，以免再请改拨，致有为难。

除仍督饬各局、岸认真办理，如有溢销逾额至三成以上者，拟恳请奖励外，理合恭折具陈。伏乞皇太后、皇上圣鉴训示。谨奏。光绪二十九年十二月初一日。

（朱批：）知道了。[①]

光绪二十九年十二月十六日，奉朱批：知道了。钦此。[②]

1589. 请以李振标补授安庆营副将折

光绪二十九年十二月初一日（1904年1月17日）

头品顶戴两江总督臣魏光焘跪奏，为拣员请补陆路副将员缺，恭折仰祈圣鉴事。

窃安徽安庆营副将傅永贵因病出缺，所遗员缺咨准部覆，准其扣留外补。伏查是缺副将驻扎安徽省城，滨临大江，商贾辐辏，有城守、防缉之责，非精明强干之员，难期胜任。是缺按照新章系陆路部推第一轮第一缺，应用尽先人员。臣于两江候补各员内详加遴选。

查有两江尽先补用副将李振标，年四十九岁，湖南武陵县人，由武童投营随剿出力，洊保尽先参将，留于两江补用。光绪十七年，拿获著名会匪头目龙松年等惩办案内保准免补参将，以副将仍留两江补用，旋因案革职❶。二十三年，拿获盐枭头目严二石、小个子等案内出力，经前督臣刘坤一奏请赏还顶戴，奉旨允准。二十四年，续经奏准留于两江差遣。二十五年，经前安徽抚臣邓华熙密保堪膺专阃。二十六年，拿获盱眙、来安等县安清会匪首要及宣城县各乡镇枭会匪徒滋扰案内出力，经前安徽抚臣王之春奏请开复原官，仍以副将留于两江尽先补用，奉部复准。惟以并非本案开复，仍应照章饬令完缴捐复银两。二十七年，江、安两省派兵会剿大通票匪案内出力，经前督臣刘坤一奏保请免缴捐复银两，奉旨：依议。钦此。

该员办事勤能，操防得力，向在安徽统带防军，情形熟悉，以之请补是缺副将，洵堪胜任；按照部章名次尚在二十名之内，

①台北故宫博物院藏：《军机及宫中档》，文献编号：408007332。

②中国第一历史档案馆藏：《录副奏折》，档号：03-6476-072。

与例相符。其名次在该员之前者多有事故，谨将未便迁就请补缘由，按名声叙，缮具清单，恭呈御览。合无仰恳天恩俯准以两江尽先补用副将李振标补授安徽安庆营副将，实于营务、地方均有禆益。如蒙俞允，俟部复至日，即行给咨送部引见，恭候钦定。

除饬取该员履历及前在他省实无参革、朦保印结，并遵新章造具保案印册咨部查核外，谨会同安徽巡抚兼提督衔臣诚勋，恭折具奏。伏乞皇太后、皇上圣鉴训示。谨奏。光绪二十九年十二月初一日。

（朱批：）兵部议奏，单并发。[①]

光绪二十九年十二月十六日，奉朱批：兵部议奏，单并发。钦此。[②]

❶【案】光绪二十二年五月三十日，安徽巡抚臣福润以李振标擅用刑逼，署理芜湖县知县李家澍盗案延不破获，奏请分别革职撤任，曰：

尚书衔安徽巡抚臣福润跪奏，为缉捕营员会讯获解盗犯，擅用刑逼，知县于盗劫重案延不破获，请旨分别惩儆，恭折仰祈圣鉴事。

窃据署芜湖县知县李家澍禀报：该县城外百家铺地方同茂钱店，于本年二月二十七日黄昏时分被盗行劫，拒伤店伙，失赃银二千八百余两；勒据兵役会同缉捕，委员两江补用副将李振标先后获犯褚广礼、宋之焕、张学贵、杜聚昌、潘老三、郭玉亮、小五孜七名，迭次研讯，均各供认纠劫本案得赃，并究出褚广礼、宋之焕、张学贵、杜聚昌、潘老三五犯均系精健营勇丁，只以起赃无获，证据难凭，未敢尽信，禀请委员审办，以昭慎重。其时臣已访闻精健左营驻扎该县，实有出外生事之勇，而现获各犯经原拿委员会县刑讯，案情恐有未确，当经批饬太平府知府方连轸驰往督审。旋据该府禀称，督同该署县迭提褚广礼等悉心研鞫，各犯供词翻异。饬提眼线人等环质，亦未

①台北故宫博物院藏：《军机及宫中档》，文献编号：408007331。

②中国第一历史档案馆藏：《录副奏折》，档号：03-5961-049。

能指证确实，究得褚广礼等先于前日往陈二新开妓馆闹事吃亏，是日晚饭后，除杜聚昌一名在营支更并未出营外，余俱续往陈二馆内声言报复。陈二倩人调处，服礼赔罪，喧闹一时有余，劝散回营。时近二更，知同茂被劫之事，实未在场伙抢，拿获到县，李振标会讯时，喝用严刑，吓逼成招情事。询之李家澍，亦称犯供可疑，故请委审，因请随同更正，另行设法侦缉等情。又经行提人犯到省，发据安庆府覆审具禀，核与太平府讯供情形吻合。

臣伏念盗凭赃定，此案赃无一获，犯供全翻，所称该勇等滋闹妓馆，解散出门，已在同茂被劫之后，其非本案正盗，似无疑义。惟褚广礼等充当营勇，连日闯闹妓馆，实属不守营规。该营统领候补道刘作梁，失于约束，营务怠荒，任令勇丁私出滋事，又复掩饰回护，并不将实情禀明，咎有难辞，业经另折奏参革职，应请毋庸置议。李振标充当芜湖缉捕委员，所司止于缉匪，褚广礼等经其获解到县，应听该署县研究，何得妄事干预？乃既赴县会讯，又率行专擅喝令，刑逼成招，若非再四覆讯，几致酿成冤狱。似此玩视人命，任性妄为，断难稍事姑容。据营务处司道会详请参前来。相应请旨将两江补用副将李振标即行革职，以昭儆戒。

至该署县李家澍平日办事素称精细，惟承审此案盗犯，于李振标会讯刑吓时，并未禁阻，究属忽疏。迨请委员覆审，已有不敢自信之意。且经随同太平府究出确供，与自行更正无异，尚属可原。第同茂被劫案起两月有余，正盗真赃迄未破获，捕务废弛，亦未便予以宽容，并请将署芜湖县知县李家澍撤任，并摘去顶戴，以示薄惩，仍饬营务处通行练、防各营，嗣后营员缉获匪犯，悉解该地方官虚衷研讯，原拿员弁不得随同会审，致滋冤滥。

除饬将讯未滋事之杜聚昌先行省释，并将褚广礼等分别斥革、棍责，递回原籍，交保管束，并饬接统精健营之韩大武，整顿营规，严束勇队，暨饬接署芜湖县勒缉赃盗，务获究报外，谨会同两江总督臣刘坤一，恭折具陈。伏乞皇上圣鉴训示。谨奏。光绪二十二年五月三十日。

光绪二十二年六月二十一日，奉朱批：另有旨。钦此。①

【案】此案于是年六月二十二日得旨允行，《上谕档》载曰：

光绪二十二年六月二十一日，内阁奉上谕：福润奏，缉捕营员会讯获解盗犯，擅用刑逼，如县于盗劫重案延不破获，请旨分别惩儆一折。本年二月间，安徽芜湖县城外同茂钱店被劫，缉捕委员两江补用副将李振标获犯褚广礼等，擅用刑逼，几致酿成冤狱，实属玩视人命，任性妄为！署芜湖县知县李家澍，于同茂钱店被劫一案两月有余，赃盗迄未破获，捕务亦属废弛。李振标着即行革职，李家澍着撤任，摘去顶戴，以示惩儆。余着照所议办理，该部知道。钦此。②

1590. 呈名次在李振标之前各员清单

光绪二十九年十二月初一日（1904年1月17日）

谨将尽先副将名次在李振标之前各员，未便迁就请补安庆营陆路副将，缮具清单，恭呈御览。

计开

杨元升、贾立成、张洛山、张志祥、吴继培、刘朝贵、刘玉堂、张慎德、胡煦、王家达、朱天庆、张映虚、杨开泰、龙殿扬、韩殿爵。以上十五员，均籍隶本省，例应回避。

龙锦标、张郁林、达彩虹、徐士衡、沈宏举、耿思义、班广盛、王凤祥、吴辅仁、孙红染、邱达胜、盛永清、潘梁柱、刘干泰、吴益祥、吴寿生、刘光瀛、胡胜章、许鉴虎、张国林、何迪华、傅永贵。以上二十二员，均已病故，应请开除。

卢玉书、翁开甲、潘鼎文、易占吉、王荣和、陈宗番、庄以临、王钟麟、张金铠、赵金凯、桂发、罗天贵、韩景廷、郭荣桂、王立堂、程肇贤、江宗富、景昌、魏锡之、唐安邦、石绍全。以

---

①中国第一历史档案馆藏：《朱批奏折》，档号：04-01-01-1016-017。又，《录副奏折》，档号：03-5342-084。

②《光绪朝上谕档》，第22册，第141页。

上二十一员，久未在标，无从拣补。

冯荣恩、吴炳辰。以上二员，均已因案革职，应请开除。

何明亮。以上一员，已升授赣州镇总兵，应请开除。

杨大章、袁大升、李祥椿。以上三员，均已得有芜采、扬州、海州等营参将，各在本任，尚称得力，惟与是缺不甚相宜，未便迁就请补。

王金助、黄瑞堂、邓炳发、张德彪、黎泰春、王朝胜、杨秀元。以上七员，均在臣标候补，查与是缺不甚相宜，未便迁就请补。

（朱批：）览。①

1591. 奏报都司张宏玉禀请更名片

光绪二十九年十二月初一日（1904年1月17日）

再，前准部定新章：副将、参将等官，如有复姓更名，取具印、甘各结，奏明办理；游击以下非得有实缺人员，概不准其更名复姓等因。历经遵办在案。兹查有副将衔升用参将尽先补用游击准补柘林营都司张宏玉，名犯祖讳，拟请更名“克谟”，出具印、甘各结，禀请更正前来。

臣覆核无异，除将印、甘各结咨部查核外，理合附片陈请。伏乞圣鉴，敕部更正注册，施行。谨奏。

（朱批：）兵部知道。②

光绪二十九年十二月十六日，奉朱批：兵部知道。钦此。③

---

①中国第一历史档案馆藏：《单》，档号：03-5961-050。

②台北故宫博物院藏：《军机及宫中档》，文献编号：408007331-0-A。

③中国第一历史档案馆藏：《录副奏片》，档号：03-5961-051。

1592. 奏报去年冬漕酌定征价缘由折

光绪二十九年十二月初二日（1904 年 1 月 18 日）

头品顶戴两江总督臣魏光焘、头品顶戴江苏巡抚臣恩寿跪奏，为苏州等属光绪二十九年冬漕拟请循案分别本折，酌定征价收纳，以期官民两便，恭折驰陈，仰祈圣鉴事。

窃照苏州等属征收冬漕，前于同治四年分议定，完本色者，每石加收余耗三斗；完折色者，每石连同公费收钱四千五百文；迟至年外，加五百文。五年以后，米价平减，随时酌量减收。计自同治五年分起至光绪二十八年分止，历届酌定征价及余耗改收公费并年外照加数目，节经分晰奏明在案。

兹届征收光绪二十九年新漕，案准部咨，饬令江、浙两省于本年新征本色仍共留京斛漕粮一百万石，白粮在内，由海运京，余仍全数改折等因。即经转行遵办，循旧本折兼收，听从民便。所定本年折征米价，除太仓州属之嘉定、宝山二县向例民折官办，镇江府属之丹徒县留拨旗营兵米并不起运，未能与他属一例征收，应以提出另办外，其余苏州、松江、常州、镇江、太仓五府州属征漕，各厅县本年入夏以来晴雨愆期，迨交秋后正当禾棉吐秀结铃之际，即遭风雨摧残，以致秀而不实，收成均形歉薄。现在米粮价值比较上年不相上下，恐各属收漕开仓买米兑运，市侩居奇，不得不酌中核定，以期官民两便。

兹据署苏州布政使效曾、苏松督粮道陆钟琦督饬海运省局各员，察酌情形，议请本年冬漕折价每石收钱三千八百五十文，随收公费钱一千文，完本色者以石抵石外，循旧将余耗改交公费钱一千文，迟至年外，无分本折，每石加收钱五百文；其减赋案内奏明抵补减缺，南粮之随漕脚费每石钱五十二文，仍照章按石随征带收，似此分别酌定，无论征收本折，均与市价无甚悬殊，不致借口趋避。

再，随漕征收公费钱一千文，系抵支各州县办漕一切要需，恐刁顽之户以公费为无关紧要，任意抗延，则州县公用无出，势必贻误漕运。前于同治六年分曾经附片奏明，倘粮户交米而不交公费，即比照抗粮之例惩办，历届随折声明应行遵照。今届征收冬漕，应请循案办理等情。详请具奏前来。

臣等查核无异，除饬司出示晓谕遵照定章，无分绅民，一律均平征收，不得稍有浮冒外，理合会同署漕运总督臣陆元鼎，恭折由驿四百里驰陈。伏乞皇太后、皇上圣鉴训示。谨奏。十二月初二日。

光绪二十九年十二月初十日，奉朱批：户部知道。钦此。[①]

1593. 议拟嘉定宝山新漕折价缘由片

光绪二十九年十二月初二日（1904年1月18日）

再，嘉定、宝山二县向种木棉，地不产米，应完漕粮历经民折官办。所有收漕折价，由官绅会议，详定征收，前经嘉定县职绅廖寿丰等在京奏奉户部复准年内折收钱四千五百文，年外五千文，节经遵照办理。同治六年以后，因市价贵贱不一，随时酌中议定，届光绪二十八年分，连同公费、脚费每石折收钱五千四百文，年外加收钱三百文，奏明征收在案。本届光绪二十九年分征办新漕，该二县征收折价，经臣等饬令司道体察情形，核议详办去后。

兹据苏州布政使效曾、苏松粮道陆钟琦会详：本年新漕，访查市价，参酌成案，公同核议，拟请每石年内折收钱五千三百五十文，年内完不足数，迟至年外，一律加增钱三百文；其粜变一款，仍照通属定数提解。详请附奏前来。

伏查嘉定、宝山二县冬漕向系民折官办，与各属情形不同，业于奏报漕价折内声明另行办理。现据该司道等公同议拟，每石

①中国第一历史档案馆藏：《录副奏折》《档号：03-6322-019。

年内折收钱五千三百五十文，迟至年外完纳者，仍一律加价钱三百文，照数折收，尚属平允。

除饬照章无分绅民一律征收外，谨合词会同署理漕运总督臣陆元鼎，附片由驿具陈。伏乞圣鉴训示。谨奏。

光绪二十九年十二月初十日，奉朱批：户部知道。钦此。[①]

【案】此奏片之具奏日期，录副以朱批日期为之，未确。查光绪二十九年十二月初十日《随手档》[②]“朱批魏光焘折”栏，即有此片。据同批折件，此奏片具奏时间当为“光绪二十九年十二月初二日”无疑。兹据校正。

1594. 请以芳镇补授江苏武进县知县折

光绪二十九年十二月初四日（1904 年 1 月 20 日）

头品顶戴两江总督臣魏光焘、头品顶戴江苏巡抚臣恩寿跪奏，为拣员请补要缺知县，恭折仰祈圣鉴事。

窃江苏武进县知县施沛霖于光绪二十九年闰五月十九日病故开缺，归是月分截缺。所遗武进县知县系冲、繁、疲、难四项兼全要缺，例应由外拣调。该县系附郭首邑，政务殷繁，必须精明干练之员，方足以资治理。臣于苏省现任知县内逐加遴选，非现居要缺，即人地未未宜，一时实无合例堪调之员。

复于曾任实缺及进士即用知县内详加拣选，查有即用知县芳镇，年四十三岁，正蓝旗满洲八额尔德穆佐领下人，由附生中式光绪丙子科举人；庚寅恩科会试，中式贡士；壬辰科殿试三甲第三十八名进士，朝考二等。十八年五月十一日引见，奉旨：以知县即用。钦此。遵新海防例报捐指省江苏，六月十二日领照，八

①中国第一历史档案馆藏：《录副奏片》，档号：03-6276-047。

②中国第一历史档案馆藏：《军机处随手登记档》，档案编号：03-0317-2-1229-360。

月二十四日到省。十九年六月，丁母忧。二十二年四月，服满起复回省。二十四年三月，闻讣丁父忧，回旗守制，服满赴部起复领照，于二十八年二月初一日回省，已奉部文准其起复在案。查该员年强才裕，办事实心，以之请补武进县要缺知县，人地实在相宜，洵堪胜任，与例亦符。据署苏州布政使效曾会同江宁布政使黄建筦、署江苏按察使朱之榛详请具奏前来。

合无仰恳天恩俯念员缺紧要，准以即用知县芳镇补授武进县知县，实于地方有裨。该员系即用知县请补知县，衔缺相当，毋庸送部引见，亦无须查造参罚。谨合词恭折具陈。伏乞皇太后、皇上圣鉴训示。谨奏。

光绪二十九年十二月三十日，奉朱批：吏部议奏。钦此。[①]

1595. 请以杨绍时补授丹徒县知县折

光绪二十九年十二月初四日（1904年1月20日）

头品顶戴两江总督臣魏光焘、头品顶戴江苏巡抚臣恩寿跪奏，为拣员请补要缺知县，恭折仰祈圣鉴事。

窃照丹徒县知县张德迪开缺另补，奉准部咨于光绪二十九年六月初一日奉旨后第五日行文，按江苏省照限减半计算，扣至六月三十日为开缺日期，归六月分截缺。所遗丹徒县知县系冲、繁、疲、难四项兼全要缺，例应由外拣调。该县地处沿江要冲，民情强悍，兼管驿站，政务殷繁，必须精明干练、能耐劳苦之员，方足以资治理。臣等于通省现任正途及各项出身人员内逐加遴选，非现居要缺，即人地未宜，一时实无合例堪调之员。

复于曾任实缺应升、候补知县班内拣选，兹查有曾任应升候补知县杨绍时，年四十九岁，湖北襄阳县附贡生，遵新海防例报捐兵马司副指挥，投供铨选。光绪二十一年，补授兵马司副指挥

①中国第一历史档案馆藏：《录副奏折》，档号：03-5428-147。

缺，六月二十二日到任。顺天水灾办赈出力，保加五品衔。二十一年，拿获监犯马凤起等六名，保请俟俸满引见，着以知县选用。又因拿获邻境盗犯刘二等七名，保请作为俸满，经部核议照准。二十二年，给咨送部引见，奉旨：着照例升用。钦此。二十三年，拿获邻境盗犯王汉开即王洪儿等三名，保请交部从优议叙，经部复准给予寻常加一级记录二次。二十四年，遵照新章呈请开缺离任，以知县分省归候补班补用，捐指江苏，并报捐花翎。是年三月十八日，经简派大臣验看，闰三月十七日带领引见，奉旨：照例发往。钦此。是月三十一日领照，五月二十二日到省。二十九年，署理丹阳县知县。查该员年强才识，办事耐劳，以之请补丹徒县要缺知县，人地相宜，洵堪胜任。据署苏州布政使效曾会同署江苏按察使朱之榛，详请具奏前来。

臣等覆核无异，合无仰恳天恩俯念员缺紧要，准以候补知县杨绍时补授丹徒县知县，实于地方有裨。该员系曾任实缺正官应升知县候补，照例毋庸甄别。今请补知县，衔缺相当，毋庸送部引见，亦无须查造参罚。谨合词恭折具奏。伏乞皇太后、皇上圣鉴训示。谨奏。十二月初四日。

光绪二十九年十二月三十日，奉朱批：吏部议奏。钦此。①

1596. 请以翁有成补授丹阳县知县折

光绪二十九年十二月初四日（1904年1月20日）

头品顶戴两江总督臣魏光焘、头品顶戴江苏巡抚臣恩寿跪奏，为拣员请补要缺知县，恭折仰祈圣鉴事。

窃丹阳县知县刘炳青开缺另补，奉准部咨于光绪二十九年六月初一日奉旨后第五日行文，按江苏省照限减半计算，扣至六月三十日作为开缺日期，归六月分截缺。所遗丹阳县知县系繁、疲、

①中国第一历史档案馆藏：《录副奏折》，档号：03-5428-149。

难三项要缺，例应在外拣调。该县地处冲要，兼管运河驿站，民情瘠苦，差务繁重，为苏省著名累缺，非有守有为、能耐劳苦之员，不足以资治理。臣等于通省现任及曾任、应升、候补知县内逐加遴选，非现居要缺，即人地未宜，实无堪调之员。

惟查有进士即用知县翁有成，年三十五岁，浙江仁和县人，由附生应光绪辛卯科本省乡试，中式举人；甲午恩科会试，中式贡士；殿试三甲，朝考二等，引见奉旨：着交部分发，以知县即用。钦此。指分江苏，光绪二十年九月十七日到省。二十四年七月，丁本生母忧。二十五年九月，由京起复回省。二十二年，海运案内蒙保补缺后，以直隶州用。二十九年，署理金坛县事。查该员年富才长，办事精细，以之请补丹阳县要缺知县，人地相宜，洵堪胜任。据署苏州布政使效曾、江苏按察使朱之榛会详请奏前来。

臣等覆核无异，合无仰恳天恩俯念员缺紧要，准以即用知县翁有成补授丹阳县知县，实于地方有裨。该员系进士即用知县请补知县，衔缺相当，毋庸送部引见，亦无须查造参罚。谨合词恭折具奏。伏乞皇太后、皇上圣鉴训示。谨奏。十二月初四日。

光绪二十九年十二月三十日，奉朱批：吏部议奏。钦此。[①]

1597. 请准已故督臣李鸿章专祠入祀折

光绪二十九年十二月初四日（1904年1月20日）

头品顶戴两江总督臣魏光焘、头品顶戴江苏巡抚臣恩寿跪奏，为遵查原任大学士直隶总督臣李鸿章立功苏州省城建立专祠落成，恳恩列入祀典，恭折仰祈圣鉴事。

窃照已故大学士直隶总督臣李鸿章战功惠政在苏为多，前经胪陈勋绩，奏请在苏州省城建祠，以隆报享，钦奉恩旨允准。仰见圣朝眷笃荩臣，褒功崇祀，凡属臣工同深钦感，当经转饬筹款、

①中国第一历史档案馆藏：《录副奏折》，档号：03-5428-148。

择地修建去后。兹据监工委员苏州知府田庚等禀称：奉委监建专祠择地，在苏州城外虎邱山峰兴建，业已工竣，恳请具奏前来。

臣等覆查祠宇已经落成，自应奏咨立案，列入祀典，以垂久远。合无仰恳天恩俯准将已故大学士直隶总督臣李鸿章苏州省城专祠，敕部列入祀典，由地方官春秋致祭，用彰荩绩，出自隆施。除咨部外，谨合词恭折陈请。伏乞皇太后、皇上圣鉴，敕部查照。谨奏。十二月初四日。

光绪二十九年十二月三十日，奉朱批：着照所请，礼部知道。钦此。①

1598. 请准李昭庆附祀李鸿章专祠片

光绪二十九年十二月初四日（1904年1月20日）

再，据新授贵州提督潘万才②等呈称：窃查原任大学士李鸿章胞弟已故候补运司李昭庆③，髫年笃学，饶有奇才，甫冠弃笔从军。大学士曾国藩深器重之。同治元年，檄守无为州，偏师当寇之冲，力遏狂氛，是为该故运司立功之始。继即接统诸军，转战南北，驰驱东、豫、皖、鄂、苏、浙之间，戈矛所向，贼焰顿消，推论功绩之多，则以在苏为最也。

当李鸿章奉命督师，其时苏省全境皆陷，驻军海上，规画进

---

①中国第一历史档案馆藏：《录副奏折》，档号：03-5570-085。

②潘万才（？—1907），安徽阜阳人。初投效淮军，以军功洊保至都司。同治六年（1867），升游击。十一年（1872），加色克巴图鲁勇号。光绪七年（1881），保以总兵记名简放。九年（1883），署直隶正定镇总兵。十六年（1890），丁父忧。十七年（1891），补淮扬镇总兵。二十九年（1903），擢贵州提督。三十一年（1905），丁母忧，署理江北提督。三十三年（1907），卒于任。

③李昭庆（1835—1872），名章昭，字子明，又字眉叔，号幼荃，国学生，安徽省肥东人，李鸿章六弟。初入曾国藩湘军、李鸿章淮军，驻防无为、庐江。同治元年（1862），驻防上海、江浙一带。三年（1864），以军功历同知、员外郎、道员，戴花翎。四年（1865），保盐运使。八年（1869），回籍就医。十一年（1872），病卒。赠太常寺卿。著有《从戎日记》《补拙吟轩草》等行世。

取。该故运司统师以济，进攻娄县属之桃泾镇，血战十余昼夜，克之。浙境逆党东援，分御追剿，擒获伪酋四人，杀贼数千，铲垒数十。旋移军常昭，筹复苏州省城。其茅塘桥、红山、黄埭诸役，无不躬冒矢石，擒斩无算。进薄齐门，贼氛为夺，苏州遂下。丹阳、常州援贼数万窜围江阴、无锡、常昭等处，该故运司轻骑驰援，分队夹击，各城赖以保全。贼众退聚杨舍，潜窥窃发。李鸿章大会诸军，兼程并进，追贼至江阴青阳镇，穷寇饥疲，歼除殆尽，多出于该故运司之力也。

捷书入告，李鸿章以兄弟引嫌论功，曾未及之。厥后兜剿捻逆，大小数十百战，出入东、豫、鄂、皖各省，无役不从，无战不克。援鄂旋军，驰赴徐州、宿迁等处，扼守运河，布置严固。捻逆计穷走险，该故运司乘机锐进，追逆酋赖汶洸于数百里，不令稍得喘息，遂使元恶授首，次第肃清，若非谋勇素裕，晓畅戎机，曷克臻此？

综计其效力疆场，苦战八稔，当时奇功伟绩，均有奏牍可稽。嗣因绩劳病殁，迄今三十年，江淮士庶追念勋劳，不忍听其湮没。伏惟崇德报功，圣朝特典；明禋聿祀，众志微忱。兹故大学士李鸿章苏州专祠落成，其弟故盐运使李昭庆勋绩昭然，允宜馨香报享，恳请援照山东抚臣奏准将该故运司附祀山东李鸿章专祠成案❶，呈请具奏附祀等情。前来。

臣等查该故运司李昭庆，少负奇才，壮饶韬略，统带诸军，随兄剿贼，卒使各城克复，巨逆歼除，驰骋八年，转战南北，功绩甚伟，而尤以在苏为多，合无仰恳天恩俯准将已故盐运使李昭庆附祀原任大学士直隶总督臣李鸿章苏州专祠，以彰荩绩而资观感，出自鸿慈。除咨部外，谨合词附片陈请。伏乞圣鉴训示。谨奏。

光绪二十九年十二月三十日，奉朱批：着照所请，礼部知道。钦此。[①]

---

①中国第一历史档案馆藏：《录副奏片》，档号：03-5742-106。

【案】光绪二十九年八月二十四日，山东巡抚周馥奏请准将已故运司李昭庆附祀其兄大学士李鸿章专祠等由一折，曰：

头品顶戴兵部尚书衔山东巡抚臣周馥跪奏，为已故运司战功卓著，遗爱在民，据情吁恳天恩宣付史馆立传，并请附祀前大学士臣李鸿章专祠，以彰劳勚，恭折仰祈圣鉴事。

窃据布政使胡廷干详称：转据济南府知府徐世光、署历城县知县杨学渊具详：据在籍绅士前翰林院编修孔祥霖、五品卿衔翰林院庶吉士宋书升、候选道前贵州石阡府知府吴寿龄、指分江苏补用道孟继笙等十人联名呈称：已故候补盐运使李昭庆系原任大学士直隶总督李鸿章胞弟，从征发、捻各匪，叠奏肤功，积劳尽瘁，当经前两江总督李宗羲、前江苏巡抚张树声专折具奏，同治十二年八月二十日钦奉上谕：李宗羲、张树声奏，已故运司功绩卓著，恳请优恤一折。已故候补盐运使李昭庆于同治元年发逆窜扰安徽时，督军屏蔽沿江一带，甚为得力，旋随李鸿章剿办捻逆，转战湖北、河南、安徽、山东等省，前后在营十有余年，功绩懋著。兹因积劳病故，殊堪悯惜！李昭庆着加恩照军营立功后病故例，从优议恤，该部知道。钦此。仰见朝廷褒恤有功，无微不至！

伏查该故运司少负奇气，韬略素优。同治元年，李鸿章统领淮军驻沪布置，该故运司亲履行间，运筹帷幄。是年冬，发逆窜扰皖北，占踞和州、含山巢县。前两江总督曾国藩檄令该故运司督带树字五营，驰守无为州城，以偏师独当一面，迎头截堵，力遏狂氛，是为该故运司立功之始。自兹以后，随兄督战，攻克太仓、昆山，解常熟之围，规复苏州省城、常州府城，并出境援剿嘉兴、嘉善、枫泾、西塘诸城隘，皆躬冒矢石，靡役不从；转战苏、浙间，三历寒暑，而粤匪寖平。

同治四年，曾国藩奉命北征，特疏奏称：李昭庆英毅稳练，亚于诸兄，檄派总理马步全军营务，并统领武、毅、忠、朴等军，精骑逾万，为大枝游击之师，追逐捻逆张总愚，牛落红各股匪于东、豫、苏、皖各省，并调拨十八营堵御运河，使贼不得逞。两年之中，如柳新庄、萧家寨诸捷，以及曹城之释围、汝宁之兜剿，其尤著者也。

迨李鸿章接办剿捻事宜，该故运司仍奉檄统兵，遇警驰剿，亲赴前敌，所有六安、信阳、德安等处胥赖其奋攻之力，得以保全。援鄂甫回，即往徐州、宿迁，察看苏境运河，督催淮军各营与皖军联络，扼扎长墙、深濠，布防运西，进逼东境胶、莱，以为就地圈制之策。李鸿章大营屯济宁，居中调度，饬该故运司督率所部由潍上黄林庄接守至韩庄八闸，星罗棋布，严垒以待。旋任柱、赖文洸各股匪窜过潍坊，迸力窜出，急欲由桃源县抢扑运河。其大股千余骑冲至宿迁对岸及六塘河、刘老涧一带。该故运司赴机应敌，节节进剿，著名捻酋皆在擒杀之内，其余党由西南纷窜，仍由该故运司督队四路搜剿，以收聚歼之功。迨东捻荡平，诸将论功行赏，李鸿章以亲弟故从前屡次胜仗，均不敢仰邀奖叙，至是始钦奉特旨以盐运使候补。

同治八年，振旅南旋，前两江总督马新贻奏派办理淮军营务，纪律严明，拊循勤惠，一如其在临敌时，江防巩固，建威消萌，内安外靖，尤极一时之盛。

综计该故运司宣力疆场，先后苦战八年，无一日不在艰险中，其功绩见诸当时奏牍，凿凿可考，凡湘淮各将校与该故运司同在戎行者，莫不服其勇略之骁奇，且廉介不苟，恂恂仁让，有儒者气象，徒以兜追捻匪，昼夜蹑行百余里，乘夤接仗，遂得嗽喘咯血之症，积劳殒年不获长承国家倚畀，至为可惜！其立功苏、浙、晚、豫、鄂五省均有战绩，而以在东为尤多，阖境士民被李鸿章再造之恩。该故运司捍御之功，至今追念遗爱，犹系讴思。理合造具事实清册，呈请据情转详，奏请宣付史馆立传，并祔祀前大学士李鸿章山东专祠，以隆报享等情。呈由该府县转经藩司胡廷干核明，详请具奏前来。

臣查该故运司李昭庆，以统兵大员帮同胞兄李鸿章剿发平捻，驰驱数省，持躬以仁，廉称典军，以毅勇著。臣当日亲在行间素所稔悉，其屡立战功之伟，鏖战致疾之由，有曾国藩、李宗羲等先后奏报可征，列诸中兴诸将之中，实无多让。况在山东功业尤著，士民感念前绩，历久不忘。合无吁恳天恩俯准将已故盐运使李昭庆生平战迹宣付史馆立传，并准祔祀故大学士直隶总督臣李鸿章山东专祠，以彰荩迹而顺舆情，出自慈施。

除将事实清册咨部外，理合恭折具奏。伏乞皇太后、皇上圣鉴训示。谨奏。光绪二十九年八月二十四日。

（朱批：）着照所请，该衙门知道。①

1599. 奏请蠲缓苏州等属钱粮缘由折

光绪二十九年十二月初七日（1904年1月23日）

头品顶戴两江总督臣魏光焘、头品顶戴江苏巡抚臣恩寿跪奏，为苏州等属光绪二十九年秋收歉薄，已、未垦熟田地应征钱漕，恭折援案恳恩分别蠲减、缓征，仰祈圣鉴事。

窃照苏省各州厅县应征光绪二十八年以前钱漕，历经按年确勘荒田未垦复，熟田收成丰歉情形，分别蠲减、缓征，奏蒙恩旨准行在案。兹查苏州等属本年田亩所种禾棉，因入夏以后雨水过多，河湖陡溢，当经饬属谕督农佃竭力戽救。高阜之区尚易宣泄，低洼处所无从疏消，禾苗被淹受伤。迨交秋后，正当扬花吐秀之际，复遭狂风摧残，兼之秋暑蒸郁，连朝大雾，禾节生虫，细于蜒蚰，无可捕捉，以致被啮受伤，稻穗颇多秀而不实。察看收成，殊形减色。迭据各属禀请勘办，即经督饬藩司遵照部章，移行该管道、府、州、县亲履督勘，认真厘剔，以杜隐混。兹据署苏州布政使效曾、江安粮道胡延、苏松粮道陆钟琦转据该管府州履亩复勘，按照地方情形，议请分别蠲减、缓征，由该司道体察属实，详请具奏前来。

臣等复查苏省自经兵燹以后，田地抛荒，叠饬客佃翻垦，只以频年水灾失调，旋垦旋荒，报熟无多。前未设局清理田赋，所有查见苏州、镇江二府属历年匿报垦熟及短征熟田，业已剔归原复熟田一律启征。所增银米，奉准分别留用、拨解，应即照案另行查明确数核办外，其松江、常州、太仓三府州属抛荒，本属有限，本年开报新垦均已一再复勘，尚属核实。其成熟各田，本年

①中国第一历史档案馆藏：《朱批奏折》，档号：04-01-14-0098-092。

秋收歉薄，应征钱漕察看情形，似不得不酌予蠲减，以纾民力。

所有光绪二十九年属报新垦同未届征限之二十七、二十八两年新垦田亩应征银米，遵照奏定清粮章程，俟免粮期满，再行启征。其二十五年以前新垦，间有因灾展缓之处，成熟田亩已归原熟项下，一律征办。奉贤、上海、南汇、川沙、嘉定、宝山六厅县额田银米，崇明县额田条银，太湖、华亭、金山、武进、阳湖、无锡、金匮、江阴、宜兴、荆溪、靖江、丹阳、太仓、镇洋十四州厅县原熟田，娄县、青浦、金坛、溧阳四县原复熟田，娄县、金山、青浦、武进、阳湖、无锡、金匮、宜兴、荆溪、金坛、太仓十一州县届征光绪二十六年新垦田银米，丹徒县原熟及届征二十五年新垦田漕米，丹阳县厂田条银及本年歉收田漕米，金坛县受伤最重田上忙条银，震泽、溧阳二县被淹无收田上忙条银，常熟，靖江、丹阳三县成熟芦田课银，均请照额全征，毋庸再乞恩施外，其余各属田地高阜、低区，秋成歉收不一，自应核察酌定等差，分别减蠲、减缓，以恤民隐。

合无仰恳天恩俯准将长洲、元和、吴县、吴江、震泽、常熟、昭文、昆山、新阳、太湖、华亭、娄县、金山、青浦、武进、阳湖、无锡、金遗、江阴、宜兴、荆溪、丹徒、丹阳、金坛、溧阳、太仓、镇洋等二十七州厅县抛荒、坍废等田银米，震泽、溧阳二县被淹无收田下忙条银及漕米，常熟、昭文、新阳、青浦、靖江五县被淹歉、虫伤无收田银米，娄县、青浦二县年节后荒田银米，震泽、新阳二县展缓光绪二十六年新垦，太仓州展缓光绪五年新垦田银米，昆山、新阳二县抛荒芦价田条银，靖江县被歉无收芦田课银，金坛县本年受伤最重田下忙条银，一律全行蠲免；昭文县原复熟坐落高平区田银米，丹阳县歉收田上下忙条银，各减免二厘；常熟县原复熟坐落被歉较轻各区田，昆山县原熟田银米同芦价田条银，娄县虫伤歉收田银米各减免三厘；常熟县原复熟坐落被歉次重各区田银米减免五厘；长洲县原熟坐落低区田，元和县原复熟被歉较轻田共十八区二百七十一图，新阳县原复熟各田银米同芦价田条银，各减免六厘；常熟县原复熟坐落被歉最重区田银米减免七厘；吴县、吴江二县原熟田、昭文县原复熟坐落低平区田银米各减免八厘，震泽县原熟田银米减免九厘，长洲县原熟坐落高区田，元和县原复熟坐落上二十，南三十一，下二十一、二十七，北二十六、中十九、二十九部等八区，共一百一十六图被歉最重田，青浦县虫伤被歉田银米，各减免一成；丹徒县原熟及届征二十五年新垦漕屯田条银并芦田课银，减免四成二厘；金坛县受伤最重，田漕米减免五成；常熟县本年被淹，芦田课银缓至三十年以后，察看征办。至各该县减成项下应征本年地漕、盐课、芦课、学租、正杂、正耗钱粮、归公官租等银，以及漕行总局恤米豆，并清赋增征银米，应请分别蠲减征收。苏州、太仓、金山、镇江等五卫帮奉旨裁汰，已委各厅州县兼署，应征本年屯漕钱粮，暂循旧案启征。所有太仓、苏州、镇海、金山等四卫帮屯漕钱粮，各照坐落地方民田，分别融减。

又，镇江卫屯坐各州县银粮，查照民田蠲减。泰州、丹阳二州县，酌征五成五厘；泰兴县酌征四成七厘。此外征剩银粮同上年请缓之常熟县被歉芦田课银以及各属旧欠项下自光绪十四年起各年原缓民欠银粮，坐落本年歉区已历奏销各款，均请查照分征成案，缓至光绪三十年秋后，由远及近，以后带征。各属熟田地项下应征本年银米，各按地方情形，分别核实征解。现经臣等严饬各州厅县革除积弊，裁减浮收，绅民一律输纳，赶速分别运解，以供天庾而资饷需。

至白粮米石，向示蠲减。本年征漕各州县蠲缺白粮，仍于漕粮内照额拣选办运。其各属请减条银，如上忙已经完纳者，即将应减分数于下忙钱粮内扣除；或上、下两忙均已全完，其溢完银两照例流抵光绪三十年上忙新赋，由各该州县分别刊刻免单，备载恩减分数、银数及流抵新赋字样，查明按户付执，为流抵确据。所有现在赴柜完纳之户，概予串票上钤盖戳记，注明实征银数，俾归简易；饬令将蠲减区图、银米一体明白出示晓谕，核实稽查，于征册内注明悉照灾蠲成案办理，以杜弊混。凡蠲缺官役俸工、廪膳、祭祀等款，统于司库正项银内拨补，恤孤米石在于南粮项下筹拨。

除饬查造蠲减、征缓银米各数细册咨部查核外，谨会同署理漕运总督臣陆元鼎，恭折由驿四百里具陈。伏乞皇太后、皇上圣鉴训示。谨奏。十二月初七日。

光绪二十九年十二月十五日，奉朱批：着遵前旨，再行确查具奏。钦此。①

1600. 请以奎旺调补陆路参将缘由折

光绪二十九年十二月十九日（1904年2月4日）

头品顶戴两江总督臣魏光焘跪奏，为拣员调补陆〔路〕参将员缺，恭折仰祈圣鉴事。

窃准部咨：记名总兵江西广信营参将吴继培借补江宁城守营副将，所遗员缺系陆路题调之缺，应令拣员调补等因。伏查是缺参将驻扎广信府城，界连闽浙，弹压巡防，非精明干练之员，难期得力。臣于实任参将内逐加遴选，查有保列一等之南安营参将奎旺，年四十二岁，正白旗汉军德骏佐领下人，由印务笔帖式荐升本旗印务章京。光绪二十五年十一月奉旨：江西南安营参将着奎旺补授。钦此。呈请离营祗领札付，于二十六年五月十六日到营任事。

该员年力精壮，朴勇笃诚，历俸已满，并无违碍事故，合无仰恳天恩俯准将江西广信营参将员缺以南安营参将奎旺调补，出自鸿施。如蒙俞允，该员曾于保列一等案内行令送部引见，一俟接准部覆，再行给咨送部引见，以符原案。

除将该员履历咨移部、科外，谨会同署理江西巡抚臣夏时，恭折具陈。伏乞皇太后、皇上圣鉴训示。再，所遗南安营参将员缺系新章第一轮第一缺，轮用尽先人员，容臣另行拣员请补。合

①中国第一历史档案馆藏：《录副奏折》，档号：03-6277-002。

并陈明。谨奏。光绪二十九年十二月十九日。

（朱批：）兵部议奏。①

光绪三十年正月初九日，奉朱批：兵部议奏。钦此。②

1601. 请以李普润补授铜山知县折

光绪二十九年十二月十九日（1904年2月4日）

头品顶戴两江总督臣魏光焘、头品顶戴江苏巡抚臣恩寿跪奏，为拣员调补沿河要缺知县，恭折仰祈圣鉴事。

窃江苏铜山县知县陶在铭升补邳州，遗缺应以光绪二十九年十月初二日奉旨后五日行文，按照限减半，扣至十一月初二日作为开缺日期。该县系冲、繁、难兼三沿河要缺，例应在外拣员调补，且系徐州府城附郭首邑，南北冲途，时有发审案件，政务殷繁，必须精明干练之员，方足以资治理。

兹于通省现任简缺知县内逐加遴选，查有高淳县知县李普润，年六十三岁，安徽阜阳县监生。咸丰十年，报捐府经历，指分河南。同治三年四月，投效前安徽抚臣乔松年③军营差遣。五年二月，雉河解围案内保戴蓝翎。七年，东南军务肃清案内保免补本班，以知县仍留原省补用。七月，加捐同知衔；复于直东军务肃清案内保换花翎。八年四月请咨赴部，六月引见，七月到省。光

---

①台北故宫博物院藏：《军机及宫中档》，文献编号：408007333。

②中国第一历史档案馆藏：《录副奏折》，档号：03-5763-120。

③乔松年（1815—1875），字鹤侪、健侯，山西徐沟县人。道光十五年（1835），中式进士。道光二十九年（1849），补工部主事。咸丰元年（1851），升工部员外郎，充湖南乡试副考官。次年，任琉璃窑监督，迁工部郎中。三年（1853），放松江府知府。次年，转苏州府知府。五年（1855），加盐运使衔。六年（1856），迁常镇通海兵备道。八年（1858），丁外艰。次年，升补江苏两淮盐运使，办理江南北粮台事务，晋按察使衔。十年（1860），赏二品顶戴。同治二年（1863），迁江宁布政使。是年，擢安徽巡抚。五年（1866），调补陕西巡抚。九年（1870），授仓场侍郎。次年，授河东河道总督。光绪元年（1875），卒于任，赠太子少保，谥勤恪。著有《萝藦亭遗诗》《新建金河书院记》《盐宗庙碑记》等行世。

绪六年，准补商水县知县，三月到任。嗣以办赈出力保俟补知县后，以直隶州知州在任候补；又因粮台转运出力保随带加三级，先以商水县任所距原籍在五百里以内，照例回避。七年五月交卸，旋经调补唐县知县，七月到任，试署期满，经部议准实授. 十一年五月，调省差委，六月交卸。十二年，以前在商水县任内拿获邻境盗案，部议加二级纪录一次。十三年正月，恭逢恩诏加一级，二月回任。十四年，经前河南抚臣倪文蔚[①]于甄别案内奏请开缺另补。十五年，准补温县知县，十六年正月到任。三月，恭逢恩诏加一级。十七年三月，请假交卸，因与河南粮道王维翰系儿女姻亲，回避开缺，改指江苏，十二月到省。十九年，准补高淳县知县，二十年二月到任。十月，恭逢恩诏加一级。二十五年，江北河运案内保加一级。二十六年，河运案内保俟离知县任归直隶州班后，加四品衔。六月，恭逢恩诏加一级。二十七年八月，于昭信股票案内核奖双月知府在任候选，并免离任。十月，调署仪征县知县，十二月交卸。二十八年三月，接署仪征县事，十二月交卸。二十九年四月，回高淳县本任。覆查该员吏事勤明，河工熟悉，以之调补铜山县要缺知县，洵堪胜任，与例亦属相符。据藩、

---

①倪文蔚（1823—1890），字豹岑，号茂甫，安徽望江县人，县学优廪生。道光二十九年（1849），拔贡。咸丰元年（1851），中举。二年（1852），中式进士，选庶吉士。三年（1853），授刑部湖广司主事。四年（1854），丁父忧，回籍终制。八年（1858），丁母忧，回籍守制。十年（1860），总理河南营务。十一年（1861），加郎中衔，赏戴花翎。同治元年（1862），发往湖北总理湖北营务。三年（1864），请假回籍修墓。同年，充金陵凤池书院主讲。六年（1867），经李鸿章调赴军营效力。七年（1868），保升刑部郎中。十年（1871），补刑部江苏司郎中，充广司坐办，兼秋审处行走。同年，保知府，并捐免历俸。十一年（1872），放湖北荆州府知府。十三年（1874），加盐运使衔。光绪四年（1878），捐升道员。五年（1879），充湖北乡试内帘监试。六年（1880），补河南开归陈许道。同年，迁广东按察使。七年（1881），授广西布政使。八年（1882），擢广西巡抚。同年，充广西武闱主考。九年（1883），调补广东巡抚。十二年（1886），兼理广东学政。十三年（1887），补授河南巡抚，兼提督衔。十四年（1888），任河南乡试监临。十五年（1889），兼理河南学政。十六年（1890），兼署河东河道总督。同年，充河南阅兵大臣。因病开缺，卒于籍。著有《江监潜沔水利指掌图》《奏议》《尺牍》，修《荆州府志》《万城堤志》《两彊勉斋文集》《诗赋》《古今体诗》《南条伍说》《禹贡说》，撰《黄河全图》等。

臬两司会详请奏前来。

臣等往返函商，意见相同，合无仰恳天恩俯念员缺紧要，准以高淳县知县李普润调补铜山县知县，实于河工、地方均有裨益。如蒙俞允，该员系由现任知县请调知县，衔缺相当，毋庸送部引见。至该员高淳县本任内并无积案未清及欠解钱粮承审案件，亦无承缉盗案已起革职参限；应完罚俸银两，饬令依限完缴，另行造册咨销。

谨会同漕运总督臣陆元鼎，合词恭折具陈。伏乞皇太后、皇上圣鉴训示。再，所遗高淳县知县员缺，江苏省现有应补人员，应请扣留外补。合并陈明。谨奏。光绪二十九年十二月十九日。

（朱批：）吏部议奏。①

光绪三十年正月初九日，奉朱批：吏部议奏。钦此。②

1602. 奏报修筑运河堤工用过经费折

光绪二十九年十二月十九日（1904年2月4日）

头品顶戴两江总督臣魏光焘跪奏，为光绪二十六七八等年分修筑扬州府属运河东西两堤石、土等工用过经费，缮具清单，恭折仰祈圣鉴事。

窃查扬州府属运河东、西两堤残缺坍塌，历经派委道员会同两淮运司，调集员弁，逐段勘估，择要修筑，截至光绪二十五年分止用过经费，业经奏销在案。所有光绪二十六年分起至二十七年秋季止，江苏候补道范德培经办工程内，计永安、高邮二汛修补西堤，临湖碎石坦坡应销银七千四十五两有奇，又宝应、汜水、永安、高邮、甘江五汛补厢东岸旧护埽应销银一万四千六百八十七两有奇，又该五汛伏汛抢厢防风应销银九千三百三十七两有奇，又该五汛修筑东堤帮外戗应销银一万三千二十六两有奇，以上共

①台北故宫博物院藏：《军机及宫中档》，文献编号：408007335。

②中国第一历史档案馆藏：《录副奏折》，档号：03-5429-027。

请销银四万四千九十六两有奇。

又，二十七年冬季起至二十八年冬季止，江苏候补道丁葆元经办工程内，计宝应、汜水、永安、高邮、甘江五汛补厢东岸旧护埽应销银九千二十一两有奇，又该五汛伏汛抢厢防风应销银七千六百九两有奇，又该五汛修筑东堤帮外戗应销银九千一百四十三两有奇，以上共请销银二万五千七百七十四两有奇。计二十六七八等年经办工程，共请销银六万九千八百七十余两有奇。兹据该道等分别开列清单，造具清册，详请奏销前来。

臣覆核无异，谨缮具清单，恭呈御览。除将清册咨送部、科查照外，谨会同漕运督臣陆元鼎、江苏抚臣恩寿，恭折具奏。伏乞皇太后、皇上圣鉴，敕部核销施行。谨奏。光绪二十九年十二月十九日。

（朱批：）该部知道，单、片并发。①

光绪三十年正月初九日，奉朱批：该部知道，单、片并发。钦此。②

1603. 呈修筑运河堤土用过经费清单

光绪二十九年十二月十九日（1904年2月4日）

谨将光绪二十六七八等年分修筑扬州府属运河东西两堤石、土等工用过经费，缮具清单，恭呈御览。

计开

一、永安、高邮二汛修补西堤，临湖碎石坦坡，顶底宽约八尺，牵高深三尺一寸至五尺八寸，坦宽九尺三寸至一丈七尺四寸，直厚二尺六寸六分零，共用过碎石方价银七千四十五两五钱五分二厘八毫。

一、宝应、汜水、永安、高邮、甘江五汛补厢东岸旧护埽，

①台北故宫博物院藏：《军机及宫中档》，文献编号：408007334。

②中国第一历史档案馆藏：《录副奏折》，档号：03-7092-001。

牵宽一丈至一丈四尺，牵高深一丈至一丈四尺，共用过料土、夫工银一万四千六百八十七两一分六丝。

一、宝应、汜水、永安、高邮、甘江五汛伏汛抢厢防风，宽七尺至九尺，高七尺至九尺，共用过料土银九千三百三十七两二钱五厘二毫。

一、宝应、汜水、永安、高邮、甘江五汛修筑东堤帮外戗，顶宽三丈五尺五寸至五丈一尺六寸，底宽六丈一尺五寸至八丈一尺四寸，牵高深七尺一寸至一丈一尺四寸，上再普面加高四尺四寸至六尺八寸，顶宽一律一丈五尺，底宽四丈一尺四寸至五丈五尺八寸，共用过土方银一万三千二十六两五钱四分九厘。

一、宝应、汜水、永安、高邮、甘江五汛补厢东岸旧护埽，牵宽一丈四尺至一丈，牵高深一丈四尺至一丈，共用过料土、夫工银九千二十一两一钱七分三厘三毫一丝六忽。

一、宝应、汜水、永安、高邮、甘江五汛伏汛抢厢防风，宽九尺至七尺，高九尺至七尺，共用过料土银七千六百九两二分七厘八毫。

一、宝应、汜水、永安、高邮、甘江五汛修筑东堤帮外戗，顶宽五丈一尺六寸至三丈六尺一寸，底宽八丈八寸至六丈一尺三寸，牵高深一丈一尺二寸至六尺八寸，上再普面加高六尺八寸至四尺七寸，顶宽一律一丈五尺，底宽五丈五尺八寸至四丈三尺二寸，共用过土方银九千一百四十三两九钱三分七厘。

(朱批：) 览。[①]

1604. 奏请分别蠲缓本年漕粮缘由折

光绪二十九年十二月十九日（1904 年 2 月 4 日）

头品顶戴两江总督臣魏光焘、头品顶戴江苏巡抚臣恩寿跪奏，

①中国第一历史档案馆藏：《单》，档号：03-7092-002。

为江宁等属光绪二十九年秋禾被旱、被淹，勘不成灾，并抛荒田地应征漕粮米石并折色银两，恳恩准予分别蠲缓，恭折具奏，仰祈圣鉴事。

案准户部咨：嗣后各省奏请蠲缓漕粮者，该督抚查照旧例，确核情形，于地丁折外另行具折，并将各州县区图村庄名目分晰开单，候旨遵办等因。历经循办在案。兹据江宁布政使黄建筦详称：江宁等属夏秋多雨，积淹难消，高平各田新种禾豆杂粮，复被风吹，收成歉薄，俱系勘不成灾。据该管道、府、州督饬各该州县，分别履勘明确，并无饰混。所有江宁府属各县已经垦熟复被歉收田亩，奉旨减征三成，实征七成漕米，应请同淮安等属各州县被歉田地及江宁府属未垦荒田并江都县及扬州卫营垒压废坍荒田地应缴漕粮米石及改征折色银两，分别蠲免、缓征等情。详请具奏前来。

臣等伏查该州县起运漕粮，事关天庾正供，原不敢轻议蠲缓。惟是赋从田出，田玩失获，赋即难征，是以历年遇有灾歉，请将银米一体蠲缓，均蒙恩旨准行。且江宁等属均系积歉之区，近来秋成又未一律丰穰。臣等详细体察，民情实形拮据，如令完纳新漕，委系力有未逮。除溧水、高淳、安东、通州、海门五州厅县并无起运漕粮，泰兴县秋成尚称中稔，照常征解外，合无仰恳天恩俯准将上元、江宁、句容、江浦、六合等五县已垦成熟复被歉收田地并山阳、阜宁、清河、桃源、盐城、高邮、泰州、东台、江都、甘泉、仪征、兴化、宝应、铜山、丰县、沛县、萧县、砀山、邳州、宿迁、睢宁、海州、沭阳、赣榆、如皋等二十五州县勘不成灾田地应征光绪二十九年漕粮及改征折色银两，均请缓至三十年秋成后，分作二年带征。其上元、江宁、句容、江浦、六合五县未垦荒田同江都县及扬州卫营垒压废田地，除垦熟应征外，其余坍荒田地应征漕粮米石并折色银两，仍请蠲免。所有各该州县熟地漕粮及折色银两，饬令照常征解。

至应呈各州县区图、村庄、顷亩清单，现在遵奉部行通饬不另，随折缴呈，以省繁牍。除造列清折咨部外，谨合词恭折附驿具陈。伏乞皇太后、皇上圣鉴训示。再，江苏等属应征漕粮，容另行奏明办理。此案例限九月内详办，今届因核实层递勘转，以致稍稽时日。合并陈明。谨奏。十二月十九日。

光绪二十九年十二月二十八日，奉朱批：严遵前旨，确查具奏。钦此。①

1605. 奏报江宁等属秋灾请蠲缓钱粮折

光绪二十九年十二月十九日（1904 年 2 月 4 日）

头品顶戴两江总督臣魏光焘、头品顶戴江苏巡抚臣恩寿跪奏，为江宁等属光绪二十九年秋禾被旱、被淹，勘不成灾，并各属抛荒田地情形，应征新旧钱粮，吁恳恩施分别蠲缓，恭折仰祈圣鉴事。

窃照江宁各州、厅、县、卫本年入夏以来连旬大雨，滨江临河低洼之区，积潦难消；高平各田新种禾豆、杂粮，正值扬花吐秀之际，复遭狂风摧残，以致多受损伤，收成均形歉薄。迭据各属先后禀报，当经批司遵照部章，移行该管道、府、州亲往各该州、厅、县、卫，督同复勘，据实禀办。兹据江宁布政使黄建筦详：据该管道、府、州、各州、厅、县、卫逐细查勘，仅有溧水、高淳、泰兴三县收成尚称中稔，照常征解外，其上元、江宁、句容、江浦、六合五县已垦成熟复被歉收田地，并山阳、阜宁、清河、桃源、安东、盐城、高邮、泰州、东台、江都、甘泉、仪征、兴化、宝应、铜山、丰县、沛县、萧县、砀山、邳州、宿迁、睢宁、海州、沭阳、赣榆、通州、如皋、海门等二十八州县厅及淮安、大河、扬州、徐州四卫屯田归并各该州县经征被旱、被淹歉收田地，均系勘不成灾，应请照例缓征。又，江宁府属上元等七

---

①中国第一历史档案馆藏：《录副奏折》，档号：03-7110-040。

县未垦荒田同江都县及扬州卫营垒压废尚未垦复坍荒民屯田地应征钱粮，请照例一律蠲免，由司体察无异，请将应征新旧钱粮分别蠲缓等情。详请具奏前来。

臣等伏查江宁等属各州、厅、县、卫，本年被旱、被淹，勘不成灾，并抛荒、压废等项田地，据该管道、府、州亲往逐一复勘明确，除溧水、高淳、泰兴三县秋成尚称中稔外，其余各州、厅、县、卫新旧钱粮，例应分别蠲缓。合无仰恳天恩俯准将上元、江宁、句容、江浦、六合五县已垦成熟被歉田地，并山阳、阜宁、清河、桃源、安东、盐城、高邮、泰州、东台、江都、甘泉、仪征、兴化、宝应、铜山、丰县、沛县、萧县、砀山、邳州、宿迁、睢宁、海州、沭阳、赣榆、通州、如皋、海门等二十八州县厅同淮安、大河、扬州、徐州四卫屯田归并各该州县经征被旱、被淹歉收田地，应征光绪二十九年地丁等项钱粮，概请缓至光绪三十年秋成后，分作二年带征；又，上元、江宁、句容、溧水、高淳、江浦、六合七县未垦荒田同江都县及扬州卫营垒压废民屯田地，应征光绪二十九年上下忙钱粮，仍予蠲免；其坐落各州厅县并卫屯漕芦课、学租、湖河滩租、杂办杂税、津贴、增租，并江宁府属公费、关租、油麻地租、南屯恤孤米豆、新增地亩芦苇、牧马草场复赋召变筹饷等湖，以及抄案入官地亩，并镇江卫坐落江都、泰州、甘泉、泰兴四处屯田均错杂民田之内，仅照坐落地方一律查办；其盐场灶地，应由盐政衙门办理；淮安、扬州等属减则芦苇田地并海州属一水一麦减则田地，应征本年钱粮，请照历届成案，一体减缓。至被歉各属无力贫民、贫军，应否酌借籽种、口粮，统俟来春察看情形办理。

所有江淮等属勘不成灾，并江宁府属未垦荒田同江都县及扬州卫营垒压废田地，应征甲辰年上忙新赋，均请缓至该年秋成后察看情形，再行启征。其成熟田地及溧水、高淳、泰兴三县秋成尚称中稔，应征现年钱粮，饬令照常征解。又，江宁等属未完光绪二十八年熟田民欠、军欠钱粮，本年仍坐熟，应不得谓之积欠，应令照常征解。所有光绪十四年至二十八等年歉地原缓、递缓，并光绪二十四年成灾之邳州、宿迁、睢宁、海州、沭阳、赣榆六州县及大河卫坐落山阳县屯田，又二十七年江都县芦课成灾蠲剩缓征暨勘不成灾各湘银米，以及不在豁免案内之津贴、增租银两，实因频年积歉之区户鲜盖藏，本年秋成又形歉薄，完纳当年新赋已属竭蹷，若将新旧钱粮责令同时并纳，民力实有未逮，当经饬据该管道府州督同会勘明确，由司复查属实，并恳圣恩俯准将上元、江宁、句容、溧水、江浦、六合、山阳、阜宁、清河、桃源、安东、盐城、高邮、泰州、东台、江都、甘泉、仪征、兴化、宝应、铜山、丰县、沛县、萧县、砀山、邳州、宿迁、睢宁、海州、沭阳、赣榆、通州、如皋、海门三十四州县厅，并淮安、大河、扬州、徐州四卫，未完光绪十四年至二十八年歉田原缓、递缓各款，并邳州、宿迁、睢宁、海州、沭阳、赣榆六州县及河卫坐落沭阳县屯田光绪二十四年成灾，又江都县芦课二十七年分成灾蠲剩缓征续勘不成灾各款银米，及不在豁免案内之各年未完津贴、增租银两，均请缓至三十年秋成后再行分别带征，以纾民力。

再，阜宁、清河、桃源、宿迁、海州、沭阳、赣榆七州县漕粮向系民折官办，于咸丰二年奏准，毋庸官为买米改征折色，本年该州县被歉田地折征银两，应请随同各属漕粮银米，一体分别蠲缓，仍将成熟田地照旧征收报解。又，苏州布政使所属之镇江卫坐落泰州、江都、甘泉、泰兴四州县屯田，并请随同民田一律办理。应呈清单，缘遵奉部行通饬不另随折缮呈，以省繁牍。此外如有未尽事宜，由江宁布政使另行详情办理，并将蠲缓漕粮另行专折具奏。

所有江宁等属光绪二十九年秋禾被旱、被淹，勘不成灾，并抛荒田地情形，除将区图、村庄、顷亩，应缓银两、米豆各数清单咨部查核外，谨合词恭折由驿具奏。伏乞皇太后、皇上圣鉴训示。再，秋灾情形例于九月内详办。今届因各该管道府州亲诣督同勘报，甫经到齐，详报迟延。合并陈明。谨奏。十二月十九日。

光绪二十九年十二月二十八日，奉朱批：着遵前旨，确查具奏。钦此。①

1606. 奏报苏省上年征收粮折约数折

光绪二十九年十二月十九日（1904年2月4日）

头品顶戴两江总督臣魏光焘、头品顶戴江苏巡抚臣恩寿跪奏，为苏省光绪二十九年分应征漕、白二粮，核计起运交仓本折银米约数，恭折驰陈，仰祈圣鉴事。

窃苏州等五府州属本年应征冬漕米石，案准部咨饬令江、浙两省本年所征本色仍共留京斛漕粮一百万石，白粮在内，由海运京，余仍全数改折等因。即经转行遵办。所有本届新漕，浙省认运四成本色米四十万石，苏省认运六成漕、白米六十万石，以符奉拨百万之数。其余漕粮全行改折，以应要需。

伏查苏省漕额，已蒙恩旨永减。现当拨款浩繁，亟应力筹足额运解。惟苏州等属自遭兵燹，荒田屡饬招垦，只因频年歉收，农佃工本不继，尚难复额。所有光绪二十九年分地方秋歉情形，业经饬属查勘，分别轻重蠲减缓征，另行奏恳恩施，并将镇江府属之丹徒县应征漕粮循旧坐拨旗营兵米邀免起运外，所有苏州等属之长洲、元和、吴县、吴江、震泽、常熟、昭文、昆山、新阳、华亭、奉贤、娄县、金山、上海、南汇、青浦、川沙、武进、阳湖、无锡、金匮、江阴、宜兴、荆溪、丹阳、金坛、溧阳、太仓、镇洋、嘉宝、宝山等三十一州厅县应征漕、白二粮，经臣等督同司道，饬属核实厘剔，除清赋案内增征米石照案折价充饷提出另办外，约计应征漕、白交仓正、耗米七十九万七千四百余单，内除照案认运本色漕、白交仓米六十万石外，实该约计改折漕粮交仓米一十九万七千四百余石；又，经通剥仓耗米二万一千四百八

①中国第一历史档案馆藏：《录副奏折》，档号：03-6277-031。

十余石，内随运本色米一万六千二百二十二石零，改折米五千二百六十余石；又，筹备二升余米一万五千九百四十余石，内本色米一万二千石，改折米三千九百四十余石；又，沙船耗米六万五千二百三十余石，内本色米四万九千四百四十石零，改折米一万五千七百九十余石。约计正、耗各款共米二十二万二千三百九十余石，每石以二两八钱六分合银六十三万六千余两，又水脚运费约银一十四万七千六百余两，共可得银七十八万三千六百余两。今届运仓本折米数比较上年，有盈无绌，委已悉心搜剔，应请就数起运。据苏州藩司效曾、苏松粮道陆钟琦会详请奏前来。

臣等覆核无异，除饬司道督饬各属赶紧征收，分别运解，并核明起运漕、白本折细数，开折详办，暨先抄奏咨明户部查照外，谨会同署漕运总督臣陆元鼎，恭折由驿驰陈。伏乞皇太后、皇上圣鉴训示。谨奏。十二月十九日。

光绪二十九年十二月二十八日，奉朱批：户部知道。钦此。①

1607. 奏明各属蠲缓钱粮实在情形片

光绪二十九年十二月十九日（1904 年 2 月 4 日）

再，钦奉谕旨：地方如有偏灾，来春应行接济，即着查明覆奏等因。经臣等确切详查，目前民力尚可支持，来春似可毋庸接济，当将实在情形恭折驰奏在案。窃维钱粮乃维正要供，蠲缓系圣朝盛典。灾歉时所难免，勘报岂任有虚！矧当财匮民穷，剔弊恤灾，何敢丝毫宽饰？本年江苏各属禀报秋歉情形，经臣等一再批饬，责成该管道、府、州、厅认真覆勘，分别准驳详办。其实系被灾之区，准其蠲缓；不甚成灾之地，照常征收。如胥吏敢有弊朦，立即从严追办，力杜欺侵，以挽锢习。兹据江宁藩司将所属应征新旧钱粮分别蠲缓，详请具奏前来。

---

①中国第一历史档案馆藏：《录副奏折》，档号：03-6322-022。

臣等复加逐核，其间应征、应缓、应蠲，均属实在情形，尚无捏报欺隐之弊。除再严饬各属认真稽查，核实征收，毋稍滋弊混外，谨合词附片陈明。伏乞圣鉴。谨奏。

光绪二十九年十二月二十八日，奉朱批：知道了。钦此。①

1608. 奏报拨款修整车逻坝各工片

光绪二十九年十二月十九日（1904年2月4日）

再，扬州府属高邮汛旧设之南关坝、新坝、车逻坝三座，专为泄涨保堤之用，经臣元鼎于奏明履勘运河堤工案内声明查勘车逻坝冲损情形较重，亟须预为修整，饬由该管道员会同堤工局督饬厅汛，逐细丈量、估计，会商筹办在案。兹据堤工局淮扬海道李维翰等会同确切勘估，应修车逻坝各工实需经费银一万六千两，业由臣光焘分饬江宁藩司、两淮运司、江安粮道、金陵支应局各拨银四千两，解工济用。此系另案工程动用款项，不在堤工岁修经费之内。据该道等禀请奏咨立案前来。

臣等覆核无异，除咨部查照外，谨合词附片具奏。伏乞圣鉴，敕部查照施行。谨奏。

（朱批：）览。②

光绪三十年正月初九日，奉朱批：览。钦此。③

1609. 奏报甄别陈时政等期满各员片

光绪二十九年十二月十九日（1904年2月4日）

再，前准部咨：道、府、州、县无论何项劳绩保归候补班人员，以到省之日起，予限一年，详加察看，出具切实考语，分别

①中国第一历史档案馆藏：《录副奏片》，档号：03-6277-032。

②台北故宫博物院藏：《军机及宫中档》，文献编号：408007334-0-A。

③中国第一历史档案馆藏：《录副奏片》，档号：03-7092-003。

繁简，奏明留省补用等因。历经遵办在案。兹据江宁藩司将到省一年期满之道员、州县等官照章甄别，详请加考具奏前来。

臣察看得补用道陈时政，才具明通，实心任事；补用知州徐履泰，才具明敏，志趣向上，均堪以繁缺留省补用。候补知县任乃霁，年力富强，办事勤谨；金森才具明敏，实心任事，均堪以留省照例补用。除咨部查照外，谨会同江苏巡抚臣恩寿，附片陈明。伏乞圣鉴。谨奏。

（朱批：）吏部知道。①

光绪三十年正月初九日，奉朱批：吏部知道。钦此。②

1610. 奏闻周学海等试用期满甄别片

光绪二十九年十二月十九日（1904年2月4日）

再，捐纳分发人员，以到省之日起，试用一年期满，应行察看才具，分别繁简，奏明留省补用等因。历经遵办在案。兹据江宁藩司将在江宁差委试用已满一年之道员等官，照章甄别，详请加考具奏前来。

臣察看得试用道周学海，才识明通，趋公勤慎；翟衡巩精明稳练，办事勤谨；夏时济才识练达，处事精详；崔宝鸿器宇安详，办事勤干；杨懿年明白安详，留心吏治；张子采才长识卓，局度安详；吴颐才识兼优，留心吏治；唐郁华才明识练，办事精详；席启骅才识明通，办事勤谨；萧仁晖明练有为，办事勤慎；唐致隆年强才裕，器宇安详；胡铭业才识练达，为守兼优；罗仰经才优识卓，办事精勤；钱炘年力富强，干练有为；叶兆纲识裕才明，办事勤慎；崔来临才识明通，办事勤谨；高廷兰年强才裕，办事精详；赵受璋才具明练，办事勤能；李澂才明品正，办事精勤，均堪以繁缺留省补用。

---

①台北故宫博物院藏：《军机及宫中档》，文献编号：408007335-0-A。

②中国第一历史档案馆藏：《录副奏片》，档号：03-5429-029。

试用道蔡世昌才具明干，任事实心；张金城才识明练，任事实心。试用知府凌培才具干练，留心吏治；韩汝元才具干练，趋公勤谨，均堪照例留省补用。除咨部查照外，谨会同江苏巡抚臣恩寿，附片陈明。伏乞圣鉴。谨奏。

（朱批：）吏部知道。①

光绪三十年正月初九日，奉朱批：吏部知道。钦此。②

1611. 奏报考试凌培等员情形片

光绪二十九年十二月十九日（1904年2月4日）

再，部定新章，凡由俊秀、监生出身各员，无论实缺、候补，均应一体考试等因。兹据江宁藩司将候补各员详送考试前来。经臣考试得试用知府凌培，试用通判文恕，试用知县游师程、郭希度、唐树槩、翁宗彝，候补知县金森，均取列二等。以上各员，应准照章补署差委。除咨部查照外，谨会同江苏抚臣恩寿，附片陈明。伏乞圣鉴。谨奏。

（朱批：）吏部知道。③

光绪三十年正月初九日，奉朱批：吏部知道。钦此。④

1612. 奏报杨开聚禀请开缺休致片

光绪二十九年十二月十九日（1904年2月4日）

再，准江南提督李占椿咨：据署江阴营游击何师程转据该营中军守备杨开聚禀称：前投军营，随剿出力，历保花翎参将衔以游击留于两江尽先补用。嗣经借补江南江阴营守备，现因年老力

①台北故宫博物院藏：《军机及宫中档》，文献编号：408007335-0-B。

②中国第一历史档案馆藏：《录副奏片》，档号：03-5429-030。

③台北故宫博物院藏：《军机及宫中档》，文献编号：408007335-0-C。

④中国第一历史档案馆藏：《录副奏片》，档号：03-5429-028。

衰，恳请开缺以原品休致等情。转请具奏前来。相应请旨将花翎参将衔尽先补用游击杨开聚开去江阴营守备员缺，以原品休致，用示体恤。

谨会同江南提督臣李占椿，附片具陈。伏乞圣鉴训示。再，所遗员缺，江省现有合例人员，应请扣留，容臣另行拣员请补。合并声明。谨奏。

（朱批：）着照所请，兵部知道。①

光绪三十年正月初九日，奉朱批：着照所请，兵部知道。钦此。②

1613. 请准总兵杨福田请缓入觐片

光绪二十九年十二月十九日（1904年2月4日）

再，现署长江水师湖口镇总兵杨福田蒙恩简授是缺，亟应吁请陛见。惟湖口镇为江西、湖广、四川各省门户，地当冲要。该总兵平日巡缉认真，训练得力，现值筹备江防，布置一切，尤资熟手，可否仰恳天恩俯准该总兵杨福田暂缓入觐，俾臣得收臂助之益，出自逾格鸿慈。谨会同长江水师提督臣程文炳，附片陈请。伏乞圣鉴训示。谨奏。

（朱批：）着照所请。③

光绪三十年正月初九日，奉朱批：着照所请。钦此。④

---

①台北故宫博物院藏：《军机及宫中档》，文献编号：408007333-0-A。
②中国第一历史档案馆藏：《录副奏片》，档号：03-5962-006。
③台北故宫博物院藏：《军机及宫中档》，文献编号：408007333-0-B。
④中国第一历史档案馆藏：《录副奏片》，档号：03-5763-121。

1614. 奏报上半年金陵厘局收解数目折

光绪二十九年十二月二十日（1904年2月5日）

头品顶戴两江总督臣魏光焘跪奏，为光绪二十九年上半年金陵厘捐局收解数目，循案开具清单，恭折仰祈圣鉴事。

窃查金陵厘局抽收厘金，历系遵章按半年奏报一次。业经开报至光绪二十八年下半年止，其局用经部核准，即照向章开支，各在案。兹据办理金陵厘捐局司道详称：金陵厘局所辖地方，只有江宁、扬州二府及通州、海门二属，本非商贾会萃之区，所恃以收捐者，仅过往货物。而大宗杂货每借洋旗运送，经过各卡概免抽厘，其余则以米捐为入款大宗，必须年成丰稔，商贩流通，捐收方有把握。近来粮食昂贵，贩运稀少，又兼禁米出口，以致厘金减色。自二十五年间奉饬每岁增筹银二十万两，以七十万两为比较定额，迭经设法整顿，杜绝中饱，核计本年上半年共收银三十七万七千九百余两，较之奉饬加筹定额固已有增。即比二十八年上半年收银三十七万七千余两，亦尚无绌。无如奉拨各要饷逐年加增，仍属不敷周转。惟有严督各卡员实力稽征，多收一分即获一分之益。所有光绪二十九年上半年厘金收解各数及茶、土两项捐厘数目，开单详请具奏前来。

臣覆核无异，谨循照旧章，开具简明清单，恭呈御览。其局用照章开支，仍邀免造报细数，以归简易。除饬严督各局员认真整顿，实力稽征，以裕饷项，并将本届所送清册咨送户部查核，以后仍按半年开报一次以符定限外，谨会同江苏巡抚臣恩寿，恭折具陈。伏乞皇太后、皇上圣鉴，敕部查照施行。谨奏。光绪二十九年十二月二十日。

（朱批：）户部知道，单并发。[1]

---

①台北故宫博物院藏：《军机及宫中档》，文献编号：408007336。

光绪三十年正月初十日，奉朱批：户部知道，单并发。钦此。[①]

1615. 呈今年上半年金陵厘局收支清单

光绪二十九年十二月二十日（1904年2月5日）

谨将光绪二十九年上半年金陵厘捐局厘金收解数目，缮具清单，恭呈御览。

计开

光绪二十九年上半年

旧管：一、上届光绪二十八年十二月底止，截存货厘库平银一万四百四十九两八钱四分四厘八毫四丝九忽。

一、另存候拨土药厘金库平银三千二百六十四两七分九厘九毫五丝。

新收：一、收各分局卡解到货厘库平银二十四万九千四百七十二两一钱七分一厘五毫四丝七忽。

一、收米厘库平银一十二万八千四百六十两三分。

一、收茶捐库平银四十二两二钱二分三丝。

统共收货、米、茶捐库平银三十七万七千九百七十四两四钱二分一厘五毫七丝七忽。

一、收土厘库平银四千四十五两四钱一分七厘四毫一丝。

查前项土药厘金历系另款收存，听候部拨。理合登明。

开除：一、解光绪二十九年分黑龙江镇边军练饷库平银七万两。

一、解光绪二十九年分南洋海防经费库平银四万两。

一、解光绪二十九年分原、续拨京饷库平银二万二千五百两。

一、解江南织造津贴库平银七千两。

一、解江宁旗营练兵加饷库平银二千八百六十四两五分。

①中国第一历史档案馆藏：《录副奏折》，档号：03-6514-090。

一、解江宁驻防捷胜营练饷库平银一千六百十五两三钱八分三厘。

一、解光绪二十九年分汇运俄、法、英、德借款库平银四万两。

一、解江海关付给瑞记洋款第十六期息款并加拨三成购镑库平银三万九千两。

一、解光绪二十九年分铁路经费改运汇丰镑息库平银八千三百两。

一、解光绪二十九年分备荒经费库平银三千二百五十两。

一、解金陵防营支应局洋操薪饷库平银六万两。

一、解金陵防营支应局拨济军饷库平银一百八十四两八钱六分八厘。

一、解光绪二十九年分宁厘局节省盈余库平银五万两。

一、解光绪二十九年分东、北两路边防经费库平银一万两。

一、解还江海关垫给贵州运解京铅水脚库平银五百七十一两三分四厘四毫五丝五忽。

一、解新定赔款案内库平银二万三千一百二十三两七钱八分二厘五毫。

一、解美国赛会库平银五千两。

以上连闰七个月，共放解库平银三十八万三千四百九两一钱一分七厘九毫五丝五忽。

实在：货厘项下，连上届截存抵放外，仍计实存库平银五千十五两一钱四分八厘四毫七丝一忽。

土厘项下：连上届共计实存库平银七千三百九两四钱九分七厘三毫六丝。

（朱批：）览。①

①中国第一历史档案馆藏：《单》，档号：03-6514-091。

1616. 奏为循例出具文武各官考语折

光绪二十九年十二月二十日（1904 年 2 月 5 日）

头品顶戴两江总督臣魏光焘跪奏，为循例出具实任文武各官考语，密缮清单，恭折仰祈圣鉴事。

窃照实缺提、镇、司、道、知府等官贤否，例于年底出具切实考语，开单密陈一次，历经循办在案。臣仰蒙恩命，调任两江，受事将及一年，于江苏、安徽、江西三省所属文武各员，或就言论，以觇其器识；或访政迹，以别其才能；不采虚声，务求实是，以仰副圣主建官惟贤之至意！

兹届出考之期，内有简放尚未到任及到任未满三月、因病请假、奉旨撤任，并已经准补尚未饬令赴任各员均于员缺名下分别注明，毋庸填考；其由本省实缺升授尚未到任及现在调署有从前政迹可稽者，仍予加考，谨分缮清单，恭呈御览。伏乞皇太后、皇上圣鉴。谨奏。光绪二十九年十二月二十日。

（朱批：）知道了，单、片留中。①

光绪三十年正月初十日，奉朱批：知道了，单、片留中。钦此。②

1617. 呈二十九年两江提镇密考清单

光绪二十九年十二月二十日（1904 年 2 月 5 日）

谨将江苏、安徽、江西三省实缺提督、总兵各员，开具清单，填注考语，恭呈御览。

计开

江南提督李占椿，年六十五岁，江西兴国县人。该提督简练

①台北故宫博物院藏：《军机及宫中档》，文献编号：408007337。

②中国第一历史档案馆藏：《录副奏折》，档号：03-5429-033。

戎行，纪律严肃，尤能勤谨自持，允孚众望。

长江水师提督程文炳，年七十岁，安徽阜阳县人。该提督素娴韬略，治军严明，周历长江上下游，调度有方，缓急可任。

长江水师瓜洲镇总兵高光效，年七十一岁，湖南善化县人。该总兵久历戎行，治兵有术。

江南苏松镇总兵陈旭，年七十三岁，广东东莞县人。该总兵整饬水师，巡防尽力。

江南福山镇总兵杨金龙，该总兵调省总统防营，谋勇兼优，办事勤奋，为将才中出色之员。

江南狼山镇总兵蒋良眷，该总兵因病请假，奏明另委接署。

江南淮扬镇总兵马金叙，该总兵到任未满三月。

江南徐州镇总兵刘青煦，年六十四岁，湖南湘乡县人。该总兵军令严肃，绥靖地方。

安徽寿春镇总兵王幼山，年六十八岁，湖南湘乡县人。该总兵威望夙著，足资镇摄。

安徽皖南镇总兵黄本富，年七十岁，湖南湘阴县人。该总兵老成稳练，军民悦服。

长江水师江西湖口镇总兵杨福田，年六十四岁，湖南长沙县人。该总兵勤于训练，盗戢民安。

江西九江镇总兵刘万胜，该总兵尚未到任。

江西南赣镇总兵何明亮，该总兵奉旨撤任。①

1618. 呈二十九年两江司道府密考清单

光绪二十九年十二月二十日（1904年2月5日）

谨将江苏、安徽、江西三省司、道、知府各员，开具清单，填注考语，恭呈御览。

---

①中国第一历史档案馆藏：《单》，档号：04-01-13-0405-017。

计开

江苏省

江宁布政使黄建笎，年五十四岁，广东监生。该司事理通达，局度安详，用人理财，措施悉当。

升授苏州布政使效曾，年五十八岁，正白旗蒙古官学生。该司才具恢张，心精力果，综核详细，勤政爱民。

升授江苏按察使恩铭，年五十八岁，镶白旗满洲举人。该司尚未交卸运司，察吏详明，理财精核，整饬鹾纲，具有成效。

署两淮盐运使潘寿潜，该署司尚未到任。

江安督粮道胡延，年四十二岁，四川优贡生。该员讲求吏治，练达有为。

江南盐巡道徐树钧，年六十岁，湖南举人。该员老成稳练，筹虑周详。

淮扬海道杨鸿度，该员准补斯缺，尚未饬令赴任。

徐州道李经楚，该员准补斯缺，尚未饬令赴任。

苏松粮储道陆钟琦，年五十六岁，顺天进士，祖籍浙江。该员学识明通，办事谨慎。

苏松太道袁树勋，年五十七岁，湖南文童。该员素娴交涉，因应咸宜。

常镇通海道郭道直，年七十岁，安徽监生。该员精明老练，治术优长。

江宁府知府罗章，年六十一岁，四川监生。该员精细明决，为守兼优。

本任淮安府调署徐州府知府张庆勋，年五十岁，湖南监生。该员守洁才明，足资表率。

扬州府知府余九穀，年六十九岁，江西进士。该员才识兼优，精力尚健。

苏州府知府许祐身，年五十四岁，浙江举人。该员才优识裕，办事勤能。

松江府知府丁之栻，年六十三岁，顺天拔贡。该员到任未及三月，例不加考。

常州府知府德元，年六十二岁，镶黄旗满洲官学生。该员刚直廉明，勇于任事。

镇江府知府祥福，年六十四岁，镶黄旗汉军监生。该员老成持重，心气和平。

安徽省

安徽布政使联魁，年五十四岁，镶红旗满洲贡生。该司才猷练达，局度安详，用人一秉大公，理财尤能精核。

安徽按察使濮子潼，年五十六岁，浙江进士。该司才优识裕，察吏公明，凡所措施，悉切时事，充其具识量，能胜艰巨之任。

徽宁池太广道童德璋，年五十八岁，四川举人。该员治术优长，究心洋务。

凤颍六泗道张成勋，年五十一岁，陕西进士。该员为守俱优，勤求吏治。

安庐滁和道毓秀，年四十九岁，正蓝旗生员。该员才识练达，吏治详明。

安庆府知府桂锳，年五十一岁，正白旗满洲贡生。该员勤求民瘼，政事修明。

徽州府知府黄曾源，年四十六岁，正黄旗汉军进士。该员任事果决，守正不阿。

宁国府知府嵩峋，年五十八岁，镶红旗满洲举人。该员整躬率属，守洁才长。

池州府知府毕念承，年六十三岁，山东荫生。该员履洁怀清，深明治体。

太平府知府周炳，年五十三岁，奉天附贡生。该员勤恳耐劳，办事核实。

庐州府知府龚镇湘，年六十三岁，湖南进士。该员老练勤明，堪资表率。

凤阳府知府裕厚，年四十三岁，正黄旗蒙古举人。该员才具开展，有守有为。

颍州府知府联福，年五十八岁，镶黄旗满洲监生。该员业已交卸赴引。

江西省

江西布政使周浩，该司尚未到任。

江西按察使现署布政使陈庆滋，年六十七岁，湖北监生。该司察吏决狱，悉称平允。

江西督粮道锡恩，年四十四岁，江宁驻防满洲镶黄旗进士。该员综核精详，持躬端谨。

江西盐法道唐椿森，年五十五岁，广西进士。该员廪静自持，遇事详审。

江西广饶九南道瑞澂，年四十岁，正黄旗满洲贡生。该员明干有为，力求治理。

江西吉南赣宁道江毓昌，年六十五岁，江苏举人。该员勤政爱民，措施悉当。

南昌府知府沈曾植，年五十一岁，浙江进士。该员学问闳深，通达治体。

饶州府知府弼良，年四十八岁，镶黄旗满洲监生。该员才识通明，办事稳练。

广信府知府关以镛，年五十一岁，广东举人。该员到任未及三月。

南康府知府叶庆增，年六十一岁，浙江进士。该员公事平稳，尚无过举。

九江府知府孙毓骏，年五十岁，直隶荫生。该员才长心细，措置裕如。

建昌府知府李士瓒，该员尚未到省。

本任抚州调署临江府知府陈振瀛，年七十二岁，顺天进士。该员精力已衰，难胜繁剧。

本任临江府调署抚州府知府徐嘉禾，年五十二岁，直隶举人。该员勤求治理，舆论允孚。

瑞州府知府俞培元，年六十五岁，顺天进士。该员练达详明，办事结实。

袁州府知府傅钟麟，年六十六岁，浙江进士。该员心地宽和，勤于治事。

吉安府知府胡祖谦，年四十九岁，江苏举人。该员整顿地方，不遗余力。

赣州府知府查恩绥，年五十八岁，顺天举人。该员甫经回任，尚须察看。

南安府知府文炳，年五十二岁，内务府正白旗汉军监生。该员安详稳练，政平讼理。①

1619. 奏明苏省存款留抵拨用缘由折

光绪二十九年十二月二十日（1904年2月5日）

头品顶戴两江总督臣魏光焘跪奏，为拨补厘金无着各款积数过巨，遵照部咨，查明本省存款，留抵拨用，借资周转，恭折仰祈圣鉴事。

窃查光绪二十四年部议江、浙等省七处厘金，由税司代征抵还续借英德商款，其厘金项下向应解给京、协各饷及本省防饷等项短少不敷之银，以安徽、湖南、湖北、四川、广东、广西、河南、山西、云南、陕西等省漕项厘金、裁兵节饷、丁漕平余、当税减平、盐课、关税等银拨补款多无着，当经前督臣刘坤一先后奏请在于京、协各饷内抵支，并续请改拨。嗣又查明各省积欠银数，分别奏咨催解拨补，经部议复，各省应解拨补厘金各款，倘屡催不解，准查明本省存储的款，报部拨给应用，总期拨补之款

①中国第一历史档案馆藏：《单》，档号：04-01-13-0405-018。

不至无着等因。各在案。

兹查安徽省欠解光绪二十五六七八九等年银六十四万余两，湖北欠解二十六七八九等年银十二万余两，四川欠解二十五六七八九等年银一百万余两，广东欠解二十五六七八九等年银五十二万余两，广西欠解二十八九年银十六万两，河南欠解二十五六七八九等年银七十五万余两，山西欠解二十五六七八九等年银五十六万两，云南欠解二十六七八九等年银十六万两，共积欠银三百九十余万两，电咨交催，不遗余力。各该省或称已奏恳改拨，或称已拨抵赔款，或以军务为词，或谓无银可解，均任催罔应。而江苏省应解京、协各饷，新旧赔款、还款及年例待支各项，司局东挪西凑，罗掘一空，遂至营饷逾期，无银开放，要政待举，无力兴办，加以本年又代云南筹解赔款银十万两，广西赔款银二十余万两，出款有增无减，入款有名无实，若不设法筹抵，将来年复一年，愈欠愈巨，必至库储亏垫，无术补苴，京饷、洋款亦将贻误。

查宁、苏两属有武卫军节饷一款，按实收之数合计，除留归本省及供支云南提督张春发所统军饷外，每年约尚余银二十余万两。又，徐州道经收土药统捐每年约银二十余万两。此两款皆本省存储、报部候拨之银，近年虽如数报部，未奉拨归本省济用。今前项拨补厘金已成无着，综计每年约银一百十余万两，应请即遵部咨将武卫军节饷报部余银及徐州土药捐项自光绪三十年起，尽数留抵江苏省拨补无着厘金，俾资周转。

除不敷之数随时设法筹凑，督饬司局腾挪济用，不得再请改拨，仍分催各省解济外，理合恭折陈请。伏乞皇太后、皇上圣鉴训示。谨奏。光绪二十九年十二月二十日。

（朱批：）户部知道。[1]

---

①台北故宫博物院藏：《军机及宫中档》，文献编号：408007338。

光绪三十年正月初十日，奉朱批：户部知道。钦此。[①]

1620. 奏报张春发营务废弛请旨革职折

光绪二十九年十二月二十日（1904年2月5日）

头品顶戴两江总督臣魏光焘跪奏，为统兵大员营务废弛，请旨革职，以肃戎政，恭折仰祈圣鉴事。

窃维今日自强之道，固贵练兵，而练兵非难，求将实难，将得人，则全军皆振；将不得人，则全军皆隳。南洋常备左军计马步七营旗，驻防清江，以其地扼南北之冲，借资控制，兼备征调。该军统领云南提督张春发于本年五月间奉旨以二千人援滇，师行濡滞，臣窃疑之，当即派员驰赴清江察看，留防各营马步均多疲弱，不能得力。臣即严饬各营官加意整顿，羸者汰之，阙者补之，以期一律精壮，俾成劲旅。迨该提督中途旋师过宁来见，臣谆谆勖以时局艰难，亟宜讲求新操，刻期训练。回防以后，复经三令五申，函牍交勉，该提督置若罔闻，因循如故，经臣派总理营务处夏时济前往查悉，并调阅各营点验，姓名多与月报册不符；操演阵式，至不能成行列；马匹操法，尤多生疏。似此玩视营务，毫无成效，设有缓急，贻误匪轻，当经驰电奏请另派接统在案。

查该军自庚子之秋即驻清江，历时已久，每月额饷均照行营例发给，较他军为独厚。该提督洊升专阃，受恩深重，当此时事孔艰，宜如何激发天良，督率操防，勉图报称。臣曩事戎行，备尝艰苦，待将士务以恩信，不为严刻。至提镇大员类皆身经战阵，积有勋劳，而近年以来，宿将凋零，尤不能不为朝廷爱惜人才。乃该提督始终玩弛，屡经训勉，不知振作。若再事姑容，何以整饬戎政？相应请旨将云南提督张春发即行革职，以示惩儆。

除将常备左军遵旨派员接统、另行具奏外，所有统兵大员拟请革职缘由，理合恭折据实上陈。伏乞皇太后、皇上圣鉴训示。

①中国第一历史档案馆藏：《录副奏折》，档号：03-6514-092。

谨奏。光绪二十九年十二月二十日。

（朱批：）另有旨。①

光绪三十年正月初十日，奉朱批：另有旨❶。钦此。②

❶【案】此奏旋于光绪三十年正月初十日得旨允行，《光绪朝上谕档》载曰：

光绪三十年正月初十日，内阁奉上谕：魏光焘奏参统兵大员营务废弛，请旨革职一折。统领南洋常备左军云南提督张春发，驻防清江，控扼冲要，应如何力图振作，加意操防。乃该提督玩视营务，所部马步各营疲弱充数，经魏光焘派员点验，兵勇名册大半不符；操演阵法，不成行列。似此营务废弛，丧心昧良，实堪痛恨！仅予革职，不足蔽辜。张春发着即行革职，发往军台效力赎罪。所有常备左军，前已有旨派令道员杜俞接统，着该督饬令认真训练，务当扫除积习，期成劲旅。……该部知道。钦此。③

1621. 委令陈煦亮代统常备右军片

光绪二十九年十二月二十日（1904年2月5日）

再，江南常备左军统领云南提督张春发营务废弛，经臣奏请遴员接统，当于光绪二十九年十二月初九日奉旨：着派杜俞统领江南常备左军等因。钦此。当即钦遵行知。查江苏候补道杜俞原统常备右军，驻扎镇江，本年夏间经臣调至金陵，创办练将学堂，督改新操，奏明在案。钦奉前因，已遵旨檄令杜俞前往清江接统常备左军。

所遗常备右军，暂委署城守营副将陈煦亮代统，各专责成。

①台北故宫博物院藏：《军机及宫中档》，文献编号：408007339。

②中国第一历史档案馆藏：《录副奏折》，档号：03-5962-008。

③《光绪朝上谕档》，第30册，第7页。又，《德宗景皇帝实录（八）》，卷五百二十六，光绪三十年正月，第4页。

谨附片陈明。伏乞圣鉴。谨奏。

（朱批：）知道了。[①]

光绪三十年正月初十日，奉朱批：知道了。钦此。[②]

1622. 请将守备张高升等一并革职片

光绪二十九年十二月二十日（1904年2月5日）

再，常备左军副中营管带守备张高升，巧于钻营，不知爱惜，遇事迎合该军统领张春发之意，务为刻核，兵勇多怀怨愤；又右营管带游击张奇能，包厘营私，待兵勇亦多刻扣，其出身履历亦多不符，均经营务处夏时济查实，相应请旨将该守备张高升、游击张奇能一并革职，永不叙用，以肃戎政。理合附片具陈。伏乞圣鉴训示。谨奏。

（朱批：）另有旨。[③]

光绪三十年正月初十日，奉朱批：另有旨[❶]。钦此。[④]

❶【案】此奏旋于光绪三十年正月初十日得旨允行，《光绪朝上谕档》载曰：

光绪三十年正月初十日，内阁奉上谕：……另片奏，常备左军中营管带守备张高升，巧于钻营，诸事刻核；右营管带游击张奇能，包厘营私，克扣军饷，着一并革职，永不叙用。该部知道。钦此。[⑤]

---

①台北故宫博物院藏：《军机及宫中档》，文献编号：408007339-0-A。

②中国第一历史档案馆藏：《录副奏片》，档号：03-5962-010。

③台北故宫博物院藏：《军机及宫中档》，文献编号：408007339-0-B。

④中国第一历史档案馆藏：《录副奏片》，档号：03-5962-009。

⑤《光绪朝上谕档》，第30册，第7页。又，《德宗景皇帝实录（八）》，卷五百二十六，光绪三十年正月，第4页。

1623. 奏报增募江南武威新军片

光绪二十九年十二月二十日（1904年2月5日）

再，南洋向有自强军马步十一营旗，尚称劲旅。因调归直隶督臣袁世凯训练后，兵力遂形单薄。嗣复改营为旗，尤觉不敷分布。当此防务吃紧，自应酌量增募。现经臣派委留江补用参将魏荣斌驰赴湖南，按照湘军营制，招募六营，共三千人；又委江南陆师学堂毕业学生王继美、刘泽沛，分赴皖省，招募勇丁两旗。魏荣斌所招六营，拟即名为江南武威新军，令先就镇江驻扎；王继美、刘泽沛籍隶江、皖，出身学堂，勇丁则由颍、寿一带招募，哨弁由学堂挑选，即名为江南武威新军左、右翼，在省垣驻扎，均饬训练新操一律纯熟，听候调遣。至江阴、吴淞一带炮台护军各旗，均已添足成营，期臻周密。

除将各该营旗饷项饬司、局设法筹拨咨部外，理合附片陈明。伏乞圣鉴。谨奏。

（朱批：）该部知道。[①]

光绪三十年正月初十日，奉朱批：该部知道。钦此。[②]

1624. 奏报动拨防费订购枪械缘由片

光绪二十九年十二月二十日（1904年2月5日）

再，查江南所储枪械，历次协济各省及本省防军之需，库存业已无几。军储关系甚大，自不能不酌量购办，以备缓急。现经臣派员赴沪在三井洋行订购日本新制三十年式五响连珠步枪三千枝、无烟药弹三百万粒，计日可到，业已订立合同，于立约之日交给定银，俟枪弹运到金陵下关点交后，全数清款。所需枪弹价

---

①台北故宫博物院藏：《军机及宫中档》，文献编号：408007338-0-A。

②中国第一历史档案馆藏：《录副奏片》，档号：03-6039-003。

值、保险等费，均由南洋防费项下动拨应用。

除咨部查照外，谨附片陈明。伏乞圣鉴。谨奏。

（朱批：）该部知道。[①]

光绪三十年正月初十日，奉朱批：该部知道。钦此。[②]

1625. 奏报学政李殿林等考试情形片

光绪二十九年十二月二十日（1904年2月5日）

再，各省学政例由督抚查明有无劣迹，于年底奏报一次。查江苏学政李殿林[③]、安徽学政绵文、江西学政吴士鉴本年应行科试各属，均经先后出棚，一律试竣。臣详加访察，各该学政按试所经，关防均甚严密，风清弊绝，所取多笃行力学之士，舆论翕然。除考试情形由该学政具奏外，理合附片陈明。伏乞圣鉴。谨奏。[④]

---

①台北故宫博物院藏：《军机及宫中档》，文献编号：408007338-0-B。

②此朱批日期与内容，据《军机处随手登记档》（档案编号：03-0318-1-1230-009）校补。

③李殿林（1842—1916），字荫墀，山西大同人，出身廪生。同治三年（1864），中举。十年（1871），中式进士，选庶吉士。十三年（1874），授翰林院编修。光绪元年（1875），充顺天乡试同考官、国史馆协修官。三年（1877），授会试同考官。六年（1880），补国史馆纂修官。十一年（1885），简广西学政。十七年（1891），补詹事府右春坊右赞善、左春坊左赞善、文渊阁校理。十九年（1893），任詹事府右春坊右中允、左春坊左中允。二十四年（1898），升詹事。同年，迁内阁学士兼礼部右侍郎。二十五年（1899），补兵部右侍郎。二十六年（1900），充广东乡试正考官。是年，调吏部左侍郎，授江苏学政。三十二年（1906），补正白旗汉军副都统。三十四年（1908），擢镶红旗汉军都统。宣统元年（1909），授邮传部尚书、正黄旗汉军都统、吏部尚书。二年（1910），迁协办大学士。三年（1911），选典礼院掌院学士。辛亥后告归。民国五年（1916），卒于家。著有《周易别》《识史例纂》《铨政管见》《云中草堂诗文集》等，惜毁于兵燹。

④中国第一历史档案馆藏：《朱批奏片》，档号：04-01-13-0405-030。

1626. 奏报金陵机器局收支经费缘由折

光绪二十九年十二月二十一日（1904 年 2 月 6 日）

北洋大臣直隶总督臣袁世凯、南洋大臣两江总督臣魏光焘、头品顶戴江苏巡抚臣恩寿跪奏，为金陵机器局收支经费列为第十九案，造册报销，恭折具陈，仰祈圣鉴事。

窃查金陵机器局仿照外洋制造各式炮位、车辆、架具、炸弹、铜火，以及添配炮台需用物件，分设机器、翻砂、铁木、火箭各厂，雇募工匠，常川制造。应需经费，酌定每年由江南海关拨解制造二成洋税银五万两，江南筹防局拨银三万两，北洋淮军协饷项下拨银二万两。嗣因江防炮台应需储备各式子弹，每年由江南筹防局加拨经费银五千两。又，驻防江苏淮军各营月操需用军火及防营添造枪帽、铜火，由金陵支应局每年加拨经费银九千两，以为常年额定制造之需。又，购换卷铜枪、弹两厂锅炉，由江南海关于二成洋税内加拨价值银七千九百三十七两九钱有奇。此外江防炮台如有添造军火等项，随时添拨，造成军火分解南、北洋济用。所有支用款项制造物件，悉仿泰西之法，料件多购自外洋，工资、薪费、物价，难以常例相绳，均皆力求撙节，实用实销，业将截至光绪二十四年十二月底止收支各款列为第十八案，分晰造册奏销在案。

兹据江苏防营报销处江宁布政使黄建筦等将光绪二十五年分收支各款分晰，造具报销清册，逐加勾稽，自光绪二十五年正月起，截至十二月底止，旧管上届第十八案报销实存银十九两七钱有奇，新收江南海关拨解二成洋税，江南筹防局、金陵防营支应局、北洋淮军协饷项下拨款，共计银十二万一千九百三十七两九钱有奇，内除解交江宁藩库充饷银一千四百七十六两四钱有奇，购买锅炉中外料物价值一册共计银五万八千九百七两八钱有奇，工匠工食一册共计银四万三千二百六十二两四钱有奇，委员、司事、亲兵人等薪粮，公费一册共计银一万一千四十六两九钱有奇，装运料物、水脚、常船、轮船长夫、薪粮等项一册共计银五千三百七十六两六钱有奇，修理厂屋料物等项一册共计银一千八百七十三两九钱有奇。遵照部议，各归各部核销。计应归户部核销银五万四千三百九两四钱有奇，兵部核销银五千三百七十六两六钱有奇，工部核销银六万七百八十一两七钱有奇，统共请销银十二万一千九百四十四两三钱有奇；实存银十三两三钱有奇，归于后案旧管项下滚接造报，将该局光绪二十五年分支给各款请销数目并制成军火拨存四柱清册，由报销处加造银款四柱总册，列为金陵机器制造局第十九案报销，详请奏咨等情。前来。

臣等覆核无异，除将清册分别咨送外务部、户部、兵部、工部查照核销外，谨合词恭折具陈。伏乞皇太后、皇上圣鉴，敕部查照施行。谨奏。光绪二十九年十二月二十一日。

(朱批：)该部知道。[①]

光绪三十年正月十一日，奉朱批：该部知道。钦此。[②]

1627. 请以刘锡纶补授伍祐场大使折

光绪二十九年十二月二十一日（1904年2月6日）

头品顶戴两江总督管理两淮盐政臣魏光焘跪奏，为拣员请补场大使员缺，恭折仰祈圣鉴事。

窃两淮泰州分司所属伍祐场大使顾懋烈告病开缺，业经声请扣留外补。接准部咨系于光绪二十九年三月初三日奉旨，按限减半计算，应归四月分截缺，是月分并未出有相同之缺，毋庸掣签，并截缺咨部在案，应即拣员请补。查筹饷例开：佐、杂等官用候补一人，委用一人，捐纳一人，候补一人，委用一人，捐纳一人，捐输一人，候补一人，委用一人，议叙一人，以十缺为一轮。又，

①台北故宫博物院藏：《军机及宫中档》，文献编号：408001178。

②中国第一历史档案馆藏：《录副奏折》，档号：03-6168-012。

郑工例开：无论何项到班，先用郑工遇缺先二人，海防新班先一人；如无人，用郑工遇缺先抵补，第四缺海防即、海防先分班轮用一人，第一轮用海防即、第二轮用海防先；无人，仍用海防即；均无人，用旧例银捐遇缺先、银捐遇缺；再无人，过班即接用各项班次一人，以五缺为一周。又，新海防例载：新海防遇缺先等项人员，应跟接郑工事例办理。又，定章：升调遗并杂项所开之缺与丁故所遗之缺，均按一咨二留分为两轮，各积各缺，分别核计，各等语。

两淮盐大使一项，其杂项所开之缺，上次梁垛场大使周润参革，遗缺按分积一选二补新章，归部选补。今伍祐场大使顾懋烈告病一缺，应归外补第一留缺，已声请扣留在案。查上次吕四场缺用至新海防分缺间止，又续出金沙场缺，按五缺一周新例，用第一新海防遇缺先大使张仁芬请补，均奉部核准在案。今伍祐场大使一缺，轮应第二新海防遇缺先人员到班，该班内名次在先者陆恒谦一员，该员丁忧起复回淮在后，伍祐场出缺在先，例应扣补。又单金绶一员，已奏参革职；又杨定斌一员，业已病故，均应查扣。

其次名次在先者，系刘锡纶一员。该员现年五十岁，系山东济宁州人，由廪生于光绪十一年应乙酉科本省乡试，中式副榜。嗣经考取国史馆誊录，遵例报捐盐大使职衔。十四年，《皇清奏议》告成议叙，以本班应得之缺归于正班轮用二班后选用。二十年，应甲午科本省乡试，中式举人，遵例捐指两淮，于光绪二十四年四月二十八日经简派王大臣验看，五月十九日由吏部带领引见，奉旨：着照例发往。钦此。二十一日给照，八月十三日到淮，试用期满，经前督臣刘坤一甄别咨部留淮补用在案。二十七年六月，在顺直善后赈捐局遵例报捐遇缺先补用，免试用，奉部核准过班知照，应以光绪二十七年八月十五日作为新班到省日期。查该员才具干练，办事勤慎，以之请补伍祐场大使员缺，洵堪胜任，与例亦属相符。据两淮盐运使恩铭具详请奏前来。

臣覆核无异，合无仰恳天恩俯准以新海防遇缺先补用盐大使刘锡纶补授伍祐场大使员缺，实于盐务有裨。除将该员履历册咨移吏部、科查核外，谨会同江苏抚臣恩寿，合词恭折具奏。伏乞皇太后、皇上圣鉴训示。再，此缺向系题补，今查照部咨改题为奏。合并陈明。谨奏。光绪二十九年十二月二十一日。

(朱批：) 吏部议奏。①

光绪三十年正月十一日，奉朱批：吏部议奏。钦此。②

1628. 奏报采办三四批棕毛动用银款折

光绪二十九年十二月二十一日（1904 年 2 月 6 日）

头品顶戴两江总督臣魏光焘跪奏，为采办三、四批棕毛动用银款，恭折具陈，仰祈圣鉴事。

窃准工部咨行，令采办棕毛三十万斤，分批解部等因。当经转饬遵办去后。兹据安徽布政使联魁详称：奉取棕毛三十万斤，议请仍以五万斤为一批，分作六批办解，业将头、二两批十万斤委员分批办齐起解在案，应将三、四两批委员前赴江西、湖北一带，赶速采办。所有每斤列价银三分，每批共该正银一千五百两，在于光绪二十八年各属解司正项银内动给。又于耗羡项下拨给每批协贴价值银二千六百余两，又每批部饭银一千二百两，水脚银一千八百余两，详请奏咨前来。

臣覆核无异，除饬令赶紧办解外，所有采办三、四批棕毛动用银款缘由，理合会同安徽巡抚臣诚勋，恭折具陈。伏乞皇太后、皇上圣鉴。谨奏。光绪二十九年十二月二十一日。

(朱批：) 该部知道。③

---

①台北故宫博物院藏：《军机及宫中档》，文献编号：408007340。

②中国第一历史档案馆藏：《录副奏折》，档号：03-5429-039。

③台北故宫博物院藏：《军机及宫中档》，文献编号：408007342。

光绪三十年正月十一日，奉朱批：该部知道。钦此。[①]

1629. 请以周明清补授里河水师参将折

光绪二十九年十二月二十一日（1904年2月6日）

头品顶戴两江总督臣魏光焘跪奏，为拣员请补水师参将要缺，恭折仰祈圣鉴事。

窃江南里河水师提标右营参将廖得胜病故，遗缺接准部咨系新章第一轮第一缺，应用尽先人员，行令拣员请补等因。伏查是缺参将驻扎上海地方，兼管陆防城汛。该处系通商口岸，华洋杂处，人烟稠密，督率水陆员弁巡缉操防，在在均关紧要，非精明干练、熟悉情形之员，难期胜任。臣于水师实缺、候补各员内逐加遴选，查有副将衔现署是缺参将里河水师尽先补用参将周明清，年五十七岁，湖南湘阴县人，由行伍于同治元年投入福山镇标内河水师，调充太湖水师哨弁，随剿出力，洊保参将，并加副将衔。同治十三年，随同出使英法，充当随员。光绪七年，两届差满回华。于光绪二十七年经部复准归入江苏里河水师尽先参将班候补。

该员办事勤奋，娴熟水师，于里河情形尤为熟悉。尽先参将一班，惟该员名次最先，以之请补是缺参将，洵堪胜任，与例亦符。合无仰恳天恩俯念员缺紧要，准以里河水师尽先补用参将周明清补授里河水师提标右营参将员缺，实于营务、地方均有裨益。如蒙俞允，俟部覆至日，即行给咨送部引见，以符定制。

除饬取履历及前在他省并无参革、朦保印结咨部查核外，谨会同江南提臣李占椿，恭折具奏。伏乞皇太后、皇上圣鉴训示。谨奏。光绪二十九年十二月二十一日。

（朱批：）兵部议奏。[②]

---

①中国第一历史档案馆藏：《录副奏折》，档号：03-6659-006。

②台北故宫博物院藏：《军机及宫中档》，文献编号：408007341。

光绪三十年正月十一日，奉朱批：兵部议奏。钦此。[①]

1630. 奏报各局抽收土药厘捐银两片

光绪二十九年十二月二十一日（1904年2月6日）

再，江苏徐州府属抽收土药厘捐，业将光绪二十九年三月底以前所收捐款照章奏报在案。兹据办理徐州土药统捐局江宁布政使黄建筦、署徐州道穆克登布详称：本年新土上市之初，南客来徐购买者，不甚踊跃，盖以徐土销场在于沪镇，彼处价值低廉，银根又紧，长途贩运，无利可沾，加以皖省收成歉薄，私贩充斥，虽不时派委员弁分投堵缉，而地面辽阔，防不胜防，是以收数不旺，节经广为劝谕，严加防范，并督饬各该局员认真查缉，设法招徕。七、八月间，市价稍昂，较有起色，计自光绪二十九年四月初一日起至九月底止，连闰七个月，各局共收捐银十七万三千八百三两四钱三分九厘，除一五成经费开支及汇费应用外，已陆续批解户部兑收银十五万两，余俟接续批解。至出省加捐一项，本系听商自便，现计报捐无多等情。详请具奏前来。

臣覆加查核，该司道所详委系实情，除饬严督各卡员竭力整顿、核实征解外，理合会同江苏抚臣恩寿，附片陈明。伏乞圣鉴。谨奏。

（朱批：）户部知道。[②]

光绪三十年正月十一日，奉朱批：户部知道。钦此。[③]

①中国第一历史档案馆藏：《录副奏折》，档号：03-5962-012。

②台北故宫博物院藏：《军机及宫中档》，文献编号：408007340-0-A。

③中国第一历史档案馆藏：《录副奏片》，档号：03-6514-093。

1631. 奏请另行铸造盐政印信片

光绪二十九年十二月二十一日（1904年2月6日）

再，查两淮盐政印信于咸丰三年换铸颁发，历今数十余年，盖用日久，字迹模糊，不甚可辨，应照原模字样，另行铸造，俾昭信守。除造具印模清册咨送吏部、礼部暨铸印局查核外，理合附片具奏。伏乞圣鉴，敕部换铸颁发施行。再，此案向应具题，今查照新章改题为奏。合并陈明。谨奏。

（朱批：）礼部知道。①

光绪三十年正月十一日，奉朱批：礼部知道。钦此。②

1632. 请准黄张氏自行建坊缘由片

光绪二十九年十二月二十一日（1904年2月6日）

再，光绪二十三四两年，江苏淮徐海等属迭被水灾，安徽涡阳、灵璧一带灾情亦重。其时两省待赈孔殷，劝捐筹济，经二品命妇黄张氏遵其故夫原任广西桂平梧道黄宗炎遗命，捐缴银一万两，分助江苏淮徐海及皖北涡阳、灵璧赈抚之需，业将此款列入赈捐第三次报销案内奏明核销。同时捐助赈需各官绅，并经先后请奖，各在案。查士民凡捐助赈款在一千两以上者，例准奏请建坊，给予“乐善好施”字样。今该命妇黄张氏遵故夫黄宗炎遗嘱，报捐银数较巨，虽据声称不敢仰邀奖叙，究未便没其好善之忱。据清理捐输文照处司道等详请奏奖前来。

合无仰恳天恩俯准已故前任广西桂平梧道黄宗炎及命妇黄张氏于原籍地方自行建坊，给予“乐善好施”字样，以示旌奖而昭激劝。理合会同安徽抚臣诚勋，附片陈请。伏乞圣鉴训示。

---

①台北故宫博物院藏：《军机及宫中档》，文献编号：408007340-0-B。

②中国第一历史档案馆藏：《录副奏片》，档号：03-5429-038。

谨奏。

（朱批：）着照所请，礼部知道。[①]

光绪三十年正月十一日，奉朱批：着照所请，礼部知道。钦此。[②]

1633. 奏报筹拨应还四国借款片

光绪二十九年十二月二十一日（1904年2月6日）

再，案准户部咨：每年应还俄、法、英、德四国借款，指拨江苏地丁、盐课、厘税等项银五十二万两，经前督臣派令江宁藩司与金陵厘捐局合筹银十万两，并照续准部咨自光绪二十六年起，查照原案，按二成五加拨镑价，派令该司局加拨银二万五千两，共银十二万五千两，业经照数解至光绪二十七年分止在案。

兹据江宁藩司详称：所有二十八九两年分司局应筹四国还款并加拨镑价，每年各银十二万五千两，共银二十五万两，司库在于提存各州县银价盈余款内动拨银十万两，金陵厘捐局在于各该年厘捐正款内先后动拨银十五万两，均未截留提拨应行解部之款等情。详请奏咨前来。臣覆核无异，除咨部查照外，理合会同江苏巡抚臣恩寿，附片陈明。伏乞圣鉴。谨奏。

（朱批：）该部知道。[③]

光绪三十年正月十一日，奉朱批：该部知道。钦此。[④]

①台北故宫博物院藏：《军机及宫中档》，文献编号：408007340-0-C。

②中国第一历史档案馆藏：《录副奏片》，档号：03-5571-002。

③台北故宫博物院藏：《军机及宫中档》，文献编号：408007342-0-A。

④中国第一历史档案馆藏：《录副奏片》，档号：03-6699-005。

1634. 奏报教职陈之炜堪膺保荐缘由折

光绪二十九年十二月二十六日（1904年2月11日）

头品顶戴两江总督臣魏光焘、理藩院左侍郎安徽学政臣寿耆①、头品顶戴安徽巡抚臣诚勋跪奏，为教职俸满，堪膺保荐，遵章改奏，恭折仰祈圣鉴事。

窃查案准部咨：教职历俸已满六年，由府、州、县申请，巡道加考，移司查实，转呈督抚调取验看，详加甄别，内有人材出众，出具切实考语保荐等因。历经遵办在案。兹据布政使联魁、按察使濮子潼②会详：准凤颍道移：据凤阳府详：据训导陈之炜申称：年六十五岁，系太平县人，由优廪贡生报捐训导，选授今职。

---

①寿耆（1859—?），字子年，号芝岩，满洲正蓝旗人。光绪元年（1875），授四品荫生。四年（1878），补笔帖式。五年（1879），中举。九年（1883），中式进士，授翰林院编修。十三年（1887），授翰林院侍读学士。十八年（1892），补詹事府右庶子。同年，转补左庶子。十九年（1893），升詹事府少詹事。二十年（1894），迁擢詹事府詹事，充乡试监临。同年，晋内阁学士兼礼部侍郎衔。二十四年（1898），署理礼部左侍郎。二十六年（1900），补授理藩院左侍郎。同年，兼正白旗蒙古副都统。二十八年（1902），署理镶白旗汉军副都统、镶黄旗护军统领。二十九年（1903），署理户部右侍郎兼管钱法堂事务。同年，简充安徽学政。三十年（1904），调补镶蓝旗满洲副都统。是年，充值年大臣。三十一年（1905），改吏部右侍郎。同年，擢都察院满左都御史。三十二年（1906），补授镶红旗蒙古都统。同年，授理藩部尚书，兼参预政务大臣。宣统三年（1911），充奕劻内阁理藩部大臣。同年，改授荆州将军，未赴任。民国后，退职隐居。

②濮子潼（1848—1909），字紫铨、梓泉，号止潜，浙江钱塘县（杭州市）人。初以附贡生捐主事。同治九年（1870），中举，充刑部奉天司行走。光绪三年（1877），中式进士，选庶吉士。四年（1878），丁父忧，回籍终制。九年（1883），签分兵部武选司行走。同年，补兵部主事。十二年（1886），保军机章京。同年，充会典馆协修官、会典馆纂修官。十七年（1891），丁继母忧。十九年（1893），保兵部员外郎，加四品衔。二十年（1894），补军机章京、方略馆协修官。二十二年（1896），授兵部武选司总办。同年，升兵部职方司员外郎。二十三年（1897），保道员。二十四年（1898），加三品衔，放江苏松江府知府。二十七年（1901），升湖北荆宜施道，晋二品衔。二十九年（1903），升授安徽按察使。三十年（1904），统带安徽驻防常备军四营。三十一年（1905），调补广东按察使。同年，迁江苏布政使。三十二年（1906），护理江苏巡抚。宣统元年（1909），卒于任。校有《续资治通鉴长编》等行世。

光绪二十二年十一月二十一日到任，期满准销“试”字。自到任之日起，连闰扣至二十八年九月二十一日止，初次六年俸满，例应呈请验看等情。由凤阳府知府裕厚①覆查，该训导陈之炜稳练精明，才胜民社，造册填考详道。经该道张成勋②验看，该员才具练明，留心吏治，移司核办。复经藩、臬司以验得该员陈之炜年健才明，讲求吏治，堪膺保荐等情。造册详请加考会奏前来。

臣等覆加查看，该凤阳府训导陈之炜文品兼优，明达治体，现因初次六年俸满，由府、道层递出考移司，并经藩、臬司覆验加考会详，相应循例保荐，可否仰恳天恩俯准照例升用，恭候钦定。

除将履历、亲供、事实册结咨部核办外，谨合词恭折具奏。伏乞皇太后、皇上圣鉴训示。谨奏。光绪二十九年十二月二十六日。

---

①裕厚（1850—?），正黄旗蒙古监生。同治十一年（1872），报捐笔帖式。光绪八年（1882），选兵部笔帖式。十一年（1885），中式举人。十六年（1890），捐升员外郎，签分户部行走。十七年（1891），选会典馆协修官。十八年（1892），挑取誊录。同年，补授兵部员外郎。二十年（1894），派职方司帮掌印。二十一年（1895），保郎中。同年，署职方司掌印。二十二年（1896），派赴天津查办事件。同年，保总理衙门章京。二十三年（1897），充武库司掌印。同年，选武选司郎中，调充职方司掌印。二十四年（1898），总办武卫中军粮饷。二十六年（1900），京察一等，保道府。二十七年（1901），奖戴花翎，补授安徽凤阳府知府。同年，保道员，加三品衔。二十八年（1902），调署安庆府知府。三十年（1904），补授安庆府知府。嗣补民政部右丞。三十三年（1907），转署民政部左丞。宣统三年（1911），因病开缺。

②张成勋（1848—1912），字麟阁，陕西汉阴人，出身增生。同治十二年（1873），中举。光绪三年（1877），中式进士，充刑部学习主事。六年（1880），任会试弥封官。八年（1882），保刑部候补主事，充刑部四川司正主稿。九年（1883），授刑部秋审处总办。十一年（1885），兼办刑部减等处查办恩赦事件。十二年（1886），任刑部秋审处坐办。十三年（1887），补刑部律例馆提调。十四年（1888），充刑部提牢。十五年（1889），补刑部福建司主事。十六年（1890），升刑部湖广司员外郎。同年，迁刑部山东司郎中，管理汉档房司务厅事务。十七年（1891），转刑部直隶司郎中。十八年（1892），放四川川北道。二十四年（1898），丁父忧，开缺守制。二十七年（1901），调补安徽凤颍六泗道，兼凤阳关税务监督。三十三年（1907），授大理院总检察厅厅丞。民国元年（1912），卒。有《奏折钞存》存世。

（朱批：）吏部知道。[①]

光绪三十年二月初三日，奉朱批：吏部知道。钦此。[②]

①台北故宫博物院藏：《军机及宫中档》，文献编号：408007343。

②台北故宫博物院藏：《军机及宫中档》，文献编号：158499。

光绪三十年（1904）

1635. 请将诸生孙光烈入祀缘由折

光绪三十年正月十二日（1904年2月27日）

头品顶戴两江总督臣魏光焘、头品顶戴江苏巡抚臣恩寿跪奏，为盐城县明季殉节诸生孙光烈请入祀忠义祠，恭折仰祈圣鉴事。

窃照淮淮安府属之盐城县，当前明鼎革时抗节死事者，有守备王百度、都司邓报国、廪生李干才、诸生司石磐，皆载钦定胜朝殉节诸臣录。惟乾隆四十一年奉诏采辑明季忠义，多据钦定明史、御批通鉴辑览及各省通志，若郡县志所载者，则未之及。兹查有盐城县诸生孙光烈，于乙酉七月与诸生司石磐，都司邓报国、奉新昌、王监国兵败，光烈寄父书，投水死；石磐、报国已获易名从祀之典，而孙光烈旌恤未及，尚论者有遗憾焉。据该县绅士马为瑗等呈请援照司石磐之例，合祀忠义祠，钞录志书事实，造册呈县加信送府，详经江宁藩司黄建筦恳请具奏前来。

臣等覆查孙光烈殉节死难，杀身成仁，大义凛然，其志不苟，洵足以儆顽励懦，昭示来兹，合无仰恳天恩俯准将盐城县故明诸生孙光烈从祀该县忠义祠，以妥忠魂而资观感！除册结咨送礼部查核外，谨合词恭折具奏。伏乞皇太后、皇上圣鉴，敕部议复施行。谨奏。正月十二日。

光绪三十年二月十五日，奉朱批：吏部议奏。钦此。[①]

---

①台北故宫博物院藏：《军机及宫中档》，文献编号：158761。

1636. 奏报盐枭林得胜投诚缘由片

光绪三十年正月十二日（1904年2月27日）

再，值此时局多艰，欲严外防，宜靖内患。奴才职位地方，何敢稍疏于筹计？查有盐枭林得胜即凌德昇，本系游勇，小有才能，潜匿松江地方，聚赌贩私，扰害良懦，叠经奴才严饬地方官会营拿办，未予姑容。现在该枭匪自知势已穷促，忧过投诚，并称各处光蛋枭匪假其声名，扰害闾阎，嫁祸蒙冤，致成积恶，愿缴枪械，破案赎罪。律以法度，原无宽假之条。惟查松江一带教堂林立，该枭等党类不一，既知罪在不赦，必至穷极无归，挺而走险。该处近邻沪渎，且与租借毗连。奴才再四筹思，未敢操之过急，是以遴派干员，会同上海道就近传讯，果真洗心改过，拟暂准其投诚，即责令捕拿匪党，以赎前愆，俾能带罪立功，尚可贷其一死。倘该匪党狡诈是谋，仍当执法以惩，已与督臣往返电商，意见相同。因关系地方要件，前将大概情形电达外务部臣代奏在案。现在地方一律安谧，理合附片陈明。伏乞圣鉴。谨奏。

光绪三十年二月十五日，奉朱批：知道了。钦此。①

【案】此奏片之具奏日期未确。查光绪三十年二月十五日《随手档》②“朱批魏光焘、恩寿折”栏，即有此片。据同批折件，此奏片具奏时间当为“光绪三十年正月十二日”无疑。兹据校正。

---

①台北故宫博物院藏：《军机及宫中档》，文献编号：158762。

②中国第一历史档案馆藏：《军机处随手登记档》，档案编号：03-0318-1-1230-044。

1637. 奏报金陵关一百六十七结征税折

光绪三十年正月二十日（1904 年 3 月 6 日）

头品顶戴南洋大臣两江总督臣魏光焘跪奏，为金陵关第一百六十七结期满经征税厘，缮具收支清单，恭折仰祈圣鉴事。

窃照江宁设关通商，业将一百六十六结以前收支数目开单奏报在案。兹据金陵关道徐树钧详称：自光绪二十八年二月二十三日起至五月二十五日止，系一百六十七结期满，所有征收各国商船及华商船只进出口正、半各税钞，并征收华、洋船洋药厘金暨照章提支倾镕火耗及月需经费并拨解各项银两，分别开造册、折，详请奏咨前来。

臣覆核无异，谨分缮清单，恭呈御览。除将原册咨送外务部、户部、户科查照外，理合会同江苏巡抚臣恩寿，恭折具陈。伏乞皇太后、皇上圣鉴。谨奏。光绪三十年正月二十日。

（朱批：）该部知道，单二件并发。①

光绪三十年二月初六日，奉朱批：该部知道，单二件并发。钦此。②

1638. 呈金陵关一百六十七结收税清单

光绪三十年正月二十日（1904 年 3 月 6 日）

谨将金陵关自光绪二十八年二月二十三日起至五月二十五日止一百六十七结期满经征各项税钞收支数目，分别缮具清单，恭呈御览。

计开

旧管：一、上结册报存正税银四万九千五百七十五两二钱二

---

①台北故宫博物院藏：《军机及宫中档》，文献编号：408007345。

②台北故宫博物院藏：《军机及宫中档》，文献编号：158553。

分二厘三毫六丝七忽。

一、上结册报存应解部库土药税银三十六两五钱四分。

以上共存银四万九千六百十一两七钱六分二厘三毫六丝七忽。

新收：一、收洋商船只进出口正税银八千八百八十二两七分四厘。

一、收洋商船只复进口半税除存票抵完外，计银一千二百七十九两八钱八分八厘。

一、收洋商船只洋药正税银三千七百二两。

一、收洋商船只土药正税银七钱八分。

一、收洋商船只土药复进口税银一两五钱六分。

一、收华商船只进出口正税银九千五百二十五两一钱五分二厘。

一、收华商船只复进口半税除存票抵完外，计银二千一百七十二两七钱四分四厘。

一、收华商船只洋药正税银一千七百四十六两。

一、收土货出内地子口税银七十五两。

以上共收各项税银二万七千三百八十五两一钱九分八厘，内除存票取回现银二十三两二分四厘，实收银二万七千三百六十二两一钱七分四厘。

开除：一、解淮运司二十九年分奉拨抵补鄂岸盐厘银五千两。

一、解江海关二十九年分筹还第十七次瑞记洋款银二万两。

一、解江海关奉拨各国赔款银二万四千九百九十九两九钱九分一厘二毫。

一、解江海关奉提增收进口洋税凑作赔款银一百六十八两一钱九厘。

一、提存应解户部土药税银二两三钱四分。

一、放留支减半倾耗银一百六十四两一钱七分三厘四丝四忽。

一、放倾耗项下六分防费改解赔款银一百六十四两一钱七分三厘四丝四忽。

一、放拨提解各款汇费银四百三十二两九钱九分四毫五丝九忽。

一、放光绪二十八年二月二十二日起五月二十一日止三个月关卡月用薪粮等项经费银四千四百四两。

以上共放银五万五千三百三十五两七钱七分六厘七毫四丝七忽。

实在：一、实存正税银二万一千六百一两六钱一分九厘六毫二丝。

以上银两存备凑解各款之用。

一、存应接部库土药税银三十八两八钱八分。

以上银两积有成数，再行批解。理合登明。

（朱批：）览。①

1639. 呈金陵关一百六十七结药厘收支清单

光绪三十年正月二十日（1904年3月6日）

谨将金陵关自光绪二十八年二月二十三日起至五月二十五日止一百六十七结期满并征洋药厘金收支数目，分别缮具清单，恭呈御览。

计开

旧管：一、上结册报存药厘银十二万九百七十九两八钱四分九厘五毫六丝八忽。

新收：一、收洋商船只进口洋药厘金银九千八百七十二两。

一、收华商船只进口洋药厘金银四千六百五十六两。

以上共收银一万四千五百二十八两。

开除：一、解江海关奉饬筹垫云南省应解赔款银一万两。

一、放留支减半倾耗银八十七两一钱六分八厘。

---

①台北故宫博物院藏：《军机及宫中档》，文献编号：158553-0-A。

一、放倾耗项下六分防费改付赔款银八十七两一钱六分八厘。

一、放汇沪各款汇费银九十两七钱八分四厘五毫一丝二忽。

以上共放银一万二百六十五两一钱二分五毫一丝二忽。

实在：一、存药厘银十二万五千二百四十二两七钱二分九厘五丝六忽。

以上银两须凑解奉拨赔款之用。理合声明。

（朱批：）览。[1]

1640. 奏报上海机器局第十七次用款折

光绪三十年正月二十日（1904年3月6日）

头品顶戴南洋大臣两江总督臣魏光焘跪奏，为上海机器制造局第十七次支用各款，查照成案，开单核实报销，恭折仰祈圣鉴事。

窃查上海机器局制造各项军火动用二成洋税，截至光绪二十三年十二月底止，业经分案开具清单奏销在案。兹据苏松太道袁树勋会同局员沈邦宪、唐郁华，将光绪二十四、二十五两年分支用各款，遵照部复并年开报，计上届册报存库平银八十七万四千二百三十八两三钱有奇，二十四、二十五两年续收江海关二成洋税库平银一百七十二万八千三百七十两一钱有奇，又收税厘项下奉拨二十五年三厂常费库平银八万两，并补二十三年欠解常费银十四万两，又收奉拨二十五年三厂常费、江南筹防局库平银一万两、金陵厘捐局一万两、淮运司二万两、苏藩司二万两、苏粮道一万两、江粮道一万两、江西督销局一万两、湖南督销局一万两，又收湖北善后局解还军火、工料库平银四万两，浙江支应善后局四万五百两六钱有奇，福建善后局一千三百八十五两八钱有奇、广东善后局三千八百两，福州将军衙门一万三千六百两，共收库

①台北故宫博物院藏：《军机及宫中档》，文献编号：158553-0-B。

平银二百一十四万七千六百五十六两六钱有奇。

管、收两项共合库平银三百二万一千八百九十四两九钱有奇，共用库平银一百七十六万二千五十七两有奇，实存库平银一百二十五万九千八百三十七两九钱有奇。此项存银或系存而未用物料之价值，或系造而未完各件之工料，均系已经动用之款。今俱照案核作银数列存，归入下届开报，俾清眉目。其支用一切款项，均经遵章先行详请咨部立案。兹将收支银数及委员、司事、中外工匠薪工、购制军火、器具各项细数，照章分造清册，详请核办，并声明自光绪二十四年正月起至二十五年十二月底止，遵照部章应扣六分平银，共扣提库平银三万三千四百一十三两三钱有奇，存储候拨等情，前来。

伏查该机器局制造诸事悉仿西法，用料多系洋产，工资、物价均无定例，支用款项难以常例相绳。此次册开各款，详细察核，委系实用实销，毫无浮冒，谨照成案汇缮清单，恭呈御览，仰恳天恩俯准核销，以清款目。

除将清册分咨外务部、户部、兵部、工部查照，并饬将以后收支各款接续造报外，所有上海机器制造局自光绪二十四年正月起至二十五年十二月底止支用各款列为第十七案报销缘由，谨会同北洋大臣直隶督臣袁世凯、江苏抚臣恩寿，恭折具奏。伏乞皇太后、皇上圣鉴训示。谨奏。光绪三十年正月二十日。

（朱批：）该部知道，单并发。①

光绪三十年二月初六日，奉朱批：该部知道，单并发。钦此。②

---

①台北故宫博物院藏：《军机及宫中档》，文献编号：408007346。

②台北故宫博物院藏：《军机及宫中档》，文献编号：158552。

1641. 呈上海机器局第十七次用款清单

光绪三十年正月二十日（1904年3月6日）

谨将上海机器制造局自光绪二十四年正月起至二十五年十二月底止支用各款，缮具简明清单，恭呈御览。

计开

旧管：前案造报存库平银八十七万四千二百三十八两三钱二分四厘七毫。

新收：一、收江南海关陆续拨解二成洋税库平银一百七十二万八千三百七十两一钱六分二厘二毫。

一、收江南海关拨解三厂常费库平银二十二万两。

一、收江南筹防局拨解三厂常费库平银一万两。

一、收金陵厘捐局拨解三厂常费库平银一万两。

一、收淮运司拨解三厂常费库平银二万两。

一、收江苏藩司拨解三厂常费库平银二万两。

一、收苏粮道拨解三厂常费库平银一万两。

一、收江粮道拨解三厂常费库平银一万两。

一、收江西督销局拨解三厂常费库平银一万两。

一、收湖南督销局拨解三厂常费库平银一万两。

一、收湖北善后局解还军火工料库平银四万两。

一、收浙江善后局解还军火工料库平银四万五百两六钱一分三厘三毫。

一、收福建善后局解还军火工料库平银一千三百八十五两八钱六分九厘。

一、收广东善后局解还军火工料库平银三千八百两。

一、收福州将军衙门解还军火工料库平银一万三千六百两。

以上共收库平银二百一十四万七千六百五十六两六钱四分四厘五毫。

管、收二项共库平银三百二万一千八百九十四两九钱六分九厘二毫。

开除：一、支委员、司事薪水并夫役人等工食及一切公费库平银一十六万二千三百九两四钱四分五厘三毫。

一、支洋人辛工等项库平银四万二千四百三十两二钱五分九厘八毫。

一、支内地工匠工食库平银三十九万三千一百五两六钱九分八厘。

一、支杂项、工资库平银八千五十二两六钱八分四厘。

一、支提解节省经费库平银五千七百六十两八钱八分。

一、支购买外洋军火库平银六千二百二十四两七钱四分五厘。

一、支购买外洋机器并一切器具库平银一十五万八千二百二十三两九分四厘七毫。

一、支购买翻译所用外国图书、铅字、胶墨、颜料、纸张等项库平银四千四百四十四两九分六厘六毫。

一、支购买操习枪法、炮法所用外国物料等件库平银一千二十五两六钱三分三厘六毫。

一、支购买工艺学堂所用外洋物料等件库平银二千三百六十两五钱七分七厘一毫。

一、支制造枪炮、子药等项军械动用外洋物料等件库平银五十二万四千九百四十六两六钱二分一厘九毫。

一、支制造机器器具动用外洋物料等件库平银一十八万四千四百六十五两七分八厘九毫。

一、支熔炼铜坯动用外洋物料等件库平银一十二万七千五十二两五分一厘。

一、支添建厂屋并岁修各项工程动用外洋物料库平银九万八千五百八十一两八钱五分六毫。

一、支筑造沟坝、桥梁、码头等项动用外洋物料等件库平银一万三千三百两二钱一分七厘一毫。

一、支修理船坞动用外洋物料等件库平银一千七百九两五钱五厘五毫。

一、支各轮船行船动用外洋物料库平银二万四千六百二十六两七钱七分八厘。

一、支修理各轮船并挖河机器船动用外洋物料等件库平银三千四百三十七两八钱三分五厘。

以上共支库平银一百七十六万二千五十七两五分二厘一毫。

实在：应存库平银一百二十五万九千八百三十七两九钱一分七厘一毫。

（朱批：）览。①

1642. 请以吴有谋补授龙山营守备折

光绪三十年正月二十日（1904年3月6日）

头品顶戴两江总督臣魏光焘跪奏，为拣员请补守备员缺，恭折仰祈圣鉴事。

窃安徽龙山营左军守备刘如金参革，遗缺接准部咨系陆路题补第一轮第一缺，应用尽先人员，行令拣选请补等因。臣查是缺守备驻扎龙山地方，有经管钱粮、督率操防之责。该处毗连苏、豫两省，民情强悍，向为匪徒出没之区，必须情形熟悉之员，方克胜任。

臣于通省实缺、候补内逐加遴选。查有尽先补用都司龙山营存营千总吴有谋，年五十七岁，安徽合肥县人，由军功于同治二年投营，随剿出力，洊保守备尽先补用。八年，投效陕甘嵩武军，攻剿关外宁夏一带回、捻各匪。十年，请假回籍。十三年正月内，到标候补。光绪三年，借补龙山营左军千总。十二年十二月，接奉前在嵩武军剿匪出力保奖以都司尽先补用行知，造具履历咨准部覆注册，归班序补，各在案。

①台北故宫博物院藏：《军机及宫中档》，文献编号：158552-0-A。

该员才具稳练，办事勤奋，于该处情形最为熟悉，以之请补是缺守备，洵堪胜任，核与定章限制亦属相符。合无仰恳天恩俯准以尽先补用都司龙山营左军千总吴有谋补授该营左军守备员缺，实于营伍、地方均有裨益。如蒙俞允，该员前因千总俸满案内给咨赴部引见，奉旨回任，照例候升，应请敕部颁给札付，以昭信守。

除将履历、印册咨部查核外，谨会同安徽巡抚臣诚勋，恭折具陈。伏乞皇太后、皇上圣鉴训示。谨奏。光绪三十年正月二十日。

（朱批：）兵部议奏。①

光绪三十年二月初六日，奉朱批：兵部议奏。钦此。②

1643. 请以周有明补授都司员缺片

光绪三十年正月二十日（1904年3月6日）

再，安徽泗州营都司朱天庆开缺，所遗员缺前经臣请以花翎尽先补用都司周有明补授，并将名次在该员之前陈履端等各员开单按名声叙，恭折具奏在案。接准部咨：名次在周有明之前者，尚有王云芳、吴奎森、刘苍盈、王益茂、邓云传、邵有年、司景德、胡志材、吴春发、魏永锡、马永贵、吴道腴、周名发、刘万清、熊应朝、樊汝瑜、曹宗武十七员，核计已逾二十名之限，核与定章不符，应令另拣合例人员请补，以符定制等因。

臣查王云芳、吴奎森、刘苍盈、王益茂、邓云传、邵有年、司景德、胡志材、吴春发、魏永锡、马永贵、周名发、刘万清、曹宗武十四员，均无下落，无从拣补。熊应朝一员，与周有明同日奉旨到标，在该员之后，且久未在标。吴道腴、樊汝瑜二员，现虽在标候补，均与是缺人地不宜，未便迁就请补。所有泗州营

①台北故宫博物院藏：《军机及宫中档》，文献编号：408007344。

②台北故宫博物院藏：《军机及宫中档》，文献编号：158499。

都司员缺，合无仰恳天恩俯准仍以尽先都司周有明补授，实于营务、地方均有裨益。如蒙俞允，俟部覆至日，即行给咨送部引见，以符定制。除该员履历业已送部外，谨会同安徽巡抚臣诚勋，附片陈请。伏乞圣鉴训示。谨奏。

（朱批：）兵部议奏。①

光绪三十年二月初六日，奉朱批：兵部议奏。钦此。②

1644. 请准于云青等留补两江片

光绪三十年正月二十日（1904 年 3 月 6 日）

再，投标学习人员，历经奏留两江补用，均奉谕旨允准在案。兹查有记名总兵于云青，滇补用总兵萧有元，用副将补用参将李运隆，先参将彭长胜，将衔直隶补用游击何兆元，先游击章世成、赵长发，先补用守备刘朝明等八员，历在陕西、甘肃、云贵、河南、直隶等省随剿出力，得保今职。嗣经先后投标，或由各省咨送回标，分别差遣，于两江地方情形尚称熟悉，合无仰恳天恩俯准将总兵于云青、萧有元，将李运隆、彭长胜，击何兆元、章世成，备刘朝明，各以原官留于两江补用；游击赵长发留于江南提标里河水师补用，以资得力。

除饬取该员等履历切结咨部查核外，谨附片陈请。伏乞圣鉴训示。谨奏。

（朱批：）着照所请，兵部知道。③

光绪三十年二月初六日，奉朱批：着照所请，兵部知道。钦此。④

---

①台北故宫博物院藏：《军机及宫中档》，文献编号：408007344-0-A。

②台北故宫博物院藏：《军机及宫中档》，文献编号：158564。

③台北故宫博物院藏：《军机及宫中档》，文献编号：408007344-0-B。

④台北故宫博物院藏：《军机及宫中档》，文献编号：158533。

1645. 奏为恩赐御书融和字等谢恩折

光绪三十年正月二十二日（1904 年 3 月 8 日）

头品顶戴两江总督臣魏光焘跪奏，为恭谢天恩，仰祈圣鉴事。

窃光绪三十年正月十八日，臣衙门折弁回宁，赍到年底蒙皇太后颁赏御书融和字一幅，福”“寿”字各一方，皇上颁赏“福”字一方，当即恭设香案，望阙叩头祇领讫。伏念臣忝领疆符，倏更岁籥，神驰北极，正殷向日之忱；春满东郊，忽荷自天之宠！渥邀慈眷，融太和翔洽之庥；叠被荣施，绎多福自求之旨。综九畴而锡羡，宸翰星辉；妙八法以垂型，奎章日丽！云笺璀璨，分春色于皇州；天语吉祥，蕃休征于盛世。龙光下逮，蚁慕滋深！

臣惟有勉竭愚诚，倍勤职守，始和布法，愿斯民同寿域之登；景福惟新，祝圣主集履端之庆！所有微臣感激欣幸下忱，理合缮折叩谢天恩。伏乞皇太后、皇上圣鉴。谨奏。光绪三十年正月二十二日。

（朱批：）知道了。①

光绪三十年二月初七日，奉朱批：知道了。钦此。②

1646. 核销金陵制造局经费十九案折

光绪三十年正月二十五日（1904 年 3 月 11 日）

头品顶戴两江总督臣魏光焘跪奏，为金陵制造洋火药局支用经费第十九案造册报销，恭折具陈，仰祈圣鉴事。

窃据办理金陵制造洋火药局道员杨慕璿详称：金陵设局制造洋火药，截至光绪二十七年十二月底止支用经费，业经列为第十八案分晰造册，详请奏销在案。兹自光绪二十八年正月起，截至

①台北故宫博物院藏：《军机及宫中档》，文献编号：408007347。

②台北故宫博物院藏：《军机及宫中档》，文献编号：158585。

是年十二月底止，旧管上届实存库平银一百八十一两有奇，新收金陵防营支应局湘平折合库平银四万八千五百八十两有奇，又上年加造经费经部驳删库平银二两七钱有奇，遵即归入常年经费内列收造报，两共新收库平银四万八千五百八十三两有奇。开除各款，遵照部议报销章程，各归各部核销。计应归户部核销库平银一万一千五百二十九两有奇，兵部核销库平银二千七百四十四两有奇，工部核销库平银三万四千三百五十七两有奇，统共请销库平银四万八千六百三十一两有奇。实存库平银一百三十三两有奇，归于下届旧管项下滚接造报，造具总、散各册，详请奏咨前来。

臣覆核无异，除将送到清册咨送外务部暨户部、兵部、工部核销外，谨会同江苏抚臣恩寿，恭折具奏。伏乞皇太后、皇上圣鉴，敕部查照施行。谨奏。光绪三十年正月二十五日。

(朱批：)该部知道。[1]

光绪三十年二月初八日，奉朱批：该部知道。钦此。[2]

1647. 奏销金陵制造局经费二十案折

光绪三十年正月二十五日（1904年3月11日）

头品顶戴两江总督臣魏光焘跪奏，为金陵制造洋火药局支用经费第二十案造册报销，恭折具陈，仰祈圣鉴事。

窃金陵设局制造洋火药，截至光绪二十八年十二月底止支用经费，业经列为第十九案，分晰造册报销，另折具奏。兹据该局道员杨慕璿详称：计自光绪二十九年正月起，截至是年六月底止，连闰七个月，旧管上届实存库平银一百三十三两有奇，新收金陵防营支应局湘平折合库平银二万八千三百三十八两有奇，开除各款遵照部议报销章程，各归各部核销。计应归户部核销库平银六千七百二十三两有奇，兵部核销库平银一千五百九十七两有奇，

---

①台北故宫博物院藏：《军机及宫中档》，文献编号：408007348。

②台北故宫博物院藏：《军机及宫中档》，文献编号：158604。

工部核销库平银二万六十五两有奇，统共请销库平银二万八千三百八十七两有奇；实存库平银八十四两有奇，交由接办该局道员王钰孙仍归于二十九年分经费内旧管项下滚接造报，造具总、散各册，详请奏咨前来。

臣覆核无异，除将送到清册咨送外务部暨户部、兵部、工部核销外，谨会同江苏抚臣恩寿，恭折具陈。伏乞皇太后、皇上圣鉴，敕部查照施行。谨奏。光绪三十年正月二十五日。

（朱批：）该部知道。①

光绪三十年二月初八日，奉朱批：该部知道。钦此。②

1648. 请以恩芳补授海州直隶州知州折

光绪三十年正月二十五日（1904年3月11日）

头品顶戴两江总督臣魏光焘、头品顶戴江苏巡抚臣恩寿跪奏，为拣员请补海疆要缺直隶州知州，恭折仰祈圣鉴事。

窃江苏海州直隶州知州傅昀章撤回另补，遗缺于光绪二十九年九月十三日奉旨开缺，应以第五日行文按限减半计算，扣至十月十三日作为开缺日期。所遗员缺系沿海繁、难要缺，例应在外拣员请补。查例载：州县应调缺出，俱令于现任人员内拣选调补。如无合例堪调之员，准以候补人员请补。如无人，准于应升人员内拣选题升。又，直隶州一项，在外题补之缺，令于本省知州、知县内择其才守素著、明敏练达者，保题升用，各等语。该州界连东省，地处海滨，管辖沭阳、赣榆二县，政务殷繁，民情犷悍，非精明干练之员，难期胜任。

江苏省直隶州均系要缺，实无可调。虽有曾任京职截取记名分发人员，均与该州人地不宜。复于候补人员内逐加遴选，惟查有候补班前先补用直隶州知州恩芳，年五十六岁，京城正红旗满

①台北故宫博物院藏：《军机及宫中档》，文献编号：408007349。

②台北故宫博物院藏：《军机及宫中档》，文献编号：158610。

洲承厚佐领下人，荆州驻防，由廪生应同治丁卯科湖北乡试举人。光绪庚辰科大挑二等，以七品小京官选用。九年，选授国子监助教。十三年三月，遵例捐通判，分发江苏试用。六月十四日引见，七月十四日到省。十六年，江北河运案内保加四品衔。十八年七月十一日奉旨：依议。钦此。十五年，江苏海运案内保俟补缺后，以直隶州知州前先补用。十九年九月二十日奉旨：依议。钦此。二十一年，由江宁筹饷总局奖叙花翎。二十二年，由两淮商捐案内捐离通判，过班直隶州知州，仍留江苏补用。二十三年五月十八日引见，奉旨：着照例发往。钦此。六月初六日，行抵江宁，缴照到省，加限六日，以十二日作为到省日期。是月十四日丁母忧，回旗守制。二十五年九月二十五日，服满起复，领咨回省，经部复准，试看期满甄别留省补用，各在案。该员才识练达，办事勤能，以之请补海州直隶州要缺知州，洵堪胜任，与例亦属相符。据江宁布政使黄建筦等会详请奏前来。

臣等为地择人，往返函商，意见相同。合无仰恳天恩俯念员缺紧要，准以候补班前先补用直隶州知州恩芳补授海州直隶州知州，人地实在相宜，于海疆、地方两有裨益。如蒙俞允，该员系候补班前先补用直隶州知州请补直隶州知州，衔缺相当，毋庸送部引见，亦无须查造参罚。

谨会同漕运总督臣陆元鼎，合词恭折具奏。伏乞皇太后、皇上圣鉴训示。再，此缺向系题缺，兹遵新章改题为奏。合并陈明。谨奏。光绪三十年正月二十五日。

（朱批：）吏部议奏。[①]

光绪三十年二月初八日，奉朱批：吏部议奏。钦此。[②]

---

①台北故宫博物院藏：《军机及宫中档》，文献编号：408007350。

②台北故宫博物院藏：《军机及宫中档》，文献编号：158613。

1649. 奏请开复陈家惠察看处分片

光绪三十年正月二十五日（1904 年 3 月 11 日）

再，前丰利场大使陈家惠经前署督臣张之洞奏参两淮盐务贪污各员案内奉准部咨，光绪二十九年二月十九日奉上谕：丰利场大使陈家惠，性情偏执，舆论未孚，着开缺察看等因。钦此。当经恭录转行钦遵在案。兹查该大使陈家惠，自开缺察看以来，考以公事，甚属明白，极知愧奋，应请销去“察看”字样，留淮另补。据两淮盐运使恩铭具详前来。

理合附片具陈。伏乞圣鉴，敕部查照施行。谨奏。

（朱批：）吏部知道。[①]

光绪三十年二月初八日，奉朱批：吏部知道。钦此。[②]

1650. 奏报苏州等属蠲减钱粮缘由折

光绪三十年二月十六日（1904 年 4 月 1 日）

头品顶戴两江总督臣魏光焘、头品顶戴江苏巡抚臣恩寿跪奏，为查明苏州等属光绪二十九年秋收歉薄，蠲减钱粮，并无捏报情弊，恭折覆陈，恳恩仍照原请，分别蠲减、缓征，仰祈圣鉴事。

窃照苏省光绪二十九年分秋禾歉收，业将应征钱、漕奏明，分别蠲减、缓征，于十二月二十三日承准军机处由驿递回原折，奉朱批：着遵前旨，再行确查具奏。钦此。并于十二月初七日奉上谕：诚勋奏，因灾请缓安徽各州县钱、漕各一折。朝廷念切民依，如果灾歉属实，一经该督抚奏请蠲缓，无不立沛恩施。乃近年各省所陈缓征各处，几若视为成例，不肖州县每多捏报成灾，以完作欠，积习相沿，年年照报，名为例灾，实则民间已经完纳。

①台北故宫博物院藏：《军机及宫中档》，文献编号：408007350-0-A。

②台北故宫博物院藏：《军机及宫中档》，文献编号：158612。

于是劣绅大户得以挟制官长，抗不完粮，国家迭下蠲缓之诏，闾阎并无实惠可沾，致使维正之供徒归中饱。而豪强之包抗，胥吏之苛索，复从而因缘为奸，诡寄飞洒，盘剥欺侵，病国病民，赋税日绌，种种弊端，实堪痛恨！况当大局艰难，练兵筹饷，迫不能缓之时，岂容长此弊混！各该督抚等受恩深重，各藩司、粮道均有督征之责，嗣后务各激发天良，慎选贤能，痛除恶习，彻底清查。其实系被灾者，由该管道府确切勘明，仍准分别蠲缓。如敢扶同欺隐，严参重惩。其向报例灾之处，逐一确查，据实征收，毋许再行捏饰，不咎既往，严杜将来，以副朝廷实事求是之至意。将此通谕知之。钦此。遵即恭录饬知司道转行遵办去后。

兹据苏州布政使效曾、江安粮道胡延、苏松粮道陆钟琦等详称：查光绪二十九年苏州五府州属报征田地、山荡，共三十三万二千五百三十顷有奇，拨诸原额已得十分之九分一厘五毫。该年启征原、熟清赋，地漕正耗等银，约共二百六万一千余两，起存、改折等米一百三十二万余石，征数之多，为四十年来所未有。即清赋之后，亦以上年征数为最巨。所剩未届征新垦以及老荒，均属被灾无收；未种等田，征无可征。又因熟田之中收成歉薄，勘明分数，酌量清减，乃系民情困苦未解，照额输纳。按全额计算，共该蠲减银二十一万六千余两，米豆十六万余石。除苏省地只四府一州，赋额本繁，蠲减之数，银米牵算，约及一分。而厘剔口征，已属不遗余力。恭绎明诏有“实系被灾，勘明仍准分别蠲缓”之谕。所不许者，捏饰中饱，侵蚀正赋。苏省既经清赋，积弊不除。上年秋勘，再三搜剔，实为请蠲实歉，请减准免分数，颁示民间，俾闾阎得沾实惠。州县另依熟田造串，实征实解，查无例灾、中饱等弊。由司道取具各府州并无捏报例灾印结，并查开各年征蠲银米比较清单，会详请奏前来。

臣等伏查钱漕为维正之供，全征不见为多，蠲缓即行其少。当款绌用烦之际，正输称救悯之时。臣等疆寄忝膺，受恩深重，时艰目击，具有天良，未能设法别浚利源，以佐度支之匮乏，更何敢于朝廷本有正赋一任捏报侵渔，朦混入奏？虽在至愚，何忍出此？苏省钱漕从前匿熟、飞洒、包抗、中饱诸弊，在所不免。自光绪二十五年办理清赋，已将各弊一扫而空。是年征收之数较之二十四年分，实征银十五万两有奇，米豆九万九千余石。臣等深念前次整顿不易，诚恐稽查偶疏，必致复萌故习，每于催征考核之间，无不破除情面，责令各该地方官将可耕之土不容隐匿抛荒，是以二十九年征收之数较之二十五年清赋，复又增银七万一千余两，米豆三万七千余石。

至秋勘以水旱不调、风伤、虫伤收成减色，当督饬藩司由该管府州亲履督勘，认真厘剔，一面密委妥员分路确查，更于接见地方官绅时悉心考询，务期核实，不容稍有弊混。谨按苏州各属与捏报例灾及未经清赋各省，情事实有不同，今既钦奉朱批再行确查具奏，仰见朝廷剔除弊端、实事求是之至意。嗣后自当懔遵谕旨，再行督饬各属实力整顿，查有前项弊窦，必即立予革除，并劝谕农佃将可耕田地渐次垦复，庶几多征一分钱粮，即多裕一分饷需。

理合开缮近三年征蠲银米各数清单，恭呈御览。合无仰恳天恩仍照原请分别征蠲减缓，以纾民力。谨会同漕运总督臣陆元鼎，恭折由驿四百里覆陈。伏乞皇太后、皇上圣鉴训示。谨奏。二月十六日。

光绪三十年二月二十五日，奉朱批：户部议奏，单并发。钦此。①

1651. 呈苏松等五属实征银两清单

光绪三十年二月十六日（1904 年 4 月 1 日）

谨将光绪二十六年起至二十九年止苏、松等五府州属实征、

①台北故宫博物院藏：《军机及宫中档》，文献编号：158982。

蠲减银两、米豆各数，开具比较清单，恭呈御览。

计开

二十六年分：实征银一百九十八万五千余两，米、豆一百二十五万三千余石；蠲减银二十九万二千余两，米、豆二十二万八千余石。

二十七年分：实征银一百九十万三千余两，米、豆一百二十二万三千余石；蠲减银三十七万四千余两，米、豆二十五万八千余石。

二十八年分：实征银二百二万八千余两，米、豆一百三十万八千余石；蠲减银二十四万九千余两，米、豆十七万三千余石。

今届二十九年分，约实征银二百六万一千余两，米、豆一百三十二万余石；蠲减银二十一万六千余两，米、豆十六万余石。比较二十六年，多征银七万六千余两，米、豆六万七千余石。比较二十七年，多征银十五万八千余两，米、豆九万七千余石。比较二十八年，多征银三万三千余两，米、豆一万二千余石。

（朱批：）览。[①]

1652. 奏明江苏藩库去年解收钱粮折

光绪三十年二月十六日（1904年4月1日）

头品顶戴两江总督臣魏光焘、头品顶戴江苏巡抚臣恩寿跪奏，为查明江宁、苏州两藩司库光绪二十九年分解收地丁钱粮数目，开缮比较清单，恭折仰祈圣鉴事。

窃准户部咨：同治八年二月初五日具奏，奉上谕：户部奏，请饬各省整顿丁漕，按限奏报等语。着自同治八年为始，督饬藩司将全省一年上、下两忙征收丁漕各实数及上届征收总数，开具比较清单，详明专案奏报，统限各该年年底出奏，以备稽考。钦

①台北故宫博物院藏：《军机及宫中档》，文献编号：158982-0-A。

此。等因❶。历经钦遵办理在案。嗣因各属征解银两须至年底始能截清，当年难以赶办，咨部定限于此年二月内开单奏报，业将收解数目按年具陈至光绪二十八年分止在案。

兹据江宁布政使黄建笎、苏州布政使效曾查明，光绪二十九年分属解地丁，江宁藩库共收银三十九万九百四十三两零；苏州藩库除清赋案增征银两另行专案造报外，所有属解地丁共银七十三万八千三百八十一两零。开具经征各属解收地丁银数比较清单，详请具奏前来。

臣等覆加查核，统计江宁、苏州两藩司光绪二十九年共解收地丁一百一十二万九千三百二十四两零。比较光绪二十六、二十七、二十八等三年，均属有盈。至各属解司地丁，系截至光绪二十九年年底为止，收数稍有变差，将来归于奏销案内更正造报。相应开缮比较清单，合词恭折具奏。伏乞皇太后、皇上圣鉴，敕部查核施行。谨奏。二月十六日。

光绪三十年三月十二日，奉朱批：户部知道，单并发。钦此。[①]

❶【案】此处文字多有节略，兹据《上谕档》《清实录》补足：

军机大臣字寄：各直省督抚：同治八年二月初五日奉上谕：户部奏，请饬各省整顿丁漕，按限奏报等语。国家维正之供，以地丁漕粮为大宗。各直省自被兵以后，疮痍甫起，田地未尽开垦，征收钱漕，势难骤复定额，自系实情。然理财之道，不外尽地力而务农功，果能设法招垦，次第推广，赋额自日见起色。本届江浙新漕较之上年数目，仍不相上下。各直省地丁所入，缺额仍多。若不力图整顿，恐年复一年，正供半归亏欠。国用所关，岂容膜视！着各直省督抚严饬该地方官，将招垦、开征诸事宜实力讲求，以期渐复旧额，并着自同治八年为始，督饬藩司将全省一年上、下两忙征收丁漕各实数及上届征

①台北故宫博物院藏：《军机及宫中档》，文献编号：159344。

收总数，开具比较清单，详明专案奏报，统限各该年年底出奏，以备稽考，毋得迟逾。将此各谕令知之。钦此。遵旨寄信前来。①

1653. 呈江苏司库去年解收钱粮清单

光绪三十年二月十六日（1904年4月1日）

谨将江宁、苏州两藩司库光绪二十九年分解收地丁钱粮数目，开缮比较清单，恭呈御览。

计开

江宁藩库解收各属光绪二十九年分地丁共银三十九万九百四十三两零。

上元县银七千两。

江宁县银一千两。

句容县银三万一千两。

溧水县银一万九千一百五十两零。

高淳县银二万四千二十六两零。

江浦县银一千两。

六合县银六千五百三十八两零。

山阳县银一万八百五十三两零。

阜宁县银八千七百九十五两零。

桃源县银八百两。

安东县银一万三千三百九十八两零。

盐城县银一万五千六百七十七两零。

泰州银一万五千两。

东台县银一万一千九百四十五两零。

江都县银一万二千二百两。

甘泉县银一万七千两。

---

①《咸丰同治两朝上谕档》，第19册，第29页。又，《穆宗毅皇帝实录（六）》，卷二百五十二，同治八年二月上，第508—509页。

仪征县银六千两。

兴化县银二万二百一十二两零。

宝应县银六千两。

铜山县银八千五百两

丰县银九千九百两。

沛县银六千四百七十二两零。

萧县银一万一千二百一十六两零。

砀山县银九百二两零。

邳州银九千一百六十三两零。

宿迁县银四千三百四十三两零。

睢宁县银一万一千五百八十八两零。

海州银四千一百一十五两零。

沭阳县银一万三千一十一两零。

赣榆县银六千四百九十两。

通州银二万六千两。

如皋县银一万五千四百三十七两零。

泰兴县银一万九千五百两。

海门厅银二千一百七十六两零。

比较光绪二十六年收银三十六万四千五百七十两零，计今届多收银二万六千三百七十三两零。比较光绪二十七年收银三十六万六千一百四十一两零，计今届多收银二万四千八百一两零。比较光绪二十八年收银三十八万八千五百三两零，计今届多收银二千四百三十九两零。

苏州藩库解收各属光绪二十九年分地丁共银七十三万八千三百八十一两零。

长洲县银一万三千八百八十二两零。

元和县银四千两。

吴县银一万一千四百两。

吴江县银五千两。

震泽县银九千两。
常熟县银四千两。
昭文县银三千两。
昆山县银一万一千两。
新阳县银九千九百七十两。
太湖厅银二千八百五十三两零。
华亭县银二万二千六十八两零。
奉贤县银三万五千五十九两零。
娄县银二万一千两。
金山县银一万三千两。
上海县银四万两零。
南汇县银二万一千九百九十八两零。
青浦县银三万八千两。
川沙厅银三千一百两。
武进县银二万二千一十六两零。
阳湖县银四万四千八百八十四两零。
无锡县银二万六千六十两零。
金匮县银二万三千四百两。
江阴县银四万八千五百八两零。
宜兴县银三万三千三十七两零。
荆溪县银二万三千两。
靖江县银三万六百一十四两零。
丹徒县银一万六千九百一十五两零。
丹阳县银四万五千九百二十八两零。
金坛县银三万一千六百八十四两零。
溧阳县银二万五千两。
太仓州银四千两。
镇洋县银一万两。
嘉定县银四万三千九百九十七两零。

宝山县银三万七千两。

崇明县银四千两。

比较光绪二十六年收银七十三万三千一百十四两零，计今届多收银五千二百六十七两零。比较光绪二十七年收银六十九万七千八百三两零，计今届多收银四万五百七十八两零。比较光绪二十八年收银七十二万八千六百七十两零，计今届多收银九千七百一十一两零。

（朱批：）览。[①]

1654. 请以汪懋琨调补吴县知县折

光绪三十年二月十六日（1904年4月1日）

头品顶戴两江总督臣魏光焘、头品顶戴江苏巡抚臣恩寿跪奏，为拣员调补省会要缺知县，恭折仰祈圣鉴事。

窃照吴县知县林丙修修墓开缺，奉准部文，于光绪二十九年闰五月二十日奉旨后第五日行文，按江苏省照限减半计算，扣至六月二十日作为开缺日期，归六月分截缺。所遗吴县知县系冲、繁、疲、难兼全要缺，例应在外拣调。该县地居省会，政务殷繁，且时有发审案件，在在均关紧要，必须现任实缺、精明历练、强干有为之员，才足以资治理。

臣等于通省现任正途知县内逐加遴选，查有上海县知县汪懋琨，现年五十六岁，山东历城县举人，光绪丙戌科会试，中式贡士，殿试三甲进士，引见，奉旨：着以知县即用。钦此。签掣四川，亲老改掣江苏，十三年二月到省。十五年，准补桃源县知县，十六年四月到任。苏、浙赈抚，奖加同知衔，调补甘泉县知县，二十年二月到任。九月，丁继母忧，开缺交缺回籍，嗣经服满起

①台北故宫博物院藏：《军机及宫中档》，文献编号：159344-0-A。

复。二十三年五月，经前巡抚臣赵舒翘[①]奏准留于江苏补用，六月二十九日到省，委署长洲县知县。二十五年，请补上海县知县，奉部覆准，于二十六年四月二十三日到任。先于二十三年分海运出力，保以直隶州知州在任候补。二十四年分海运，保加一级，从优纪录二次。昭信股票案内，请奖道员在任候选。秦晋赈捐，奖给花翎三品衔。叠获票、会各匪出力，奖加一级，从优纪录二次。二十七年分大计，保荐卓异。核计历俸已满三年。查该员才具谙练，为守兼优，以之调补吴县知县，洵堪胜任。且由"正途、现任"四字要缺调补省会首邑，与例亦符。据苏州布政使效曾、署江苏按察使朱之榛会详请奏前来。

合无仰恳天恩俯准以上海县知县汪懋琨调补吴县知县，实于地方有裨。该员系现任知县调补知县，衔缺相当，毋庸送部引见。一切因公处分，例免核计。惟系再调之员，应完罚俸银两，仍饬查明，依限完缴。至该员上海县任内并无欠解钱粮及承缉盗案已起四参例关降、革处分。谨合词恭折具奏。伏乞皇太后、皇上圣鉴，敕部核覆施行。再，所遗上海县知县要缺，俟奉部覆截缺后，另行遴员请补。合并陈明。谨奏。二月十六日。

光绪三十年三月十二日，奉朱批：吏部议奏。钦此。[②]

---

①赵舒翘（1847—1901），字展如，号琴舫，陕西长安县人。同治九年（1870），补廪生。十二年（1873），中举人。十三年（1874），中式进士。光绪六年（1880），充汉提牢。七年（1881），补直隶司主事。八年（1882），升陕西司员外郎。同年，转福建司主事。九年（1883），补湖广司郎中。十二年（1886），放安徽凤阳府知府。十七年（1891），迁浙江温处道。十九年（1893），升浙江按察使。同年，授浙江布政使。二十一年（1895），擢江苏巡抚。二十三年（1897），调刑部左侍郎，兼礼部左侍郎。二十四年（1898），授刑部尚书、总理各国事务衙门行走。二十五年（1899），充军机大臣上学习行走、刑部尚书，兼理顺天府府尹事务。后以辛丑事变被杀。著有《提牢备考》《慎斋文集》《慎斋别集》《温处盐务记略》等行世。

②台北故宫博物院藏：《军机及宫中档》，文献编号：159345。

1655. 请以田庚署理松江府知府片

光绪三十年二月十六日（1904 年 4 月 1 日）

再，松江府知府王之职撤省，所遗松江府知府要缺，政务殷繁，必须遴委明干之员接署，方足以资治理。兹查有请补徐州府知府田庚，稳练端详，通达政体，堪以委署。据苏州布政使效曾、江苏按察使朱之榛会详前来。除批饬遵照外，谨合词附片具陈。伏乞圣鉴。谨奏。

光绪三十年三月十二日，奉朱批：吏部知道。钦此。①

【案】此奏片之具奏日期，录副以朱批日期为之，未确。查光绪三十年三月十二日《随手档》②“朱批魏光焘、恩寿折”栏，即有此片。据同批折件，此奏片具奏时间当为“光绪三十年二月十六日”无疑。兹据校正。

1656. 奏为御赐江绸二匹谢恩折

光绪三十年二月十八日（1904 年 4 月 3 日）

头品顶戴两江总督臣魏光焘跪奏，为恭谢天恩，仰祈圣鉴事。

窃光绪三十年二月十六日，臣衙门折弁回宁，恭赍到年底蒙恩颁赏石青江绸、酱色江绸各一匹，臣当即恭设香案，望阙叩头谢恩祇领。伏念臣起自戎衣，忝膺章服，秉疆符于江表，制锦滋惭；分春色于皇州，承筐有耀！欣逢赉锡便蕃之会，渥荷圣朝广被之仁。恩重解衣，颁尚方之云锦；宠荣华衮，带御炉之天香！诵安燠之诗，喜今日无虞卒岁；缅彰施之训，知宸衷用勖汝明。

①台北故宫博物院藏：《军机及宫中档》，文献编号：159341。

②中国第一历史档案馆藏：《军机处随手登记档》，档案编号：03-0318-1-1230-071。

申锡祇邀，寅承倍切！

臣惟有服衷自励，衮职勤修，矢表里之精纯，综文武而经纬。奉布阳春闿泽，俾三军腾挟纩之欢；幸当函夏无尘，愿亿载戴垂裳之治！

所有微臣感激欣幸下忱，理合恭折具奏，叩谢天恩。伏乞皇太后、皇上圣鉴。谨奏。光绪三十年二月十八日。

（朱批：）知道了。①

光绪三十年三月初四日，奉朱批：知道了。钦此。②

1657. 奏明盐务总办方硕辅被参各款折

光绪三十年二月十九日（1904 年 4 月 4 日）

头品顶戴两江总督臣魏光焘跪奏，为遵旨查明盐务总办道员被参各款，恭折覆陈，仰祈圣鉴事。

窃臣准军机大臣字寄：光绪二十九年十二月十八日奉上谕：有人奏，安徽正阳关盐务总办江苏候补道方硕辅，贪鄙矫诈，假公济私，请撤差查办，并将入私之款，悉数充公等语❶。着魏光焘按照所参各节，确查具奏等因。钦此。时值正阳关盐卡总办江苏候补道方硕辅差期届满，当经改委接办，一面密派妥员前往确查。

兹据委员江苏候补道黄承乙查明复称：如原参抬盐配用小秤，查盐检一大包过秤略出数斤，以为各包皆然，提出充公，名曰太平盐，方硕辅悉入私囊，每年不下数万金一节。查正阳卡过盐向用官秤，遴选司事监察，不得放轻放重，每盐一包，若逾例定之数，即应提出归公充赏。方硕辅循章办理，尚无配用小秤专择大包过秤、苛求病商情事。太平盐名目久经禁革，方硕辅到差后，掣验认真，过盐较畅，局用开支，力求撙节，亦无太平盐入私之事。

①台北故宫博物院藏：《军机及宫中档》，文献编号：408007352。

②台北故宫博物院藏：《军机及宫中档》，文献编号：159136。

又，原参巡私炮船夜间丢空包于船旁，次日巡勇上船指为私卖，索贿行罚，此风至今尤甚一节。查正阳引地宽广，向设缉私炮船二十余号，由总办局员遴派员弁管带，分驻要隘巡缉，随时督率稽查。方硕辅以湖贩自西坝捆盐，由临淮至正阳，沿途洒卖售私，于临淮补设掣验，添设巡船，增募枪划，扼要分布梭巡，尚称得力，未闻有巡私船勇丢包索贿被控之案。

又，原参豫贩之盐至皖、豫接壤之三河尖镇，加报制钱六百文，方硕辅于霍邱之周家集、阜阳之阳桥、太和之淮甸，以及亳州沈邱等处，皆设分销，遂至河南盐厘减收一节。查三河尖镇为正阳运销汝岸引盐必经之路，豫省在该镇设卡抽收盐厘，其霍邱、阜阳、太和、亳州等处均系正阳引地，方硕辅于各该处添设分局，意在疏销。霍邱与河南接壤，可以绕越三河尖厘卡，方硕辅专顾本岸畅销，致有责言。

又，原参上年四月运司请将盐斤加价二钱，方硕辅豫人偏袒，豫贩仅加银数分，湖贩加银二钱一节。查豫贩运盐须向湖贩购买。上年三月间，湖贩以钱价太昂，成本不敷，请提关价每包二钱，裒豫贩岸价钱盘之益，以补湖贩关价银盘之亏，经方硕辅饬由湖、豫两贩董事公议，每包统加一钱六分，详奉批经运司核定照加，禀明立案；所加一钱六分，系分豫贩余利，津贴湖贩亏折，并非湖贩加价，亦无豫贩加数分、湖贩加二钱之事。

又，原参方硕辅之叔弄权舞弊，妻弟刘氏兄弟一委亳州卡，一委北卡。其名刘懋者播弄是非，贿赂公行，提调柳暹在镇江伙开钱铺，方硕辅之恶，是人主谋居多一节。查江西候补直隶州知州柳暹，前在镇江开设钱店，早经闭歇，曾否与方硕辅伙开，无凭指证。该员人尚谨饬。方硕辅之叔方乾元襄理该局杂务，其姻亲江苏试用府经历刘懋派办分卡，江苏试用典史刘之颖派办亳州土销，查无舞弊实据，亦无与刘懋行贿过付之人。

又，原参汝宁委员袁某殴伤人命，方硕辅代出五百金私和一节。查汝宁委员系试用同知袁世亨，汝岸人命访闻系汝岸总局哨书因在局门外买物，与小孩口角，局勇帮殴，小孩凫水淹毙，当经局员将勇丁送交河南新蔡县惩办，由县结案，事与方硕辅无涉等情。前来。

臣查两淮盐务积疲，上年经臣督饬各局岸卡严加整理，销数较有起色，业经奏明在案。正阳关盐卡总办道员方硕辅整顿岸销，添设分卡、巡船，力求规拓豫省之淮引废岸，开支撙节，岸引畅销，计上年约可多收厘钱十余万串，办理尚有成效。巡勇丢包索贿恶习，叠经严饬查禁，此风渐息。盐务一切加价，向由商董集议认加、禀经运司议详定案，非局员所能主持偏袒，方硕辅所用之江西候补直隶州知州柳暹人尚谨饬，方乾元、刘戆、刘之颖等虽系方硕辅亲族，查无舞弊及贿赂实据，以及其余原奏各款，或查无其事，或事与无涉，应请一并免予置议。

盐务本属利薮，整顿官销，不能不严杜私路，湖贩夹带售私，沿途洒卖，已成习惯。关卡掣验稍严，往往造谣，播弄是非，以惑众听。而实心任事者，每易招尤。此吏治之所以日偷、盐务之骤难挽救也。

所有查明盐务总办道员被参各款缘由，理合恭折覆陈。伏乞皇太后、皇上圣鉴。谨奏。光绪三十年二月十九日。

（朱批：）知道了。[①]

光绪三十年三月初五日，奉朱批：知道了。钦此。[②]

❶【案】光绪二十九年十二月十八日，御史英奎奏请查办安徽正阳关盐务总办方硕辅假公济私、病商乱法一事，曰：

再，现在振兴商务，盐课尤为大宗，倘国卡贪横，侵吞扰累，何恃以维税额，而保商民？近闻安徽正阳关盐务总办江苏候补道方硕辅，贪鄙矫诈，胆大妄为，假公济私，病商乱法。如抬盐之弊，该总办配用小秤，查盐之时，检一大包过秤，略出数斤，即以为各包皆

①台北故宫博物院藏：《军机及宫中档》，文献编号：408007355。

②台北故宫博物院藏：《军机及宫中档》，文献编号：159204。

然，提出充公，实则肥己。即一毫不多，亦必抬去十数包，以为缴公之费，名曰太平盐，以致商人裹足。此项漏卮，方硕辅悉入私囊，每年不下数万金。五河总办倪姓以此被褫，而正阳之方硕辅竟逍遥法外。

又，丢包之弊，巡私炮船夜间丢空包于船傍。次日巡勇上船，指为私卖，索贿行罚，是以前总办时巡勇讹索船户徐姓，致将船伙伊春秀砍伤，案由江督提究，此风至今尤甚。方硕辅置之不理。豫贩之盐至皖、豫接壤之三河尖镇，加报制钱六百文，河南赔款全赖此项。乃方硕辅于霍邱之周家集、阜阳之阳桥、太和之淮甸，以及亳州沈邱等处皆设分销，遂致河南盐厘减收，赔款短绌，意在令其乡盐价低落，而不顾旧章。本年四月，运司请将盐斤加价二钱，方硕辅豫人也，偏袒豫贩，嗾其不加，仅令湖贩照加。湖贩不服，商同停卖，豫贩遂仅加银数分，而湖贩仍加银二钱。

又，任用私人。其四叔在内弄权舞弊，而在外暴横者，为其妻弟刘氏兄弟，一委亳州卡，一委北卡；其名刘憋者，年幼无知，播弄是非，贿赂公行。提调柳暹是方硕辅重利盘剥之人，曾在镇江同伙开设钱铺，重放利债，今捐知州衔，方硕辅委充提调。凡方硕辅之恶，是人主谋居多。汝宁委员袁某殴伤人命，方硕辅受其挟制，代出五百金，得以私和。闻方硕辅年甫五十，而鬓发俱白，说者谓其利欲熏心之所致。

以上各款，应请饬下两江督臣、安徽抚臣先将该总办撤差，认真查办，并将到差以来抬盐入私之款悉数充公。此等劣员若仅予撤差，不提私款，转得满载回省营谋差缺，流毒更无所底止。现在贪官污吏塞满仕途，其敢于为非者，皆恃查办之不力，即或轻则撤、重则革，而未闻有提赃充公者，是以劣员乐得发财，置国计民生于不顾也。奴才欲使坏法营私者知所惩戒，谨附片具陈。伏祈圣鉴。谨奏。①

---

①中国第一历史档案馆藏：《录副奏片》，档号：03-6476-080。

1658. 奏报二十九年冬季各案摘由折

光绪三十年二月十九日（1904 年 4 月 4 日）

头品顶戴两江总督臣魏光焘跪奏，为光绪二十九年十、十一、十二月分改题为咨各案，摘由开单，恭折具陈，仰祈圣鉴事。

窃查光绪二十七年八月十五日奉上谕：嗣后循例具题之件，均着改题为奏，以归简易等因。钦此。当经前督臣刘坤一将例应具题各案酌拟分别删改办法，开单具奏，声明改咨之案每月摘录简明案由，缮单汇奏一次，历经遵办在案。兹据江苏、安徽两臬司详参武职疏防职名，并据报武职丁忧及因病出缺各案前来，均经臣随时分别咨部议覆。

谨将光绪二十九年十、十一、十二月分改题为咨各案，摘录简明案由，缮单恭呈御览。理合恭折具陈。伏乞皇太后、皇上圣鉴，敕部查照施行。谨奏。光绪三十年二月十九日。

（朱批：）该部知道，单并发。①

光绪三十年三月初五日，奉朱批：该部知道，单并发。钦此。②

1659. 呈二十九年冬季各案摘由清单

光绪三十年二月十九日（1904 年 4 月 4 日）

谨将光绪二十九年十、十一、十二月分改题为咨各案，缮具清单，恭呈御览。

计开

咨参江都县事主田启桢劫案疏防武职，专汛系瓜洲营把总傅庆荣，兼辖守备黄德兴。

---

①台北故宫博物院藏：《军机及宫中档》，文献编号：408007353。

②台北故宫博物院藏：《军机及宫中档》，文献编号：159178。

咨参江都县事主王钧劫案疏防武职，专汛系扬州营把总孙长发，兼辖参将袁大升。

咨参震泽县事主于樵生被劫、拒伤平复一案疏防武职，专汛系提左营把总江择卿，协防外委曹洪胜，兼辖署游击卢桐森。

咨参元和县事主江南洲劫案疏防武职，专汛系苏州城守营把总陆兆熊，协防外委刘得标，兼辖参将曾毓衢。

咨参吴江县事主陈金彦被劫、拒伤平复一案疏防武职，专汛系提标左营把总许文彬，协防外委甘登云，兼辖署游击卢桐森。

咨参靖江县事主毛鸿谟劫案疏防武职，专汛系靖江营外委陈金华，兼辖署守备周明馨。

咨参靖江县事主杭道兴被劫、拒伤平复一案疏防武职，专汛系靖江营外委陈光廷，兼辖署守备周明馨。

咨参靖江县事主毛镜华劫案疏防武职，专汛系靖江营外委夏广荣，兼辖署守备周明馨。

咨参靖江县事主刘清绂劫案疏防武职，专汛系靖江营外委夏广荣，兼辖署守备周明馨。

咨参合肥县事主袁刘氏被劫、拒伤平复一案疏防武职，专汛系庐州营把总何吉祥，协防外委段有仁，兼辖都司长兴。

咨参庐江县事主吴学章被劫、拒伤平复一案疏防武职，专汛系六安营把总丁先衡，协防外委张玉祥，兼辖参将瑞恒。

咨参庐江县事主姚璞劫案疏防武职，专汛系六安营把总丁先衡，协防外委张玉祥，兼辖参将瑞恒。

咨参庐江县事主吴学端劫案疏防武职，专汛系六安营把总丁先衡，协防外委张玉祥，兼辖参将瑞恒。

咨参庐江县事主王质文劫案疏防武职，专汛系六安营把总丁先衡，协防外委张玉祥，兼辖参将瑞恒。

咨参全椒县事主江鸿宾被劫、拒伤平复一案疏防武职，专汛系浦口营把总朱国友，兼辖都司胡昌瑞。

咨参五河县事主客民丁开荣被杀身死、验有失物情形一案疏防武职，专汛系寿右营把总周济川，兼辖署都司刘如金。

咨参凤台县事主张成良被窃行强一案疏防武职，专汛系署寿中营把总闪明德，协防署外委吴廷珍，兼辖署游击杜春林。

咨参霍邱县事主易敬丰被劫、拒伤平复、遗火延烧房屋一案疏防武职，专汛系寿中营千总邵汝泉，协防署外委盛广恩，兼辖署游击杜春林。

咨参霍邱县事主窦以忠劫案疏防武职，专汛系寿中营千总邵汝泉，协防署外委盛广恩，兼辖署游击杜春林。

咨参宣城县事主翟大延被劫获犯未半一案疏防武职，专汛系皖左营千总罗应良，兼辖守备翁兆林，统辖署游击尹嗣兴。

咨参宣城县事主王复兴被劫未成、拒伤街邻刘光志身死一案疏防武职，专汛系皖左营千总罗应良，兼辖守备翁兆林，统辖署游击尹嗣兴。

咨参六安州事主鲍昌福被劫、拒伤身死一案疏防武职，专汛系六安营把总刘凤彩，协防外委孙传一，兼辖参将瑞恒。

咨参无为州事主高式朝被窃行强一案疏防武职，专汛系庐州营千总薛鸿焘，协防外委康怀清，兼辖都司长兴。

江西袁州协副将陈步曾于光绪二十九年十一月二十九日丁亲母洪氏忧，离任回籍守制。

长江水师吴城营左哨都司邓汪席臣感受风寒，于光绪二十九年十月二十三日病故出缺。

长江水师裕溪营后哨守备喻绥之感冒风寒，于光绪二十九年十月十五日病故出缺。

（朱批：）览。①

---

①台北故宫博物院藏：《军机及宫中档》，文献编号：159789-0-A。

1660. 奏报江南筹防局二十二案收支折

光绪三十年二月十九日（1904年4月4日）

头品顶戴两江总督臣魏光焘、头品顶戴江苏巡抚臣恩寿跪奏，为江南筹防局第二十二案收支各款，分别造报，恭折具陈，仰祈圣鉴事。

窃江苏省筹办江海防务，前经设立筹防总局，派委司道各员公同经理，业将光绪二十七年十二月以前收支款目遵照部章，造册奏销在案。兹据筹防局司道详称：自光绪二十八年正月起筹防案内正、杂各款，截至是年十二月底止收支款目，列为筹防第二十二案报销，计旧管银十四万八千二百四十二两有奇，新收江海关税项及制造二成洋税内按月额拨各款，江苏省厘金、湖北万户沱补解未奉改拨以前欠款，又筹防项下历届海平银两划抵此项欠厘，浙海关分拨税款、江海扬由两关加解陆师学堂经费、江苏防营支应局协拨毕业学生薪水、江宁藩司解回垫项、上海机器局拨还借款、江南银元局拨还铸本并划还创设时借用铸本，共收银一百四十一万四千五百四十八两有奇。

总计旧管、新收二项，共银一百五十六万二千七百九十两有奇，内除金陵、江南两机器局额拨制造经费，水陆师学堂额支、活支用款，江南银元局铸本银两，江宁藩司购办积谷银两，摊解旗营月饷，续拨武卫先锋军饷项，汇丰镑款息银，金陵官电局薪粮及修换电杆价银，共计登除银二十九万七十二两有奇，实计收用银一百二十七万二千七百十八两有奇。内开除各炮台修整改造各项工程及例换旗帜、炮篷、炮衣等件，各兵轮艇炮差运等船薪费并添购、修理用款，守台扎营民田租价，炮台炮费，中外员弁、教习、匠工人等薪水，辛工口粮、津贴、公费，因公船价，电报费用，鱼雷营挑筑船坞，水雷局裁存薪费，各台局所员弁、司事、学生、兵夫、工匠人等薪费，渡载驳运船只工食，运煤脚价，水雷哨队、鱼雷营采办料物，各煤厂添置、修理油舱船只，修整洋枪等项用费，计由筹防案内放给银两，均遵部议报销章程，各归各部核销。

计应归户部核销银九万四千五百二十二两有奇，兵部核销银二十三万四千八百八十六两有奇，工部核销银十九万三千六百十两有奇，共请销银五十二万三千十九两有奇。又，水师学堂用款，奏明归筹防案内附销，陆师学堂仿照办理。今各另立专册，附案请销。总计所支各项，均系循照成案暨奏咨奉准数目，核实支给，并无丝毫浮冒。计实存银七十四万九千六百九十九两有奇。又，水师、陆师两学堂册报结存银两，均于下届各归各案滚接造报，将收支款目造册开单，详请奏咨前来。

臣等覆核无异，除将清册分别咨送外务部、户部、兵部、工部查照外，谨合词恭折具陈，并缮列清单，恭呈御览。伏乞皇太后、皇上圣鉴，敕部查照施行。谨奏。光绪三十年二月十九日。

（朱批：）该部知道，单并发。[①]

光绪三十年三月初五日，奉朱批：该部知道，单并发。钦此。[②]

1661. 呈江南筹防局二十二案收支清单

光绪三十年二月十九日（1904年4月4日）

谨将江南筹防第二十二案报销自光绪二十八年正月起至十二月底止收支款目，缮具清单，恭呈御览。

计开

旧管：一、上届截至光绪二十七年底止筹防第二十一案册报实存库平银十四万八千二百四十二两六分三厘三毫三丝三忽三微。

新收：一、收江海关自第一百六十四结起至一百六十八结止税款内分库平银七十五万五千二百十五两七钱二分三厘一毫。

---

①台北故宫博物院藏：《军机及宫中档》，文献编号：408007356。

②台北故宫博物院藏：《军机及宫中档》，文献编号：159172。

一、收江苏省厘金项下拨解协济光绪二十八年分南洋防费库平银十五万六千两。

一、收浙海关拨解华、洋两税，今二十八年分计解到库平银一万八十四两三厘。

一、收湖北加抽川厘局拨解前欠防费及拨补抵厘，今二十八年分共计解到库平银一万四百八两一钱七分二厘六毫九丝八忽四微。

一、收江海关道光绪二十八年分在制造二成洋税款内分拨库平银七万二千两。

一、附收江海关道光绪二十八年分照章在制造二成洋税项下分拨库平银六万五百两。

一、附收江海关道加拨陆师学堂经费，今光绪二十八年分共计解到库平银六万八千九百三十五两七钱六分七厘八毫九丝五忽三微。

一、附收镇江扬由关加拨陆师学堂用款，光绪二十八年分共计拨解库平银七千两。

一、收江苏防营支应局协拨陆师学堂毕业学生经费，今光绪二十八年分拨解到库平银四千八百二十四两八钱五分七厘六毫六丝六忽六微。

一、收回筹防二十一案登拨吴淞开埠工程局拆台经费，计库平银三千六百四十九两六钱三分五厘三丝六忽一微。

一、收回江南铸造银元局光绪二十八年分批解大小龙元扣合库平银八万九千四百十四两二钱六分二厘二毫七丝九忽二微。

一、收回江南铸造银元局前借开厂铸本光绪二十八年分共计解到库平银五万两。

一、收回鄂省前次借发延订炼铜洋匠薪水银两，今由防营支应局划还，计库平银一万三千三百九十五两九钱一分一厘。

一、收回本局核扣海军平余银两，今于光绪二十八年分计划归正款库平银八万两。

一、收回江南机器局前在南洋防费内借用银两，今光绪二十八年分拨还库平银三万两。

一、收回江宁藩司前由筹防项下垫汇瑞记洋款本息，今光绪二十八年分计拨还库平银三千一百二十两四钱三分八厘四丝三忽九微。

以上新收共库平银一百四十一万四千五百四十八两七钱七分七毫一丝九忽五微。

管、收二项共库平银一百五十六万二千七百九十两八钱三分四厘五丝二忽八微。

登除项下：一、拨解金陵机器局制造经费库平银三万五千两。

一、拨放江南水师学堂并练船等处薪费，光绪二十八年分拨过库平银四万八千七百六十四两五钱三分三厘三毫三丝四忽四微。

一、拨解江南陆师学堂光绪二十八年分应用额支、活支经费，共计库平银六万三千八百九十五两四钱四分九厘四丝一忽二微。

一、拨放江南机器局应用常年经费，计本届拨发库平银一万两。

一、拨放江南铸造银元制钱局历次批解龙元铸本，今光绪二十八年分计拨发库平银八万九千四百十四两二钱六分二厘二毫七丝九忽二微。

一、拨解江宁藩司购办积谷，今光绪二十八年分拨用库平银一万九千二百九十九两四钱三分六毫六丝六忽七微。

一、拨解江宁藩司凑放旗营饷项，今光绪二十八年分库平银三千两。

一、拨放江宁藩司改拨要需，计本届光绪二十八年分拨解库平银四千三百十九两二钱一分二厘五毫八丝三忽二微。

一、拨解金陵官电局薪费，计光绪二十八年分库平银八千七十九两三钱四厘七丝七忽。

一、拨放江海关道划抵汇丰镑款息银，计光绪二十八年分库平银八千三百两。

以上共计登除库平银二十九万七十二两一钱八分三厘八毫八丝一忽七微。

实计收用库平银一百二十七万二千七百十八两六钱五分一毫七丝一忽一微。

开除

户部核销项下：一、第一册请销守台扎营并煤厂等处租用民田基地租价等款银四百八十一两五钱六分四丝。

一、第二册请销各炮台炮费及华洋教习、执事人等薪粮、水雷局裁存月饷等项银五万二千六百八十二两八钱一分三厘八毫五丝六忽九微。

一、第三册请销各局所文武各员弁、司事、兵役人等及工程处各局所文武员弁、司事、兵役人等及工程处薪费、雷营月饷、操练局用款银一万七千三百三十两三钱五厘七丝四忽六微。

一、第四册请销各台、局、所并各轮船修造工程雇用匠夫支给工食银二万三千八百三十八两四钱七分一厘五毫三忽。

一、第五册请销各兵轮、炮、运等船弁勇人等操练打靶放给赏犒银一百八十九两七钱四分三厘六毫四丝六忽七微。

以上应归户部核销五册，共计库平银九万四千五百二十二两八钱九分四厘一毫二丝一忽二微。

兵部核销项下：一、第一册请销各兵轮练炮、差运等船薪粮、公费、药费、恤赏等项银二十二万六百六十五两八钱六分七厘四毫六丝五忽。

一、第二册请销渡载驮运船只舵水工食及报费、船价、运脚、夫力川资等项银一万一千九两一钱四分四毫一丝八毫三微。

一、第三册请销各局、所、炮台长夫及修理、挑筑雇用长短夫工支给工食银三千二百十一两四钱二分五厘二毫六丝二忽九微。

以上应归兵部核销三册，共计库平银二十三万四千八百八十六两四钱三分三厘一毫四丝六忽二微。

工部核销项下：一、第一册请销四路炮台修理及例换炮篷杂件、岁修苫盖等工应用料物，放给购价银一万五千四百二十三两五钱二分七厘九毫二丝二忽。

一、第二册请销各兵轮蚊炮、差运等船购备煤油、军火、添置器具、杂件支给购买价银十四万六千一百七十四两五钱九分七厘三毫七丝八微。

一、第三册请销兵轮、差船、雷划等修理、配换、购用各项物料支给价值等款银一万九千一百二十六两六钱五分三厘一毫二丝五忽六微。

一、第四册请销吴淞至金陵鱼雷、水雷及挑筑船坞，各台厂修理、添置并舢船、修枪料价银一万二千八百八十五两五钱一分四毫三丝八微。

以上应归工部核销四册，共计库平银十九万三千六百十两二钱八分八厘八毫四丝九忽二微。

以上总计筹防第二十二案内造具报销十二册，共请销库平银五十二万三千十九两六钱一分六厘一毫一丝六忽六微。

又附造江南水师学堂用款请销库平银四万八千六百四十二两八钱三分九厘七毫一丝二忽。

又附造江南陆师学堂用款请销库平银四万七千二百二十七两九钱九分四厘二毫三忽一微。

查前两项银两系由登除内划出之数，其管、收、除、存各数，各归各堂核结，因附本案请销。理合声明销数备考登明。

实在：存库平银七十四万九千六百九十九两三分四厘五丝四忽五微，应归下届第二十三案内滚接造报。理合登明。

（朱批：）览。[1]

---

①台北故宫博物院藏：《军机及宫中档》，文献编号：159172-0-A。

1662. 奏报江苏赔款按期匀解清款折

光绪三十年二月十九日（1904年4月4日）

头品顶戴两江总督臣魏光焘跪奏，为江苏省派解赔款自光绪二十八年十二月起至二十九年十一月止，共十二期，按期匀解清款，恭折仰祈圣鉴事。

窃照新案赔款江苏奉派银二百五十万两，当经前督臣刘坤一会电奏准概减三成，声明以洋、常各关加收及漕折节省等款抵拨；其余七成，分期认解。旋奉电传谕旨：仍照部定十成原数，按月汇解沪道，转交银行存储备还，统俟年底汇计洋、常各关收数及漕折银两均有的确数目，再行核减等因。钦此。复饬各该司、道、关、局等按照部派原数，分别认筹，计江宁藩司认筹银四十万两，苏州藩司认筹银八十万两，金陵关认筹银十万两，两淮盐务合认筹银一百二十万两，共合银二百五十万两，并照关平补水计加银四万一千七十五两，均令遵照部电通年匀分十二次，按期解交沪道汇付还款。自光绪二十七年十二月分第一期起至二十八年十一月分第十二期止，扣满一年，经前署督臣张之洞奏咨在案。

兹查光绪二十八年十二月分第十三期起至二十九年十一月分第二十四期止，扣满一年，所有江苏省应解正款及补水银两，均由各该司、道、关、局等按期如数汇解江海关道库兑收，一律照认解清，并无短少贻误。又另饬江安粮道每年解银二十万两，亦已连同补平银两，分期解沪。计第二年赔款全数交清。据江南派办处司道详请汇奏前来。

臣覆核无异，除分咨外务部、户部查照外，谨会同江苏巡抚臣恩寿，恭折具陈。伏乞皇太后、皇上圣鉴。谨奏。光绪三十年二月十九日。

（朱批：）该部知道。①

光绪三十年三月初五日，奉朱批：该部知道。钦此。②

1663. 奏报估修圩堤筹垫兴工缘由片

光绪三十年二月十九日（1904年4月4日）

再，扬州府属瓜洲口内东岸圩堤迤逦至扬四十里，自粤匪平定后，从未大修，每值水涨，风狂浪激，与堤面高下不及数寸，岌岌危殆。堤内民田约十余万亩，居民不下数十万，设有溃决，不堪设想，经臣饬据办理扬属运河堤工局道员范德培确切勘估，酌筹办法，其残缺者，填补帮宽；坍卸者，修筑培厚，一律做行坦坡，夯硪坚实，共估工二十九段，长一千一百四十余丈，一切约需经费银九千两之谱，并另筹岁修之款，以期一劳永逸；饬司将应需经费先行筹垫济用，一面饬由该府县会督绅董，查明堤内受益田亩，分年摊征，解还归款。据江宁布政使黄建筦详请奏明立案前来。

除饬堤工局道员范德培趁此春水未发，赶紧兴工，修筑完固，事竣核实造报外，谨会同江苏抚臣恩寿，附片陈明。伏乞圣鉴。谨奏。

（朱批：）该部知道。③

光绪三十年三月初五日，奉朱批：该部知道。钦此。④

---

①台北故宫博物院藏：《军机及宫中档》，文献编号：408007354。

②台北故宫博物院藏：《军机及宫中档》，文献编号：159187。

③台北故宫博物院藏：《军机及宫中档》，文献编号：408007354-0-A。

④台北故宫博物院藏：《军机及宫中档》，文献编号：159166。

1664. 奏闻各司关局筹还洋款片

光绪三十年二月十九日（1904 年 4 月 4 日）

再，江苏省前借瑞记洋款英金一百万镑，订以二十年为期，前五年半只付全款之息，后十四年半本息并还，业将光绪二十八年下半年第十五次本息并还，分饬各司、关、局设法筹拨银数缘由，经前署督臣张之洞于上年二月初二日附片奏明在案。兹查前项洋款，上年五月第十六期只还息英金二万四千镑，业已照案筹付。又，上年十一月十四日系届第十七次本息兼还之期，共需英金九万六百六十六镑十三先令四本士，合规平银七十四万三千九百三十一两六钱三分，仍照案分饬各司、关、局通力合作，设法匀筹。

嗣据镇江关筹解本银二万两，金陵关筹解本银二万两，江宁藩司筹解本银二万两，金陵厘捐局筹解本银六万两，芜湖米捐局筹解息银三万两，皖南茶厘局筹解息银二万两；两淮运司筹解四分之一本息，由江西、五河、正阳各督销盐厘局卡分摊银十四万两，另筹本银二万两；江苏藩司筹解本银六万两，另筹厘金项下息银六万两；芜湖关筹解息银二万两，九江关筹解息银二万两，江海关筹解本银十五万两，共收库平银六十四万两，申合规银七十万一千四百四十两，并上届第十六期还款余剩及两淮运司溢解存项，共合规银三万七千八百八十两九钱三厘二毫九丝二忽一微，共规银七十三万九千三百二十两九钱三厘二毫九丝二忽一微，尽数拨付，尚不敷规银四千六百十两七钱二分六厘七毫七忽九微，由江海关挪垫足数，送交该洋行查收，取回关票存销。尚有两淮运司是期还镑应摊四分之一规银十八万五千九百八十二两九钱七厘五毫，除收库申规银十五万三千四百四十两并上届摊还余存规银一万九千五百八十两八钱七厘五毫外，尚短规银一万二千九百六十二两一钱。又，九江关所欠上届第十六期还款加拨库平银六千两，迄未解到，应俟补解到日，即行分别归垫，余银凑付下届还款之用。据江海关道详请奏咨前来。

臣查该关挪垫银两已饬迅速补解归垫，除分咨外务部、户部查照外，理合会同江苏巡抚臣恩寿，附片奏明。伏乞圣鉴。谨奏。

（朱批：）该部知道。[①]

光绪三十年三月初五日，奉朱批：该部知道。钦此。[②]

1665. 请准吴豫霆兼袭世职缘由片

光绪三十年二月十九日（1904年4月4日）

再，泾县籍内阁中书吴钟准于同治元年在籍督团御贼阵亡，经部议给云骑尉世职，袭次完时，给与恩骑尉，世袭罔替等因。该故员嫡长子吴国璋承袭后，在标病故，并无子嗣，以堂侄尽先选用知县吴豫霆承继国璋为嗣，请兼袭云骑尉世职。据泾县详请核办前来。查定例七品以下微员，可否准其兼袭，恭候钦定等语。该员自应照例办理。

除给咨送部引见，并将宗图、各结咨送吏部、户部、兵部查照外，谨附片陈明。伏乞圣鉴。谨奏。

（朱批：）该部议奏。[③]

光绪三十年三月初五日，奉朱批：该部议奏。钦此。[④]

1666. 奏报盐大使徐家骥期满甄别片

光绪三十年二月十九日（1904年4月4日）

再，准部咨：劳绩保举盐大使补缺有关具题，按照章程试用期满，应由该督详细甄别具奏等因，历经循办在案。兹查有劳绩

---

①台北故宫博物院藏：《军机及宫中档》，文献编号：408007354-0-B。

②台北故宫博物院藏：《军机及宫中档》，文献编号：159186。

③台北故宫博物院藏：《军机及宫中档》，文献编号：408007354-0-C。

④台北故宫博物院藏：《军机及宫中档》，文献编号：159164。

保举补用盐大使徐家骥，到淮试用业已期满。据两淮盐运使恩铭造具履历清册，详送甄别前来。

经臣于光绪二十九年十一月十五日甄别得该大使徐家骥，年力强壮，才具亦优，并照章考试，取列二等，堪以留淮补用。除将履历清册咨移部、科查核外，谨附片具陈。伏乞圣鉴。谨奏。

（朱批：）吏部知道。[①]

光绪三十年三月初五日，奉朱批：吏部知道。钦此。[②]

1667. 奏报道员杨鸿度等饬赴新任片

光绪三十年二月十九日（1904年4月4日）

再，淮扬海道员缺前以遇缺尽先题奏道杨鸿度请补；又，徐州河务兵备道员缺，前以即补道李经楚请补，均已接准部复核准，应各饬赴新任，以重职守。除檄饬遵照外，谨会同漕运督臣陆元鼎、江苏抚臣恩寿，附片陈明。伏乞圣鉴。谨奏。

（朱批：）知道了。[③]

光绪三十年三月初五日，奉朱批：知道了。钦此。[④]

1668. 请赏学堂洋教习宝星缘由片

光绪三十年二月十九日（1904年4月4日）

再，查江宁陆师学堂洋教习特屯和恩，在堂训迪有效，于光绪二十四年四月间扣满三年，经前督臣刘坤一奏请奖给三等第一宝星在案。兹查该教习特屯和恩在堂又阅数年，尽心教授，成就学生甚多。上年，前署督臣张之洞奏准选派陆师毕业学生八人赴

---

①台北故宫博物院藏：《军机及宫中档》，文献编号：408007353-0-A。

②台北故宫博物院藏：《军机及宫中档》，文献编号：159173。

③台北故宫博物院藏：《军机及宫中档》，文献编号：408007355-0-A。

④台北故宫博物院藏：《军机及宫中档》，文献编号：159184。

德游学，饬令特屯和恩伴送。该员长途往返，劳瘁不辞。又，德国队长举人商睦伯，在德教习中国送往之毕业学生，功课认真，照料一切，均极周备。据办理陆师学堂江苏候补道钱德培禀请奏奖前来。

合无仰恳天恩俯准赏给德教习特屯和恩二等第三宝星、商睦伯三等第二宝星各一面，以示光宠而奖勤劳。除咨外务部查照外，谨附片陈请。伏乞圣鉴训示。谨奏。

（朱批：）着照所请，外务部知道。①

光绪三十年三月初五日，奉朱批：着照所请，外务部知道。钦此。②

1669. 奏报添募马队营勇练兵缘由片

光绪三十年二月十九日（1904 年 4 月 4 日）

再，现在俄日失和，沿江、沿海应行筹备事宜，及防捕内匪、保护教堂财产一切，在在均需兵力，前已将添募武威新军六营、武威左右翼两旗及江阴、吴淞一带炮台护军各旗，均已添足成营，奏明在案。兹常备右军添设马队一旗，计一百二十五名，派委千总任廷琇管带。又，奇兵右旗改营，添勇二百十四名，驻防上海。又，镇江炮台招募雷勇一哨，计一百名，江阴、吴淞等处添募雷勇三百八十八名，并修换、添购雷具、电线、电箱等物，以备不虞。又，各标营裁存练兵不敷分布，江苏抚标沪军营添勇一哨，计一百名，并先后接准江南提臣及苏松、狼山、福山各镇，以提标中、副两营每营裁存练兵三百二十一名，请援光绪二十六年成案，各添募练兵一百七十九名，合成五百名；苏松镇标原存练兵三百名，请添募一百名；狼山镇标原存练（名）〔兵〕二百十四名，请添募一百名；福山镇标原存练兵三百十三名，请添募一百

①台北故宫博物院藏：《军机及宫中档》，文献编号：408007355-0-B。
②台北故宫博物院藏：《军机及宫中档》，文献编号：159194。

名，均经臣批准如数添募，俾资巡防而期周密。

除咨呈练兵处暨分咨户部、兵部查照外，谨会同江苏巡抚臣恩寿、江南提督臣李占椿，附片陈明。伏乞圣鉴。谨奏。

（朱批：）该部知道。①

光绪三十年三月初五日，奉朱批：该部知道。钦此。②

1670. 请将江宁等属钱粮漕米蠲缓折

光绪三十年三月初三日（1904 年 4 月 18 日）

头品顶戴两江总督臣魏光焘、头品顶戴江苏巡抚臣恩寿跪奏，为查明江宁等属光绪二十九年秋禾被旱、被淹，勘不成灾田地蠲缓新旧钱粮、漕折及折色银两，并无捏报情弊，恭折复陈，恳恩仍照原请分别蠲减、缓征，仰祈圣鉴事。

窃照江宁等属光绪二十九年分秋禾歉收，业将应征钱粮、漕米分案奏请分别蠲减、缓征，于三十年正月初九日承准军机处由驿递回原折，均奉朱批：着遵前旨，确查具奏。钦此。并先于十二月十六日奉上谕：诚勋奏，因灾请缓安徽各州县钱、漕各一折。朝廷念切民依，如果灾歉属实，一经该督抚奏请蠲缓，无不立沛恩施。乃近年各省所陈缓征各处，几若视为成例等因。钦此❶。谨即恭录饬知司道转行钦遵办理。兹据江宁布政使黄建笎详称：窃查江宁等六府州属，光绪二十九年分秋禾被旱、被淹，收成减歉，陈请缓征新旧钱粮、漕米，业已责成该管道、府、州亲往覆核确勘，委系被歉属实，并无捏报、欺饰情弊，详请复奏前来。

臣等伏查光绪二十九年分秋收蠲缓钱粮，其苏属并无捏报情弊，业于二月十六日详细覆陈在案。宁属同在一省，凡应蠲钱粮，均经督饬藩司、各该管道、府、州亲往覆勘，认真厘剔，实系与苏属一律，并无捏报例灾情事。合无仰恳天恩俯准仍照原请分别

①台北故宫博物院藏：《军机及宫中档》，文献编号：408007355-0-C。

②台北故宫博物院藏：《军机及宫中档》，文献编号：159168。

征蠲减缓，以苏民困。谨合词恭折由驿四百里具陈。伏乞皇太后、皇上圣鉴训示。谨奏。三月初三日。

光绪三十年三月十二日，奉朱批：户部知道。钦此。[①]

❶【案】此廷寄多有节略，兹据《光绪朝上谕档》补足：

军机大臣字寄：各省督抚、漕运总督：光绪二十九年十二月初七日，奉上谕：诚勋奏，因灾请缓安徽各州县钱漕各一折。朝廷念切民依，如果灾歉属实，一经该督抚奏请蠲缓，无不立沛恩施。乃近年各省所陈缓征各处，几若视为成例。不肖州县每多捏报成灾，以完作欠。积习相沿，年年照报。名为例灾，实则民间已经完纳，于是劣绅大户得以挟制官长，抗不完粮。国家叠下蠲缓之诏，闾阎并无实惠可沾，致使维正之供徒归中饱。而豪强之包抗，胥吏之苛索，复从而因缘为奸，诡寄飞洒，盘剥欺侵，病国病民，赋税日绌。种种弊端，实堪痛恨！况当大局艰难、练兵筹饷迫不能缓之时，岂容长此弊混！各该督抚等受恩深重，各藩司、粮道均有督征之责，嗣后务各激发天良，慎选贤能，痛除恶习，彻底清查。其实系被灾者，由该管道府确切勘明，仍准分别蠲缓。如敢扶同欺隐，严参重惩；其向报例灾之处，逐一确查，据实征收，毋许再行捏饰。不咎既往，严杜将来，以副朝廷实事求是之至意。将此通谕知之。钦此。遵旨寄信前来。[②]

1671. 请以葛凤龄补授提标守备折

光绪三十年三月十三日（1904 年 4 月 28 日）

头品顶戴两江总督臣魏光焘跪奏，为拣员请补陆路守备员缺，恭折仰祈圣鉴事。

窃准部咨：提标右营陆防守备程联堃参革，遗缺系陆路题补

---

①台北故宫博物院藏：《军机及宫中档》，文献编号：159340。

②《光绪朝上谕档》，第 29 册，第 361—362 页；又，《德宗景皇帝实录（七）》，卷五百二十四，光绪二十九年十二月上，第 936—937 页。

新章第一轮第二缺，轮用卓异无人，过班用第四缺拣发班人员，行令拣员请补等因。查是缺守备驻扎上海，该处为通商口岸，华洋杂处，弹压巡防，在在均关紧要，非精明干练、熟悉情形之员，难期胜任。

臣于通省实缺、候补中逐加遴选，查有二品顶戴升用游击补用守备漕标中营左哨千总葛凤龄，年五十六岁，江苏山阳县人，由行伍投营，洊保守备衔尽先千总，递拔漕中、左等营千、把各缺。光绪元年江苏省海运出力案内，经前督臣沈葆桢①奏保，二月初三日奉上谕：守备衔漕标尽先千总葛凤龄，俟补缺后以守备用。钦此。旋准部咨，以奉旨之日起归入江南省守备班内序补。嗣于十一年分江北河运出力案内保俟补缺后，以都司用。又于二十六年分江北河运出力案内保俟补缺后，以游击用。先于二十三年苏省海运出力案内保加二品顶戴，各在案。

该员营伍娴熟，办事勤明，以之请补是缺守备，洵堪胜任，与例亦属相符。合无仰恳天恩俯准以二品顶戴升用游击补用守备漕标中营左哨千总葛凤龄补授提标右营陆防守备员缺，实于营伍、地方均有裨益。如蒙俞允，俟部覆至日，即行给咨送部引见，以符定制。

除饬取该员履历咨部查核外，谨会同江南提督臣李占椿，恭折具奏。伏乞皇太后、皇上圣鉴训示。谨奏。光绪三十年三月十

---

①沈葆桢（1820—1879），初名振宗，字翰宇，号幼丹，福建侯官人。道光十九年（1839），中举。二十七年（1847），中式进士，改庶吉士。三十年（1850），授翰林院编修。咸丰元年（1851），充武英殿纂修官。二年（1852），任顺天乡试同考官。四年（1854），补江南道监察御史。五年（1855），升掌贵州道监察御史。同年，放江西九江府知府。翌年，署江西广信府知府。七年（1857），迁江西广饶九南道。次年，兼管粮台。九年（1859），加按察使衔。十年（1860），补江西吉南赣宁道。十一年（1861），擢江西巡抚。同治元年（1862），兼管办广信粮台。三年（1864），封一等轻车都尉，晋头品顶戴。次年，丁母忧，回籍终制，六年（1867），授福建船政大臣。九年（1870），丁父忧。十一年（1872），回福建船政大臣本任。十三年（1874），兼办各国通商事务。是年，巡视台湾。光绪元年（1875），调补两江总督，兼理通商事务大臣。五年（1879），卒于任。赠太子太保，谥文肃。著有《沈文肃公政书》等行世。

三日。

(朱批:)兵部议奏。[①]

光绪三十年三月二十九日，奉朱批：兵部议奏。钦此。[②]

1672. 请以石邦献借补江西抚标守备折

光绪三十年三月十三日（1904 年 4 月 28 日）

头品顶戴两江总督臣魏光焘跪奏，为拣员借补陆路守备员缺，恭折仰祈圣鉴事。

窃准部咨：江西抚左营守备陈鸿章军政参劾，所遗员缺系部推第一轮一缺，应用尽先人员，行令照章拣员请补等因。伏查是缺守备驻扎江西省城，弹压操防，最关紧要，非精明强干之员，难期得力。

臣于两江尽先各员内逐加遴选，查有升用游击两江尽先补用都司石邦献，年五十一岁，湖南长沙县人，由武童投效军营，随剿出力，洊保补守备后，以都司补用。于二十六年随剿大通等处票匪案内出力，经前督臣刘坤一奏保免补守备，以都司留于两江尽先补用，加游击衔，经部议准，光绪二十七年八月到标。复于沿江各属迭次续获票匪案内，经前督臣刘坤一奏保免补本班，以游击仍留两江尽先补用，并请加副将衔。旋经部议，改为俟补都司后，以游击仍留两江尽先补用。至请加衔，应毋庸议。于二十八年四月二十五日具奏，本日奉旨：依议。钦此。钦遵各在案。该员营务熟习，办事勤能，以之借补是缺守备，洵堪胜任，核与借补限制亦属相符，合无仰恳天恩俯准以两江尽先都司石邦献借补江西抚左营守备，实于营伍、地方均有裨益。如蒙俞允，俟部覆至日，即行给咨送部引见，以符定制。

除将该员出身、履历、保案、印册及前在他省并无参革、朦

---

①台北故宫博物院藏：《军机及宫中档》，文献编号：408007362。

②台北故宫博物院藏：《军机及宫中档》，文献编号：159669。

保情事切结咨移部、科查核外，谨会同署理江西巡抚臣夏时，恭折具奏。伏乞皇太后、皇上圣鉴训示。谨奏。光绪三十年三月十三日。

(朱批：) 兵部议奏。①

光绪三十年三月二十九日，奉朱批：兵部议奏。钦此。②

1673. 奏报遴补水师提标副将各缺折

光绪三十年三月十三日（1904 年 4 月 28 日）

头品顶戴两江总督臣魏光焘、长江水师提督臣程文炳跪奏，为长江水师提标中营副将各缺，遴员升补，恭折仰祈圣鉴事。

窃长江水师守备以上各缺，向系拣员开单会奏请补。兹查有提标中营副将杨福田等所遗各缺，由臣文炳遴选历练营伍、熟谙水师之员，会商臣光焘拟补。计请升补副将各缺，张有亮等四员，核与定章均属相符，理合开列清单，恭呈御览。合无仰恳天恩俯赐照准，内请升参将刘炳庭一员，前补游击案内引见未满三年，照例毋庸送部，应请敕部颁给札付，以昭信守。请升副将张有亮，游击徐金玉，守备滕钧三员，俟部覆至日，由臣光焘分别给咨送部引见，以符定制。

除饬取各该员履历咨部查核外，谨会同江苏巡抚臣恩寿、安徽巡抚臣诚勋，合词恭折具奏。伏乞皇太后、皇上圣鉴训示。谨奏。光绪三十年三月十三日。

(朱批：) 兵部议奏，单并发。③

光绪三十年三月二十九日，奉朱批：兵部议奏，单并发。钦此。④

---

①台北故宫博物院藏：《军机及宫中档》，文献编号：408007358。

②台北故宫博物院藏：《军机及宫中档》，文献编号：159672。

③台北故宫博物院藏：《军机及宫中档》，文献编号：408007357。

④台北故宫博物院藏：《军机及宫中档》，文献编号：159677。

1674. 呈水师提标副将各缺遴补清单

光绪三十年三月十三日（1904 年 4 月 28 日）

谨将长江水师各营续因事故出缺遴员请补，开列清单，恭呈御览。

计开

提标中营副将杨福田升补，遗缺查有总兵衔尽先副将大通营参将张有亮，干练有为，营务熟悉，堪以升补；所遗参将员缺，查有副将衔遇缺即补参将瓜洲营游击刘炳庭，明敏果决，久历水师，堪以升补；递遗游击员缺，查有芜湖营右哨都司徐金玉，为守兼优，水师熟谙，堪以升补。

裕溪营后哨守备喻绥之病故，遗缺查有该营前哨二队千总滕钧，干练廉明，巡防勤谨，堪以升补。

（朱批：）览。①

1675. 奏报采办棕毛动用银款缘由折

光绪三十年三月十三日（1904 年 4 月 28 日）

头品顶戴两江总督臣魏光焘跪奏，为采办五、六批棕毛动用银款，恭折具陈，仰祈圣鉴事。

窃准工部咨：行令采办棕毛三十万斤，分批解部等因。当经转饬遵办去后。兹据安徽布政使联魁详称：奉取棕毛三十万斤，议请仍以五万斤为一批，分作六批办解，业将头、二两批十万斤，委员分批办齐起解，并将三、四两批饬委采办，各在案。应将五、六两批委员前赴江西、湖北一带接续采办，所有每斤例价银三分，每批共该正银一千五百两，在于光绪三十年各属解司正项银内动

①台北故宫博物院藏：《军机及宫中档》，文献编号：159677-0-A。

给，又于耗羡项下拨给每批协贴价值银二千六百余两，又每批部饭银一千二百两、水脚银一千八百余两，详请奏咨前来。

臣覆核无异，除饬令赶紧办解外，所有采办五、六批棕毛动用银款缘由，理合会同安徽巡抚臣诚勋，恭折具陈。伏乞皇太后、皇上圣鉴。谨奏。光绪三十年三月十三日。

（朱批：）该部知道。①

光绪三十年三月二十九日，奉朱批：该部知道。钦此。②

1676. 奏报朋马银数动支实存片

光绪三十年三月十三日（1904年4月28日）

再，江西省各镇协标营朋马银数，例应按年题报。兹据江西布政使周浩③详称：光绪二十七年分朋扣买马动支、实存各数内，共扣过朋银四千四十五两八钱七分二厘，各营共倒限满马二百三十四匹，遵照部定价值并续奉部行，将分厘尾数一并裁整，每匹价银十六两八钱，共应领马价银三千九百三十一两二钱，内除减平银二百三十五两八钱七分二厘，存储报解。实给银三千六百九十五两三钱二分八厘买补新收马匹，又动未用朋扣银四两六钱三分三厘，解送兵部，以为光绪二十七年分朋马奏销饭食之用，实存未用朋扣银一百十两三分九厘。又，各营倒毙马匹皮脏变价银

①台北故宫博物院藏：《军机及宫中档》，文献编号：408007359。

②台北故宫博物院藏：《军机及宫中档》，文献编号：159671。

③周浩（1838—？），字瀚如，安徽宣城县人，附生。同治三年（1864），保训导。五年（1866），保升知县，加同知衔。六年（1867），保同知直隶州知州，赏戴花翎。同年，保知府先换顶戴，加额特赫恩巴图鲁勇号。嗣统领霆军正新十四营。同治十年（1871），委办保甲、牙厘各局务。光绪六年（1880），署江西临江府知府。十一年（1885），署江西南昌府知府。同年，调补江西南安府知府。十五年（1889），保升道员在任即补。十六年（1890），捐纳三品衔。十八年（1892），补授江西吉南赣宁道。二十五年（1899），署理江西按察使。二十六年（1900），补授直隶按察使。二十七年（1901），加头品顶戴。二十八年（1902），升补甘肃新疆布政使。同年，补授直隶布政使。二十九年（1903），调补江西布政使。三十年（1904），护理江西巡抚。

一百十七两，均造入光绪三十年春拨册内，分别拨用。造册详请核办等情。前来。

臣覆核无异，除将清册分送部、科查核外，理合附片具陈。伏乞圣鉴，敕部核覆施行。谨奏。

（朱批：）该部知道。①

光绪三十年三月二十九日，奉朱批：该部知道。钦此。②

1677. 奏报总兵刘万胜饬赴新任片

光绪三十年三月十三日（1904 年 4 月 28 日）

再，调补江西九江镇总兵刘万胜现已到宁，应即饬赴新任。其现署总兵刘长春即饬回淞北营副将本任，以重职守。除分檄饬遵外，谨会同署理江西巡抚臣夏时，附片具陈。伏乞圣鉴。谨奏。

（朱批：）知道了。③

光绪三十年三月二十九日，奉朱批：知道了。钦此。④

1678. 请以胡胜福补授淮扬镇标游击折

光绪三十年三月十五日（1904 年 4 月 30 日）

头品顶戴两江总督臣魏光焘跪奏，为拣员请补陆路游击员缺，恭折仰祈圣鉴事。

窃准部咨：淮扬镇标中营游击何师程升补提标中军参将，所遗游击员缺，系陆路题补新章第一轮第二缺，轮用卓异无人，过班用第四缺拣发班人员，行令拣员请补等因。伏查是缺游击系陆路新改之缺，驻扎清河县地方。该处为南北冲衢、盗匪出没之区，

①台北故宫博物院藏：《军机及宫中档》，文献编号：408007359-0-A。
②台北故宫博物院藏：《军机及宫中档》，文献编号：159670。
③台北故宫博物院藏：《军机及宫中档》，文献编号：408007359-0-B。
④台北故宫博物院藏：《军机及宫中档》，文献编号：159673。

巡缉最关紧要，非精明强干、熟悉情形之员，难期胜任。

臣于实缺候补中逐加遴选，查有两江补用游击泰州营都司胡胜福，年五十二岁，湖南湘潭县人，由武童投营随剿出力，洊保都司衔尽先守备。光绪九年，经前督臣左宗棠奏准以原官留于两江补用。十四年，补授淮扬镇标中营守备。先于十三年拿获土匪鲍冠同等案内，经前督臣曾国荃奏保俟补缺后以都司用，奉旨：依议。钦此。十七年，请咨引见，受札赴任。十五、十六等年分两届安澜案内，经前漕运督臣松椿保准俟补都司后，以游击仍留两江补用。二十五年，补授泰州营都司员缺，经部覆准，各在案。该员办事勤稳，操防得力，以之请补是缺游击，洵堪胜任，与例亦属相符。合无仰恳天恩俯准以两江补用游击泰州营都司胡胜福补授淮扬镇标中营游击，实于营伍、地方均有裨益。如蒙俞允，俟部覆至日，即行给咨送部引见，以符定制。

除饬取该员履历咨部查核外，谨会同漕运总督臣陆元鼎，恭折具陈。伏乞皇太后、皇上圣鉴训示。再，所遗泰州营都司员缺，江省现有合例人员，应请扣留，容臣另行拣员请补。合并陈明。谨奏。光绪三十年三月十五日。

（朱批：）兵部议奏。①

光绪三十年四月初一日，奉朱批：兵部议奏。钦此。②

1679. 保奖学堂优等生及出力各员折

光绪三十年三月十五日（1904 年 4 月 30 日）

头品顶戴两江总督臣魏光焘跪奏，为部驳江南陆师学堂二班期满毕业优等各生及出力各员保案，酌拟删减，缮具清单，吁恳天恩仍准照章给奖，恭折具陈，仰祈圣鉴事。

窃照江宁省城创设陆师学堂，前于光绪二十二年二月间经前

①台北故宫博物院藏：《军机及宫中档》，文献编号：408007361。

②台北故宫博物院藏：《军机及宫中档》，文献编号：159682。

署督臣张之洞奏明以三年为期满，仿照总署同文馆章程择尤保奖一次，钦奉朱批：着照所请，该衙门知道。钦此。嗣因头班学生期满毕业，经前督臣刘坤一择尤奏奖，奉准吏部议驳，复经奏准，各在案。兹二班学生自光绪二十六年正月入堂肄业起，扣至二十八年十二月止，已届三年之限，前署督臣张之洞亲往校阅，分别发给毕业执照、考单。据前办该堂道员俞明震详经臣照案奏奖，钦奉朱批：该部议奏，单、片并发。钦此。旋准吏部咨复议奏内称：除武职人员应由兵部办理外，臣等查天津武备学堂及南洋水师学堂三年期满请奖，均以九员为率，于九员之中准其酌保一二员，按照异常劳绩保请，历经办理在案。今该督保奏江南陆师学堂期满请奖教习、委员、学生张修祜等二十六员，内按照异常劳绩保请者十三员，寻常劳绩保请者十三员，核与臣部议覆天津武备学堂及南洋水师学堂请奖成案均不相符，应令该督将该堂教习等择其勤劳最著者，按照天津武备学堂及南洋水师学堂期满请奖成案，以九员为率，于九员之中准其按照异常劳绩酌保一二员，以符定章等因。抄粘知照到臣，当经行遵去后。现据总办该堂道员钱德培遵照删改，禀请复奏前来。

臣查严核保案，本部臣之职司，然值此时势日艰，需才孔亟，若非破格奏奖予以上进之阶，殊无以作士气。且头班三年期满时，业经前督臣刘坤一择其优等文职各员生，共保十五员名，内照异常请奖八员名，已荷特旨允准。此次二班毕业，事同一律，未便案同保异，致令向隅。兹于减无可减之中，拟将稽查委员黄世溶、汉文教习马晋义、支应委员曹典彝三员及学生黄懋修、池涵光、郑廷枢、吴介璘、赵均腾、池文藻、叶文萃、罗祖筠八名一律删除，此外各员生均系在堂三年，勤劳倍著，功课最优，比照上届请奖核准人数，异常、寻常成案，计按异常请奖，如张修祜、刘泽沛、谢良翰、刘维骙、杨锦堂、王继美、汪昆田、夏仁溥共八员名，其余七员名悉照寻常奖叙，分别酌拟升阶、官阶，谨缮具清单，恭呈御览。

合无仰恳天恩俯准照拟给奖，以昭激劝而励将来，出自逾格鸿施！除将各该员生履历咨部查核外，理合恭折具陈。伏乞皇太后、皇上圣鉴训示。谨奏。光绪三十年三月十五日。

（朱批：）该部议奏，单并发。[①]

光绪三十年四月初一日，奉朱批：该部议奏，单并发。钦此。[②]

1680. 呈保奖学堂优等生及出力各员清单

光绪三十年三月十五日（1904年4月30日）

谨将部驳江南陆师学堂二班期满毕业优等各生并在事出力各员保奖，分别删减，开具拟保升阶、官阶，缮单恭呈御览。

计开

优等学生举人张修祜，拟请以知县分省试用。

优等学生通判衔廪贡生刘泽沛，拟请以通判不论双单月选用。

优等学生县丞衔监生谢良翰，拟请以县丞不论双单月选用。

优等学生附生戴仁寿、谢向荣、李溥、滕璧、吴祖裕，均拟请以县主簿不论双单月选用。

翻译委员候选县丞刘维骙、杨锦堂、营垒教习候选县丞王继美，均拟请免选本班，以知县不论双单月选用。

武备教习县丞衔监生汪昆田，拟请以县丞不论双单月选用。

汉文教习分省试用直隶州州同夏仁溥，拟请免补本班，以知州仍分省补用。

汉文教习候选知县黄昺隆，拟请俟选缺后，以知州用。

书识文童萧世勋，拟请以从九品不论双单月选用。

（朱批：）览。[③]

---

①台北故宫博物院藏：《军机及宫中档》，文献编号：408007360。

②台北故宫博物院藏：《军机及宫中档》，文献编号：159705。

③台北故宫博物院藏：《军机及宫中档》，文献编号：159705-0-A。

1681. 奏报查明知县徐树锷被参各款折

光绪三十年三月十五日（1904年4月30日）

头品顶戴两江总督臣魏光焘、头品顶戴江苏巡抚臣恩寿跪奏，为查明知县被参各款，恭折覆陈，仰祈圣鉴事。

窃承准军机大臣字寄：光绪二十九年十一月二十六日奉上谕：有人奏，江苏赣榆县知县徐树锷，酗酒肆虐，威逼人命，纵庇丁役，吞蚀各款，请饬查办等语[1]。着魏光焘、恩寿按照所参各节，确查具奏，毋稍徇隐。原片着钞给阅看。将此谕令知之。钦此。遵旨寄信前来。等因。承准此，当经臣恩寿札委请补徐州府知府田庚驰往密查，一面查行藩、臬两司转饬遵照去后。

兹据该委员驰赴该县逐款查明，如原参赣榆县知县徐树锷，酗酒肆虐，威逼人命，纵庇丁役，吞蚀各款；家丁黄云庄不法，经淮扬海道沈瑜庆访闻，札饬该县究追，该县仍留署作弊一节。饬查该县所用门丁黄升即黄云庄，又名黄璿，工于钻营，徐树锷见其与户书莫景元往来亲密，恐其表里为奸，将该门丁驱逐，不在署中。至淮扬海道沈瑜庆访闻饬究，查无其事。

又，原参差役杨芹之弟杨标霸占文生孙长畇之妾张氏，屡控不究一节。查杨芹、杨标均该县快班头役，此等衙蠹本非安分之徒，所称霸占孙长畇之妾张氏名小芝，并无指证，第屡经孙长畇控告，似亦不为无因，否则何肯以帷薄之羞自相污蔑？惟闻此案控经前任王得庚以情节支离，批斥不准。徐树锷到任，孙长畇复又呈控，亦以毫无证据批驳，嗣后并未续控。所称屡控不究，自系过甚之辞。

又，原参捕役董姓、杨姓等纵其徒党在各镇为盗，被武生孙化泳、孙有裁拿获送县。该县反诬为殴差，将武生等衣顶详革，捕役益横一节。查该县捕役董姓即名董信，杨姓其伙也。若辈横行各镇，欺压乡民，诚难保其必无，却无为盗实据。至武生孙化泳因光绪二十五年四月间滋闹大沙河会场，夺去贼犯刘玉清，殴伤捕役，由该县详革衣顶，所称为董姓等为盗被孙化泳拿获送案各情，当即因此误传。

又，原参该县沉湎于酒，在董事朱世潼家痛饮醉后，即以账目细故提附贡生顾咏轩未到，怒喝地保王朝珍带领多人，将顾妾陶氏拖至朱世潼家，掌责无算。旋亲至顾家，入内搜寻，威逼顾妻丁氏交人，丁氏惊吓伤命，顾咏轩京控有案一节。查得朱世潼为沙河镇董，顾咏轩亦住该镇，有王长胜欠顾咏轩借款不还，向索口角。又，顾咏轩先与孙绪武因田土结讼有嫌，孙绪武唆王长胜以别事控顾咏轩于县，屡传未到。适徐树锷因公至沙河镇，住朱世潼家。孙绪武复唆令王长胜面禀，并求提质。徐树锷询知顾咏轩在家，当饬地保持片往邀，顾咏轩不到，徐树锷遂亲诣顾宅，顾咏轩即由后门逸出，其妾陶氏迎门撒泼，出言不逊，徐树锷大加申斥，称欲重责，以喝止之，亦即走避。时顾咏轩之妻丁氏正值病危，旋即加剧，不久即故。原参所谓酗酒肆虐、威逼人命者，殆即指此事。当时顾咏轩实因衔孙绪武挟嫌多事，遂赴京呈控，是徐树锷当时虽至顾家，尚未入门，其妻丁氏久病身亡，并非威逼所致，似系传闻之误。

又，原参二十七八年间县境灾荒，该县借端勒罚，计罚乡民顾兴尚、张玉珍各五百贯，张长让六百贯，朱永龄一千贯，乃在城内建望海塔，以饰耳目，款多入己一节。查该县二十五六两年大荒，二十七年小荒，至二十八年岁熟，民困赖苏，乡之人历能言之。至捐乡民顾兴尚等各款，无从查其确数。此外尚有朱姓、李姓各捐款或因漏税，或因控案，捐款多少，均不得其详。然以修文庙，修城楼，修衙署，且其中多有捐廉，固不独建望海塔一端，以地方之款为地方之用，事属因公，固非入己可比。

又，原参谕办房捐，与劣董渔利分肥，经孙长年控州、控藩、控京有案一节。查上年劝办房捐系由县会委查办，嗣因委员不洽舆情调省，仍由该县谕董办理，而家丁黄升即黄云庄、户书莫景元声名本劣，平日与各镇董往来不知避嫌，故办捐或有不平，物论因之滋起，以致孙长年与镇董孙化政因捐互控，并将二人牵入，至今缠讼不休，有州卷可稽。

又，原参各乡团练本系民捐民办，乃该令不准民练；各乡镇月缴练费，有不从者，锁提押追，该县仅以护勇数人充数，有名无实，以致盗贼蜂起，民不聊生一节。查得该县招募马队练勇，本为地方缉匪而设，所需口粮先经由县禀明，由青口朱蓬柘、旺三、海口所出之豆饼、豆油抽捐，以给勇粮。自庚子拳匪之变，各镇办团，又因城内空虚，经各董议请共拨调练丁五十名来县驻扎，以备防护监狱及缉捕之用，月需经费亦由各董缴县发给。迨和议已成，各镇练丁先后遣撤，而在城之五十名仍留巡缉，其缴费之款数与送练之人数，均按镇之大小以为衡。查赣属大小三十镇，其送县练丁有七八人至一二人不等，缴费之数亦如之。后因缴解日久，乡民颇以为累，然其初本由各镇董议定缴县，届期亦即由各镇董催缴，尚无锁提、押追之事。现在城内练丁实有四五十名，每遇徐树锷赴乡缉捕，均由练丁随伺偕往，众目共睹，实非数人充数，且徐树锷于捕盗一事夙有能名。近来，盗风渐熄，民赖以安，似于地方不无裨益。

以上各款，均经该委员逐一查明，禀由江宁藩司黄建筦、署江苏臬司朱之榛会核具详前来。臣等覆加考察，此案被参各款，或言之过甚，或查无实据，应毋庸议。惟该县于所用家丁、书差，驭之太宽，致滋物议。除饬司将徐树锷撤任，勒令赶紧交出该家丁黄升即黄云庄，并通饬各属一体严拿务获，提同该县书差解省究办，将因捐互控等案一并讯结外，相应请旨将江苏赣榆县知县徐树锷交部议处，以示惩儆。是否有当？谨合词恭折覆陈。伏乞皇太后、皇上圣鉴训示。谨奏。光绪三十年三月十五日。

（朱批：）另有旨。[①]

---

①台北故宫博物院藏：《军机及宫中档》，文献编号：408007363。

光绪三十年四月初一日，奉朱批：另有旨❷。钦此。①

❶【案】光绪二十九年十一月二十六日，御史李灼华以江苏赣榆县知县徐树锷酗酒肆虐、威逼人命等情。奏请将其撤任查办，曰：

再，江苏赣榆县知县徐树锷酗酒肆虐，威逼人命，纵庇丁役，吞蚀各款；家丁黄云庄不法，经淮扬海道沈瑜庆访闻，札饬该县究追，该县仍留署作弊；差役杨芹之弟杨标霸占文生孙长畇之妾张氏，屡控不究；捕役董姓、杨姓等纵其徒党在各镇为盗，被武生孙化泳、孙有裁拿获送县，该县反诬为殴差，将武生等衣顶详革，捕役益横；该县沉湎于酒，在董事朱世潼家痛饮醉后，以账目细故提附贡生顾咏轩未到，怒喝地保王朝珍带领多人，将顾妾陶氏拖至朱世潼家，掌责无算；旋亲至顾家，入内搜寻，威逼顾妻丁氏交人，丁氏惊吓伤命，顾咏轩京控有案。二十七八年间，县境灾荒，该县借端勒罚，计罚乡民顾兴尚、张玉珍各五百贯，孙长让六百贯，朱永龄一千贯，乃在城内建望海塔，以饰耳目，款多入己；谕办房捐，与劣董等渔利分肥，经孙长年控州、控藩、控京有案；各乡团练本系民捐民办，乃该县不准民练，令各乡镇月缴练费，有不从者，锁提押追，该县仅以护勇数人充数，有名无实，以致盗贼蜂起，民不聊生。

以上各款，应请饬下两江督臣、江苏抚臣先将该员撤任，切实查办，无稍徇饰，地方幸甚！谨附片具陈。伏祈圣鉴。谨奏。②

❷【案】此案旋于是年四月初一日得旨允行，《光绪朝上谕档》载曰：

光绪三十年四月初一日，内阁奉上谕：前据御史李灼华奏参江苏赣榆县知县徐树锷各款，当经谕令魏光焘、恩寿确查。兹据查明覆奏，所参各款，查无实据。惟该县于所用家丁、书差，驭之太宽，致滋物议，徐树锷着交部议处。余着照所议办理，该部知道。钦此。③

---

①台北故宫博物院藏：《军机及宫中档》，文献编号：159688。

②中国第一历史档案馆藏：《录副奏片》，档号：03-5426-169。

③《光绪朝上谕档》，第30册，第58页。

1682. 请将章邦直革职赔修缘由片

光绪三十年三月十五日（1904 年 4 月 30 日）

再，江宁省城高等学堂于光绪二十八年筹建，经前督臣刘坤一奏明在案。嗣因展拓该堂规模，添建洋楼、化学堂、仪器房，为学生习学图绘之所，甫于上年九月间报修工竣。兹据两江学务处司道江宁布政使黄建筦等禀称：高等学堂后面图画堂洋楼一所，突于本年三月初六日架梁倾圮，压毙学生一人、重伤五人、轻伤六人。该堂前由候补直隶州章邦直领款监造，未及一年，遽行坍塌，伤及人命。除先查传匠头发县严讯外，章邦直承造此项工程，有无侵克营私，俟查明详办等情。前来。

臣查学堂屋宇为中外教习及考取学生朝夕肄业所居，宜如何拣选工料，认真修造，以期坚固。今章邦直承办前项洋楼、化学堂，领款一万五千余两，工竣未久，坍塌酿命，若非工料偷减，即属办事草率，难以姑容，相应请旨将江苏候补直隶州章邦直先行革职，勒令赔修，以示惩儆；一面由臣饬司查明有无侵克营私情弊，据实禀办。理合附片陈请。伏乞圣鉴训示。谨奏。

（朱批：）着照所请，该部知道。①

光绪三十年四月初一日，奉朱批：着照所请，该部知道。钦此。②

1683. 请准江北采买办运米石缘由片

光绪三十年三月十五日（1904 年 4 月 30 日）

再，江北奏准将节省米价运费采运籼米十万石，由海运京。本年正月二十九日，准户部咨行，饬即停办，腾出米价运费，全

---

①台北故宫博物院藏：《军机及宫中档》，文献编号：408007363-0-A。

②台北故宫博物院藏：《军机及宫中档》，文献编号：159689。

数解部等因。当即饬令江安粮道遵照办理。兹据该道胡延详称：前项秈米十万石，早已发银委员购齐，并买麻袋，雇用剥船运赴镇江交收囤栈，于上年十一月二十八日委员前往镇江开局兑收。现在米船纷纷到镇候轮装运，三、四月间，即当督运北上，况所购米价，以及委员薪水、运镇水脚各项均已发给，无可追回，合将本届停运为难情形，据实详覆等情。

察核该道所详尚属实在情形，合无仰恳天恩敕部查照，将本年江北采买米石仍准办运，以后遵章折解。除咨户部外，理合会同漕运督臣陆元鼎、江苏抚臣恩寿，附片陈请。伏乞圣鉴训示。谨奏。

（朱批：）户部知道。①

光绪三十年四月初一日，奉朱批：户部知道。钦此。②

1684. 查明知县陶在铭等被参各款折

光绪三十年三月十八日（1904年5月3日）

头品顶戴两江总督臣魏光焘、头品顶戴江苏巡抚臣恩寿跪奏，为查明知县被参各款，据实恭折覆陈，仰祈圣鉴事。

窃臣等接准军机大臣字寄：光绪二十九年十一月十六日奉上谕：有人奏，州县讳盗殃民，劣绅聚众滋事，请旨查办一折❶。据称江苏铜山县知县陶在铭借办团为名，按亩敛钱，又苛派房捐，信用劣绅周有道、林之祺，任令设会聚徒，劫案迭出，并有玩视人命等语。着魏光焘、恩寿按照所参各节，确切查明，据实具奏，毋稍徇隐！原折着钞给阅看。将此谕令知之。钦此。遵旨寄信前来。遵经札饬臬司遴委公正之员，按照所参各节确查去后。

兹据署江苏臬司朱之榛查明详覆。臣等详加察核，如原参所称江苏铜山县知县陶在铭，人本颟顸，而又贿赂公行，巧于牟利，

---

①台北故宫博物院藏：《军机及宫中档》，文献编号：408007363-0-B。
②台北故宫博物院藏：《军机及宫中档》，文献编号：159711。

莅任以来，前后十余年，富至数十万，其始借办乡团为名，勒令百姓按亩出钱，每亩捐钱数十文、百文不等，每岁通计亩捐较正税加倍，该令尽入私囊一节。查陶在铭系实任铜山县知县，在任年久，颇有能名。其于地方如培植学社、开浚河渠及放赈、种树等事，尚肯捐廉倡办。铜山地僻民穷，风俗强悍，于应纳正项钱粮尚多拖欠，断不容按亩加捐。惟当青黄不接之时，每有乡民出借仓谷，由县禀定于丰收时带征还仓。此项带征谷价，每亩不过五六文，并于粮串加盖红戳，以杜弊混，并非加捐，亦无捐至百数十文之多。至该县办理团练，视乡镇大小，以定团丁多寡。所需经费皆由各团自行筹备，有出丁而不出钱、有出钱而不出丁者，镇市中之行铺亦各照铺面大小，量力捐助，款归团董收发，不经官吏之手，无从入其私囊。

又，原参按民房派捐，凡乡村农舍，破屋颓垣，无不计算间架，勒令捐钱，以致民怨沸腾，联名上控，府道仍批回，该县小民之怨无伸一节。查江南各属前因筹偿赔款，议办房捐，铜山县于光绪二十八年春间开办，仅于城乡店铺遵照定章收捐，所有民间住宅概免捐纳，商民相安，不闻有计算间架、勒令捐钱之事，亦未据上控有案。

又，原参恶绅周有道、林之祺二名，哥老会中之会首，该令结为密友，朋比为奸，凡词讼要案皆由周、林二人串通贿买，该处有周衙门、林衙门之名。二人创设盟会，召集匪徒数千余名，名曰哥老会，市井无赖尽入其中，创立名号，分别宗支；又勾结盐匪，名曰安庆班，亦数千人，昼则聚伙，夜则抢劫，会中人皆佩带洋枪、利刃，行凶杀掠，良民稍忤其旨，伊等奋臂一呼，同党百千立刻即至，地方官受其贿嘱，不敢问。自有此二党，乡间抢劫之案不可枚举，闻有敬安集、唐家寨皆已被劫，而官不究问一节。查林之祺捐指山东通判，在籍充当董事。光绪二十三四年间，铜属屡苦岁歉，贫民乏食。陶在铭捐资办赈，以林之祺系本地绅士，嘱其襄办。林之祺从中朦蔽，假公济私；周有道亦市井小人，因附林之祺为象山乡董，乡族多不之服，二人均查无通匪及贿弊实据。惟林之祺小有才能，陶在铭于地方公事常与商办，林之祺遂借势自雄，不知检束，怨讟之丛实由于此。至江北会匪向有大刀会、安庆班名目，其中哥老会匪甚少，盐贩间或有之，并非林、周二人创设召集，亦无昼聚夜劫之事。惟敬安集、唐家寨两处距城远至七十余里，或百数十里，荒僻之区，不免时有抢案，一经报官，即为验缉，亦有乡民虑匪报复不敢报官者，所云官不究问，或即指此。

又，原参小张庄刘姓被劫伤命，请缉不准一节。查光绪二十七年春间，小张庄民刘姓被劫，邻团趋救，与贼格斗，遗火燃烧草房，刘姓弟妇王氏被烧毙命，经陶在铭勘验缉犯详报有案，此外并无被劫伤命之事。

又，原奏周脉伦家被劫伤命，正犯在周有道家拿获，周有道出为贿嘱，旋即释放一节。查周脉伦家于光绪二十五年春间被劫，事主伤而未死，经防营获犯马在梆等由县讯供详办，马在梆等并不获自周有道家，周有道亦无出为贿释情事。

又，原参山东曹州府著名巨匪李玉伦逃避铜境，周有道贿通该令为之隐庇尚未正法一节。查李玉伦原籍山东曹州府，寄居铜邑，恃众横行，屡被人控，经徐州道饬拿获案，发府讯办，于光绪二十九年五月在监病故，该县陶在铭查无袒护。

又，原参巨匪刘玉山经民间拿获送案，该令放回不究，盖周有道、林之祺以聚众抢劫为敛财之方，该令即结交周、林，为分肥之地。铜山县逼近山东，盗贼出没，本自无常，即严加搜捕，犹恐不逮，如此庇纵，匪徒愈肆行无忌，闻匪中有姚红布、李二天王、周庆云等，皆著名巨匪，周有道等之党与。哥老会、安庆班不知几千百人，一旦发作，为祸尤烈一节。查刘玉山之名，遍询无一知者，亦无被控获送之案。姚红布即姚孔布，系著名竿头。光绪二十五年四月间，经沛县饬拿拒捕，被新军右营哨弁格杀。李二天王即李中信，又名李二天耶，系竿子劫掠为生，光绪二十二年经陶在铭与丰县会营拿获，解道讯供，禀准就地正法，均有案卷可稽。周庆云查无其人，惟县属前学庄李姓家被劫案内，匪首孙庆云先经获案详办，或即周庆云传闻之误。铜山毗连东境，游匪伏莽，所在皆有。自李二天王、姚红布等拿办以后，近来余党尚知敛迹。

又，原参该县玩视人命，凡遇命案呈报，多不准理，有鹿姓之妻彭氏夫故守寡，矢志不嫁，有王昌太设法将该氏抢去，与伊侄王玉魁成亲，彭氏不从，被王玉魁刀伤毙命，而王玉魁亦死在一室，王昌太即捏报贼杀，该令延缓至今，尚未究办一节。查鹿彭氏系县属大泉集人，夫故孀守，胞姊王彭氏念其家贫无依，知族人王玉魁未娶，为之媒说允愿，遂向鹿彭氏劝嫁。讵该氏闻言恚甚，乘间自戕，王玉魁虑被牵累，亦即自缢，氏父欲全名节，不忍报验，即行殓埋，后经陶在铭访闻，传讯明确，详请旌表，县卷具在，可以覆按，并无抢亲及捏报、盗杀情事。

以上各节，均经臣等饬司查明，该员陶在铭在铜山县任前后，几及十年，平日恪守官箴，尚知自爱。惟于劣绅林之祺轻信任用，不能觉察其奸，虽非知情故纵，究属用人失当。陶在铭现已升补邳州，应请交部议处。在籍捐指山东通判林之祺，倚势招摇，声名甚劣，应请即行革职，与劣董周有道均交地方官严加管束，以示惩儆。

是否有当？谨将查覆原由，合词恭折具奏。伏乞皇太后、皇上圣鉴训示。谨奏。光绪三十年三月十八日。

（朱批：）另有旨。[1]

光绪三十年四月二十日，奉朱批：另有旨❷。钦此。[2]

❶【案】光绪二十九年十一月十六日，御史俨忠奏参江苏铜山县

---

①台北故宫博物院藏：《军机及宫中档》，文献编号：408007351。

②台北故宫博物院藏：《军机及宫中档》，文献编号：160066。

知县陶在铭颟顸贪劣、讳盗殃民等情请旨查办一折，曰：

浙江道监察御史奴才俨忠跪奏，为州县讳盗殃民，玩视人命；劣绅结会拜盟，聚众滋事，据实纠参，请旨查办，以息乱萌，恭折仰企圣鉴事。

窃以今年来各省盗风日炽，固由民气之不靖，实由州县酿成者居多，凡遇明火强劫之案，小民赴县控告，该县往往勒令改窃，甚有不得控告者，小民无门可入，遂忍气吞声，甘心缄默。即或经人参奏，而查办之时或曰毫无实据，或曰事关偷窃，并或曰未经呈报，是以小民怨气不伸，聚而为匪，朝阳之案、广宗之案、广西之匪、贵州之匪，大半由此而起。乃奴才风闻江苏徐州府铜山县知县陶在铭，人本颟顸，而又贿赂公行，巧于牟利。莅任以来，前后十余年，富至数十万。其始借办乡团为名，勒令百姓按亩出钱，每亩捐制钱数十文、百文不等，每岁通计亩捐较正税加倍，该令尽入私囊，并未曾办乡团也。

又按民房派捐，凡乡村农舍，即破屋颓垣，无不计算间架，勒令捐钱，以致民怨沸腾，联名上控府道，府道仍批回该县，小民之怨，无从伸矣。该处有恶绅周有道、林之祺二名，哥老会中之会首也。该令与二人结为密友，朋比为奸，凡词讼要案皆由周、林二人串通贿买，该处有周衙门、林衙门之名。周、林二人创设盟会，召集匪徒数千余人，名曰哥老会，市井无赖尽入其中，创立名号，分别宗支；又勾结盐匪，名曰安庆帮，亦数千人，昼则聚伙，夜则抢劫，会中人皆佩带洋枪、利刃，行凶杀掠，良民稍忤其旨，伊等奋臂一呼，同党百千立刻即至，地方官受其贿嘱，不敢问也。此等劣绅实为地方之害，若不早为解散，其祸曷堪设想？况自有此二党，乡间抢劫之案不可枚举，间有敬安集、唐家寨皆已被抢，而官不究问。

又有小张庄之刘姓被劫伤命，请缉不准；又有周脉伦家被劫伤命，正犯在周有道家拿获，有道出为贿嘱，旋即释放；又有山东曹州府著名巨匪李玉伦，逃避铜境，周有道贿通该令，为之隐庇，经民人联名呈诉府道，始行捕获。该令为之袒庇，尚未正法；又有巨匪刘玉山，民间拿获送案，该令放回不究。盖周有道、林之祺以聚众抢劫为敛财之方，该令即结交周、林，为分肥之地，且铜山县逼近山东，盗贼出没，本自无常，即严加搜捕，犹恐不逮，若如此庇纵，则匪徒愈肆行无忌矣。闻匪中有姚红布、李二天王、周庆云等，皆著名之匪，周有道等之党与也。哥老会、安庆帮不知几百千人，一旦发作，恐较朝阳之邓菜峰、广宗之景廷宾为祸尤烈。此皆劣绅之猖獗，实由该县之护符也。

又闻该县玩视人命，凡遇命案呈报，多不准理。闻有鹿姓之妻彭氏夫故守寡，矢志不嫁。有王昌太者，设法将该氏抢去，与伊侄王玉魁成亲，彭氏不从，被王玉魁刀伤毙命，而王玉魁亦死在一室。王昌太即捏报贼杀，该令延缓至今，尚不究办。此案正凶究系何人？彭氏既已毙命，王玉魁又因何致死？若谓逼奸相斗，岂有二人共死之理？若谓夜间入贼，岂有财物不伤、同院不救之理？此案等巨案，若不加紧究办，恐死者含冤，正凶得脱，天理何在，王法何彰！此皆该令讳盗殃民之所致也。

方今我国家时事多艰，人心不靖，州县贪劣之员参不胜参，革不胜革，但奴才既有所闻，不敢安于缄默，为此据实纠参，相应请旨饬下江苏巡抚认真严密查办，澈底根究，以清盗源，以舒民怨。谨恭折具陈。伏乞皇太后、皇上圣鉴。谨奏。光绪二十九年十一月十六日。①

❷【案】此奏旋于是年四月二十日得旨照准，《光绪朝上谕档》载曰：

光绪三十年四月二十日，内阁奉上谕：前据御史俨忠奏参江苏铜山县知县陶在铭讳盗殃民、任用劣绅各款，当经谕令魏光焘、恩寿确查，兹据查明覆奏，该员平日尚知自爱，惟于劣绅林之祺轻信任用，不能觉察，着交部议处。捐指山东通判林之祺，倚势招摇，声名甚劣，着即行革职，与劣董周有道均交地方官严加管束。以示惩儆。该部知道。钦此。②

---

①中国第一历史档案馆藏：《录副奏折》，档号：03-7380-026。

②《光绪朝上谕档》，第30册，第69页。又，《德宗景皇帝实录（八）》，卷五百二十九，光绪三十年四月，第50页。

1685. 奏报查明被参文武各员缘由折

光绪三十年三月十八日（1904 年 5 月 3 日）

头品顶戴两江总督臣魏光焘跪奏，为遵旨查明被参文武各员，逐款据实覆陈，恭折仰祈圣鉴事。

窃臣于光绪二十九年十二月二十七日承准军机大臣字寄：光绪二十九年十二月十八日奉上谕：有人奏，江南吏治窳败，兵防废弛，据实纠参一折[1]。所有单开各员劣款，着魏光焘按照所参逐一确切查明，据实具奏，毋得回护徇隐！原折、单着钞给阅看。将此谕令知之。钦此。遵旨寄信前来。当即密派新授江苏臬司两淮运司恩铭、现署江苏臬司候补道朱之榛，分款确查。兹据先后查明禀覆，臣复详察众论，证以案据，有查无凭据者，有业经参办者，有办而未结者，敬为我皇太后、皇上缕晰陈之。

如原参内称督幕候补直隶州贺弼，招权纳贿，赃款累累一节。查贺弼系贵州同知，在云南边防案内保升知府，经臣奏调委充文案。上年四月随臣到沪，在前青阳县知县汤寿潜寓所，与道员俞启元始识，并未结为兄弟。至道员沈邦宪办制造局，由湖广督臣张之洞电商，派委道员潘汝杰办银元局，由藩司黄建笎面保道员俞启元办鄂岸督销，副将陈煦亮署城守协，均臣量材遴委；知府夏敬观以课吏取列超等，得海门厘差；知县施煃以劳绩委署六合县，均由司局照章详请，无须行贿。知县郭希度办理武穴分销，系归鄂岸总局派委，均与贺弼无涉，道员杜俞、知县郭希度亦无过付贿银实据。调核元茂、震源两号钱庄上年出入总簿，并无各该员划付之款。上年八月，贺弼向商人沙国荣购朝珠一串，付价银三百两，并非沈邦宪所送。巡捕洪遹声查无行贿情事。任焕章并不在署，亦非幕友。泰兴县龙璋调帘，遗缺由藩司详请截取知县游毅之代理，于七月初六日到任，十月十八日交卸，视事数月，岂肯贿银七千圆？十二圩所属无河圩地方，界口虽有厘局，原参两员俱无名姓，赃款八千亦无证佐。道员陶森甲委购枪枝，由臣札饬上海道袁树勋会立合同，付价更无许赃之理。

原参谓常备左军统领张春发本拟撤换，贺弼与杜俞、洪遹声、任焕章共得七八千金为之说项留差一节。此案于未奉寄谕之先电奏参办，则得贿留差之说不查自明。

原参又谓贺弼图占同县龙某之妾坤儿，并与杜俞等夜聚游府西街娼户郑宝儿、宝奴家一节。查贺弼籍隶安化，其县龙姓流寓江宁者甚多，原单未叙姓名，无凭究诘。至游府西街在臣署近侧，有湖南人郑姓居住，并非娼户，何能诬指？贺弼性素沉默，不善与人周旋。臣于接待僚属，务求和衷。至批判公牍，则丝毫不容假借，不知者疑均贺弼所为，其实事无巨细，皆臣亲裁。谤书之来，或即因此。

原参内称候补道杜俞钻谋保举，贿买要差，以八百金馈前督臣刘坤一幕僚王夔，自撰“整军经武、隐若长城”八字，私求密保，曾以数万金贿通今汴抚陈夔龙左右为之游誉，故汴抚亦极力保之一节。查杜俞以书生投营，历经荐保，前督臣刘坤一委带江苏留防水师，极器重之。督署章疏甚繁，虽由幕僚草进，而其大要及考语，悉由督臣自纂亲填，非起草者得参其私。杜俞雅有能名，汴抚陈夔龙因而论荐，亦以人事君之义，若谓左右受金游誉所致，当无其事。

又，原参内称苏抚恩寿闻于今年秋间特参杜俞遇事取巧，营务废弛，时有候补知府胡玉瀛受该道贿万六千金为言，该道乃督臣旧交，遽行参劾，难以和衷，故得中止一节。查上年四、五月间，南汇等县有帮匪邓海青、凌德胜争权械斗，苏抚恩寿责成统领盐捕营杜俞捕拿，于八月擒获邓海青，讯明正法，恩寿有嘉许之词，无参劾之理，正不必胡玉瀛为之缓颊，传闻之讹，不待剖而易明。

又，原参杜俞带苏防营时，私以火药售盐捕营，价入私橐，其初统盐捕营，以四千金馈苏抚要人得之一节。查杜俞素称知兵，是以历任苏抚委统盐捕、缉私各营，原参所指要人，并无姓名，可见子虚。营中火药领放均有定数，且为各军命脉所关，细诘盐捕营，实无私卖之事。

又，原参内称杜俞现统江胜六营，今年秋间欲与各管带伙吞夫银十四月，兵人哗噪，管带刘景侨、彭书麟等不能弹压，反被辱诟，其最亲信之欧阳成松、彭书麟皆克扣，务盈该道之欲壑一节。查防营不轻调动，长夫额饷借以津贴营、哨等官办公薪费，相沿已久。去秋七月，常备右营管带周逢春请假离营，该营勇丁不知底蕴，向索此项夫银，经杜俞晓谕而止。彭书麟管带副中营、刘景侨管带后营，并无不能弹压、反被辱诟之事。已革副将欧阳成松亦不归杜俞差遣，当系传闻之误。

又，原参称杜俞所统盐捕营之营官吴家正、孔德升等，与著名枭匪施老窝子、董必贵、曾国章，暗相勾结，今年夏间恩寿委该道查办枭匪拒捕案件，该道驻沪月余，选色征歌，所带勇丁任其在附近劫掠数次，上海道隐匿不报一节。查吴家正、孔德升均籍皖北，分带缉私水师历十余年。私枭施老窝子、董必贵早经伏辜，曾国章叠饬严密捕拿，逃匿未获。去夏，杜俞赴沪查办南、北两帮枭匪，派领哨王思仁带线勇往捕，途遇南帮放哨之张阿二，追至沈庄，张阿二情急逃入廪生朱子灏家，跟踪入室，在黑暗阁楼上搜获，心疑朱姓窝匪，因起箱笼物件搜查，朱子灏诉之。杜俞即派吴家正至王思仁船上革惩线勇，将原物如数发还，咨司有案，或因此误为劫掠。

又，原参称杜俞所招盐枭徐怀礼，绰号老虎，利其贿赂，结拜师生，俾之兼统营务。徐怀礼阴贼狡悍，益借官势贩私，且以睚眦辄遣死士杀人，江中沉尸以石，计一年余，已数百人为虎傅翼，亦恐酿成寇乱一节。查徐怀礼即都司徐宝三，于光绪二十六年五月经前长江提督黄少春函商前督臣刘坤一准其就抚自效。徐怀礼曾贩私盐，其旧日徒党未能尽编入伍，或仍业贩私一犯盗劫等案，徐怀礼必捕送有司惩治。其杀人沉尸江中，或未就抚时有此残酷，且系匪徒自相残害，故亦无鸣冤者，今则实无其事。二十九年五月，巨匪曾国章率其党由崇海潜图上窜，经臣檄饬徐宝山驰往剿捕，遇于福山左近，奋勇力战，俘其党三十余名，曾匪负创远遁，经臣奏明有案。道员杜俞驻军镇江，常噢咻之，亦冀得其死力，用以缉匪。

又，原参称杜俞私役勇丁排仗第宅，曾买金陵益仁巷房屋，授意右营营官周逢春出银三千，周逢春一时未允，遂逼勒辞差。该道曾贷总兵刘麒祥七千金，适麒祥之子四川候补道国郇来宁向索，遂禀请接带周营，以为搪搁地步一节。查金陵近年住屋租价昂贵，杜俞于益仁巷典屋作寓，适营官周逢春辞差，实由患病，并非逼勒。刘麒祥系原任苏松太道，官非总兵，与杜俞居同里闬，谊兼姻娅，有无可以相通。刘麒祥之子刘国郇曾在四川带勇，上年来宁，派充接带常备右营，甫及四月，因病辞差，并无向杜俞索欠之事。谓其假差搪搁，自不足信。

又，原参内称提督张春发，刻薄寡恩，不恤士卒，并贿托谋差各节。查该提督由臣查参，并无行贿之事，其统武卫先锋左军系在庚子正月奉旨特派，并非道员袁鸿祐所能说项。其统常备左军系前督臣刘坤一遵旨将武卫左军汰留步队六营、马队一百五十名，改为常备左军，仍归张春发统带。幕僚王燮何因受贿，是与原参贿托贺弼、杜俞说项留差之事，同为无据。其在清江赴援北上，事隔数载，上年带队赴滇，确有兵勇夹带米石、不服盘查情事。其平日营务废弛，藉藉人口，已由臣派员查明，于上年十二月二十日奏请革职，嗣奉上谕发往军台效力赎罪，应请免再议。

又，原参内称福山镇总兵统领护军等营杨金龙，营务废弛，在金陵建公馆一区，分为三户，名张蔚蓝堂、王朗和堂、杨立德堂，皆役使护军营为之。所部各营管带哨官之妻妾子女，大半为所奸污，魏光焘过安徽，前巡抚聂缉椝曾亲告之；又时与提督李占椿、督中协副将蒋云龙、杜俞、张春发、王世绶等在秦淮河宿娼聚赌，蒋云龙尤无忌惮一节。查总兵杨金龙统领护军等营，已历多年，训练尚属认真，叠经前督、抚臣奏保有案。其在省城购造房屋，调查界石、税契，均系防营公所名目，既非私宅，自无分立堂名之理。工归匠人包办，亦无役使营勇情事。至奸污者何人，欲控者何人，均未指实，未便访查，上年臣过安徽省城，亦未闻聂缉槼言及。提督李占椿、张春发因公来省，与杨金龙、蒋云龙、杜俞、王世绥等讲求洋操，遇有外洋员弁过宁，与之联络讨论，偶于秦淮河厅设馔款待，不闻有宿娼聚赌情事。蒋云龙所部新兵精壮足额，近在省城，何敢肆无忌惮！

又，原参内称候补道潘汝杰以贿得银元局总办，欲取偿于公款，一味搜括欺侵，计每年可吞占二十余万，局中人员衔之刺骨，具禀讦告，曾派道员邓炬清查，亦不过敷衍了事，前委道员志钧、沈邦宪等已饱扬而去一节。查此事自臣到任后，即严饬清查，弊在铜元，不在银元，盖铜元创办之初，羌无故实效法泰西，自生铜以至成元，工作极为繁细，若辗片未匀、印花未清，咸须回炉重镕，费工耗料，暗亏殊难计算，且铜、铅各项购自外洋，价值时有增减，铸造愈久愈精，即钱数愈出愈多。宁局开铸铜元系道员刘锡庚为总办，志钧、沈邦宪继之。至潘汝杰已四易其员，臣以藩司黄建筦言潘汝杰熟悉办法，委充是差，无所用其贿买。前委道员邓炬查验新厂机器，尚见认真。惟该局开办之初，立法未能尽善，历办委员亦未切实考求，经臣逐细调查，悉心整顿，并派员监造，不准涓滴虚耗。现在渐有头绪，容臣另案奏办。

又，原参内称厘金总办候补道俞明震，台湾内渡，捆载而归，陈宝箴[①]抚湘时，该道舞弊营私，已为漏网之鱼，其子某剪去发

---

①陈宝箴（1831—1900），字右铭，号峙庐、右民、橘叟，江西义宁州（修水）人，附生。咸丰元年（1851），中式举人。九年（1859），保候选知县。同治三年（1864），保候选直隶州同知。翌年，保知府。十一年（1872），保候补道员，加盐运使衔。光绪元年（1875），署湖南辰永沅靖兵备道，晋二品衔。六年（1880），补河南河北道。八年（1882），迁浙江按察使。十二年（1886），发往广东差委。次年，赴河南办理河工。十六年（1890），授湖北按察使。同年，署湖北布政使。二十年（1894），调补直隶布政使。二十一年（1895），擢湖南巡抚。二十四年（1898），以滥保匪人革职。二十六年（1900），卒于籍。

辫，倡言革命，该道不谓非宜；候补知县胡葆庆贿该道四千金，允以庆余桥厘差，奉札后仅献二千，该道含怒改委丁堰小卡；候补知县冷利南、史式珍、李宣龚，皆到省未久，与该道之子往来，遽得优差一节。查道员俞明震前在台湾、湖南有无营私，已隔多年，事在他省，无从查考。其子俞大纯留学东洋，现复出洋游历，所称自剪发辫，倡言革命，皆属无据空言。知县胡葆庆委办庆余桥厘捐之后，查悉从前办理靖江厘捐，因收数短绌撤差，以庆余桥厘局事繁责重，调办丁堰小卡。旋又访闻该令私向家丁借款，饬府查办在案。该令虽已另案革职，仍应饬府查讯另结。俞明震受贿事无证据，难以指实。知县冷利南、史式珍、同知李宣龚均已到省有年，冷利南曾署丰县知县，因办周圩港厘卡比较有盈，特调庆余桥厘局；史式珍由译书局文案经前总办厘局道员穆克登布调办认捐局差；李宣龚由日本赛会回华，委办荷花池厘卡，即赴差次，未闻与俞明震之子往来，足见传闻不实。

又，原参内称厘局虽有委员，乃藩司专政，黄建笎不接僚属，每遇衙参，拒人千里，差缺补委非大吏私人，即幕僚请托，知县陈其璟以重贿得补江都一节。查金陵厘捐总局系藩司督办，粮道、盐道会办，列衔专派候补道员驻局总办主稿，送司道会行，由来已旧①，藩司黄建笎上年六月底到任，感疫发疹请假，二十五日销假后，办理科场事宜。九月，以胞兄病故请期服假，其不见僚属，或指假期而言，若谓补署各缺专受请托，则实无其事。知县陈其璟曾任实缺，请补江都县知县，系照例章办理，经部核准，既无徇私之弊，焉有重金之贿？

伏念臣学肤识浅，受国厚恩，到任以来，访察江南弊政甚于他省，首以约束幕僚、整饬吏治、兵事为急务。其余应办诸事，无不以防弊为先，以此报称，常惧不足。言者无罪，闻者足戒。惟江宁候补官员多至四千余人，数倍他省，现当时局艰危，用人

---

①此“旧”疑为“久”之误。

办事不能不慎，选贤能，破除情面，因而觖望者众，往往捏为蜚谤，以快其私。此任事之难而众恶之所必察也。

此次被参案内，除已革提督张春生先经奏参已革，知县胡葆庆尚有控案应行讯办外，其余均经逐款确查，并无实在劣迹，应请均免置议。惟道员俞明震总办厘局，纷更差委，虽查无贿弊实据，究属办理不善，相应请旨交部议处。试用知县郭希度，年少气浮，办事亦欠稳练，应即撤差，请以府经县丞降补。游击衔都司彭书麟，居心贪鄙，刻薄勇丁，应请革职，永不叙用，并不准投营效力，以示严惩。嗣后所属文武各员，由臣严加稽察，如有不职，仍当随时纠参，以期仰副朝廷整饬官方至意！

所有遵旨查明被参文武等员各款缘由，谨据实恭折覆陈。伏乞皇太后、皇上圣鉴训示。谨奏。光绪三十年三月十八日。

（朱批：）另有旨。[①]

光绪三十年四月二十日，奉朱批：另有旨❷。钦此。[②]

❶【案】光绪二十九年十二月十八日，御史黄昌年以吏治窳败、兵防废弛据折纠参，曰：

掌山西道监察御史臣黄昌年跪奏，为疆臣徇情失察，吏治窳败，兵防废弛，据实纠参，恭折仰祈圣鉴事。

窃维今日时势之艰，风俗之坏，财政之绌，弊端之深，其要在澄清吏治以图振兴，整顿兵防以为挽救。臣访闻江南一省，吏治、兵防之坏，有令人发指眦裂而不堪言者。督臣魏光焘本以军功起于边省，置之陕甘、云贵，以廉正率属，犹当兢兢自持，而江南物力丰盈，水陆辐辏，差缺多优，事繁弊重，向为仕宦驰逐争斗之场。以左宗棠、曾国荃之才名地望，或难措置裕如，推其腐败之由，皆缘巧宦与幕宾相结，而历任督臣之刚正无欲者，亦多为所蒙蔽。盖此等巧宦、幕宾平日粗有才名，金粉江山，流连诗酒，而大僚辄借此以为延揽风流之

---

①台北故宫博物院藏：《军机及宫中档》，文献编号：408007364。

②台北故宫博物院藏：《军机及宫中档》，文献编号：160037。

盛事。此端一启，百弊丛生。其素无操守之大僚，则以财以色中之，而谗邪入矣。

据臣所闻，督臣魏光焘守优于才，藩司黄建筦才优于守，皆有徇情失察之处，而其暗通声气，专事欺朦，政以贿成，营私舞弊，则以统领盐捕江胜等营候补道杜俞、候补直隶州现在督幕贺弼、云南提督现充常备左军统领张春发三人为最。其余文职如候补道沈邦宪、潘汝杰、俞明震、候补知县胡葆庆、史式珍等，结纳钻营，贿买差缺；武职若总兵杨金龙、副将蒋云龙、金陵总炮台官候补直隶州王世绶及劣幕任焕章、督辕巡捕洪某等，交通罔利，汲汲如狂，且自杜俞统盐捕营，专以招纳枭匪为盘踞把持之计，或保为统领，或任以营官，一旦长江缓急，饱则噬人，贻患非浅。说者谓江南盐捕之杜俞与广东缉捕之李家焯行径相同，李尚能钩距，杜只以文才济恶，信不诬也。

臣窃痛时艰百倍曩时，而官场腐败尤甚，内而军机，外而督抚，或倚内助，或恃外援，往往有劣迹昭著，而督抚辄曰"此人乃某之所保荐也"。而外闻滥保私人，政府即明知之，亦但循故事，其甚者又以平时恩怨、爱憎，举劾动盈章牍，外托彰瘅之公，而居心行事多不可问。朝廷倚大臣，务全体面，原保处分已属空言，汇案纠参多无实事，犹复徇情护短，胆大妄为，诚恐激成天下奔竞之风、争权之渐，威柄下移，所关匪细！然今之方面殊叹乏才，国家元气大伤，为治务宜安静，使以功不如使以过，去其短乃可用其长。如臣所闻，江南吏治、营务之坏，大率蒙蔽失察居多，谨已列清单，恭呈御览。拟请即行饬交两江总督魏光焘从严查办，毋得回护，以负朝廷委任之重。

臣有风闻言事之责，不容瞻徇，不敢虚诬，恭候睿裁。是否有当？伏祈皇太后、皇上圣鉴。谨奏。光绪二十九年十二月十八日。①

【案】同日，御史黄昌年呈江南失察吏治事实清单一纸，曰：

谨将纠参江南事实，胪列清单，恭呈御览。

一、现在督幕候补直隶州贺弼，招权纳贿，赃款累累。试用道俞启元，委鄂岸督销，贺弼得贿银一万，由知县郭希度过付，贺、俞结

---

①中国第一历史档案馆藏：《录副奏折》，档号：03-5428-019。

为兄弟，郭亦得武穴督销。候补道潘汝杰，贿贺弼银一万五千，得江南银圆局总办，其贿银系上海元茂钱庄及金陵、震源钱号家之票，由杜俞过付。委署六合县知县施烽，贿贺弼银六千，亦震源钱号票，由杜俞关说过付。候补知府夏敬观，贿贺弼银六千两，得海门厘差。候补道沈邦宪，求委上海制造局总办，贿贺弼朝珠一串，值八百金，又馈二千两。督辕巡捕洪某及幕客任焕章，共得千两。副将陈煦亮，贿贺弼及洪巡捕、任焕章二千金，得署城守协，亦杜俞居间过付。又有某知县贿以七千银圆，得署泰兴十二圩；所属河圩界口，某两委员贿以八千银圆。候补道陶森甲，奉委赴沪购办军械，许以二千银元而不给。常备左军统领张春发，魏光焘查点缺额，本拟撤换，贺弼与杜俞、洪巡捕、任焕章共得七千金，为之说项，仍留此差。又，贺弼窥伺县人龙某之妾坤儿貌美，以事羁龙某于沪，遂占其妾，置督署旁，常与杜俞等夜聚游府西街娼户郑宝儿、宝奴家谋为不法。此贺弼贿卖差缺、近日耳目彰彰者也。

一、候补道杜俞，妄自夸张，钻谋保举，贿买要差，以八百金馈前督臣刘坤一幕僚王燮，自撰“整军经武、隐若长城”八字，私求密保。甲午中东之役，该道谬谓刘坤一、魏光焘资其计画，得以全军而退，其实该道本营器械尽失，闻其曾以数万金贿通今汴抚陈夔龙左右为之游誉，故汴抚亦极力保之。苏抚恩寿闻于今年秋间具折特参该道遇事取巧，营务废弛，贿求差使，居心险诈，时有候补知府胡玉瀛受该道贿万六千金为言该道乃督臣患难旧交，遽行参劾，难以和衷，故事得中止。该道带苏防营时，私以火药售盐捕营，价入私囊。候补道丁鄂尝与同舟，以此讥之，该道羞恼成怒，几至挥拳，时有道员陶森甲、总兵杨金龙在旁解纷。其初统盐捕营，实以四千金馈苏抚要人得之，苏宁官场深知其事。又，现统江胜六营，今年秋间欲与各营带伙吞夫银十四月，兵人哗噪，管带刘景侨、彭书麟等不能弹压，反被辱诟。其最亲信之欧阳成松、彭书麟等皆克扣，务盈该道之欲壑。镇江将弁遂亦以此挟制，不能查点。所领盐捕营之营官吴家正、孔德升等与著名枭匪施老窝子、董必贵、曾国章，暗相勾结，外为敷衍，内肆侵贪。今年夏间，恩寿委该道查办枭匪拒捕案件，该道驻沪月余，选色征歌，所带勇丁任其在附近劫掠数次，上海道隐匿不报。该道所招盐枭徐怀礼，绰号老虎，利其贿赂，结拜师生，俾之兼统营务。徐怀礼阴贼狡悍，益借官势贩私，且以睚眦辄遣死士杀人，江中沉尸以石。计一年余，已数百人矣。人命至重，言者岂尽无因？为虎傅翼，亦恐酿成寇乱，此尤不可忽视者也。江胜营统领年入万六千金，盐捕营所入殆四万金，不足以供该道之应酬挥霍，私役、勇丁排仗第宅，曾买金陵益仁巷房屋，授意右营官周逢春出银三千，周逢春一时未允，遂逼勒辞差。该道曾贷总兵刘麒祥七千金，适麒祥子四川候补道国郇来宁向索，遂禀请接带周营，以为搪搁地步。其余琐事未敢录登，人人知其败坏官场、营务，而邻省大吏反誉，不容口实，见该道之狡诈异常，不可不严为惩治也。

一、现统常备左军云南提督张春发，从前新疆底定，尚属有劳，然刻薄寡恩，不恤士卒，专事钻营。庚子之役，贿托道员袁鸿祐说项，于荣禄得统武卫先锋左军，由清江赴援，毫无纪律，在河西务匹马先逃。营哨官之忠勇者，言之泣下。及率溃卒回防，与陈泽霖右军沿途奸淫虏掠，良乡、县城，罗掘一空；京朝官赴行在者，多被两军人所劫。该提督大肆克扣，草菅人命，士卒饥疫，物故大半，复贿通刘坤一之劣幕王燮，得常备左军统领。其带队援滇也，名为四营，不过千人，由沙市遵陆，所过侵暴，常德一带民人泣诉。及回清江，纵勇夹带私货，不服盘查，湖北夏口厅禀揭有案。其常备左军六营步队，马队一百六十骑，魏光焘颇闻其缺额甚多，曾委营务处候补道夏时济前往密查，查得营官四人，均系私请充数，薪水减给；每棚兵不过四五人，马只三十余匹，犹多临时召雇市卒充数敷衍；营官与哨长不相识，哨长与兵丁不相识，夏时济据实禀揭，魏光焘本拟撤参，以贺弼、杜俞之言而止。

一、福山镇总兵统领、护军等营杨金龙，营务废弛，专司迎送，建造私宅，在金陵北太平桥北岸建公馆一区，广十余顷，分为三户，一名张蔚蓝堂，张春发所居也；一名王朗和堂，总炮台官王世绶居也；一名杨立德堂，该总兵自居也。皆役使护军营为之。所部各营管带、哨官之妻、妾、子女，大半为所奸污。魏光焘道过安徽，前抚聂缉槼曾亲告之。闻有什长某忽升哨官，因其女美，咱以营官，女已字人不允，什长畏祸逼成。夫家欲控之督署，该总兵以多金阻遏，虽属暧昧，然富贵武人常有此等事。又该总兵时与提督李占椿、督中协副将蒋云龙及杜俞、张春发并王世绶等，在秦淮河宿娼聚赌，而蒋云龙尤为肆无忌惮。

一、候补道潘汝杰，以贿得银圆局总办，欲取偿于公款，一味搜括侵欺，计每年可吞占二十余万，局中人员衔之刺骨，具禀揭告，曾派道员邓炬清查，亦不过敷衍了事。而前委道员沈邦宪、志钧等已饱而扬去，盖此种利孔久艳官场。现当整顿银圆，尤宜查察。

一、候补道现充陆师学堂提调兼委厘金总办俞明震，利令智昏，行为矫诈，台湾内渡，捆载而归，犹复托名忠义，誓以死守，及人谓其真能死也。乃陈宝箴抚湖南时，该道舞弊营私尤甚，已为漏网之鱼，及指捐江苏，旧习无能自改。其子某幼稚无知，剪去发辫，倡言革命，该道不谓非宜。且闻其世受国恩，岂合如此？又，候补知县胡葆庆，著名奸猾，托人关说贿，许该道四千金，允以庆余桥厘差。胡令奉札后，忽然改变，仅献二千。该道含怒，改委丁堰小卡，胡令又复哗然，通省传为笑柄。他若候补知县冷利南、史式珍、李宣龚，皆到省未久，缘以狂荡少年与该道之子往来，遽得优差，人言啧啧。议者谓厘局虽有委员，乃藩司专政。有云黄建笎不接僚属，每遇衙参，拒人千里。其差缺补委，非大吏之私人，即幕僚之请托。知县陈其璟，以重贿得补江都，而资深守正之员饥饿寒苦者，往往而有。此亦略有所闻，不敢不附陈者也。

夫兵防归重督抚，吏治责成藩司。而江南鹾务、厘捐，尤今日司农所系。自前督臣曾国荃、刘坤一以勋名坐镇，山薮藏疾，积渐已非一朝，诚恐江河日下，有难以挽回之势。臣之所纠，冀不如其所闻，然第任大僚之徇情护短，掩饰弥缝，未见其有瘳也。

又，臣此折所录，自秋迄冬，江南腾书数四，或托金陵旅人公启，或称府、厅、州、县公函。窃念毁誉难凭，犹且迟迟，时加采访，务尽言责。谨此渎陈。伏乞圣鉴。谨奏。十二月十八日。[①]

❷【案】此案旋于是年四月二十日得旨照准，《光绪朝上谕档》载曰：

光绪三十年四月二十日，内阁奉上谕：前据御史黄昌年奏参江苏文武各员劣款，当经谕令魏光焘确查，兹据查明覆奏，除贺弼等员查无实在劣迹毋庸置议外，道员俞明震总办厘局，纷更差委，虽无贿弊实据，究属办理不善，着交部议处。试用知县郭希度，年少气浮，办事亦欠稳练，着以府经历县丞降补。都司彭书麟，居心贪鄙，刻薄勇丁，着革职永不叙用，并不准投营效力，以示惩儆。余着照所议办理，该部知道。钦此。[②]

1686. 请以黎鹍补授通州分司运判折

光绪三十年三月十八日（1904年5月3日）

头品顶戴两江总督管理两淮盐政臣魏光焘跪奏，为拣员请补分司要缺，以资整理，恭折仰祈圣鉴事。

窃两淮通州分司运判凌树模奏参开缺另补，于光绪二十九年二月十九日奉旨后第五日行文，按两淮程限减半计算，应以三月十九日接到部文之日作为开缺日期，当经咨部归三月分截缺，所遗员缺例应由外拣员请补。查定例：各省盐运司、运判缺出，先尽著有劳绩即用、先用人员补用。如无人，将部发人员按一应补、一委用、一捐纳三班轮流补用。又，条奏内开：各项著有劳绩奉旨以何项官员升用、补用者，均归于候补班酌量补用。又，张元恺请补海州分司运判案内，经部奏定章程，嗣后各省运副、运判缺出，各按各缺，均分为两班，以一缺仍按定例办理，以一缺照筹饷例补用，各等语。

---

①中国第一历史档案馆藏：《单》，档号：03-5428-018。

②《光绪朝上谕档》，第30册，第50页。又，《德宗景皇帝实录（八）》，卷五百二十九，光绪三十年四月，第50页。

两淮运判自分班轮补新章以后，上次通州分司缺出，用劳绩候补班前先运判金兆椝。又，泰州分司员缺，用劳绩保归捐纳本班先运判宣兆熊；续出通州分司员缺，用劳绩候补正班运判凌树模。又，海州分司员缺，用捐纳正班运判夏敏功请补止。今通州分司员缺，按照分班轮补章程，应轮劳绩候补班前人员到班。惟通州分司一缺，管辖九场，盐多灶广，督场稽煎，责任綦重，且值整顿鹾纲之际，非精明干练、熟悉盐务情形之员，难期得力。

臣于劳绩各员中逐加遴选，查有劳绩候补班前补用运判黎鹍，年五十一岁，湖南监生，遵筹饷例报捐盐运判。光绪二年，捐加四品衔。五年，捐指两淮试用；江西贵溪县城工出力案内保加一级。九年五月初十日，经钦派大臣验看，八月十二日到淮试用，期满甄别，经前督臣曾国荃以该员年壮才敏，振作有为，留淮补用。新章考试，取列二等。嗣于关外湘楚、嵩武、皖、蜀诸军异常出力案内，经前新疆抚臣刘锦棠保准以运判仍留两淮，归候补班前补用。十六年，丁父忧，回籍守制。十九年十二月二十七日，起复回淮，经部核准在案。该员守洁才明，办事勤谨，以之请补通州分司员缺，人地实在相宜，洵堪胜任，核与分班轮补章程亦属相符。据江宁布政使黄建筦、署两淮盐运使恩铭会详请奏前来。

合无仰恳天恩俯准以劳绩候补班前补用运判黎鹍补授通州分司运判员缺，于盐务实有裨益。如蒙俞允，该员系劳绩候补班前补用运判请补运判，衔缺相当，毋庸送部引见。

除将该员履历送部查核外，谨会同江苏巡抚臣恩寿，恭折具奏。伏乞皇太后、皇上圣鉴训示。谨奏。光绪三十年三月十八日。

（朱批：）吏部议奏。[①]

光绪三十年四月二十日，奉朱批：吏部议奏。钦此。[②]

---

①台北故宫博物院藏：《军机及宫中档》，文献编号：408007365。

②台北故宫博物院藏：《军机及宫中档》，文献编号：160064。

1687. 请奖前办赈捐出力各员缘由折

光绪三十年三月十八日（1904 年 5 月 3 日）

头品顶戴两江总督臣魏光焘跪奏，为查明江苏前办淮、徐、海等属赈捐在事出力各员，吁恳天恩准予分别给奖，缮单恭折具奏，仰祈圣鉴事。

窃查光绪二十三四两年江苏淮、徐等属迭被水灾，筹办赈抚，所收各捐共支销库平银四百三十九万余两，内除截留漕粮、昭信股票、彩票抽厘及前已奏奖各员报效、官绅捐助等银一百三十余万两外，尚有外省、本省各官绅劝集银三百余万两。当时劝募员绅均能不辞劳瘁，得以集成巨款，接济灾区，不无微劳足录，业经遵章奏请分别保奖，钦奉朱批着照所请，转行钦遵在案。查近年顺、直等省赈捐，凡劝银六千两者，照寻常劳绩保奖一员，均经部核准有案。此次淮、徐、海等属赈捐劝集之数较巨，今综计外省、本省请保各员共一百七十名，实已核实删减，尚无冒滥。据清理捐输文照处司道开单详请奏奖前来。

理合缮具清单，恭呈御览，合无仰恳天恩俯准照单分别给奖，以昭激劝。除饬取履历咨部外，谨会同江苏巡抚臣恩寿，恭折具奏。伏乞皇太后、皇上圣鉴训示。谨奏。光绪三十年三月十八日。

（朱批：）该部议奏，单并发。①

光绪三十年四月二十日，奉朱批：该部议奏，单并发。钦此。②

---

①台北故宫博物院藏：《军机及宫中档》，文献编号：408007366。

②台北故宫博物院藏：《军机及宫中档》，文献编号：160074。

1688. 呈请奖前办赈捐出力各员清单

光绪三十年三月十八日（1904年5月3日）

谨将江苏淮、徐、海等处赈捐案内出力各员衔名，缮具清单，恭呈御览。

计开

三品衔分省补用道黄中慧，拟请二品封典。

二品顶戴遇缺题奏广东补用道李准，拟请加布政使衔。

三品衔江苏候补道章荫、凌盛熺、那良，试用道刘能缉，三品衔候选道何葆麟，江苏候补道朱锟、张庭杰、范德培、龚盛际，江苏试用道方硕辅、李文涛，山东候补道洪怿孙，浙江试用道江忠赓、郜宝书，江西试用道杨宝壬，分省补用道刘国榜，候选道王宗堂、徐诚，拟请加二品衔。

盐运使衔道员用江苏候补知府徐乃昌，道员用广西候补知府王寿慈，均拟请俟离知府任归道员班后，加二品衔。

分省补用道朱灿奎，广东试用知府汪大钧，候选知府璧双、苏宗秦，知府用江苏候补同知但祖翼，均拟请加三品衔。

河南陈州府知府刘更寿，拟请以道员在任候补。

拟保道员用补用知府孙建中，拟请俟道员奉准后，加二品衔。

江苏试用知府胡椿年、韩汝元，浙江候补知府包发鸾，在任候补知府浙江定海厅同知杨志濂，江西候补知府褚以恒，试用知府吴增翰、易郁芳、张允觊，分省补用知府潘祖谦，即选知府刘国淮，双月候选知府何良栋，均拟请俟补缺、选缺后，以道员用。

刑部郎中王国镛，拟请作为历俸期满。

江苏候补同知范鹏，试用同知李修梅，江西试用同知龚德树，广东试用同知裕仁，分省补用同知恽毓德，分发试用同知黄立权、叶增涛，在任补用同知江西饶州府通判艾廷栋，江苏候补直隶州胡维藩，山东候补直隶州陈尔延，安徽试用直隶州毛昌言，广西试用直隶州王克诚，在任候补同知广西陆川县知县倪光熊，均拟请俟补缺后，以知府用。

在任候补知县江苏镇江府经历海龄，分省试用运判洪崇德，均拟请补缺后，以同知用。

江宁北捕通判吴赡文，河南汝南粮道捕通判赵师鼐，山东平度州知州张汉，贵州广顺州知州崔逢霖，广东普宁县知县敖式槱，山西长子县知县刘焕衢，广西隆安县知县李均琦，均拟请以直隶州知州在任候补。

分发江苏试用通判万立钰，拟请以本班尽先补用。

选用知州洪珌，拟请俟得缺后，以应升之缺升用。

议叙选用州同胡寿康，拟请俟选缺后，以直隶州用。

升缺升用准补江苏阜宁县知县刘德元，江苏候补知县盛治，试用知县刘永涛、查宗仁、桂聚庆、卢楙善、丁荣第，江西试用知县石绍曾，浙江试用知县杨泰阶、徐致章，湖北候补知县张万梓，试用知县刘能瑗，广东试用知县沈秉慈，分发陕西优贡知县姚熙，分发议叙试用知县吴廷锡，分省补用通判金炳谦，均拟请俟补缺后，以直隶州用。

同知衔江苏即用知县孙友萼，拟请加一级。

同知衔荫袭候选知县吴鑫溎，拟请以本班尽先归部铨选。

选用知县洪蕃，拟请仍以知县补用。

分省试用运判洪端，提举衔两淮试用盐运判方耀忠，东河候补州同朱承甲，候选州同费椿林，候选知县裘兆沄，均拟请俟补缺、选缺后，以知州用。

指分两淮运判陈方铭，拟请俟到淮后，仍以运判补用。

两淮试用盐经历章家骏，拟请俟补缺后，以盐运判用。

在任候补知县福建浔美场盐大使章芸，拟请俟补知县后，以直隶州知州在任候补。

广东直隶州用尽先补用知县张用宾，拟请俟补直隶州后，加知府衔。

知县用分省试用府经历潘晋，拟请俟离府经任归知县班后，加同知衔。

同知衔直隶州用江苏候补知县孙士镈，拟请俟离知县任归直隶州班后，加四品衔。

提举衔议叙州同邹树勋，江西候补布理问朱履吉，光禄寺署正黄中毅，拟请加四品衔。

知县用江苏试用县丞陈芳葆，拟请俟得知县缺后，加五品衔。

浙江试用按经历潘勋谷、周传鸿，均拟请俟补缺后，以通判用。

江苏试用按经历张光勋，试用府经历刘憋，两淮试用盐大使陈炳勋，分发太常寺典簿胡道枢，淮安府学教授李慎侯，均拟请加五品衔。

江苏试用府经历张成采、胡念祖，安徽试用府经历林祖谦、陈泮，浙江试用府经历俞维墀，江西试用府经历舒邦杰，直隶试用府经历张光鉴，湖北试用府经历李舒芳，分发试用府经历王邦庆，江苏试用县丞吴裕昆、陈景新、单昌铎、杨景崧、王锐，安徽补用县丞傅重珪，试用县丞孙启楙，浙江试用县丞刘铭彝，江西试用县丞洪恩煦、许正华，遇缺先县丞钟秀南，选用县丞孙多沅，湖北试用县丞罗济和，候选县丞冯宝墀、潘志清，均拟请俟补缺、选缺后，以知县用。

荆州驻防满洲正红旗花翎防御文达，拟请以佐领在任补用。

江苏高淳县学训导茅谦，拟请以知县在任候选。

安徽五河县学教谕朱柏年，拟请以应升之缺升用。

举人陶其淦、潘德荃，均拟请以知县归部选用。

增生胡广渊，拟请以府经历归部选用。

盐大使衔监生孙多芷、杨培庭、吴笙琯、胡壬源、朱培鋆、沈鳌，盐大使衔洪贻谋、朱亦谦，均拟请以盐大使归部选用。

布库大使衔潘大章，拟请以布库大使归部尽先选用。

县丞职衔朱钟清、崔金科、窦梁汾、黄元度，均拟请以县丞不论双单月归部选用。

留甘补用典史黄世溶，江苏试用县主簿马秉寅，均拟请俟补缺后，以县丞用。

江西分缺间用巡检杨炳华，江苏试用巡检蔡永成、刘锡荣，试用典史刘之颖，两淮候补盐巡检韩敦礼，均拟请俟补缺后，以县主簿用。

附贡生王钧善，附生赵思第、吴士宏、叶舟，均拟请以县主簿归部选用。

附生缪九畴，拟请从九品职衔。

文童李岳年、张怀仁，均拟请以巡检不论双单月归部选用。

监生刘宝昌，拟请以从九品归部选用。

俊秀许其立，拟请县丞职衔。

书识李钧年、张廷辅，均拟请以从九品不论双单月归部选用。

（朱批：）览。[①]

1689. 奏报去年下半年新旧交代各案折

光绪三十年三月十八日（1904年5月3日）

头品顶戴两江总督臣魏光焘、头品顶戴江苏巡抚臣恩寿跪奏，为查明江宁、苏州两属各厅州县光绪二十九年下半年已结、未结新旧交代，开缮清单，恭折仰祈圣鉴事。

案准户部咨：会同吏部议奏，饬令将各州县交代限期，定限半年汇奏一次。光绪元年八月初七日奉旨：依议。钦此。等因。历经查明江苏省各州厅县已、未结交代，按限开单奏报至光绪二十九年上半年止在案。兹据江宁布政使黄建筦、苏州布政使效曾查明江宁、苏州等属二十九年七月起至十二月止已结、未结各新案交代，并二十九年上半年交代续报清结各案，汇开清单，详请具奏前来。

---

①台北故宫博物院藏：《军机及宫中档》，文献编号：160074-0-A。

臣等覆核无异，除将已结者严催赶造册结咨部查核，未经结报有应缴款项者勒限完缴，如逾限不完，即行照例参办外，相应汇缮清单，合词恭折会奏。伏乞皇太后、皇上圣鉴。谨奏。三月十八日。

光绪三十年四月初九日，奉朱批：户部知道，单并发。钦此。①

1690. 呈去年下半年新旧交代各案清单

光绪三十年三月十八日（1904年5月3日）

谨将光绪二十九年七月起至十二月止江宁、苏州两藩司所属已、未结新案交代并是年上半年交代续报清结各案，汇缮清单，恭呈御览。

计开

江宁藩司所属

初参限内算清结报二案

阜宁县刘德元，光绪二十九年七月十一日到任，应接前署县李逢年交代，扣至十一月初十日初参限满。

署海门厅刘卓栻，光绪二十九年六月二十七日到任，应接前厅王宾交代，扣至十月二十六日初参限满。

以上二案，已据算清，结报详咨。

初参限内尚未结报二案

署海州王茂中，光绪二十九年八月十五日到任，应接前署州德存交代，扣至十二月十四日初参限满。

署兴化县王以乾，光绪二十九年七月初二日到任，应接前署县卢运昌交代，扣至十一月初一日初参限满。以上二案，已据于限内会算清楚，现饬查造册结详咨。

①台北故宫博物院藏：《军机及宫中档》，文献编号：159924。

初参限内尚未算结一案

署江都县卢维雍，光绪二十九年七月十二日到任，应接前署县吴式晸交代，扣至十一月二十六日初参限满。前案现已严催会算结报，并饬开具初参迟延职名详咨。

未满初参尚未算结七案

署六合县施熿，光绪二十九年十月二十二日到任，应接前署县张镕万交代，扣至三十年二月二十一日初参限满。

山阳县叶芸，光绪二十九年十一月十二日到任，应接前代理县汪咏沂交代，扣至三十年三月十一日初参限满。

高邮州李孟康，光绪二十九年十二月十五日到任，应接前署州洪檠交代，扣至三十年四月十四日初参限满。

署东台县刘永涛，光绪二十九年十月初六日到任，应接前县孙宝谷交代，扣至三十年二月初五日初参限满。

宝应县朱士俊，光绪二十九年十月二十七日调帘回任，应接前代理县刘思勤及刘思勤原接朱士俊前次任内交代，扣至三十年二月二十六日初参限满。

代理砀山县李铨，光绪二十九年十一月二十一日到任，应接前署县邵永灏交代，扣至三十年三月二十日初参限满。

泰兴县龙璋，光绪二十九年十月十八日调帘回任，应接前代理县游毅之及游毅之原接龙璋前次任内交代，扣至三十年二月十七日初参限满。

以上七案交代，现已严催会算清楚，造册结报详咨。

奏报光绪二十九年上半年交代，续据算清结报十八案。

署上元县陈澍涵，光绪二十九年二月十六日到任，应接前县戴光交代，扣至闰五月十五日初参限满。

署句容县王树鼎，光绪二十八年十二月初四日到任，应接前代理县李焦及病故前任知县黄传祈等交代，扣至二十九年闰五月初三日二参限满。

溧水县李隽，光绪二十九年四月初六日到任，应接前署县聂培新交代，连闰扣至六月初五日初参限满。

高淳县李普润，光绪二十九年四月初一日回任，应接病故前署县姚德钧交代，扣至七月底止二参限满。

署江浦县俞熙，光绪二十九年三月初九日到任，应接前署县王彦澂交代，连闰扣至六月初八日初参限满。

署六合县张镕万，光绪二十九年闰五月十二日到任，应接前署县愃龄交代，扣至九月十一日初参限满。

代理山阳县汪咏沂，光绪二十九年闰五月二十五日到任，应接前署县孙篯龄交代，扣至九月二十四日初参限满。

署桃源县张景祜，光绪二十九年五月十一日到任，应接前署县张镕万交代，扣至八月初十日初参限满。

署盐城县戴光，光绪二十九年二月三十日到任，应接前代理县王以干及前署县陈澍涵交代，扣至闰五月二十九日初参限满。

署高邮州洪檠，光绪二十九年三月十七日到任，应接前州李孟康交代，连闰扣至八月十六日二参限满。

署甘泉县沈兆禔，光绪二十九年四月十六日到任，应接前署县张景祜交代，扣至七月十五日初参限满。

署丰县许宝良，光绪二十九年二月二十二日到任，应接前署县赵兴霙交代，扣至闰五月二十一日初参限满。

署沛县芳镇，光绪二十九年二月初六日到任，应接前县马光勋交代，扣至闰五月初五日初参限满。

署萧县张绍棠，光绪二十九年五月初一日到任，应接前署县袁国钧交代，连闰扣至九月底止二参限满。

署邳州王彦澂，光绪二十九年四月初四日到任，应接前署州刘本檍交代，连闰扣至七月初三日初参限满。

宿迁县林士箐，光绪二十九年四月初六日到任，应接前署县罗治霖交代，扣至七月初五日初参限满。

署沭阳县叶元鋆，光绪二十九年三月十八日到任，应接前县高振声交代，连闰扣至六月十七日初参限满。

署通州王仁东，光绪二十九年正月二十日到任，应接前州汪树堂交代，连闰扣至六月十九日二参限满。

以上十八案交代已据算清，结报详咨。

奏报光绪二十九年上半年交代，续据算清、尚未结报一案

署江宁县袁国钧，光绪二十九年六月十二日到任，应接前县卢维雍交代，扣至十月十一日初参限满。前案已据限内会算清楚，现饬查造册结详咨。

苏州藩司所属

初参限内算清结报三案

常熟县郑钟祥，光绪二十九年七月十六日到任，应接前署县郭重光交代，扣至十月三十日初参限满。

署宜兴县庄复恩，光绪二十九年八月十八日到任，应接前县刘树仁交代，扣至十二月初二日初参限满。

署丹阳县杨绍时，光绪二十九年闰五月二十二日到任，应接前署县施沛霖交代，扣至九月初六日初参限满。

以上三案，已据算清结报详咨。

未满初参尚未算结六案

奉贤县郭重光，光绪二十九年十一月二十二日到任，应接前署县傅鑫交代，扣至三十年三月初六日初参限满。

署南汇县张宝璩，光绪二十九年十一月初十日到任，应接前署县戴运寅交代，扣至三十年二月二十四日初参限满。

署无锡县郑鑁，光绪二十九年十一月二十二日到任，应接前署县许湝祥交代，扣至三十年三月初六日初参限满。

署金匮县伊立勋，光绪二十九年十月十七日到任，应接前署县张宝璩交代，扣至三十年二月初一日初参限满。

署荆溪县奇龄，光绪二十九年八月二十七日到任，应接前署县全善交代，扣至三十年二月十一日二参限满。

溧阳县卢葆桢，光绪二十九年十一月二十二日到任，应接前署县胡保联交代，扣至三十年三月初六日初参限满。

以上六案，现饬依限算清，结报详咨。

奏报光绪二十九年上半年交代，已据算结九案

署吴县李超琼，光绪二十九年闰五月初三日到任，应接前县林丙修及兼理县苏品仁交代，扣至十月十七日二参限满。

署吴江县冯汝禧，光绪二十九年六月十八日到任，应接前署县刘怡交代，扣至十月初二日初参限满。

署南汇县戴运寅，光绪二十九年五月二十四日到任，应接前县汪以诚交代，扣至八月初八日初参限满。

署阳湖县孙友萼，光绪二十九年六月初七日到任，应接前县翁延年交代，扣至十一月二十一日二参限满。

署无锡县许湝祥，光绪二十九年五月二十四日到任，应接前署县李超琼交代，扣至八月初八日初参限满。

署江阴县郭曾程，光绪二十九年五月初一日到任，应接前署县吴镜沆交代，扣至七月三十日初参限满。

署靖江县赖丰熙，光绪二十九年六月初二日到任，应接前署县许之珏交代，扣至九月初一日初参限满。

署金坛县翁有成，光绪二十九年六月十五日到任，应接前县郑钟祥交代，扣至九月二十九日初参限满。

署嘉定县吴镜沆，光绪二十九年五月十二日到任，应接前县章鸿森交代，扣至七月二十六日初参限满。

以上九案，已据算清结报详咨。

(朱批:)览。①

①台北故宫博物院藏：《军机及宫中档》，文献编号：159924-0-A。

1691. 奏报刘有光丁忧开缺缘由片

光绪三十年三月十八日（1904 年 5 月 3 日）

再，据苏州布政使效曾、署江苏按察使朱之榛会详称：调署昆山县正任江阴县知县刘有光系云南宁州进士，本生母杨氏迎养昆山县署任，兹于光绪二十九年十二月二十二日在署病故。该员系属兼祧号房之子，例应丁本生母降服忧。所遗江阴县要缺，应由外另行拣补等情。详请具奏开缺前来。

奴才覆查无异，除咨部籍照外，理合附片具陈。伏乞圣鉴，敕部查照。谨奏。

光绪三十年四月初九日，奉朱批：吏部知道。钦此。[①]

【案】此奏片之具奏日期未确。查光绪三十年四月初九日《随手档》[②]“朱批魏光焘、恩寿折”栏，即有此片。据同批折件，此奏片具奏时间当为“光绪三十年三月十八日”无疑。兹据校正。再，据《随手档》，此奏片当为恩寿单衔具奏。合并声明。

---

①台北故宫博物院藏：《军机及宫中档》，文献编号：159910。

②中国第一历史档案馆藏：《军机处随手登记档》，档案编号：03-0318-2-1230-097。

1692. 奏报南洋官报局开办日期片

光绪三十年三月十八日（1904年5月3日）

再，前准外务部咨：议复商约大臣工部尚书吕海寰①、外务部右丞伍廷芳②奏酌拟近今要务折内推广官报一条，奏准由南、北洋

---

①吕海寰（1842—1927），字镜宇、镜如，号敬舆、又伯、惺斋，顺天府大兴县（今北京）人。原籍山东掖县，增生出身。同治六年（1867），中举。九年（1870），捐兵部学习主事。十二年（1873），充兵部候补主事。光绪八年（1882），办理议功所事务，加四品衔。九年（1883），充兵部车驾司帮总办。同年，考取总理衙门章京，任部司务厅收掌，管理美国股事务。十年（1884），任管理俄国股事务章京。十二年（1886），补同文馆帮提调。同年，署帮办章京。十三年（1887），充总理衙门帮办章京。十四年（1888），保兵部员外郎。十五年（1889），充兵部车驾司总办，兼兵部则例馆提调。十六年（1890），授会同馆监督、总理衙门总办章京。同年，补会典馆协修。十七年（1891），兼总理衙门清档房提调。同年，充顺天武乡试提调。十八年（1892），补授同文馆提调、兵部司务厅领班，兼管理兵部银库事务。十九年（1893），选兵部武选司员外郎。二十年（1894），放江苏常镇通海道，晋二品衔，办理江防营务。二十一年（1895），委办镇江转运饷械局务。翌年，署理江苏苏松太道。二十三年（1897），授出使德国大臣，出使和国、奥国公使。同年，补内阁侍读学士。二十四年（1898），升光禄寺卿、太常寺卿。二十五年（1899），授通政使司通政使。二十六年（1900），补授户部右侍郎兼管钱法堂事务。二十七年（1901），迁都察院左都御史，兼署外务部左侍郎。同年，擢工部尚书。二十八年（1902），充办理商约大臣。三十一年（1905），调兵部尚书。三十二年（1906），补陆军部尚书、正黄旗蒙古都统。次年，任外务部尚书兼会办大臣、会办税务大臣、督办津浦铁路大臣。宣统三年（1911），办理慈善救济会事宜。同年，任中国红十字会会长。民国十六年（1927），卒于津。著有《奉使金鉴》《庚子海外记事》等行世。

②伍廷芳（1842—1922），初名叙，字文爵，号秩庸，广东新会人，监生出身。同治十三年（1874），留学英国，获法学博士学位及大律师资格，后回香港任律师。光绪三年（1877），选充参赞官。四年（1878），充南北洋洋务委员，办理子口税务事宜。八年（1882），入李鸿章幕，参与中、法马关谈判。十二年（1886），任唐山铁路公司总办。十八年（1892），办理北洋铁路官商两局事务。二十年（1894），晋头等参赞。二十一年（1895），总办北洋头等中西学堂、北洋铁轨总局事务。二十二年（1896），授出使美国大臣，兼出使西班牙大臣、秘鲁大臣。二十八年（1902），兼会办商务大臣、会议商约大臣。二十九年（1903），补外务部右丞、右侍郎，转商部左侍郎。三十一年（1905），署理刑部右侍郎。同年，任驻和兰万国保和会公断议员。三十二年（1906），补刑部右侍郎。三十三年（1907），授督办铁路大臣，兼出使墨西哥大臣、出使古巴大臣。民国元年（1912），任南京临时政府司法总长。五年（1916），任北洋政府外交总长。六年（1917），代理国务总理。同年，任外交部总长。七年（1918），任中华民国军政府总裁，兼外交部长。十年（1921），兼财政部长。十一年（1922），卒于广州。著有《延寿新法》《斐律滨赛会记》《美国视察记》《中华民国图治刍议》《灵学日记》《鬼友夜谈录》《鬼的世界问题》《明道会要旨》《伍秩庸先生公牍》等传世。

迅速筹款开办等因。当经饬据江宁布政使黄建笎议复于江宁省城选择公地，设立南洋官报局，仿照北洋官报一切章程办理，并委江苏候补知府张预经理其事，以专责成；仍饬该司会同江南盐巡道徐树钧、江安督粮道胡延督率办理在案。

查南洋官报即于光绪二十九年十二月初二日设局开办，该报所登悉照外务部复奏事理办理，首列《圣谕广训》，恭录谕旨，并载本省、外省折奏、公牍、商务要件，农、工实业丛稿，选译东西各报时政新闻，务期体例精严，持论正大，庶于地方政治、风俗、学术、人心大有裨益。间日出报一次，分发各省、州、县销售，各学堂阅看，以期流通而广见闻。兹据司道详请奏咨前来。臣覆核无异，除将该局印出官报咨送外务部查照外，理合附片陈明。伏乞圣鉴。谨奏。

（朱批：）外务部知道。①

光绪三十年四月二十日，奉朱批：外务部知道。钦此。②

1693. 请将郭道直等加衔引见片

光绪三十年三月十八日（1904年5月3日）

再，查光绪二十三四两年江苏劝办淮、徐、海等属赈捐在事出力各员绅，已另开单奏恳天恩分别给奖。所有当时督劝得力之常镇道郭道直及提调捐局事务之江苏补用道舒绍基，虽据声称不敢仰邀议叙，究未便没其劳勚，可否仰恳天恩俯准将郭道直请俟升缺后加头品顶戴，舒绍基送部引见，以昭激劝之处，出自逾格鸿慈！谨合词附片陈请。伏乞圣鉴训示。谨奏。

（朱批：）所请着毋庸议。③

①台北故宫博物院藏：《军机及宫中档》，文献编号：408007366-0-A。

②台北故宫博物院藏：《军机及宫中档》，文献编号：160071。

③台北故宫博物院藏：《军机及宫中档》，文献编号：408007366-0-B。

光绪三十年四月二十日，奉朱批：所请着毋庸议。钦此。①

1694. 奏报妥筹淞沪一带地方情形折

光绪三十年四月初二日（1904年5月16日）

头品顶戴两江总督臣魏光焘、头品顶戴江苏巡抚臣恩寿跪奏，为妥筹松、沪一带地方情形，归并营队，酌添新勇，以资镇摄而备不虞，恭折具陈，仰祈圣鉴事。

窃查松、沪一带地方临江滨海，为苏州之门户，据长江之尾闾，黄浦横亘其中，形势甚为扼要。浦西上海开埠后，华、洋商贾辐辏；浦东教堂林立，商栈日增，中外均极注重。所谓以一隅之地而攸关大局者也。近年以来，各省裁兵节饷，游勇潜行来沪，匿迹浦东，勾结地棍、盐枭，分立帮目，贩私聚赌，扰害闾阎，叠经臣等檄饬各该文武不分畛域，严拿惩办，各在案。嗣因匪目林得胜即凌德升悔罪投诚，奏蒙天恩允准，已饬总兵孙金彪妥为钤束，谕令呈缴船械，立功自赎。正在办理得手，而金山县复有土、客交哄之案，当经该县会营剿捕，阵斩数人，匪风已戢。

臣等熟思审处，该处情形既如是之重要，而枭匪滋扰，迄难尽绝根株，若不添驻勇营，妥筹布置，万一匪徒伺隙起事，扰及租界、教堂，致成交涉重案，外人必借口征兵深入腹地，为患何堪设想！况吴淞海口仅有盛字淮勇五营，兵力本嫌单薄。值此时事多艰，何敢不严为之备，尤应添驻大枝劲旅，与吴淞防军成犄角之势，方足以绥靖海疆。

臣等往复函商，早虑及此，只以密迩商埠，无故增兵，深恐易启人疑，转滋枝节。今当防务吃紧，弹压保护，较平日尤宜加严。中外商民财产所系，畴不愿相安无事？添勇驻守，当不致再有异词。审度机宜，诚有不容稽缓者。初拟募足十营，俾资厚集。无如库款支绌，饷费维艰，不得不设法腾挪，另行筹画。

---

①台北故宫博物院藏：《军机及宫中档》，文献编号：160058。

查上海原驻有沪军、奇兵各一营，益以苏捕一营，共计三营。各该营平时防捕亦尚得力，第分扎数处，不相统属，未能联络一气。兹拟仿照湘军营制，再募两营，分成五营，统以实心任事、谋勇兼优之大员屯扎浦东，认真训练。该处有此一军，兼顾吴淞后路，号令专一，声势相联，不特足以靖内奸，未始不可弭外衅，建威销萌，实于时局裨益匪浅。所需新增两营饷项，臣等已督同司局，并函商浙江抚臣聂缉椝，通力合筹，关系重大，无论如何，总当力任其难，从速集事，如荷恩俞，即由臣等遴委统领，饬令招募他处朴勇、乡民，并将原有沪军等营勇从严选剔，祛弱留强，一律补足精壮，勤慎操防，庶几得收实效，以副圣主垂念南服、保疆安民之至意！

所有妥筹淞沪地方情形、并营添勇各缘由，谨恭折具陈。伏乞皇太后、皇上圣鉴训示。谨奏。四月初二日。

光绪三十年四月十八日，奉朱批：该部知道。钦此。[1]

1695. 会筹江南制造局移建办法折

光绪三十年四月十八日（1904年6月1日）

太子少保湖广总督臣张之洞、南洋大臣两江总督臣魏光焘跪奏，为遵旨会筹江南制造局移建新厂办法，现已妥商定议，一面分报赶办，恭折覆陈，仰祈圣鉴事。

窃臣之洞于上年十一月陛辞请训时，面奉皇太后懿旨，饬赴江南查核制造局事宜，会同臣光焘将移建新厂各事妥筹办理，当于三月十三日起程赴宁，业经电请军机大臣代奏在案。伏查中外大局情形，今年较之去年尤为急迫难缓，自宜迅速定议。查移建新局，以筹款、择地、定机、核用、用人、定枪炮式、储备厂才、整顿旧局为八大端。臣光焘上年接准政务处议覆后，叠经督饬局

---

①台北故宫博物院藏：《军机及宫中档》，文献编号：160042。

员按照原奏将沪局应裁、应节各款，确考详筹，只以时当多故，军火需用方殷，旧厂遽难停办，致提款不能甚多，用是踌躇未定。臣之洞抵宁后，连日与臣光焘往复晤商，分别定议。其间有按原奏切实举行并加推阐者，有较原奏量为变通者，谨为我皇太后、皇上缕晰陈之。

一曰筹款。查原奏就沪局原有经费，将各工厂裁节归并，每岁约可提存银一百万两。惟据各局禀称本省需用军火取给于沪局者居多，北洋亦常有调取饬造之件，他省亦间有索取者。况现值东方有事，需用或较平日为多，新局未成以前，所有沪局枪、炮、药弹等厂，只可暂留，以应急需等情。臣等查沪局枪炮非全由机器所成，因历年机器系陆续添置凑配，故必须参用人工，以致不能精密一律，且出枪不能甚多，本应早日停旧改新，以免虚糜而收实用。惟新厂之成尚早，不得不酌量应付，暂作支持。然目前虽不能全行停办，必当渐次减造，并将各项冗员浮费竭力裁汰，暨将附属各小厂归并减省，再三核算，每年只可节存银七十万两，不敷之数尚巨，经臣光焘电商江苏、安徽、江西三省抚臣，岁筹协济，以五年为限，将来三省拨用枪炮弹药，准将协款划抵。旋准江西电覆，允岁筹银十万两；江苏、安徽电复，各允岁筹银五万两，五年内当由臣光焘于江宁省司库盐务各款筹拨银十万两，共凑足三十万之数。其沪局每年节存之七十万两，无论沪关二成洋税及各关局额解之款盈绌如何，责成总办道员总须设法撙节，如数提拨，总计仍系岁拨一百万两。五年后，此三省协款虽停，而旧局应将原有之款约一百四十万两全数拨归新局之用。以上系议定筹款办法。惟新局现议枪炮钢药兼营并造，且将各项出数极力扩充，开办经费既非原估五百万两之数所能敷用，而此后常年制造之款，仅恃沪局原有经费一百四十万两，亦尚不足以济事。若不另筹挹注，诚恐新局因用繁费绌，睹成无期。际此多故之秋，新局早一日竣工，即新械早一日资用。

又，上年在日本订造长江浅水兵轮四艘，原议养船经费在镇、沪加抽米捐项下动支，现在江南米捐并未开办，将来新舰造齐，其养船经费亦拟由沪局筹拨，非有的款供支，势难持久。查光绪十二年间钦奉懿旨整顿圜法，经户部会议覆奏，以外洋银钱皆用机器制造，行令直隶、江苏机器局妥筹试办。嗣于光绪十九年二月，前督臣刘坤一因上海地方钱价奇昂，商民交困，批饬江南制造局总办道员刘麒祥，遵照前准部咨，用机器鼓铸制钱，以资民用。旋因亏耗太多，未能源源接铸。该处仍苦制钱缺乏，以致近年钱荒物贵，贫民生计愈形艰难。兹饬查照户部奏案，就原有机器添配碾片、舂饼、印花各机，酌铸铜元，流布市廛，以济圜法之穷。所获盈余，新旧两局各半分拨，俾规模得以完备，经费免致不敷，利国利民，斯为一举两得。俟新局告成，一律开工制造，即将沪局枪炮药弹各工截止停办，专办炼钢厂、修船厂、修理机器厂三大端。其机器厂内并设法制造造枪炮机器之机器，以备中国扩张军实取用不穷，免致仰给外人；并酌量改造各种农、工需用之机件及仿造有益民生实用之外洋货品，以广行销，借资抵制。所制出售之品，可随时酌量收回工价，以资添补厂用。除将铜元一半盈余仍留充旧局成本，如有不敷另筹拨济外，其原有制造款项二成洋税及奏定各关局常年经费二十万暨铜元一半盈余，应尽数拨充萍乡新局常年经费，核计新局每岁造足快枪五万枝，过山快炮、野战快炮共二百尊，台炮、船炮共四十尊。械数既属宏富，需款自必浩繁。除江南自筹各款外，必须各省取用枪炮随时付价，方足以资周转，免致捉襟露肘，停机减造，致妨自强要图。

二曰择地。原奏拟用皖省宣城县属湾沚镇之后启发山，此次臣之洞于赴宁之便，顺道往勘；臣光焘接准电知，亦即乘轮前往。同于十五日驰抵芜湖，会同至湾沚地方。其地距大江口七十里，距内河即中江三里，春夏秋可行小轮，惟冬令水涸时，只能行一二百石之民船，大率运道畅行之时，一年可有八个月，但船至二百石即可装一二万斤。若在此设厂，其机器大件及煤炭可趁此八个月内水大时赶运，并无妨碍；其余零小机件料物及造成枪支、陆路炮、各项弹药，冬间小剥船仍可常运，绝无停阻。当即登山履勘，该处一带山埠颇多，皆系斜坡，迤逦而上，斜度约高十余丈，人行殊不觉有登陡之劳。其山顶延袤数百丈，横宽十余丈、数十丈不等，稍加铲平，即可联合为一，并不费工。其地概系坚实黄土，并无一石，亦无坟墓，间有民间种植小树，大率皆听其荒弃不用。如此山阜，大约有六七处，无论建设若干厂，均可取用不穷。似此"远江近河，高坚平广"，兼有此八字之利，洵为难得。若在江北容或有之，若在江南并在江苏附近地方，已属无出其右。惟详加筹度，距江仅止七十里，尚非极为深邃之区，既经移设，若有更胜此者，自不如筹一劳永逸之计。臣之洞自鄂启行时，接晤总办汉阳铁厂兼办萍乡煤厂道员张赞宸，询据禀称，江西境内之萍乡县地方出煤甚富，试炼焦炭已有成效，现更拟开办铁矿，拟即于萍乡属境之湘东地方添设化炼生铁炉，若以新厂移建该处，则煤铁取资尤便等情，到江后，复会商臣光焘，详询道员张赞宸，据覆称萍乡县属之湘东地方，滨临小河，下通湘江，地势平坦宽广亦不低洼，可用之地不止数千亩；东距萍乡煤矿四十四里，西距湖南属境之醴陵县六十里，由萍至醴已造有运煤铁路，由醴陵至湘潭县属之洙洲现亦接造铁路，约计明年四月可成等语。查此路与粤汉干路相接，由岳州至洙洲可自造拖轮及大剥船，用拖轮带运。现在汉阳铁厂开办萍乡煤矿，转运机器，即是如此办法，似此地势既属深邃，运道亦极畅通，洵为两全。

臣等公同商酌，前此议于湾沚建设新厂，因其地在江阴、镇江上游，又不滨临大江，且距江宁甚近，督察较便。今汉阳铁厂商董既议于萍乡之湘东镇创设化铁炉，而萍乡铁路已接通该处，则将来煤铁可以兼资。至其远隔洞庭，深居堂粤，与湾沚相较，可取之处尤多，且仍在两江辖境之内，以之建造江南枪炮钢药新局，似较湾沚尤为相宜，拟即定用此地，现已派员前往湘东覆加察勘，并就近考验煤铁性质，一面即行购地备用，以免居奇。虽目前运送机件劳费较增，而将来就地取用煤铁，价廉运速，可以岁省巨款，利益宏多。至湾沚地方，形便利多，弃之可惜，拟即由官收买备用。博访华、洋各员，佥云以之建设武库，亦甚相宜，可为省城军械分局及火药库，派兵驻守。将来萍局造成各械及无烟火药，即分存此处，听候拨运江宁省城，上游各省及江南、北各处。

三曰购机。查原奏厂地拟用湾沚，去沪较近，除造枪机器须行定购外，其炮机、药机尚可酌量移用，只须量为添配钢料，原拟仍用沪厂所炼者，或兼用鄂厂所炼者，故无须另设钢厂。兹既移建湘东，上溯遥远，与其挪运旧机，运卸靡费；莫如全定新机，益臻完美。西人觇国者，以精利军械制造储藏之多寡，分其国之强弱。当此时艰孔亟，外侮凭陵，此项械药不容力求广制多藏，为建威销萌之计。兹拟向外洋名厂定购每日能造新式小口径快枪一百七十枝、岁出枪五万枝者新式机枪一全分，每日能造枪弹十七万颗、岁出弹五千万颗者新式弹机一全分，每年能造七生半口径长快炮、短快炮共二百尊，又每年能造十二生口径、十五生口径新式长身台炮、船炮各二十尊者新式炮机一全分。炮弹、炮架等机照配，每日能造无烟火药五百启罗，合英权一千一百二十磅、岁出药三十余万磅者新式药机一全分，应配各项强水机，称是每炉能炼罐钢一吨者二座，炼西门马丁钢十吨者一座，及拉钢、压钢、轧钢、烘钢等新式机炉一全分。此外修机、翻沙等各项应用机器一律齐备，同时分向各洋厂订购，应付机价向系订于合同后付价三分之一，机器起运时续付价三分之一，余俟机器全数运送到厂，安设齐备，一律找付清楚。惟现在时事日急，军实最关紧要，必宜及早开造，方无后时之患。拟与各洋厂商明，机价分五年匀付，而机器则尽三年内分别先后陆续运送厂地，如机器早到而暂未清款，则向该厂酌认利息，总期赶造安设完备，以便及早开工制造。

至新局订购各项机器，必须有明习妥实之员，亲历外洋机器各厂考校议订，方免种种弊混。兹查有候选郎中李维格，考求机器制造之学有年，娴习英、法两国语言文字，人品亦端洁可信，现经督办铁路总公司大臣盛宣怀派往外洋考察铁厂需用机器。臣等公同商酌，拟即派委该员将萍乡新局各项机器，就外洋有名各大厂分别考订议购。

四曰核用。查原奏约计各项机价及建厂购地一应工程杂用，共需银五百万，内炮机、药机本拟将旧厂所有择要迁移，添配足用。至炼钢机炉，因一时力有未逮，姑俟缓图，故约计五百万两足以敷用。现拟将新局移建湘东为一劳永逸之计，则枪炮钢药均属相须为用，必应同设一处，方为合宜。核计用款，一须添厂。原奏本设湾沚，故钢厂即不另设，今萍、沪相距过远，必须添设造枪钢之罐钢机厂，又须添设造炮钢之西门马丁钢机厂，又造无烟药须添设硝强水厂、矿强水厂。此两项强水为造药所必需，以免购自外洋，徒滋浮糜之弊。又须添设造火砖厂，以备制造各炉之用，及造青红砖厂，以备建造各项厂屋之用。凡此数厂，皆全厂添设，原奏所无。此添厂之必应添款者也。二须添机。原议炮机不须全购，今移设萍乡，必需全购新机，一铁一木不能迁就，且现议造炮之种类较多，故同此旧有之厂，而机件较前繁多。此添机之应添款者也。三添运费。原议新局建设湾沚，距芜湖江口仅止七十里，由沪至芜亦不足千里，故运费尚省。今移建湘东，则由上海达岳州江程已经加倍，由岳达湘，由湘入小河，以抵湘东，水路纡回，机件炉座皆极繁重，节节盘剥，运费势必加增。此添运费之应添款者也。

兹据上海各洋行电询外洋各厂开报之价，就现在镑价约略核估，计岁出新式小口径枪五万枝、弹五千万颗之全分机器，共需库平银一百八十余万两；岁造陆路七生半口径长快炮、短快炮各一百尊，船台十二生、十五生快炮各二十尊及炮弹、炮架、马鞍、皮件等各项全分机器，共需库平银一百余万两；岁造无烟火药三十余万磅及造硝强水、矿强水等全分机器，共需库平银六十余万两；每炉炼罐钢约一吨者二座、炼西门马丁钢约十吨者一座及拉钢、压钢、烘钢、轧钢等各项全分机炉，共需库平银八十余万两。此外翻沙、修机、造砖、抽水、木模等项各种应备机器，共需库平银三十余万两；各所工厂地基、炉座、烟囱、砖石、铁木、水泥、火泥、皮带、绳索各项工料，填地、筑路、开沟、围墙、码头、矿岸、起重架、小铁轨、住房、杂屋、堆栈、库房一应工程运费，共需库平银二百余万两，综计约需库平银六百五十余万两，较原估五百万之数约增银一百五十余万两。此虽就洋行开价折合大概之数，其细数须俟派员到外洋就厂订议，方能确实。而通计添厂、添机、添运费所增出之款，实皆相因而及，为万不可少之需。

五曰用人。查原奏新旧两局均责成沪局总办道员一手经理，兹新局移建湘东，距沪二千余里，鞭长莫及，仍令互相筹商稽考，联络一气，俾免隔阂之虞。现办沪局道员沈邦宪，因病辞差，查有湖北试用道魏允恭，心思精敏，学问赅通，才具优长，讲求时务，堪以派充江南制造局总办，驻扎上海，兼管筹办萍乡新局事宜。该员虽系臣光焘疏远同族，而服官鄂省，其才品为臣之洞所深知。制造事关军实，不比地方差务，现值节裁经费、精求制造之际，因事择人，未便拘牵成例，应即责成该道将该局原有员司工匠严加淘汰，各厂工作切实整顿，务将节款如数提存，随时拨解新局济用。其新局定机、购地、建造各事宜，并由该道会同筹商办理。又查有江苏候补道方硕辅，俭朴清廉，耿介绝俗，办事精实，成效昭彰，堪以派充江南制造局会办，驻扎萍乡，专管建设新局、安设新机兼稽核沪局事宜，凡新局购地、建厂、考工、核料一切应办之事，均令其切实办理，务求实际，力戒虚糜。其沪局节裁支用款目，并由该道随时认真稽核。大率新、旧两局，虽分设两处，而本是一事，必须事事通贯，事事和衷，不得划分畛域，故两局责成皆以魏允恭为重，而令方硕辅佐之，并令魏允恭时常亲赴萍乡考察，每三个月必须亲往一次。

至枪炮药弹等厂之监造，需用外国上等工师，容臣等随时函电向外国询访雇用，俟将来派往外国游学之委员、学生学成回国，即可专用中国员匠。嗣后新旧两局总办、会办之员遇有更易，应仍由南洋主稿，咨商选择，会同奏派，以昭慎重。

六曰定枪炮式。查原奏新制快枪口径宜再收小，拟酌中定为六密里五，诚以口径愈小，则飞路愈直，速率愈快，激射愈远，击力愈猛，且口径小则子弹亦小，分量减轻，随身可以多带，尤为制敌要义。年来与东、西洋各国武员详加询考，现将各国最新式快枪派委员弁多人，一一演放比较，试验击力，于距远一百密远之处，日本六密里五口径新枪，击透五分厚松木板五十八块，击深钢靶至六密里八，实为最优。其次则德七密里口径枪，击透木板五十块，击深钢靶五密里有奇，击力已逊。此外各国快枪口径皆较日本为大，击力皆较日本为绌，众目共睹，不能意为轩轾。惟日本之枪旗簧各件稍觉繁多，亦间有不甚监牢之处，因与德国新枪两相比较，查日本明治三十六年即光绪二十九年所造之新枪，拆开考较，计德枪各种共七十六件，日本枪各种共计九十三件，计日枪多余德枪十七件，查系日本设枪厂时定为此式已有七年，间有未能想到之处，不免稍参人工，以故机件稍多。至德枪系去年新式，推求更加精详，概用机器不烦手工，是以件数减少。详加酌核，询之委员、匠目，若用德国枪简少之机件，而用日枪迅疾之口径，则两美相合，更为有利无弊，员匠皆称极善。兹拟即定用日本六密里五口径快枪，而机件悉照德枪简少之数。至日枪来复线系八条，以增绕力而求迅直，其枪身长于德枪五十密里，取其逼束药力，其通条较长，直通到底，较之德枪两截者利便甚多，皆不宜妄加改易。现在江南新枪既改此式，则此后鄂厂制枪亦拟改从此式，将来他省如有另建机厂制造快枪者，口径亦宜照办，以归一律，拟请旨通饬遵行。

其造炮一节，查近日外国陆战专以炮队为制胜之具，历经详加考较，必须七生半口径者，其炸弹撒面可及一百密达，正可遍击敌营一队之兵。若五生七之山炮，便于马驮过山，本极利用。

惟口径略小，而击力尚嫌稍薄。现拟将陆路行营快炮定为两种，一口径七生半，身长二十倍口径，行用车拉，牵用六马，北省攻战及大江以北地势平广者用之；一口径七生半，身长十四倍口径，登山用马驮，平地用人拉，江以南及各省地多山岭、溪田、道路窄狭者用之。其台炮、船炮皆用快炮，口径亦定为两种，一口径十二生，身长三十倍至四十倍者；一口径十五生，身长三十倍至四十倍者。此两等在长江内地应用及防守海口，已足御敌。

七曰储备厂才。机器制造本系专门，而兵器学为军实所关，各国尤为注重。外国高等工师及学成武职，皆入专门学堂，研穷理法，务造精深，又亲历工厂，手治目验，征诸实用，故能智创巧述，推陈出新。但外国炮兵工厂，其中多有秘奥，不令人知，不许人学。中国素未讲求制造之学，故每创机厂，不得不募用外国工师、匠目，此本权宜应急之谋，实非经久可恃之道。现既议建新厂，则制造之材必须预为储备，兹拟商明各国，选派才优心细之官员二十人，才具明敏、文理优通之学生四十人，技艺优长、悟性素好之匠目四十人，前往德国、比国、日本国，分入学堂、工厂。官员则亲历学堂、工厂，学管理、稽核等法，以备回国后派充新局委员之选。学生则入学堂，分门学习造枪、造炮、造药、练钢各项精深理法，以备回国后派充新局各厂工师、监工之选。匠目则入工厂，学习运用机器分司工作及修理、安配各种手法，以备回国后派充新局各厂领工之选。约均以五年为度，所需旅费、学费、川资、整装、安家各费及监督、翻译薪水、公费，均匀牵算，每人每岁多或一千四五百两，少或七八百两，统计岁需经费银约十万两。将来学成毕业回国，娴习制造之材日多，则经理局中各事不必借材异地，方为自强长策，而繁费亦可节省，裨益厂务，实非浅鲜。此系专指储备新局人才而设，其上海旧局亦需派人游学外洋，应另行选派，不在此数之内。

八曰整顿旧局。查原奏沪厂此后凡不急之物、可缓之需及式旧数少之枪弹、大小炮之实心弹等类，皆行停造，枪枝除小口径毛瑟外，亦皆停造。其杂项枪炮药弹，并应限数减造等语。现经酌定，沪局以后快枪止造江、鄂两厂现有之小口径毛瑟一种并弹；其专造枪弹者，则只造旧毛瑟、曼理夏两种。因此三种枪各营发出较多，新厂未成以前，暂资应用。快炮只造十五生口径，台炮七生半口径陆路炮两种并弹，应令自向外洋购办，沪局不再应付，以免纷歧糜费。至沪局所造无烟药，迭经臣等考察，制炼尚未能纯净得法，应即饬令迅速改求精善，务得合度无害之法，方可接造。其栗色炮药一种，久经前北洋大臣考验，不适于用，此时亦不宜造，如存药用罄，可随时向外洋购买。惟黑药为杂项枪炮子弹及操练所需，当责成承办之员，精求制炼之方，撙节浮滥之费，视实在需用之数，酌量制造。

其船厂、钢厂仍旧办理，修理机器厂并应扩充，此三厂将来可常设在沪，此皆工作之事，自无妨碍。一俟新厂告成，再将沪局制造、军火各厂全行停止，改作工艺制造厂，就其机器于制造工艺何物相宜者，即量为制造，以利民用，且可收回工料价值，以资周转，则局中官用经费有限，而民间农、工各业取资不穷矣。

以上办法，系因旧厂暂难停办，新厂亟须新建，不得不统筹兼顾，经臣等互相商榷，审量再三，而后定议，应即责成承办之员遵照现定办法，次第认真兴作，不得再有游移，款项亦不容别有丝毫挪动。所有炼铜、制药、枪炮弹架、各项机器、厂屋及全局一应工程，应即及时兴作，分别先后，次第完工。每成一厂即先开一厂工作，务于五年之内一律开机制造，枪炮药弹有以资用，不准迟误逾限，期于利器日出，军实充盈，各省军械，焕然一新，较若画一，士气奋兴，威棱远布，以仰副朝廷扩张武备之至意！

至在事各员果能殚力经营，精心考察，工程坚固，核实经费，涓滴归公，应俟新厂依限告成后，奏请照异常劳绩从优奖励。如能将全场于四年内一律完工开办，奖励格外加优。如稍有浮冒、怠缓、贻误要工，亦即从严参处。至各省新练之兵，火器宜归画一，当俟此次改定口径新枪、新炮造成之后，咨行各省陆续向江、鄂两厂备价购取，统令常备各军一律缴换新枪、新炮，限五年内一律换齐。其江、鄂旧造之小口径毛瑟快枪，酌给续备各军及各州县警察、勇丁使用；杂式可用之炮，分给各台要隘，作为护炮。其余陈旧杂枪，除最劣者饬令停废外，其稍胜者，酌发各州县团练、缉捕勇丁使用。

查换齐新械，限以五年，则各省购换新械之费可以陆续筹备。自今年移厂定机起，至厂成出械，已需五年。自新械既出以后，又以五年换齐为期，则统计已及十年。分积款项，分年购换，无论大小省分，皆能办到，并不为难。至定限厂成五年之后，各省常备军如有仍用陈旧杂式枪炮者，应由练兵处考察，将该省营务处及统带营官惩处，以期早收画一之效。拟请明降谕旨，通饬各省一体遵行。此外未尽事宜，容臣等随时会同奏明办理，并查照政务处原奏，将来造成新械，并知会北洋大臣，一体详加考察。

所有遵旨会筹江南制造局移建新厂妥议办法缘由，谨合词会同北洋大臣袁世凯，恭折具陈。伏乞皇太后、皇上圣鉴。再，此折系臣之洞主稿，发折后即日遄回鄂省。合并声明。四月十八日。

光绪三十年五月初一日，奉朱批：政务处、练兵处妥议具奏。钦此。①

【案】此案旋于是年六月初五日经政务处、练兵处核议，以弊大于利具折覆奏，曰：

臣奕劻等跪奏，为遵旨议奏，恭折仰祈圣鉴事。光绪三十年五月初二日，准军机处钞交湖广总督张之洞、两江总督魏光焘会奏江南制造局移建新厂，妥筹办法一折，奉朱批：政务处、练兵处妥议具奏。钦此。臣等窃维时局阽危，情形日迫，非练兵无以卫国，非制造枪炮无以为练兵之资。查上海制造局于同治初年经前督臣曾国藩、李鸿章等艰难缔造，基构方成，嗣是逐渐扩充，规模益备。惟历年既久，承

①台北故宫博物院藏：《军机及宫中档》，文献编号：160338。

办不尽得人，出械不精，糜费甚巨，遂屡为议者所持。且自海疆多事，有鉴于福州、旅顺之役，辄以迁入内地为宜。今该督臣等相度地势，拟于湘东另建新厂，不用沪局旧机，平地为山，经营弗易，筹谋讨论，不厌求详。臣等悉心核议，所有该督臣等会筹办法，其尚宜审慎者，敬为我皇太后、皇上陈之。

如原奏内筹款、核用两条，谓移建新局，所有添厂、添机、工程运费共约需银六百五十余万两，拟就沪局岁提七十万两，江西、江苏、安徽、江宁共岁协三十万两，并拟以铜圆一半盈余拨充新局常年经费等语。查该督臣上年所奏系估需银五百万两，此次因厂地移建，费用较繁，改为六百五十万两，而所筹办法仅沪局岁提七十万两，江西等省岁协三十万两，即使该款毫无短少，五年中亦止凑足五百万两，其余不敷之数，取给何处？亦未据切实声明。且江西等省协济之款将来于拨用军火时划抵，是此项不过预先挪用，仍属有名无实。至新局既成，新械日出，此后常年制造之款，自必数倍于前。沪局原有经费，固属不敷应用，而此外仅凭铜圆一半余利借资挹注，深恐未必有济，万一彼时偶有不给，则军火官厂与工艺各厂不同，既未便拨归商办，而外人耳目所属，即停办亦有不能。凡此为难情形，皆当熟计于事先，庶免棘手于事后。此款项之尚宜审度者一也。

又，原奏内择地一条，谓湾沚，距江七十里，尚非深邃之区，拟改用江西萍乡县境之湘东地方等语。查厂地之设，总以运道通畅、转输便利为主。湾沚当内河畅行之时，每年仅八个月，转运已觉不便，萍乡虽两江辖境，而地方实远处西偏，该督臣等并未亲往履勘，其土性之坚实，地址之平广，是否足与湾沚相符？且萍乡接壤湖湘，水途纡曲，此日机器之运入，他日军火之运出，恐必多阻滞。至株洲铁路之通尚在明年四月以后，原奏尚称节节盘剥，运费加增，其转运烦难，亦可概见。又，上年议移湾沚，系恃有日本试开之宣城煤矿，而煤矿旋已作为罢论。今议移湘东，又指萍乡拟开之铁矿与湘东拟设之化炼生铁炉，足以取供厂用。而该铁矿等尚未兴办，更不知何日观成。况萍乡县为江湘交界之处，会匪、游勇出没其间，设无重兵防守，万一匪徒窃发，军火重地，尤极可虑！至谓湾沚弃之可惜，拟再购地设建武库，则是上海既存旧局，湘东复设新局，而湾沚又另立支局，以一局分而三，非特费用加增，所拟之款亦恐必不敷用。且湾沚地非深邃，设局既有不宜，而欲以已成之军械分存于此，似非慎重军储之道。此厂地之尚宜考察者二也。

又，原奏内购机一条，谓挪移旧机，运卸糜费，莫如全购新机等语。查购机之大小，当以出械之数为冯，而需械之多寡，又当以用器之人为断。各省练兵现方万分为难，如此项新机每年能造枪五万枝、炮二百四十尊、火药三十余万磅，以五年计之，即有枪二十五万枝、炮一千二百尊、火药约一百五十余万磅，足敷三十万人之用。此后日积月累，为数尤多，而各省所练之兵果否能及此数，俾军械得以销受，此时尚难预计。且上年该督臣奏称枪机岁出五万枝、弹机岁出三千万颗者，约需银二百四五十万两。此次所奏，则云岁出枪五万枝、弹五千万颗者，共需银一百八十余万，何以此项机器出弹增至二千万颗，而银数转减至六七十万之多？大抵订购军火机器，言人人殊考校不易，非售主多方冒价，即机件不甚完全。纵令开具细单，犹复时虞缺少；若仅向海外辗转电询，断难据为确论。万一巨机率行订定，将来付价为难，非失信外人，即重认利息，甚至停工待款，已事可征。此购机之尚宜酌量者三也。

又，原奏已定枪炮式一条，谓拟用德枪简少之机件，而用日枪迅疾之口径，则两美相合，有利无弊等语。查外洋每一新式枪出，必由专门家考校精详，务使于瞄准、打靶、激射之远近、速率之缓急，击透力，杀敌力，一一适宜，然后著为定式，故各国之枪名目互殊，皆能为独得之利器。该督臣等拟制新式枪械，兼取德、日二国之长，择善而从，具征心得。惟该二国所出之枪均属新制，日枪之机件何以不减如德枪之简少？德枪之口径何以不缩如日枪之迅疾？是否别有取义，应再悉心体察，深求其所以然之故，以定折中之法，似未可率尔操觚。此制器之尚宜考究者四也。

其余如用人储材、整顿旧局各条，办理均关紧要。惟自沪至湘东，江河间隔，非朝发夕至者可比。总办与会办既分驻新旧两局，复责以互相筹商稽考，恐鞭长莫及，亦属有名无实。至储备厂材，自属当务之急。惟统计此项出洋经费，岁需银约十万两，于何取给？折内亦未声明。又，将来沪局停办后，仍留修船、炼铜、修机三厂，而此三厂之费岂铜圆一半余利所能济事？且此后铸造银、铜圆，皆归户部主持，以一币制而重财政，各省并不得纷纷设厂，将所得余利就地开支，若民间农工日用各器，欲以官局制售觅利，往岁早有此议，迄尚未见有成，亦恐仍无把握。

至江鄂旧造之小口径毛瑟快枪，拟酌给续备各军。查各国军制，常川驻营操练者为常备军，期满退归者为续备军。凡续备军应用军械，平日均由国家设库存储，遇有战事，酌量征调，给予军械，令与常备军同往御敌，即与常备军无异。若以旧造之枪酌给续备各军，不但军械参差，各国亦无此办法。

又谓五年之后，各省常备军如有仍用陈旧杂式枪炮者，应将营务处统带官兵惩处。查此事自应责成各该省督抚随时稽察，盖军械之更换，各省均由督抚主持，既非营官等所能操其权，即非营官等所能任其咎也。

臣等伏查建厂一事，军实所系，大局所关。际此时艰，库储奇绌，欲筹一劳永逸之法，固不可因陋而就简，尤不可穷大而失居。臣等谨就该督臣等原奏所及，综计初终，熟筹利弊。至湾沚、萍乡二地是否合宜？枪炮诸制若何尽利？自非身历其境，目验其式，不足以昭审慎而底精详。可否请旨饬派专员前往各该处详细考求，通盘筹画，务使谋定后动，款不虚糜，以期仰副朝廷慎重军储、有备无患之至意！

所有遵旨议覆缘由，谨恭折会陈。伏乞皇太后、皇上圣鉴训示。谨奏。光绪三十年六月初五日。政务处大臣总理练兵事宜和硕庆亲王臣奕劻，政务处大臣大学士臣王文韶，政务处大臣大学士臣孙家鼐，政务处大臣外务部尚书臣瞿鸿禨，政务处大臣吏部尚书臣张百熙，政务处大臣户部尚书臣鹿传霖，政务处大臣户部尚书臣荣庆，会办练兵事宜直隶总督臣袁世凯，襄办练兵事宜兵部左侍郎铁良（差）。①

①台北故宫博物院藏：《军机及宫中档》，文献编号：161146。

1696. 奏报查明淮北盐务各款情形折

光绪三十年四月十八日（1904年6月1日）

头品顶戴两江总督管理两淮盐政臣魏光焘跪奏，为遵旨查明淮北盐务各款，力筹整顿，恭折覆陈，仰祈圣鉴事。

窃承准军机大臣字寄：光绪三十年二月初一日奉上谕：有人奏，淮北盐务售私积弊，固结难除，商民日困，请饬查究等语❶。着魏光焘按照所陈各节澈底清查，据实具奏，认真整顿，以除积弊而肃鹾纲等因。钦此。伏查淮北盐务，从前为已革前海州分司徐绍垣营私坏法，侵蚀巨款，经前署督臣鹿传霖①查参抄追，议罪遣戍后，官商知惧，锢弊渐除❷。臣于上年二月到任，以两淮盐利为饷源大宗，督饬运司局员力加整顿，官引畅销，收数较旺，拟加淮北五万引，期渐规复旧额，业经奏明在案。钦奉前因，遵即遴员往查，并饬运司会同查办，筹议整顿。

兹据两淮盐运司恩铭会同委员江苏候补道程龢详禀称：原奏所称淮北售私，以海分司承办之江运商人邓应举承办之邳、宿、睢、桃四岸，南河同知汪咏沂承办之同善源为三大宗。鹿传霖参办徐绍垣与邓朋比售私，足资惩戒，讵至今海分司承办江运之盐

---

①鹿传霖（1836—1910），字滋轩、芝轩，号迂叟，直隶省定兴县（今河北定兴县）人。咸丰八年（1858），中举。同治元年（1862），中式进士，选翰林院庶吉士。二年（1863），补广西兴安县知县。三年（1864），充甲子科乡试同考官。同年，调补临桂县知县，旋署桂平县知县，升太平府龙州同知。十一年（1872），迁广西桂林府知府。十二年（1873），调补广东廉州府知府。同年，补授广东潮州府知府，加盐运使衔。光绪六年（1880），授惠潮嘉道。同年，补授福建按察使。七年（1881），调四川按察使。同年，迁四川布政使。九年（1883），擢河南巡抚。十一年（1885），补授陕西巡抚。二十年（1894），兼署西安将军。二十一年（1895），补授四川总督。二十四年（1898），补广东巡抚。二十五年（1899），授江苏巡抚。二十六年（1900），补授两广总督，旋授都察院左都御史、礼部尚书，署工部尚书。同年，补户部尚书。三十年（1904），调工部尚书，授吏部尚书。三十三年（1907），升军机大臣、协办大学士。宣统元年（1909），加太子少保，晋太子太保，授体仁阁大学士、东阁大学士。同年，兼实录馆总裁。二年（1910），卒于任。赠太保，谥文端。著有《筹瞻疏稿》等行世。

照常售私，或以填补徐任亏空为词，或冒称功盐出运，或借捆票盐运还之时，暗逾所借之数；其售私由各钱庄伙潜入海分司账房密议各节。查海分司承办江运滁、来、全北盐，向归板浦、中正两场购运，由场运到西坝，经过盐河各卡掣验，海分司按旬开报。盐到坝后，进栈出栈，亦具旬报。其出湖之盐先过杨庄、顺清河两卡掣验，非票不行。近日，卡员查验认真，实能扫除积弊。至功盐出运到坝，觔重、包数，先报运司，续由海分司按旬开报，层层钳制，非徐绍垣在任时违章自运功盐出湖可比。现署海分司黎鹍变售积存功盐，均系发贩购运，请领大票截角申缴。各贩交价虽由钱庄经手代缴，其出盐一切，向不干预。又，票盐借捆，非值江运栈盐脱档，不能与票贩商借。徐绍垣任内，时报脱档，屡借票盐。其时江运盐进栈出栈，并不按旬通报，借少还多，在所不免。后署海分司缪延恩因江运脱销，曾借捆票盐三次，均按数拨还。黎鹍到任，并未借捆一包，实无借江运售私及代填徐绍垣亏空之事。

又，原奏称邳、宿、睢、桃改为官办，仍遵邓商办法额捆，责贩增重，额外借捆补斤，员司上下作弊，官贩不敢与抗一节。查邳、宿、睢、桃四岸，自改归官办后，额捆票盐斤重均照向章交付，运盐过卡，须凭票照掣查捆数、运数符合，与邓商时紊法售私情形迥别，凡捆盐过秤，归各栈秤手专管，由贩伙眼同秤发，颗粒皆关贩本，万难增重分毫。补斤一项系因四岸在坝购盐用苏砝秤，与岸售盐用漕砝秤，出入稍异，兼沿途驳船、上车，洒耗甚重，禀准每年捆运补斤盐六千包；其补斤税课、盐价、运费，饬发海分司转给场员，捆买到坝分司起存；江运栈由运司给照，运赴四岸，与票盐一律掣验，买盐、售盐，银钱出入，均列册报，丝毫不能增减，员司上下无从舞弊。

又，原奏称同善源之盐本系漕运衙门办充善举之引，向由海分司饬贩代办，余利悉呈漕辕。徐绍垣到分司任汪咏沂钻谋领办，借同善源为名，与徐绍垣勾串售私，较邓商尤甚。徐、邓售私案发，汪咏沂漏网胆大，贩私益多，加价调捆，弊端百出，且倚漕督委办，声势尤横；又称徐绍垣有寄顿淮北之资，皆汪咏沂代为经理各节。查汪咏沂于光绪十八年因前办同善源候补知府汪镇病故，奉委接办，计票盐一万引，系在淮北额引二十九万六千九百八十二引之内，盐由场员领价捆运送坝，原为减轻成本，不能加价，间遇临浦西临缺产，由场改拨赴运济销，与票贩一律办理。调捆之说，或即指此。盐运出场，经过各卡，非验有大票不放，由坝出湖，先由西坝卡员过秤后，由杨庄、顺清河两卡掣查。凡从前借票夹私者，尚不敢再蹈旧习。汪咏沂服官有年，于所管同善源票盐遵章包缴，余利解充漕署善举，从无亏短，兼屡辞办未准。如果胆大势横，岂能仍令管办？至徐绍垣淮北寄顿，前经署海州分司缪延恩查明，坐落太平中富之南方洋地方置有盐池三户，曰福德公，曰宝昌信，曰庆有余。自列抵亏空，池商曾具禀请领价，分十年缴清。前运司程仪洛以缴价年分过远，饬令照时估价，召变现银，俾归库款，迄未召有领户，现已由司派员会同海分司招商认领，缴价归官。此外查无徐绍垣户名寄顿之资，汪咏沂亦无代为经理之事。

又，原奏称尤为害商者，莫如徐绍垣党羽，因徐绍垣亏空交代数十万金，伊等通同设法勒派商款各数万金，又有六纲摊派之款，余尚陆续抽填。汪咏沂引徐绍垣党羽袁景福假充贩伙，代为维持，前年诿称整顿捆运，减轻成本，在运署私进条议，创设收发局，摊派票贩款用三万两之多，暗中抽款代垫徐绍垣亏空各节。查徐绍垣亏欠交代案内列垫票贩应缴缉私勇粮，原垫银六万九千四百五两零，除已收己亥纲贩缴银两外，仍欠银五万三千三十二两零。当时系按庚子、辛丑、壬寅、癸卯、甲辰五纲，每引缴银四分，由票贩禀认，续已按纲共收缴银四万四千三百一两零，尚欠银八千七百十五两零，应在甲辰纲内按引摊收，此外并无勒派、摊派票贩认缴之款。袁景福本在淮南经理湘岸，首事票贩王复记等以淮北票业需人稽核，于光绪二十八年邀袁景福到西坝管事。

其时徐绍垣发遣已久，既非同党，亦非汪咏沂引充贩伙。其收发局一切章程，系由前署海分司缪延恩禀定，商贩遵守无异，局用撙节开支造报，无三万两之多，亦无从抽款为徐绍垣代垫亏空。

又，原奏称收发设局之初，几酿命案，票贩捆盐成本反加，盐运尤为迟误，壬寅纲尾二成至癸卯补运，票贩受历年剥削，成本折耗，两年来迭有亏倒之户，近复增收发局耗费，商情益觉不支，窃恐每年厘课摊派赔款贻误各节。查收发局设在板浦，系前运司程仪洛因票贩垣商买盐、卖盐，私相授受，加斤贴色，流弊日甚，垣商又任意勒索，以致票贩成本逐纲加增，几有不支之势，特设此局，定章代为收发，以杜奸商之把持，轻票贩之成本，未闻有酿命案。上年，接运壬辰尾纲、癸卯全纲，阅时六月，已全运竣，较前迅速。设局经费，系裁提票贩原捐津贴及裁撤局商夫费凑补，年约银一万两，实用实销，非由摊派。其票贩成本，收发局未设以前，每包约五钱七八分及六钱不等；设局后，每包扯计仅四钱九分零，贩本实已较前轻减，商困渐纾。若得缉私认真，于饷源可期渐裕；并据运司以淮北盐务运销疲滞已历多年，上年销数增畅，为二十余年所未有，似北鹾一大转机。本年，开掣在即，已督饬海分司严禁指垣采买，将收发局事宜认真考究，凡局中委员、司事用度开销，核实裁减，力求不紊旧章，不扰贩力；缉私除弊，随时加意经营，当不至如从前之败坏，各等情。前来。

臣查原奏所陈售私、积弊各节，皆徐绍垣任内玩法所为，近年改章整理，凡捆盐到坝，运盐出湖，稽查严密，掣验认真，无敢再蹈前辙。徐绍垣同党前有候补盐经历汪廷钧、候补盐巡检范元镕，经前督臣刘坤一汇案参革。今被参各款既据委员等会同查明，或事属已往，或并无其事，应请毋庸置议。盐务利弊相因，北盐出产较多，私贩私池，全赖随时查禁，严加堵缉，庶免侵占官销、病商损课。其板浦收发一局，为商贩聚集、北盐出入之所，关系甚重，现虽查无加价、摊派情事，难保不日久弊生，臣当督饬运司随事考核，力筹整顿；并催司速将前已奏明拟加之五万引议详定案，总期裕课、恤商，不敢相沿锢习、稍事因循，亦不敢纷更旧章，致涉操切，以仰副朝廷整肃鹾纲、裨益饷源之至意！

所有查明淮北盐务各款情形，理合恭折具陈。伏乞皇太后、皇上圣鉴训示。谨奏。光绪三十年四月十八日。

(朱批：)知道了。[①]

光绪三十年四月二十日，奉朱批：知道了。钦此。[②]

❶【案】光绪三十年二月初一日，御史朱锡恩奏请查明淮北盐务各款一折，曰：

湖广道监察御史朱锡恩跪奏，为淮北盐弊固结难除，商困不支，请饬查究，以扫积弊而保饷源，恭折仰祈圣鉴事。

窃查淮北盐务前经已革海州分司徐绍垣任意售私，积弊已深，自前署两江督臣鹿传霖查参惩办，奉旨谴戍，商情悦服。嗣因鹿传霖署任未久，虽经严治徐绍垣以售私之罪，未及将其售私之积弊紊法之党羽悉行扫除。风闻淮北售私之弊，以海分司承办之江运及商人邓应举承办之邳、宿、桃、睢四岸，南河同知汪咏沂承办之同善源为三大宗。鹿传霖参办徐绍垣与邓商朋比售私，足资惩戒。讵至今海分司承办江运之盐照常私售，或以填补徐任亏空为辞，或冒称功盐公然出运，或江运借捆票盐运还之时，暗逾所借之数，经手侵肥。其售私之法，由各钱庄伙潜入海分司账房密议，故私销虽多，毫无形迹。邳、宿、桃、睢改为官办，承办之员仍遵邓商办法，且势力较邓商有加，额捆责贩增重，额外借捆补斤，员司上下作弊，官贩不敢与抗。至同善源之盐，本系漕督衙门办充善举之引，向由海分司饬贩代办，余利悉呈漕辕。徐绍垣到海分司任，汪咏沂始钻谋领办，借同善源为名，与徐绍垣勾串售私，较邓商为尤甚。徐、邓售私案发，汪咏沂幸得漏网，其胆益大，贩私益多，加价调捆，弊端百出，且倚漕督委办，声势尤横，人莫敢揭其售私之弊。夫私盐一日不清，票销一日不畅，贩

①台北故宫博物院藏：《军机及宫中档》，文献编号：408007367。

②台北故宫博物院藏：《军机及宫中档》，文献编号：160342。

困即一日不苏，是以淮北盐引丙申以前每纲带运三四成，后因私销日多，加之枭贩充斥，年销不足一纲。此商所以日困也。

近因摊派赔款，每年又增数十万金，是朝廷万不得已之举。商贩竭蹶万分，官吏尚不知体恤，而其尤为害商者，莫如徐绍垣一班党羽。因徐绍垣亏空交兑数十万金，伊等通同设法勒派商贩各数万金，又有六纲摊派之款，余尚陆续抽填。其实闻徐绍垣尚有寄顿淮北之资，皆汪咏沂代为经理，又恐未便出面，引徐绍垣党羽袁景福假充贩伙，代为维持。前年诿称整顿捆运，减轻成本，在运署私进条议，创设收发局，摊派票贩款用三万两之多；安置私人，滥行支用，暗中抽款代垫徐绍垣亏空。设局之初，几酿命案，票贩捆盐成本反较上年有加，而运盐尤极迟误。壬寅纲尾二成，直至癸卯补运。票贩受历年剥削，成本耗折，两年以来，叠有亏倒之户，近复增收发局耗费，商情益觉不支。

窃恐每年钱粮、厘课、摊派赔款，为数甚巨，贻误堪虞。现当整顿商务，亟宜力扶商困，以保饷源，请饬两江督臣魏光焘澈底清查，扫除淮北积弊，惩办徐绍垣党羽，勿任久踞朘削，以肃鹾纲而舒商困，庶课款输将日增踊跃。臣为恤商裕饷起见，是否有当？伏乞皇太后、皇上圣鉴。谨奏。光绪三十年二月初一日。①

❷【案】光绪二十六年闰八月初四日，江苏巡抚鹿传霖以徐绍垣性情贪狡奏请将其改发新疆，从严追缴一折，曰：

臣鹿传霖跪奏，为官犯徐绍垣请改发新疆，并饬严追交代亏空，查抄产业备抵，以重公款而惩贪狡，仰祈圣鉴事。

窃臣在署两江督臣任内，查得海州分司运判徐绍垣在任十余年之久，骫法营私，侵蚀国课甚巨，据实奏参，奉旨派臣认真查办，业将徐绍垣官售私盐种种弊端，委员查讯明确，奏请发往军台效力赎罪在案。伏查该官犯徐绍垣，性情贪狡，平日工于结纳，且多行小惠，借以掩其营私亏空之计，经臣遴委妥员查办，若非道员程龢祥公勤廉明，认真确查，殊难知其积弊，亦非道员程仪洛破除情款，不无小

①台北故宫博物院藏：《军机及宫中档》，文献编号：158451-0-A。

补。目下时局变迁，并请将该官犯改发新疆，刻日起解赴行在刑部，转发前往，以为侵公肥己、罔利营私者戒！

实为慎重公款、严惩官邪起见，是否有当？谨缮折具陈。伏乞皇太后、皇上圣鉴训示。谨奏。光绪二十六年闰八月初四日。①

1697. 奏报癸卯纲两淮未完折价两银折

光绪三十年四月十八日（1904年6月1日）

头品顶戴两江总督管理两淮盐政臣魏光焘跪奏，为恭报癸卯纲两淮各场节年未完折价银两，遵照部议改题为奏，恭折仰祈圣鉴事。

窃照两淮各场节年未完折价银两，例应按年随同当年奏销分案册报，历经办理在案。兹据署两淮盐运使恩铭详：光绪三十年二月奏销癸卯纲折价，除光绪十三年以前折价奉准豁免，现将各年未完灶欠折价银数一并剔除外，查前任余西场已革大使周锟欠解道光二十六七八等年折价银四千六十四两五钱九厘，又前任草堰场已故大使袁如霖欠解咸丰二、三、四、五等年折价银一千一百五十两六钱一分七厘，又前任东台场已故大使樊普欠解咸丰三年折价银一千两，又前任庙湾场已革大使蒋绍镛欠解同治三年折价银一千十二两八分九厘，又已故大使张立诚欠解前在丁溪场任内同治九年、十一年折价银二百六十四两二钱九厘，又欠解前在东台场任内同治十一年折价银三十五两九钱五分九厘；又前署庙湾场已故大使陈大年欠解同治十三年折价银一百七十三两三钱三分四厘，又前任余东场已革大使章文庆欠解光绪二年折价银五百两，又前任余西场已革大使施庚第欠解光绪二、三、四等年折价银一千四十八两二钱四分八厘，又前任余西场已故大使陈大谟欠解光绪三、四、五等年折价银八十六两一钱七分九厘，又前代理

①中国第一历史档案馆藏：《录副奏折》，档号：03-7401-033。

庙湾场大使已革候补经历张学醴欠解光绪十四五等年折价银一千九百四十五两三分九厘，均经叠次催追，未据完缴，一俟解到，另行报完。

又，自咸丰元年起至光绪二十八年止栟茶场未完坍折银九万四千二百五十九两四分八厘，因改票后杂款停征，未经征收有银，无从拨补造报。又，自光绪十三年起至二十八年止泰、海二属各场未完灶欠折价银四十一万六千六百四十五两六钱六分五厘，均因灾歉缓征。除俟届限征完另行补报外，所有癸卯纲两淮各场节年未完折价银数，开册详请具奏前来。

臣覆核无异，除清册咨送户部外，理合恭折具陈。伏乞皇太后、皇上圣鉴，敕部查核施行。谨奏。光绪三十年四月十八日。

（朱批：）户部知道。[①]

光绪三十年五月初一日，奉朱批：户部知道。钦此。[②]

1698. 奏销两淮癸卯纲二十八年折价折

光绪三十年四月十八日（1904年6月1日）

头品顶戴两江总督管理两淮盐政臣魏光焘跪奏，为两淮癸卯纲奏销各场光绪二十八年分折价已、未完分数、银数，遵照部议改题为奏，开单恭折具陈，仰祈圣鉴事。

窃照两淮应办癸卯纲奏销各场光绪二十八年分折价钱粮，所有通州、泰州、海州三分司所属丰利等二十三场应征光绪二十九年压征二十八年分额征折价银九万六千二百九十四两七分，内除光绪二十九年勘明等事案内海属板浦等三场荡地被风、被潮，不致成灾，缓至甲辰年麦熟后征收银三千四百三十七两一钱六厘外，实该征银九万二千八百五十六两九钱六分四厘，内除通属栟茶场应征坍折银一千八百十二两六钱七分四厘，例由淮南运商列入外

①台北故宫博物院藏：《军机及宫中档》，文献编号：408007368。

②台北故宫博物院藏：《军机及宫中档》，文献编号：160332。

支杂项款内代完，载在“盐志”。

今淮南癸卯新纲尚未开办，前项坍折银两未经征收有银，无从拨补造报，应俟淮南癸卯开纲，另行带征补报外，实应征银九万一千四十四两二钱九分。自光绪二十九年三月起，扣至三十年二月止，已据各场解完过银六万一千二百八十三两四钱八分九厘，未完银二万九千七百六十两八钱一厘，逐一按则分晰声明已、未完银数，并将经征、督征、接征、督催各职名开列，听候部议。据署两淮盐运使恩铭造具清册，详请核奏，并据声明此案已完折价银六万一千二百八十三两四钱八分九厘，内除凑解部饷银二万三千七百八十三两二钱七分六厘，实在存库银三万七千五百两二钱一分三厘，留备凑解要饷。又，前奉部议，嗣后未完不及一分各员，应令并入提前奏报，毋庸分为两案等情。前来。

臣覆核无异，除将全完各员剔除外，谨缮具未完分数各员清单，恭折具陈。伏乞皇太后、皇上圣鉴，敕部查核议覆施行。谨奏。光绪三十年四月十八日。

（朱批：）该部议奏，单并发。[①]

光绪三十年五月初一日，奉朱批：该部议奏，单并发。钦此。[②]

1699. 呈两淮癸卯纲二十八年折价清单

光绪三十年四月十八日（1904年6月1日）

谨将两淮癸卯纲奏销各场光绪二十八年分折价未完分数、银数开单，恭呈御览。

未完分数考成各员

督催正任运司程仪洛，自光绪二十九年三月起，扣至闰五月十九日卸事止，未完考成一分银八千三百六十四两零。

---

①台北故宫博物院藏：《军机及宫中档》，文献编号：408007369。

②台北故宫博物院藏：《军机及宫中档》，文献编号：160348。

接督催正任运司恩铭，自光绪二十九年闰五月二十日任事起，扣至三十年二月止，未完考成二分四厘银二万一千三百九十六两零。

通州分司督征署任运判魏秉钺，自光绪二十九年三月起至三十年正月十七日卸事止，未完考成三厘银四百十七两零。

通州分司接督征署任运判方臻壹，自光绪三十年正月十八日任事起，扣至二月止，未完考成一厘银四十五两零。

泰州分司督征正任运判宣兆熊，自光绪二十九年三月起至四月三十日卸事止，未完考成七厘银四千二百六十九两零。

泰州分司接督征署任运判胡光国，自光绪二十九年五月初一日任事起，扣至三十年二月止，未完考成四分一厘银二万五千二十七两零。

通州分司所属

丰利场经征正任大使陈家惠，自光绪二十九年三月起至闰五月十六日卸事止，未完考成一分二厘银二百九两零。

丰利场接征署任大使姚体杰，自光绪二十九年闰五月十七日任事起至十月初九日卸事止，未完考成一分四厘银二百五十三两零。

泰州分司所属

富安场经征署任大使瞿世璟，自光绪二十九年三月初一日起至二十日卸事止，未完考成三厘银一百二十一两零。

富安场接征署任大使邓彝镜，自光绪二十九年三月二十一日任事起至十月二十六日卸事止，未完考成二分七厘银一千一百七十九两零。

富安场接征正任大使黄灿，自光绪二十九年十月二十七日任事起，扣至三十年二月止，未完考成二分银八百九十六两零。

安丰场经征正任大使章文杰，自光绪二十九年三月起，扣至三十年二月止，未完考成三分九厘银二千二百三十七两零。

梁垛场经征正任大使蒋敏，自光绪二十九年三月起，扣至三十年二月止，未完考成五分八厘银二千八百三十六两零。

东台场经征署任大使马长源，自光绪二十九年三月起至十一月初九日卸事止，未完考成二分三厘银一千二百十两零。

东台场接征正任大使钱肇元，自光绪二十九年十一月初十日任事起，扣至三十年二月止，未完考成二分四厘银一千二百五十四两零。

何垛场经征署任大使朱士良，自光绪二十九年三月初一日起至二十八日卸事止，未完考成四厘银一百十四两零。

何垛场接征署任大使瞿世璟，自光绪二十九年三月二十九日任事起至六月十一日卸事止，未完考成一分四厘银五百十九两零。

何垛场接征代理大使诸世麟，自光绪二十九年六月十二日任事起至八月十八日卸事止，未完考成二厘银五十二两零。

何垛场接征署任大使朱之桢，自光绪二十九年八月十九日任事起，扣至三十年二月止，未完考成二分八厘银一千五十一两零。

丁溪场经征代理大使王绍求，自光绪二十九年三月起至闰五月十二日卸事止，未完考成六厘银四百四十二两零。

丁溪场接征正任大使杜思锐，自光绪二十九年闰五月十三日任事起，扣至三十年二月止，未完考成四分三厘银三千五百四十七两零。

草堰场经征署任大使钱肇元，自光绪二十九年三月起至闰五月初三日卸事止，未完考成一分一厘银五百三十七两零。

草堰场接征署任大使许凤文，自光绪二十九年闰五月初四日任事起，扣至三十年二月止，未完考成三分银一千五百七十六两零。

刘庄场经征正任大使李绍基，自光绪二十九年三月起，扣至三十年二月止，未完考成五分银二千八百四十九两零。

伍祐场经征署任大使龙纳言，自光绪二十九年三月起至六月十一日卸事止，未完考成二分四厘银一千二百十八两零。

伍祐场接征署任大使洪鼎菜，自光绪二十九年六月十二日任事起，扣至三十年二月止，未完考成二分五厘银一千二百六十两零。

新兴场经征代理大使黄灿，自光绪二十九年三月起至十月初十日卸事止，未完考成一分七厘银一千三百六十四两零。

新兴场接征署任大使徐镕正，自光绪二十九年十月十一日任事起，扣至三十年二月止，未完考成三分银二千四百二十六两零。

庙湾场经征代理大使吴启泽，自光绪二十九年三月起至十一月十一日卸事止，未完考成二分八厘银一千二百八十三两零。

庙湾场接征正任大使邓彝镜，自光绪二十九年十一月十二日任事起，扣至三十年二月止，未完考成二分八厘银一千三百十六两零。

(朱批：) 览。①

1700. 请奖前办筹捐出力各员缘由折

光绪三十年四月十八日（1904年6月1日）

头品顶戴两江总督臣魏光焘跪奏，为查明江宁前办筹饷捐输在事出力各员，援案吁恳天恩准予分别给奖，缮单恭折仰祈圣鉴事。

窃查光绪二十六七年江宁开办筹饷捐输，所收捐款共银一百二十万余两，分别解助饷需、灾赈。当时劝办各员分途设法，广为劝募，得以集成巨款，不无微劳，业经臣遵章奏请分别保奖，钦奉朱批着照所请，转行钦遵在案。兹据清理捐输文照处司道以近年江西、浙江等省劝办饷、赈各捐有照异常、寻常奉准给奖之案，江宁前办饷捐，事同一律，援案分别开单，详请奏奖前来。

臣覆核无异，谨将拟保各员分缮清单，恭呈御览，合无仰恳天恩俯准照单分别给奖，以示鼓励。除将该员等履历咨部外，理

①台北故宫博物院藏：《军机及宫中档》，文献编号：160348-0-A。

合会同江苏巡抚臣恩寿，恭折具奏。伏乞皇太后、皇上圣鉴训示。谨奏。光绪三十年四月十八日。

（朱批：）该部议奏，单二件并发。[①]

光绪三十年五月初一日，奉朱批：该部议奏，单二件并发。钦此。[②]

1701. 呈前办筹捐异常出力各员清单

光绪三十年四月十八日（1904年6月1日）

谨将江宁筹饷劝捐案内异常出力各员衔名，缮具清单，恭呈御览。

计开

江苏试用道席启骅，拟请仍以道员归候补班前先补用。

湖北试用直隶州郭宝铭，拟请免补本班，以知府仍归原省补用。

江苏候补班补用知县黄树臣，拟请仍以知县归候补班前补用。

双月候选州同璧瑜，拟请免选本班，以知州选用。

指分江苏试用县丞邓藻，拟请免补本班，以知县仍留原省，归候补班补用。

分发两淮议叙盐大使李有架，拟请免补本班，以知县仍留江苏，归候补班补用。

湖北试用府经历赵秉钧，拟请免补本班，以知县仍留原省，归候补班补用。

不论双单月从九未入流魏守瑺，拟请免选各本班，以县丞分省归候补班补用。

（朱批：）览。[③]

---

①台北故宫博物院藏：《军机及宫中档》，文献编号：408007370。

②台北故宫博物院藏：《军机及宫中档》，文献编号：160526。

③台北故宫博物院藏：《军机及宫中档》，文献编号：160326-0-A。

1702. 呈前办筹捐出力各员衔名清单

光绪三十年四月十八日（1904 年 6 月 1 日）

谨将江宁筹饷劝捐案内出力各员衔名，缮具清单，恭呈御览。

计开

三品衔江南盐巡道徐树钧，盐运使衔江苏补用道陈桂森，均拟请加二品顶戴。

二品顶戴升缺升用安徽补用道席汇湘，拟请俟升用后，加头品顶戴。

安徽试用道韩汝春，江苏试用道邓炬、江忠沆，候补道秦炳礼，均请加二品衔。

在任候选道员江苏赣榆县知县徐树锷，拟请俟离知县任归道员班后，加二品衔。

道员用安徽试用知府彭家骐，拟请归道员班后，加二品衔。

江苏补用知府张景祐，试用知府桂殿华、刘艺，安徽候补知府袁学昌，候选知府袁淦，均拟请俟补缺后，以道员用。

江西候补同知夏翊宸，试用同知王铭震，分省试用同知沈承俊，湖北候补知州吴勤修，安徽遇缺先即补知州娄国华，均拟请俟补缺后，以知府用。

直隶州用江苏遇缺先知县熊育锐，拟请俟得知县缺遇直隶州班后，以知府用。

升缺升用江苏大挑县知县胡廷琛，候补知县李明垣，试用知县蔡鑫，湖北试用通判杨文麟，安徽补用通判刘启瑞，试用知县杨志瀛，江西补用知县秦瑞楫，试用知县胡炳垚，浙江候补知县杨灿麟，候选通判胡士桢，均拟请俟补缺、选缺后，以直隶州用。

两淮试用运判褚德黻，直隶州用江苏候补知县王元辅，均拟请加四品衔。

直隶州用河南试用知县钱祥保，拟请俟离知县任过直隶州班后，加四品衔。

分发行走中书科中书朱士振，拟请加五品衔。

江宁布理问刘思德，拟请以知州在任候补。

在任候选布经历江安粮储道库大使王锡珍，拟请俟选布经历后，在任以知州不论双单月选用。

候选布经历韩祖慈，拟请遇缺后以知州不论双单月归部选用。

江苏分缺先补用州同程炎，安徽分缺先州同赵守谦，分缺先布经历陈毓岷，分省试用按经历汪与准，均拟请俟补缺后，以知州用。

五品衔江宁布库大使邹恒励，拟请在任以应升之缺升用。

五品衔江苏候补库大使沈葆源，拟请补缺后，以应升之缺升用。

湖北施南府利川县县丞王惟贞，拟请在任以知县补用。

两淮试用盐大使熊定保，安徽分缺间补用府经历吴鹤年，试用府经历李铭楚，试用通判高恺尊，试用县丞王梦林、刘文藻，江苏试用县丞陶绅、舒桢、孙乃泌、钟文奇、彭守训、方臻格，东河试用县丞沈祖麟，湖北试用县丞李士选，试用府经历梁荧，江西遇缺先县丞卢榕，分缺先府经历陶其镕，直隶试用县丞郑庆萱，分省试用县丞吴祥林、汪秉桐，候选县丞陈宝书，均拟请俟补缺、选缺后，以知县用。

江苏萧县教谕路明升，拟请以知县选用。

江苏试用府照磨许秉钧，选用主簿阮余荫，均拟请俟补缺、选缺后，以县丞用。

盐大使衔赵翰馨，拟请以盐大使不论双单月归部选用。

县丞衔黄元征、陆寿堃，均拟请以县丞不论双单月归部选用。

江苏试用巡检陶模光，拟请俟补缺后，以主簿用。

附生仇觃生，文童吴昶、钱兆羲，均拟请以巡检不论双单月归部选用。

（朱批：）览。[①]

1703. 奏报烟酒两税难征足额缘由折

光绪三十年四月十八日（1904年6月1日）

头品顶戴两江总督臣魏光焘、头品顶戴江苏巡抚臣恩寿跪奏，为查明江苏省烟、酒两项均非大宗出产，奏派税数万难足额，现拟设法加征，尽征尽解，恭折覆陈，仰祈圣鉴事。

窃准军机大臣字寄：光绪二十九年十一月初六日奉上谕：百度之兴，端资经费。现值帑藏大绌，理财筹款尤为救时急务。前经户部通行各省整顿烟酒税，以济要需。乃报解之无多，实因稽征之不力。据直隶总督袁世凯奏称：直隶抽收烟、酒两税，计岁入银八十余万两，即着抄录直隶现办章程，咨送各省，责成该将军、督抚等一体仿行，并量其省分之繁简，派定税额之多寡。江苏省每年应派五十万两等因。钦此。即经恭录分行司局钦遵，并将直隶送到章程饬发仿办去后。

兹据江苏两藩司会同宁、苏、沪三厘局司道详称：烟、酒两项，江苏与直隶情形不同。即如烟叶，剔除六合一县外，别无产区。各处行销，皆系来自外省，正因外国纸烟风行，土创烟丝销路大减，几至无人过问。酒则仅只通州所属之泰兴及徐州、海州等处，间有槽坊造酒，多系小户，每户或设地缸四五只至十余只不等，绝无大宗买卖。吴县之木渎一带间造多浇，仅销本境城乡，从无出运他处者。其外来之烧酒、绍酒等类，销场亦极零散，曾于光绪二十一年冬遵奉部饬重征坐贾，并将行商贩运各项烟、酒普加二成卡厘。二十五年，复奉部行按照从前抽收之数，再行加征一倍。计宁属每年约共收钱三万余串，苏局收钱二万七千余串，沪局收钱一万一千余串。此次重加征收，即再增一倍，亦不过六

①台北故宫博物院藏：《军机及宫中档》，文献编号：160326-0-B。

万数千串，核与饬派额数，尚属大相悬殊。现值振兴商务之时，不能不统筹兼顾，虽烟、酒两项非民间日用所必需，原寓禁于征，然小民以此营生，取之过苛，恐或改造而挂用详牌，或无力而因之歇业，转与原捐有碍。但际此时艰财匮，何敢不勉力劝办，相裨万一？惟有体察本省情形，略仿直隶章程，实力筹办加征，尽征尽解，涓滴归公，借佐度支。除将办法、章程另行详办外，详请奏咨前来。

臣等复加查核，苏省风俗，便行蚕桑，不种烟叶。各属间酿土酒，并不出运，视他省产烟叶、有烧锅者，本难同论，犹诸丝、绸两项产于江浙，他省纵有所产，其数不及江浙之一，则苏省烟、酒与他省丝绸情形正复相类。该司局所详为难之处，尚系实情。惟此次整顿烟酒，按省额派税银，系特奉谕旨饬办之件。臣等共喻时艰，自应于无可措手之中设法稽征，以供要需，何敢稍涉推诿？

除饬属仿照直隶现办章程认真举办，并咨户部查照外，谨将江苏省奉派烟酒加税查明万难足额，现拟设法加征，尽征尽解缘由，合词恭折复陈。伏乞皇太后、皇上圣鉴训示。谨奏。四月十八日。

光绪三十年五月初六日，奉朱批：户部知道。钦此。①

1704. 请准方履中免扣资俸缘由片

光绪三十年四月十八日（1904年6月1日）

再，江南建设三江师范学堂，规模闳大，学务较繁，现经臣延请翰林院编修方履中②为该堂稽查，考校课程一切。查前设高等

①台北故宫博物院藏：《军机及宫中档》，文献编号：160448。

②方履中（1864—1932），字玉山、聘商，安徽桐城人。光绪年间进士，授翰林院编修。历任两淮盐运使、四川提学使、安徽矿务总理。光绪二十七年（1901），丁父忧，回籍终制。民国三年（1914），创立铜官山股份公司。十九年（1930），充中国大学教习。二十一年（1932），卒于京。著有《贞泯不泐》《桐城名贤诗词辑》《皖矿始末通告书》等存世。

学堂，延聘翰林院编修缪荃孙①为总教习，当经前督臣刘坤一奏奉朱批允准免扣资俸在案。今该编修方履中情事相同，合无仰恳天恩俯准翰林院编修方履中照案免扣资俸，出自鸿慈逾格！除分咨查照外，谨会同江苏抚臣恩寿，附片陈请。伏乞圣鉴训示。谨奏。

（朱批：）着照所请，该衙门知道。②

光绪三十年五月初一日，奉朱批：着照所请，该衙门知道。钦此。③

1705. 奏报定期巡视江阴炮台片

光绪三十年四月十八日（1904年6月1日）

再，江阴南、北两岸及镇江圌山关、象山等处均为长江下游门户。上年四月间，经臣奏明亲赴该处查看炮台，间有损坏处所，分饬修葺完固。现在瞬届一年，虽江防尚称安谧，而险要各口地势须加周察，营伍亦应抽阅，臣拟定期于四月二十二日前往江阴等处周历巡视。所有日行公事，即委藩司代折代行。其余要件随时包封，送臣行次办理。理合附片陈明。伏乞圣鉴。谨奏。

（朱批：）知道了。④

---

①缪荃孙（1844—1919），字炎之、筱珊，晚号艺风老人，江苏江阴申港镇缪家村人。同治七年（1868），取乡试举人。光绪二年（1876），中式进士，授翰林院编修。十四年（1888），充南菁书院山长。十七年（1891），掌泺源书院。二十年（1894），充南京钟山书院山长兼掌常州龙城书院。二十七年（1901），任江楚编译局总纂。二十八年（1902），办理淮郡学堂事务，授总教习。同年，出洋考察学务。三十三年（1907），任江南图书馆总办。三十四年（1908），加四品卿衔。宣统元年（1909），督办京师图书馆。三年（1911），办理办理江南高等学堂事务。民国三年（1914），任清史总纂。八年（1919），卒于沪。著有《艺风堂文集》《续集》《辛壬稿》《乙丁稿》《读书记》《艺风堂藏书记》《续藏书记》《辽文存》《续国朝碑传集》《常州词录》，编有《云自在龛丛书》《对雨楼丛书》《藕香零拾》《烟画东堂小品》等行世。

②台北故宫博物院藏：《军机及宫中档》，文献编号：408007368-0-A。

③台北故宫博物院藏：《军机及宫中档》，文献编号：160331。

④台北故宫博物院藏：《军机及宫中档》，文献编号：408007368-0-B。

光绪三十年五月初一日，奉朱批：知道了。钦此。①

1706. 奏报筹解下半年旗营加饷片

光绪三十年四月十八日（1904年6月1日）

再，江苏省筹解旗营加饷银两，经前督臣等奏明自光绪十二年起，每年解银三十万两，江宁、苏州两属各半分认，按春、夏、秋三季批解户部兑收。前年，接准行在户部咨：江苏省旗兵加饷全数提留新案赔款，每年匀作十二次解沪汇付。又准部电，关平百两应加补水库平银一两六钱四分三厘，各等因。当经先后转行遵照，业将二十九年上半年宁、苏两属应解前项银两分别筹解，附片奏明在案。

所有江宁省岁筹银十五万两，内派江粮道库银十二万两，系由道径筹解沪。其金陵厘捐局每年认筹银三万两，向系解司转解，计光绪二十九年下半年银一万五千两，又关平补水银二百四十六两四钱五分，共银一万五千二百四十六两四钱五分，已准厘捐局按月解司转解江海关兑收汇付；苏州仍由向派之司、关、道、局照案分筹，亦解过六次共计银七万五千两，另筹补水库平银一千二百三十二两二钱五分，已由各处按月解沪。据江宁、江苏两藩司详请具奏前来。

除咨部查照并饬各该藩司嗣后仍按半年详奏一次外，理合会同江苏巡抚臣恩寿，附片陈明。谨奏。

（朱批：）户部知道。②

光绪三十年五月初一日，奉朱批：户部知道。钦此。③

---

①台北故宫博物院藏：《军机及宫中档》，文献编号：160330。

②台北故宫博物院藏：《军机及宫中档》，文献编号：408007368-0-C。

③台北故宫博物院藏：《军机及宫中档》，文献编号：160334。

1707. 奏报遴补长江水师游击各缺折

光绪三十年四月十九日（1904 年 6 月 2 日）

头品顶戴两江总督臣魏光焘、长江水师提督臣程文炳跪奏，为长江水师湖口等营游击各缺遴员升补，恭折仰祈圣鉴事。

窃照长江水师守备以上各缺，向照外海水师章程，先尽历俸一年以上者升补。前因提标中营右哨都司各缺应补俸满升补守备中不敷拣选，经臣等拟请变通办理，在于未经俸满守备各员内拣选升补，奏准在案。兹查有湖口营游击王昌龄等所遗各缺，由臣文炳遴选历练营伍、熟谙水师之员，会商拟补，计请升补游击各缺钱四和等十一员，理合开列清单，恭呈御览。合无仰恳天恩俯赐照准，内请升补都司倪万春、刘德馨、张聿修、袁复臣等四员前补守备案内均引见未满三年，今升补都司，照例毋庸送部，应请敕部颁给札付，以昭信守。请升游击钱四和、守备熊宗友、曾程发、马启超、蔡廷标、熊福胜、郑林益等七员，俟部覆至日，由臣光焘分别给咨送部引见，以符定制。

除饬取各该员履历咨部查核外，谨会同江苏巡抚臣恩寿、安徽巡抚臣诚勋、署理江西巡抚臣夏时，合词恭折具陈。伏乞皇太后、皇上圣鉴训示。再，查请升都司倪万春、刘德馨、袁复臣三员，历俸已将届满，惟现在水师俸满守备无人，不得不暂为变通请补，以免员缺旷悬。合并陈明。谨奏。光绪三十年四月十九日。

（朱批：）兵部议奏，单并发。①

光绪三十年五月初二日，奉朱批：该部议奏，单并发。钦此。②

---

①台北故宫博物院藏：《军机及宫中档》，文献编号：408007371。

②台北故宫博物院藏：《军机及宫中档》，文献编号：160356。

1708. 呈遴补长江水师游击各缺清单

光绪三十年四月十九日（1904年6月2日）

谨将长江水师各营续因事故出缺，遴员升补，开列清单，恭呈御览。

计开

湖口营游击王昌龄升补，遗缺查有军政卓异金陵营左哨都司钱四和，熟谙水师，勇谋兼备，堪以升补；所遗都司员缺，查有湖口营前哨守备倪万春，操守廉明，才具稳练，堪以升补；递遗守备员缺，查有饶州营左哨一队千总熊宗友，巡防认真，人材出众，堪以升补。

芜湖营左哨都司邵有升病故，遗缺查有裕溪营前哨守备刘德馨，久历水师，才优心细，堪以升补；所遗守备员缺，查有提标中营前哨一队千总曾程发，操防勤奋，朴实耐劳，堪以升补。

金陵营右哨都司周德全升补，遗缺查有瓜洲营后哨守备张聿修，讲求营务，稳练朴诚，堪以升补；所遗守备员缺，查有提标中营中哨一队千总马启超，才具廉明，巡防得力，堪以升补。

华阳营右哨都司周庆基开缺，遗缺查有岳州营前哨守备袁复臣，熟悉营务，训练认真，堪以升补。

吴城营前哨守备秦得胜病故，遗缺查有田镇营前哨二队千总蔡廷标，巡防慎密，训练严明，堪以升补。

孟河营前哨守备吴大元病故，遗缺查有都司衔尽先守备提标中营前哨二队千总熊福胜，久历水师，操防得力，堪以升补。

饶州营后哨守备王文明升补，遗缺查有裕溪营左哨二队千总郑林益，才识稳练，水师熟谙，堪以升补。

（朱批：）览。①

①台北故宫博物院藏：《军机及宫中档》，文献编号：160356-0-A。

1709. 请奖江北海运漕粮出力各员折

光绪三十年四月十九日（1904年6月2日）

头品顶戴两江总督臣魏光焘跪奏，为查明江北海运漕粮出力各员，吁恳天恩分别给奖，恭折仰祈圣鉴事。

窃江北历届办理河运出力人员，均经奏准给奖。前届光绪二十六年分江北漕粮改行海运，于二十七年九月初九日开行，十七日到京，十月十九日照数验收完竣。所有在事出力各员，据该司道开单详请奏奖前来。臣查是年改行海运，与河运情形不同，当经委员前赴镇江设立总局，将江北、安徽等处购定漕米，多雇剥船，运至镇局，租栈存储。该升道效曾亲赴上海，商由招商局派拨轮船到镇，接续装运，放洋北上。维时，北方甫定，华洋错处，遇事棘手，而漕粮运抵塘沽，改由火车运京，至天桥仍须换用骡车，盘接入仓，事属创始，且道途艰险，必须格外妥慎，节节派员设局转运，照料弹压，始得交收无误，在事文武各员绅始终勤奋，艰苦备尝，不无微劳足录。

溯查光绪三年江北曾办海运漕粮，在事出力文武保奖六十员。此次海运时势尤觉为难，请保人员与上届数目尚属相等，拟请援照成案分别给奖，理合缮具清单，恭呈御览。合无仰恳天恩俯准一体给奖，以示鼓励。谨会同漕运总督臣陆元鼎、江苏巡抚臣恩寿，恭折具陈。伏乞皇太后、皇上圣鉴训示。谨奏。光绪三十年四月十九日。

（朱批：）该部议奏，单并发。①

光绪三十年五月初二日，奉朱批：该部议奏，单并发。钦此。②

①台北故宫博物院藏：《军机及宫中档》，文献编号：408007372。

②台北故宫博物院藏：《军机及宫中档》，文献编号：160359。

1710. 呈请奖海运漕粮出力各员清单

光绪三十年四月十九日（1904年6月2日）

谨将江北起运光绪二十六年分漕粮改行海运，所有镇、京、津三局在事出力文武各员绅董等拟请奖叙，开单恭呈御览。

计开

江苏试用道何立坦，拟请赏加二品衔。

在任候选道候补直隶州知州江苏高淳县知县李普润，拟请归道员班后，赏加二品衔。

三品衔江苏候补知府许星璧，拟请补缺后，以道员用。

江苏试用同知方臻善、聂宗义，湖北试用同知王邦杰，均拟请补缺后，以知府用。

在任候选同知江苏丹徒司巡检程廷献，拟请俟选同知后，赏加四品衔。

江苏试用通判郝尔泰，江苏试用知县王金寿、金铨，均拟请补缺后，以直隶州用。

知府用南河补用同知许秉彝，拟请补知府缺后，赏加三品衔。

江苏试用通判钟楠，拟请补缺后，以同知用。

江苏镇江府粮捕通判饶应祎，拟请赏加四品衔。

江苏试用布理问龚凤藻，江苏试用教谕秦铭勋，江苏试用巡检金庆鸿、殷廷植，均拟请补缺后，以应升之缺升用。

补用直隶州江苏候补班补用知县季逢辛、邵文炳，均拟请补直隶州后，以知府用。

江苏候补知县袁国钧，拟请赏加五品衔。

同知衔升缺升用江苏候补知县林介镛，拟请归升班后，赏加四品衔。

江苏试用知县游师程、张存彝，均拟请补缺后，以同知直隶州用。

候选知县刘世莹，拟请得缺后，以直隶州用。

两淮补用盐大使郭步瀛，分发试用府经历吕承培，江苏试用县丞丁尚广、姚荣泽、张作书、李瑞祺，浙江试用县丞刘世麟、刘寿祺，候选县丞刘耀、秦寅，候选按经历李兆凤，均拟请补缺后，以知县用。

在任候选布经历江安道库大使王锡珍，拟请以布经历不论双单月即选。

镇江府丹徒县主簿张焕文，拟请以县丞在任候升。

浙江候补府照磨李兆熊，江苏试用照磨沈昌鹏，均拟请补缺后，以县丞用。

增生朱文涛，拟请以从九品不论双单月，归部选用。

安徽试用巡检王安仁，江苏试用从九品李恩植，均拟请补缺后，以县主簿用。

江苏试用从九品张鸿恩，拟请赏加六品顶戴。

县丞职衔书吏王嗣文，拟请以县丞不论双单月归部选用。

书识方镇瀛、赵荣久，均拟请以巡检不论双单月归部选用。

随漕书吏管绍衡、沈佩张，均拟请以从九品不论双单月归部选用。

两江补用副将马春华，拟请赏加总兵衔。

两江补用参将何师程，拟请俟补参将后，以副将用。

两江补用游击朱大斌，拟请赏加副将衔。

副将衔两江补用游击周德标，拟请俟补游击后，以参将用。

都司衔尽先补用守备耿清池、杨长发，均拟请俟补缺后，以都司用。

两江补用都司陈得明、杜步阶、王元，均拟请俟补缺后，以游击用。

五品顶翎尽先补用千总方寿山，两江补用千总饶保仁，均拟请俟补缺后，以守备用。

（朱批：）览。[1]

1711. 奏报水师官兵俸饷等项银两折

光绪三十年四月十九日（1904年6月2日）

头品顶戴两江总督臣魏光焘跪奏，为长江水师各营光绪二十六年分官兵俸饷等项银两报销，遵照新章改题为奏，恭折仰祈圣鉴事。

窃查长江水师设立在两江境内者十四营，岁需俸饷、米折等项银两，前经奏定章程酌留江西之湖口、安徽之大通、江苏之瓜洲等三处厘卡，每年每卡各提银十六万两，自同治八年为始。因船厂经费制造火药不敷，添设亲兵飞划，先后加拨江西湖口厘卡银一万两，皖南茶厘局银一万两，江苏、安徽厘卡银各五千两，共银五十一万两，按年解归江南盐巡道库支发，历经题报至光绪二十二年分止，并将二十三四五三年分俸饷等项银两遵照新章奏销在案。

兹据江南盐巡道徐树钧详称：光绪二十六年正月起至十二月底止，共收江苏、安徽、江西三省各局解到二十六年分及补解二十五年分饷项共银四十三万六百两，又旧管存银十六万一千二百八十两六钱二分七厘九毫五丝七忽，统计共存银五十九万一千八百八十两六钱二分七厘九毫五丝七忽，内支发长江水师提、湖、瓜三标十四营经制、官弁、兵书廉俸、薪蔬、粮饷、米折、亲兵口粮、皮纸、火香、折价、飞划津贴并金陵、湖口两船厂二十六年造修战船工料，又金陵船厂补领二十五年工料及二十六年洋火药经费暨奉拨解交金陵防营支应局二十六年分长江水师节省兵饷，共银五十二万二千九百三十四两九分七厘三毫一丝。除拨用申平款库平银一万五千两外，实动正项厘银五十万七千九百三十四两

[1] 台北故宫博物院藏：《军机及宫中档》，文献编号：160359-0-A。

九分七厘三毫一丝，应存银八万三千九百四十六两五钱三分六毫四丝七忽，内划出应扣各营小建银五千八百三两八钱一分二厘三毫七忽，计正款实在存银七万八千一百四十二两七钱一分八厘三毫四丝。又扣建项下二十六年分扣存各营小建银五千八百三两八钱一分二厘三毫七忽，连旧管存银五千二十八两三钱三分三毫五丝六忽，共实存小建银一万八百三十二两一钱四分二厘六毫六丝三忽。又扣收各营解缴二十六年截旷湘平银三百五十二两七钱七厘九毫二丝三忽，连旧管存银四千七百八十九两五钱七分四厘六毫七丝七忽，共实存截旷湘平银五千一百四十二两二钱八分二厘六毫。以上三款所存银两，应遵会议条款，留为长江水师各营以后闰月及厘局拨款不敷之用等情。详请具奏前来。

臣覆核收放各款，均系照例支给，委无浮冒，谨缮具清单，恭呈御览，仰恳天恩敕部照数核销。除将送到清册分咨户部、兵部外，理合会同江苏抚臣恩寿、安徽抚臣诚勋、署江西抚臣夏时、长江水师提臣程文炳，恭折具陈。伏乞皇太后、皇上圣鉴。谨奏。光绪三十年四月十九日。

（朱批：）该部知道，单并发。①

光绪三十年五月初二日，奉朱批：该部知道，单并发。钦此。②

1712. 呈水师官兵俸饷等项银两清单

光绪三十年四月十九日（1904年6月2日）

谨将光绪二十六年分长江水师各营官兵俸饷收支各款银两，缮具清单，恭呈御览。

计开

旧管：光绪二十五年分

①台北故宫博物院藏：《军机及宫中档》，文献编号：408007373。

②台北故宫博物院藏：《军机及宫中档》，文献编号：160365。

正项厘金款存银十六万一千二百八十两六钱二分七厘九毫五丝七忽。

新收：光绪二十六年分

一、收金陵木厘局协解瓜洲厘卡应拨长江水师经费银七万六千两，又收补解二十五年饷银五千两。

一、收江宁藩司拨补苏、沪两局应解长江水师经费银四万两。

一、收金陵厘捐局拨补苏、沪两局应解长江水师经费银五千两。

一、收安徽牙厘局拨解大通厘卡应解长江水师经费银五万五千两，又收补解二十五年饷银一万两。

一、收皖南茶厘局协解大通厘卡应拨长江水师经费银十万两，又收添拨银一万两。

一、收江西牙厘局拨解湖口厘卡应拨长江水师经费银四万两，又收添拨湖口船厂造办战船工料银九千六百两，又收补解二十五年饷银八万两。

总共新收、旧管银五十九万一千八百八十两六钱二分七厘九毫五丝七忽。

开除：长江水师提督

光绪二十六年春、冬二季饷项由江南支给，夏、秋二季饷项由湖北支给，闰月各半分支。

一、支提督养廉、俸薪、蔬菜、心红纸张银三千八百九十七两四钱一分七毫九丝三忽。

一、支提督座船船价、战船杂费、兵书粮饷、亲兵口粮银一千五百九十八两四钱三分三厘三毫三丝，又米九十八石一斗二升八合，每石折银一两六钱，共支银一百五十七两四厘八毫。

一、支战船需用皮纸、火香价银三两一钱七分二厘。

长江水师提标中军副将营

光绪二十六年分

一、支官弁养廉、俸薪、蔬菜、心红纸张银六千二百二十三两九钱七分二厘九毫九丝四忽。

一、支官弁座船船价、战船杂费、兵书粮饷、亲兵口粮银三万一千五百二十两六钱三分九厘九毫六丝三忽，又米一千八百四十三石二斗，每石折银一两六钱，共支银二千九百四十九两一钱二分。

一、支战船需用皮纸、火香价银一百十二两六钱八分四厘。

一、支舢板战船、飞划津贴银三百二十两。

长江水师提标金陵参将营

光绪二十六年分

一、支官弁养廉、俸薪、蔬菜、心红纸张银四千七百四十九两七钱四分九厘三毫四丝八忽。

一、支官弁座船船价、战船杂费、兵书粮饷、亲兵口粮银二万四千五百九十六两四钱七分九厘九毫七丝三忽，又米一千四百四十石七斗六升八合，每石折银一两六钱，共支银二千三百五两二钱二分八厘八毫。

一、支战船需用皮纸、火香价银八十七两二钱四厘。

一、支舢板战船、飞划津贴银二百四十两。

长江水师提标裕溪参将营

光绪二十六年分

一、支官弁养廉、俸薪、蔬菜、心红纸张银四千七百四十九两七钱四分九厘三毫四丝八忽。

一、支官弁座船船价、战船杂费、兵书粮饷、亲兵口粮银二万四千五百九十六两四钱七分九厘九毫七丝三忽，又米一千四百四十石七斗六升八合，每石折银一两六钱，共支银二千三百五两二钱二分八厘八毫。

一、支战船需要皮纸、火香价银八十七两二钱四厘。

一、支舢板战船、飞划津贴银二百四十两。

长江水师提标大通参将营

光绪二十六年分

一、支官弁养廉、俸薪、蔬菜、心红纸张银四千七百四十九两七钱四分九厘三毫四丝八忽。

一、支官弁座船船价、战船杂费、兵书粮饷、亲兵口粮银二万四千五百九十六两四钱七分九厘九毫七丝三忽，又米一千四百四十石七斗六升八合，每石折银一两六钱，共支银二千三百五两二钱二分八厘八毫。

一、支战船需用皮纸、火香价银八十七两二钱四厘。

一、支舢板战船飞划津贴银二百四十两。

长江水师提标芜湖游击营

光绪二十六年分

一、支官弁养廉、俸薪、蔬菜、心红纸张银三千二百七十七两二钱四分三厘八毫四丝。

一、支官弁座船船价、战船杂费、兵书粮饷、亲兵口粮银一万七千七百八十七两五钱一分九厘九毫八丝三忽，又米一千三十八石三斗三升六合，每石折银一两六钱，共支银一千六百六十一两三钱三分七厘六毫。

一、支战船需用皮纸、火香价银六十一两七钱二分四厘。

一、支舢板战船、飞划津贴银一百六十两。

长江水师湖口镇总兵暨中军游击营

光绪二十六年分

一、支官弁养廉、俸薪、蔬菜、心红纸张银六千一百三十一两一钱一分七厘四毫九丝二忽。

一、支官弁座船船价、战船杂费、兵书粮饷、亲兵口粮银二万四千二百三十二两三钱一分九厘九毫七丝五忽，又米一千四百三十四石六斗二升四合，每石折银一两六钱，共支银二千二百九十五两三钱九分八厘四毫。

一、支战船需用皮纸、火香价银八十三两三钱五分六厘。

一、支舢板战船、飞划津贴银二百八两。

长江水师湖口镇标安庆副将营

光绪二十六年分

一、支官弁养廉、俸薪、蔬菜、心红纸张银六千二百二十三两九钱七分二厘九毫九丝四忽。

一、支官弁座船船价、战船杂费、兵书粮饷、亲兵口粮银三万一千五百二十两六钱三分九厘九毫六丝三忽，又米一千八百四十三石二斗，每石折银一两六钱，共支银二千九百四十九两一钱二分。

一、支战船需用皮纸、火香价银一百十二两六钱八分四厘。

一、支舢板战船、飞划津贴银三百二十两。

长江水师湖口镇标吴城参将营

光绪二十六年分

一、支官弁养廉、俸薪、蔬菜、心红纸张银四千七百四十九两七钱四分九厘三毫四丝八忽。

一、支官弁座船船价、战船杂费、兵书粮饷、亲兵口粮银二万四千五百九十六两四钱七分九厘九毫七丝三忽，又米一千四百四十石七斗六升八合，每石折银一两六钱，共支银二千三百五两二钱二分八厘八毫。

一、支战船需用皮纸、火香价银八十七两二钱四厘。

一、支舢板战船、飞划津贴银二百四十两。

长江水师湖口镇标饶州参将营

光绪二十六年分

一、支官弁养廉、俸薪、蔬菜、心红纸张银四千七百四十九两七钱四分九厘三毫四丝八忽。

一、支官弁座船船价、战船杂费、兵书粮饷、亲兵口粮银二万四千五百九十六两四钱七分九厘九毫七丝三忽，又米一千四百四十石七斗六升八合，每石折银一两六钱，共支银二千三百五两二钱二分八厘八毫。

一、支战船需用皮纸、火香价银八十七两二钱四厘。

一、支舢板战船、飞划津贴银二百四十两。

长江水师湖口镇标华阳游击营

光绪二十六年分

一、支官弁养廉、俸薪、蔬菜、心红纸张银三千二百七十七两二钱四分三厘八毫四丝。

一、支官弁座船船价、战船杂费、兵书粮饷、亲兵口粮银一万七千七百八十七两五钱一分九厘九毫八丝三忽，又米一千三十八石三斗三升六合，每石折银一两六钱，共支银一千六百六十一两三钱三分七厘六毫。

一、支战船需用皮纸、火香价银六十一两七钱二分四厘。

一、支舢板战船、飞划津贴银一百六十两。

长江水师瓜洲镇总兵暨中军游击营

光绪二十六年分

一、支官弁养廉、俸薪、蔬菜、心红纸张银六千一百三十一两一钱一分七厘四毫九丝二忽。

一、支官弁座船船价、战船杂费、兵书粮饷、亲兵口粮银二万四千二百三十二两三钱一分九厘九毫七丝五忽，又米一千四百三十四石六斗二升四合，每石折银一两六钱，共支银二千二百九十五两三钱九分八厘四毫。

一、支战船需用皮纸、火香价钱八十三两三钱五分六厘。

一、支舢板战船、飞划津贴银二百八两。

长江水师瓜洲镇标江阴副将营

光绪二十六年分

一、支官弁养廉、俸薪、蔬菜、心红纸张银六千二百二十三两九钱七分二厘九毫九丝四忽。

一、支官弁座船船价、战船杂费、兵书粮饷、亲兵口粮银三万一千六百两六钱三分九厘九毫八丝七忽，又米一千八百四十三石二斗，每石折银一两六钱，共支银二千九百四十九两一钱二分。

一、支战船需用皮纸、火香价银一百十七两六钱七分六厘。

一、支舢板战船飞划津贴银三百二十两。

长江水师瓜洲镇标三江游击营

光绪二十六年分

一、支官弁养廉、俸薪、蔬菜、心红纸张银三千二百七十七两二钱四分三厘八毫四丝。

一、支官弁座船船价、战船杂费、兵书粮饷、亲兵口粮银一万七千八百二十七两五钱一分九厘九毫九丝五忽，又米一千三十八石三斗三升六合，每合折银一两六钱，共支银一千六百六十一两三钱三分七厘六毫。

一、支战船需用皮纸、火香价银六十四两二钱二分。

一、支舢板战船、飞划津贴银一百六十两。

长江水师瓜洲镇标孟河游击营

光绪二十六年分

一、支官弁养廉、俸薪、蔬菜、心红纸张银三千二百七十七两二钱四分三厘八毫四丝。

一、支官弁座船船价、战船杂费、兵书粮饷、亲兵口粮银一万七千八百二十七两五钱一分九厘九毫九丝五忽，又米一千三十八石三斗三升六合，每合折银一两六钱，共银一千六百六十一两三钱三分七厘六毫。

一、支战船需用皮纸、火香价银六十四两二钱二分。

一、支舢板战船、飞划津贴银一百六十两。

一、支金陵船厂找领光绪二十五年造修战船工料银五百九十八两八钱四分五厘四毫三丝七忽。

一、支金陵船厂光绪二十六年分造修战船工料银一万四百两。

一、支湖口船厂光绪二十六年分造修战船工料银三万一千五百两。

一、支金陵防营支应局拨解光绪二十六年分洋火药经费银一万三千六百四十五两。

一、解金陵防营支应局奉光绪二十六年分长江节饷银二万两。

总共支银五十二万二千九百三十四两九分七厘三毫一丝，内除在申平款动拨库平银一万五千两外，计实动正项厘银五十万七千九百三十四两九分七厘三毫一丝。应存银八万三千九百四十六两五钱三分六毫四丝七忽，内划出应扣各营光绪二十六年分小建银五千八百三两八钱一分二厘三毫七丝收入小建款内另存外，实在计实存正项厘银七万八千一百四十二两七钱一分八厘三毫四丝。

扣存各营小建银两项下

旧管：光绪二十五年分，存小建银五千二十八两三钱三分三毫五丝六忽。

新收：光绪二十六年分，扣存各营小建银五千八百三两八钱一分二厘三毫七忽。

开除：无项。

实在：计实存小建银一万八百三十二两一钱四分二厘六毫六丝三忽。

扣存各营缴回官兵空旷银两项下

旧管：光绪二十五年分，存空旷银四千七百八十九两五钱七分四厘六毫七丝七忽。

新收：光绪二十六年分，收各营缴回空旷银三百五十二两七钱七厘九毫二丝三忽。

开除：无项。

实在：计实存空旷湘平银五千一百四十二两二钱八分二厘六毫。

(朱批:) 览。①

1713. 请以王安国补授江宁城守守备折

光绪三十年四月十九日（1904 年 6 月 2 日）

头品顶戴两江总督臣魏光焘跪奏，为拣员请补陆路守备员缺，

①台北故宫博物院藏:《军机及宫中档》，文献编号：160365-0-A。

恭折仰祈圣鉴事。

窃江南江宁城守右营守备董玉棻升补都司，遗缺接准部咨系新章推补第一轮第二缺，轮用卓异无人，应过班用第四缺拣发人员，行令拣员请补等因。伏查是缺守备，驻扎江宁省城，有经管兵马、钱粮、缉捕、巡防之责，非精明干练之员，难期胜任。

臣于实缺候补各员内逐加遴选，查有补用守备淮扬镇标右营千总王安国，年三十八岁，江南清河县人，由行伍递拔淮扬镇标左营把总。光绪二十一二等年两届安澜案内出力保奖，俟补千总后以守备用，旋拔是缺千总，造具履历咨准部复，归入拣发守备班内序补。二十五年，江北河运漕粮出力请奖案内保俟补缺后，以都司仍留两江补用，各在案。该员年力富强，操防勤奋，历委护、署淮扬左、右营参将、守备各缺，均能得力，以之请补是缺守备，洵堪胜任，核与例章尚属相符。合无仰恳天恩俯准以补用守备淮扬镇标右营千总王安国补授江宁城守右营守备员缺，实于营伍、地方有裨。如蒙俞允，俟部覆至日，即行给咨送部引见，恭候钦定，以符定制。

除饬取履历咨部查核外，谨会同江南提督臣李占椿，恭折具陈。伏乞皇太后、皇上圣鉴训示。谨奏。光绪三十年四月十九日。

(朱批:) 兵部议奏。①

光绪三十年五月初二日，奉朱批：兵部议奏。钦此。②

1714. 请将守备李文科即行革职片

光绪三十年四月十九日（1904 年 6 月 2 日）

再，准长江水师提督臣程文炳咨：署华阳营右哨都司准补大通营前哨守备李文科，举动轻浮，贪鄙不职，亟应撤参，以肃戎政。咨请具奏前来。相应请旨将长江水师准补大通营前哨守备李

①台北故宫博物院藏：《军机及宫中档》，文献编号：408007374。

②台北故宫博物院藏：《军机及宫中档》，文献编号：160357。

文科即行革职，以儆效尤。

除所遗员缺另行拣员请补外，谨会同长江水师提臣程文炳，附片具陈。伏乞圣鉴训示。谨奏。

（朱批：）着照所请，兵部知道。[①]

光绪三十年五月初二日，奉朱批：着照所请，兵部知道。钦此。[②]

1715. 请将游击卢桐森开缺缘由片

光绪三十年四月十九日（1904 年 6 月 2 日）

再，据现署提标左营游击实缺督标左营游击卢桐森禀称：素有目疾，百计医治，苦难奏效。刻下双目红肿，遇有地方巡缉公事，势不能会同查办，深恐贻误，惟有据实陈请开缺调理等情。当经臣饬委署提标中军参将张熙验看，兹据验明确实，取具医、验各结，声明病痊尚堪起用，呈送前来。

除将各结送部查核外，谨会同江南提督臣李占椿，附片具陈。伏乞圣鉴，敕部查照开缺，俾得回籍安心调理。再，此次所遗江南提标左营游击一缺，系陆路部推之缺，江省现有合例人员，应请扣留由外拣补。合并声明。谨奏。

（朱批：）兵部知道。[③]

光绪三十年五月初二日，奉朱批：兵部知道。钦此。[④]

---

①台北故宫博物院藏：《军机及宫中档》，文献编号：408007374-0-A。
②台北故宫博物院藏：《军机及宫中档》，文献编号：160364。
③台北故宫博物院藏：《军机及宫中档》，文献编号：408007374-0-B。
④台北故宫博物院藏：《军机及宫中档》，文献编号：160366。

1716. 请将总兵王幼山交部议处片

光绪三十年四月十九日（1904年6月2日）

再，据安徽寿春镇总兵王幼山呈称：本年二月初二日，因公赴安庆、金陵面禀营伍事宜，旋于二月十五日起程回署，该镇衙署先于二月十三日失慎，烧毁上房五间，查有两次奉到朱批折件及该总兵曾祖父母、祖父母、父母、妻室诰封，历保奖札，递补游击、参将、副将、总兵兵部札付等件，均被火燃。除将烧毁署屋赔补外，恳乞代奏等情。前来。

臣查衙署失火烧毁房屋各项，例有应得处分，相应请旨将寿春镇总兵王幼山交部议处。谨会同安徽巡抚臣诚勋，附片具陈。伏乞圣鉴训示。谨奏。

（朱批：）王幼山着交部议处。①

光绪三十年五月初二日，奉朱批：王幼山着交部议处。钦此。②

1717. 奏报查办警察办理不善各员折

光绪三十年五月初四日（1904年6月17日）

头品顶戴两江总督臣魏光焘、头品顶戴署理漕运总督江苏巡抚臣恩寿跪奏，为镇江开办警察，匪徒借端滋闹，现经查明分别惩办情形，恭折具陈，仰祈圣鉴事。

窃查光绪二十八年九月十六日奉上谕：袁世凯奏定警务章程暨保卫地方一切，其属妥善。各直省督抚仿照直隶章程办理，不准视为缓图，因循不办等因。钦此。当经通饬各属一体钦遵筹办在案。镇江为通商口岸，五方杂处，良莠不齐。警察之设，尤不

①台北故宫博物院藏：《军机及宫中档》，文献编号：408007374-0-C。

②台北故宫博物院藏：《军机及宫中档》，文献编号：160361。

容缓。叠经飞饬该管道府县按章从速举办。旋以需款浩繁，如建兵房、募巡勇一切事宜，必须预筹，非空言所能集事。且警察利于商民，而不利于奸宄。不逞之徒每肆谣喙，办理较难措手。该管道郭道直不辞劳瘁，督率镇江府知府详福、署丹徒县知县洪尔振、委员候补知县窦镇山，会同绅商，锐意兴办，经营半年之久，始得渐次就绪。乃三月二十六日，接该关道电禀：镇江开办警察，因迁菜市，匪徒借端滋闹，迫令各店罢市，焚毁局属、器械，兵民互毙三命等情。旋准京口副都统臣奇克伸布函告相同，并据该关道及该府县飞禀一切详情前来，当分委道员李维翰、郭本谋驰往查办。

兹据该道等先后禀称：查得此案启事之由，实缘办理警察，清理街道，新设菜市一所，谕限各摊移就，市民惮于迁徙，并闻三月以后酌收房租，各菜摊遂相率停止，并阻乡间菜担上市，显欲与局为难。委员窦镇山闻此风声，于二十六日早，即派局勇前往劝谕，乡民蜂拥二三百人，将局勇两名扭赴县署，经该署县洪尔振再三开导，众亦唯唯而退。乃出署后，有奸民从中煽惑，一唱百和，愈集愈多，由西门沿途大呼，迫令各店铺一得闭门，拥至曹家坡，将警察分局围住。该分局委员从九俞箎玺及司事、巡勇等以来势汹汹，赶将局门紧闭，大众抛掷砖石，打毁门墙。其间巡勇开放空枪，以冀警儆。乃忙乱之中，巡兵江永贵误开一有子之枪，致轰毙在场之民人万大七儿。大众更忿抱不平，将逃出员司、兵丁围殴，致伤十三人，并以洋油引火焚毁局屋。时有任广才正在门房外浇油助势，被护勇张少菁砍伤致毙，而张少菁亦逃避不及，被焚毙命。局内存储有洋枪三百杆、弹三万颗，同时燃裂，幸未伤人。因变生顷刻，该地方文武闻信赶到，势已不及，当督率防军弹压，将火扑灭。适值大雨，幸未延及民居。计被焚毁局屋二十九间。该关道及府县赶即出示晓谕，众心始定，街市安然如故，各店铺次早即一律照常开市，并由营县拿获谭大狗子等六名，提同受伤各兵，逐一环质，历历如绘。巡兵江永贵延至二十九日，因伤身故。此查办当日起衅滋事之实在情形也。

据该管道郭道直自以办理不善，当将委员窦镇山撤差，禀请与府县一并议惩前来。臣等查该委员窦镇山与该署县洪尔振办理警察要政，宜如何于迈往之中寓以详慎，因势利导。乃因移迁菜摊入市售卖，办理近于操切，以致酿成巨祸。该管道府既未能防范于先，又不善弹压于后，即予从严参办，均属咎无可辞。惟警察系奉旨饬办之件，该匪徒等竟敢以不利于己，借端煽惑，聚众多人，伤毙员司、兵丁，焚毁局屋、器械，实属目无法纪，挟众逞刁。镇江华洋交错，各匪溷迹，每举办一事，其中稍涉顾忌，遂皆视为畏途。此时若遽将各员参撤，不特匪徒之刁风愈长，而将来警察即无敢认真接办之人，势必虚应故事，废于半途。

臣等往复电商，惟有将各员应行议惩之处暂从宽缓，以责后效。委员窦镇山业已撤差，应再停委二年。该署县洪尔振先行摘去顶戴。该管道府由臣等先予各记大过二次，用示惩儆；责令将焚毁局屋、器械如数赔缴，另委妥员认真整顿，设法补救，以赎前愆。倘办无成效，再行从重参办。

除饬将现获滋事人犯严讯示惩，暨勒缉其余各犯务获究办外，所有镇江开办警察，匪徒借端滋闹现办缘由，理合恭折具奏。伏乞皇太后、皇上圣鉴。谨奏。五月初四日。

光绪三十年五月十九日，奉朱批：另有旨❶。钦此。[①]

❶【案】此案旋于是年五月十九日得旨允准，《光绪朝上谕档》载曰：

光绪三十年五月十九日，内阁奉上谕：魏光焘等奏，镇江开办警察，匪徒借端滋闹，分别查办情形一折。镇江为通商口岸，五方杂处，警察之设，本不容缓。该地方印委各员于此等要政，应如何审慎周祥，因势利导。乃限迁菜摊，致匪徒借端滋闹，迫令各店罢市，至

---

①台北故宫博物院藏：《军机及宫中档》，文献编号：160709。

有焚毁局屋、器械、互毙人命情事，实属办理不善。委员候补知县窦镇山、从九俞箴玺、署丹徒县知县洪尔振，均着交部议处。江苏常镇道郭道直、镇江府知府祥福，着一并交部议处。仍着认真整顿，遴委妥员接办，务除积弊而收实效。余着照所议办理。钦此。①

1718. 奏报苏省筹议整顿钱粮章程折

光绪三十年五月十二日（1904年6月25日）

头品顶戴两江总督臣魏光焘、头品顶戴调署漕运总督江苏巡抚臣恩寿跪奏，为筹议苏省整顿钱粮、核提漕款、清查沙洲各项章程，恭折覆陈，仰祈圣鉴事。

窃准户部咨：奉上谕：现在时局多艰，国势积弱，各直省伏莽未净，蠢动堪虞，非练兵无以卫国，亦非练兵无以保民。比年以来，叠经谕令各省裁汰绿营，改练常备、续备各军，近复特简庆亲王奕劻等办理练兵事宜，于京师设立总汇之处，期收画一整齐之效。惟练兵实为急务，筹饷尤属艰难，凡军中食用所需，何在非吾民膏血！现当闾阎困敝，岂忍再朘民生！是以前此练兵处胪陈筹饷各条，仅以酌提中饱、加收烟酒等捐，饬令各省照办。嗣复谕令户部就公家固有之利，除弊节流，统筹妥议，兹据详细覆陈各折、片，着即依议办理。朝廷深维至计，重念民依，宵旰焦劳，难安寝馈。朕仰承慈训，躬行节俭为天下先。近年宫廷用款实已力从撙节，仍着内务府再加核减，每年约当省出若干，并着工部、内务府将一切不急之工概行停止，匀出的款，以济要需。此外大小臣工以及富商大贾，如有愿捐巨款者，准其照章优奖。至户部所拟各条，均清厘于定例之中，并非搜括于正款之外。各该督抚身膺重寄，休戚相关，司道各官亦皆同受国恩，务当各抒忠赤，共念时艰，精白乃心，廉正率属，毋徇情面，毋受欺朦。

---

①《光绪朝上谕档》，第30册，第90页；又，《德宗景皇帝实录（八）》，卷五百三十一，光绪三十年五月下，第64页。

如有巧宦劣绅把持挠阻，即当加以惩治。倘能实力奉行，确著成效，不特兵饷有资，即近年各省琐细之捐，亦可逐渐停缓，总期去一分积弊、裕一分饷源等因。钦此[1]。并录妥议筹饷原奏、清单，咨行到苏，当经札司移行遵照筹议详办去后。

兹据江苏布政使效曾、苏松粮道陆钟琦、督办苏州沙洲事宜江苏候补道郭本谋会详称：伏查筹饷十条，内除工程一条由京遵办，盐务四条应归各省运司查议土药税厘；苏属向无出产杂税，则只有照额征解之牛猪等税，归于奏销造报，并为设局征收，均请毋庸置议。所有严核钱粮一条，苏省苏松等五府州属田地、山荡，自光绪二十五年奏明设局清赋以后，统计各属报征之数，核诸原额，已在九分以上。未垦老荒田地，逐年饬属开报新垦，届限启征，渐次清理。至秋勘案内蠲减钱粮，均由道府履亩勘明实荒，请蠲实歉请减，尚无捏报例灾鼻窦。惟现值时艰饷绌，正项钱粮自应议章，力加整顿，以裕饷源。核提漕务闲款一条，苏省现在奉文每年认运漕、白二粮六十万石，余米改折。其起运项下增贴行目以及苫盖、楞木、轻赍、个儿钱等款，均应循旧变价抵支水脚及支解户部仓场衙门之用。至改折项下业经案届核明折解银数，全行报拨归功。海运绅董已于光绪二十六年停止派委，此外所派京、沽等局委员亦减无可减。惟年外完漕加价钱文虽于同治五年酌减冬漕折价案内奏明以补办公不敷，尚非专入州县私囊。现既钦奉谕旨练兵，需饷孔急，自应另定章程，饬提归公拨用。清查沙洲田亩一条，苏省本届大丈于光绪二十五年举办，旋因二十七年风潮为灾咨行停止，续于上年接办。惟自光绪七年大丈后，相距已十有八载，历年较久，富豪占据，劣董把持，在所难免。其中轇轕纷繁，非逐细清厘，无以得其底蕴。现经督饬委员分别新涨老额，或增收价值，或追缴课息，实力稽查，案已十得八九。除将报效一项核定数目另案办理外，合将筹议整顿钱粮六条、核提漕款二条、现办清查沙洲四条，会详请奏等情。前来。

臣等覆加查核，所有拟办各条均尚周妥，谨缮具清单，恭呈御览。除饬各该司、道、局通行各属认真整顿，切实办理，并咨户部查照外，理合恭折覆奏，伏乞皇太后、皇上圣鉴训示。谨奏。五月十二日。

光绪三十年六月十三日，奉朱批：户部知道，单并发。钦此。①

❶【案】此节文字《光绪朝上谕档》记述较详，兹补录如下：

光绪二十九年二月初九日，内阁奉上谕：现在时局多艰，国势积弱，各直省伏莽未净，蠢动堪虞，非练兵无以卫国，亦非练兵无以保民。比年以来，叠经谕令各省裁汰绿营，改练常备、续备各军，近复特简庆亲王奕劻等办理练兵事宜，于京师设立总汇之处，期收画一整齐之效。惟练兵实为急务，筹饷尤属艰难，凡军中食用所需，何在非吾民膏血！现当闾阎困敝，岂忍再朘民生。是以前此练兵处胪陈筹饷各条，仅以酌提中饱、加收烟酒等捐，饬令各省照办。嗣复谕令户部就公家固有之利，除弊节流，统筹妥议，兹据详细覆陈各折、片，着即依议办理。朝廷深维至计，重念民依，宵旰焦劳，难安寝馈。朕仰承慈训，躬行节俭为天下先。近年宫廷用款实已力从撙节，仍着内务府再加核减，每年约当省出若干，并着工部、内务府将一切不急之工概行停止，匀出的款，以济要需。此外大小臣工以及富商大贾，如有愿捐巨款者，准其照章优奖。至户部所拟各条，均清厘于定例之中，并非搜括于正款之外。各该督抚身膺重寄，休戚相关，司道各官亦皆同受国恩，务当各抒忠赤，共念时艰，精白乃心，廉正率属，毋徇情面，毋受欺朦。如有巧宦劣绅把持挠阻，即当加以惩治。倘能实力奉行，确著成效，不特兵饷有资，即近年各省琐细之捐，亦可逐渐停缓，总期去一分积弊、裕一分饷源，即为吾民保一分元气，不得意存敷衍，延宕塞责，用副简练军实、体恤民艰之至意。钦此。②

---

①台北故宫博物院藏：《军机及宫中档》，文献编号：161287。

②《光绪朝上谕档》，第30册，第367—368页，又，《德宗景皇帝实录（七）》，卷五百二十四，光绪二十九年十二月上，第938—939页。

1719. 呈苏省筹议整顿钱粮章程清单

光绪三十年五月十二日（1904年6月25日）

谨将筹议整顿钱粮章程六条、核提年外加增漕价钱文章程二条、现办清查沙洲情形四条，开缮清单，恭呈御览。

计开

整顿钱粮项下

一、荒田应设法开辟也。查苏、松等五府州属田地、山荡，统计各属报征之数，核诸原额已在九分以上，未垦田地不及一分，半系老荒义冢，坍没缺额等类，逐年饬属开报，新垦数亦不少。现在苏省设立农务总局，清出荒田，讲求树艺，除实在坍没以及义冢、荒坟外，凡可开辟之处，均已实力清查，予限一年。有主者，各自照界开辟；无主者，由官招民领种。倘限满仍有抛荒，即使有主，亦归农务局召佃承恳，以期逐渐复额。

一、抛荒、坍缺应绘造图册存案也。查各属未垦老荒及积年坍缺，应将坐落区图、顷亩数目查勘明确，坍则报豁，荒则召恳，并分别有主、无主，绘图造册，分送藩司衙门、农务总局存案。其有业佃续垦成熟者，由属于每年秋勘案内详查开报，仍俟届限启征，以便稽考。

一、水、旱偏灾应核实查办也。查苏省向来办理秋勘，由府、州、县亲往各属勘明荒熟情形禀办。自二十五年奏明设局清赋，举从前匿熟、包抗、中饱诸弊一律廓清，间遇水、旱灾伤，各属禀请蠲减钱粮，无不一再确查，实荒请蠲，实歉请减，尚无捏报例灾弊窦。现值时艰饷绌，钱粮为国家维正之供，此后查办秋勘更应认真厘剔，切实整顿。如非实在歉收，不准率请酌减，业经饬司分别列表，严定比较，以重考核。其实被水、旱偏灾未能照额轮纳者，仍由该管道府按亩确切勘明应蠲、应减，由司酌量核定，汇案详办。

一、征蠲钱粮应认真考核也。查苏省各州、厅、县每年秋勘定案应征银米，均依熟田造串实征、实解司库，地扛、驿站等款向系按年清完起运，漕、白粮米以及清赋改折亦不列欠。惟丹徒县应征行月米石、元和县应征局粮均有民欠，此外道库漕项解司，芦课亦有零星小户未能完清因而开欠者，惟是否真实，自有未截版串可验。兹拟从三十年分起，除熟田项下应征钱粮均须实力催追年清、年款外，如有贫苦小户数目畸零，催征不齐，该年奏销之际，由司道查明实非劣绅包抗及书差朦混者，核其为数无多，串未离根，方准据实开报，仍令按限催追补解足数。若已经截串，不许托名民欠，以杜弊窦。所有荒灾项下蠲减之数，应令开列都图，颁示民间，务使家喻户晓，官吏无从弊混。倘敢区示不张，私征入己，一经查出，或被告发，即行从严参办。

一、户粮应随田过割也。查民间售卖田地，立契成交后，理应将本名下承完粮赋由卖主、买主随时对册推收，按数过割，只因卖者贪一时之利，短拨粮额，迨后田去粮存，无可着落，迫为逃亡，以及诡户宕粮等情弊，隐匿最深。兹拟从三十年起，责成该管、州、厅、县，凡遇新业持契投税，确查旧业户粮曾否按数推收，如有隐混短拨，勒令新、旧业户当场收清，违者惩办。

一、钱粮应按时催征也。查苏省自清赋以后，大户名目早经革除，尚无包完欺隐情弊。各州、厅、县每年启征钱粮，定期示谕，设柜大堂，钱洋时价，条示柜前，或钱、或洋，听民完纳，随时截串给执。间有疲玩粮户延不赴柜输纳截串交差催征之处，兹拟从三十年起，各属经征钱粮，饬令按时设柜催收，不准将民间未完粮串先行裁截，发交差保领追，以杜流弊。倘敢阳奉阴违，察出定行参处。

核提漕款项下

一、年外加增漕价须照案分别饬提也。查苏属漕粮向系本折兼收，听从民便。自同治四年始行议定完本色者，加收余耗三斗；完折色者，每石连公费收钱四千五百文，年外收钱五千文。迨至五年分，又将本色不收余耗改收公费钱一千文，迟至年外，则无分本折，均加收钱五百文。其中太仓州属之嘉定、宝山两县因地不产米，漕价须另核定，于同治六年，议准迟至年外，一律加价钱三百文，原系借寓催征之义，早完者即免加收，历经循照奏明办理。是前项加价钱数向不相同，现在奉饬悉数充公，拟自光绪三十年冬漕起，各属将照案年外加收钱五百文，嘉定、宝山两县照案年外加收钱三百文，一律照数提归公用。

一、饬提年外加价须年内截清数目也。查向来征办漕粮，并未据各属将年内外所征米数专案详报，今既奉饬将此项加价钱文提充公用，自应明定办法，以资考核。拟自光绪三十年冬漕起，各属将所征漕粮从开征日起，截至年底止，分别已征本色若干、折色若干，尚有应征须缓至年外接征若干，均尽年内开造清册，送司备核，一面将收起钱文照市易银解司，以便专款存储，听候拨用。

清查沙洲项下

一、新涨逐细清厘也。查常熟、南汇、武进、江阴、靖江、丹徒、丹阳、宝山等县沙洲，自光绪七年大丈后，至二十五年举办大丈，已历十有八载，各沙或子母相生，或江心突涨，为数不少。应自光绪七年定案后起，将已经缴价报买或价未缴足及尚未报买各新涨一律派员会同印官，切实按亩勘丈，毋许沙民以多报少，稍有隐匿。现共丈见田三万余亩、滩十六万余亩。惟经二十七年分风灾，多有冲塌，尚须复丈核除，一俟丈竣，缴足价银，即行造具册结，照案详请咨部升科。

一、老额层递转则也。查光绪七年以前承买各沙洲，原报泥滩者，已成草滩；原报草滩者，已成芦滩；原报芦滩者，已成围筑耕种。应照例分别转则，以裕赋课。间有实在收息甚微、现时暂难升转者，亦每亩分别酌令缴银一钱、二钱，缓至下届再行升转，详加察核，尚无影射、避重就轻等弊。

一、田滩议增价值也。查向来田滩定价，每亩不过缴银数钱，多至一两二钱为止。沙洲系天地自然之利，民间一经报买，即可作为世业。值此时局艰难，度支奇绌，似此正供款项，各沙民理宜竭诚报效，以尽急公奉上之忱。惟前项田亩滩地有沿江滨海之分，其中坍涨不常，肥瘠迥异，定价自未便一律。现拟将今届丈出田滩，酌量分等，加收价资，无论公产、民业，一体饬令照缴。其有已照上届清价缴过者，仍令按亩补缴足数，以裕饷需。

一、课息分别追缴也。查苏属沙洲向准民间报买，并未召佃纳租。惟报买后，各沙业即有花息可采，是以每于大丈年分饬令补缴。其银数各县不同，今届大丈，距光绪七年一届，历时已久，应分别年分久暂，酌定银数，饬令照缴，以期核实。其隐匿侵占，未经报案之滩，无年分可稽，即责成勘丈委员查明开报，酌分年限饬缴花息。隐占五年者，仍循旧缴银三钱、六钱；其已逾五年、十年者，即行层递核加，仍照定章按亩缴价。倘有沙棍从中把持，以致久匿不报，立即查提究办，一面将田滩充公召买，以示惩儆。

（朱批）览。[①]

1720. 奏报前年春夏淮南征收课厘折

光绪三十年五月二十一日（1904 年 7 月 4 日）

头品顶戴两江总督管理两淮盐政臣魏光焘跪奏，为恭报光绪二十八年上半年淮南征收课厘数目，仰祈圣鉴事。

窃淮南盐务于同治三年奏定新章，征收课银，按半年奏报一次，盐厘随课并报，历届循照办理。光绪八年，湖南、湖北、安徽三岸经前督臣左宗棠奏加新引，接准部咨自光绪九年起将两淮新旧各商课厘数目、收支各款分款造报。又，光绪二十一年署督臣张之洞奏准续加鄂、湘、皖三岸新引，所收课厘备还瑞记洋款，各等因。遵经造报至光绪二十七年十二月底止在案。

兹查二十八年正月起至六月底止，收旧商课厘银八十七万七

①台北故宫博物院藏：《军机及宫中档》，文献编号：161287-0-A。

千六百二十一两有奇，收新商课厘银七万四千九百七十一两有奇，又收续加新票厘银一万八千一百七十三两有奇，共收新旧各商暨续加新票课厘银九十七万七百六十六两有奇；又收湖北襄阳、郧阳等府试销淮盐厘税钱一万二百六十千文，又万户沱抽收川盐厘钱七万七千六百六十四千一百九十七文。据署两淮盐运使恩铭，分造清册，详请具奏前来。

臣覆核无异，除将清册咨送部、科外，谨汇开清单，恭折具奏。伏乞皇太后、皇上圣鉴，敕部查核施行。谨奏。光绪三十年五月二十一日。

(朱批：) 户部知道，单并发。①

光绪三十年六月十一日，奉朱批：户部知道，单并发。钦此。②

1721. 呈前年春夏淮南征收课厘清单

光绪三十年五月二十一日（1904年7月4日）

谨将淮南光绪二十八年正月起至六月底止收解盐课、盐厘，分晰开单，恭呈御览。

银数入款

一、收淮南各岸盐课银三十六万六千七百四十八两二钱三分九厘，内新票课银一万五千七百六十九两六钱八分。

一、由湖北督销局扣收盐厘银十六万三千九百六十七两六钱三分五厘三毫七丝五忽，内新票厘银二万九百九十八两八钱七分六毫二丝五忽，又续加新票厘银九千五十三两九钱七分三厘。

一、由湖南督销局扣收盐厘银十四万五千三百五十五两一钱六分九厘，除海防需款案内先缴过银三百三十三两三钱三分三厘，实收银十四万五千二十一两八钱三分六厘，内新票厘银二万四千

①台北故宫博物院藏：《军机及宫中档》，文献编号：408007377。

②台北故宫博物院藏：《军机及宫中档》，文献编号：161226。

三十五两。

一、由江西督销局扣收盐厘银十七万四千五百十四两三钱四分。

一、由安徽督销局扣收盐厘银八万二千一百七十五两，除海防需款案内先缴过银四千三百八十两，实收银七万七千七百九十五两，内新票厘银一万二千七百六十八两，又续加新票厘银九千一百二十两。

一、收江宁等食岸盐厘银二万七千一百一两五钱二分五厘。

一、收外江盐厘银八千二百十五两三钱二分，内新票厘银一千三百九十九两九钱二分。

一、收湖南花畹冈川税银二千六百八十九两七钱四分五厘。

以上上半年共收课厘银九十七万七百六十六两九钱七分三厘三毫七丝五忽，除海防需款案内先缴过银四千七百十三两三钱三分三厘，实共收银九十六万六千五十三两六钱四分三毫七丝五忽，内新票课厘银七万四千九百七十一两四钱七分六毫二丝五忽。又续加新票厘银一万八千一百七十三两九钱七分三厘，又光绪二十七年下半年运库盐课项下截存银三十五万四千七百二十九两六钱六分五厘，又外江盐厘项下截存银二万一千八十三两六钱一分五厘，又湖北督销局截存盐厘银十一万四千四两五钱七分九厘七毫二丝五忽。

银数出款

一、解户部饷银十一万一千六两四钱二分五厘。

一、解内务府饷银一万两。

一、解陵差需银二万两。

一、解步军统领衙门饷银一万两。

一、解固本京饷银七千二百两。

一、解两江督标亲兵前、中两营月饷动拨盐课银三万六千两。

一、解江宁兵饷动拨盐课银一万两。

一、解江宁兵饷划解旗营小甲兵饷动拨盐课银六千两。

一、解淮军月饷动拨盐课银七万两。

一、解摊还英、德、俄、法四国借款动拨盐课银二万九千二百六十六两六钱七分。

一、解江南机器制造局三厂常费动拨盐课银一万两。

一、解江宁藩司分筹内务府经费动拨盐课银二千二十两。

一、解奉办褡裢朝衣活计工料动拨盐课银五千七百四十两。

一、解福州船厂经费归还克萨款本息动拨盐课银二万两。

一、解铁路经费抵还汇丰磅息动拨盐课银八千四百两。

一、解南河工需动拨盐课银一万两。

一、解堤工春修、防汛经费等项动拨盐课银四千五百两。

一、支两淮盐属各员养廉动拨盐课银一万二千二十五两七钱四分五厘。

一、解湖北善后局归湖北收用军需动拨盐厘银三万八十两四钱三分五厘。

一、解湖南善后局归湖南收用军需动拨盐厘银三万七千一百八十两一钱六分五厘。

一、解九江关税动拨盐厘银一万一百九十两一钱八分。

一、支奉部提存候拨银五万八千二百四十七两六钱三分六厘四毫，内解过湖南善后局淮厘一半协湘银四百九十九两六钱九分七厘七毫，又解过金陵支应局拨解淮厘银一百六十六两三钱六分四厘七毫，又解过金陵支应局原协淮饷改归金陵充饷银五万七千五百八十一两五钱七分四厘。

以上共解过银五万八千二百四十七两六钱三分六厘四毫，相应登注。扣除：

一、解金陵北洋转运局转解淮军饷项动拨盐厘银七万七千二百七十四两一钱七分四厘。

一、解北洋淮军银钱所动拨盐厘银五千两。

一、解金陵防营支应局转发各营军需动拨盐厘银三万七千八百一两二钱八厘。

一、解东北边防经费动拨盐厘银三万六千五百两。

一、解甘肃新饷动拨盐厘银一万二千两。

一、解奉省俸饷动拨盐厘银二千两。

一、解新增边防经费改拨偿款连加动拨盐厘银三百七十二两六钱九分一厘二毫。

一、解甘肃新饷划拨新疆偿款连加平动拨盐厘银三千三百八十八两一钱。

一、解摊还英、德、俄、法四国借款动拨盐厘银三万五千二百九十二两八钱五分六厘四毫。

一、解上海机器局三厂常费动拨盐厘银四千两。

一、解税司抵还洋款动拨盐厘银三十二万七千七百九十五两二毫。

一、支奉传办光绪二十八年分福方绢笺价值等项动拨盐厘银一万七千八百六十九两一钱七分二厘。

一、支盐捕营缉私炮船勇粮动拨盐厘银七百三十二两。

以上共解支银一百七万七千八百八十二两四钱五分八厘二毫，另行造册咨部。运库盐课项下，计实存银三十三万九千三百十九两六分四厘，又外江盐厘项下实存银一万六百九十七两七钱六分三厘，又湖北督销局实存盐厘银二万七千九百七十二两二钱一分四厘九毫，统俟汇同续收银两拨解要饷登明。

钱数入款

一、收湖北襄阳、郧阳等府试销淮盐厘税钱一万二百六十千文。

一、收万户沱抽收川厘钱七万七千六百六十四千一百九十七文。

以上共收钱八万七千九百二十四千一百九十七文，又光绪二十七年下半截存万户沱川厘钱一万一千三百十二千七百六十八文。

钱数出款

一、解湖北盐道衙门钱八千八百三十五千文。

一、解金陵防营支应局钱一千四百二十五千文。

一、解湖北督销局钱六万四千九百十二千九百二十八文。

以上共解钱七万五千一百七十二千九百二十八文，实存万户沱川厘钱二万四千六十四千三十七文。

一、旧存运库盐厘钱八千二百五十三千二百七十一文，自同治十年正月起奏明停收。合并陈明。

（朱批：）览。①

1722. 奏明二十九年徐州仓奏销情形折

光绪三十年五月二十一日（1904年7月4日）

头品顶戴两江总督臣魏光焘跪奏，为查明光绪二十九年分徐州仓奏销案内未完一分以上职名及已、未完银数、分数，遵章开单，恭折奏报，仰祈圣鉴事。

窃准户部咨条陈筹备饷需折内严核各项奏销一条，自此次奏准后，所有钱粮奏销各依定限，令各该督抚一面具题，一面先将未完一分以上各员开具简明清单，专折奏报，由部核定处分，先行覆奏，仍各于题本内将业经具奏各员声明备核。其有具奏后续完者，准其续行奏请归本案开复；续准部咨嗣后奏报未完职名，开单注明各该员已、未完分数及实征已、未完各银数，以凭考核，各等因。兹据江安粮道胡延详称：光绪二十九年分徐州仓钱粮奏销，遵章将未完一分以上员名及已、未完银数、分数开单，详请具奏前来。

臣覆核无异，除各县、卫完欠细数照例造册另案核办外，理合先行缮具清单，恭呈御览。谨会同漕运总督臣陆元鼎、江苏巡抚臣恩寿，恭折具陈。伏乞皇太后、皇上圣鉴，敕部查核施行。再，此案该粮道系于五月十三日出详，臣亦于五月内拜发，均未

①台北故宫博物院藏：《军机及宫中档》，文献编号：161226-0-A。

逾限。合并陈明。谨奏。光绪三十年五月二十一日。

（朱批：）该部议奏，单并发。①

光绪三十年六月十一日，奉朱批：该部议奏，单并发。钦此。②

1723. 呈光绪二十九年徐州仓奏销清单

光绪三十年五月二十一日（1904年7月4日）

谨将光绪二十九年分徐州仓奏销案内未完一分以上员名已、未完分数及实征已、未完银数，开具清单，恭呈御览。

计开

砀山县实征熟田正、耗银一千二百一十四两四钱三分三厘，内已完银七百八十九两八分二厘，未完银四百二十五两三钱五分一厘。

初参经征署事候补知县邵承灏，应分征八分九厘八毫熟田正耗银一千八十九两八钱七分五厘八毫，内已完五分四厘七毫银六百六十四两五钱二分四厘八毫，未完三分五厘一毫银四百二十五两三钱五分一厘。查该县应征十分熟田银两，内接征代理知县李铨已完一分二毫银一百二十四两五钱五分七厘二毫，共符前数。理合登明。

（朱批：）览。③

1724. 奏报议覆总税务司赫德条陈折

光绪三十年五月二十一日（1904年7月4日）

头品顶戴两江总督臣魏光焘跪奏，为议覆总税务司赫德条陈，

①台北故宫博物院藏：《军机及宫中档》，文献编号：408007378。

②台北故宫博物院藏：《军机及宫中档》，文献编号：161227。

③台北故宫博物院藏：《军机及宫中档》，文献编号：161227-0-A。

恭折仰祈圣鉴事。

窃准军机大臣字寄：光绪三十年正月二十一日奉上谕：外务部代递税务司赫德条陈一折，据总税务司称，练兵筹饷，以地丁钱粮为大宗，若竭力整顿，即用此款练兵，并可举办各项要务，按里计亩，按亩计赋，令每亩完钱二百文，确可经久，百姓亦不受丝毫扰累等语。现在财用匮乏，几于罗掘俱穷，一切应行要政，如练兵等事，尤为万不容缓之举，需款更殷，亟应切实通筹，期有良法。着该督等按照所陈各节，体察情形，悉心会商，逐条核议，妥速具奏。原节略着钞给阅看等因。钦此。当经臣咨会直隶、四川、两广、闽浙、湖广各督臣筹议办理。

伏查该总税务司条陈，以筹款为纲，以办事为目，筹得之款，首及于练兵、置械，并举办一切。增官俸，设学堂，推广邮政，整理电局诸务，诚为今日自强要图。惟其所陈筹款之方，专归重于整顿地丁，欲举一切国用取资于是，则揆之中国情形，固不尽然。即征之各国章程，亦多有未合者。请为我皇太后、皇上缕晰陈之。

考中国所以取于民者，其法不一。古代赋税兼行徭役，汉世田租之外，复有口算；唐租、庸、调三者并税，皆不全取之于地。又，历代皆以农田所入为正供，其输之有常，而取之不扰。即遇国家万不得已，兴利之臣亦惟议榷盐、铁、茶、酒等税，而不以伤农。此载之历史而可信者也。

各国岁入之款，有视中国且十倍者，然其所列收入诸门，如消费税、印纸税、关税皆占巨额，而地租视诸项尚不算大宗。日本岁入之数，凡二万数千万元，然如印纸、关税外，又有酒税及烟草、酱油专卖等税，亦岁收巨款，而酒税一项且过于地租。是各国在振兴商务以为开财之源，并无专恃地租以充国用之事。至其按照中国地方开方计亩，所拟之数又未免太多。查中国现垦田亩，照《户部则例》内载，各省田地共计七百四十二万余顷，今节略所称，以中国幅员面积推算，乃谓有八千兆亩，减半折算，亦有四千兆亩。夫四千兆亩，即四千万顷也，比中国现数七百四十二万余顷，增多之率，殆五倍有余。

伏以我朝政尚宽仁，务恤农功，以安闾里，其中细民匿赋有未清查，新地升科不尽核实，诚使疆吏力加整顿，一经查考得法，各行省所有田亩断不止于斯数。此则可知。若如节略所陈，谓由业户将所有地亩开单具图，赴县呈报，三年之后，岁入可至四百兆两，则田亩亦必有四千兆亩方合此数。是一举而中国溢出田亩，乃至三千数百余兆亩之多。臣窃恐其必无是理。若夫地有高下，田有肥瘠，是以科则分为轻重。此则历代因田制赋之常经。若如所称令每亩一律完钱二百文，是使上田竟科薄赋，瘠壤反予重征，比而同之，自来亦未有此办法。就令通匀平均计算，亦觉增赋过重。

查近年通国所收钱粮，大概计之不过三千万两内外。若谓此法一行试办三年，即可收四百兆两，是比较旧额增至一十三倍，窃恐欧美、日本诸邦亦断无骤进递加如此之速，施之中国，又安能必其可行也？夫中国如陕、甘、云、贵等省素称贫瘠者无论矣，即就江南而言，固号称财赋之域，然以地图按之，江南所辖江苏、江西、安徽三省，统关内各行省计之，实估地面九分之一。依节略所言，以四千兆亩九分之三省应有地四百四十余兆亩。今按《户部则例》所载三省地亩，不过一百四十余兆亩，犹不足三分之一赋额，则苏、宁两处每亩折征有自三四百文以至四五百文者。然江北瘠薄之区，暨江西、安徽两省中下之田，每亩仅完数十文。滩租、芦课，又每亩只完十数文，牵合计之，每亩不过百文有零。是照每亩完纳二百文之说，又仅得其半矣。夫以江南地利全辟、赋额最重之邦，照现在所收之数，比该总税务司所拟之数，相去犹甚悬绝，则推之他省，更不待言。此其窒碍难行情形，已可概见。

惟是该总税务司以外臣久在中华，深识时局代危，将来其法虽不能尽行，其言则并非过虑。如所陈练兵、兴学诸务，今日若再不及时举办，前途益岌岌可危。诚如《圣谕》所云“一切应行要政，如练兵等事为万不容缓者”。臣身受国恩，地居重任，固尝日夜图维，冀得良法以佐度支之急而分宵旰之忧，再四筹思，以为与其虚拟一不可知之数重虑烦苛，不如姑就此已办到之成规加之厘剔。查光绪二十五年间，苏省清厘田赋，遴委现署臬司候补道朱之榛明定章程，督属举办，综计苏州、镇江二府属长洲等十三县熟田项下，银、米两项每年共增出银五十余万两。若由苏、镇二府推之他府，更由江苏一省推之他省，得人而理，当亦不难照行。此外西北广大之野，更宜开垦荒地，多实军屯；东南流域所有沙田涨滩，应即清丈升科，从实举办；又可于闽、广、湘、赣等处讲求林政，推广种植，以辟利源。是皆屡见明文，而办理尚未睹成效者，应请旨饬部严定考成，酌予期限，责以成效，再由各省详立章程，切实办理。

臣愚以为就上数端，各省果能认真整顿，数年之后，国家每岁似可增入一二千万两以济要需，核与该总税务司所议筹者，数目虽尚悬殊，无如综计天下农田、民力所堪只有此数。如此则根本尚不至动摇，于综理财政之中仍寓安定黎元之意。区区愚忱，惟在于是。此则微臣夙夜所为兢兢者也。

所有遵旨议覆总税务司条陈缘由，理合缮折具陈。伏乞皇上圣鉴训示。谨奏。光绪三十年五月二十一日。

（朱批：）政务处议奏。[1]

光绪三十年六月十一日，奉朱批：政务处议奏❶。钦此。[2]

❶【案】此案旋经政务处核议应毋庸议并附片覆奏，曰：

再，本年正月间，外务部代递总税务司赫德条陈筹饷一折，钦奉上谕，交直隶、两江、闽浙、湖广、四川、两广各督臣体察情形，会商覆奏。叠准军机处钞交袁世凯、李兴锐、锡良会同覆奏一折并魏光焘覆奏一折，均奉朱批：政务处议奏。钦此。又钞交岑春煊、张之洞

[1]台北故宫博物院藏：《军机及宫中档》，文献编号：408007376。

[2]台北故宫博物院藏：《军机及宫中档》，文献编号：161212。

覆奏各一折，均奉朱批：政务处知道。钦此。查该总税务司筹饷办法，专在田赋，计里算亩，按亩征钱。朝廷因造端宏大，慎重其事，举而畴咨疆臣。袁世凯诸臣皆久任封圻，江、鄂、川、广各省又皆财赋繁重之地，兹据先后奏到，臣等察阅各折，诹稽古今，穷竟源委，考核均极详明。田亩之数既断不能有如此之多，征收之数亦不能一律如此之重。至清丈之不易办，袁世凯等奏内即已详陈，张之洞、岑春煊又极言其流弊，岑春煊折内即征之南海、番禺两县详细估计，尤为确实可凭。诸臣意见既属相同，自应毋庸置议。所有遵旨议奏缘由，理合附片具陈。伏乞圣鉴。谨奏。①

1725. 请以张鸣谦补授淮扬镇守备折

光绪三十年五月二十一日（1904 年 7 月 4 日）

头品顶戴两江总督臣魏光焘跪奏，为拣员请补陆路守备员缺，恭折仰祈圣鉴事。

窃淮扬镇标中营守备金作鼎参革，遗缺接准部咨系第一轮第五缺，轮用尽先人员，行令拣员请补等因。按照定章守备一项以十二缺为一轮，周而复始；又，卫所裁缺人员，俱归裁缺即用班尽数补选，不入轮缺计算，各等语。臣查是缺守备驻扎清江，有经管兵马、钱粮、督率操防之责，非精明强干之员，难期胜任。自应遵章在于卫所裁缺改归营用守备班内拣补。

查有裁缺卫守备改归两江督标候补即用守备张鸣谦，年四十二岁，甘肃文县人，由武进士乙未科补行殿试，奉旨以卫守备用。钦此。嗣派兵部捷报处当差，期满以卫守备尽先补用，并加都司衔。光绪二十四年，选补江南泗州卫简缺守备。十二月初二日，兵部带领引见，奉朱笔圈出：着照例准其补授。钦此。奉给札付，承领赴任。二十八年，奉旨裁缺交卸，在任并无未完钱粮及有关

①台北故宫博物院藏：《军机及宫中档》，文献编号：164001-0-A。

降、调处分。嗣经改归臣标中营候补。造具履历咨准部复，以营守备归即用班注册，不入轮缺计算，遇缺请补，各在案。

该员年力精壮，任事勤奋，以之请补是缺守备，洵堪胜任，核与部章亦属相符。合无仰恳天恩俯准以裁缺即用守备张鸣谦补授淮扬镇标中营守备员缺，实于营伍、地方均有裨益。如蒙俞允，俟部复至日，即行给咨赴部引见，以符定制。

除将履历咨部查核外，谨会同漕运总督臣陆元鼎，恭折具陈。伏乞皇太后、皇上圣鉴训示。谨奏。光绪三十年五月二十一日。

(朱批：) 兵部议奏。①

光绪三十年六月十一日，奉朱批：兵部议奏。钦此。②

1726. 奏报李祥椿署理副将员缺片

光绪三十年五月二十一日 (1904 年 7 月 4 日)

再，署臣标中军副将蒋云龙经臣委署江西南赣镇总兵篆务，所遗副将员缺，查有尽先副将海州营参将李祥椿，堪以署理，并饬兼统新兵中、前、后三营，仍以中营为坐营。除分饬遵照外，谨附片陈明。伏乞圣鉴。谨奏。

(朱批：) 兵部知道。③

光绪三十年六月十一日，奉朱批：兵部知道。钦此。④

1727. 请准龚先第改归江苏补用片

光绪三十年五月二十一日 (1904 年 7 月 4 日)

再，江苏水师各营经前督臣曾国藩订立章程，分为外海、内

---

①台北故宫博物院藏：《军机及宫中档》，文献编号：408007375。

②台北故宫博物院藏：《军机及宫中档》，文献编号：161217。

③台北故宫博物院藏：《军机及宫中档》，文献编号：408007375-0-A。

④台北故宫博物院藏：《军机及宫中档》，文献编号：161219。

洋、里河三大支，按段梭巡。所有管带师船各员，必须熟悉风涛、沙线，方克胜任。兹查有花翎侍卫尽先补用参将龚先第，湖南湘阴县人，由花翎侍卫分发湖北候补游击，经直隶督臣王文韶奏调北洋，委带天津练军右营。二十六年，交卸营务，赴安徽投效，经安徽抚臣王之春留皖差遣，旋委吉安轮船及澄清水师营各差使，均无贻误。是年，肃清沿江票匪在事出力案内保以参将尽先补用。现值江苏水师需材之际，该员于水师情形极为熟悉，堪资任使。

合无仰恳天恩俯准将花翎侍卫尽先补用参将龚先第以原官改归江苏内洋水师补用，以收驾轻就熟之效。除将履历、印结咨部查核外，理合附片具陈。伏乞圣鉴训示。谨奏。

（朱批：）着照所请，兵部知道。①

光绪三十年六月十一日，奉朱批：着照所请，兵部知道。钦此。②

1728. 请以蒋云龙署理南赣镇篆片

光绪三十年五月二十一日（1904 年 7 月 4 日）

再，署理江西南赣镇总兵金德恒因病请假，所遗篆务查有现署臣标中军副将正任浙江处州镇总兵蒋云龙，明练勤谨，晓畅戎务，堪以委署。除檄饬遵照外，谨会同署江西抚臣夏时，附片陈明。伏乞圣鉴。谨奏。

（朱批：）兵部知道。③

光绪三十年六月十一日，奉朱批：兵部知道。钦此。④

---

①台北故宫博物院藏：《军机及宫中档》，文献编号：408007375-0-B。

②台北故宫博物院藏：《军机及宫中档》，文献编号：161221。

③台北故宫博物院藏：《军机及宫中档》，文献编号：408007375-0-C。

④台北故宫博物院藏：《军机及宫中档》，文献编号：161218。

1729. 奏报抽阅营伍回省日期片

光绪三十年五月二十一日（1904 年 7 月 4 日）

再，臣因江阴、镇江等处为长江下游门户，于四月二十二日带印出省，前往周察地势、炮台，抽阅营伍，业经附片具奏在案。兹于五月初一日回抵江宁，除将筹布情形另行专折具陈外，所有微臣回省日期，理合附片陈明。伏乞圣鉴。谨奏。

（朱批：）知道了。①

光绪三十年六月十一日，奉朱批：知道了。钦此。②

1730. 奏闻拨解贵州枪炮子弹片

光绪三十年五月二十一日（1904 年 7 月 4 日）

再，前奉电传谕旨：李经羲电奏，请饬江宁局拨给一磅过山炮十尊，空、实心弹每炮各五十个，哈乞开枪一千枝并弹六十万颗等语。着魏光焘即行拨给。钦此。当经转饬钦遵拨给。嗣因哈乞开斯枪件所存无多，电商贵州抚臣李经羲改拨五响黎意快枪一千杆，配弹四十万颗，一磅轻快炮十尊，各配平常炸弹、铁罐炸弹五十个，共一千个，由宁派委候补通判丁健相运解岳州，点交岳常澧道韩庆云③查收转解。所需运费暂由江南筹防局先行垫拨，将来仍由贵州拨还归款。

---

①台北故宫博物院藏：《军机及宫中档》，文献编号：408007376-0-A。

②台北故宫博物院藏：《军机及宫中档》，文献编号：161228。

③韩庆云，生卒年待考。安徽寿州人，出身监生。同治七年（1868），以军功保知县，并戴蓝翎。九年（1870），保升直隶州知州。同治十三年（1874），保知府，换花翎。光绪二年（1876），以道员发往江苏试用。三年（1877），加按察使衔。四年（1878），晋二品顶戴。十一年（1885），署理苏松太粮储道。二十年（1894），署理江苏按察使。二十八年（1902），补授湖南岳常澧道。三十一年（1905），署理湖南布政使。三十二年（1906），调补江苏徐州道。

除咨部查照外，所有遵旨拨解贵州枪炮、子弹缘由，谨附片陈明。伏乞圣鉴。谨奏。

（朱批：）该部知道。[1]

光绪三十年六月十一日，奉朱批：该部知道。钦此。[2]

1731. 奏销圌山关电报房工料片

光绪三十年五月二十一日（1904年7月4日）

再，前因筹备防务，吴淞南石塘南、北两炮台，狮子林炮台，盛字前、右二营五处，添设德律风，接通盛字中、左、后三营，庶营台联为一气，呼应灵通，圌山关所设新湘左营，距象山六十里，遇有紧要军情，非电报不能速达，照案添设圌山关电报房，接通象山，以裨防务。当饬令官电局派委员匠购办杆线、机器、料物，分投安设，共用工料等项银二千一百六十五两有奇；圌山关复设电报，添用司事、报生人等，月支薪费银五十二两，自光绪三十年正月起支；吴淞营台添设德律风，酌用匠丁人等，月支辛工等项银三十两，三月起支，均在江南筹防局款内拨发，汇入官电局经费造册开报。据金陵官电局详请核办前来。

臣复核无异，除分咨户、工二部立案外，理合附片具陈。伏乞圣鉴，敕部查照施行。谨奏。

（朱批：）该部知道。[3]

光绪三十年六月十一日，奉朱批：该部知道。钦此。[4]

---

①台北故宫博物院藏：《军机及宫中档》，文献编号：408007376-0-B。
②台北故宫博物院藏：《军机及宫中档》，文献编号：161220。
③台北故宫博物院藏：《军机及宫中档》，文献编号：408007376-0-C。
④台北故宫博物院藏：《军机及宫中档》，文献编号：161223。

1732. 请以何开元借补常州营守备折

光绪三十年五月二十四日（1904 年 7 月 7 日）

头品顶戴两江总督臣魏光焘跪奏，为拣员请补陆路守备员缺，恭折仰祈圣鉴事。

窃常州营右军守备徐诚檀参革，遗缺接准部咨系第一轮第一缺，应用尽先人员，行令拣补等因。伏查是缺守备驻扎宜兴县地方，有仓狱、钱粮、城守之责。该处毗连皖、浙两省，向为匪徒出没之薮。现在汛广兵单，督率巡缉，均关紧要，非精明干练之员，难期胜任。

臣于通省实缺、候补中逐加遴选，查有蓝翎尽先补用都司何开元，现年五十八岁，安徽怀宁县人，由行伍于咸丰十年投营，历次随剿出力，洊保以都司尽先补用。同治八年八月，投标候补。嗣经前督臣沈葆桢奏准以原官留于两江尽先补用，经部注册，准其收标各在案。该员熟悉营伍，办事勤奋，以之请补是缺守备，洵堪胜任，核与借补定章限制亦属相符。合无仰恳天恩俯准以蓝翎尽先补用都司何开元借补常州营右军守备员缺，实于营伍、地方均有裨益。如蒙俞允，俟部复至日，即行给咨送部引见，以符定制。

除将履历、切结咨部查核外，谨会同署江南提督臣杨金龙，恭折具陈。伏乞皇太后、皇上圣鉴训示。谨奏。光绪三十年五月二十四日。

（朱批：）兵部议奏。①

光绪三十年六月十二日，奉朱批：兵部议奏。钦此。②

---

①台北故宫博物院藏：《军机及宫中档》，文献编号：408007379。

②台北故宫博物院藏：《军机及宫中档》，文献编号：161260-1。

1733. 请以李祥椿补授两江督标副将折

光绪三十年五月二十四日（1904 年 7 月 7 日）

头品顶戴两江总督臣魏光焘跪奏，为遵照部议另行拣员请补陆路副将员缺，恭折仰祈圣鉴事。

窃准兵部咨：江南内洋水师海门营副将丁华容调补陆路督标中军副将一案，核与例章不符，应令另拣陆路尽先人员请补等因。臣遵于两江实任、候补各员内逐加遴选，查有两江尽先副将实任海州营参将李祥椿，年五十九岁，湖南新宁县人，由武童投效军营，积功洊保尽先副将。光绪二十三年，经前督臣刘坤一奏留两江差委。二十四年十二月，借补江南海州营参将。该员娴熟戎伍，明练有为，以之请补臣标中军副将，洵堪胜任；按照部章名次尚在二十名之内，与例相符。其名次在该员之前者多有事故，谨将未便迁就请补缘由按名声叙，缮具清单，恭呈御览。合无仰恳天恩俯准以两江尽先补用副将实任海州营参将李祥椿补授两江督标中军副将员缺，实于营务、地方均有裨益。如蒙俞允，俟部覆至日，即行给咨送部引见，恭候钦定。

除饬取履历咨部查核外，谨会同署理江南提督臣杨金龙，恭折具奏。伏乞皇太后、皇上圣鉴训示。再，所遗海州营参将员缺，江省现有合例应补人员，应请扣留，容臣另行拣补。合并声明。谨奏。光绪三十年五月二十四日。

（朱批：）兵部议奏，单并发。①

光绪三十年六月十二日，奉朱批：兵部议奏，单并发。钦此。②

---

①台北故宫博物院藏：《军机及宫中档》，文献编号：408007380。

②台北故宫博物院藏：《军机及宫中档》，文献编号：161261。

1734. 呈名次在李祥椿补之前各员清单

光绪三十年五月二十四日（1904年7月7日）

谨将尽先副将名次在李祥椿之前各员，未便迁就请补督标中军陆路副将，缮具清单，恭呈御览。

计开

杨元升、贾立成、张洛山、张志祥、翁开甲、魏锡之、刘朝贵、刘玉堂、唐安邦、张慎德、潘鼎文、易占吉、王家达、王荣和、陈宗蕃、庄以临、王钟麟、张金铠、朱天庆、赵金凯、张映虚、桂发、罗天贵、韩景廷、郭荣桂、王立堂、程肇贤、江宗富、景昌、石绍全。以上三十员，久未在标，无从拣补。

龚锦标、张郁林、达彩虹、徐士衡、沈宏举、耿思义、班广胜、王凤祥、吴辅仁、孙红染、邱达胜、盛永清、潘梁柱、刘干泰、吴益祥、吴寿生、刘光瀛、胡胜章、许鉴虎、张国林、何迪华、傅永贵。以上二十二员，均已病故，应请开除。

吴继培、胡煦、杨大章、袁大升。以上四员，吴继培已补江宁城守营副将，胡煦已补江西宁都营参将，杨大章已补芜采营参将，袁大升已补扬州营参将，各在本任，尚称得力，惟与是缺不甚相宜，未便迁就请补。

何明亮，以上一员，已升授赣州镇总兵，应请开除。

汤荣恩、吴炳辰。以上二员，均已因案革职，应请开除。

王金助、黄瑞堂、邓炳发、张德彪、黎泰春。以上五员，均在臣标候补，查与是缺不甚相宜，未便迁就请补。

杨开泰、龙殿扬、韩殿爵。以上三员，均在江苏抚标候补，查与是缺不甚相宜，未便迁就请补。

（朱批：）览。①

①台北故宫博物院藏：《军机及宫中档》，文献编号：161261-0-A。

1735. 请以刘德辉补授镇江营参将折

光绪三十年五月二十四日（1904 年 7 月 7 日）

头品顶戴两江总督臣魏光焘跪奏，为拣员请补陆路参将员缺，恭折仰祈圣鉴事。

窃江南镇江营参将员缺，前经臣以尽先参将彭寿长请补，接准部咨以彭寿长前由尽先都司保补本班后以游击归两江尽先补用，并未保过免补都司，应俟补都司后，再归尽先参将班。今请补参将，核与原案不符，行令另拣合例人员请补，前来。伏查尽先参将一班请补是缺合例者，仅有刘永兴、孙成福等十三员，前经查明均与是缺人地不宜，业于彭寿长请补折内人员开单声明具奏在案。此外续行奏留两江奉部复准注册，或名次未在二十名以内，或奏留在出缺之后，实无合例可补之员。今彭寿长既奉议驳，惟有于该十三员内遴选。

查得副将衔尽先补用参将刘德辉，人才较为出色。该员年五十六岁，安徽合肥县人，由武童投营随剿出力，洊保升用参将两江尽先补用游击，于剿平西捻出力，经前直隶督臣李鸿章保奏，同治九年四月初二日，内阁奉上谕：刘芝顺着免补游击，以参将仍留原省尽先补用，并赏加副将衔。钦此。光绪二十五年，归参将班注册。二十六年，因重修宗谱，始知“芝顺”名犯祖讳，经前督臣刘坤一奏请更名“德辉”。二十七年正月初七日，奉朱批：兵部知道。钦此。该员熟习营伍，办事勤能，以之请补是缺，与例相符。查前有扬州营参将牛世英、太湖左营副将余万兴，均系曾经声叙人地不宜，续因无人，复行奏补原缺，先后奉部议准有案。今刘德辉虽与是缺人地不甚相宜，惟系合例应补之员，合无仰恳天恩俯准以副将衔尽先参将刘德辉补授江南镇江营参将员缺，由臣随时察看，照例办理。如蒙俞允，俟部复至日，即行给咨送部引见，以符定制。

除饬取履历、切结送部查核外，谨会同署江南提督臣杨金龙，恭折具陈。伏乞皇太后、皇上圣鉴训示。再，前于李东武请补淮扬镇标左营参将案内接准部咨，尽先参将一班尚有韩文魁等十三员未经声叙等因。当经饬据署中军副将蒋云龙开单呈复，查明韩文魁等十三员，均无下落，业经咨部核复在案。合并陈明。谨奏。光绪三十年五月二十四日。

（朱批：）兵部议奏。①

光绪三十年六月十二日，奉朱批：兵部议奏。钦此。②

1736. 请以武元统补授泰州分司折

光绪三十年五月二十四日（1904 年 7 月 7 日）

头品顶戴两江总督管理两淮盐政臣魏光焘跪奏，为拣员请补分司要缺，恭折仰祈圣鉴事。

窃两淮泰州分司运判宣兆熊参革，遗缺应归光绪二十九年十月分截缺。查例载：运副、运判缺出，俱系在外题补之缺，各按各班均分为两班，以一缺先尽著有劳绩即用先用人员补用；如无人，将部发人员按一应补、一委用、一捐纳三班轮流补用，以一缺照筹饷例补用捐纳人员。其应补委用捐纳到班之前，应先用各本班前一人，不积各本班之缺。至轮用捐纳、正班时，先插用银捐分缺先前一人；用过捐纳、正班以后，插用银捐分缺间前一人；各班无人，过班以次递推。又，郑工新例内开：轮用捐纳、正班到班，第一次先用郑工捐纳一人，第二次用海防捐纳一人，第三次用郑工捐纳一人，第四次用海防捐纳一人，第五次用筹饷旧例捐纳一人。又，光绪二十三年十二月接准部文内开：各省试用人员，有因著有劳绩保奏本班尽先补用，应按接到保奏奉旨部文及到省先后请补，各等语。

上次通州分司缺出，用劳绩候补正班运判凌树模；又，海州

---

①台北故宫博物院藏：《军机及宫中档》，文献编号：408007382。

②台北故宫博物院藏：《军机及宫中档》，文献编号：161251。

分司缺出，用郑工捐纳试用正班运判夏敏功；续出通州分司缺，用劳绩候补班前运判黎鹍请补止。今此一缺，按照定例，应照筹饷例补用。其在前之海州分司已用过捐纳、试用、正班；通州分司缺，已用过劳绩候补班前之员，照例应行轮用分缺间前之员；两淮无人，即应过班轮用劳绩试用本班尽先人员；该班内郑工新旧海防及筹饷旧例捐纳先各班亦均无人，应用劳绩试用班尽先之员。

兹查劳绩试用尽先运判班内名次在前者，有武元统一员，年五十三岁，浙江钱塘县附贡生，在江宁统捐局报捐运判，指分两淮试用，于光绪三年二月十五日到淮，试用期满经前督臣沈葆桢甄别留淮补用。七年，委解东北边防京饷无误，经部议叙给予本班尽先补用。是年五月二十二日具题，奉旨：依议。钦此。覆查该员才具稳练，熟悉鹾务，以之请补泰州分司运判员缺，人地实在相宜，洵堪胜任，核与分班轮补章程亦属相符。据江宁布政使黄建笎、署两淮盐运使恩铭会详请奏前来。

合无仰恳天恩俯准以捐纳劳绩试用尽先运判武元统请补泰州分司，于盐务实有裨益。如蒙俞允，该员系劳绩试用班先运判请补运判，衔缺相当，毋庸送部引见。再，该员系捐纳人员，照例试署一年，期满另请实授。

除将履历、清册咨移部、科查核外，谨会同江苏巡抚臣恩寿，恭折具奏。伏乞皇太后、皇上圣鉴训示。再，此缺向系拣员题补，兹遵部定新章改题为奏。合并陈明。谨奏。光绪三十年五月二十四日。

（朱批：）吏部议奏。①

光绪三十年六月十二日，奉朱批：吏部议奏。钦此。②

---

①台北故宫博物院藏：《军机及宫中档》，文献编号：408007381。

②台北故宫博物院藏：《军机及宫中档》，文献编号：161235。

1737. 奏闻淮北拟加新引缘由片

光绪三十年五月二十四日（1904年7月7日）

再，淮北原额销盐四十六万余引。同治初年，前督臣曾国藩奏请先办正额二十九万六千九百八十余引，经部议令随时查察，如运销通畅，即行逐渐加增，以期渐复定额，嗣虽经前督臣左宗棠奏复旧额，旋因积纲压滞，仍办正额。上年销数较畅，经臣于奏陈整顿盐务案内声明拟加五万引，饬由运司筹议另行具奏在案。兹据署两淮盐运使恩铭以督饬海分司劝导淮北通纲票贩勉力认加新引五万，从现办甲辰纲起，统按全额花名通摊领运，与正额一律配销。所加新引，体察情形，诚恐销数稍滞，未能依限造报，请将此项新引暂先试办两纲，不入原额奏销之限。一俟例限届期之后，查明新引或已销完，或于限满后若干日内销竣，分别随案声明。其正、杂课项，仍附同原额一并造报，以备稽考；试办期满，如果坝销无绌，即行并入原额，一律作为正引；应缴票价，援照前督臣左宗棠奏案，每百引缴银二百两，以五万引计算，共可得票价银十万两。惟票贩情形拮据，同时全缴，力有未逮，拟令分作三限缴清；开掣之前，先缴四成；盐运到坝，再缴三成；其余三成，俟本纲坝盐出售，扫数呈缴，借济饷需等情。详请具奏前来。

臣查江苏拨补无着，厘金一项，年增一年，愈积愈巨，全赖盐务增收，稍资挹注。今既据该司议加新引五万，自甲辰纲起暂先试办两纲，不入原额奏限，系为盐务运销畅滞靡定、慎重造报起见；每百引令缴票价银二百两，核与成案相符，应请准予照办，并分作三限缴清，以纾贩力。所加新引、征收课厘、加价等项及票价银两，均请尽数留抵，弥补无着厘金，俾资周转。理合附片具陈。伏乞圣鉴。谨奏。

（朱批：）户部知道。[1]

光绪三十年六月十二日，奉朱批：户部知道。钦此。[2]

1738. 奏报厘金拨抵滇省购地款项片

光绪三十年五月二十四日（1904年7月7日）

再，臣接准部咨：滇越铁路购地需款，经部议奏提拨两淮盐务上年增收银三十万两，又江苏船厂经费十万两，赶紧解滇，专备购地之用；并准云贵总督臣丁振铎电催拨解，各等因。当查上年增收盐务、课厘、加价等银，截数清算，仅七十余万两，先经奏明尽数拨补无着厘金，已由司局陆续收解支抵，弥补亏垫，不敷尚巨，本无余银存储，而各省旧欠拨补厘金积至三百数十万两，虽经奏请将解部一半清赋节饷及徐州土药两款留归本省抵用，部未议准。各省积欠之款，臣电、咨交催，鲜有解济。本年仍准户部照案奏拨，通计无着约在五百万两内外。若再将盐务新增稍可补苴之银拨济他省，更属一筹莫展，洋款饷项贻误堪虞！

惟滇省购地需款，自当不分畛域，设法拨抵。查云南省光绪三十年裁兵节饷银四万两，又历年未解银八万两，又四川省光绪三十年裁兵节饷等银二十二万余两，均户部拨补江苏厘金指为有着之款，应请由滇留抵银十二万两，由川就近拨解银十八万两，共三十万两，作为两淮盐款拨抵滇省购地之需，电请户部，分电云南、四川两省照办在案。

除奉拨船厂经费分饬司局筹解外，理合附片陈明。伏乞圣鉴。谨奏。

（朱批：）户部知道。[3]

---

①台北故宫博物院藏：《军机及宫中档》，文献编号：408007381-0-A。

②台北故宫博物院藏：《军机及宫中档》，文献编号：161232。

③台北故宫博物院藏：《军机及宫中档》，文献编号：408007381-0-B。

光绪三十年六月十二日，奉朱批：户部知道。钦此。[①]

1739. 奏请开复龚照琨革职处分片

光绪三十年五月二十四日（1904年7月7日）

再，两淮候补盐大使龚照琨，前署金沙场任内欠解征存、折价等款银一千二百余两，延不解缴，经前署督臣张之洞奏请暂行革职，俟欠款缴完，再行开复，钦奉朱批着照所请，恭录转行钦遵在案。兹据署两淮盐运使恩铭详称：该革员所欠折价等款银一千二百七十一两三钱八厘，于奏参后已据陆续缴完清楚，尚知愧奋，应请照案开复等情。前来。

相应请旨将前署金沙场大使候补大使龚照琨，前次革职处分准予开复，理合附片陈请。伏乞圣鉴训示。谨奏。

（朱批：）着照所请，该部知道。[②]

光绪三十年六月十二日，奉朱批：着照所请，该部知道。钦此。[③]

1740. 奏报黄寿山请开守备底缺片

光绪三十年五月二十四日（1904年7月7日）

再，准署江西巡抚臣夏时咨：据管带续备左军左营参将衔尽先即补游击吉安营守备黄寿山禀称：守备由武童投效军营，积功洊保参将衔尽先即补游击。光绪十七年，借补江西吉安营守备。伏思实任武职人员由大衔借补小缺者，多有请开底缺，归本班候补。守备系已保尽先游击，应请开除吉安营守备底缺，俾得归游击班内候补等情。咨请会办前来。

---

①台北故宫博物院藏：《军机及宫中档》，文献编号：161253。

②台北故宫博物院藏：《军机及宫中档》，文献编号：408007381-0-C。

③台北故宫博物院藏：《军机及宫中档》，文献编号：161245。

合无仰恳天恩俯准黄寿山开去吉安营守备底缺，归游击本班序补。理合会同署理江西巡抚臣夏时，附片具陈。伏乞圣鉴。再，吉安营守备系陆路部推之缺新章第一轮第二缺，应请扣留由外拣员请补。合并陈明。谨奏。

（朱批：）兵部知道。①

光绪三十年六月十二日，奉朱批：兵部知道。钦此。②

1741. 请准查钟泰兼袭世职缘由片

光绪三十年五月二十四日（1904年7月7日）

再，安徽泾县籍县丞查利宾，于咸丰九年十月初一日督练局在太平冈御贼阵亡，经部议给云骑尉世职，袭次完时，给与恩骑尉，世袭罔替等因。该故员无子，亦无胞堂弟侄、堂侄孙、从堂侄孙，以从堂侄江苏补用知县查钟泰立继为嗣，请兼袭云骑尉世职。据泾县详请核办前来。

查定例：七品以下微员，可否准其兼袭，恭候钦定等语。该员自应照例办理。除给咨送部引见，并将宗图、册结咨送吏、户、兵三部查照外，谨附片陈明。伏乞圣鉴。谨奏。

（朱批：）该部知道。③

光绪三十年六月十二日，奉朱批：该部知道。钦此。④

1742. 请准游击陈胜德归宗缘由片

光绪三十年五月二十四日（1904年7月7日）

再，准长江水师提督程文炳转据吴城营右哨都司陈胜德禀称：

---

①台北故宫博物院藏：《军机及宫中档》，文献编号：408007381-0-D。
②台北故宫博物院藏：《军机及宫中档》，文献编号：161244。
③台北故宫博物院藏：《军机及宫中档》，文献编号：408007381-0-E。
④台北故宫博物院藏：《军机及宫中档》，文献编号：161240。

都司本姓史氏，安徽望江县民籍，父母早故。咸丰初年，因遭发逆之变，流离无依，经同邑陈启吁收为义子，遂从陈姓，投效水师，得保蓝翎外委，历蒙拔补把总、千总，升补守备。光绪三十年，奉准升补吴城营右哨都司，均从陈姓。现因史氏丁单，陈门业有后嗣，恳请归宗复史氏本姓，以续禋祀。禀由该管营官查明该员并无不准保升及曾经获咎不准捐复并永不叙用等项事故，加结呈请转咨核办前来。

臣查定章：武职游击以下非实缺人员不准更名复姓。今陈胜德系实缺吴城营都司，所请归宗复史氏本姓，核与定章相符。除将送到册结咨部外，谨会同长江提臣程文炳，附片具陈。伏乞圣鉴，敕部查照施行。谨奏。

（朱批：）兵部知道。[①]

光绪三十年六月十二日，奉朱批：兵部知道。钦此。[②]

1743. 请以张壮彩调补上元知县折

光绪三十年五月二十六日（1904年7月9日）

头品顶戴两江总督臣魏光焘、头品顶戴江苏巡抚臣恩寿跪奏，为拣员调补省会首邑要缺知县，恭折仰祈圣鉴事。

窃江苏上元县知县戴光经臣等奏参革职，应以光绪二十九年十二月二十八日奉旨后五日行文按限减半计算，扣至三十年正月二十八日作为开缺日期，归正月分截缺。所遗上元县系冲、繁、难兼三要缺，例应在外拣选调补。该县为省会首邑，政务殷繁，抚绥听断，在在均关紧要，必得精明干练之员，方足以资治理。

兹于通省现任、候补正途知县内逐加遴选，非现居要缺，即人地未宜。惟查有正任安东县知县张壮彩，年五十岁，山东峄县廪生。光绪十一年乙酉科本省乡试，中式举人。己丑科会试，中

①台北故宫博物院藏：《军机及宫中档》，文献编号：408007381-0-F。

②台北故宫博物院藏：《军机及宫中档》，文献编号：161247。

式贡士。庚寅恩科补应殿试三甲进士，引见奉旨：以知县即用。钦此。原掣云南，改指江苏，请假修墓。十六年十一月，在籍丁母忧。十九年二月服满起复，二十年二月到省。二十一年，江北河运案内保加同知衔。二十四年，请补安东县知县，经部覆准，二十六年四月二十日到任。因安东县与原籍接壤，例应回避，即经详咨在案。二十七年十月二十二日，交卸安东县事。二十八年十二月，调署清河县篆，二十九年二月十六日到任。该员才具开展，办事勤能，以之调补上元县知县，洵堪胜任。虽该员由安东县因接壤回避，实无相当之缺可以拣调，核计历俸已满，人地实在相需，且系正途人员，亦与请调省会首邑之例相符。据藩、臬两司会详请奏前来。

臣等往返函商，意见相同，合无仰恳天恩俯念员缺紧要，准以安东县知县张壮彩调补上元县要缺知县，实于地方有裨。如蒙俞允，该员系现任繁缺知县调补首邑，衔缺相当，毋庸送部引见。至该员前在安东县本任及现署清河县任内，并无积案未清、欠解钱粮、承审案件，亦无承缉盗案已起降调、革职、参限情事。

谨合词恭折具陈。伏乞皇太后、皇上圣鉴训示。再，所遗安东县要缺知县，容俟截缺后另行拣补。合并陈明。谨奏。光绪三十年五月二十六日。

（朱批：）吏部议奏。①

光绪三十年六月十三日，奉朱批：吏部议奏。钦此。②

1744. 奏报部议筹饷条款分别筹办折

光绪三十年五月二十六日（1904年7月9日）

头品顶戴两江总督臣魏光焘、头品顶戴江苏巡抚臣恩寿跪奏，为部议筹饷条款，谨将江苏省分别筹办情形并酌提报效等银，借

---

①台北故宫博物院藏：《军机及宫中档》，文献编号：408007385。

②台北故宫博物院藏：《军机及宫中档》，文献编号：161289。

供练饷，恭折覆陈，仰祈圣鉴事。

窃准部咨：遵旨筹饷，酌拟十条，奏奉上谕：现在时局多艰，国势积弱，各直省伏莽未靖，蠢动堪虞，非练兵无以卫国，亦非练兵无以保民。比年以来，叠经谕令各省裁汰绿营，改练常备、续备各军，近复特简庆亲王奕劻等办理练兵事宜，于京师设立总汇之处，期收画一、整齐之效。惟练兵实为急务，筹饷尤属艰难，凡军中食用所需，何在非吾民膏血！现当闾阎困敝，岂忍再朘民生？是以前此练兵处胪陈筹饷各条，仅以酌提中饱，加收烟酒等捐，饬令各省照办。嗣复谕令户部就公家固有之利，除弊节流，统筹妥议。兹据详细覆陈各折、片，着即依议办理，用副简练军实、体恤民艰之至意！钦此。刷印原奏、清单，飞咨到臣。

当即钦遵分别咨行筹办，除原奏两浙盐务、甘肃盐厘、四川土药、暂停不急工程四条应由各该省及在京各衙门遵办，又严核钱粮，酌提杂税，核提漕务闲款，清查沙田、沙洲四条及另案加收烟酒等捐由臣恩寿分别办理会奏外，伏查练兵以筹饷为先，筹饷以理财为急。江苏财赋丁漕税厘而外，惟盐课为大宗。臣光焘于上年未奉谕旨之先，业将两淮盐务实力整顿，官引畅销，课厘增收，其淮北销盐并已奏明新加五万引，于饷需不无裨益。部议清厘两淮额产盐斤、额销盐引及酌办加丁加闰引额课款两条，近来盐斤一再加价，兼有就地抽收口捐，课款暗增，已与加丁无异。若再按丁加引，恐难议办。其额产与额销有无缺溢，加闰能否仿办，叠饬运司查议，据称必须详查产盐实数，通筹至当办法，庶免窒碍，请宽予限期，俾得妥筹议复。容俟催复到日，另行专案奏明办理。

至饬提州县中饱、酌提报效两项，就江苏各州县所收地丁漕粮价值核计，浮费早已革除，近时银价虽贱，用款增多，所余本仅足敷办公。光绪二十二年、二十七年两次奏明于丁漕内酌量提解凑还洋款，办公已形竭蹶，州县责任亲民，地方应办事多不能使无米为炊，致滋贻误。惟当此时局艰危，库藏支绌，苟可稍节有余，以济公用，亦不能不竭力筹画。兹查明宁、苏两属各州县丁漕征数，分别等差，酌量加提，统计每年丁、漕两项共提银二十一万两，饬自光绪三十年上忙为始，照数解司，以备按年拨用。此外虽无常年之款可集，臣等仰体深宫宵旰焦劳，督同司道撙节公费，量力报效一次，暂供练饷之需。计臣光焘、臣寿暨藩司以至各道府局员，共报效银六万五千两，解存司库听候部拨，缮具清单，恭呈御览。

所有遵旨筹拟酌提报效等银缘由，谨合词恭折覆陈。伏乞皇太后、皇上圣鉴训示。谨奏。光绪三十年五月二十六日。

（朱批：）户部知道，单并发。[①]

光绪三十年六月十三日，奉朱批：户部知道，单并发。钦此。[②]

1745. 呈江省筹饷报效员名银数清单

光绪三十年五月二十六日（1904年7月9日）

谨将江苏省筹饷案内报效员名、银数，缮具清单，恭呈御览。

计开

两江总督臣魏光焘报效银一万两。

江苏巡抚臣恩寿报效银五千两。

江宁布政使黄建筦报效银三千两。

江苏布政使效曾报效银三千两。

江苏按察使署理两淮盐运使恩铭报效银二千两。

署江苏按察使朱之榛报效银一千两。

江南盐巡道徐树钧报效银一千五百两。

江安督粮道胡延报效银一千五百两。

苏松督粮道陆钟琦报效银五千两。

---

①台北故宫博物院藏：《军机及宫中档》，文献编号：408007383。

②台北故宫博物院藏：《军机及宫中档》，文献编号：161322。

淮扬海道杨鸿度报效银一千五百两。

徐州道李经楚报效银一千五百两。

苏松太道袁树勋报效银一万两。

常镇道郭道直报效银五千两。

江宁府罗章报效银五百两。

扬州府余九谷报效银五百两。

署淮安府汪树堂报效银五百两。

署徐州府张庆勋报效银五百两。

苏州府许祐身报效银五百两。

镇江府祥福报效银五百两。

署松江府田庚报效银五百两。

常州府德元报效银五百两。

署通州王仁东报效银一千两。

金陵厘捐局报效银四千两。

湖北督销局报效银一千五百两。

大通督销局报效银一千五百两。

江西督销局报效银一千五百两。

湖南督销局报效银一千五百两。

(朱批:) 览。①

1746. 奏报光绪三十年春季各案摘由折

光绪三十年五月二十六日（1904年7月9日）

头品顶戴两江总督臣魏光焘跪奏，为光绪三十年正、二、三月分改题为咨各案，摘由开单，恭折具陈，仰祈圣鉴事。

窃查光绪二十七年八月十五日奉上谕：嗣后循例具题之件，均着改题为奏，以归简易等因。钦此。当经前督臣刘坤一将例应

①台北故宫博物院藏:《军机及宫中档》，文献编号：161322-0-A。

具题各案酌拟分别删改办法，开单具奏，声明改咨之案每月摘录简明案由，缮单汇奏一次，历经遵办在案。兹据江苏、安徽两臬司详参武职疏防职名，并据报武职因病出缺各案，前来。均经臣随时分别咨部议覆。

谨将光绪三十年正、二、三月分改题为咨各案摘录简明案由，缮单恭呈御览。伏乞皇太后、皇上圣鉴，敕部查照施行。谨奏。光绪三十年五月二十六日。

(朱批：) 该部知道，单并发。①

光绪三十年六月十三日，奉朱批：该部知道，单并发。钦此。②

1747. 呈光绪三十年春季各案摘由清单

光绪三十年五月二十六日（1904 年 7 月 9 日）

谨将光绪三十年正、二、三月分改题为咨各案，缮具清单，恭呈御览。

计开

咨参江都县事主徐庆余劫案疏防武职，专汛系瓜洲营把总傅庆荣，兼辖守备黄德兴。

咨参江都县事主贾泰安被劫拒伤平复一案疏防武职，专汛系三江营千总杨士杰，兼辖守备张文杰。

咨参江都县事主钱丁氏劫案疏防武职，专汛系瓜洲营把总赵佩洪，兼辖守备黄德兴。

咨参甘泉县事主张仪典被劫拒伤平复一案疏防武职，专汛系扬州营把总陈栋梁，兼辖参将袁大升。

咨参泰州事主郑定成被劫拒伤平复一案疏防武职，专汛系泰州营把总李文焕，兼辖都司胡胜福。

---

①台北故宫博物院藏：《军机及宫中档》，文献编号：408007384。

②台北故宫博物院藏：《军机及宫中档》，文献编号：161297。

咨参南汇县事主杨森被劫拒伤平复一案疏防武职，专汛系柘林营千总张复巷，协防额外吴森立，兼辖署都司周明馨。

咨参如皋县事主周荫堂被劫获犯未半一案疏防武职，专汛系泰兴营把总李遐龄，协防外委陈连标，兼辖守备张凤梧。

咨参南汇县地保李瑞春等行船被抢一案疏防武职，专汛系柘林营额外华沾霖，兼辖署都司王俊德。

咨参桐城县事主徐国栋劫案疏防武职，专汛系兼护潜山营把总协防外委胡春荣，兼辖游击陆鸿庆。

咨参桐城县事主张寿被劫获犯未半一案疏防武职，兼辖系潜山营游击陆鸿庆。

咨参凤台县事主王冠仁被抢获犯未半一案疏防武职，专汛署寿中营把总闪明德，协防署外委吴廷珍，兼辖署游击杜春林。

咨参望江县事主张义郎被窃临时拒捕一案疏防武职，专汛系潜山营千总薛润成，兼辖游击陆鸿庆。

咨参贵池县事主张锡海被劫遗火延烧房屋一案疏防武职，专汛系池州营外委唐有元，协防额外王学文，兼辖都司彭楚明。

咨参盱眙县事主吴学铭被劫获犯未半一案疏防武职，专汛署泗州营把总杜连科，兼辖署都司汤玉和。

咨参当涂县事主张肇瑞劫案疏防武职，专汛系署芜采营把总张锦标，协防额外聂殿魁，兼辖署守备洪椿。

咨参宣城县事主潘馨远被劫拒伤平复一案疏防武职，专汛系皖左营千总罗应良，兼辖守备翁兆林。

咨参绩溪县事主程胡氏劫案疏防武职，专汛系徽州营把总杨春福，兼辖署右军守备梁尚友，统辖参将吴玉昆。

咨参婺源县事主查程氏被窃拒伤平复一案疏防武职，专汛系署徽州营右军守备梁尚友，统辖参将吴玉昆。

咨参合肥县事主黄明发被窃拒伤平复一案疏防武职，专汛系庐州营把总何吉祥，协防外委段仁有，兼辖都司长兴。

咨参合肥县事主蔡铭勋被劫拒伤平复一案疏防武职，专汛系庐州营把总何吉祥，协防外委段仁有，兼辖都司长兴。

咨参合肥县事主梁柏龄被劫拒伤平复一案疏防武职，专汛系庐州营把总何吉祥，协防外委段仁有，兼辖都司长兴。

咨参庐江县事主刘茀廷劫案疏防武职，专汛系六安营把总丁先衡，写防外委张玉祥，兼辖参将瑞恒。

咨参庐江县事主洪习之被劫拒伤平复一案疏防武职，专汛系六安营把总丁先衡，协防外委张玉祥，兼辖参将瑞恒。

咨参颍上县事主吴赞英被窃行强一案疏防武职，专汛系寿中营把总梅文彩，兼辖署游击杜春林。

咨参霍邱县事主张秉钧被劫拒伤张殿元身死一案疏防武职，专汛系署寿中营千总戴师海，协防署外委盛广恩，兼辖署游击杜春林。

咨参霍邱县事主杨刘氏被劫拒伤杨荣和身死一案疏防武职，专汛系署寿中营千总邵汝泉，协防署外委张福基，兼辖游击李经纶。

咨参太和县事主杨占纯被窃拒伤身死一案疏防武职，专汛系署亳州营把总孙传曾，协防署外委吴麟兆，兼辖都司刘吉荣。

咨参广德州事主张才遂被窃拒伤雇工身死一案疏防武职，专汛系广德营千总何海泉，兼辖都司颉鹏飞。

咨参宿州事主任之端被窃行强一案疏防武职，专汛系宿州营千总刘伯奇，兼辖游击谭新益。

咨参宿州递解过境军犯朱廷中途被劫拒杀护勇徐得胜并伤解役李干平复一案疏防武职，专汛系宿州营千总李普恩，兼辖游击毕化成。

正任安徽龙山营游击刘恩霖染患劳伤病症，于光绪三十年二月初一日病故出缺。

江南提标金山营游击何士元患膨胀病症，于光绪三十年正月十四日病故出缺。

长江水师安庆营中哨守备龙书发，因病开缺。

长江水师瓜洲营前哨守备郑光福患腹鼓体肿，于光绪三十年正月二十六日病故出缺。

（朱批：）览。[①]

1748. 奏销江苏留防军需三十案情形折

光绪三十年五月二十六日（1904年7月9日）

头品顶戴两江总督臣魏光焘、头品顶戴江苏巡抚臣恩寿跪奏，为江苏留防军需第三十案造册报销，恭折具陈，仰祈圣鉴事。

窃照江苏省裁改留防海防湘、淮马步水师八十七营旗并哨队，分布扼扎，以备缓急。所有各该营旗应支粮饷正、杂各款，均照楚军营制及历届准销成案分别核实支给，业将光绪二十六年分用款列为江苏留防第二十九案造册报销，经臣专折会奏。所有光绪二十七年前项各营旗仍照案接支，嗣因饷源奇绌，防务稍松，当经审度事机，酌量裁减，俾饷力稍舒，而于防务无碍，叠经先后奏明并遵照部章将裁存各营饷项增减款目列入季报清册咨部查核，各在案。

兹据金陵防营支应局兼办报销事务江宁布政使黄建筦等详称：自光绪二十七年正月起，截至是年十二月底止，支过正、杂各款，现经督同委员逐款清厘，综计旧管上届江苏留防第二十九案报销，光绪二十六年底止，实存银五万五千九十三两有奇。

新收江苏藩、关、道库两淮盐课、盐厘、厘金、茶税及淮部拨抵补盐货厘金并借拨收回各款，共计银二百八十二万七千六百二十五两有奇、钱十九万三千四百六十四千五百七十文，内登除拨解镇边军饷，金陵机器、制造洋火药等局，外海水师船厂、江南陆师学堂、铁路、堤工等经费、抚标练军津贴，江、京两防捷胜营练饷、自强军转调直隶协饷，共计银三十七万七百三十六两

①台北故宫博物院藏：《军机及宫中档》，文献编号：161297-0-A。

有奇。又附列专册请销两江督、提、镇标新兵各营薪费、津贴银七万九千三百八十两有奇、钱十八万二千九百六十四千七百三十文，又附列专册请销沿江炮台专勇饷银十四万五千三百四十九两有奇，又附列专册请销洋操自强军正、杂饷项银十七万三千九百十六两有奇，又附请专案奏销江苏留防水师各营修造船只工料等项银一万五千六百七十一两有奇，实计收用银二百九万七千六百六十四两有奇、钱一万四百九十九千八百四十文。开除正、杂各款，遵照部议，酌定军需报销章程，各归各部核销。计应归户部核销银一百九十万三百四十两有奇、钱一万三百八十九千八百四十文，兵部核销银一万七百四十八两有奇、钱一百十千文，工部核销银十四万一千四百三十七两有奇。统共请销银二百五万二千五百二十六两有奇、钱一万四百九十九千八百四十文。实存银四万五千一百三十七两有奇，已于后案旧管项下接续造报等情。详请具奏前来。

臣等伏查此次江苏造报留防海防水陆各军，遵照部咨开报花名清册，一切正杂各款概发湘平并扣一分平余，均系按照楚军营制及历届准销成案，实用实销，并无浮冒。

除饬将以后用款照章按年接报外，所有江苏留防军需第三十案收支款目造册报销缘由，理合恭折具陈，并缮具清单，恭呈御览。伏乞皇太后、皇上圣鉴，敕部核覆施行。谨奏。光绪三十年五月二十六日。

（朱批：）该部知道，单并发。[①]

光绪三十年六月十三日，奉朱批：该部知道，单并发[②]。钦此。[③]

---

①台北故宫博物院藏：《军机及宫中档》，文献编号：408007385。

②此清单查无下落，待考。

③此朱批日期与内容，据《军机处随手登记档》（档案编号：03-0318-2-1230-160）校补。

1749. 奏销修造船只动用经费片

光绪三十年五月二十六日（1904年7月9日）

再，江苏省留防水师各营，修造船只，动用经费，业经截至光绪二十六年十二月底止汇入江苏留防第二十九案内奏销在案。兹据船厂委员将二十七年分修造留防水师勇营船只等项用过工料银数分别开报，由江苏防营支应报销处核明造册，归入江苏留防第三十案内，专案详请附奏请销前来。

臣覆加查核，共请销银一万五千六百七十一两有奇，均系按照长江水师船工准销成案核实支给，并无浮冒。除将清册分别咨送户部、工部核销外，谨会同江苏巡抚臣恩寿，附片陈明。伏乞圣鉴，敕部查照施行。谨奏。

（朱批：）该部知道。[①]

1750. 请准余联沅专祠列入祀典片

光绪三十年五月二十六日（1904年7月9日）

再，已故前署浙江巡抚开缺湖南布政使余联沅[②]遗爱在民，前经江浙绅商候补四品京堂庞元济等禀经前督臣刘坤一奏奉朱批，准在上海捐建专祠在案。兹据同知衔浙江试用知县余祖厚等禀称：

---

①台北故宫博物院藏：《军机及宫中档》，文献编号：408007385-0-A。

②余联沅（1844—1901），字搢珊，号晋珊，湖北孝感人。咸丰十一年（1861），中举人。同治四年（1865），捐内阁中书。七年（1868），补军机章京，加五品衔。光绪三年（1877），中式进士，授翰林院编修、国史馆协修。十年（1884），补功臣馆纂修。十四年（1888），补河南道监察御史，嗣转四川道监察御史。同年，充顺天乡试同考官。十五年（1889），充任会典馆协修。十六年（1890），充会试同考官。十八年（1892），授任会典馆纂修。十九年（1893），升礼科给事中，旋改吏科。二十一年（1895），放福建盐法道。二十四年（1898），署理福建按察使。翌年，署福建布政使，加二品顶戴。二十六年（1900），调补江苏苏松太道。同年，升江西按察使，改湖南布政使，同年，署浙江巡抚，晋头品顶戴。二十七年（1901），卒于任。

该故父余联沅上海应建专祠，业经该绅商等在于松江府上海县西门内十图二十五保地方购地捐建，鸠工庀材，于本年正月二十四日落成，禀恳奏咨前来。

合无仰恳天恩俯准将已故前署浙江抚臣余联沅上海捐建专祠敕部列入祀典，由地方官春秋致祭，以彰劳勚。除咨部查照外，谨附片具陈。伏乞圣鉴训示。谨奏。

（朱批：）着照所请，礼部知道。①

光绪三十年六月十三日，奉朱批：着照所请，礼部知道。钦此。②

1751. 请准将军丰绅专祠列入祀典片

光绪三十年五月二十六日（1904年7月9日）

再，已故江宁将军丰绅③前蒙恩赐恤典，嗣于光绪二十五年经署将军臣毓贤奏参后，奉旨着撤去专祠，毋庸予谥。旋经前江宁将军臣崇善、前督臣刘坤一等查明该故将军战功卓著，受诬颇深，奏恳恩赐昭雪，奉上谕着准其建立专祠，并加恩予谥等因。凡在臣工同深感戴！兹据江宁布政使黄建笎详：该故将军专祠于上年筹款，择地省城复成桥旁兴建，现已落成，并据江宁绅士候补知州娄国华等以该故将军，遗爱在民，专祠既成，请奏明列入祀典，由地方官春秋致祭等情。前来。

合无仰恳天恩俯准将已故江宁将军丰绅江宁专祠敕部列入祀

---

①台北故宫博物院藏：《军机及宫中档》，文献编号：408007385-0-A。

②台北故宫博物院藏：《军机及宫中档》，文献编号：161284。

③丰绅（1820—1898），字汉文，吴扎拉氏，隶满洲正白旗，吉林驻防。咸丰初，充笔帖式。十年（1860），补双城堡右屯右翼骁骑校。十一年（1861），升拉林正黄旗防御，赏戴花翎。同治元年（1862），加协领衔。二年（1863），补吉林满洲镶白旗佐领。三年（1864），晋副都统衔。五年（1866），署宁夏副都统，兼管后路营务。六年（1867），护理宁夏将军。十年（1871），迁锦州副都统。同年，署宁夏将军。十二年（1873），赏头品顶戴。十三年（1874），擢黑龙江将军。光绪五年（1879），调补绥远城将军。十年（1884），授江宁将军。二十四年（1898），卒于任。谥威壮。

典，由地方官春秋致祭，以彰忠荩而顺舆情。理合附片陈请。伏乞圣鉴训示。谨奏。

(朱批:) 着照所请，礼部知道。①

光绪三十年六月十三日，奉朱批：着照所请，礼部知道。钦此。②

1752. 奏报胡希林调署邳州知州片

光绪三十年五月二十六日（1904年7月9日）

再，署邳州知州王彦徵调署甘泉县知县，所遗员缺应行委员接署，查有仪征县知县胡希林，堪以调署。递遗仪征县知县员缺，查有正任甘泉县知县周懋谦，堪以调署，各专责成。据藩、臬两司会详前来。

除批饬遵照外，谨会同漕运总督臣陆元鼎、江苏巡抚臣恩寿，附片奏明。伏乞圣鉴。谨奏。

(朱批:) 吏部知道。③

光绪三十年六月十三日，奉朱批：吏部知道。钦此。④

1753. 奏为钦奉恩训敬陈感悚下忱折

光绪三十年六月十七日（1904年7月29日）

头品顶戴两江总督臣魏光焘跪奏，为钦奉恩训，敬陈感悚下忱，恭折仰祈圣鉴事。

窃承准军机大臣字寄：五月初九日奉上谕：有人奏，疆臣疏懈，政令纷歧，请申儆戒一折❶。两江总督魏光焘受国厚恩，久膺

---

①台北故宫博物院藏：《军机及宫中档》，文献编号：408007385-0-B。
②台北故宫博物院藏：《军机及宫中档》，文献编号：161308。
③台北故宫博物院藏：《军机及宫中档》，文献编号：408007385-0-C。
④台北故宫博物院藏：《军机及宫中档》，文献编号：161280。

疆寄，务当振刷精神，于一切用人行政破除情面，遇事整顿，挽回积习，毋负朝廷委任之至意。原折着钞给阅看。将此谕令知之。钦此。遵旨寄信前来。臣跪聆之下，感愧交并！伏念臣以铨材，渥蒙恩遇，历膺疆寄，调督两江，闻命之余，当以才力难胜，不孚群望，电奏恳辞，猥荷慈恩未回天听。顾念时事艰棘，圣主忧勤，凡臣子一息之存，当各尽匪躬之义，黾勉从事，若涉冰渊！第内治外交，百端坌集。臣赋性迂拙，遇事必详审研求，未敢率尔将事，盖僚吏乍接，则考言询事虽繁琐，而冀得其真；事理未明，则溯委穷源必透澈，而始通其奥。故考察未至，每姑仍旧贯，不遽更张。迨见理已明，虽众难塞胸，坚持甚力。此固臣资性驽下，将勤补拙之微意，初不敢求谅于人也。

虽奉职无状，而治军则勤校阅而惩虚伍，察吏则戒粉饰而责事功。此外于盐课、厘税、铜圆日加整理，学校、工艺、商务略具端倪，固皆臣职所应为，不敢侈陈于黼座。至于用人，尤为诸事枢纽，或计资劳，或论才品，要皆采诸时望，证以公评。惟需次员多，仕途壅塞，人情固生觖望矣。至本署幕僚，臣关防至严，出入皆有门籍，向不得与外交通。惟文牍繁冗，起草校缮，不能不借之分理，而筹定可否，悉皆躬自主持，但事应会商，偶值司、道、镇、将意见参差，臣有时未遽裁决，而折中于批札，不谅者以为前后矛盾，实则臣以不面折者，存敬礼同僚之体，而以应改正者存剖晰事理之公，特是德薄望轻，任大责重，愆尤日积，丛脞滋多。臣祗服训词，详绎原奏，在言官深虞覆悚，贻国家疆宇之忧，用意甚厚；在朝廷曲予优容，儆臣下惰偷之渐，圣恩至渥且深。臣何人，斯膺兹隆遇！感极涕出，岂捐糜所能上报哉？惟有永维恩训，益励前修，力祛因循，不避嫌怨，以仰答高厚鸿慈于万一！

所有微臣感悚下忱，理合恭折具陈。伏乞皇太后、皇上圣鉴。谨奏。光绪三十年六月十七日。

（朱批：）知道了。[1]

光绪三十年七月十四日，奉朱批：知道了。钦此。[2]

❶【案】光绪三十年五月初七日，监察御史臣汪凤池具折弹劾魏光焘，曰：

花翎四品衔京畿道监察御史臣汪凤池跪奏，为疆臣疏懈，政令纷歧，请申儆戒，以免丛脞，恭折仰祈圣鉴事。

伏见两江督臣魏光焘以襄办营务知名，虽未卓著战功，而治军尚称有纪。自膺疆寄，才具稍短，而居官尚能持正，遇事亦复小心，历任封圻，尚无贻误。朝廷知其稳练，调任两江，寄至重也。查两江地大物博，政务委填，交涉纠纷，素称难治。该督膺兹重寄，宜何如益加振刷，勉济时艰，即才器不能如前督臣曾国藩、沈葆桢之巨细不遗，亦当总揽大纲，襄助得人，未尝不可从容整理。乃参稽众论，该督晚节颇以酒色自娱，年力未至甚衰，而精神已虞不给，督署文牍至为烦重，该督倦于披阅，悉付幕僚，往往有该督与司道面商已定之事，及奉批札，前后两歧。司道面询矛盾之由，该督亦自认疏忽，可知幕僚拟牍，该督实未能一一亲裁，于是物议颇滋，谓该督漫无觉察，幕僚操纵自如，差缺皆可营求而得。虽传闻未免过当，而致此必非无因。臣早有所闻，犹疑该督未必至此，且念近日人材之乏与朝廷图任之难，未敢轻率入告。年来徐加询访，所闻竟非尽虚，即素信该督者，亦恐该督过于长厚，或受人蒙蔽而不自知，是其神识浸衰，实有渐不克终之虑，而艰巨之任，又非老成持重，未易克胜。

伏望圣慈时加训勉，俾儆怠荒，并请严饬该督延请幕僚，务择廉公明达之才，以资赞助，无得轻信偏袒，致为所愚，庶该督既获保全，而地方亦不致贻误矣。愚昧之见，是否有当？伏乞皇太后、皇上圣鉴。谨奏。光绪三十年五月初七日。[3]

---

①台北故宫博物院藏：《军机及宫中档》，文献编号：40800738。

②台北故宫博物院藏：《军机及宫中档》，文献编号：161998。

③台北故宫博物院藏：《军机及宫中档》，文献编号：160452。

1754. 请将道员蒯光典等分别奖叙折

光绪三十年六月十七日（1904年7月29日）

头品顶戴两江总督管理两淮盐政臣魏光焘跪奏，为两淮盐务栈卡掣验认真，局岸疏缉得力，谨将办有成效各道员吁恳天恩准予分别奖励，以昭激劝，恭折仰祈圣鉴事。

窃查江南仪征淮盐总栈，关系鄂、湘、西、皖四岸南鹾全局，经前署督臣张之洞奏委二品衔江苏候补道蒯光典管理，声明淮销大畅，成效昭彰，应准奏恳天恩破格甄叙，钦奉朱批着照所请。又，金陵下关卡为四岸之总掣验，其南盐四岸督销局及北盐正阳督销局、五河盐厘局均为剔弊杜私扼要之所，应严定比较，办理有效，奏请优奖，亦经张之洞于整顿淮盐疲弊案内陈明在案。

兹查光绪二十九年仪栈过掣盐五十余万引，比较往年掣运盐四十万引内外，增多十余万引。其过盐骤增、销数仍畅者，实由该栈总办道员蒯光典①整顿缉私，训练营勇，分布得宜，兼创设小轮帆船，添募旱队，水陆梭巡，严缉枭私之力。该道才识闳远，力果心精，盐务尤为熟悉，为两江不可多得之员。

又，下关总办及各岸督销局员，或认真掣验，洁己奉公；或讲求疏缉，剔弊杜私，实力实心，始终不懈，以故淮销遂获大畅。今计上年销盐引数，按照定章派销之引比较，鄂岸多销盐二万七千余引，湘岸多销盐二万五千余引，皖岸多销盐二万八千余引，

①蒯光典（1857—1910），字礼卿、理卿，号季述，安徽合肥人。光绪八年（1882），中举。九年（1883），中式进士，选庶吉士。十二年（1886），授翰林院检讨。十四年（1888），充贵州乡试正考官。翌年，任乡会试磨勘官。十五年（1889），充顺天乡试同考官。同年，补会典馆协纂官，兼会典馆图绘总纂。二十一年（1895），入两江总督张之洞幕。二十二年（1896），主讲尊经学院。二十三年（1897），充两湖书院监督。二十四年（1898），进京，补左、右春坊。旋保道员指分江苏补用，加二品衔。三十年（1904），充江苏候补道。三十二年（1906），按淮扬海道，加按察使衔。翌年，赴欧洲监督游学生。宣统元年（1909），充学部丞参上行走，兼京师督学长。宣统二年（1910），卒于江宁。著有《金粟斋遗集》《说文蒙求广义》等存世。

西岸多销盐三万六千余引，正阳关多销盐六万九千余引，淮北食岸官运局多销盐一万五千余引，共增课厘、加价等项，银、钱并计，约合银一百五十余万两，内归本省收用银八十余万两。其五河盐厘亦较往届多收钱十余万串，江宁库款借资挹注，邻省饷需亦不无裨补。伏思盐务积疲，上年各路畅销，局员办理得力，经臣先将一切情形奏明准予优奖，现在截数均有溢销，自应分别援请，以资鼓励。

除鄂岸及五河卡总办道员均非一手经收毋庸给奖外，所有仪栈总办二品衔江苏候补道蒯光典，可否仰恳天恩破格甄叙，出自鸿施！其下关总办二品顶戴江苏候补道赵有伦、湘岸督销局总办二品顶戴升缺升用安徽候补道席汇湘、皖岸督销局总办二品顶戴江苏候补道程龢详三员，拟恳交部从优议叙。又，西岸督销局总办江苏候补道欧阳霖、正阳关盐务总办江苏候补道方硕辅、淮北官运局总办盐运使衔江苏候补道陈桂森三员，并请赏给二品顶戴，俾昭激劝。理合恭折奏请。伏乞皇太后、皇上圣鉴训示。谨奏。光绪三十年六月十七日。

（朱批：）蒯光典等七员，均着交部议叙。①

光绪三十年七月十四日，奉朱批：蒯光典等七员，均着交部议叙。钦此。②

1755. 奏报添防江阴镇江要隘情形折

光绪三十年六月十七日（1904年7月29日）

头品顶戴两江总督臣魏光焘跪奏，为酌拟添防长江下游江阴、镇江要隘，筹办大概情形，恭折仰祈圣鉴事。

窃臣于本年五月初一日巡历江阴、镇江回省，业将日期奏报，并声明筹布情形另行专折具陈在案。伏查长江自通商以来，门户

①台北故宫博物院藏：《军机及宫中档》，文献编号：408007387。

②台北故宫博物院藏：《军机及宫中档》，文献编号：161991。

洞开，上海一廛，名为租借，而治外法权尚未收回，列强逐逐眈眈，各争权利，凡其商力所经营之处，即其国力所范围之处。现因日俄构难，各国兵轮游弋于南洋洋面者约数十艘，时有一二艘、三四艘驶入内江，虽随宜因应，断不至别有他患，然外示镇静，仍须内筹防御，庶几有备无患。臣昨亲赴下游相度形势，就要隘各炮台分别利弊，有应更换者，有应添设者，有应修改者，谨就管见所及为我皇太后、皇上缕陈之。

查长江险要，江阴而上专恃山，江阴而下专恃沙，海口广几二百里，崇明居中扼塞，诸沙绵亘约有百余里，水线分南北两道，自此溯流至江阴，水面渐狭，江流一束，始有山险可扼，为长江下游最要门户；南岸滨江，黄山五峰壁立，第一峰炮台为迎击下游之首冲，旧置二百五十磅后膛炮一尊。臣亲自试验，疵病颇多，急须改换；第五峰尤擅形胜，急宜设司令指挥于此，用德律风以灵消息，增照海灯以烛昏暗；治道路以捷援应外，此一切制敌应需之具，务令完备，庶免临事张皇。

由黄山而下，沿江西折，横矗下游曰长山，山顶四无遮蔽，能瞭望数十里、百余里以外，山脚接连香山，中通吴淞大道，与雪山之通杨舍，定山之通云亭，皆可一览无余，拟设极大远镜，于此昼用旗号，夜用灯号，随时报告黄山之司令，庶指挥可期灵捷；山顶起数小峰，形势天然，亟须增筑两三台，庶迎击下游格外得力；再由长山迤南转西至香山、定山、绮山一带，均宜设野战炮台，山势中断之处，拟扎地营，互相依倚。其黄山以下长山以上，地势逶迤，中有小山突起，曰萧山，前瞰大江，后通小涧，地极奥衍，宜建水旱雷局于此，洪路经行之处多布水雷，山径歧出之处遍设旱雷；窥测仪器之房则筑于山顶，以我能瞭敌、敌不能睨我为合度。电机一触，无坚不碎。而地距黄山仅六七里，炮力可达，雷炮互发，敌船必难闯过。盖江阴本倚江为险，外则群山环抱，内则小港交流，论者每欲从黄山港口，沿港筑墙葺垒，直绕县城以作重险，不知敌人若从长山后攻入，置炮山顶，俯瞰全城，虽有高墙厚垒，何所用之？固不如并守前山，力保后路之为愈也。

至香山以外，势更广阔，无险可扼。惟浒浦、刘家角嘴最据要隘，与常熟之福山、通州之狼山遥相援应，拟于此处增设炮台，置巨炮数尊，再调一二营以资防护，庶可以近援狼、福，远遮苏、常，而江阴之防益固，皆目下急切之图。臣已分派委员分途查勘，限日举办。若防营计须万人，为额驻营，以盘龙山为居中策应之地有警，尤须添调万人方敷分布。现仅续备军合字五营、南字三营，因限于饷力，只得先就原有营数，督饬勤加训练，一体改用新操，并添练工程队与各台炮勇，联络一气，以冀练一勇得一勇之效。此察勘江阴防务之情形也。

自江阴而上至镇江，则为南北之关纽，形势与秣陵相犄角，去城六十里之圌山关为迎击下游第一冲，两矶头及龟山顶分置五快炮，最据形势，龟山顶尤可兼顾吴家桥后路，极为扼要。城外则焦山都天庙各台，罗列如画。至象山炮台之设，意在阻截下游东方丹徒口一带敌船，目下向北迤东之处，涨出沙嘴一大段，已成坚土，宜将炮台移向东北二三里，则迎击下游，方可得力。圌山关对面之东生洲炮台逼近江岸，易受水浸，下连天洑洲，中隔小港，旧设炮台业已坍塌，洲尾切近三江营，冬令水涸，可行浅水兵轮，春涨潮高，可行大铁舰。如敌人从此进口，可绕仙女庙、邵伯镇，下扬州而出瓜洲。即不绕扬州，而由三江营折至霍家桥以出沙头镇，亦可避圌山关东生洲之险，而背攻都天庙，以逼焦、象，则镇江一带皆震，是三江营必须列屯增戍，毫无疑义。原驻新湘五旗殊嫌单薄，去岁经臣添募武威新军六营，扼险屯扎，此次到镇亲自校阅，操法尚有进步，兵力较前稍厚。此察勘镇江防务之情形也。

总计各炮台，或滨江湍急，土松岸塌，沙嘴陡涨，阻碍迎击回击，则为焦山、象山低台之弊；背负山石，或挖墙过高，炮堂过宽，炮位过密，隔堆太薄；或炮盘半周不能四面环击，则为圌山、象山、都天庙、新台之弊；炮门、炮闩、炮膛、螺丝、炮针、药弹机架、表尺缺损锈涩，则为各台互见错出之通弊。现经严饬分别修改，务期合法。

至镇江、江阴北岸一带，皆有炮台，意在与南岸收夹击之效，然地多平衍，无险可扼，反恐敌人袭踞蹴我南台，似不如注重于南较为得势也。惟是南洋财力已困，司局所入皆经指拨，待解支放，时虞不给，而筑台、添炮、设局、建房，工程浩大，又皆万不能缓，只得设法腾挪，分别举办，以重防务。且兵事至精至危，外洋研究战术又日新月异，故台坚炮利，尤贵有智深勇沉、通晓时务之人，方能共济。臣督饬文武日夜讲求，以期缓急可恃，仰副朝廷经武绥疆之至意！

总之，东南形势莫要于长江，而长江莫先于下游。吴淞一口，为由海入江咽喉；崇明孤悬，首当其冲；北洪辽阔，布置维艰。此又下游之下游不可稍形疏懈，幸狮子林、南石塘两处炮台最为得力，白茅沙一路沙滎，水潴钉桩，沉船阻截，尚易着手，猝有急警，不至漫无把握。其余防守未尽事宜，容臣随时筹酌，奏明办理。

除俟工程估定再行奏咨立案外，所有酌拟添防长江下游江阴、镇江要隘大概情形，是否有当？理合恭折具陈。伏乞皇太后、皇上圣鉴训示。谨奏。光绪三十年六月十七日。

（朱批：）政务处、练兵处议奏。①

光绪三十年七月十四日，奉朱批：政务处、练兵处议奏。钦此。②

①台北故宫博物院藏：《军机及宫中档》，文献编号：408007389。

②台北故宫博物院藏：《军机及宫中档》，文献编号：161976。

1756. 奏报江北漕粮仍行海运缘由折

光绪三十年六月十七日（1904 年 7 月 29 日）

头品顶戴两江总督臣魏光焘跪奏，为江北漕粮仍行海运，谨将兑竣开行日期恭折具陈，仰祈圣鉴事。

窃江宁、淮安、扬州、徐州、通州五府州属应征光绪二十八年分漕粮，前经奏明采办籼米十万石，仍行海运，经该粮道派委坐办委员在镇江设局赶办。兹据江安粮道胡延详称：叠经督饬坐办及派赴上、下江等处委员携带麻袋、绳索，雇备剥船，赶将各水次购定米石，多添斛手，加紧验收，运赴镇江提验入栈存储。该道旋即商准招商局派拨泰顺轮船来镇，计装正、余、耗等米一万九千包，于五月初三日开行，当饬各委员将未兑米石上紧催验斛收，一俟商局派轮来镇，接续趱运北上，不敢稍涉延误等情。详请具奏前来。

臣覆核无异，所有海运江北漕粮第一批开行日期，理合会同署漕运总督臣恩寿、署江苏抚臣端方，恭折具陈。伏乞皇太后、皇上圣鉴。谨奏。光绪三十年六月十七日。

（朱批：）户部知道。①

光绪三十年七月十四日，奉朱批：户部知道。钦此。②

1757. 奏报拣员护理淮扬海道篆片

光绪三十年六月十七日（1904 年 7 月 29 日）

再，淮扬海道杨鸿度现在奉旨护理漕运总督，所遗淮扬海道篆务，查有淮安府里河同知徐肇濂，堪以委护。除檄饬遵照外，谨会同署理漕运督臣恩寿、署理江苏抚臣端方，附片具陈。伏乞

---

①台北故宫博物院藏：《军机及宫中档》，文献编号：408007390。

②台北故宫博物院藏：《军机及宫中档》，文献编号：161993。

圣鉴。谨奏。

（朱批：）知道了。[①]

光绪三十年七月十四日，奉朱批：知道了。钦此。[②]

1758. 奏请议叙盐运使恩铭缘由片

光绪三十年六月十七日（1904 年 7 月 29 日）

再，两淮盐务上年销数畅旺，课厘增收，各局、岸、栈、卡道员办有成效，业经臣另折奏请分别奖励。惟署两淮运司恩铭到任以来，于鹾务综理严密，考核认真，催运筹销，不遗余力，尤能遇事整饬，力挽积习，淮销大畅，深赖该司臂助之力，洵于江省理财大局裨益匪浅，可否仰恳天恩俯准将江苏按察使现署两淮盐运使恩铭交部从优议叙之处，出自鸿慈！理合附片陈请。伏乞圣鉴训示。谨奏。

（朱批：）恩铭着交部从优议叙。[③]

光绪三十年七月十四日，奉朱批：恩铭着交部从优议叙。钦此。[④]

1759. 奏销各营修造战船经费片

光绪三十年六月十七日（1904 年 7 月 29 日）

再，江苏改设外海、内洋、里河经制水师标营，修造战船经费，截至光绪二十六年十二月底止所有收支各款，按照长江水师修船成案，列为第十三案报销，分晰造册奏销在案。兹据江苏防营报销处江宁布政使黄建筦等详称：各营修造船只用过工料银两，

①台北故宫博物院藏：《军机及宫中档》，文献编号：408007390-0-A。
②台北故宫博物院藏：《军机及宫中档》，文献编号：161996。
③台北故宫博物院藏：《军机及宫中档》，文献编号：408007387-0-A。
④台北故宫博物院藏：《军机及宫中档》，文献编号：161994。

照案核实支给，饬据船厂委员造报，自光绪二十七年正月起，截至是年十二月底止，旧管实存银二万四百三十三两有奇，新收金陵防营支应局拨解经费及修船拆出钉铁变价等项并收回各款共银四万五千一百二十五两有奇，登除拨解江宁藩库充饷银七百二十三两有奇，开除修整船只钉造炮架、修理厂棚、油舱经费、口粮、薪费等项，共请销银四万五千三百二两有奇，按照准销成案，核实支给，并无浮冒，实存银一万九千五百三十三两有奇，为购备料物等用，归于下届滚接造报等情。详请具奏前来。

臣覆核无异，除将清册咨送户部、工部外，谨会同署理江苏巡抚臣端方，附片具陈。伏乞圣鉴，敕部核销施行。谨奏。

（朱批：）该部知道。[①]

光绪三十年七月十四日，奉朱批：该部知道。钦此。[②]

1760. 奏报铜山县派员出洋考察片

光绪三十年六月十七日（1904年7月29日）

再，据铜山县知县陶在铭禀称：延请籍隶本县内阁中书杨允升为县学堂中文教习，该员崇尚正学，训迪有方，诸生悦服。遵查新颁奏定学堂章程，有各省学堂员绅，宜先派出洋考察一条，现拟资派该员前往日本游历，考察规制及一切管理、教授之法，俾广学识。惟该员系新科中书，照章应入进士馆肄业曾经到阁，未便久离职守，应请奏明立案，留为江省派赴日本考察学务人员，以备整顿江北学堂基础等情。前来。

臣查学堂正当试办，考求不厌详明。今该县自行筹费派员前赴日本考查，自系为慎重学务起见。除分咨外，理合附片陈明。伏乞圣鉴。谨奏。

---

①台北故宫博物院藏：《军机及宫中档》，文献编号：408007387-0-B。

②台北故宫博物院藏：《军机及宫中档》，文献编号：161992。

（朱批：）该衙门知道。[①]

光绪三十年七月十四日，奉朱批：该衙门知道。钦此。[②]

1761. 奏销金陵机器局收支第二十案折

光绪三十年六月二十日（1904年8月1日）

北洋大臣直隶总督臣袁世凯、南洋大臣两江总督臣魏光焘、署理江苏巡抚臣端方跪奏，为金陵机器局收支经费列为第二十案造册报销，恭折具陈，仰祈圣鉴事。

窃查金陵机器局仿照外洋，制造各式炮位、车辆、架具、炸弹、铜火，以及添配炮台需用物件，分设机器、翻砂、铁木、火箭各厂雇募工匠、常川制造，应需经费，酌定每年由江南海关拨解制造二成洋税银五万两，逢闰之年加拨银壹万两，江南筹防局拨银三万五千两，北洋淮军协饷项下拨银二万两，金陵支应局加拨银九千两，共银十二万四千两，乃额定有闰常年制造之需。此外如有添造各项，随时添拨。造成军火，分解南、北洋济用。所有常年制造收支各款，业经截至光绪二十五年十二月底止，列为第十九案，分晰造册奏销。

今光绪二十六年，除额拨经费外，又因是年北路军事猝兴，防务戒严，饬令加工赶造快利炮弹等件，又留陕省原在上海订购毛瑟枪子、卷铜等机器、锅炉及补购子夹机器，先后找价、购价银两，并安装机器，修改、添造厂屋等款，先后由江南海关加拨银七万八千一百三两有奇，江南筹防局加拨银二万两，金陵支应局加拨银一万两，当将动用款目先后奏明在案。

兹据江苏防营报销处江宁布政使黄建筦等将光绪二十六年分收支各款分晰，造具报销清册，逐加勾稽，自光绪二十六年正月起，截至十二月底止，旧管上届第十九案报销，实存银十三两三

---

①台北故宫博物院藏：《军机及宫中档》，文献编号：408007387-0-C。

②台北故宫博物院藏：《军机及宫中档》，文献编号：161995。

钱有奇，新收江南海关额拨、加拨二成洋税共银十三万八千一百三两一钱有奇，江南筹防局、金陵防营支应局、北洋淮军协饷项下拨款共银九万四千两，并旧管共计收用银二十三万二千一百十六两五钱有奇，内除解交江宁藩库充饷银二千九百五十二两八钱有奇，购买机器、锅炉、中外料物价值一册，共计银十二万一千一百三十两三钱有奇；工匠工食一册，共计银四万七千一百十三两四钱有奇；委员、司事人等薪费一册，共计银一万一千七百二十两九钱有奇；装运料物、水脚、常船舵水、长夫口粮一册，共计银六千五百六十一两一钱有奇；岁修厂屋料物等项一册，共计银二千二百四两五钱有奇；机器翻砂各厂添雇工匠、加造军火、兼做夜工工食一册，共计银三万八百八两一钱有奇；修改、添盖厂屋，安装机器，工料、运费等项，共计银九千五百六十二两八钱有奇，遵照部议各归各部核销。计应归户部核销银九万三千二百六十八两三钱有奇，兵部核销银七千二百六十七两六钱有奇，工部核销银十二万八千五百六十五两三钱有奇，统共请销银二十三万二千五十四两二钱有奇。实存银六十二两二钱有奇，归于后案旧管项下滚接造报，将该局光绪二十六年分支给各款请销数目并制成军火拨存四柱清册，由报销处加造银款四柱总册，列为金陵机器制造局第二十案报销，详请奏咨等情。前来。

臣等覆核无异，除将清册分别咨送外务部、户部、兵部、工部查照核销外，谨合词恭折具陈。伏乞皇太后、皇上圣鉴，敕部查照施行。谨奏。光绪三十年六月二十日。

（朱批：）该部知道。①

光绪三十年七月十五日，奉朱批：该部知道。钦此。②

---

①台北故宫博物院藏：《军机及宫中档》，文献编号：408007391。

②此朱批日期与内容，据《军机处随手登记档》（档案编号：03-0319-1-1230-191）校补。

1762. 奏报去年秋冬金陵厘捐局收支折

光绪三十年六月二十日（1904年8月1日）

头品顶戴两江总督臣魏光焘跪奏，为光绪二十九年下半年金陵厘捐局收解数目，循案开具清单，恭折仰祈圣鉴事。

窃查金陵厘局抽收厘金，历系遵章按半年奏报一次，业经报至光绪二十九年上半年止。其局用经部核准，即照向章开支，各在案。兹据办理金陵厘捐局司道详称：金陵厘局所辖地方，只有江宁、扬州二府及通州、海门二属，本非商贾荟萃之区，所恃以收捐者，仅过往货物，而大宗杂货每借洋旗运送，经过各卡，概免抽厘，其余则以米捐为入款大宗，必须年成丰稔，商贩流通，捐收方有把握。近来粮食昂贵，贩运稀少，又兼禁米出口，深虑厘金减色。自二十五年间奉饬每岁增筹银二十万两，以七十万两为比较定额。兹幸认真整顿，剔除中饱，核计本年下半年共收银四十七万七千三百余两，连同上半年收银三十七万七千九百余两，统计是年共收银八十五万五千二百余两，不特足符增筹定额，仍多收银十五万五千二百余两。特以奉拨各要饷逐年加增，收数虽旺，仍属不敷周转，惟有严督各卡员核实稽征，多收一分即获一分之益。所有光绪二十九年下半年厘金收解各数及茶、土两项捐厘数目，开单详请具奏前来。

臣覆核无异，谨循照旧章，开具简明清单，恭呈御览。其局用照章开支，仍邀免造报细数，以归简易。除饬严督各局员认真整顿，实力稽征，以裕饷项，并将本届所送清册咨送户部查核，以后仍按半年开报一次，以符定限外，谨会同署理江苏巡抚臣端方，恭折具陈。伏乞皇太后、皇上圣鉴，敕部查照施行。谨奏。光绪三十年六月二十日。

（朱批：）户部知道，单并发。①

光绪三十年七月十五日，奉朱批：户部知道，单并发。钦此。②

1763. 呈去年秋冬金陵厘捐局收支清单

光绪三十年六月二十日（1904年8月1日）

谨将光绪二十九年下半年金陵厘捐局厘金收解数目，缮具清单，恭呈御览。

计开

光绪二十九年下半年

旧管：一、上届光绪二十九年六月底止，截存货厘库平银五千十五两一钱四分八厘四毫七丝一忽。

一、另存候拨土药厘金库平银七千三百九两四钱九分七厘三毫六丝。

新收：一、收各分局卡解到货厘库平银三十五万五千六百八两三钱七厘四毫四丝。

一、收米厘库平银十二万一千六百五十一两六分二厘。

一、收茶捐库平银七十二两三钱二分六厘二毫三丝。

统共收货、米、茶捐库平银四十七万七千三百三十一两六钱九分五厘六毫七丝。

一、收土药库平银六千四百二两三钱一分五厘三丝。

查前项土药厘金历系另款收存，听候部拨。理合登明。

开除：一、解光绪二十九年分黑龙江镇边军练饷库平银五万两。

一、解光绪二十九年分南洋海防经费库平银四万两。

一、解光绪二十九年分原、续拨京饷库平银二万二千五百两。

---

①台北故宫博物院藏：《军机及宫中档》，文献编号：408007392。

②台北故宫博物院藏：《军机及宫中档》，文献编号：162025。

一、解江宁织造津贴库平银六千两。

一、解江宁旗营练兵加饷库平银二千四百两二钱二分一厘。

一、解江宁驻防捷胜营练饷库平银一千三百八十四两六钱一分四厘。

一、解光绪二十九年分汇还俄、法、英、德借款库平银三万五千两。

一、解上海道付给瑞记洋行第十七期本息库平银九万两。

一、解金陵防营支应局洋操薪饷库平银六万两。

一、解金陵防营支应局拨济军饷库平银一百五十四两二钱四分八厘。

一、解光绪二十九年分内务府经费库平银二千二十两。

一、解光绪二十九年分宁厘局节省盈余库平银五万两。

一、解光绪二十九年分东北两路边防经费库平银一万两。

一、解新定赔款案内库平银一万九千八百二十两三钱八分五厘。

一、解光绪二十九年分拨补苏州货厘库平银六万两。

一、补解光绪二十七年分拨补苏、沪货厘之镇江厘金库平银三万三百两。

以上六个月共放解库平银四十七万九千五百七十九两四钱六分八厘。

土厘项下：一、解部库库平银七千三百九两四钱九分七厘三毫六丝。

实在

货厘项下：连上届截存抵放外，仍计实存库平银二千七百六十七两三钱七分六厘一毫四丝一忽。

土药项下：连上届截存拨解外，仍计实存库平银六千四百二两三钱一分五厘三丝。

（朱批：）览。[1]

1764. 请以恩芳补授海州直隶知州折

光绪三十年六月二十日（1904年8月1日）

头品顶戴两江总督臣魏光焘、署理江苏巡抚臣端方跪奏，为海疆要缺直隶州知州需员孔亟，恳恩仍准以原请之员补授，以重地方，恭折仰祈圣鉴事。

窃江苏海州直隶州知州傅昀章撤回开缺另补，经臣等查有候补班前先补用直隶州知州恩芳，才识练达，办事勤能，以之请补海州直隶州要缺知州，洵属人地相宜，专折具奏，钦奉朱批：吏部议奏。钦此。嗣准部咨，该员已保免补直隶州知州以知府仍留原省补用，所请补授海州直隶州知州，应毋庸议等因。理应遵照部咨，另行拣补。惟查该州系属沿海繁、难要缺，接壤山东，民情犷悍，管辖沭阳、赣榆二县，辖境辽阔，讼狱繁多，僻处海滨，素称难治，加以近年各口有各国商、兵轮船不时往来停泊，且教堂林立，交涉案件动多棘手，尤非精明干练、熟悉海疆情形之员，弗克胜任。

兹复于通省现任、候补各项及京职截取直隶州班中逐加遴选，均与此缺人地不宜。该员恩芳识裕才优，办事勤谨，到省十有余年，历委要差，均属措置裕如，毫无舛误。虽已保有知府，究未过班，原资未断。查劳绩保举人员，部章有准其随案注销保案、仍归原班序补明文。上年，湖北夏口抚民同知员缺，以试用同知冯启钧请补，经部咨以冯启钧已保知府，行令另拣，臣端方适在兼署湖广总督任内，当因夏口同知员缺紧要，覆奏仍以冯启钧请补，注销知府保案，钦奉朱批：着照所请，吏部知道。钦此。今该员恩芳事同一律，应行援案照办，况人地实在相需，洵堪胜任。

---

①台北故宫博物院藏：《军机及宫中档》，文献编号：162025-0-A。

据藩、臬两司会详请奏前来。

臣等往返函商，意见相同，合无仰恳天恩俯念员缺紧要，为地择人，特准以恩芳补授海州直隶州知州，随案注销知府保案，实于海疆地方大有裨益。如蒙俞允，该员以候补班前先补用直隶州知州请补直隶州知州，衔缺相当，毋庸送部引见，亦毋须查造参罚。谨会同署理漕运总督臣恩寿，合词恭折具陈。伏乞皇太后、皇上圣鉴训示。谨奏。光绪三十年六月二十日。

（朱批：）着照所请，吏部知道。①

光绪三十年七月十五日，奉朱批：着照所请，吏部知道。钦此。②

1765. 保奖拿获枭会首要出力各员折

光绪三十年六月二十日（1904年8月1日）

头品顶戴两江总督臣魏光焘、署理江苏巡抚臣端方跪奏，为查明江、鄂两省拿获枭、会首要各匪先后在事出力员弁，遵旨择尤酌保，以示鼓励，缮单恭折仰祈圣鉴事。

窃查上年五月间臣光焘访有匪首曾帼漳，潜匿常州、江阴等属内河，开堂立会，遣党分路肆劫，纠集巨股，意图抗拒，并与会匪头目崔得沅、李金标、熊满堂等结为死党，各踞地段，当经密派补用直隶州知州王世绶、候补都司徐宝山，并饬统领护军正任福山镇总兵杨金龙调派管带护军副左旗副将纪步高、正右旗副将赵自新，各带勇队，乘登瀛洲兵轮，驰往掩捕；又调署福山镇总兵丁华容，选带得力弁勇，乘轮督率水师，沿流堵截，电饬各处文武一体协拿兜捕。该匪首曾帼漳、熊满堂驾领多船，部勒凶党，于白茅沙浅滩地方踞险列队，开枪抵拒。徐宝山激励各军奋勇环击，王世绶、纪步高等各率步队分路夹攻。匪始败溃，曾帼

①台北故宫博物院藏：《军机及宫中档》，文献编号：408007394。

②台北故宫博物院藏：《军机及宫中档》，文献编号：162013。

漳受伤潜遁。擒获匪首熊满堂，匪目、匪党多名，夺获匪船、伪印、旗帜、枪械多件，并陆续拿获匪目崔得沅、李金标等一并解省，分明[①]讯明惩办，一面悬赏勒缉曾帼漳务获，于上年九月间，先经具奏声请将出力人员择尤保奖，钦奉朱批着俟拿获首犯后，再行酌保等因。

其时臣光焘以匪首曾帼漳在逃未获，行踪诡秘，已先悬赏三千元，出示购拿通缉，并密委营务处候补道夏时济随处购线访拿。前江苏抚臣恩寿亦悬赏三千元，分别咨行探缉。该匪首经官军击败之后，巢穴既毁，悍党多就获伏诛，势本穷蹙，两江文武查拿严紧，无处避匿，即行潜窜上游。臣方在湖北巡抚任内，于上年冬间侦知曾帼漳上窜之信，饬派在任候补知府夏口抚民同知冯启钧选弁购线，带勇堵截，设法严拿，随由冯启钧拣派委员试用布库大使许振慈督率队伍、眼线，并派哨弁徐升、队长李和生等分路踩缉；又密委丁忧湖北试用知县徐之棨、陈毅协同访拿。本年三月间，冯启钧探悉曾帼漳在湖南宁乡县地方藏匿，密派线勇并分派各弁勇驰往，商同宁乡县督带勇役，合力围拿，于三月十三日夜擒获，解送湘省，由臣方派委试用知县许寿田、洪述祖，都司黎元洪等带勇乘轮，赴湘提解；一面电商臣光焘派委道员夏时济赴鄂会讯。该匪供认充当枭匪头目，开立天目山堂，放飘结党，僭设伪职不讳，业将讯明在鄂正法缘由电请军机处代奏，声明在事出力人员，遵旨择尤汇请奖励在案。

伏查曾帼漳为著名枭、会匪首，开堂放飘，悍党甚众，设有伪元帅、侯、伯等名目，抗拒官军，势甚猖獗。上年若非江省派队立时扑灭，翦除凶党，难免蔓延为患。该匪首消息灵捷，此拿彼窜，悬立重赏，通缉购拿，阅时几及一年，始就擒获，为长江弭一隐患。鄂省拿办员弁不分畛域，与江省在事各员，均属异常出力，谨缮单恭呈御览，合无仰恳天恩俯准照单分别给奖，以示

---

①“明”，当为“别”之误。

鼓励。

除饬取各员履历咨部并将最为出力之江苏试用道夏时济、湖北夏口厅同知冯启钧另片奏奖，暨守备以下应奖各弁另开清单咨部给奖外，谨合词恭折具陈。伏乞皇太后、皇上圣鉴训示。谨奏。光绪三十年六月二十日。

（朱批：）该部议奏，单并发。①

光绪三十年七月十五日，奉朱批：该部议奏，单并发。钦此。②

1766. 呈拿获枭匪首要出力各员清单

光绪三十年六月二十日（1904年8月1日）

谨将江、鄂两省拿获枭、会首要各匪先后在事出力文武各员请奖衔名，缮具清单，恭呈御览。

计开

知府衔分省补用直隶州知州王世绶，请免补本班，以知府分省补用，并赏加三品衔。

直隶州用江苏试用知州洪尔振、署江苏太仓州直隶州知州谢谦。以上二员，均请俟补直隶州后，以知府用，并加三品衔。

湖北试用布库大使许振慈，请免补本班，以通判归候补班仍留原省补用。

湖北试用知县徐之棨、陈毅，均请免补本班，以知州仍留原省补用。

湖北试用知县许寿田，请以知县归候补班前补用。

湖北试用知县洪述祖，请免补本班，以同知仍留原省补用。

提督衔记名遇缺简放总兵署江南福山镇总兵正任海门营副将丁华容，请交部从优议叙。

---

①台北故宫博物院藏：《军机及宫中档》，文献编号：408007393。

②台北故宫博物院藏：《军机及宫中档》，文献编号：162026。

花翎尽先补用副将纪步高，请以副将留于两江补用，并加总兵衔。

总兵衔留甘补用副将赵自新，请以总兵补用。

两江尽先补用都司徐宝山，请免补都司，以游击尽先补用，并赏戴花翎。

湖北候补都司黎元洪，请免补都司，以游击尽先补用。

江南拣发都司福山镇标内洋水师左营守备龚先耀，请免补都司，以游击仍留内洋水师尽先补用。

蓝翎四品衔原任浙江镇海营守备张有基、花翎四品衔江南内洋水师升用守备史建中。以上二员，均请免补守备，以都司尽先补用，并加游击衔。

尽先拔补千总黄凯臣，请免补千总，以守备尽先补用。

(朱批：) 览。①

1767. 请奖道员夏时济缘由片

光绪三十年六月二十日（1904年8月1日）

再，匪首曾幗漳立会结党，抗拒官军，黠猾凶顽，久稽显戮，经臣光焘密派营务处江苏试用道夏时济设法严拿。该道不动声色，联络沿江下游文武，随处购线侦缉，布置慎密。曾幗漳闻拿严紧，无处避匿，遂潜窜上游。现任湖北夏口厅同知冯启钧相机堵缉，不惜重资购线，密派干勇潜至湖南宁乡县境，协同在事各员乘机掩捕，始就弋获。夏时济才识优长，留心军事，自委办营务以来，周勘地势，筹画精详；察阅营伍，亦能力挽积习，劳怨不辞。现在防军炮台、操防均有起色，深得该道臂助之力。冯启钧办事精能，廉干素著，上年查办富有票匪及拿获要犯王四脚猪，均能应机敏捷，立擒大憝。此次不分畛域，越境擒渠，为长江隐弭巨患，

①台北故宫博物院藏：《军机及宫中档》，文献编号：162026-0-A。

尤属著有劳勚。

该二员均为近今难得之才，可否仰恳天恩俯准将江苏试用道夏时济仍以道员归候补班补用，并赏加二品顶戴；在任候补知府湖北夏口厅抚民同知冯启钧，请以知府交军机处记名简放，并赏加勇号，出自逾格鸿慈！除将履历咨部外，谨合词附片陈请。伏乞圣鉴训示。谨奏。

（朱批：）夏时济、冯启钧均着交军机处存记。①

光绪三十年七月十五日，奉朱批：夏时济、冯启钧均着交军机处存记。钦此。②

1768. 奏饬杨鸿度等各回本任片

光绪三十年六月二十日（1904 年 8 月 1 日）

再，署漕运督臣恩寿现已抵浦任事，所有护理漕运总督本任淮、扬、海道杨鸿度及护理淮、扬、海道淮安府里河同知徐肇濂，应行各回本任供职，以专责成。除檄饬遵照外，谨会同署理江苏巡抚臣端方、署理漕运督臣恩寿，附片具奏。伏乞圣鉴。谨奏。

（朱批：）知道了。③

光绪三十年七月十五日，奉朱批：知道了。钦此。④

1769. 请准主事恩华免扣资俸片

光绪三十年六月二十日（1904 年 8 月 1 日）

再，江南建设三江师范学堂，规模闳大，学务较繁，经臣延请吏部主事恩华为该堂提调，经理一切。查前次延请翰林院编修

---

①台北故宫博物院藏：《军机及宫中档》，文献编号：408007393-0-A。
②台北故宫博物院藏：《军机及宫中档》，文献编号：161999。
③台北故宫博物院藏：《军机及宫中档》，文献编号：408007394-0-A。
④台北故宫博物院藏：《军机及宫中档》，文献编号：162014。

方履中为该堂稽查，业经臣援案奏奉朱批允准免扣资俸在案。该主事恩华事同一律，合无仰恳天恩俯准吏部主事恩华照案免扣资俸，出自鸿慈！除咨部查照外，谨会同署江苏抚臣端方，附片陈请。伏乞圣鉴训示。谨奏。

（朱批：）着照所请，吏部知道。①

光绪三十年七月十五日，奉朱批：着照所请，吏部知道。钦此。②

1770. 奏为赏赐物品谢恩折

光绪三十年六月二十二日（1904年8月3日）

头品顶戴两江总督臣魏光焘跪奏，为叩谢天恩，仰祈圣鉴事。

窃本年六月二十日，臣衙门折弁回宁，赍到端午蒙恩赏石青实地纱一匹、蓝直径纱一匹、扇一柄。臣当即恭设香案，望阙叩头谢恩祗领。伏念臣猥以庸才，忝膺重寄，经纶未裕，方虞学制之讥；煦育渥承，敢忘奉扬之意！

兹值天中令节，重蒙日下恩施，叠雪含风，耀七襄于纂组；莹泉规月，妙百绮以匀圆。承筐颁物贡之珍，御炉香染；睿藻洒几余之翰，翠墨辉凝。咏叶宫衣，幸被光荣于夏午；赐同飞白，殊惭美德于唐臣！中锡祗邀，寅承倍切！臣惟有勤修衮职，永矢葵忱。戴爱日之舒长，益励精纯于表里；仰薰风之广布，欣看解阜于闾阎。

所有微臣感激下忱，理合具折，叩谢天恩。伏乞皇太后、皇上圣鉴。谨奏。光绪三十年六月二十二日。

（朱批：）知道了。③

---

①台北故宫博物院藏：《军机及宫中档》，文献编号：408007394-0-B。

②台北故宫博物院藏：《军机及宫中档》，文献编号：162015。

③台北故宫博物院藏：《军机及宫中档》，文献编号：408007395。

光绪三十年七月十六日，奉朱批：知道了。钦此。[①]

1771. 奏报金陵关一百六十八结征税折

光绪三十年六月二十四日（1904年8月5日）

头品顶戴南洋大臣两江总督臣魏光焘跪奏，为金陵关第一百六十八结期满经征税厘，缮具收支清单，恭折仰祈圣鉴事。

窃照江宁设关通商，业将一百六十七结以前收支数目开单奏报在案。兹据金陵关道徐树钧详称：自光绪二十八年五月二十六日起至八月二十九日止，系一百六十八结期满，所有征收各国商船及华商船只进出口正、半各税钞，并征收华、洋船洋药厘金暨照章提支倾镕、火耗及月需经费并拨解各项银两，分别开造册折，详请奏咨前来。

臣覆核无异，谨分缮清单，恭呈御览。除将原册咨送外务部、户部、户科查照外，理合会同署江苏巡抚臣端方，恭折具陈。伏乞皇太后、皇上圣鉴。谨奏。光绪三十年六月二十四日。

（朱批：）该部知道，单二件并发。[②]

光绪三十年七月十七日，奉朱批：该部知道，单二件并发。钦此。[③]

1772. 呈金陵关一百六十八结收税清单

光绪三十年六月二十四日（1904年8月5日）

谨将金陵关自光绪二十八年五月二十六日起至八月二十九日止一百六十八结期满经征各项税钞收支数目，分别缮具清单，恭呈御览。

---

①台北故宫博物院藏：《军机及宫中档》，文献编号：162038。

②台北故宫博物院藏：《军机及宫中档》，文献编号：408007396。

③中国第一历史档案馆藏：《录副奏折》，档号：03-6430-009。

计开

旧管：一、上结册报存正税银二万一千六百一两六钱一分九厘六毫二丝。

一、上结册报存应解部库土药税银三十八两八钱八分。

一、收回一百六十五结册报解江藩司汇解奉拨京城正阳门门楼工程银五千两。

一、收回一百六十五结册报解江藩司前款解费银八十两。

以上共存银二万六千七百二十两四钱九分九厘六毫二丝。

新收：一、收洋商船只进出口正税银九千九百九十两四钱。

一、收洋商船只复进口半税除存票抵完外，计银一千一百五十七两八厘。

一、收洋商船只洋药正税银四千一百二十二两。

一、收洋商船钞银一两六钱。

一、收华商船只进出口正税除存票抵完外，计银七千七百八十二两九钱三分二厘。

一、收华商船只复进口半税除存票抵完外，计银一千八百二十五两九钱五分八厘。

一、收华商船只洋药正税银二千二百七十四两。

一、收华商船只土药复进口税银二十两二钱八分。

一、收华商船钞银一两九钱。

一、收土货出内地子口税银六十七两五钱。

以上共收各项税银二万七千二百四十三两五钱七分八厘，内除存票取回现银十三两五钱，实收银二万七千二百三十两七分八厘。

开除：一、解江海关奉拨各国赔款银二万四千九百九十九两九钱九分一厘二毫。

一、解江海关奉提增收进口洋税凑作赔款银三百八十八两六钱二分九厘。

一、放金陵关税务司支取总税司七成船钞银二两四钱五分。

一、提外务部三成船钞银一两五分。

一、提存户部土药税银二十两二钱八分。

一、放留支减平倾耗银一百六十三两三钱五分九厘四毫六丝八忽。

一、放倾耗项下六分防费改付赔款银一百六十三两三钱五分九厘四毫六丝八忽。

一、放拨解各款汇费银二百二十九两九钱六分七厘八毫一丝七忽。

一、放光绪二十八年五月二十二日起八月二十一日止，三个月关卡月用薪粮等项经费银四千四百四两。

以上共放银三万三百七十三两八分六厘九毫五丝三忽。

实在：一、实存正税银二万三千五百三十八两六钱一分六毫六丝七忽。

以上银两，存备凑解各款之用。

一、存应解部库土药税银五十九两一钱六分。

以上银两积有成数，再行批解。理合登明。

(朱批：) 览。①

1773. 呈金陵关一百六十八结药厘收支清单

光绪三十年六月二十四日（1904年8月5日）

谨将金陵关自光绪二十八年五月二十六日起至八月二十九日止第一百六十八结期满并征洋药厘金收支数目，分别缮具清单，恭呈御览。

计开

旧管：一、上结册报存药厘银十二万五千二百四十二两七钱二分九厘五丝六忽。

①中国第一历史档案馆藏：《单》，档号：03-6430-010。

新收：一、收洋商船只进口洋药厘金银一万九百九十二两。

一、收华商船只进口洋药厘金银六千六十四两。

以上共收银一万七千五十六两。

开除：一、放留支减平倾耗银一百二两三钱三分六厘。

一、放倾耗项下六分防费改付赔款银一百二两三钱三分六厘。

一、放汇沪汇费银九钱二分一厘二丝四忽。

以上共放银二百五两五钱九分三厘二丝四忽。

一、存药厘银十四万二千九十三两一钱三分六厘三丝二忽。

以上银两须凑解赔款之用，理合登明。

（朱批：）览。①

1774. 奏报两淮各场麦收分数情形折

光绪三十年六月二十四日（1904年8月5日）

头品顶戴两江总督管理两淮盐政臣魏光焘跪奏，为恭报两淮各场麦收分数，仰祈圣鉴事。

窃盐属各场古熟地亩种植二麦约收分数，例应查明详奏。兹据署两淮盐运使恩铭详称：通州分司所属丰利等九场坐落通州、如皋、东台三州县境内，泰州分司所属富安等十一场坐落东台、兴化、盐城、阜宁四县境内，海州分司所属板浦等三场坐落海州、赣榆州县境内，均因上冬雨雪稀少，本年春雨过多，收成减色，通州阖属牵算，约计五分有余；泰州阖属牵算，约计五分有余；海州阖属牵算，约计收成不及六分等情。前来。

臣覆核无异，理合循例恭折奏报。伏祈皇太后、皇上圣鉴。谨奏。光绪三十年六月二十四日。

（朱批：）知道了。②

---

①中国第一历史档案馆藏：《单》，档号：03-6430-011。

②台北故宫博物院藏：《军机及宫中档》，文献编号：408007397。

光绪三十年七月十七日，奉朱批：知道了。钦此。①

1775. 奏报庆典恩赏核实散放情形折

光绪三十年六月二十四日（1904 年 8 月 5 日）

头品顶戴两江总督臣魏光焘、头品顶戴调署江苏巡抚湖北巡抚臣端方跪奏，为恭逢庆典，钦奉恩赏银两核实散放，恭折覆陈，仰祈圣鉴事。

窃光绪二十九年十月初五日奉上谕：朕钦奉慈禧端佑康颐昭豫庄诚寿恭钦献崇熙皇太后懿旨：明年七旬万寿，闿泽覃敷，其各省贫民赏银二万两，由藩库给发，以示嘉惠。钦此。朕祗奉德音，着各衙门钦遵办理等因。钦此。由部知照前来。臣等忭诵之余，莫名钦感！

窃维散财之典，前史特著美谈；锡类之仁，昭代频行懋赏。曩值六旬圣寿，群沾闿泽之弥纶；欣逢一例恩施，共读诏书而鼓舞！况深宫颁惠，皆撤悬减膳之所余；俾蔀屋腾欢，臻击壤歌衢之极盛。考之汉唐以来旧事，逊此鸿施！采诸欧美各国近闻，无兹德意。行见九垓，遍畅胪陈华祝之词；更期十载，重逢年上嵩呼之颂！

所有恩赏银两，臣等督同两藩司各就司库拨银一万两，饬属按照孤贫名数，均匀派发，不准假手吏胥，致滋弊窦，以期仰副圣慈加恩黎元之至意！谨合词恭折覆陈。伏祈皇太后、皇上圣鉴。谨奏。六月二十四日。

光绪三十年七月二十五日，奉朱批：户部知道。钦此。②

①中国第一历史档案馆藏：《录副奏折》，档号：03-6733-010。

②台北故宫博物院藏：《军机及宫中档》，文献编号：162235。

1776. 请以王德陞补南昌城守都司折

光绪三十年六月二十四日（1904年8月5日）

头品顶戴两江总督臣魏光焘跪奏，为拣员请补陆路都司员缺，恭折仰祈圣鉴事。

窃准部咨：江西南昌城守营都司系部推第一轮第二缺，应用卓异应升人员，行令迅即照章请补等因。又，兵部奏定章程：裁缺人员，酌量先尽补用，不入轮缺计算。伏查是缺都司驻扎江西省城，弹压、操防，最关紧要，非精明干练之员，不足以资整顿。经臣逐加遴选，查有裁缺江西文英营都司王德陞，年三十九岁，直隶宛平县人，由蓝翎侍卫行走期满，光绪二十一年正月二十一日经兵部拟选江西文英营都司员缺。二月十七日，带领引见，奉朱笔圈出：着照例准其补授。钦此。经部颁给札付祗领出京，于八月初三日到任。二十八年裁减制兵案内，将文英营都司裁汰，旋将任内经手事件办理完竣，回省听候差遣委用。

该员王德陞年强才裕，娴熟戎行，现在并无违碍事故，以之改补江西南昌城守营都司员缺，实堪胜任，照章不入轮缺班次计算，合无仰恳天恩俯准以裁缺文英营都司王德陞改补江西南昌城守营都司员缺，实于营伍、地方均有裨益。如蒙俞允，应请敕部颁给札付，以昭信守。

除将该员出身履历咨移部、科外，谨会同署理江西巡抚臣夏时，恭折具陈。伏乞皇太后、皇上圣鉴训示。谨奏。光绪三十年六月二十四日。

（朱批：）兵部议奏。[①]

光绪三十年七月十七日，奉朱批：兵部议奏。钦此。[②]

---

①台北故宫博物院藏：《军机及宫中档》，文献编号：408007398。

②中国第一历史档案馆藏：《录副奏折》，档号：03-5429-183。

1777. 奏报江南铜元局增置机厂等由折

光绪三十年六月二十四日（1904 年 8 月 5 日）

头品顶戴两江总督臣魏光焘跪奏，为江南铜元局增置机厂，改章整理，余利拨充兴学、练兵等用，恭折仰祈圣鉴事。

窃查江南前因制钱缺乏，于光绪二十八年经前督臣刘坤一奏明仿照福建、广东章程筹款，在江宁银元局开铸当十铜元，发市行销，以济民用，声明每铸本银一万两，能铸铜元一百四五十万枚，约可盈余银千两之谱。旋因行销尚畅，铸数无多，于上年正月间经前署督臣张之洞奏明添购新机，增建厂屋，扩充铸造，岁获盈余为三江师范学堂经费之用在案。

臣上年二月到任，其时三江师范学堂已择定基址，撙节估造，工费约需银十万两，常年学费银二十万两。又，臣上年夏间奏设练将学堂、练兵营房，购地建造，约地价、工费及开办用项共需银二十余万两，常年薪饷除抵支外，约需另筹拨银三万两，尚有陆师学堂、高等学堂、留学外洋各学生官费、新设农务局、官报局、农桑工艺局各经费，无不于铜元盈余项下取给。此外新政急待举行，亦在在需款，而铜元新机未到，新增厂屋亦未竣工，旧厂日铸铜元既少，且有代铸代销名目，盈余所入，不敷所用，当经督同司局妥定章程，核实整理，并催新机陆续运齐，厂屋加工赶造，现在新厂甫经装设开铸，连同旧厂每日约可出铜元一百万枚以外，照现时铜煤等项价值，估计每铸当十铜元一枚，约需成本制钱六文之谱。此本为救济钱荒、借裨公用而设。江南兴学、练兵，如以上各项岁需巨款，际此饷源奇绌，拨款浩繁，既乏正项可挪，事关新政，又难延缓不办，全赖铜元盈余以资挹注。

臣当督饬藩司、局员实心经理，所有盈余除提给修理机器、开支局用、奖励在事员司人等外，其余悉数归公，由司先行提还购置新机，添建厂屋暨以前借拨铸本各款，余即充作本省兴学、练兵各项新政一切公用，借资周转，理合会同署江苏巡抚臣端方，恭折具陈。伏乞皇太后、皇上圣鉴。谨奏。光绪三十年六月二十四日。

（朱批：）户部议奏。①

光绪三十年七月十七日，奉朱批：户部议奏。钦此。②

1778. 请准开复欧阳萼革职处分片

光绪三十年六月二十四日（1904年8月5日）

再，前办湖北长江埠仓兼隔蒲潭子店委员候选知县欧阳萼，于办理仓务时亏短课本，未缴银七千余两，经前督臣刘坤一奏奉暂行革职勒追在案。兹查欧阳萼于奏参后将短欠库平银七千余两陆续完缴清款。据湖北督销局详请照案开复原官前来。

相应请旨将候选知县欧阳萼前次革职处分准予开复。理合附片陈请。伏乞圣鉴训示。再，该革员系由本案开复，按照部行新章，毋庸呈缴捐复银两。合并陈明。谨奏。

（朱批：）着照所请，该部知道。③

光绪三十年七月十七日，奉朱批：着照所请，该部知道。钦此。④

1779. 奏闻徐传隆署理福山镇篆片

光绪三十年六月二十四日（1904年8月5日）

再，署江南福山镇总兵丁华容经臣委令统带老湘合字全军认真操练，所遗福山镇总兵篆务，查有奏留两江差委福建建宁镇总兵徐传隆，堪以署理，以期各专责成。除饬遵外，谨会同署江南

---

①台北故宫博物院藏：《军机及宫中档》，文献编号：408007399。

②中国第一历史档案馆藏：《录副奏折》，档号：03-6685-025。

③台北故宫博物院藏：《军机及宫中档》，文献编号：408007397。

④中国第一历史档案馆藏：《录副奏片》，档号：03-5429-187。

提督臣杨金龙，附片陈明。伏乞圣鉴。谨奏。

（朱批：）兵部知道。①

光绪三十年七月十七日，奉朱批：兵部知道。钦此。②

1780. 请将已故都司武永泰议恤片

光绪三十年六月二十四日（1904 年 8 月 5 日）

再，管带南洋兵轮选用都司武永泰，平日讲求缉务，办事认真。上年五月间，枭匪头目曾帼漳立会结党，私置船械，抗拒官军，经臣电调该轮护载弁勇，前往搜捕。武永泰熟习驾驶，奋勇协拿，匪船败溃，旋即昼夜梭巡，不遗余力，积劳致病，甫驶回防，遽于上年七月十五日在船病故，身后萧条，殊堪悯恻！今枭首曾帼漳业已获讯惩办，在事出力人员另行分别奏请给奖。该故管带曾经在事出力，亦未便没其劳勚。据署两淮运司恩铭、仪栈总办江苏候补道蒯光典详请奏恤前来。

臣核与请恤成案相符，合无仰恳天恩俯准将已故都司武永泰饬部照例议恤，以资观感。除饬取履历咨部外，理合附片陈请。伏乞圣鉴训示。谨奏。

（朱批：）着照所请，该部知道。③

光绪三十年七月十七日，奉朱批：着照所请，该部知道。钦此。④

①台北故宫博物院藏：《军机及宫中档》，文献编号：408007398-0-A。

②中国第一历史档案馆藏：《录副奏片》，档号：03-5967-037。

③台北故宫博物院藏：《军机及宫中档》，文献编号：408007398-0-B。

④中国第一历史档案馆藏：《录副奏片》，档号：03-5967-036。

1781. 奏报筹借商款济滇省铜本片

光绪三十年六月二十四日（1904 年 8 月 5 日）

再，准部咨：云南铜本关系紧要，请在湖北、江苏两省银元、铜元盈余项下各提银二十万两，拨作铜本解滇，奏奉谕旨行令遵办等因。当经饬司筹议。兹据江宁布政使黄建笎详称：江苏银元虽于光绪二十三年设局开办，旋因行销不畅，即经停铸，现仅于铜元局搭铸银元，勉销本省，为数无多，盈余有限，当时开办银元局，购买机器，建造厂屋，需款甚巨，均由司局借拨，至今尚未归还清款，犹于铜元盈余项下按年拨还银五万两，弥补前亏。此银元盈余无可提拨之实在情形也。

至铜元于光绪二十七年十二月间始行仿铸开办之初，每批提拨本银一万两，铸成铜元一百四五十万枚，可得盈余银千两之谱。截至二十九年止，共得盈余银二十万两有奇。此项盈余详奉奏明抵支三江师范学堂经费。二十九年以前所获盈余，拨抵师范学堂建造房屋、开办一切经费及铜元添购机器已不敷支。现在添置新厂开铸，加意整顿，所获盈余，少资挹注。如三江师范学堂常年经费，新设将弁学堂建造房屋等项，派赴各国游学生官费及新添招之营饷，一切高等学堂、官报局、学务处、商务局各经费暨筹办新政各项无定之款，皆取给于此。以入抵出，仍形竭蹶。今奉部指拨，于银元、铜元盈余项下提银二十万两，解作滇省铜本。窃思银元固无盈余可提，铜元虽有盈余，本省用项繁多，骤提巨款，亦有为难。惟滇省铜本关系甚重，不得不竭力勉筹，拟暂息借商款银十万两，解济要需，将来即于铜元盈余提拨抵还等情。详请具奏前来。

臣查江宁铸造银元，以前借拨成本尚未归清，实无盈余可提。其铜元现甫增厂开铸，认真整理，盈余虽较前稍增，用项亦复繁巨，业经另折奏明拨充本省兴学、练兵、新政各项一切公用，尚多不敷。所有奉拨前项铜本，应即责成该司无论何款，认筹银十万两，分年陆续拨解，以济要需，毋庸息借商款，致多折耗。谨附片陈明。伏乞圣鉴。谨奏。

（朱批：）户部知道。[①]

光绪三十年七月十七日，奉朱批：户部知道。钦此。[②]

1782. 请以承厚补授江阴知县折

光绪三十年七月初三日（1904年8月13日）

头品顶戴两江总督臣魏光焘、头品顶戴调署江苏巡抚湖北巡抚臣端方跪奏，为拣员请补要缺知县，恭折仰祈圣鉴事。

窃照江阴县知县刘有光于光绪二十九年十二月二十二日丁母忧开缺，归十二月分截缺。所遗江阴县知县系繁、疲、难兼三要缺，例应由外拣调。该县地处滨江，民俗强悍，现值防营林立，政务殷繁，必得精明干练之员，方足以资治理。臣等于通省现任知县内逐加遴选，非就现居要缺，即人地未宜。惟查有进士即用尽先知县承厚，年三十八岁，系江宁驻防满洲正蓝旗人，由廪生应光绪辛卯科江南乡试，中式举人；壬辰科会试，中式贡士；甲午殿试三甲，引见奉旨：以知县用。钦此。旋遵新海防例捐指江苏，归本班尽先补用，山东筹赈案内捐加同知衔，二十年八月二十五日到省，丁父忧，服满回省。二十七年三月，丁母忧。二十九年七月初八日，服满领咨回省，均奉部文准其起复在案。

臣端方到任未及三月，例不加考。臣光焘查该员才明诚裕，勤谨从公，以之请补江阴县要缺知县，人地实在相需，与例亦属符合。据苏州布政使效曾会同江宁布政使黄建笎、署江苏按察使朱之榛，详请具奏前来。

合无仰恳天恩俯念员缺紧要，准以进士即用尽先知县承厚补授江阴县知县，实于地方有裨。该员系即用尽先知县请补知县，

---

①台北故宫博物院藏：《军机及宫中档》，文献编号：408007399-0-A。

②中国第一历史档案馆藏：《录副奏片》，档号：03-6685-026。

衔缺相当，毋庸送部引见，亦毋须查造参罚。谨合词恭折具奏。伏祈皇太后、皇上圣鉴训示。谨奏。七月初三日。

光绪三十年七月二十七日，奉朱批：吏部议奏。钦此。[①]

1783. 请准金元烺调署江阴知县片

光绪三十年七月初三日（1904 年 8 月 13 日）

再，署江阴县知县郭曾程调署元和县，遗缺查有现署元和县正任宝山县知县金元烺，堪以调署。据苏藩司会同臬司具详前来。除饬遵照外，谨合词附片陈明。伏乞圣鉴。谨奏。

光绪三十年七月二十七日，奉朱批：吏部知道。钦此。[②]

【案】此奏片之具奏日期未确。查光绪三十年七月二十七日《随手档》[③]“朱批魏光焘、端方折”栏，即有此片。据同批折件，此奏片具奏时间当为“光绪三十年七月初三日”无疑。兹据校正。

1784. 请以秦锡镇补授海防同知折

光绪三十年七月初四日（1904 年 8 月 14 日）

头品顶戴两江总督臣魏光焘、头品顶戴调署江苏巡抚湖北巡抚臣端方跪奏，为拣员请补要缺同知，恭折仰祈圣鉴事。

窃照松江府海防同知刘元楷于光绪三十年正月二十五日病故开缺，归正月分截缺。所遗松江府海防同知系属繁要调缺，例应由外拣调。该同知驻扎上海，有管理华洋交涉事件，稽查海口出入船只，弹压闽、广游民之责，非勤明干练之员，不足以资治理。

---

①台北故宫博物院藏：《军机及宫中档》，文献编号：162291。

②台北故宫博物院藏：《军机及宫中档》，文献编号：162281。

③中国第一历史档案馆藏：《军机处随手登记档》，档案编号：03-0319-1-1230-203。

臣等于通省现任同知内逐加遴选，一时实无人地相宜、合例堪调之员。惟查有特旨发往补用同知秦锡镇，年三十七岁，山东乐安县人，由优廪生中式光绪癸巳恩科举人，遵例报捐内阁中书分缺先补用。二十八年二月补缺，旋经保送经济特科。二十九年闰五月十六日，赴保和殿考试，钦取二等，二十七日覆试一等。六月初十日，经礼部带领引见，奉旨：内阁中书秦锡镇着发往江苏，以同知补用。钦此。七月初二日给照。八月二十一日，在宁缴照到省。

臣端方到任未及三月，例不加考。臣魏光焘查该员才具明敏，办事实心，以之请补松江府海防同知要缺，洵堪胜任，与例亦符。据江苏布政使效曾会同江宁布政使黄建筦、署江苏按察使朱之榛，详请具奏前来。

合无仰恳天恩俯念员缺紧要，准以补用同知秦锡镇补授松江府海防同知，实于地方有裨。该员系同知请补同知，衔缺相当，毋庸送部引见，亦毋须查造参罚。谨合词恭折具陈。伏祈皇太后、皇上圣鉴训示。谨奏。七月初四日。

光绪三十年七月二十八日，奉朱批：吏部议奏。钦此。①

1785. 奏报总兵蒋良眷因病出缺等由折

光绪三十年七月二十日（1904年8月30日）

头品顶戴两江总督臣魏光焘跪奏，为总兵在籍出缺，请旨简放，以重职守，恭折驰陈，仰祈圣鉴事。

窃查江南狼山镇总兵蒋良眷前因患病请假回籍调治，经臣遴委提督李定明接署，附片奏明在案。兹于光绪三十年七月初十日

①台北故宫博物院藏：《军机及宫中档》，文献编号：162315。

准护理湖南抚臣张绍华[①]咨：据新宁县申报：正任狼山镇总兵蒋良眷因前在军营积劳成疾，回籍后病势加剧，医药罔效。于本年四月十六日出缺等因，前来。

臣查该总兵蒋良眷于咸丰七年投效军营，随同转战广西、湖南、湖北、江西、安徽等省，所向有功，洊保至记名简放提镇，赏换噶尔萨巴图鲁名号，历在江南管带防营，借补江宁城守副将。光绪二十七年十二月，奉上谕补授江南狼山镇总兵。到任以来，尚知整顿，兹因请假回籍调治，讵病势加剧，遂尔不起，轸惜实深！

所有江南狼山镇总兵员缺紧要，相应请旨迅赐简放，以重职守。谨会同署江南提督臣杨金龙，恭折由驿驰陈。伏乞皇太后、皇上圣鉴训示。谨奏。光绪三十年七月二十日。

（朱批：）另有旨。[②]

光绪三十年七月三十日，奉朱批：另有旨[❶]。钦此。[③]

❶【案】此案旋于是年七月三十日得旨，《光绪朝上谕档》载曰："光绪三十年七月三十日，内阁奉上谕：江南狼山镇总兵员缺，着候选道黄忠浩补授。钦此[④]。"

①张绍华（1836—1909），字小船、絅甫，号筱传，安徽桐城县人，出身附生。同治三年（1864），捐内阁中书。同年，中举。十三年（1874），中式进士，以主事发吏部学习。同年，充顺天乡试外帘官。光绪五年（1879），捐员外郎，再捐直隶道员。十一年（1885），以道员于直隶候补。十二年（1886），署理直隶大顺广道。十八年（1892），署理直隶通永道。十九年（1893），补授直隶通永道。二十年（1894），充筹抚局总办。二十二年（1896），升江西按察使。二十四年（1898），迁江宁布政使，调补江西布政使。二十六年（1900），护理江西巡抚。二十七年（1901），调补湖南布政使。三十年（1904），护理湖南巡抚。同年，调云南布政使，旋补山西布政使。宣统元年（1909），卒。

②台北故宫博物院藏：《军机及宫中档》，文献编号：408007401。

③台北故宫博物院藏：《军机及宫中档》，文献编号：162369。

④《光绪朝上谕档》，第30册，第156页。

1786. 奏为调署闽浙总督谢恩等由折

光绪三十年七月二十四日（1904年9月3日）

头品顶戴调署闽浙总督两江总督臣魏光焘跪奏，为恭谢天恩，吁请陛见，仰祈圣鉴事。

窃准电传光绪三十年七月二十二日钦奉上谕：魏光焘着调署闽浙总督，两江总督着李兴锐署理。钦此。当即恭设香案，望阙叩头谢恩讫。伏念臣才质疏庸，渥蒙宠眷，调任两江，兼充办理南洋通商事务大臣，一载有余，涓埃未报。兹复仰荷恩纶，调署闽浙总督，鸿慈叠被，俾历试以兼圻；驽钝滋惭，冀收功于十驾。

查闽浙为海疆东地，总督系兼管巡抚，如臣愚昧，深惧弗胜。忆自光绪二十六年，曾于西安行在获觐天颜，于今四载；上年调任两江，请旨陛见，未蒙俞允，犬马恋主之忱，积时既久，望阙弥殷！惟有吁恳天恩俯准入都陛见，俾遂瞻依，钦承圣训，庶几遵循有自，不至陨越贻讥。如蒙俞允，俟署任督臣李兴锐到宁，将两江总督及通商大臣事务交卸，遂即起程北上，无任瞻天悚悬之至！

所有微臣感激依恋下忱并吁请陛见缘由，理合缮折叩谢天恩。伏乞皇太后、皇上圣鉴训示。谨奏。七月二十四日。

光绪三十年八月初十日，奉朱批：毋庸来见。钦此。①

1787. 奏报江苏留防军需第三十一案折

光绪三十年七月二十五日（1904年9月4日）

头品顶戴两江总督臣魏光焘、署理江苏巡抚臣端方跪奏，为江苏留防军需第三十一案造册报销，恭折具陈，仰祈圣鉴事。

---

①台北故宫博物院藏：《军机及宫中档》，文献编号：162660。

窃照江苏省裁改留防、海防湘、淮马步、水师七十四营旗并哨队，分布扼扎，以备缓急。所有各该营旗应支粮饷正、杂各款，均照楚军营制及历届准销成案，分别核实支给，业将光绪二十七年分用款列为江苏留防第三十案造册报销，经臣专折会奏。所有光绪二十八年前项各营旗，均经分别奏明改名南洋、常备、续备、巡警等军，内除南洋，续备，淮军元字、镇字四营先因驻扎徐州，地多伏莽，于二十八年九月间始改为旗，各将前募足额哨弁勇夫二百六十六员名一律裁撤。正饷截至是月十六裁改前一日止，另给恩饷一月，以资遣散。其余各营、旗、哨、队并无增减，仍照案接支，遵照部章将增减款目列入季报清册，咨部查核各在案。

兹据金陵防营支应局兼办报销事务江宁布政使黄建筦等详称：自光绪二十八年正月起，截至是年十二月底止，支过正、杂各款，现经督同委员逐款清厘，综计旧管上届江苏留防第三十案报销，光绪二十七年年底止，实存银四万五千一百三十七两有奇；新收江苏藩、关、道库，两淮盐课、盐厘、厘金、茶税及淮部拨抵补盐货、厘金并借拨、收回各款，共计银二百三十四万二千四百六两有奇、钱十五万九千五百二千七百七十文，内登除拨解、筹备饷需及海防、铁路、堤工并金陵机器、制造、洋火药等局，外海水师船厂，江南陆师学堂等项经费，抚标练军津贴，江、京两防捷胜营练饷，洋操自强军协饷，湖北调宁护军饷项，共计银四十三万二千九百三十二两有奇；又附列专册请销两江督、提、镇标新兵各营薪费、津贴银一万九千六百八十一两有奇、钱十四万八千九百六千九百七十文，又附列专册请销沿江炮台专勇饷银十三万七千五百五十三两有奇，又附列专册请销湖北调宁护军各营轮船伙食、水脚并制办帐房、操架等项银四千六百二十四两有奇，又附列专册请销修造药库工料银二万三千四百十三两有奇，又附请专案奏销江苏留防水师各营修造船只等项工料银二万二千一百六十六两有奇，实计收用银一百七十四万七千一百七十一两有奇、钱一万五百九十五千八百文。开除正、杂各款，遵照部议酌定军需报销章程，各归各部核销。

计应归户部核销银一百五十万八千二百八十九两有奇、钱一万四百十五千八百文，兵部核销银一万一千二百六十六两有奇、钱一百八十千文，工部核销银十二万八千五百二十六两有奇。统共请销银一百六十四万八千八十二两有奇、钱一万五百九十五千八百文。实存银九万九千八十八两有奇，已于后案旧管项下接续造报等情。详请具奏前来。

臣等伏查此次江苏造报留防、海防水陆各军，遵照部咨开报花名清册，一切正、杂各款，概发湘平并扣一分平余，均系按照楚军营制及历届准销成案，实用实销，并无浮冒。

除饬将以后用款照章按年接报外，所有江苏留防军需第三十一案收支款目造册报销缘由，理合恭折具陈，并缮具清单，恭呈御览。伏乞皇太后、皇上圣鉴，敕部核覆施行。谨奏。光绪三十年七月二十五日。

（朱批：）该部知道，单并发。①

光绪三十年八月十一日，奉朱批：该部知道，单并发。钦此。②

1788. 呈江苏留防军需第三十一案清单

光绪三十年七月二十五日（1904年9月4日）

谨将江苏留防军需第三十一案收支正、杂各款，缮具清单，恭呈御览。

计开

旧管：一、上届江苏留防第三十案报销，截至光绪二十七年年底止，实存银四万五千一百三十七两一钱七分四厘三毫八丝六忽三微。

①台北故宫博物院藏：《军机及宫中档》，文献编号：408007273。

②台北故宫博物院藏：《军机及宫中档》，文献编号：162671。

新收：一、收苏州藩司共解老湘、新湘营饷项银七万二千两。

一、收苏州藩司共解苏省水陆各防营饷项银二十六万四千两。

一、收苏州藩司共解南洋常备左军饷项银十三万一百四十两。

一、收江宁藩司共解南洋常备左军饷项银十三万一百四十两。

一、收安徽藩司共解老湘、新湘营饷项银七万二千两。

一、收江西藩司共解老湘、新湘营饷项银七万五千两。

一、收江西藩司共解南洋海防经费抵作江苏新饷银四万二百二十一两一钱三分四厘。

一、收江南海关共解军饷银二十万四千两。

一、收江南海关共解教练改编等营饷项银十一万五千二百八十六两八钱九分八厘八毫。

一、收江南海关共解沪军等营饷项银三万二千七百四十六两四钱二分五毫。

一、收两淮运司共解督标亲兵营饷项银七万二千两。

一、收海州分司共解军饷银十六万一千八百两。

一、收江、湘、西等岸督销局并正阳、五河盐厘局共解盐厘银二十三万七百八十二两四钱一分二厘二毫一丝六毫九微。

一、收江西督销局划分一半盐斤加价拨济江南饷银二万九千九百两六钱四分。

一、收金陵厘捐局共解军饷银九万六千五百八十三两八钱五分九厘。

一、收皖南茶厘局共解军饷银十二万二千两。

一、收徐州府属湖田地租共解钱一万三千九百六十五千文。

一、收借拨湖南督销局解存原协甘饷银五万七千五百八十一两五钱七分四厘。

一、收河南粮盐道解部拨盐斤加价抵补光绪二十六年分淞沪货厘银五万两。

一、收广东藩司解部拨减平当税抵补光绪二十七年分淞沪货厘银六万两。

一、收广西梧州关监督解部拨新关洋税抵补光绪二十七年分淞沪货厘银二万八千两。

一、收安徽藩司解部拨减平当税抵补光绪二十七年苏皖盐货厘金银四万一千两。

一、收江宁筹饷劝捐局借拨银二十四万两。

一、收两淮盐斤加价借拨银十万两。

一、收江南盐巡道解还长江水师各营拨用洋火药价银一万二千二百十二两六钱七分九厘七毫二丝五忽九微。

一、收江南筹防局解还修造各项药库工料银一万六百一两九钱七分八厘六毫七丝四忽一微。

一、核收修造江苏留防水师各营船只钉铁变价银三百五十七两九钱一分四厘八毫九丝七忽二微。

一、核收本案制造扣存平余银五百三十九两四钱六分二厘七毫五丝四忽六微。

一、核收各营旗擦洗枪炮料物价值银四千一百七十八两三钱二分六厘七毫三丝九忽三微。

管、收两项共银二百四十九万八千二百十两四钱七分五厘六毫九丝四忽三微，内除银十一万六百六十六两五钱六分六厘三毫九丝九忽六微，申湘平银十一万四千六百八十三两七钱六分二厘七毫六丝，每湘平银七钱八分八厘合钱一千文，共合钱十四万五千五百三十七千七百七十文，归钱款入收计算外，实计管、收两项共银二百三十八万七千五百四十三两九钱九厘二毫九丝四忽七微。又新收并银款易钱共钱十五万九千五百二千七百七十文。

登除项下：一、拨解筹备饷需及海防经费银八万两。

一、拨解铁路经费银八千三百两。

一、拨解运河堤工经费应归堤工总局入收造报银四千五百两。

一、拨解金陵机器制造局经费应归该局入收造报银九千两。

一、拨解金陵制造洋火药局经费应归该局入收造报银四万九千二百二十八两九钱八分七厘七毫四丝四忽八微。

一、拨解外海水师船厂经费应归该厂入收造报银四万五千一百六十六两一钱一分七厘二毫三丝六忽二微。

一、拨解江南陆师学堂经费应归筹防案内入收汇报银四千八百二十四两八钱五分七厘六毫六丝六忽六微。

一、拨解抚标练军二营津贴应归苏州藩司入收造报银八百十八两六钱八分一厘八毫四丝八忽八微。

一、拨解江防捷胜营练饷应归江宁藩司入收汇报银三千两。

一、拨解洋操自强军饷项应归天津行营银钱所入收造报银二十一万四千六百九十两六钱七分五厘二毫八丝七忽。

一、拨解湖北调宁护军各营饷项应归湖北善后局入收造报银一万三千四百二两八钱七分五厘六毫一丝五忽一微。

一、附列专册请销两江督标、提标并淮扬、徐州、狼山、苏松、福山镇标新兵各营薪费、津贴等项银一万九千六百八十一两七钱五分二厘三毫八丝八忽二微，又钱十四万八千九百六千九百七十文。

一、附列专册请销沿江四路炮台设立专勇饷银十三万七千五百五十三两六钱四厘一毫六丝八忽六微。

一、附列专册请销湖北调宁护军各营轮船火食、水脚并制办、账房、体操、架具等项银四千六百二十四两八钱六分一厘七毫六丝九忽七微。

一、附列专册请销修造金陵存储洋火药库工料银二万二千四百十三两二钱二分一厘七丝四忽七微。

一、附列专册请销修造江苏留防水师各营船只工料等项银二万二千一百六十六两九钱四分五厘五毫三丝六忽。

以上登除并附列请销各款，共计银六十四万三百七十二两五钱八分三毫三丝五忽七微，又钱十四万八千九百六千九百七十文。

实计收用银一百七十四万七千一百七十一两三钱二分八厘九毫五丝九忽，又钱一万五百九十五千八百文。

开除：一、第一册请销南洋续备老乡合字等营、旗、哨薪粮等项，系归户部核销银九万六千一百四十九两四钱七分四厘九丝五微。

一、第二册请销南洋续备徐防马步各营、队薪粮等项，系归户部核销银五万六千五百十九两八分六厘七毫九丝四忽三微，又钱一万四百十五千八百文。

一、第三册请销南洋续备盛字等营、旗、哨薪粮等项，系归户部核销银九万五千一百六十五两二钱四分一厘七毫二丝五忽三微。

一、第四册请销南洋续备督标新胜并太湖巡警各水师营哨薪粮等项，系归户部核销银十八万三千九十五两五钱二分八厘三毫二丝一忽九微。

一、第五册请销江苏抚标续备水陆等营薪粮等项，系归户部核销银十二万七千五百四十八两四钱九厘三毫四丝九微。

一、第六册请销江苏抚标续备教练改编等营薪粮等项，系归户部核销银七万八千八百七十四两四钱五分七厘二毫三忽五微。

一、第七册请销南洋续备淮军马步、水师等营旗薪粮等项，系归户部核销银十七万七千三百五十九两八分五厘二毫六忽九微。

一、第八册请销南洋续备新湘奇兵等旗薪粮等项，系归户部核销银十万九千二百五十五两七钱一分七厘四毫五丝六忽三微。

一、第九册请销南洋续备南字并常备右军等营旗薪粮等项，系归户部核销银二十二万六千六百二十七两六钱二分四厘五毫七丝二忽。

一、第十册请销南洋、续备、护军等营、旗、哨薪粮等项，系归户部核销银十六万一千六十八两三钱一分九厘九毫八丝四忽五微。

一、第十一册请销南洋常备左军等营、旗薪粮等项，系归户部核销银十八万五千二百九十二两八钱六分八厘八毫六丝三微。

一、第十二册请销南洋随营办事、支应等差文武官弁薪粮等项，系归户部核销银七千九十九两六钱八分一厘五毫五丝九忽三微。

一、第十三册请销南洋营务处并随员差官、文武员弁薪粮等项，系归户部核销银四千二百三十四两二钱九分五厘八丝八忽二微。

一、第十四册请销南洋续备马步各营平船勇粮、马价、车价、夫工等项，系归兵部核销银八千一百二十五两六分三毫一丝七微。

一、第十五册请销南洋常备、续备、巡警等军病故哨弁、勇夫恤赏，系归兵部核销银三千一百四十两九钱八分二厘三毫四丝一忽，又钱一百八十千文。

一、第十六册请销制造、账房、军火、器械、工料、制换旗帜、号衣、油舱、船只经费等项，系归工部核销银十二万八千五百二十六两六钱一分三厘一毫七丝二忽三微。

以上第一册至第十六册止，共归户部核销银一百五十万八千二百八十九两七钱九分二毫三忽九微，又钱一万四百十五千八百文；兵部核销银一万一千二百六十六两四分二厘六毫五丝一忽七微，又钱一百八十千文；工部核销银十二万八千五百二十六两六钱一分三厘一毫七丝二忽三微。

统计十六册，共请销银一百六十四万八千八十二两四钱四分六厘二丝七忽九微，又钱一万五百九十五千八百文。

实在：存银九万九钱八十八两八钱八分二厘九毫三丝一忽一微。

查前项实存银两，已接支光绪二十九年正月起南洋常备、续备、巡警等军正、杂饷项及购制军火等用，归于后案滚接造报。理合登明。

一、欠发光绪二十八年分湘、淮陆军各营饷银二十一万二千二百四十三两五钱二分八厘。

（朱批：）览。①

①台北故宫博物院藏：《军机及宫中档》，文献编号：162671-0-A。

1789. 奏报两淮盐法变通试办情形折

光绪三十年七月二十五日（1904年9月4日）

头品顶戴两江总督管理两淮盐政臣魏光焘跪奏，为筹议两淮盐法量予变通试办情形，恭折覆陈，仰祈圣鉴事。

窃承准军机大臣字寄：光绪三十年三月初一日奉上谕：商部奏，据江苏在籍翰林院修撰张謇①条陈盐业公司办法，拟变通盐法，设厂造盐，一切煎法、运法、销法由公司禀请盐政立案等语。两淮盐课为帑项大宗，关系重要，着魏光焘督饬运司将所陈各节妥筹议奏等因。钦此。当经饬司筹议。兹据署两淮盐运使恩铭详称：两淮盐务为东南财赋第一大宗，举凡京、协要饷、新旧洋款取给于此者，不下七八百万之巨。当此财用匮竭，如果运销引数昔畅今滞，课厘收数昔多今少，自宜设法变通，以求增益。今考淮南鄂、湘、西、皖四岸，历年销数不过四十余万引，上年极力整顿，已销至五十余万引，淮北销数亦增，业据通纲票贩认加新引五万，似盐务方有通畅之机，并非窒塞之会。倘变改成法，未能确有把握，公家每年千百万固有之课厘加价设有短绌，从何筹补？

又，原奏修撰张謇条陈中有“盐业公司”字样，查该修撰于上年六月间价买通属吕四场商李通源垣产，但请改名同仁泰垣，并无公司字样。盐务场运，诸商各有花名，非有票不得为运商，非有垣不得为场商。向来各场垣产商人集股收盐，皆以垣为名，

①张謇（1853—1926），字季直，号啬庵，江苏南通人。同治八年（1869），取生员。光绪二年（1876），入吴长庆军幕。六年（1880），帮办山东防务。十一年（1885），中举。二十年（1894），中式进士第一名状元，授翰林院修撰。三十年（1904），加三品衔。宣统元年（1909），充江苏谘议局议长。三年（1911），任中央教育会会长、江苏两淮盐总理。民国元年（1912），任南京临时政府实业总长、北洋政府农商总长兼全国水利总长。三年（1914），兼全国水利局总裁。后辞官，从事实业。十五年（1926），卒于南通。著有《张季子九录》《张謇日记》《啬翁自订年谱》等存世。

张謇所办吕四一垣，应令循旧名为同仁泰垣，似无庸别立名目。

又，条陈内称设厂造田，仿日本制盐新法，灶丁聚处场中，难以偷漏，盐既无私枭于何有？无枭则防于何有？等语。查淮南上色场分产数，每多短绌，灶丁透漏接济私枭，全赖随时认真查缉，果能设厂聚煎，使私盐无从透漏，产数加增，亦属善法。无如海滨地广，处处有卤，人人可煎，似非设厂造田遂能尽绝私产。第吕四一场本只一垣，已由张謇承买，既因整顿额产，拟仿日本新法设厂造田，为聚煎之计，应由张謇自行试办，将来有无效验，再行考察。

惟条陈内所称煎法、运法、销法一切准公司酌量更易，禀请盐政立案一节。查两淮盐务以煎法、运法、销法三项尽之以煎法言，如张謇现拟设厂造田，即系更易煎法，但现办仅吕四一垣，则吕四一垣之煎法准其自行试办。若他场之煎法以及此外场、运各商运法、销法历有定章，事为众商所共，未便更易等情。详请具奏前来。

臣查两淮盐法，历经前贤殚精竭虑，著有成规。近年所收课厘加价等项，每岁约八九百万两，为江南大宗饷源。即鄂、湘、西、皖四省洋债赔款，亦均赖此凑济，原未可轻议更张。惟南盐现虽畅销，纲引尚多积滞，如果得人经理，因时变通，设法改良，试办一隅，无碍全局，似当尽穷变思通之义，以期补救。今该修撰张謇请办吕四一垣，设厂造煎，应令仍名同仁泰垣，暂就吕四一垣试办，不必牵及他场，亦毋庸别立公司名目。

除督饬运司随时考察稽核外，理合恭折覆陈。伏乞皇太后、皇上圣鉴训示。谨奏。光绪三十年七月二十五日。

（朱批：）着照所请，户部知道。[①]

光绪三十年八月十一日，奉朱批：着照所请，户部知道。

---

①台北故宫博物院藏：《军机及宫中档》，文献编号：408007400。

钦此。[1]

1790. 请以陈凯借补佃湖营都司折

光绪三十年七月二十五日（1904 年 9 月 4 日）

头品顶戴两江总督臣魏光焘跪奏，为拣员请补陆路都司员缺，恭折仰祈圣鉴事。

窃淮扬镇标佃湖营都司武定国病故，遗缺接准部咨系陆路题补第一轮第五缺，应用尽先人员，行令迅即拣选请补等因。臣查是缺都司驻扎安东县佃湖集地方，原系河标部推之缺，自改隶淮扬镇标以后，汛地较前增广，地方尤为紧要，经前署督臣鹿传霖奏准嗣后出缺，改为由外题补在案。兹选得花翎副将衔尽先补用游击陈凯，年五十六岁，江苏清河县人，由武童于同治二年投营，历次打仗出力，荐保以游击留于两江尽先补用，加副将衔。嗣于光绪二十八年八月内到标候补，造具履历，咨准部复注册，归班序补，各在案。

该员娴熟营伍，饶有胆识，现在管带铭字马队后营，驻防徐州，并分防铜、邳、睢各州县境，保护教堂，巡缉地方，颇称得力，以之请补是缺都司，核与借补定章限制尚属相符。合无仰恳天恩俯准以花翎副将衔尽先补用游击陈凯借补淮扬镇标佃湖营都司员缺。惟该员原籍距缺系五百里以内，如蒙俞允，俟部覆至日，再行拣员调补，以符例案。

除将履历、印结咨部查核外，谨会同署漕运督臣恩寿，恭折具奏。伏乞皇太后、皇上圣鉴训示。谨奏。光绪三十年七月二十五日。

（朱批：）兵部议奏。[2]

---

①台北故宫博物院藏：《军机及宫中档》，文献编号：162663。

②台北故宫博物院藏：《军机及宫中档》，文献编号：408007400-1。

光绪三十年八月十一日，奉朱批：兵部议奏。钦此。①

1791. 奏请实授邢可录等都司缘由片

光绪三十年七月二十五日（1904年9月4日）

再，长江水师三江营左哨都司员缺，请以该营前哨守备邢可录升补；三江营右哨都司员缺，请以华阳营前哨守备赵金实升补；江阴营右哨都司员缺，请以芜湖营前哨守备王诗访升补，当经臣等恭折具奏在案。嗣准兵部议复，先行颁给署札，令其承领赴任，应俟历俸已满一年，再由该督奏请换给实授札付等因。前来。当将该员等都司署札分别给领去后。

伏查邢可录前补三江营守备系于光绪二十八年六月二十五日接授札付，赵金实前补华阳营守备系于二十八年九月十五日接授札付，王诗访前补芜湖营守备系于二十九年四月二十三日接授札付，现在均经历俸已满一年，应请敕部查照原奏请升都司各缺，换给实授札付，以昭信守。谨会同长江提督臣程文炳，合词附片具陈。伏乞圣鉴训示。谨奏。

（朱批：）兵部知道。②

光绪三十年八月十一日，奉朱批：兵部知道。钦此。③

1792. 请将游击朱启咏即行革职片

光绪三十年七月二十五日（1904年9月4日）

再，据署狼山镇总兵李定明禀称：该标中军游击朱启咏在任两年，声名平常，管带练兵及添募新兵，点验数不相符，营务毫不得力，据实禀揭，前来。臣查朱启咏营务废弛，不洽人言，未

①台北故宫博物院藏：《军机及宫中档》，文献编号：162670。

②台北故宫博物院藏：《军机及宫中档》，文献编号：408007400-0-A。

③台北故宫博物院藏：《军机及宫中档》，文献编号：162679。

便姑容。除先批饬撤任另行遴员接署外，相应请旨将狼山镇标中营游击朱启咏即行革职，以肃营伍。

谨会同署江南提臣杨金龙，附片具陈。伏乞圣鉴训示。再，所遗员缺江省现有合例应补人员，应请扣留容臣另行拣员请补。合并陈明。谨奏。

（朱批：）着照所请，兵部知道。[①]

光绪三十年八月十一日，奉朱批：着照所请，兵部知道。钦此。[②]

1793. 奏参贪劣不职各员请革片

光绪三十年七月二十五日（1904年9月4日）

再，淮北收发局有经手课款收发事宜，责任綦重。该局总办候补运判金耀忠，身为表率，乃竟不自振作，首先纠赌局中，银钱与商贩私相授受。又，委员候补大使梁庆和，职司收支洋元，抬价克扣。又，候补盐巡检李保昌，终日聚赌，耗费误公；经验盐色，复有高下其手之弊。似此贪劣不职之员，未便稍事姑容。据运司揭参前来。

相应请旨将两淮候补运判金耀忠、候补大使梁庆和、候补盐巡检李保昌等三员即行革职，以肃官方而资整饬。理合附片陈请。伏乞圣鉴训示。谨奏。

（朱批：）着照所请，该部知道。[③]

光绪三十年八月十一日，奉朱批：着照所请，该部知道。钦此。[④]

---

①台北故宫博物院藏：《军机及宫中档》，文献编号：408007400-0-B。

②台北故宫博物院藏：《军机及宫中档》，文献编号：162673。

③台北故宫博物院藏：《军机及宫中档》，文献编号：408007273-0-A。

④台北故宫博物院藏：《军机及宫中档》，文献编号：162666。

1794. 奏报接开淮北甲辰纲日期片

光绪三十年七月二十五日（1904年9月4日）

再，淮北癸卯纲票盐前经奏明仍照正额办运二十九万六千九百八十二引，于光绪二十九年九月十一日开办是纲引盐，经运司等督同各员将运售事宜次第整理，实力疏销。兹截至光绪三十年六月初十日，一纲售竣，核计十个月定限，提前一月，为向来所罕有，淮北盐务甚有起色，即于本年六月十一日接开甲辰新纲。据署两淮盐运使恩铭详请具奏前来。

臣覆核无异，除饬将甲辰纲票盐正额连同新加之五万引一律运售，并将癸卯纲所收课厘赶紧造报外，所有接开淮北甲辰纲日期，理合附片奏明。伏乞圣鉴，敕部查核施行。谨奏。

（朱批：）户部知道。①

光绪三十年八月十一日，奉朱批：户部知道。钦此。②

1795. 请开复彭长庆原处分缘由片

光绪三十年七月二十五日（1904年9月4日）

再，前办湖北小河溪子店委员两淮候补盐知事彭长庆，欠解盐价银六千三百余两，延不缴解，经臣奏参革职，钦奉朱批着照所请，恭录转行钦遵在案。兹据湖北督销局详：该革员于奏参后，将欠解银六千三百余两陆续扫解清款，请照案开复前来。相应请旨将两淮候补盐知事彭长庆前次革职处分准予开复。理合附片陈请。伏乞圣鉴训示。

再，查部行新章，该革员系于本案内开复原官，毋庸呈缴捐复银两。合并陈明。谨奏。

---

①台北故宫博物院藏：《军机及宫中档》，文献编号：408007273-0-B。

②台北故宫博物院藏：《军机及宫中档》，文献编号：162664。

（朱批：）着照所请，该部知道。[1]

光绪三十年八月十一日，奉朱批：着照所请，该部知道。钦此。[2]

1796. 奏报现办江省学堂大概情形折

光绪三十年七月二十七日（1904 年 9 月 6 日）

头品顶戴两江总督臣魏光焘跪奏，为现办江宁省城并各府、厅、州、县学堂大概情形，恭折具陈，仰祈圣鉴事。

窃近年屡奉上谕举办学堂，久经遵旨叠次通行在案。惟事当创始，既无一定指筹之款项，又无试办合法之人才，审慎经时，迄难猝举。论江南风气，不后于他省。当臣莅任之始，除水师、陆师二学堂久经开办外，其余或陈奏甫有规模，或建立尚无基础。期年以来，臣以事关重要，将省城各学随时推广，增设外府各学，一再札饬严催。本年又准学务大臣颁到奏定各学新章，各处亦仰见朝廷锐意兴学，递减科举，势在必行，近来具报开学者逐渐增多。通查现在已办各处，计省城高等专门学堂凡七所，曰三江师范学堂，曰高等学堂，曰农工实业学堂，曰水师学堂，曰陆师学堂，曰将备学堂，曰江宁师范学堂。各府、厅、州、县中小蒙、养学堂凡九十一所，内江宁、徐州、扬州、海州等处中学堂四所，宁、淮、扬、徐、海、通所辖各属小学堂二十四所，蒙学堂六十三所，又通州民立师范学堂一所。统计省城及各府属学堂凡九十九所，三江师范学堂在全省中规模最大。

上年正月，由前署督臣张之洞奏办，原定招考江苏、江西、安徽三省学生九百人，学成充各处中小学堂教员之用。臣接任后，斟酌缓急，奏明将学生全数九百人略予变通，分作三班，次第招入。此外，悉照原奏举办，延请日本教习十一人，考选举、贡、

---

①台北故宫博物院藏：《军机及宫中档》，文献编号：408007273-0-C。

②台北故宫博物院藏：《军机及宫中档》，文献编号：162665。

廪、增出身之中教习，甲班四十人，乙班三十人，第一年暂借公所地方为练习教员之所，令东教习就华教习学中国语文，华教习就东教习学日本语文及教育、博物、卫生、物理、化学、图画、手工、理财等学，商订课程，彼此互换知识。计自上年闰五月开学起至本年六月暑假止，练习一年期满，各教员尚能恪遵规则，核实讲求。试验后，计留堂之中教习五十六人，照奏定优级师范学堂章程，分别派为正教员、副教员、助教员，即以为师范各生之教习，专授中国经史、文学、舆地、算学、体操等学。现在学堂工程已竣，除先令各教员移入外，拟秋后考取三省学生三百人入堂，为第一次应招人数，分习一年速成科，二年速成科，三年本科，学成陆续派充各州县小学堂教习。至第四年，即添置高等师范本科，以备各处中学教习之选，盖中小学堂之学生程度日以加深，则师范学堂之教员养成亦刻不容辍。此学堂实为三省中小学堂命脉所关，固不能不加意经营也。

高等学堂于光绪二十八年由前督臣刘坤一奏办，原议宽筹款项，广育人才，并择地建造新堂，务求合格。嗣以经费未能多筹，一切办法去高等学堂规程尚远。臣维目前中学堂未兴，本无应入此种学堂学生。现招学生，只能暂习中学课程，为高等学生之豫备。姑就现在而论，原可作为试办，徐议改良，将来仍依原奏另辟新堂，查照新章，以能容五百人为率，庶下以慰专门进业之请求，上以备大学分科之拔选，容臣体察情形，随时酌量增改农、工实业学堂，遵照《奏定学堂章程·学务纲要》第六条各省宜速设立实业学堂，当即就旧有格致书院，改设格致学，日本谓之理科，格致主明理，实业主致用。京师大学已立格致分科，外省生徒习此门者，似可从高等学堂第二类学科致力，此时暂可不另立专门。惟实业为地方财产发达之根，亟须试办，以开风气。现查商部奏设之实业学堂课程，拟从高等。臣以江南改设事系创办，不能不略有变通，大致悉遵照奏定中等实业学堂功课肄习，以旧时格致学生曾习矿学，故定为农、工、商、矿四科，先事研求，俟后再议分设专堂。农科非有试验广场，不足以资实习。附近省城元武湖广袤，几及十里，于种植、畜牧等学均便试验，将来亦拟分门，即在元武湖附近创设办理。

又，考工莫要于实习，现设劝业机器工艺局一所，仿造外国木质机器，讲求色染、陶磁、丝织等项，于该局内设艺徒学堂，招聪颖子弟就学，其意参仿日本徒弟学校之制，课程规则遵奏定艺徒学堂章程，货则随时发售，工则备艺徒就资练习，以求实验。水师、陆师二学堂开办最早，久经陈奏，历年按章照办。惟外国学堂凡习武备者，皆须先习普通。臣上年在陆师学堂内添设普通学科，令有志习陆师者，先行肄业，为陆师生徒之预备，大略仿照日本成城学校之法办理。

将备学堂上年甫议设立，臣于整顿防营折内业经陈明。卷查光绪二十五年前督臣刘坤一奏设练将学堂，甫经开办，为浮议所夺。嗣后叠准部催，辄因费绌而止。臣因见各防营所派陆师学堂毕业学生，往往情意隔阂，不尽其用。细求其故，近年南洋选派学生游学日本，由成城学校入士官学校毕业者颇多。又屡次派员阅看日本行军大操，耳目一新，视陆师学堂之专习德操有趋向各别之势，因饬仿日本士官学校章程，设立学堂，定为武备速成科，所有学生皆从各防营内挑选，定额二百四十名，分将弁、兵目两级，并分马、步、炮、工、辎重等门，雇用日本教习二员，于上年冬间开学，用士官学校毕业生为助教。其功课为军制、地形、测绘、战术、兵器、筑城、算学、东文、马学、卫生、兵棋、野外要务及马、步、炮、工各种操典，将来学成，发还各原营，分别高下，派充弁目，冀收因势利导之效。复于堂内设战术研究会，取各营现有营哨官，讲求实习，暂假昭忠祠为学舍，另饬司道建造新学堂，约本年八月内落成；复于学堂之南建造洋式兵房四座，调拨常备右军一二营，附属驻扎，为学生实习之地。此项学生曾历戎行，与陆师学堂学生之招自民间者有别。臣正拟改定军制，此项学生毕业，致用即在目前，不得不认真整理，与陆师学堂分别并重。

江宁师范学堂于光绪二十八年开办，选文理明通、人品端正者，授以中文、日本文、测算、绘图等学。今年六月已考取头班学生十四名，毕业使为宁属各府州县学堂教习。该堂课程一切尚属妥协。至各属中小蒙、养等学，现虽禀报开办地方较多，但以经费有限，师范无人，大半未能合法。惟通州、泰兴两处最为认真，所拟章程亦尚妥善；民立各学，则通州绅士所立师范学暨高等、寻常小学，所陈办法亦具有秩序。而省城思益小学尤为后起，铮铮、谦益、养正、幼幼等蒙学，办理亦有头绪，叠由官司补助经费，以示奖励。盖风气初开，固不能不择一二稍能合法者，以提倡之也。

查日本文部省及外府县皆有视学官数员，随在行视，以检察学校中之一切不如法者，拟俟各属一律申报办齐后，酌派深通教育之员，分赴各属调查一次，由省随纠错谬，酌补款项，彼时三江师范速成生应已卒业，即派往各属充当教员。如此整顿，久之或可渐得条理。惟各府、直隶州等处此时中学堂所取学生只能从事小学功课，即有稍明科学、天资明敏者，亦只宜酌减小学年限，作为中学豫备生，万无由府考取学生不问程度例习中学之理，应由臣通饬遵办。

要之，中国此时欲图自强，则凡各级学堂皆须同时并举，不学专门，不足以抵制外洋之人才；不学普通，无以培植专科之根柢。师范为全国读书之种子，实业又百姓生计之本原。今幸值京师学务处甫经奏定各有专章，惟有按照各级课程，就已办者再加讲求，未办者限令设立，以期仰副朝廷兴学育才之至意。

所有江宁省城并外属现办学堂大概情形，谨缮折具陈。伏乞皇太后、皇上圣鉴。谨奏。光绪三十年七月二十七日。

（朱批：）学务大臣知道。[①]

光绪三十年八月十一日，奉朱批：学务大臣知道。钦此。[②]

①台北故宫博物院藏：《军机及宫中档》，文献编号：408007402。

②台北故宫博物院藏：《军机及宫中档》，文献编号：162687。

1797. 奏报二十九年徐州仓钱粮奏销折

光绪三十年七月二十七日（1904 年 9 月 6 日）

头品顶戴两江总督臣魏光焘跪奏，为光绪二十九年徐州仓钱粮奏销，改题为奏，恭折仰祈圣鉴事。

窃据江安督粮道胡延详称：应造徐州仓奏销册籍，自同治十年起至光绪二十八年止，均经详题在案。兹查光绪二十九年奏销例限已届，应即遵照办理，催据各属陆续造册送道，并准江宁藩司将灾、熟各数核明开送前来。复经逐一确核，徐州府属铜山县、萧县、沛县、砀山县、丰县及徐州卫，光绪二十九年分额征徐州仓正银三万一千三百五十五两五钱二分六厘，内除前徐海道高梯捐施义冢豁除银三分二厘，又前徐州道谭钧培等捐置义冢豁除银三钱四分七厘，仍实征正银三万一千三百五十五两一钱四分七厘，随征加一耗羡银三千一百三十五两五钱五分四厘，内除捐置义冢先后豁除银三分八厘外，仍该耗银三千一百三十五两五钱一分六厘，二共银三万四千四百九十两六钱六分三厘。

今催据各属已完解道正、耗银一万九千四百四十八两四钱三分，灾缓正、耗银一万四千五百七十两八钱二分五厘，仍有砀山县、丰县未完熟田正、耗银四百七十一两四钱八厘。除严催赶紧完解再行分晰造报外，理合循例造具督催，经催，经征，接征正、署各官职名，接卸日期，考成分数四柱总、散各册，详请分别题咨等情。前来。

臣覆核无异，所有光绪二十九年徐州仓钱粮简明总数，缮具清单，恭呈御览。除将各册咨送部、科外，谨会同署漕运督臣恩寿、署江苏抚臣端方，恭折具奏。伏乞皇太后、皇上圣鉴，敕部核覆施行。再，此案遵照户部通行新章，改题为奏。合并陈明。谨奏。光绪三十年七月二十七日。

(朱批:)户部知道,单并发。[1]

光绪三十年八月十一日,奉朱批:户部知道,单并发。钦此。[2]

1798. 呈二十九年徐州仓钱粮总数清单

光绪三十年七月二十七日(1904年9月6日)

谨将光绪二十九年分徐州仓钱粮简明总数,缮具清单,恭呈御览。

计开

徐州仓项下,光绪二十九年分

额催徐州仓一万五千二百六石五斗一升七勺,每石五钱,折银七千六百三两二钱五分六厘。

额催徐州仓豆四千二十八石一斗九升六合二勺,每石七钱五分,折银三千二十一两一钱四分七厘。

额催徐州仓折色并课程银二万七百三十一两一钱二分三厘。

以上共徐州仓正银三万一千三百五十五两五钱二分六厘,内除前徐海道高梯捐施义冢豁除银三分二厘,又前徐州道谭钧培等捐置义冢豁除银三钱四分七厘外,仍该银三万一千三百五十五两一钱四分七厘,内已完并据通州、丰县解道银一万七千六百八十两三钱九分,灾缓银一万三千二百四十六两二钱四厘,未完熟田银四百二十八两五钱五分三厘。

额催加一耗羡银三千一百三十五两五钱五分四厘,内除捐置义冢先后豁除银三分八厘外,仍该银三千一百三十五两五钱一分六厘,内已完并据通州、丰县解道银一千七百六十八两四分,灾缓银一千三百二十四两六钱二分一厘,未完熟田银四十二两八钱五分五厘。

---

①台北故宫博物院藏:《军机及宫中档》,文献编号:408007404。

②台北故宫博物院藏:《军机及宫中档》,文献编号:162699。

以十分计算，共应督催熟田正、耗银一万九千九百一十九两八钱三分八厘，内已完银一万九千四百四十八两四钱三分，未完银四百七十一两四钱八厘。

经督催江安督粮道胡延自光绪二十九年正月初一日起至十二月底止，计一年，已完九分七厘六毫，未完二厘四毫。

查江省各属光绪二十九年分秋禾被旱、被淹并抛荒田地应征新旧钱粮分别蠲缓一案，所有铜山、丰县、沛县、萧县、砀山等州厅县同归并徐州卫坐落各县境内应征光绪二十九年地丁等项钱粮，概请缓至光绪三十年秋成后，分作二年带征等因。迭经藩司查明，详请复奏并咨部查照，各在案。理合登明。

（朱批：）览。①

1799. 奏销水师标营修造战船经费片

光绪三十年七月二十七日（1904年9月6日）

再，江苏改设外海、内洋、里河经制水师标营，修造战船经费，截至光绪二十七年十二月底止所有收支各款，按照长江水师修船成案，列为第十四案报销，分晰造册奏销在案。兹据江苏防营报销处江宁布政使黄建筦等详称：各营修造船只用过工料银两，照案核实支给。饬据船厂委员造报，自光绪二十八年正月起，截至是年十二月底止，旧管实存银一万九千五百三十三两有奇，新收金陵防营支应局拨解经费及修钉船只拆出钉铁变价等项共银四万五千四百五十八两有奇，登除拨解江宁藩库充饷银二百八十九两有奇，开除修钉船只、钉造炮架、修理厂棚、油舱经费、口粮、薪费等项，共请销银四万五千七百十四两有奇，均系按照准销成案核实支给，并无浮冒。实存银一万八千九百八十七两有奇，为购备料物等用，归于下届滚接造报等情。具详请奏前来。

①台北故宫博物院藏：《军机及宫中档》，文献编号：162699-0-A。

臣覆核无异，除将清册咨送户部、工部外，谨会同署江苏抚臣端方，附片具陈。伏乞圣鉴，敕部核销施行。谨奏。

（朱批：）该部知道。①

光绪三十年八月十一日，奉朱批：该部知道。钦此。②

1800. 核销水师修造战船工料银两片

光绪三十年七月二十七日（1904年9月6日）

再，江苏省留防水师各营修造船只动用经费，业经截至光绪二十七年十二月底止，汇入江苏留防第三十案内奏销在案。兹据船厂委员将二十八年分修造留防水师勇营船只等项用过工料银数分别开报，由江苏防营支应报销处核明造册，归入江苏留防第三十一案内专案详请附奏请销前来。

臣覆加查核，共请销银二万二千一百六十六两有奇，均系按照长江水师船工准销成案，核实支给，并无浮冒。除将清册分别咨送户部、工部核销外，谨会同署江苏抚臣端方，附片陈明。伏乞圣鉴，饬部查照施行。谨奏。

（朱批：）该部知道。③

光绪三十年八月十一日，奉朱批：该部知道。钦此。④

1801. 奏报筹款拨济直隶四川赈灾片

光绪三十年七月二十七日（1904年9月6日）

再，直隶省自入伏以来，霪雨为灾，永定河南四等工决口，北岸又相继冲决，并千里堤等工同时漫溢，亿万生灵，惨罹浩劫！

---

①台北故宫博物院藏：《军机及宫中档》，文献编号：408007404-0-A。

②台北故宫博物院藏：《军机及宫中档》，文献编号：162667。

③台北故宫博物院藏：《军机及宫中档》，文献编号：408007404-0-B。

④台北故宫博物院藏：《军机及宫中档》，文献编号：162668。

又，四川省夔州、绥定、顺庆、保宁、潼川等五府全属大旱，重庆、叙州、资州、忠州、泸州等五府州，轻重不等。秋成失望，饥嗷骤起。臣等接准直隶督臣袁世凯、署四川督臣锡良先后电请迅拨巨款济赈，随后饬属劝捐归款等因。伏查近畿重地遘此大灾，川省夔州等属旱魃为虐，鸿嗷遍野。江苏省虽库藏奇绌，不得不于无可设法之中勉力筹济。

臣等往返筹商，于江宁藩库筹银二万五千两，苏州藩库筹银一万五千两，合四万两，汇解直隶；又于江宁、苏州两藩库各筹银一万两，合二万两，汇解四川，借济急需。

除饬宁、苏两藩司赶紧汇解，一面通饬各属竭力劝捐外，谨合词附片陈明。伏乞圣鉴。谨奏。

（朱批：）户部知道。[①]

光绪三十年八月十一日，奉朱批：户部知道。钦此。[②]

1802. 奏报二十九年徐州仓奏销钱粮折

光绪三十年七月二十七日（1904 年 9 月 6 日）

头品顶戴两江总督臣魏光焘跪奏，为光绪二十九年分徐州仓奏销钱粮，随奏册籍改题为奏，恭折仰祈圣鉴事。

窃据江安粮道胡延详称：今届光绪二十九年分江省仓项奏销，所有徐州仓项下自同治十一年起至光绪二十八年止奏销，随奏原报共未完灾缓熟田银二十一万一千五百九十两九钱九分五厘，内续完解道造入光绪二十九年分奏销四柱册内归结银七百二十三两六钱八分一厘，实未完银二十一万八百六十七两三钱一分四厘，内系因灾递缓缓征银二十万九千三百七十八两三钱八分四厘，存属未解银八十二两一钱，仍未完银一千四百六两八钱三分，系熟田之项。共未完灾缓熟田加一耗羡银二万一千一百五十九两四钱

①台北故宫博物院藏：《军机及宫中档》，文献编号：408007404-0-C。
②台北故宫博物院藏：《军机及宫中档》，文献编号：162669。

四分二厘，内续完解道应入光绪二十九年分漕仓耗羡奏销案内汇报归结银七十二两三钱六分八厘，实未完银二万一千八十七两七分四厘，内系因灾递缓缓征银二万九百三十七两八钱五分二厘，存属未解银八两五钱四分，仍未完银一百四十两六钱八分二厘，系熟田之项。查未完熟田及存属未解正、耗银两，现已分别严催完解另报。其未完灾熟原缓、递缓银两，业于光绪二十九年分秋灾情形案内奏明分别缓征准部咨覆在案。理合造具随奏清册，详候题咨等情。前来。

臣覆核无异，除将各册分送部、科查核外，谨会同署漕运督臣恩寿、署江苏抚臣端方，恭折具奏。伏乞皇太后、皇上圣鉴，敕部核覆施行。再，此案遵照户部通行新章，改题为奏。合并陈明。谨奏。光绪三十年七月二十七日。

（朱批：）户部知道。①

光绪三十年八月十二日，奉朱批：户部知道。钦此。②

1803. 奏报考试候补知府刘艺等员片

光绪三十年七月二十七日（1904年9月6日）

再，部定新章：凡由俊秀、监生出身各员，无论试用、候补，均应一体考试等因。历经循办在案。兹经臣考试得试用知府刘艺，候补知县韩宗潮，分缺先补用知县邓远长，试用知县陶莹、于荫先、王云章，均取列二等，以上各员应准照章补署差委。除咨部查照外，谨会同署江苏巡抚臣端方，附片陈明。伏乞圣鉴。谨奏。

（朱批：）吏部知道。③

光绪三十年八月十二日，奉朱批：吏部知道。钦此。④

---

①台北故宫博物院藏：《军机及宫中档》，文献编号：408007403。

②台北故宫博物院藏：《军机及宫中档》，文献编号：162699。

③台北故宫博物院藏：《军机及宫中档》，文献编号：408007403-0-A。

④台北故宫博物院藏：《军机及宫中档》，文献编号：162700。

1804. 奏闻甄别张彬等员情形片

光绪三十年七月二十七日（1904年9月6日）

再，捐纳分发人员以到省之日起，试用一年期满，应行察看才具，分别繁简，奏明留省补用等因。历经遵办在案。兹据江宁藩司将在宁差委试用已满一年之道员等官照章甄别，详请加考具奏前来。

臣察看得试用道张彬，才识优长，办事结实；郑世璜明练安详，留心吏治；刘笃烈才识明通，从公勤谨；朱恩绂才优识裕，办事精详；陈瑜明练安详，办事勤慎；李有棻才识明练，办事勤慎；李本森年强才裕，办事克勤；试用知府刘艺，年强才裕，办事精勤；方政才识练达，任事实心，堪以繁缺留省补用。又，试用知府殷洪铸明练有为，实心任事；王铭渐才具精明，任事实心，均堪留省照例补用。

除咨部查照外，谨会同江苏抚臣端方，附片陈明。伏乞圣鉴。谨奏。

（朱批：）吏部知道。①

光绪三十年八月十二日，奉朱批：吏部知道。钦此。②

1805. 奏报甄别黄承云等期满各员片

光绪三十年七月二十七日（1904年9月6日）

再，前准部咨：道、府、州、县无论何项劳绩保归候补班人员，以到省之日起予限一年，详加察看，出具切实考语，分别繁简，奏明留省补用等因。历经遵办在案。兹据江宁藩司将到省一年期满之道、府、州、县等官照章甄别，详请加考具奏前来。

臣察看得候补道黄承云，才具明敏，局度安详；徐乃光才识

---

①台北故宫博物院藏：《军机及宫中档》，文献编号：408007403-0-B。

②台北故宫博物院藏：《军机及宫中档》，文献编号：162689。

明练，办事精勤；蒋寿彤年强才裕，办事勤谨；王燮才具明通，办事精细；舒绍基年富才明，办事勤谨；在任候补道淮安府知府调署徐州府知府张庆勋，才长识练，为守兼优；候补知府崔鼎，年强才裕，任事勤谨；候补知州江朝铭，明练有为，实心任事；候补知县韩宗潮，年强才裕，办事勤能；徐树森明白安详，办事勤奋，均堪以繁缺留省补用。又，候补直隶州知州胡维藩，年强才裕，办事勤能；候补知县洪寿昌，才具明白，任事勤谨；赵嗣鼎年富才明，办事勤奋，均堪照例留省补用。

除咨部查照外，谨会同署江苏巡抚臣端方，附片陈明。伏乞圣鉴。谨奏。

（朱批：）吏部知道。[①]

光绪三十年八月十二日，奉朱批：吏部知道。钦此。[②]

1806. 奏报徐州药厘并无报捐之户片

光绪三十年七月二十七日（1904年9月6日）

再，江苏徐州府属抽收土药厘捐，业将光绪二十九年九月底止所收捐款照章奏报在案。兹据办理徐州土药统捐局江宁布政使黄建莞、徐州道李经楚[③]详称：本年新土上市之时，督饬各局员照章实力稽征，设法招徕，力杜绕越，计自上年十月初一日起至本年三月底止，各局共收银十二万三千七十两二钱一分四厘，连同

---

①台北故宫博物院藏：《军机及宫中档》，文献编号：408007403-0-C。

②台北故宫博物院藏：《军机及宫中档》，文献编号：162694。

③李经楚（1867—1913），字仲衡，号佑三，府学廪生，安徽合肥人，李瀚章次子。光绪十六年（1890），报捐道员选用，嗣捐戴花翎二品顶戴。十九年（1893），捐道员指分江苏试用。二十五年（1899），请假回籍省亲。同年，丁父忧。二十六年（1900），调京随办议约。二十七年（1901），委充会办京畿营务处差使。二十八年（1902），经钦差头等专使大臣固山贝子衔镇国将军臣载振奏调赴英，派充参赞，随同出洋。嗣保以道员记名简放。二十九年（1903），补授徐州道。三十年（1904），署理江南盐巡道，并兼金陵关监督。同年，调补福建兴永泉道。三十一年（1905），留江南办理银行事宜。三十三年（1907），补授四川建昌道。三十四年（1908），充交通银行首任总理。宣统二年（1910），引咎辞职。民国二年（1913），卒。

上半年四月至九月所收银两，统共自二十九年四月初一日起，连闰十三个月，至三十年三月底一年截数之日止，计收银二十九万六千八百七十三两六钱五分三厘，除先后解赴户部兑收银二十四万两及照案开支各项经费、汇费外，余存未解银两，即当照数扫解清款。至出省加捐一项，本系听商自便，只因各省捐数均轻，商情锱铢必较，是以并无报捐之户等情。详请具奏前来。

臣覆加查核，该司道所详委系实情。除饬严督各局员竭力整顿、核实征收外，理合会同署理江苏巡抚臣端方，附片陈明。伏乞圣鉴。谨奏。

光绪三十年八月十二日，奉朱批：户部知道。钦此。①

【案】此奏片之具奏日期未确。查光绪三十年八月十二日《随手档》②“朱批魏光焘折”栏，即有此片。据同批折件，此奏片具奏时间当为“光绪三十年七月二十七日”无疑。兹据校正。

1807. 请将守备阎栋梁开缺调养片

光绪三十年七月二十七日（1904年9月6日）

再，准署江南提督杨金龙咨：据署里河水师淞北营副将曹广荣转据该营中军守备阎栋梁禀称：前在军营积受劳伤复发，举动维艰，一时难以就痊，恳请开去守备底缺，俾得回籍调养。转请具奏前来。相应请旨将淞北营中军守备阎栋梁开去守备底缺，回籍调养，以示体恤而重营伍。

除饬取该员病痊后能否起用医、验各结另行咨部查明外，谨会同署江南提督臣杨金龙，附片具陈。伏乞圣鉴训示。再，所遗守备员缺，江省现有合例人员，应请扣留容臣另行拣员请补。合

---

①台北故宫博物院藏：《军机及宫中档》，文献编号：162688。

②中国第一历史档案馆藏：《军机处随手登记档》，档案编号：03-0319-1-1230-218。

并陈明。谨奏。

光绪三十年八月十二日，奉朱批：着照所请，兵部知道。钦此。[①]

【案】此奏片之具奏日期未确。查光绪三十年八月十二日《随手档》[②]“朱批魏光焘折”栏，即有此片。据同批折件，此奏片具奏时间当为“光绪三十年七月二十七日”无疑。兹据校正。

1808. 奏陈徐属土药收成减色缘由片

光绪三十年七月二十七日（1904年9月6日）

再，据办理徐州土药统捐局务江宁布政使黄建笎、徐州道李经楚详称：本年徐属罂粟去岁布种后，得雪滋培，一律出土。本年春初苗叶敷布之时，缺雨滋培，嗣又雨水较多，并遭冰雹。及至收割，复受狂风摧折，收成大为减色。兹以通境牵计约有十分中之三分有奇。据印委各员先后禀报履勘相同，现在新土甫经上市，来徐购土者甚少。其已来者又多观望，推原其故，益因沪镇价廉，是以交易寥寥，而偷漏绕越，在在堪虞，已先添设局卡，酌委员弁各处堵缉。惟有仍督饬局员设法招徕，核实征解，并随时派委干员前往稽查，以杜弊窦而重饷需等情。具详前来。

臣覆核无异，理合会同署理江苏巡抚臣端方，附片陈明。伏乞圣鉴。谨奏。

光绪三十年八月十二日，奉朱批：户部知道。钦此。[③]

【案】此奏片之具奏日期未确。查光绪三十年八月十二日《随手档》[④]“朱批魏光焘折”栏，即有此片。据同批折件，此奏片具奏时

---

①台北故宫博物院藏：《军机及宫中档》，文献编号：162703。

②中国第一历史档案馆藏：《军机处随手登记档》，档案编号：03-0319-1-1230-218.

③台北故宫博物院藏：《军机及宫中档》，文献编号：163708。

④中国第一历史档案馆藏：《军机处随手登记档》，档案编号：03-0319-1-1230-218。

间当为“光绪三十年七月二十七日”无疑。兹据校正。

1809. 请将故镇宋朝儒立传并建专祠折

光绪三十年七月二十八日（1904年9月7日）

头品顶戴两江督臣魏光焘、头品顶戴安徽巡抚臣诚勋跪奏，为已故总兵生前战功卓著，据实胪陈，请旨宣付史馆，并请于立功省分建立专祠，以彰劳勚而顺舆情，恭折仰祈圣鉴事。

窃据寿州绅士二品封职孙树棠并寿春镇总兵王幼山等先后联名呈称：已故寿春镇总兵宋朝儒，籍隶凤台县，于咸丰季年隶前统卓胜军郭宝昌①部下，为管带。

同治三年，发逆窜扰英山，僧忠亲王②檄卓军进剿，师次八里滩，猝遇捻众。前军已发，该故镇奉郭宝昌之命，率亲军数百人

①郭宝昌（？—1900），字子美，安徽凤阳人，法凌阿巴图鲁。咸丰年间，充哨官。十年（1860），兼办全军营务处。同治二年（1863），加提督衔。六年（1867），补寿春镇总兵。七年（1868），封骑都尉。光绪二十一年（1895），调补广东南韶连镇总兵。二十二年（1896），署寿春镇总兵。二十六年（1900），卒。

②僧忠亲王，即僧格林沁（1811—1865），称僧王，蒙古哲里木盟科尔沁旗人。道光五年（1825），承袭科尔沁扎萨克多罗郡王。同年，充御前行走，赏戴三眼花翎。九年（1829），先管上虞备用处事，旋管火器营事，赏黄马褂。十四年（1834），补御前大臣、正白旗领侍卫内大臣，管上虞备用处事，兼管善扑营事。同年，授后扈大臣、正蓝旗蒙古都统，兼署正白旗蒙古都统。十五年（1835），署镶红旗蒙古都统，充总谙达，管虎枪营事。同年，任总理行营大臣、阅兵大臣。十六年（1836），调补镶白旗满洲都统，授领纛大臣。十七年（1837），兼署正红旗满洲都统，赐用黄缰。二十一年（1841），补正黄旗满洲都统。二十四年（1844），任右翼监督，署正蓝旗满洲都统。二十五年（1845），充镶黄旗领侍卫内大臣。二十六年（1846），授正白旗领侍卫内大臣。二十八年（1848），补正蓝旗满洲都统，署镶白旗满洲都统。三十年（1850），充左翼监督，署镶黄旗蒙古都统。咸丰元年（1851），授御前大臣，署銮仪卫事。三年（1853），授参赞大臣，加博多罗巴图鲁勇号。四年（1854），加扎拉济特贝勒拉木棍布扎布巴图鲁名号，旋换湍多巴图鲁勇号。五年（1855），补镶蓝旗满洲都统，充崇文门监督，封科尔沁博多勒噶台亲王，世袭罔替。六年（1856），任管理沟渠河道大臣、八旗值年大臣。七年（1857），授镶红旗汉军都统。八年（1858），授钦差大臣。九年（1859），督办大沽口及京东防务。十年（1860），以兵败褫职。十一年（1861），补正红旗汉军都统、御前大臣，兼管奉宸苑事务、火器营事务。同治元年（1862），授正黄旗领侍卫内大臣、正白旗满洲都统。四年（1865），卒于阵。谥忠。

环伏山沟。贼扑至，不为动，三扑之后，贼势稍懈，出其不意，挥众奋击，贼众溃走。追杀千余人。师次茅草坂，与伪端王蓝长春、伪福王陈得才、伪将马融和之众遇，一战走之。贼入霍邱山之黑石渡，我师追及之，杀数百人，降五千余人。越日，贼悉众来犯，该故镇率所部与郭宝昌之军夹击之，贼大挫，斩首万余级，俘获二千人，端逆与马逆皆投诚，福逆自缢于山谷。皖境悉平。时捻党窜入楚疆，我师跟踪追剿，由麻城而黄坡、德安、心平、枣阳以至确山营，于城南僧忠亲王率大军由中路进，檄帮办陈国瑞①由西路进。该故镇以轻骑由东三品口绕出贼后，与陈军首尾截杀，贼大奔，斩首四千级。

十二月，贼犯宝丰，诸军不能胜。时郭宝昌以伤发就医樊城。僧忠亲王命该故镇独攻张灞桥，以夜率队往夺桥隘，时贼氛正炽，会郭宝昌伤痊回营，僧忠亲王命翌日五鼓出师，与贼决战；分我军为三翼，以右翼属卓军，宋故镇谋与郭宝昌先一鼓而往，伐树为营，甫立而贼麇至，中、左两翼仓猝尚未成列，贼以精骑撼之，两翼皆溃。会大风扬沙，贼目眯不能返顾。该故镇督众蹑贼后，以洋枪队排击之。贼大乱，自相蹂躏。中、左两翼复整队返攻，逐北数十里，转败为胜，是为河南大捷，厥功最伟。

---

①陈国瑞（1837—1882），字庆云，湖北应城人。咸丰年间，参加太平军，后投黄开榜，收为义子，易姓黄。咸丰九年（1859），以军功加都司衔。十年（1860），随袁甲三于怀远、寿州一带剿办发、捻，以骁勇善战补游击，赐技勇巴图鲁名号。十一年（1861），两破捻军，加副将衔。同治元年（1862），实授副将，加总兵衔，赏黄马褂，封头品顶戴。三年（1864），擢浙江处州镇总兵，因性桀骜不驯，引兵济宁，寻衅与刘铭传火并，旋率兵攻漕督衙门，经漕运总督吴棠以病颠奏参夺职，押送回籍。六年（1867），调北京，封御前正黄旗头等侍卫。次年，授神机营管队侍卫，封云骑尉。旋因屡在军中滋事，纵部掠夺，杀伤民团，发往军台效力，改戍黑龙江。光绪八年（1882），病卒于戍所。

四年四月，卓军归提督康国器①接统，该故镇副之。五月，全军旋皖，力解雉河集之围。未几，郭宝昌奉旨复统卓军入陕。

五年三月，次潼关，与老湘军合师。时陕中捻、回交关，蹂躏不堪。该故镇与诸军由朝邑、同州、蒲城、富平、三原一带进剿，每战辄胜。捻众飘忽无定，我师跟踪尾击，由秦而晋而豫、燕，先后年余，不遑安处。

七年正月，捻回由汤阴、彰德分股窜磁州、邯郸后，由顺德窜赵州。该故镇率轻骑追之，贼不战而走。时各省援军皆由东道，贼大势忽趋保定，畿辅戒严。该故镇与郭宝昌率军抄出贼前，迎头兜击，贼不得逞。八月，直隶捻匪肃清。先是该故镇已累功洊保总兵、法克精阿巴图鲁，至是奉旨以提督记名遇缺简放。时陕回横甚，卓军因郭宝昌伤发假旋，归提督金运昌接统，分军为二，以一半赴前敌，一半交该故镇屯札花马池，以顾后路。

八年十二月间，陕甘督臣左宗棠以金运昌②与老湘营合攻，仍未得手，复令该故镇率所部往助，身先陷阵，士卒以一当十，自朝战至日暮，贼渐不支，乘势猛扑，贼遂奔溃，立收周宾、王洪等二十七寨，粮运大通。旋克马家滩、肃清金积堡，大功告成，

①康国器（1811—1884），原名以泰，字交修，号友之，广东南海人，少充吏员。道光二十七年（1847），补江西赣州府赣县巡检。咸丰二年（1852），调抚州府乐安县巡检。五年（1855），署南城知县。十年（1860），升知府，加道衔。同治三年（1864），补延建邵道，加按察使衔。同年，署福建按察使。四年（1865），晋布政使衔。五年（1866），迁福建按察使。八年（1869），擢补广西布政使。十年（1871），护理广西巡抚。十一年（1872），以疾归。光绪十年（1884），卒于籍。

②金运昌（？—1886），字景亭，安徽盱眙人，少孤贫，为总兵郭宝昌之母抚养，从姓郭。从宝昌剿捻，积功洊升游击，擢总兵，迁提督，复姓金。同治八年（1869），代郭宝昌率卓胜营，剿办西北民变。九年（1870），攻金积堡。光绪三年（1877），抵乌鲁木齐，授提督。十一年（1884），病归。十二年（1886），卒于里。

该故镇之力称最。嗣因伤发，请假回籍，经前安徽抚臣英翰[①]檄令统带卓胜全军，驻防寿州一带，讨平李六叛逆。

光绪二年，匡同、胡志瑞潜图不轨，分别擒办。

六年，俄约未定，关东戒严，该故镇挈千人出戍榆寨。

七年，撤防回寿，蒙前安徽抚臣裕禄奏免骑射，迭署镇篆。

十三年，河决，郑州淮流暴涨，筹赈办抚，不避寒暑，建桥修路，见义必为。

二十年，倭人渝盟。该故镇奉檄率所部北援，师次析津，拜总镇九江之命。

二十一年，兼统泰安全军。五月，和议成，仍回皖防。九月，赴九江任，整操防，简军实，祛积弊，改新章，并购缉著名会匪，讯明正法，民赖以安。庚子之乱，沿江风鹤频惊，西人之旅居九江者，城外时有兵轮下碇，以为声援。土人昧于事情，流言四布。该故镇会同九江道将东南立约之意示谕商民，并与西人联络，以敦睦谊。

二十六年，调任寿春，措置裕如。

窃念该故镇忠勇性成，深明大义，其治军也，纪律严明，谋定后战，故能以少击众，无敌不摧；其御部曲也，信赏必罚，将士皆乐为之用；最为僧忠亲王所倚重，先后转战数省，攻克名城巨隘无数，厥后巡历九江、寿春各镇，蒐兵讲武，境内帖然。其余或筑炮台而固江防，或挑河道以兴水利，或办赈抚而救灾黎，或修桥路以利行人，均能实力实心，民怀其惠。兹因旧伤举发，遽致不起，闻者莫不悼惜！

---

①英翰（1828—1876），字西林，萨尔图氏，满洲正红旗人。道光二十九年（1849），中式举人。咸丰九年（1859），署合肥县知县。十一年（1861），署宿州知州。同治元年（1862），加知府衔。二年（1863），授颍州府知府，晋道衔，署庐凤道。同年，升安徽臬司。三年（1864），加格洪额巴图鲁勇号，迁安徽藩司。四年（1865），封达春巴图鲁，擢安徽巡抚。六年（1867），封三等轻车都尉。七年（1868），加太子少保。十三年（1874），补授两广总督。光绪元年（1875），晋二等轻车都尉。二年（1876），调补乌鲁木齐都统。同年，卒于任，赠太子太保，谥果敏。

伏查中兴以来，诸将在任因旧伤举发身故者，如果功勋卓著，均蒙恩准建祠予荫，并宣付史馆立传。该故镇事同一律，其生平战功事迹，均昭然在人耳目，为此开具该故镇事实履历，联名禀乞转详奏请恩施，将该故镇宋朝儒战功事迹宣付史馆立传，并准于立功省分建立专祠，前来。

臣等伏查该故镇宋朝儒自同治初年从戎以来，转战数省，迭著战功，洊保今职。其历任九江、寿春等镇，均能勤于训练，谨慎操防，不辞劳瘁。今因旧伤举发，遽尔赍志以没，绅民感戴，遗爱不忘，既据众情吁求，未便听其湮没。合无仰恳天恩俯准将该故镇宋朝儒战功事迹宣付史馆立传，并准于立功省分建立专祠，以彰劳勚而顺舆情之处，出自圣恩！

除将事实履历清册咨送国史馆暨礼部查照外，谨合词恭折具奏。再，此折系臣诚勋主稿。合并陈明。伏乞皇太后、皇上圣鉴训示。谨奏。光绪三十年七月二十八日。

（朱批：）着照所请，该衙门知道。①

光绪三十年八月十六日，奉朱批：着照所请，该衙门知道。钦此。②

1810. 请旌故镇宋朝儒之妾宋陈氏片

光绪三十年七月二十八日（1904年9月7日）

再，据寿州知州王懋勋详：准寿州学正方显允牒：据二品封典孙树棠等禀称：已故寿春镇总兵宋朝儒之妾宋陈氏，籍隶直隶宁河县唐山镇，时年十八岁，经该故镇纳为侧室。入门以后，恪尽妇道，举动悉循理法；门庭之内，人无闲言。该镇于上年四月间因病赴沪就医，旋经在沪身故。该氏自闻凶耗，痛不欲生，急图身殉。因家中仆妇防守维严，未能得间。该氏遂故作宽解，以

①中国第一历史档案馆藏：《朱批奏折》，档号：04-01-16-0282-024。

②台北故宫博物院藏：《军机及宫中档》，文献编号：162775。

懈众心。时阅月余，家中诸人见其哀痛稍减，不似当时之激烈，防守因而稍形松懈。不谓该氏殉夫之志始终不忘，竟于闰五月初五日乘家人理料迎柩之际，该氏即饮药自尽。迨经知觉灌救，竟已无反。既为巾帼之完人，宜沐旌扬之盛典。造具事实册结，禀由该学牒州加结，详请核奏前来。

奴才覆查无异，除咨部查照外，理合附片具陈。伏乞圣鉴，敕部核覆施行。谨奏。

光绪三十年八月十六日，奉朱批：礼部议奏。钦此。①

【案】此奏片之具奏日期未确。查光绪三十年八月十六日《随手档》②“朱批魏光焘、诚勋折”栏，即有此片。据同批主折可知，此奏片具奏时间当为“光绪三十年七月二十八日”无疑。兹据校正。再，据文尾自称“奴才”一词可断，此奏片之主稿者当为安徽巡抚诚勋。

①台北故宫博物院藏：《军机及宫中档》，文献编号：162786。

②中国第一历史档案馆藏：《军机处随手登记档》，档案编号：03-0319-1-1230-222。